Harper
Collins

JEROEN WINDMEIJER

DIE SPUR DER PILGERVÄTER

Thriller

Aus dem Niederländischen von
Stefanie Schäfer

HarperCollins

HarperCollins®

1. Auflage: Dezember 2020
Deutsche Erstausgabe

Originaltitel: »Het Pilgrim Fathers complot«
Erschienen bei: Uitgeverij HarperCollins Holland, Amsterdam

Umschlaggestaltung: HarperCollins Germany / Deborah Kuschel
Umschlagabbildung: Wil Immink Design
Satz: GGP Media GmbH, Pößneck
Printed in Germany
ISBN 978-3-7499-0025-1

www.harpercollins.de

Für Dünya

Danach gingen Moses und Aaron zum Pharao und sagten:
»So spricht Jahwe, der Gott Israels: Lass mein Volk ziehen,
damit sie mir in der Wüste ein Fest feiern können.«

EXODUS 5,1

Vorwort des Autors

Im Frühjahr 2017 entdeckte Sprachwissenschaftler Piet van Vliet im kulturhistorischen Zentrum »Erfgoed Leiden en Omstreken« ein Manuskript, das einen einzigartigen Einblick in das Leben und Denken der Pilgerväter bietet.

Die ursprünglich aus England stammenden Puritaner ließen sich 1609 in Leiden nieder, auf der Suche nach einem Ort, an dem sie ihren Glauben ungehindert ausüben konnten. Elf Jahre lang blieben sie in den relativ toleranten Niederlanden, weil für sie unter König Jakob I. in England kein Platz war. Knapp die Hälfte der Gruppe schiffte sich 1620 mit der *Mayflower* nach Amerika aus, wo sie zu den Gründervätern der Vereinigten Staaten wurden. Viele moderne Konzepte, etwa die Trennung von Kirche und Staat, die standesamtliche Ehe, Religionsfreiheit, freie Meinungsäußerung und Pressefreiheit nahmen sie aus Leiden mit in die neue Welt.

Obwohl das Dokument in groben Zügen die hinlänglich bekannte Geschichte dieser in England verfolgten religiösen Gruppe erzählt, wird der Fund dennoch für großes Aufsehen unter den Historikern sorgen – und weit darüber hinaus. Nun ist ein Manuskript, in dem ein normaler Bürger in persönlichen Worten von historischen Geschehnissen berichtet, schon an sich sehr wertvoll. Historiker erhalten dadurch einen Einblick in die Art und Weise, in der die Historie das Leben der kleinen Leute berührt hat. Häufig ergeben solche Dokumente ein Bild, das ein klein wenig anders aussieht als das, welches wir uns auf der Grundlage der offiziellen Geschichtsschreibung erschaffen haben. Doch dieses persönliche Dokument – Aufzeichnungen eines anonym gebliebenen Chronisten der Leidener Pilgerväter – ist viel mehr als das. Es verschafft Historikern nicht nur entscheidende Informationen, mithilfe derer sie gewisse ältere Theorien über die Pilgerväter in Leiden differenzierter formulieren können, sondern es wirft vor allem ein ganz neues Licht auf die Gründe, die einen Teil der Gruppe dazu bewog, nach Amerika zu gehen, während der weitaus größere Teil dortblieb. In dieser Hinsicht wird das Kapitel über die Pilgerväter wohl stellenweise neu geschrieben werden müssen.

Für wen das Dokument bestimmt war, ist nicht ganz klar. Offenbar handelt es sich jedoch nicht um ein Tagebuch. Wollte der Autor die Schwierigkeiten, mit denen die Pilger zu kämpfen hatten, für deren Nachfahren festhalten? Dienten die Aufzeichnungen dem persönlichen Gebrauch? War der Chronist der »Historiker« der Gruppe? Zwischen den einzelnen Abschnitten liegen manchmal große Zeitsprünge, oftmals von mehreren Jahren; etwaige dazwischenliegende Episoden sind vermutlich verloren gegangen.

Doch schon allein der Fund eines fast vier Jahrhunderte lang verborgen gebliebenen Manuskripts bietet Stoff für ein spannendes Buch; jeder Wissenschaftler träumt davon, wenigstens einmal im Leben eine solche Entdeckung zu machen. Lisette Schouten und Guido Marsman von Leiden TV haben in ihrer faszinierenden Dokumentation *Nieuw Licht op de Pilgrim Fathers* (Neues Licht auf die Pilgerväter) diese außergewöhnliche Geschichte rekonstruiert. Ich werde weiter unten in meinem Buch noch ausführlich darauf zurückkommen.

Sind hiermit alle Rätsel gelöst? Kann jetzt die endgültige Geschichte der *Pilgrims* geschrieben werden?

Die Antwort lautet ... nein.

Es wird jeden frustrieren, der sich mit den Pilgervätern beschäftigt, von den Fachleuten im In- und Ausland bis hin zu den interessierten Laien, doch leider fehlen die letzten Seiten des Manuskripts. Hat der Autor sie bewusst weggelassen?

Oder hat ein anderer befunden: Bis hierher dürft ihr lesen, aber nicht weiter?

Das Versprechen des Autors auf den letzten erhaltenen Seiten, im Folgenden gewisse Geheimnisse zu enthüllen, bietet Raum für so viele Spekulationen, dass man getrost davon ausgehen kann, dass sich der Staub, der buchstäblich von diesem jahrhundertealten Manuskript aufgewirbelt wurde, bis auf Weiteres nicht legen wird.

Die Übersetzung aus dem Altenglischen stammt von dem über jedes Lob erhabenen Piet van Vliet persönlich. Durch seine fließende Übertragung ins moderne Niederländisch hat man als Leser das Gefühl, als spräche aus einer fernen Vergangenheit ein Mensch zu einem, der einem in all seinen täglichen Sorgen und Überlegungen letztendlich mehr ähnelt, als man je für möglich gehalten hätte.

Das Manuskript bildet die Grundlage dieses Romans, in dem ich versucht habe, die »weißen Flecke« dieser Geschichte auf plausible Weise einzufärben. Ich bin Piet van Vliet außerordentlich dankbar dafür, dass er diesen Roman als Podium für sein Dokument gewählt hat. Ein Artikel in einer historischen Zeitschrift würde schließlich nur von wenigen Spezialisten gelesen werden, während auf diese Weise ein viel breiteres Publikum von diesem einzigartigen Manuskript erfahren kann.

Jeroen Windmeijer

TEIL I

DIE ALTE WELT

LEIDEN

1

Peter de Haan legte die Hand auf die Klinke der Tür, die zum Versammlungsraum führte, den die Freimaurer als Werkstatt oder Tempel bezeichneten. Nach dem Gästeabend, an dem der »Meister vom Stuhl«, der Vorsitzende Coen Zoutman, den Gästen von seiner Loge Ishtar erzählt hatte, hatte es unten im Foyer noch einen Umtrunk gegeben. Der Meister selbst war oben im Tempel zurückgeblieben, um Fragen von Interessierten zu beantworten. Schließlich war es für Außenstehende eine einzigartige Chance gewesen, einmal einen Einblick in das Gebäude an der Steenschuur zu erhalten, das auf viele einen geheimnisvollen Eindruck machte.

Peter und seine Freundin Fay Spežamor wollten allmählich nach Hause, doch nicht ohne sich vorher noch von Coen zu verabschieden. Seit der Gründung 2014 war Fay Mitglied der Ishtar-Loge, die auch Frauen aufnahm, was insofern etwas ganz Besonderes war, weil bis vor Kurzem die Freimaurerlogen ausschließlich Männern vorbehalten gewesen waren.

Auf einmal überkam Peter eine unheilvolle Vorahnung, und er ließ die Hand unschlüssig auf der Klinke liegen.

Fay hatte nicht damit gerechnet, dass er stehen blieb, und stieß von hinten gegen ihn. »Was ist?«, fragte sie erstaunt.

»Ich weiß nicht«, antwortete Peter, bevor er langsam die Klinke herunterdrückte und die Tür öffnete.

Die Lampen im Tempel waren ausgeschaltet. Nur ein Spot brannte.

Peter und Fay folgten mit ihren Blicken dem immer breiter werdenden Lichtstrahl.

Ihnen stockte im selben Augenblick der Atem, als wären sie zusammen in das Wasser eines eiskalten Flusses gesprungen.

Auf den schwarz-weißen Bodenfliesen lag, perfekt ausgeleuchtet, der Meister vom Stuhl, wie ein geschlagener König auf einem Schachbrett.

Fay stieß einen Schrei aus und schlug die Hand vor den Mund.

Mit wenigen großen Schritten war Peter bei dem Opfer, dessen Kopf von einer Blutlache umgeben war. Auf dem Boden lag ein Hammer, an dem Haare und Blut klebten. Aus der Brust des Meisters ragte ein Winkelmaß hervor, das offenbar mit großer Kraft dort hineingetrieben worden war. Das Bizarrste war jedoch der Zirkel, der die beiden gefalteten Hände durchbohrte.

Obwohl Peter wusste, dass es eigentlich keinen Sinn hatte, legte er Zeige- und Mittelfinger seiner rechten Hand an den Hals des Meisters, aber wie befürchtet spürte er kein Lebenszeichen mehr.

Peter drehte sich zu Fay um, die reglos in der Tür stand und zusah, die Augen weit aufgerissen und die Hand noch immer vor dem Mund. Fassungslos schüttelte er den Kopf; dann stand er auf, zog sein Handy aus der Tasche und wählte die 112.

Sollte er die Polizei oder einen Krankenwagen rufen?

Das Display leuchtete auf, während er die Notrufnummer eingab. Praktisch unverzüglich meldete sich eine freundliche, aber energische Stimme: »Notruf Leiden, wollen Sie die Polizei, die Feuerwehr oder einen Rettungswagen anfordern?«

»Die Polizei«, antwortete Peter.

Er wurde sofort verbunden.

»Polizei Leiden«, meldete sich nach wenigen Sekunden eine Frau. »Was ist passiert?«

»Hallo, hier spricht Peter de Haan«, sagte er nach kurzem Zögern. »Ich, äh … Es ist jemand ermordet worden … Ich …«

»Wie bitte?«

Peter riss sich zusammen. »Wir brauchen die Polizei und einen Krankenwagen, glaube ich, obwohl das Opfer bereits tot ist.«

»Bitte nennen Sie mir Ihren Standort.«

»Ich bin … Wir sind in Leiden, an der Steenschuur. Steenschuur Nummer sechs.«

»Einen Augenblick, ich gebe das sofort weiter. In spätestens zehn Minuten sind die Kollegen bei Ihnen.«

Eine kurze Stille trat ein.

»Was ist passiert?«, wiederholte die Frau.

»Wir sind hier im Gebäude der Freimaurer. Heute hat ein offener Gästeabend stattgefunden. Meine Freundin und ich befinden uns im sogenannten Tempel; der Meister der Loge liegt reglos auf dem Boden; es sieht so aus, als wäre er mit einem Hammer niedergeschlagen worden.«

»Sind Sie sicher, dass er nicht mehr lebt?«

»Ja, ich habe an seiner Halsschlagader gefühlt und keinen Puls mehr gespürt.«

Peter blickte hinunter auf den Mann, der sich gerade eben noch mit liebenswürdigem Blick im Saal umgesehen hatte. Er zog sich langsam zurück zu Fay, den Blick starr auf den Toten geheftet.

»Können Sie mir den Namen des Opfers nennen?«

Inzwischen hatte Peter Fay erreicht, die ihre Hand auf seinen Rücken legte.

»Coen …« Fragend schaute er Fay an.

»Zoutman«, ergänzte sie.

»Zoutman«, sagte Peter. »Coen Zoutman. Coen mit ›C‹.«

Man hörte eine Tastatur klappern.

»Die Kollegen sind gleich bei Ihnen, Meneer de Haan«, sagte die Frau. »Bitte fassen Sie nichts an, und sorgen Sie dafür, dass niemand den Raum betritt. Haben Sie mich verstanden?«

»Ja, ja«, antwortete Peter wie betäubt.

»Es ist auch ein Krankenwagen unterwegs«, sagte die Frau am Telefon. »Nochmals: Fassen Sie nichts an, und lassen Sie niemanden in den Raum. Haben Sie das verstanden?«

»Ja, habe ich.«

»Sobald Hilfe eingetroffen ist, lege ich auf. Haben Sie das auch verstanden?«

»Ja.«

»Ist die Nummer, die ich auf dem Display sehe, die Ihres Handys?«

»Ja.«

Sie fragte ihn nach seiner Adresse, und er nannte sie ihr.

»Könnten Sie auch dafür sorgen, dass niemand das Gebäude verlässt?«, fügte sie noch rasch hinzu.

»Es sind schon viele Leute gegangen«, erwiderte Peter. »Aber ich kümmere mich darum.«

Es blieb so lange still in der Leitung, dass Peter sich fragte, ob die Frau noch da war.

»Ich habe gerade die Meldung erhalten, dass die Kollegen vor dem Gebäude Steenschuur Nummer sechs stehen«, sagte sie dann. »Sie werden von jetzt an übernehmen.« Sie verabschiedete sich und legte auf.

Peter stand mit dem Handy in der Hand da und starrte es ausdruckslos an, als erwarte er, dass der Apparat all seine Fragen beantworten würde. »Komm«, sagte er zu Fay, die noch immer kein Wort gesagt hatte.

Sie suchte mit einer Hand Halt an Peters Rücken, auch nachdem sie den Tempel verlassen hatten, als würde sie umkippen, sobald sie losließe.

Genau in dem Moment, als Peter die Tür hinter sich schloss, klingelte es an der Eingangstür.

»Komm, lass uns runtergehen«, sagte Peter.

Fay nickte und ließ ihn los.

Die warme Stelle, auf der ihre Hand gelegen hatte, kühlte augenblicklich ab.

»Peter?«, sagte sie.

Als er sich umdrehte, umarmte sie ihn kurz. »Das ist doch Wahnsinn«, brachte sie mühsam hervor.

Sie lösten sich voneinander und gingen die Treppe hinunter.

Es klingelte noch einmal, hartnäckiger als zuvor.

Peter öffnete.

Zwei junge Uniformierte, ein Mann und eine Frau, standen vor der Tür. Die Anspannung war ihnen deutlich anzusehen.

»Guten Abend«, sagte die Frau. »Dijkstra, Polizei Leiden. Meneer de Haan?«

»Ja.«

»Sie haben gemeldet, dass Sie das Opfer eines Überfalls gefunden hätten. Wo ist es?«

»Oben im Tempel.«

Die Beamten traten ein.

»Van Hal«, stellte sich der Mann vor und reichte Peter höflich die Hand.

Sie gingen die Treppe hinauf.

»Ich komme gleich!«, rief Peter ihnen nach. »Ich bringe nur schnell meine Freundin in den großen Saal.«

Die Beamten reagierten nicht.

Fay war stocksteif stehen geblieben. Sie regte sich erst wieder, als Peter sie sanft berührte. Geistesabwesend lächelte sie ihm zu, als müsse sie sich erst wieder daran erinnern, wer er war.

Gemeinsam betraten sie den Saal, wobei Peter seinen Arm fest um Fay geschlungen hielt. Die Anwesenden drehten sich alle wie auf Kommando zu ihnen um, als spürten sie, dass etwas passiert war. Es war, als hätte jemand mit einer Fernbedienung den Ton ausgeschaltet, so abrupt rissen die Gespräche ab.

Nachdem Peter Fay behutsam auf einen Stuhl gesetzt hatte, holte er ihr ein Glas Wasser, das sie in kleinen Schlucken austrank. Dann wandte er sich zu der Gruppe, die sich in einem Halbkreis um sie geschart hatte. »Meine Damen und Herren«, sagte er, »ich bin Peter de Haan, der Partner von Fay. Es ist etwas Furchtbares geschehen. Fay und ich sind nach oben gegangen, um uns vom Meister zu verabschieden, und als wir ankamen, lag er auf dem Boden. Er ist tot.«

Entsetzte Schreie gellten durch den Raum; einige Leute fingen an zu weinen.

»Ich habe den Notruf gewählt. Inzwischen sind zwei Polizisten oben. Ich gehe jetzt zu ihnen, aber Sie müssen bitte vorerst alle hierbleiben.«

Peter drehte sich noch einmal zu Fay um, aber sie schien in guten Händen zu sein. Ein paar ihrer Brüder und Schwestern umringten sie wie ein Schutzschild.

Oben im Tempel blieb er zögernd an der Türschwelle stehen.

Die Polizistin hockte neben der Leiche von Coen Zoutman und stand auf, als sie Peter sah. Ihr Kollege sprach in ein Funkgerät.

»Sie haben also das Opfer gefunden?«, fragte die Frau, während sie auf ihn zuging.

Ihre blauen Schuhüberzieher raschelten.

»Richtig«, sagte Peter. »Zusammen mit meiner Partnerin, der Frau, die eben bei mir war. Ihr Name ist Fay Spežamor. Ich habe sie begleitet; heute fand ein offener Gästeabend statt. Der Meister der Loge hat einen Vortrag gehalten, eine Einführung in die Freimaurerei. Danach sind wir hinuntergegangen. Das muss so gegen zehn gewesen sein. Es gab noch einen Umtrunk; nur der Meister ist hiergeblieben, um weitere Fragen zu beantworten. Bevor wir nach Hause gingen, wollten Fay und ich uns von ihm verabschieden. Deswegen sind wir noch einmal nach oben gegangen.«

»Sie wissen nicht zufällig, wer ihn zuletzt lebend gesehen hat?«

»Nein. Als wir nach unten gingen, sind noch mehrere Leute hier oben im Tempel zurückgeblieben, um mit dem Meister vom Stuhl zu reden.«

»›Meister vom Stuhl‹?«

»Entschuldigen Sie, ›Meister vom Stuhl‹ oder ›Stuhlmeister‹

nennt man den Vorsitzenden der Loge. Sein Name ist Coen Zoutman. Jedenfalls herrschte ein ständiges Kommen und Gehen, auch unten im Foyer. Es war wie gesagt ein offener Gästeabend. Meiner Meinung nach wird es schwierig sein …«

»Der Staatsanwalt ist bereits informiert«, unterbrach der Polizist Peter. »Er leitet das kriminalpolizeiliche Ermittlungsverfahren ein und hat die Kriminaltechnik benachrichtigt. Die Kollegen sind in einer Viertelstunde hier.«

»Gut«, sagte die Beamtin, die sich als Dijkstra vorgestellt hatte. »Dann werden wir jetzt mal alles absperren, hier und unten auf der Straße. Niemand darf das Gebäude verlassen, bis wir von allen Anwesenden Namen und Adressen notiert haben.«

Unwillkürlich blickte Peter kurz zu dem Allsehenden Auge über dem Stuhl, auf dem Coen Zoutman früher am Abend noch so ruhig gesessen hatte und wo er ganz in seiner Rolle aufgegangen war.

Das Allsehende Auge als einziger Zeuge … Welche Ironie!

»Videokameras?«, fragte Dijkstra.

Es war eher eine Feststellung als eine Frage.

»Unwahrscheinlich«, erwiderte Peter. »Hier finden Rituale statt, zu denen nur Eingeweihte Zutritt haben.«

»Klingt ja richtig unheimlich«, sagte van Hal. »Geheime Rituale … und das in Leiden!«

»Hier können wir im Moment nichts mehr tun«, sagte Dijkstra. »Komm, wir gehen runter und sperren alles ab.«

Da Peter das Bedürfnis nach frischer Luft hatte, folgte er den beiden nach unten. Bis weitere zwei Einsatzwagen, ein Krankenwagen und ein Fahrzeug der Spurensicherung eingetroffen waren, hatten sie die Steenschuur in beide Richtungen mit rotweißem Flatterband abgesperrt.

Zuletzt kam noch ein SUV, den der Fahrer halb auf dem Bürgersteig parkte. Zwei Männer in Zivil stiegen aus, ein älterer mit kurzem grauem Haar und akkurat getrimmtem Schnurrbart, und ein jüngerer Mann mit Glatze.

Dijkstra ging zu den beiden Männern hinüber, um ihnen Bericht zu erstatten. Sie blickte kurz über die Schulter zu Peter, der hörte, wie sie seinen Namen nannte.

Zu dritt kamen sie auf ihn zu.

»Rijsbergen, Kripo Leiden«, sagte der Mann mit dem Schnäuzer und schüttelte Peter die Hand. »Willem Rijsbergen. Der junge Mann hier ist mein Partner, wie man so schön sagt.«

»Van de Kooij«, stellte sich dieser vor. »Ich heiße tatsächlich so, obwohl ich nicht von hier stamme«, fügte er lächelnd hinzu, in Anspielung auf das Viertel De Kooij im Norden von Leiden, das für seinen volkstümlichen Charakter und seine buntgemischten Bewohner bekannt war.

»Na schön«, sagte Rijsbergen, der kurz die Augen verdrehte, weil er diesen Witz offenbar nicht zum ersten Mal hörte.

»Willem!«, rief ein Mann, ein schlanker Fünfziger mit dunklen Locken und einem schmalen, modernen Brillengestell.

»Das muss Anton sein«, sagte Rijsbergen zu niemand bestimmtem. »Anton Dalhuizen.« An Peter gewandt fuhr er fort: »Dalhuizen ist der forensische Mediziner vom Gesundheitsamt. Wenn wir von einer unnatürlichen Todesursache ausgehen, wie in diesem Fall, übernimmt er oder einer seiner Kollegen die Leichenschau.«

Dalhuizen, der einen klassischen schwarzen Arztkoffer in der Hand trug, gesellte sich zu ihnen.

»Wie ich gehört habe, befinden sich noch Leute im Gebäude?«, sagte Rijsbergen.

»Im Foyer sind noch Gäste«, antwortete Peter. »Heute hat ein offener Abend stattgefunden, und viele Leute haben sich den Vortrag angehört. Ein großer Teil von ihnen ist allerdings schon gegangen.«

»Gibt es eine Gästeliste?«

»Meiner Meinung nach nicht. Es müssen ungefähr sechzig bis siebzig Besucher gewesen sein. Genau weiß ich es nicht. Etwa zwanzig von ihnen gehören der Loge an, daher müssen es vierzig bis fünfzig Nichtmitglieder gewesen sein.«

»Sie sind also Mitglied?«

»Nein, ich nicht. Aber meine Freundin, und ich habe sie begleitet.«

»Schön, schön«, murmelte Rijsbergen, und Peter fragte sich, ob das ironisch gemeint war, denn schließlich war nichts Schönes an der Situation.

Sie betraten das Foyer.

»Gut«, sagte Rijsbergen zu Dijkstra. »Wenn Sie und van Hal schon einmal damit anfangen könnten, die Namen der Anwesenden zu notieren? Dann sehen wir uns solange oben um.«

Peter ging mit ihnen die Treppe hinauf, aber oben angekommen fragte er sich, warum er das eigentlich getan hatte. Am liebsten hätte er diesen Ort so schnell wie möglich verlassen, wäre mit Fay nach Hause gegangen und hätte sich im Bett eng an sie gekuschelt.

Rijsbergen und Van de Kooij schlüpften in blaue Schuhüberzieher, ebenso wie Dalhuizen, der ein Paar aus seinem Koffer geholt hatte.

»Mein Gott!«, stieß Rijsbergen hervor, nachdem sie die Tempeltür geöffnet hatten und Coen Zoutman dort liegen sahen.

»Sieht ja fast aus wie an einem Filmset«, bemerkte Dalhuizen.

Einen kurzen Moment lang schienen sie zu zögern, als befürchteten sie tatsächlich, die Aufnahmen für einen Spielfilm zu stören.

»Schalte mal das Licht ein, Lockenkopf«, sagte Rijsbergen zu Van de Kooij, der als Erster hineinging und die Wand auf der Suche nach einem Lichtschalter abtastete. Schon bald hatte er ihn gefunden, und der Tempel wurde hell erleuchtet.

Der unheimliche Zauber, der durch die ausgeklügelte Beleuchtung über dem Saal gelegen hatte, war mit einem Schlag verschwunden.

Dalhuizen kniete bereits neben dem reglosen Coen Zoutman und legte ihm den Zeige- und Mittelfinger an den Hals, genau wie Peter es eben getan hatte.

»Die Todesursache scheint völlig klar zu sein«, sagte er so laut, dass Peter ihn deutlich verstehen konnte. »Ihm wurde von hinten mit einem schweren Gegenstand der Schädel eingeschlagen – ich nehme an, mit diesem Hammer hier. Meiner Einschätzung nach muss das Opfer sofort tot gewesen sein. Um dieses Winkelmaß durch das Herz zu treiben …« Rijsbergen und Van de Kooij waren näher herangegangen. »… muss wahrscheinlich erst eine Stichwunde mit einem Messer gemacht worden sein, sonst kann man nicht so einfach das Muskelgewebe und die Knochen durchdringen. Dasselbe gilt für den Zirkel durch die Hände … Trotzdem hat es große Kraft erfordert. Na schön …« Dalhuizen stand auf. »Das ist mein erster Eindruck. Alles andere überlasse ich natürlich meinem Kollegen, der die Autopsie durchführt. Meine Aufgabe hier ist beendet. Ich habe den Tod des Opfers festgestellt. Mehr gibt es für mich nicht zu tun.«

Sie kehrten auf den Treppenabsatz zurück, wo Peter noch immer stand.

»Danke, Anton«, sagte Rijsbergen.

Dalhuizen streifte die blauen Schuhschützer ab, knüllte sie zusammen und steckte sie in seinen Koffer.

»Wenn du runtergehst, kannst du den Rettungssanitätern Bescheid sagen, dass sie nicht gebraucht werden. Und bitte schicke jemanden rein, um die Treppe abzusperren.«

Dalhuizen hob den Daumen. »Meine Herren«, sagte er zum Abschied und ging.

»Das wird sicher nicht einfach werden«, bemerkte Peter. »So viele Leute in einem Raum! Das ist …«

»It is the brain«, unterbrach ihn Rijsbergen plötzlich auf Englisch mit einem kuriosen französischen Akzent, *»the little gray cells on which one must rely.«* Er tippte sich mit dem rechten Zeigefinger an den Kopf. *»One must seek the truth within – not without.«*

Peter blickte ihn verständnislos an.

Man muss die Wahrheit in sich selbst suchen, nicht außerhalb davon … Klang wie ein Motto der Freimaurer. Erkenne dich selbst, die Wahrheit liegt in dir verborgen …

»Hercule Poirot!«, sagte der Ermittler und machte damit Peters Verwirrung ein Ende. »Den kennen Sie doch bestimmt? Agatha Christie.« Er lachte herzhaft.

Peter lächelte. »Natürlich«, bestätigte er.

»Gut«, sagte Rijsbergen. »Wir warten auf das Team der Kriminaltechnik. Sie müssen gleich hier sein. Van de Kooij, rufen Sie bitte beim Staatsanwalt an?«

Peter hatte genügend niederländische Polizeiserien im Fernsehen gesehen, um zu wissen, dass der Staatsanwalt formal der Leiter der kriminalpolizeilichen Vorermittlungen war. Die Polizei musste ständig mit ihm im Kontakt stehen, unter anderem, um die Erlaubnis für besondere Ermittlungstechniken wie etwa das Abhören eines Telefons zu erhalten.

Peter machte Anstalten, zu Fay zu gehen.

»Gibt es jemanden, der bezeugen kann, dass Sie die ganze Zeit unten waren?«, fragte Rijsbergen unvermittelt. »Und dass Sie und Ihre Freundin erst nach oben gegangen sind, als der Herr dort offenbar schon tot war?«

Peter zögerte einen Moment. Er erschrak bei dem Gedanken daran, dass er natürlich auch als Verdächtiger betrachtet werden könnte. »Selbstverständlich. Viele Leute haben mich gesehen, haben uns gesehen, Mevrouw Spežamor und mich. Als wir hinaufkamen, war er schon …«

»Wie viel Zeit lag zwischen der Entdeckung der Leiche und Ihrem Anruf bei der 112?«

»Ich weiß nicht genau … Nicht mehr als eine Minute.«

»Aha«, sagte Rijsbergen. »Natürlich wurde die Anrufzeit protokolliert und das gesamte Telefongespräch aufgezeichnet. Das Problem, Meneer de Haan, besteht darin, dass der Rechtsmediziner einen Todeszeitpunkt feststellen wird. Dabei gibt es immer einen gewissen Spielraum; bis auf die Minute genau werden wir ihn nie erfahren. Aber klar ist, dass er zwischen zweiundzwanzig Uhr heute Abend – als der Vortrag zu Ende war – und Ihrem Anruf liegen muss, der gegen dreiundzwanzig Uhr erfolgte.«

»Ja, aber …«, sträubte sich Peter, der sich nicht nur allmählich aufregte, sondern auch nervös wurde, weil er genau wusste, worauf der Ermittler hinauswollte. »Sie wollen doch nicht etwa behaupten, dass Sie mich und meine Freundin verdächtigen, wir hätten …«

Auf Rijsbergens Gesicht erschien ein Lächeln, das anscheinend sowohl väterlich-beruhigend wirken sollte als auch Verwunderung über Peters Naivität verriet. »Nehmen Sie es nicht persönlich, Meneer de Haan«, sagte er. »In diesem Stadium können wir nichts ausschließen, das verstehen Sie doch sicherlich.«

»Soll ich die beiden aufs Präsidium bringen lassen?«, fragte Van de Kooij eilfertig.

»Einen Moment noch, Kollege. Immer mit der Ruhe.«

»Ich gelte doch nicht etwa als Verdächtiger?«, vergewisserte sich Peter.

»Es wäre natürlich ein besonders schlauer Schachzug des Mörders, höchstpersönlich die Polizei zu rufen«, erwiderte Rijsbergen, »aber ich habe schon Verrückteres erlebt.«

Diese Antwort war ganz und gar nicht dazu geeignet, Peter zu beruhigen.

»Sie und Ihre Freundin haben das Opfer gefunden, also …« Der Ermittler beendete seinen Satz nicht. »Wir sollten nicht zu voreilig sein, Meneer de Haan«, sagte er, ein wenig matt. »Wie gesagt, in diesem Stadium müssen wir alles ins Kalkül ziehen.«

Verdächtige? Wir? Beunruhigt schüttelte Peter den Kopf. Vom Standpunkt eines Polizisten aus konnte er sich das zwar vorstellen, aber er selbst fand den Gedanken zu absurd, um ihn in Worte zu fassen.

Nicht mal ich habe Fay den ganzen Abend im Auge gehabt.

Man hörte polternde Schritte auf der Treppe.

Zwei Männer und zwei Frauen, gekleidet in weite weiße Overalls aus dünnem Stoff, kamen herauf, jeweils mit einem mittelgroßen Koffer in der Hand. Die Kapuzen der Overalls hatten sie über die Köpfe gestreift, und alle trugen einen Mundschutz.

»Wir gehen jetzt rein«, sagte die Frau an der Spitze kurz angebunden und marschierte ohne ein weiteres Wort an ihnen vorbei.

»Hallo, Dexter«, begrüßte Van de Kooij den letzten in der Reihe, der mit der freien Hand locker grüßte.

Rijsbergen seufzte und sagte: »Der Vorschlag meines Kollegen ist eigentlich gar nicht so schlecht.«

Van de Kooij sah Peter so triumphierend an, als hätte er ihm am liebsten auf der Stelle Handschellen angelegt.

»Was soll das heißen?«, stotterte Peter.

»Dass Sie und Ihre Freundin gleich getrennt voneinander ins Präsidium gebracht werden.«

Peter war sprachlos.

»Bis dahin dürfen Sie nicht miteinander reden.«

2

Früher am selben Tag

Das Heizöfchen lief auf vollen Touren, spendete aber nicht besonders viel Wärme. Sobald sich eine Seite seines Körpers ein wenig aufgeheizt hatte, drehte Peter sich um, und die andere Seite war dran. So wendete er sich hin und her, immer mit dem Buch *Mayflower* von Christopher Hilton in den Händen, das ausführlich die Geschichte der Pilgerväter erzählte. Es war keine besonders bequeme Art zu lesen, aber an diesem Nachmittag war es ruhig im Leidener Pilgermuseum, und Peter hatte ansonsten nichts weiter zu tun.

Er hatte vor einiger Zeit Jeffrey Banks persönlich kennengelernt, einen aus den USA stammenden Kunsthistoriker, der das Museum leitete. Er war eine wandelnde Enzyklopädie, besaß einen trockenen Humor und trug stets ein leicht ironisches Lächeln auf den Lippen, wenn er die Besucher durch das kleine Museum führte, in dem es nur zwei Räume gab: das »Wohnzimmer« und die »Küche«.

Im Hinblick auf das bevorstehende vierhundertjährige Jubiläum des Aufbruchs der Pilgerväter aus Leiden war Jeffrey bestrebt gewesen, das Museum häufiger zu öffnen als bisher nur mittwoch- und samstagnachmittags von dreizehn bis siebzehn Uhr. Peter hatte sich für die beiden festen Nachmittage freiwillig gemeldet, und aus diesem Grund saß er nun hier im Wohnzimmer, das mit Originalmöbeln aus der damaligen Zeit eingerichtet war. Besucher des bescheidenen Museums traten buchstäblich in das frühe 17. Jahrhundert ein – nur das Heizöfchen störte.

Man gelangte durch eine zweigeteilte Hoftür hinein, deren obere Hälfte man separat öffnen konnte, wenn jemand schellte oder ans Fenster klopfte.

Der Boden des Wohnzimmers bestand aus terrakottafarbenen Fliesen, und der Raum wurde von einem großen Tisch dominiert, auf dem Geschichtsbücher über die Pilgerväter ausgelegt waren. Darum herum standen Korbstühle, die ebenfalls aus dem 17. Jahrhundert stammten. Vor ein Fenster hatte man einen kleinen Tisch gestellt, auf dem weitere Bücher lagen, von denen eines aufgeschlagen war. Der Stuhl vor dem Tisch war schräg beiseitegeschoben worden, als mache der Leser des Buches nur rasch eine Besorgung und könne jeden Moment zurückkehren.

Die dicken, offen liegenden Stützbalken trugen ebenso zu der rustikalen Atmosphäre bei wie die kleinen originalen Kacheln an der Wand und am Bett.

In manchen Momenten wähnte sich Peter tatsächlich in einer anderen Zeit, vor allem wenn er am späten Nachmittag auf seinem Stuhl saß, von vollkommener Stille umgeben, und seine Augen durch das Zimmer wandern ließ, das nur von drei großen Kerzen erleuchtet wurde.

In letzter Zeit hatte sich die Zahl der Besucher beträchtlich erhöht. Fast die Hälfte der Touristen kam aus den USA, der neuen Welt, zu der die Pilger nach gut elf Jahren in Leiden 1620 aufgebrochen waren. Aber an diesem Tag war es ruhig.

Peter de Haan, achtundfünfzig Jahre alt, Dozent für Archäologie und Geschichte, war mittlerweile – seine Studienzeit mitgerechnet – seit genau vierzig Jahren an der Universität Leiden. Zwei Jahre zuvor war er bei der Nachbesetzung einer Professorenstelle nicht zum Zuge gekommen, nachdem sein Chef Arnold von Tiegem plötzlich verstorben war. Ebenso wie nach der Emeritierung seines ehemaligen Professors Peter Lucas vor über zwanzig Jahren hatte die Verwaltung auch diesmal einen anderen Kandidaten ihm vorgezogen. Er wusste, dass manche Leute aus diesem Grund ein wenig mitleidig auf ihn herabsahen, aber ihn selbst hatte die Professur ohnehin nie übermäßig interessiert.

Allerdings arbeitete Peter seit dieser Zeit einen Tag weniger pro Woche, wodurch er mehr Zeit für Ehrenamtliches wie dieses hatte, aber vor allem auch für seine Freundin.

Fay Spežamor.

Nachdem sie sich im Rijksmuseum van Oudheden begegnet waren, wo Fay neben ihrer Tätigkeit als Dozentin für Griechisch und Latein als Konservatorin für römische und etruskische Kunst arbeitete, war zunächst eine Freundschaft zwischen ihnen entstanden, die mit der Zeit – für sie beide vollkommen unerwartet – zu einer Liebesbeziehung geworden war.

Fay, deren Mann kurz nach der Geburt ihrer Tochter Agapé an Krebs gestorben war, war eine außergewöhnlich lebendige Frau Anfang fünfzig mit einer unerschöpflichen Faszination für alles, was mit der klassischen Antike zu tun hatte. Sie hatte schulterlanges Haar, das mehr grau als schwarz war, unverkennbar slawische Züge, eine schmale Gestalt und ein etwas mageres Gesicht, aber Augen, die wütend aufleuchten konnten, wenn sie für ihre Überzeugungen eintrat, und mit denen sie Peter voller Liebe ansah, einer Liebe, mit der sie beide nach ihrer langen Zeit als Singles gar nicht mehr gerechnet hatten.

Peter erschauderte kurz.

Obwohl der astronomische Frühling vor fast einem Monat begonnen hatte, war es immer noch kalt, vor allem in diesem alten Gebäude mit Einfachverglasung, in das nie direktes Sonnenlicht einfiel.

Jemand klopfte ans Fenster.

Peter drehte den Heizofen runter und legte das Buch beiseite, ein Lesezeichen zwischen die Seiten geklemmt. Als er aufstand, erinnerten ihn seine schmerzenden Schultern daran, wie verkrampft er in den letzten Stunden auf dem Stuhl gesessen hatte. Ein wenig steif ging er an die Tür und öffnete die obere Hälfte.

Das fröhliche Gesicht von Willem Hogendoorn strahlte ihm entgegen. »Einen wunderschönen guten Tag, Peter!«, begrüßte er ihn.

Hinter ihm wartete eine kleine Gruppe von Leuten.

Peter kannte Willem inzwischen schon ganz gut. Er war ein großer Mann, nicht ganz glatzköpfig, aber nur noch mit einem Kranz von schütterem Haar rings um den Schädel und einem offenen Gesicht, dessen gesunde Farbe verriet, dass er sich viel an der frischen Luft aufhielt. Regelmäßig besuchte der ehemalige Kriminalkommissar, der sich nach seiner Pensionierung mit selbst ausgetüftelten Stadtführungen etwas dazuverdiente, mit einer seiner Gruppen das Museum. Seine Spaziergänge hatten verschiedene Themen, darunter auch die »Pilgerfahrt«, die im Museum begann und sich wachsender Popularität erfreute.

»Kommen Sie rein!«, sagte Peter und öffnete auch die untere Hälfte der Tür.

Die Touristen entrichteten jeder ein Eintrittsgeld von fünf Euro, das Peter in eine Blechdose auf dem Tisch steckte. Mit acht Leuten, einschließlich Peter und Willem, war tatsächlich auch schon die Höchstzahl von Besuchern erreicht, die das Museum betreten durften, weil es in den kleinen Räumen sonst einfach zu eng wurde.

»Dieses Haus, meine Damen und Herren«, begann Willem sogleich, »ist genauso eingerichtet, wie es die Häuser zu Zeiten der Pilgerväter in Leiden waren. Das Gebäude selbst stammt aus dem 14. Jahrhundert; erbaut wurde es zwischen 1330 und 1365. Es wurde mehrmals umgebaut, zerstört und wieder aufgebaut, aber bei allem, was Sie hier sehen, handelt es sich um Originale; jeder Stuhl, jeder Tisch, jeder Schrank stammt aus dem 17. Jahrhundert.«

Willem entfernte sich ein paar Schritte von der Gruppe und trat vor die historische Karte von Leiden, die über dem Schreibtisch an der Wand hing.

»Die Pilgerväter waren sogenannte Separatisten. Sie gehörten damit einer besonders radikalen Strömung des englischen

Puritanismus an, die der Meinung war, dass die Church of England die Reformation nicht in letzter Konsequenz zu Ende geführt habe. So hatte man beispielsweise Hierarchien und Rituale beibehalten, Bischöfe und Erzbischöfe, Weihrauch, Gewänder und so weiter. Die Separatisten forderten deswegen absolute Gemeindeautonomie.«

»Das war zu der Zeit von King James, nicht wahr?«, fragte eine Touristin, eine unscheinbare Frau, die zwar Niederländisch sprach, aber mit einem englisch angehauchten Akzent.

Ein Mann nickte beflissen; er schien zu ihr zu gehören. Er trug einen grauen Vollbart und eine teure Kamera über dem imposanten Bauch.

»Richtig«, bestätigte Willem. »Es war Anfang des siebzehnten Jahrhunderts, während der Regierung von King James beziehungsweise König Jakob I., wie er hier genannt wird. Nach seiner Thronbesteigung 1603 verschlimmerte sich die Lage der Separatisten zusehends. Jakob wollte nichts von einer Trennung wissen und eröffnete die Jagd auf diese puritanische Gruppe.«

»Puritanisch«, wiederholte der dicke Mann lächelnd und fügte mit deutlich afrikaanssprachigem Einschlag hinzu: »Das Wort höre ich gerne.«

Peter zog die Augenbrauen hoch, aber Willem ignorierte die Bemerkung des Mannes und fuhr ungestört fort.

»Die Menschen fanden kaum noch Arbeit«, erzählte er. »Sie durften nicht ohne Erlaubnis reisen und wurden häufig zu Sündenböcken gemacht und zu Unrecht der verschiedensten Übertretungen und Verbrechen beschuldigt. 1608 beschloss eine Gruppe von Puritanern aus Scrooby in Nottinghamshire zu flüchten. Diese Leute, die später als Pilgerväter bezeichnet wurden, brachen heimlich nach Amsterdam auf. In den Niederlanden herrschte größere religiöse Toleranz, und das Land erlebte einen wirtschaftlichen Aufschwung. Es war auch recht friedlich, da es sich in einem zwölfjährigen Waffenstillstand mit Spanien befand. Schon nach relativ kurzer Zeit«, sagte

Willem und berührte mit der rechten Hand die alte Karte, »beschloss der religiöse Führer dieser puritanischen Gruppe, John Robinson, von Amsterdam aus weiter nach Leiden zu ziehen. Hier gab es viel Arbeit in der Leinenindustrie, für die man kein Vorwissen brauchte, nur Muskelkraft. Sie ließen sich hier«, er deutete es mit kreisförmigen Bewegungen auf der Karte an, »nieder, rings um die Pieterskerk, unter anderem dort, wo sich jetzt das Pesijnhofje befindet, das wir anschließend besichtigen werden.«

Die Touristen, die sich in einem Halbkreis rings um den großen Tisch geschart hatten, hörten aufmerksam zu.

»Die Pilger haben insgesamt gut elf Jahre hier in Leiden gelebt und während dieser Zeit hart gearbeitet und Geld gespart. Dann beschloss ein Teil der Gruppe, nach Amerika aufzubrechen. Die meisten blieben jedoch hier, daher gibt es in Leiden bis heute noch viele Nachfahren der damaligen Pilger. Man erkennt sie an Nachnamen wie Cooke, Cooper oder Turner.«

»Dürfen wir hier fotografieren?«, wurde Peter gefragt, der zustimmend nickte.

Es war, als hätten die Besucher nur auf diese Gelegenheit gewartet, denn sofort begannen sie eifrig, mit Kameras und Handys zu fotografieren. Es war gar nicht so leicht, in dem kleinen Museum Fotos zu machen, auf denen keine anderen Leute zu sehen waren, daher entstand eine komplizierte Choreografie von Ausweichbewegungen, Drängen und Nachgeben, um einander Platz zu machen.

»Nebenan befindet sich noch die Küche«, erklärte Willem. »Um sie zu besichtigen, müssen wir außen herum gehen, da die beiden Räume nicht miteinander verbunden sind.«

Er nickte Peter kurz zu, der den Schlüssel aus einer Schublade holte und ihn Willem reichte.

»Bitte folgen Sie mir«, sagte Willem.

»Warum sind die Leute damals eigentlich nach Amerika ausgewandert?«, hörte Peter eine Touristin fragen, als die Gruppe hinausgegangen war.

Er lächelte.

Es wurden immer wieder dieselben Fragen gestellt, aber das war ja auch nicht weiter verwunderlich. Nach dem, was er inzwischen von Willems Erklärungen aufgeschnappt hatte, wäre er inzwischen selbst in der Lage gewesen, eine Führung zu geben.

»Das ist eine sehr gute Frage«, antwortete Willem der Frau, die sich über das Kompliment sichtlich freute. »Es gab eine ganze Reihe von Gründen dafür. Einer davon war, dass die Separatisten den englischen König noch immer provozierten und sie auch in den Niederlanden Angst vor Repressionen hatten. Außerdem war der vereinbarte Waffenstillstand mit den Spaniern beinahe verstrichen, und es wurde allmählich unruhiger in den Niederlanden. Hinzu kam, dass viele der Puritaner die niederländische Gesellschaft als zu freizügig empfanden und sich nicht integrieren wollten. Sie wollten unter sich bleiben und sich nicht mit den Niederländern vermischen. Es kam zu religiösen Differenzen, zu kompliziert, um sie an dieser Stelle zu erklären, in die sie nicht hineingezogen werden wollten. Wie Sie sehen, gab es diverse Gründe. Viele Pilger hegten einfach den Wunsch, in einem neuen Land einen Neuanfang zu machen, ohne dass sich andere einmischten, und ihren Glauben so ausleben zu können, wie sie es wollten.«

»Verständlich«, mischte sich der Südafrikaner nun wieder ein. »Deswegen hatten wir bei uns die Apartheid, und damals war Zucht und Ordnung in Südafrika. Jetzt ist alles Chaos.«

Daraufhin trat ein unbehagliches Schweigen ein.

Seine Frau blickte sich in der Gruppe um, einen verbissenen Zug um den Mund, als bereite sie sich auf eine Diskussion vor, die sie bereits öfter geführt hatte.

»Wenn Sie mir bitte folgen wollen«, sagte Willem und lockerte damit die angespannte Atmosphäre.

Erleichtert folgte ihm die Gruppe zu der Straßenecke, an der sich der zweite Eingang befand.

»Sie kommen also aus Südafrika?«, fragte Peter das Ehepaar,

das ein wenig zurückgeblieben war, als überlege es, ob es noch weiter an der Führung teilnehmen sollte.

»*Ja, van Suidafrika*. Zu Hause sprechen wir Afrikaans, aber wir habe immer auch Hollands gesprochen. Das war wichtig für mir.«

»Ihre Vorfahren ...«, setzte Peter zu einer Frage an, aber der Mann ließ ihn nicht ausreden.

»Meine Vorfahrens sind vor über hundertfünfzig Jahren nach Suidafrika ausgewandert, sie kamen aus Leiden, sie waren Hugenotten. Deshalb sind wir hiergekommen, auf der Suche nach unsere Wurzels. Unsere Vorfahrens waren Voortrekker, Pioniere. Die Oupa von meine Oupa war einer von die Gründer von die Oranje Vrystaat. Sie sind mit den Buren aus der Kapkolonie weggezogen, als die Engländer kamen. Nach Norden sind sie gezogen, das war der Groot Trek. Sie waren auch eine Art Pilger.«

Peter nickte. Obwohl ihm die vorherigen Äußerungen des Mannes unangenehm gewesen waren, fand er es als Historiker wie immer interessant, sich mit Leuten zu unterhalten, die radikal anders dachten als er.

»Deshalb wohnen wir jetzt in Orania, einem Gebiet nur für Weiße, das ganz und gar autark ist«, legte der Mann noch eine Schippe obendrauf. »Wir haben unseren eigenen Freistaat gegründet, wie der Oupa von meine Oupa. Wir haben unser eigenes Geld, eigene Schulen, eigene Richter. Niemand macht uns Vorschriften. Wir wollen auch unter uns bleiben und uns nicht vermischen, wie die Puritaner.«

»Das ist ...«, sagte Peter, der nicht recht wusste, wie er auf diese Offenheit reagieren sollte.

»Genau wie die Pilger«, fuhr der Mann fort. »Sie wollten auch unter sich bleiben. Und sie sind auch in ein anderes Land gezogen, in dem es nur primitive Völker gab, um einen Neuanfang zu machen, als gläubige Christenmenschen. Aber sie haben es besser gemacht als wir, sie haben die Ureinwohner ausgerottet, wie Josua im gelobten Land.«

»Ich glaube nicht, dass das …«, begann Peter zögernd. »Wir in den Niederlanden betrachten das aus einer anderen Perspektive. Wir halten es für …«

Der Mann sah ihn an, den Kopf schräg geneigt, das Kinn erhoben, die Unterlippe geschürzt, als hätte er bereits eine Antwort parat, egal, was Peter sagen würde.

»Kommen Sie, wir gehen zu den anderen«, brach Peter die Unterhaltung kurzerhand ab.

Sie würden sich bloß in eine fruchtlose Diskussion verstricken, wenn er auf die letzten Äußerungen des Mannes näher einginge – auch wenn er spürte, dass er auf diese Art und Weise den Weg des geringsten Widerstands wählte.

»In Ordnung«, sagte die Frau.

Dem Mann schien es jetzt erst zu dämmern, dass das Gesprächsthema abgeschlossen war.

Peter und die beiden südafrikanischen Touristen gesellten sich zu den anderen, die den zweiten Raum des Museums bereits betreten hatten. Sie gelangten zunächst in einen kleinen Flur. Eine Steintreppe führte hinunter zur Küche, die etwa anderthalb Meter unter dem Straßenniveau lag. Auf einem langen unlackierten Holztisch lagen verschiedene Gebrauchsgegenstände, Werkzeuge und Küchenutensilien, aber auch eine dicke, jahrhundertealte Bibel mit Eisenbeschlag.

Im offenen Kamin und in einer Ecke der Küche lagen Holzscheite und große Stücke Torf. Über dem glimmenden Feuer hing ein Kochtopf, leer, aber im Prinzip bereit für den Gebrauch.

»In den englischen Kolonien«, erklärte Willem soeben der Gruppe, »gab es aufgrund von Mangelernährung und zahlreichen Krankheiten sehr hohe Sterberaten, während andererseits nicht genug neue Leute hinzukamen. Die Pilger waren daher mehr als willkommen in Amerika. Wobei nicht alle Pilger ausgewandert sind, wie ich bereits sagte, sondern nur diejenigen, die den Mut hatten, die gesund waren und genug Geld für die Überfahrt besaßen. Sie nahmen noch eine letzte gemeinsame Mahlzeit im Haus ihres Anführers ein, Pfarrer John Robinson, und brachen am 21. Juli 1620 nach Delfshaven auf, wo die *Speedway*, ein kleines Schiff, auf sie wartete. Damit fuhren die Männer, Frauen und Kinder nach Plymouth in England, von wo aus sie mit der *Mayflower* in See stachen.«

Peter ging hinüber zum offenen Kamin.

»Das hier ist interessant«, sagte er und legte die Hand auf die eiserne Hängevorrichtung, an der der Topf befestigt war. »An diesem Gestell kann man den Topf höher oder niedriger über die Feuerstelle hängen, mithilfe dieser hervorstehenden Haken. Man kann sich vorstellen, dass das Eisen glühend heiß wurde, wenn es über dem offenen Feuer hing, sodass man es nicht berühren konnte. Daher stammt der Ausdruck ›ein heißes Eisen‹, wenn ein bestimmtes Thema zu heikel ist, um darüber zu reden, etwa die Sklavereivergangenheit der Niederlande, die Kriegsverbrechen in Indonesien oder die Apartheid in Südafrika.«

Das südafrikanische Ehepaar blickte starr geradeaus, während die anderen in der Gruppe bei dem Seitenhieb grinsten.

»Wie dem auch sei«, übernahm jetzt wieder Willem. »Um meine Geschichte zu beenden: Am 6. September 1620 verließ die *Mayflower* England mit siebenundfünfzig Leidener Bürgern an Bord. Auf der Reise gab es viele Probleme, und erst nach gut zwei Monaten, am 9. November, sahen die Reisenden zum ersten Mal Land. Nach einigen Erkundungsausflügen fanden die Pilger am 11. November ein geeignetes Fleckchen in Neuengland. Ihre Niederlassung nannten sie Plymouth Colony. Sie sollte die erste Ansiedlung in den USA werden, die permanent bewohnt bleiben würde.«

»Echte Pioniere«, bemerkte der Südafrikaner.

»In der Tat«, bestätigte Peter, »aber ohne die Hilfe der ›Eingeborenen‹ wären in den ersten Wochen alle Pilger umgekommen. Dadurch, dass sie im Winter angekommen waren, fanden sie kaum etwas zu essen. Strenger Frost und Schneefälle machten es unmöglich, Häuser zu bauen. Vor allem den schwachen und jungen Auswanderern machten diese Umständen zu schaffen, sodass die Hälfte der Passagiere und der Besatzung starb. Die anderen überlebten nur durch die Hilfe der Wampanoag-Indianer. Sie brachten den Siedlern Nahrung und Gebrauchsgegenstände und zeigten ihnen, welche Gewächse sie anbauen konnten und wo es Fische gab. Doch wir alle wissen, wie die Hilfsbereitschaft der ersten Indianer von den Siedlern belohnt wurde, denn …«

»Vielen Dank«, unterbrach ihn der Südafrikaner, dem es jetzt reichte. »Wir machen uns auf den Weg, danke, das war sehr interessant.« Er streckte seine Hand aus, die groß wie eine Kohlenschaufel war, und schüttelte erst Willem und danach Peter die Hand, wobei er viel fester und länger zudrückte als nötig.

Peter versuchte, sich nichts anmerken zu lassen, ärgerte sich aber über diese kleine Racheaktion.

»Baie dankie«, sagte der Mann lächelnd.

Auch seine Frau bedankte sich, allerdings nicht mit Handschlag.

Ohne eine Antwort abzuwarten oder sich noch weiter zu verabschieden, stieg das Paar die Treppe hinauf und verließ das Gebäude.

Sobald die Tür hinter ihnen zugeklappt war, ging ein kollektives Aufatmen durch die Gruppe.

»Was für unangenehme Leute! Ich bin froh, dass sie weg sind«, sagte die Frau, die eben nach den Gründen für die Auswanderung gefragt hatte, und die anderen nickten bestätigend.

Willem bot ihnen noch kurz die Gelegenheit, Fotos zu machen, und erneut nutzten alle sie dankbar.

Nachdem sie sich verabschiedet hatten, kehrte Peter zurück ins Wohnzimmer, wo er sich wieder auf seinem Stuhl neben dem Heizöfchen niederließ, dessen Thermostat er wieder weit aufdrehte.

Mit der linken Hand rieb er sich die schmerzende Rechte.

Noch einmal dachte er an die Worte des Mannes aus Südafrika: *Sie wollten auch unter sich bleiben. Aber sie haben es besser gemacht als wir …*

Fragment eins – Flucht aus England (Januar 1609)

Wir haben es geschafft. Wir sind in Sicherheit.

Vorläufig.

William (Brewer – PvV) hat uns in die Fremde geführt, gemeinsam mit John (Robinson – PvV), im Jahre des Herrn 1608. Die Bitte »Lass mein Volk ziehen!« vermochte das harte Herz des Königs nicht zu erweichen, und so mussten wir heimlich, wie Diebe in der Nacht, unser geliebtes England verlassen. Nein, das Meer teilte sich nicht, und die Soldaten des Königs ertranken nicht, aber auf einem von Gott gesandten Schiff gelang es uns zu entkommen, anfangs nur die Männer.

Ein Jahr zuvor hatten wir es schon einmal versucht und waren verraten worden. Wir hatten dem englischen Kapitän einen hohen Preis gezahlt, der uns in die Niederlande bringen sollte, wo Religionsfreiheit herrschte. In kleinen Gruppen, weil es sonst zu auffällig gewesen wäre, waren wir von Scrooby aus zu Fuß nach Boston an der Ostküste gelaufen. Nachdem wir uns eingeschifft hatten, zeigte sich, mit was für einem schlechten Menschen wir in See gestochen waren. Der Teufel soll ihn holen! Kaum waren wir an Bord, da erschien schon ein Schiff aus der Flotte des Königs. Der Kapitän hatte unser Vorhaben verraten. Wir wurden alle sechzig verhaftet, Männer, Frauen und sogar kleine Kinder. Zur Belustigung des Volkes – und zur Abschreckung natürlich – mussten wir in einem Umzug *durch das Stadtzentrum ziehen. Die Leute bewarfen uns mit faulem Obst und Eiern ... Ins Gefängnis haben sie uns gesteckt, ein dreckiges, finsteres Rattenloch. Schimmeliges Brot gaben sie uns zu essen, und das Wasser stank, aber sogar dort sprachen wir uns noch Mut zu, auch dort fanden wir Trost in Gesang und Gebet.*

John sprach ganz wundervoll, und er zitierte die berühmten Worte des Paulus: »Erinnert euch, liebe Brüder, dass nur wenige von euch in den Augen der Welt weise oder mächtig oder angesehen waren, als Gott euch berief. Gott hat das auserwählt, was in den Augen der Welt gering ist, um so diejenigen zu beschämen, die sich selbst für weise halten. Er hat das Schwache erwählt, um das Starke zu erniedrigen. Er hat das erwählt, was von der Welt verachtet und gering geschätzt wird, und es eingesetzt, um das zunichte zu machen, was in der Welt wichtig ist.«

Einen Monat Gefängnis hielt man wohl für Strafe genug, dann wurden wir nach Hause geschickt, in Schmach und Schande, aber vor allem mittellos.

Doch wenn sie glaubten, dass dieser Rückzug uns den Wunsch zu gehen ausgetrieben hätte, irrten sie sich.

Ein Jahr später, im Jahre des Herrn 1608, wagten wir daher einen zweiten Versuch. Inzwischen waren wir noch mehr geworden, mindestens hundert Seelen. Der Segen des Herrn ruhte auf unserem Werk.

So schien es jedenfalls.

Wir Männer gingen zu Fuß von Scrooby in Nottinghamshire zur Nachbargemeinde Lincolnshire, zu dem Strandabschnitt zwischen Grimsby und Hull, den wir wegen seiner Einsamkeit ausgewählt hatten. Die nächstgelegenen Dörfer, Immingham und Killingshire, bestanden nur aus wenigen kleinen Bauernhöfen. Unser Unterfangen war gefährlich, weil wir keinerlei Deckung hatten. Ein aufmerksamer Hirtenjunge oder ein Landarbeiter, der gerade eine Pause einlegte, hätte schon gereicht, um unseren zweiten Versuch, das Land unerlaubt zu verlassen, wiederum scheitern zu lassen. Unterwegs tranken wir mit den hohlen Händen aus Bächen und aßen von dem kargen Proviant, den wir von zu Hause mitgenommen hatten.

Für die Frauen und Kinder hatten wir die Überfahrt geregelt. Ihr Boot mit unserem ganzen Besitz war schneller als wir, aber auf eine der vielen Sandbänke aufgelaufen, sodass die Passagiere gezwungenermaßen die Nacht dort draußen verbringen mussten.

Als wir im Laufe des frühen Morgens wieder mit unseren Frauen und Kindern vereint waren, sahen wir, dass das Schiff des niederländischen Kapitäns in die breite Flussmündung einfuhr. Doch weil noch Niedrigwasser war, konnte es nicht näher kommen, obwohl die Zeit drängte. Mit der Schaluppe wurden so viele von uns wie möglich an Bord gebracht, zuerst die Männer, eine Entscheidung, die wir im Nachhinein bereuten, denn kaum waren wir auf dem Schiff, schon sahen wir, wie ein Trupp Soldaten den Strand stürmte. Wie verzweifelt wir uns fühlten, wir Männer, als wir mit ansehen mussten, wie unsere Frauen und Kinder von den erbarmungslosen Soldaten aus dem Heer König Jakobs vom Strand abgeführt wurden! Wir konnten nur hilflos zusehen, vom Deck des heftig in der Brandung schaukelnden Schiffes aus. Einer von uns wollte über Bord springen, um seiner Frau und seinen Kindern zu helfen, aber er wäre gewiss in den brausenden Wogen ertrunken. Und was hätte er ausrichten können, falls er den Strand erreicht hätte, ein einzelner gegen die Übermacht der bis an die Zähne bewaffneten Soldaten?

Ich habe »Männer« geschrieben, aber unter uns befand sich auch ein Knabe, der unter dem besonderen Schutz von Josh stand, einem unserer Anführer. Der Kleine wich ihm nicht von der Seite und umklammerte oft seine Hand – oder, wenn das nicht möglich war, seinen Rockzipfel.

Der Kapitän erhörte unser Flehen nicht und lichtete den Anker. So sahen wir Feiglinge, wie unsere Frauen und Kinder rücksichtslos fortgebracht wurden, während unser Schiff immer weiter in Richtung der offenen See trieb.

Nicht lange darauf gerieten wir in einen unvorstellbar heftigen Sturm. Viele von uns glaubten fest, dass unsere Geschichte hier schon enden würde. Bis nach Norwegen trieben wir ab, wodurch unsere Reise zwei Wochen anstatt der zwei Tage dauerte, die normalerweise für die Überfahrt benötigt wurden.

Verzweifelt hockten wir an Bord, betend, todkrank und von Übelkeit geschüttelt. Wir mussten ständig erbrechen und wurden zusehends schwächer. Wie Gespenster irrten wir über das Deck und durch die Räume, während unser Schiffchen den Elementen ausgeliefert war. Die Vorräte waren für eine so lange Überfahrt nicht berechnet – unsere Rettung war, dass wir weniger Leute waren als geplant.

Josh teilte die karge Ration, die ihm genau wie den übrigen zugeteilt wurde, sogar noch mit dem kleinen Jungen, der dadurch der am besten genährte Passagier des ganzen Schiffs war. Niemand kannte den Jungen, aber es wagte auch niemand, nach seiner Herkunft zu fragen. Wir wussten, dass er eine Waise war – ebenso wie Josh hatte er keine Menschenseele auf dieser Welt –, aber mehr als das war nicht bekannt.

Häufig zogen sie sich an ein ruhiges Plätzchen unter Deck zurück, wo Josh unaufhörlich auf den Jungen einredete, wie ein Verkäufer, der auf dem Markt einem Kunden seine Ware aufschwatzen will. Der Junge schien dann seine Worte zu wiederholen und nickte dabei hin und wieder ernsthaft.

Nach dieser schrecklichen Reise kamen wir endlich in Amsterdam an. Über viele Umwege erfuhren wir vom Schicksal unserer Frauen und Kinder: Man hatte sie ins Gefängnis geschleift, weil niemand wusste, was man mit ihnen anfangen sollte. Aber war nicht ihr einziges Verbrechen gewesen, dass sie ihren Männern und Vätern hatten folgen wollen? Daher erhielten sie schließlich die Erlaubnis, England zu verlassen.

Im August 1608 waren wir wieder vollzählig, etwa hundertfünfzig Männer, Frauen und Kinder. In Amsterdam schlossen wir uns John Smyth an, einem guten Freund von John. Schließlich waren wir nicht die ersten Separatisten, die wegen der Verfolgung durch Jakob I. aus England geflüchtet waren. Doch unsere Ruhe war nur von kurzer Dauer, denn auch hier entstand Zwietracht. John Smyth fühlte sich mehr und mehr von den Vorstellungen der Mennoniten angezogen, die keine Kinder, sondern nur Erwachsene tauften, und er wollte sie uns aufdrängen.

»Unser« John beschloss, dass es Zeit war zu gehen und Amsterdam hinter uns zu lassen. Er schrieb an den Gemeinderat der Stadt Leiden.

Das Jahr des Herrn 1609 hatte gerade erst begonnen.

3

Peter schloss das Museum ab und ging hinüber zum Lipsiusgebäude, um in der Unimensa eine Kleinigkeit zu essen und Kaffee zu trinken. Danach radelte er gemütlich zum Jean Pesijnhofje in der Nähe der Pieterskerk, wo Fay ihm schon durch das große Tor entgegenkam.

»Hallo, Schatz«, begrüßte sie ihn, liebevoll wie immer. Sie küsste ihn sanft auf die Wange, zart wie ein Schmetterling, und umarmte ihn. »Wie schön, dass du heute Abend mitkommst!«

Nachdem er sein Fahrrad abgeschlossen hatte, gingen sie Arm in Arm in Richtung der Rapenburg.

Vor drei Jahren war Fay Ishtar beigetreten, einer Loge innerhalb der Gilde der Freimaurer. Diese Loge, die sowohl Männer als auch Frauen aufnahm, hielt heute einen offenen Gästeabend ab. Alle zwei Wochen trafen sich die Mitglieder im Leidener Freimaurerzentrum an der Steenschuur, nicht nur, um sich selbst besser kennenzulernen, sondern auch, um einander auf diesem Weg der Einkehr, Besinnung und Selbstverbesserung zu begleiten, so hatte Fay es Peter erklärt. Gemeinsam dachten sie über ihr Verhältnis zu ihren Mitmenschen und ihrer Umwelt nach.

Peter wusste, dass Fay sich von Anfang an von der Gemeinschaft aufgenommen gefühlt hatte. Sie sagte, dort bestehe ein aufrichtiges Interesse füreinander, und es verbinde sie der gemeinsame Wunsch, an sich selbst zu arbeiten und auf dieser Basis eine bessere und schönere Welt aufzubauen.

»Heute Nachmittag hatte ich einen ziemlich bizarren Besucher im Museum«, erzählte Peter.

»Wieder einen direkten Abkömmling der Pilgerväter?«, fragte Fay mit leicht ironischem Unterton.

»Das nicht«, antwortete Peter lachend. »Dieser war ein ferner Nachkomme eines Hugenotten, der im 19. Jahrhundert von Leiden aus nach Südafrika ausgewandert war.«

Die Hugenotten waren Calvinisten, protestantische Anhänger des schweizerischen Kirchenreformers Calvin, die im Frankreich des 16. Jahrhunderts unbarmherzig verfolgt wurden. Nach den abscheulichen Morden in der Bartholomäusnacht vom 23. auf den 24. August 1572, in der Tausende Hugenotten ermordet wurden, flüchteten viele aus Frankreich. Zahlreiche von ihnen gelangten in die Niederlande. In Leiden erinnerten bis heute Nachnamen wie Labruyere, Montanje, Parmentier und Labuschagne an jene Zeit.

»Erzähl!«, ermunterte ihn Fay.

»Es war ziemlich bizarr, wie gesagt«, fuhr Peter fort. »Willem Hogendoorn kam mit einer Gruppe Touristen vorbei, darunter einem südafrikanischen Ehepaar, das in Orania wohnt. Als sie weg waren, habe ich es noch einmal gegoogelt. Es ist eine Art Freistaat, den Weiße nach dem Ende der Apartheid gegründet haben. Nichtweiße sind dort nicht willkommen. Sie haben ihre eigene Währung, eigene Schulen, eigene Zeitungen, ein eigenes Rechtssystem, eine eigene Verwaltung usw. Der ›Oupa von seinem Oupa‹, wie sich der Mann ausgedrückt hat, ist in der ersten Hälfte des 19. Jahrhunderts von Leiden aus nach Südafrika gegangen und gehörte zu den Gründern des Oranje-Freistaats, vergleichbar mit dem heutigen Orania. In den Pilgervätern erkannte er viel von dem damaligen Pioniergeist wieder – Menschen, die an einen anderen Ort ziehen, um dort einen Neubeginn zu wagen, eine eigene Gesellschaft aufzubauen an einem Ort, von dem sie glauben, dass er ihnen von Gott vorherbestimmt ist.«

»Das ist doch nichts Besonderes?«

Sie gingen an der Rapenburg vorbei. Es war noch hell und ziemlich kühl. Auf der glatten Wasseroberfläche der breiten Gracht spiegelten sich die Bäume und die Fassaden der vornehmen Herrenhäuser wider.

»Nein, das war an sich nichts Besonderes«, stimmte Peter ihr zu, »aber der unverhohlene Rassismus dieses Mannes … Er hat ganz offen bedauert, dass die Apartheid abgeschafft worden ist, und behauptet, Südafrika versinke seitdem im Chaos. Und er sagte, die Pilgerväter und andere Siedler in Afrika hätten es besser gemacht als sie, indem sie die ursprüngliche Bevölkerung so gut wie ausgerottet hätten.«

»So offen hört man das tatsächlich selten.«

»Und das hat mich eben so erstaunt«, sagte Peter. »Natürlich weiß ich, dass es Leute gibt, die so denken, aber so dreist zu sein, das unverblümt auszusprechen, und dann noch jemandem gegenüber, den man gerade erst kennengelernt hat … Das fand ich ziemlich schockierend, um ehrlich zu sein.«

»Trotzdem sollte man Leuten, die so denken, ganz entschieden entgegentreten«, meinte Fay.

»Kann schon sein … Ich bin diesmal nicht näher darauf eingegangen, das war vielleicht ein bisschen feige, aber ich habe einfach befürchtet, dass wir uns in eine fruchtlose Diskussion verstricken würden.«

»Sehr vernünftig, Schatz«, sagte Fay und drückte seinen Arm.

Inzwischen hatten sie den Van der Werfpark passiert, überquerten die Groenebrug und bogen links in die Steenschuur ein, wo die Tür zum Gebäude der Freimaurer bereits einladend offen stand.

Im selben Haus hatte noch eine zweite Freimaurerloge ihre Räumlichkeiten, *La Vertu*, »Die Tugend«, die ausschließlich Männern vorbehalten und 1757 gegründet worden war, was sie zu einer der ältesten Logen der Niederlande machte. Sie stand landesweit auf Rang sieben. Die älteste Loge der Niederlande befand sich in Den Haag, *L'Union Royale*, gegründet 1734 und damit die Nummer eins.

In der offenen Tür wartete ein älterer Mann, um die Gäste willkommen zu heißen. Er war in einen schwarzen Anzug, ein weißes Hemd und eine rote Fliege gekleidet und trug einen gepflegten grauen Ringbart – ein richtiger feiner Herr; es fehlte nur das Monokel.

Fay umarmte ihn kurz, was Peter übertrieben fand, aber nachdem sie hineingegangen waren, stellte er fest, dass Umarmungen unter den Brüdern und Schwestern der Loge eine allgemein übliche Art der Begrüßung waren.

Nachdem sie im Foyer ihre Mäntel aufgehängt hatten, gelangten sie in den Logensaal. Die Wände waren mintgrün, wie in einem Krankenhaus, und es hingen Schaukästen mit Urkunden, Insignien und Gebrauchsgegenständen daran, deren Funktion Peter nicht auf den ersten Blick erkennen konnte. Ein großes Staatsporträt von König Willem-Alexander nahm einen zentralen Platz ein.

Der Raum wirkte altmodisch und ein bisschen wie aus den Achtzigerjahren. Einfache Tische mit Deckchen und Minivasen mit zwei Nelken darin waren zu kleinen Inseln gruppiert, umgeben von funktionalen Stühlen, als könne jeden Moment der Skatabend beginnen.

An der kleinen Bar in der Ecke holte Peter zwei Tassen Kaffee. Vorsichtig trug er sie zurück zu Fay, den Blick starr auf das Tablett gerichtet, wie ein Kind beim Eierlaufen.

Eine Tasse reichte er Fay, die eine Unterhaltung mit einigen anderen Besuchern angefangen hatte. Peter beschloss, die Gelegenheit zu nutzen, um kurz hinauszugehen, da er noch keine Zeit gehabt hatte, seinen täglichen Zigarillo zu rauchen.

Die Flügeltüren zum Garten waren geöffnet. Draußen standen weitere Raucher unter einem großen gläsernen Vordach, das einem Wintergarten ähnelte, bei dem die Wände fehlten.

Unter den Gästen draußen war auch Sven, einer von Peters Studenten. Er trug ein T-Shirt, auf dem in blassen Lettern stand: WE WILL NOT DANCE ON THE GRAVES OF OUR FATHERS, vor dem Hintergrund eines grimmig aussehenden Indianers. Auf der Nase trug er eine kleine Brille mit runden Gläsern, die er ab und zu hochschob. Er befand sich in Gesellschaft eines größeren jungen Mannes, dessen Hemd eng um seinen muskulösen Brustkorb spannte.

Zu zweit kamen sie auf Peter zu. Sven schien sich nicht ganz wohlzufühlen, so als hätte er keine rechte Lust auf ein Gespräch, aber dennoch beschlossen, dass er seinen Dozenten nicht einfach ignorieren konnte.

»Guten Tag, Meneer de Haan«, grüßte er. »Sind Sie hier Mitglied?«

»Nein, ich nicht, aber meine Freundin. Ich bin heute Abend nur aus Interesse mitgekommen. Und Sie?«

»Wir sind auch aus Interesse hier«, antwortete Sven und stellte Peter in einem Atemzug seinen Freund vor. »Das ist Erik. Wir sind beide Mitglied bei der Studentenverbindung Catena.«

Sven nahm Peter ungefragt Tasse und Untertasse ab, sodass er sich den Zigarillo anzünden konnte.

Neben ihnen stand ein Mann, der tief in Gedanken versunken zu sein schien, als bereite er sich mental auf die kommenden Ereignisse vor. Als sich der erste Rauch aus Peters Zigarillo an seinem Gesicht vorbeikringelte, warf er Peter einen raschen Seitenblick zu.

»Stört Sie der Rauch?«, fragte Peter und trat sofort zwei Schritte zurück.

Der Mann sah ihn verständnislos, aber freundlich an. Er war hochgewachsen und um die fünfzig, mit für sein Alter auffällig langem Haar, das lockig unter einer Baseballkappe der Boston Red Sox hervorhing. Seine Gesichtshaut war so glatt, dass es aussah, als hätte er sich vor noch nicht mal einer Minute rasiert.

»Hallo«, sagte er auf Englisch mit unverkennbar amerikanischem Akzent. Er schüttelte sowohl Peter als auch Sven und Erik die Hand, mit einer Begeisterung, als seien sie ehemalige Schulkameraden, die sich nach einem halben Leben bei einem Klassentreffen wiedersahen. »Mein Name ist Tony. Anthony Vanderhoop, um genau zu sein.«

Seinen Nachnamen sprach er wie »Vänderhup« aus.

»Aber bitte nennen Sie mich Tony. Und wer sind Sie?«

»Ich bin Peter de Haan, und das sind Sven und Erik.«

Es muss fantastisch sein, überall auf der Welt seine Muttersprache sprechen zu können, dachte Peter.

»Sprechen Sie kein Niederländisch?«, fragte Sven. »Denn heute Abend findet alles auf Niederländisch statt, oder?«

»Nein, leider spreche ich kein Niederländisch. Allerdings stammt meine Familie von den ersten Siedlern ab, die aus den Niederlanden nach Amerika kamen – ein Onkel von mir hat gründlich Ahnenforschung betrieben. Wobei sich die Aussprache unseres Nachnamens im Laufe der Zeit verändert hat.«

»Wir sagen ›Van der Hoop‹«, erklärte Erik mit übertrieben deutlicher Aussprache.

»Ja, richtig«, sagte Tony, aber als er versuchte, Erik nachzuahmen, klang es doch wieder nach »Vänderhup«.

»Ich komme aus Boston«, fuhr Tony fort. »Dort bin ich Mitglied einer Freimaurerloge. Und wie Sie vielleicht wissen, sind wir eine weltweit verbreitete Bruderschaft, deswegen besuche ich, wenn ich im Ausland bin, immer gerne meine Brüder und inzwischen auch Schwestern.«

Bei dem Wort »Schwestern« verzog er ein wenig spöttisch den Mund, als sei er nicht ganz einverstanden damit, dass heutzutage auch Frauen Mitglied werden konnten.

»Aber dann verstehen Sie nachher doch gar nichts«, sagte Peter.

»Nein, nicht wortwörtlich jedenfalls«, bestätigte Tony. »Aber trotzdem freut es mich, hier mit meinen Mitbrüdern und -schwestern zusammenzutreffen. Und auch wenn ich nicht alles verstehe, sind die Formeln des Rituals in groben Zügen überall dieselben, und auch die Handlungen, die ausgeführt werden, kenne ich. Ich kenne ihre zugrunde liegende Bedeutung, daher spielen Worte keine so große Rolle. Als Katholik kann man ja auch an einer Messe teilnehmen, obwohl man die Sprache nicht kennt, in der sie abgehalten wird, und dennoch den Ablauf des Gottesdienstes mitverfolgen. Dadurch hat man das Gefühl, ein Teil davon zu sein.«

Peter, Sven und Erik nickten.

»Well«, sagte Tony plötzlich abrupt und beendete damit die Unterhaltung. »Es war nett, euch kennenzulernen, *guys*. Ich wünsche euch noch einen schönen Abend.«

Er drehte sich um und gesellte sich zu einer Gruppe von Leuten, die anscheinend auf ihn gewartet hatten. Sobald er sie erreicht hatte, gingen alle zusammen hinein.

»Meine Damen und Herren«, rief jemand, »wir möchten jetzt gerne anfangen!«

Auf der Schwelle der offenen Türen stand eine hochgewachsene, sehr hübsche Frau mit kurzem, glattem Haar, das in der Mitte ordentlich gescheitelt war.

»Wenn Sie nun alle hereinkommen würden; dann kann unser Abend beginnen.«

Die Gäste im Garten machten sich auf den Weg in Richtung Tür, wodurch ein kleiner Stau entstand.

Als Peter eintrat, sah er, dass es wesentlich voller geworden war, während er sich im Garten aufgehalten hatte. Er konnte gerade noch einen freien Platz ergattern.

Neben der Theke waren einige Barhocker in einer Reihe aufgestellt worden, auf denen Fay und ein paar ihrer Brüder und Schwestern saßen.

Fay hatte Peter vorher erklärt, dass sich an dem Abend auch mehrere Mitglieder persönlich vorstellen, etwas von sich erzählen und ihre Beweggründe erklären sollten, sich einer Freimaurerloge anzuschließen. Dabei waren möglichst unterschiedliche Leute ausgewählt worden, sowohl vom Alter als auch vom Grad her. Vom Lehrling über den Gesellen bis zum Meister war alles dabei.

Die Antworten auf die Fragen der Gäste nach den Gründen für ihren Beitritt zu den Freimaurern waren von einem starken Gefühl der Kameradschaft geprägt. Im Gruppenverband an sich selbst arbeiten zu wollen, war offenbar die wichtigste

Gemeinsamkeit zwischen den Mitgliedern und schweißte sie zusammen.

Peter erlebte die Atmosphäre als überaus freundlich und angenehm, fand sie zugleich aber auch etwas beklemmend.

Es war alles sehr … nun ja, nett.

Es erinnerte ihn daran, wie er als Student einmal bei einer Feier der Baptistengemeinde gewesen war. Ein Studienfreund, den er inzwischen aus den Augen verloren hatte, hatte sich zum Christentum bekehrt, und kurz vor seiner Taufe sollte er sich zusammen mit weiteren Aspiranten der Gemeinde vorstellen. Er hatte Peter um moralische Unterstützung gebeten, und Peter war ihm zuliebe mit in die Kirche gegangen. Als sein Freund nach vorn getreten war, hatte er Hilfe suchend zu Peter geschaut, und der hatte ermutigend den Daumen gehoben. An diesem Abend hatte Peter einer ganzen Reihe von Leuten zugehört, die auf häufig viel zu persönliche Weise von ihrer spirituellen Suche und ihren Irrwegen berichtet hatten, einschließlich der klischeehaften Geschichten über Alkohol- und Drogensucht, davon, wie sie endlich den Weg zu Jesus gefunden hatten und wie die Gemeinde für sie zu einem Hafen der Ruhe geworden war. Einer nach dem anderen hatten sie das Gefühl beschrieben, in ein warmes Bad zu gleiten oder nach Hause zu kommen sowie davon, dass sie endlich sie selbst sein konnten und nicht länger eine Maske tragen mussten.

Eine vergleichbare Atmosphäre herrschte an diesem Abend, sogar die traditionellen Suchtgeschichten fehlten nicht.

Am aufmerksamsten hörte Peter natürlich Fay zu, die von ihren Wurzeln in der orthodoxen Kirche berichtete, obwohl er ihre Geschichte schon kannte. Sie sagte, das Schöne an der Loge sei, dass niemand seinen Glauben oder seine Überzeugungen verleugnen müsse. Für den einen war die Allgemeine Erklärung der Menschenrechte der rote Faden im Leben, für andere wiederum waren es die Bibel, die Tora oder der Koran; für manche wiederum war die Natur ihre Richtschnur.

Am Ende erhielt der Meister vom Stuhl, wie Coen Zoutman, der Logenvorsitzende, mit seinem offiziellen Titel angekündigt wurde, das Wort. Er verglich die Brüder und Schwestern mit Mitreisenden. Jeder setze natürlich seine eigenen Schritte, aber unterwegs ermutige man sich gegenseitig und unterstütze einander in schwierigen Phasen, und so bewältige man die Strecke gemeinsam. Er lud die Anwesenden herzlich ein, sich ihnen auf ihrer Pilgerreise anzuschließen.

»So, und nun, meine Damen und Herren …«, sagte er, wurde aber plötzlich von einer Frau unterbrochen, die abrupt von ihrem Stuhl aufsprang. Sie stieß dabei gegen das Tischchen vor sich, wodurch eine Kaffeetasse klirrend zu Boden fiel.

Die Frau war groß und kräftig. Ihr langes Haar hatte sie zu einem Pferdeschwanz zusammengebunden, wodurch ihr etwas molliges Gesicht betont wurde. An ihrem Hals hatten sich hektische rote Flecken gebildet, die sich bis hinauf zum Kinn zogen, und sie hatte einen verbissenen Zug um den Mund.

Ihr Nebenmann war aufgestanden und zerrte sie am Arm, um sie dazu zu bewegen, sich wieder hinzusetzen.

Es war, als hielte der ganze Saal den Atem an.

Der Meister vom Stuhl betrachtete die Szene mit unverhohlenem Ärger. »Ich glaube, das ist jetzt nicht der richtige Augenblick, Jenny«, sagte er, noch bevor die Frau den Mund aufmachen konnte.

Jetzt gelang es dem Mann, die Frau wieder auf ihren Platz zu ziehen. Sie blickte sich ein wenig verwundert um, als frage sie sich, warum sie eigentlich aufgestanden war. Inzwischen war ihr ganzes Gesicht knallrot geworden.

Ihr Nachbar beugte sich zu ihr und redete leise, aber eindringlich auf sie ein.

Die Frau ließ die Schultern sinken, und ihr Kopf fiel ein wenig nach vorn, wie bei einem Sportler nach einem verlorenen Wettkampf.

»Sehr verehrte Damen und Herren«, begann der Meister vom Stuhl noch einmal, in demselben ruhigen Tonfall wie zuvor. »Und jetzt kommen wir zu dem Programmpunkt, der für viele von Ihnen vielleicht sogar der Grund für Ihr Kommen war, nämlich die Besichtigung unserer Werkstatt.«

Peter lächelte, denn auch für ihn war es im Grunde der Anlass gewesen, Fay zu begleiten: einmal einen Einblick in den Tempel zu erhalten, der für ihn noch immer etwas Mysteriöses hatte.

Denn wie man es auch drehte und wendete: Die Freimaurer mochten vielleicht kein Geheimbund mehr sein, aber sie hatten noch ihre Geheimnisse.

4

Die Gesellschaft begab sich nun über eine breite Wendeltreppe hinauf in den ersten Stock. Der Treppenabsatz war zu klein für alle, sodass ein Teil auf den Stufen warten musste. Eine erwartungsvolle Stille legte sich über die Gruppe.

Es wurde dreimal laut an eine hohe Tür geklopft, die daraufhin aufschwang. Sie öffnete sich nach außen, wodurch sich die Leute noch enger zusammendrängen mussten. Dann strömten sie hinein, und der Vorraum leerte sich wie eine Badewanne, aus der man den Stöpsel gezogen hat.

Peter betrat den länglichen Saal.

Direkt hinter dem Eingang waren rechts und links zwei kleine dreieckige Tische aufgestellt, an denen ein Mann und eine Frau saßen. Vor jedem Tisch stand eine Kerze auf einem hohen Ständer. Ein dritter Kerzenständer befand sich einige Meter weiter dicht vor einem großen, quaderförmigen Objekt, das die Freimaurer den »Kubus« nannten, wie Peter inzwischen wusste.

Fay hatte ihm erzählt, dass die Freimaurer Gott als den obersten Baumeister des Weltalls bezeichneten. Sich selbst betrachteten sie als rohe Bausteine, die poliert werden mussten, um auf diese Weise zu einem Teil des großen Architekten des Universums zu werden. Die gesamte Philosophie der Freimaurerei basierte auf dem Streben nach Selbstverbesserung.

Auf dem Kubus lag ein dickes Buch, das alt aussah – eine Bibel, so vermutete Peter –, und darauf wiederum lagen ein

Winkelmaß und ein stilisierter Zirkel. Auf dem Fußboden, der wie ein riesiges Schachbrett in schwarze und weiße quadratische Felder gegliedert war, lag ein roher Steinbrocken mit einem dicken Hammer darauf.

Rechts und links zogen sich je zwei Stuhlreihen an den Wänden entlang, auf denen dic Gäste Platz nahmen. Sie saßen mit dem Rücken zur Wand, also mit dem Gesicht zur offenen Mitte des Raumes.

Peter wählte einen Stuhl in der vorderen Reihe, um alles sehen zu können, was geschah. Bevor er sich setzte, nahm er ein DIN-A4-Blatt vom Stuhl, worauf das Programm des Abends gedruckt war.

Da Fay eine Rolle bei dem Ritual übernehmen würde, das heute durchgeführt werden sollte, würde sie auf einem besonderen Platz sitzen. Er sah sie in den Tempel eintreten, aber sie blickte so starr geradeaus, dass es ihm nicht gelang, Augenkontakt mit ihr aufzunehmen.

Eine Arie ertönte, aus der *Zauberflöte*, so stand es im Programm.

Zum Ziele führt dich diese Bahn,
doch musst du, Jüngling, männlich siegen.
Drum höre unsere Lehre an:
Sei standhaft, duldsam und verschwiegen.

Schräg gegenüber von Peter saßen Sven und Erik. Ein paar Stühle weiter erkannte er Tony Vanderhoop, der seine Kappe inzwischen abgenommen hatte.

In die Gewölbedecke waren unauffällig kleine Spots eingelassen, und die Wände bestanden aus grünen Holzpaneelen, auf denen in regelmäßigen Abständen die Symbole des Tierkreises angebracht waren.

Peters Blick fiel auf den Spruch über dem Eingang: »Erkenne dich selbst«, das alte Sprichwort, das schon in der griechischen Antike über dem Apollo-Tempel in Delphi geprangt hatte. Ihm lag die Vorstellung zugrunde, dass im Menschen bereits alle Kenntnis enthalten sei: Alles, was man wissen muss, befindet sich im Prinzip in Reichweite, aber man muss in sich selbst danach forschen.

Eine Frau neben Peter flüsterte – ein wenig zu laut, als wollte sie mit ihrer Bildung hausieren gehen –, dass die beiden schwarz gekleideten Logenmitglieder links und rechts neben dem Tempeleingang die beiden Aufseher seien, die als eine Art linke und rechte Hand des Meisters vom Stuhl fungierten.

Ganz am Ende des Tempels standen, leicht erhöht, ein weiterer Tisch und ein Stuhl, auf dem der Meister saß. Die Wand hinter ihm schmückte ein Relief des Allsehenden Auges.

Wie ein König auf seinem Thron blickte er gelassen in den Saal und zupfte mit der Rechten ab und zu an seinem grauen Vollbart.

Kurz bevor die Türen geschlossen wurden, kam die Frau herein, die vorhin im unteren Saal für Unruhe gesorgt hatte, hinter ihr der Mann, dem es letztlich gelungen war, sie zu beruhigen. Sie setzten sich auf die Plätze, die am weitesten vom Vorsitzenden entfernt waren, dicht am Eingang.

Die Musik wurde langsam ausgeblendet, und auch das Gemurmel erstarb.

Das Licht wurde gedimmt, und die Decke mit den kleinen Spots verwandelte sich in einem nächtlichen Sternenhimmel.

Würde sich gut bei mir im Schlafzimmer machen, dachte Peter. Er erkannte das Sternbild des Orion und den Großen Wagen. Es erinnerte ihn an die Nacht, die er am Ufer des Sees Genezareth verbracht hatte, zusammen mit einer Gruppe Rucksackreisender, die er in Jerusalem getroffen hatte. Er hatte schlecht geschlafen; die Nacht war viel kälter gewesen, als er erwartet hatte. Obwohl er von Kopf bis Fuß bekleidet war, hatte er in seinem klammen Schlafsack gefroren. Er war nie länger als eine Viertelstunde eingenickt, aber was für ein Anblick der nächtliche Himmel mit den unzähligen Sternen gewesen war! Eine beinahe mystische Erfahrung.

Der Meister vom Stuhl eröffnete die Sitzung mit einem einzelnen Hammerschlag, worauf die Aufseher ebenfalls beide mit einem Schlag antworteten.

Meister vom Stuhl: »Ich werde jetzt mit dem Baustück beginnen. Bitte erheben Sie sich von Ihren Sitzen. Brüder und Schwestern, nehmt die Treuehaltung ein.«

Die Mitglieder der Loge standen auf und legten die rechte Hand auf die Brust.

Meister vom Stuhl: »Bruder Erster Aufseher, warum sind wir heute Abend zusammengekommen?«

Erster Aufseher: »Meister vom Stuhl, du hast uns mit unseren Gästen zu diesem besonderen Treffen, dieser besonderen Sitzung zusammengerufen.«

Meister vom Stuhl: »Bruder Erster Aufseher, auf welcher Grundlage versammeln wir uns heute Abend?«

Erster Aufseher: »Auf der Grundlage des gegenseitigen Respekts und der Bruderschaft, Meister.«

Meister vom Stuhl: »Schwester Zweite Aufseherin, wozu haben wir unsere Gäste eingeladen?«

Zweite Aufseherin: »Es ist unser Wunsch, ihnen einen Einblick in unsere Arbeitsweise zu bieten.«

Meister vom Stuhl: »Schwester Zweite Aufseherin, was umfasst unsere Arbeitsweise?«

Zweite Aufseherin: »Die stetige Arbeit an uns selbst zur Entfaltung des harmonischen Menschen, der wahrhaft ein lebendiger Baustein im Tempel der Menschheit werden kann.«

Meister vom Stuhl: »Lasst uns im Gedanken daran an einem fruchtbaren Abend arbeiten. Bruder Erster Aufseher, Schwester Zweite Aufseherin, Schwester Zeremonienmeisterin, steht mir bei, um zur Unterstützung unserer Arbeit die drei kleinen Lichter zu entzünden und die drei großen Lichter erscheinen zu lassen.«

Meister vom Stuhl: »Aufseher und Zeremonienmeisterin.«

Die Aufseher und Fay, die Zeremonienmeisterin, erhoben sich von ihren Plätzen und gingen zum Meister. Dieser ließ eine lange Anzündhilfe am ewigen Licht aufflammen und reichte sie an Fay weiter. Mit diesem langen Fidibus würden die drei Kerzen, die als die drei kleinen Lichter bezeichnet wurden, nacheinander von dem Dreieck – dem Meister vom Stuhl und den beiden Aufsehern – angezündet werden.

Fay war am Abend zuvor mit Peter das Ritual in groben Zügen durchgegangen, wodurch er mit der Terminologie der Freimaurer schon recht gut vertraut war.

Die Zweite Aufseherin entzündete die erste Kerze, die Säule der Weisheit.

Zweite Aufseherin: »Die Weisheit möge den Bau leiten.«

Der Erste Aufseher zündete die zweite Kerze an, die Säule der Kraft.

Erster Aufseher: »Mit Kraft möge der Tempel entstehen.«

Der Meister vom Stuhl entzündete die dritte Kerze, die Säule der Schönheit.

Meister vom Stuhl: »Möge Schönheit ihn zieren.«

Anschließend stellten sich das Dreieck und die Zeremonienmeisterin am Kubus auf, auf dem das Buch, das Winkelmaß und der Zirkel lagen. Der Meister schlug das Buch auf und legte Zirkel und Winkelmaß auf die geöffneten Seiten.

Peter wusste, dass der Zirkel ein Symbol für die intellektuelle Arbeit des Freimaurers an sich selbst und das Winkelmaß ein Symbol der Gewissenhaftigkeit war. Die Lage des Zirkels im Verhältnis zum Winkelmaß deutete in dieser und manchen anderen Logen den Grad an, an dem gearbeitet wurde.

Beim ersten Grad, dem des Lehrlings, lag der Zirkel unter dem Winkelmaß: Der Geist war noch im Stofflichen verborgen, quasi gefangen in der Materie. Beim zweiten Grad, dem des Gesellen, lag der Zirkel mit einem Bein unter dem Winkelmaß: Der Geist erlangte Macht über das Stoffliche, er entrang sich der Materie. Beim dritten Grad, dem des Meisters, lag der Zirkel auf dem Winkelmaß: Der Geist regierte über das Stoffliche, er hatte sich von der Materie gelöst.

Meister vom Stuhl: »Ich danke euch, Brüder und Schwestern. Ich eröffne diese besondere Zusammenkunft mit einem Hammerschlag.«

Wiederum wurde der Hammerschlag von den beiden Aufsehern wiederholt.

Meister vom Stuhl: »Die Zusammenkunft ist eröffnet. Bitte nehmen Sie jetzt alle Ihre Plätze wieder ein.«

Peter fiel auf, wie gebannt alle Anwesenden nach diesem Auftakt zuhörten.

Er sah hinüber zu Fay, der die Konzentration, mit der sie sämtliche Handlungen durchgeführt hatte, noch anzusehen war. Sie hielt den Blick schräg zu Boden gerichtet, als hätte sie

Angst, dass der Bann gebrochen werden könne, sobald jemand ihr ins Gesicht schaute.

Wieder erklang Musik, eine Barockkomposition, dachte Peter. Klassik wählte er gerne auf Spotify als Hintergrundmusik bei der Arbeit aus.

Nachdem die letzten Töne verklungen waren, ergriff der Meister vom Stuhl erneut das Wort.

»Liebe Brüder und Schwestern, sehr geehrte Anwesende, liebe Freunde«, begann er. »Ich freue mich sehr, heute Abend vor Ihnen diese kleine Rede halten zu dürfen, und ich sage es Ihnen gleich und ganz offen und ehrlich: Ich betrachte es als keine geringe Aufgabe. Lassen Sie es mich Ihnen erklären. Als wir gemeinsam, als Brüder und Schwestern, die Vorbereitung für diesen offenen Abend trafen, kam der Gedanke auf, auch eine kurze Einführung zu einigen der wichtigsten Symbole mit ins Programm zu nehmen, die für uns als Freimaurer von Bedeutung sind. Einerseits war das keine schlechte Idee, andererseits ist es jedoch eine durchaus knifflige Sache. Warum? Weil die Freimaurerei durch ein außerordentlich breites Spektrum an Symbolen gekennzeichnet ist. Daher erforderte es gründliche Arbeit, daraus eine Auswahl zu treffen, die erstens Ihnen einen ersten Eindruck vermittelt und zugleich die große Bandbreite der Symbolik verdeutlicht, die für uns eine so große Rolle spielt. Dennoch hoffe ich, dass es uns gelungen ist, eine repräsentative Sammlung auszuwählen, durch die wir einen Zipfel des Schleiers lüften können und mit der wir hoffentlich auch Ihre Neugier wecken. Vielleicht wird dadurch der ein oder andere dazu angeregt, uns näher kennenlernen zu wollen. Falls es Ihnen so geht, seien Sie versichert, dass wir Ihnen mit Vergnügen bei Ihrer Suche nach möglichen Bedeutungen der wundervollen Symbolik zur Seite stehen.«

Jetzt hob Fay endlich den Blick. Sie lächelte Peter zu, und ihn erfüllte ein tiefes Gefühl der Liebe zu ihr.

»Bevor ich jedoch mit den Erklärungen zu einigen unserer wichtigsten Symbole beginne«, fuhr der Meister vom Stuhl fort, »möchte ich zunächst noch etwas zu Deutungen und Interpretationen sagen. Nicht umsonst habe ich für meinen Vortrag den Titel ›Weisheit, Kraft und Schönheit: fühlen mit dem Kopf, denken mit der Seele‹ gewählt. Natürlich besitzt die Freimaurerei eine reiche Symboltradition, und natürlich ist es möglich, die Deutungen mit Ihnen zu teilen. Das werde ich auch noch tun, aber ich möchte Sie ausdrücklich darauf hinweisen, dass die Freimaurerei keine Dogmen kennt. Im Gegenteil: Die Freimaurerei lässt jeder Person die Möglichkeit zu ihrer persönlichen Suche. Sie stellt zwar zahlreiche Hilfsmittel und symbolischen Proviant für unterwegs zur Verfügung, doch unsere Lehre will keine universelle Wahrheit propagieren. Sinngebung ist für uns etwas strikt Persönliches. Es liegt also an uns, eine Bedeutung oder mehrere Bedeutungen zu finden, die uns als Individuum dabei helfen können, zu einer tieferen Erkenntnis zu gelangen – in uns selbst, in unserer Umwelt und in dem, was uns bewegt, vor allem in der Interaktion mit anderen. Diese Suche nach Bedeutung ist eine große Herausforderung. Vielleicht verlangt sie auch eine Grundhaltung und eine Offenheit, die uns im alltäglichen Leben keineswegs immer gelingt. Vielleicht verlangt sie auch einen ganz anderen Ansatz, als Sie es gewohnt sind. Dies ist der Grund, warum ich über das Fühlen mit dem Kopf und das Denken mit der Seele sprechen will. So können wir vielleicht langsam, aber sicher andere, tiefere Schichten erreichen. Schichten, die jetzt vielleicht noch unbekanntes Terrain sind – *Terra incognita* –, aber in denen wir möglicherweise Erkenntnisse finden können, die uns helfen, bessere Menschen zu werden.«

Gerade weil es in der Freimaurerei keine Dogmen gab, hatte sich Fay von Anfang an so für sie begeistert. Peter konnte sie gut verstehen. Sie war als Mitglied der orthodoxen Kirche aufgewachsen, einer Gemeinschaft, die im Gegensatz zu den Freimaurern ganz und gar auf jahrhundertealten, in Stein gemeißelten Lehrmeinungen beruhte.

Ihr Vater und ihre hochschwangere Mutter hatten 1968 ihren überlieferten Glauben mitgenommen, als sie nach dem Prager Frühling in die Niederlande geflüchtet waren. Fay hatte sich nur mit großer Mühe von ihrem orthodoxen Umfeld gelöst; das unmenschliche Leiden und der Tod ihres Mannes Petr hatten ihr den letzten Anstoß dazu gegeben.

»Bedeutet das, dass wir als Freimaurer alles jederzeit alleine meistern müssen?«, fragte der Vorsitzende, während er seinen Blick durch den Saal wandern ließ. »Nein, absolut nicht. Wir sind Teil dieser Loge – einer eng zusammengehörigen Gruppe von Brüdern und Schwestern, die zusammen mit uns unterwegs sind, die zusammen mit uns auf der Suche sind und in der Gemeinschaft Schritt für Schritt versuchen, die Welt ein wenig besser zu machen, als sie jetzt ist. In dieser Hinsicht bilden wir einen Teil dessen, was wir gerne als die universelle Brüder- und Schwesternkette bezeichnen, die die ganze Welt umspannt.«

Der Meister vom Stuhl nickte freundlich in Richtung von Tony Vanderhoop, der die Geste lächelnd erwiderte.

»Jeder von uns ist darin ein einzigartiges und zugleich unverzichtbares Glied«, fuhr er fort. »Und so formen wir letzten Endes ein Ganzes, das viele Male größer ist als die Summe der Teile. Bitte denken Sie daran, wenn ich Ihnen gleich etwas über unsere Symbole erzähle. Vielleicht kann meine Erklärung eine Anregung zu einer persönlichen Suche bieten, je nachdem, was die Symbole für Sie möglicherweise bedeuten. Doch ich möchte Ihnen vorab noch etwas anderes, Grundlegendes zu unserer Struktur erzählen. Wie Sie vielleicht wissen, arbeiten wir mit den drei Graden Lehrling, Geselle und Meister. Je mehr Fortschritte ein Mitglied der Freimaurer auf seinem oder ihrem Weg macht, desto höher steigt er oder sie auf. Ich möchte betonen, dass stets alles in Bewegung bleibt. Es ist keineswegs so, dass eine Freimaurermeisterin oder ein -meister mit der Erlangung dieses Grades sämtliche Weisheit gepachtet hat und mit der Suche aufhören kann. Wir halten uns stets vor Augen, dass wir immer weiter lernen müssen. Infolgedessen kann die

Erforschung der Bedeutung dieser Symbole, mit denen wir arbeiten, für jeden einen ganz eigenen und sich immer weiter entwickelnden und vertiefenden Verlauf nehmen. Vielleicht gehört dies sogar zu den schönsten Seiten des Seins und Werdens einer Freimaurerin oder eines Freimaurers.«

Peter sah, wie einige Zuhörer lächelten, als könnten sie es gar nicht erwarten, sich der Loge anzuschließen. Vielleicht waren sie aber auch bereits Mitglieder.

Fay schwärmte immer von der Brüderlichkeit der Freimaurer, aber Peter war der Meinung, dass man so ein Gefühl der Verbundenheit doch auch bei jeder anderen willkürlichen Gemeinschaft finden konnte, der man sich anschloss und für die man sich engagierte, etwa einem Sportverein oder einem Schachclub.

Der Vorsitzende ging in seiner Rede ausführlich auf die Bedeutung einiger in der Freimaurerei bekannten Symbole ein, und er wurde nicht müde zu betonen, dass es letzten Endes jedem freigestellt sei, seine Interpretation hinzuzufügen.

»Im Grunde versuchen wir also, den glatten Kubus aus dem rauen Stein zu befreien, sodass er vollständig ans Licht kommen kann.«

Dieses Bild gefiel Peter. Es erinnerte ihn an einen Spruch Michelangelos, dessen genauer Wortlaut ihm gerade nicht einfallen wollte. Als der Künstler gefragt wurde, wie er die herrlichen Skulpturen aus dem Marmor hervorholte, antwortete er: »Die Skulptur liegt bereits im Stein verborgen, man muss sie nur daraus befreien.«

Sich von überflüssigem Ballast zu befreien, um so zum wahren Kern zu gelangen, oder zu Gott … Dies war ja ein immer wiederkehrendes Thema in allen Religionen und Weltanschauungen, vom Hinduismus und Buddhismus bis hin zu den Religionen Abrahams.

Hatte nicht auch Jesus seine Zuhörer ermahnt, keine irdischen Schätze anzuhäufen? »Ihr sollt euch nicht Schätze sammeln auf Erden, da sie die Motten und der Rost fressen und da die Diebe nachgraben und stehlen. Sammelt euch aber Schätze im Himmel, da sie weder Motten noch Rost fressen und da die Diebe nicht nachgraben noch stehlen. Denn wo euer Schatz ist, da ist auch euer Herz.«

Es ging schließlich nicht um das Materielle, nicht um den irdischen Besitz, von dem man letzten Endes nichts mitnehmen konnte, sondern um die unsterbliche Seele, die aus dem Morast der Materie befreit werden musste.

Peter stellte plötzlich fest, dass er einige Zeit mit den Gedanken abgeschweift sein musste, denn er erschrak, als auf einmal wieder Musik aus unsichtbaren Lautsprechern ertönte.

Als das Stück vorbei war – *Maurische Trauermusik* in C-Moll (K477) von Mozart –, schloss der Meister vom Stuhl seinen Vortrag.

»Hiermit komme ich zum Ende dieser kurzen Betrachtung. Ich konnte natürlich nur wenige Themen oberflächlich streifen und Ihnen einen kleinen Einblick in ein wesentlich umfassenderes Ganzes bieten. Dennoch hoffe ich, dass ich Ihnen damit einen ersten Eindruck von den vielen positiven Möglichkeiten zur Unterstützung geben konnte, die die Freimaurerei uns bietet. Und natürlich würde ich mich sehr freuen, wenn Sie nun, zum Abschluss, denken würden: Das klingt nach mehr! Ich danke Ihnen herzlich für Ihre Aufmerksamkeit. Gerne bieten wir Ihnen im Anschluss an diesen Vortrag die Gelegenheit, Ihre Fragen, Gedanken und Erkenntnisse mit uns und miteinander zu teilen. Lassen Sie mich diese Rede, dieses Baustück, wie wir sagen, auf traditionelle Weise beenden: So sei es – ich habe gesprochen.«

Der Meister vom Stuhl schlug einmal mit dem Hammer, wiederum gefolgt von zwei Schlägen der Aufseher.

Zum dritten Mal ertönte Musik. Ein wundervoller Chor sang ein französisches Lied. Peter erkannte das Stück und konnte sogar mitsummen. *Pavane*, Op. 50 von Fauré, las er auf dem Programmzettel. Er schloss die Augen. Erst schwollen die Töne an, dann wieder ab; sie überspülten ihn wie kleine Wellen eines ruhigen Meeres. Es war hypnotisierend.

Nachdem das Stück zu Ende war, ergriff der Meister vom Stuhl wieder das Wort.

Meister vom Stuhl: »Ich will die Arbeiten nun beenden. Bitte erheben Sie sich von Ihren Sitzen. Brüder und Schwestern, nehmt die Treuehaltung ein.«

Die Mitglieder der Loge nahmen Haltung an wie zuvor. Der Meister vom Stuhl und die beiden Aufseher schlossen das Buch und legten das Winkelmaß wieder darauf.

Zweite Aufseherin [löschte die Kerze der Säule der Weisheit]: »Möge die Weisheit uns leiten.«

Erster Aufseher [löschte die Kerze der Säule der Kraft]: »Möge die Kraft uns stützen.«

Meister vom Stuhl [löschte die Kerze der Säule der Schönheit]: »Möge die Schönheit in unseren Herzen wohnen.«

Alle kehrten wieder zu ihren Plätzen zurück.

Meister vom Stuhl: »Ich danke euch, meine Brüder und Schwestern. Wie sollen Freimaurer zusammenkommen, handeln und auseinandergehen?«

Zweite Aufseherin: »Nach den Prinzipien von Wasserwaage, Richtschnur und Winkelmaß, Stuhlmeister.«

Meister vom Stuhl: »Welches sind die Prinzipien, Schwester Zweite Aufseherin?«

Zweite Aufseherin: »Das Miteinander in Harmonie, das Handeln nach dem höchsten Gesetz und das Auseinandergehen im richtigen Verhältnis, Stuhlmeister.«

Meister vom Stuhl: »Lasst uns immer so zusammenkommen, handeln und auseinandergehen, dann kann der Bau fortschreiten. Erster Aufseher, sind wir unserem Ziel näher gekommen?«

Erster Aufseher: »Unser Wunsch war es, gemeinsam mit unseren Gästen Wissen zu erlangen und Wissen zu teilen sowie den Abend erfolgreich zu gestalten. Dies ist uns gelungen.«

Meister vom Stuhl: »Dann lasst uns vergnügt dorthin zurückkehren, von wo wir kamen. Ich schließe diese besondere Zusammenkunft mit einem Hammerschlag.«

Wiederum wurde die Handlung von den Aufsehern wiederholt.

Meister vom Stuhl: »Die Zusammenkunft ist beendet. Ich wünsche unseren Gästen einen guten Heimweg.«

Nach einem kurzen Zögern – offenbar wollte niemand den Anfang machen – standen mehrere Leute gleichzeitig auf.

Schon bald hatten sich zehn, fünfzehn Besucher um den Vorsitzenden versammelt, die ihm offenbar noch Fragen stellen wollten.

Peter sah seinen Studenten Sven und dessen muskulösen Freund, die vorhin mit ihm draußen im Garten gestanden hatten. Sie hielten sich etwas abseits von den anderen, schienen aber dem zuzuhören, was gesagt wurde. Auch der amerikanische Besucher, Tony, stand daneben und wartete geduldig darauf, dass er an die Reihe kam.

Der Mann und die Frau, die als Letzte hereingekommen waren, waren als Einzige auf ihren Stühlen sitzen geblieben.

In kleinen Schritten schlurften die übrigen Gäste zum Ausgang. Jemand drückte leicht Peters Hand. Es war Fay, die sich unbemerkt zu ihm gesellt hatte.

»Und?«, fragte sie leise.

»Das hast du sehr, sehr gut gemacht!«, sagte Peter. »Es war etwas ganz Besonderes für mich.« Dass er einen Teil des Vortrags nicht mitbekommen hatte, behielt er lieber für sich.

5

Unten im Foyer zogen manche schon die Mäntel an – jedes Mal, wenn die Tür aufging, wehte ein gemein kalter Luftzug herein –, aber weitaus die meisten blieben noch zum Umtrunk da.

Hinter der kleinen Theke traten sich vier freiwillige Helfer auf die Füße, die jedes Mal entschuldigend lächelten, wenn sie sich gegenseitig anrempelten, aber irgendwann konnte Peter schließlich zwei Gläser Rotwein ergattern.

Fays Wangen waren gerötet, entweder durch die Wärme oder vor Erleichterung, weil sie ihren Einsatz erfolgreich gemeistert hatte.

Peter trank einen Schluck Wein.

Er war außergewöhnlich gut, überraschend bei einem unspektakulären Anlass wie diesem.

Fay sah ihm wohl seine Begeisterung an, denn sie erklärte: »Unser Meister vom Stuhl ist ein echter Weinkenner. Er hat schon bei internationalen Verkostungen Preise gewonnen und dabei sogar renommierte französische Tester geschlagen. Der Wein hier ist immer sehr gut.«

»Ich bin der rechte Weinstock«, zitierte Peter die Worte Jesu aus dem Johannesevangelium, »und mein Vater ist der Weingärtner.« Anerkennend trank er einen zweiten Schluck und spülte dabei den Wein wie ein echter Fachmann ein wenig im Mund herum.

»Tja«, sagte Fay, »Jesus war auch kein Kostverächter.«

Peter lächelte.

»Eine jegliche Rebe an mir, die nicht Frucht bringt, wird er wegnehmen; und eine jegliche, die da Frucht bringt, wird er reinigen, dass sie mehr Frucht bringe«, beendete Peter das Zitat. »Das wäre ein passendes Motto für die Freimaurer.«

»An sich schon«, stimmte ihm Fay zu. »Bei uns geht es tatsächlich darum, sich selbst kritisch zu betrachten, schlechte Eigenschaften, Gewohnheiten und Ballast loszuwerden, sich also hier und da etwas zu beschneiden, um sich besser entwickeln zu können. Aber soweit ich mich erinnere, kommt doch nach der Stelle, die du gerade zitiert hast, irgendetwas über eine Strafe für diejenigen, die Jesus nicht folgen, oder?«

»Stimmt«, sagte Peter. »Es geht weiter mit: ›Wer nicht in mir bleibt, der wird weggeworfen wie eine Rebe und verdorrt, und man sammelt sie und wirft sie ins Feuer, und sie müssen brennen.‹«

»Genau«, sagte Fay, »das habe ich gemeint. Und das ist einer der Gründe, warum ich mich mit der christlichen Kirche nicht mehr identifizieren konnte. Diese Vorstellung, für ewig gestraft zu werden, nur weil man jemand anderem nicht so folgt, wie es von einem verlangt wird. Hinzu kommt, dass auch anderen das Recht zugesprochen wird, einen zu kritisieren, und dann halten sie dir zum Beweis für deine Verfehlungen ein Buch unter die Nase, um dir Schwarz auf Weiß zu zeigen, dass du gegen die rechte Lehre verstoßen hast. Mir gefällt an der Freimaurerei, dass jedes Mitglied die verschiedenen Symbole mit einer eigenen Bedeutung füllen kann. Niemand sagt dir: Du irrst dich, es ist nämlich soundso. Deswegen fühle ich mich hier so wohl; es wird nicht über dich geurteilt.«

Es war noch immer ziemlich voll in dem kleinen Saal. Hier und da standen Trauben von Menschen beisammen, die sich angeregt unterhielten. Der Amerikaner Tony Vanderhoop bildete den Mittelpunkt einer Gruppe, die an seinen Lippen zu hängen schien, und in einer Ecke ganz hinten im Saal saß die Ruhestörerin namens Jenny zusammen mit anderen und führte eine ernsthafte Diskussion.

»Wie hat es dir eigentlich gefallen?«, fragte Fay.

»Es war etwas ganz Besonderes«, antwortete Peter. »Warst du denn zufrieden damit, wie alles geklappt hat?«

»An sich ist alles gut gelaufen, mein Part, meine ich. Ich habe nur ein paar kleine Fehler gemacht.«

»Welche denn?«

»Kaum der Rede wert. Ich habe hier einen Schritt zu viel und da einen zu wenig gemacht, es hat nicht genau gepasst. Ich war wohl ein bisschen zu angespannt. Einmal habe ich die Kerze einen Augenblick zu früh präsentiert, aber das sind alles nur Kleinigkeiten. Ich bin nicht unzufrieden, aber beim nächsten Mal will ich es auf jeden Fall besser machen.«

»Ich fand es wirklich interessant«, sagte Peter. »Ich habe festgestellt, dass ich durch dich schon mehr wusste, als ich geahnt hatte. Ich habe heute Abend sogar kaum etwas Neues erfahren, was aber nicht heißt, dass mir die Rede des Vorsitzenden, pardon, des Meisters vom Stuhl, nicht gefallen hat. Er hat sich sehr klar und deutlich ausgedrückt.«

Peter sah, wie Sven und Erik den kleinen Saal betraten. Nachdem sie sich an der Bar ein Bier geholt hatten, gingen sie sofort weiter durch in den Garten.

»Möchtest du eventuell auch Mitglied …«, begann Fay, konnte ihren Satz aber nicht beenden.

Der Mann mit der Fliege, der früher am Abend die Gäste an der Tür willkommen geheißen hatte, gesellte sich zu ihnen.

»So«, sagte er nur und dann nichts mehr.

Keine besonders raffinierte Gesprächseröffnung, dachte Peter.

Der Mann sah Peter freundlich an, wie ein Lehrer, der geduldig wartet, bis sein Schüler Antwort auf eine Frage gibt.

»Hallo, Johan«, sagte Fay. »Darf ich dir meinen Freund Peter vorstellen?«

Sie schüttelten sich die Hand.

»Sind Sie schon lange Mitglied?«, ergriff Peter die Initiative.

»Mittlerweile seit über fünfundzwanzig Jahren. Nicht bei dieser Loge, sondern bei La Vertu, dem Männerclub, wenn ich so sagen darf. Nicht, dass ich etwas gegen die Mitgliedschaft von Frauen hätte, verstehen Sie mich nicht falsch, aber ich schätze es eben, wenn ab und zu wir Männer unter uns sind. Da kann man sich doch ganz anders unterhalten, als wenn Frauen dabei sind.«

»Slegs vir mans«, bemerkte Fay auf Afrikaans, in einer Anspielung auf die rassistischen Südafrikaner und den Apartheitsspruch *»Slegs vir blankes«*, nur für Weiße. Dabei warf sie Peter ein verschwörerisches Lächeln zu.

»Ich habe eben einen Gast aus Amerika kennengelernt«, sagte Peter, um das Thema zu wechseln. Fay war sichtlich verärgert darüber, wie Johan seine reine Männerloge propagiert hatte.

»Aha«, sagte Fay, »den Bruder aus Boston?« Sie lachte, als sie Peters überraschtes Gesicht sah. »Ich habe ihn noch nicht getroffen, aber bei unserem Treffen letzte Woche wurde sein Kommen angekündigt. Er hatte sich vorher per E-Mail gemeldet und gefragt, ob er an einem Treffen teilnehmen dürfe, solange er hier zu Besuch sei. Und da hat der Gästeabend ja gut gepasst. Er ist in Boston Mitglied bei der Grand Lodge of Massachusetts. Sie soll die drittälteste Loge der Welt sein, sagt er, nach der von England, die 1717 gegründet wurde, und der von Irland aus dem Jahr 1725. Die Bostoner Loge stammt aus dem Jahr 1733; sie scheinen also ein gutes Pedigree zu haben.«

»Das stimmt«, bestätigte Johan. »Eine gute Gelegenheit, einmal diverse Mythen aus der Welt zu schaffen. Peter, bestimmt hast du schon einmal gehört, dass die Freimaurer auf den Templerorden zurückgehen, der mit vollständigem Namen ›Arme Ritterschaft Christi und des salomonischen Tempels zu Jerusalem‹ heißt. Dieser Fabel begegnet man immer wieder, sowohl in Büchern als auch auf Websites, auf denen es vor Verschwörungstheorien nur so wimmelt. Bei den Kreuzzügen stellten die Templer eine militärische Eliteeinheit. Manche Verschwörungstheorien behaupten sogar, die Freimaurer gingen noch auf die Zeit vor Christi Geburt zurück, ja, bis zu König

Salomo und seinem Baumeister Hiram Abiff, den Architekten des ersten Tempels von Jerusalem. Dieser Meisterarchitekt soll über geheimes Wissen verfügt haben, das er in seinen Bauwerken verschlüsselt mitgeteilt hat. Über die Jahrhunderte hinweg soll dieses Wissen von Generation zu Generation weitergegeben worden sein. In Kathedralen wie der von Chartres oder der Rosslyn Chapel bei Edinburgh sollen Freimaurer geheime Botschaften und Codes versteckt haben, die nur für Eingeweihte erkennbar sind. Mein lieber Peter, ich kann dir sagen: Das alles ist barer Unsinn. Den Leuten, die so etwas glauben, kann man auch weismachen, dass es eine Geheimregierung gibt, die die totale Herrschaft über die ganze Welt anstrebt.«

Für jemanden, der anfangs so wortkarg war, ist unser Johan dann doch ganz schön redselig geworden, dachte Peter.

»Das Thema liegt mir einfach am Herzen«, fuhr Johan fort. »Wenn du wüsstest, wie oft ich mir diesen Quatsch anhören musste und wie oft ich meine Mitgliedschaft bei den Freimaurern verteidigen musste! Jedenfalls fühlt man sich oft dazu genötigt, sich zu rechtfertigen. Um es kurz zu machen: Die Freimaurer gehen ganz einfach auf die alten Maurergilden aus dem Mittelalter zurück, daran ist nichts Spektakuläres. Die Maurer konnten sich innerhalb Europas frei bewegen und von Stadt zu Stadt reisen, um beim Bau von Kathedralen mitzuhelfen. Sie hatten zwar ein geheimes Begrüßungsritual und Passwörter, aber nur zum Beweis, dass sie Mitglieder der Gilde waren. Die Maurer luden ihrerseits andere Handwerker ein, sich ihnen anzuschließen, und so entstand allmählich eine Brüderschaft. Während der Aufklärung entwickelte sich diese dann zu einer eher philosophischen Bewegung, wahrscheinlich der ersten, die sich religionsunabhängig organisierte, ohne dabei antireligiös zu sein. Das ist es ja gerade an den Freimaurern, dass sie Freidenker waren, tolerant gegenüber Andersdenkenden, und das war damals etwas ganz Besonderes.«

Bewundernd hatte Peter Johan zugehört. Unglaublich, wie er aus dem Stegreif diese Zusammenhänge erklären konnte!

»Vielen Dank für deine interessanten Ausführungen, Johan«, sagte Fay und sah nun schon viel freundlicher aus. Sie schien ihm seine Bemerkungen über Frauen und reine Männerlogen vergeben zu haben.

»Wie auch immer«, sagte Johan. »Schön, dass du heute Abend mitgekommen bist, Peter. Vielleicht sehen wir uns ja noch öfter. Du bist hier jedenfalls herzlich willkommen. Und es soll mir egal sein, ob du der Gilde von Ishtar oder meiner Loge beitrittst, die ›slegs vir mans‹ ist.« Mit einem kleinen Lächeln verabschiedete er sich.

Inzwischen wurde es leerer. Peter sah, wie Sven und Erik aufbrachen, und kurz darauf ging auch Jenny, die Frau, die vor der Rede des Meisters die kleine Störung verursacht hatte, zusammen mit ihrem Begleiter. Tony Vanderhoop und seine Gruppe waren verschwunden, ohne dass Peter es bemerkt hatte.

»Sollen wir auch gleich gehen?«, fragte Fay. »Oder möchtest du noch ein bisschen bleiben?«

»Lass uns doch noch ein bisschen bleiben«, schlug Peter vor. »Ich hole mir noch ein Glas Wein. Möchtest du auch noch eins?«

»Nein, danke. Ich gehe noch mal kurz zur Toilette. Aber ich möchte nicht, dass es zu spät wird, in Ordnung?«

»In Ordnung. Dann gehen wir eben gleich.«

Peter nahm sich an der Theke ein Glas Wein von einem Tablett, trank ein paar Schlucke daraus und steckte sich ohne nachzudenken drei Hände Erdnüsse nacheinander in den Mund, was er gleich darauf bereute. Seitdem er Fay kennengelernt hatte, achtete er mehr auf sein Gewicht, bewegte sich regelmäßig und ernährte sich gesünder, wodurch er bereits ein paar Kilo abgenommen hatte.

Seit zwei Jahren spielt er Wasserball, ein Sport, der ihm rein gar nichts gesagt hatte, bis er beim Schwimmen im Hallenbad eine Mannschaft beobachtet hatte. Die Kombination aus intensivem Training und dem spielerischen Element hatte ihn so angesprochen, dass er damit angefangen hatte.

Seine zwei Gläser Wein am Tag waren im Grunde seine letzte Sünde – abgesehen von seinem täglichen Zigarillo.

Fay kehrte von der Toilette zurück und umarmte auf dem Weg zu Peter zum Abschied noch ein paar Leute. »Du, Schatz?«, sagte sie, als sie ihn erreicht hatte. »Sollen wir denn jetzt mal gehen?«

Sie wirkte plötzlich sehr müde, als habe sie genug davon, ununterbrochen freundlich zu lächeln.

»Einverstanden«, sagte Peter und kippte den Rest seines Weins herunter.

»Ich würde mich gerne noch vom Meister verabschieden«, sagte Fay. »Ob er noch oben ist? Ich habe ihn hier unten noch nicht entdeckt.«

»Dann gehen wir eben noch mal kurz rauf.«

»Komm«, sagte Fay. »Lass uns nach Westen zurückkehren und uns als Freimaurer zu erkennen geben.«

Das war eine feste Redewendung, wie sie ihm erklärt hatte. Wenn der Meister ein Treffen beendete, sagte er jedes Mal: »Kehrt zurück nach Westen und gebt euch dort als Freimaurer zu erkennen.« Mit dem Westen war die Gesellschaft gemeint, im Gegensatz zum Osten, der spirituellen oder geistlichen Welt, von wo die Weisheit kam. Der Spruch drückte aus, dass man das Gelernte in die Praxis umsetzen und so einen Beitrag zu einer besseren Welt leisten sollte, wie gering auch immer er war.

Sie verabschiedeten sich noch von einigen anderen Leuten.

»Ich gehe auch noch mal kurz zur Toilette«, sagte Peter.

»Schön, dass du mitgekommen bist«, sagte Fay.

»Gern geschehen, Schatz«, sagte er. »Ich fand den Abend wirklich interessant.«

»Wer weiß, vielleicht kommen wir ja noch öfter hierher«, sagte sie hoffnungsvoll.

Ist ja in der Tat eine inspirierende Umgebung, dachte Peter. Wahrscheinlich kann man hier bessere Gespräche führen als sonst irgendwo.

»Könnte durchaus sein«, sagte er.

Peter verließ den Saal und ging zur Toilette, eine altmodisch geflieste Räumlichkeit, die dringend einer Renovierung bedurfte. Es war kalt dort und roch eklig, wie auf der Toilette einer Studentenverbindung. Er versuchte, durch den Mund zu atmen, um so wenig wie möglich von dem Gestank zu riechen. Nachdem er sich die Hände gewaschen hatte, trat er in den Flur, wo Fay bereits auf ihn wartete.

Sie gingen hinauf.

Plötzlich überfiel Peter eine unheilvolle Vorahnung, und er ließ die Hand unschlüssig auf der Klinke der Tempeltür liegen.

Fay, die nicht damit gerechnet hatte, dass er stehen blieb, prallte von hinten gegen ihn. »Was ist?«, fragte sie erstaunt.

»Ich weiß nicht«, antwortete Peter, ehe er langsam die Tür öffnete.

Fragment zwei – von Amsterdam nach Leiden (Frühling 1609)

John Robinson hat im Namen unserer Gemeinschaft, die inzwischen auf etwa hundert Seelen geschrumpft ist, an den Stadtrat von Leiden geschrieben und um die Erlaubnis gebeten, uns in dieser schönen Stadt niederlassen zu dürfen. Wir wollten nichts anderes, als in Ruhe gelassen zu werden, und versprachen, niemandem zur Last zu fallen. Schon am zwölften Februar entschied der Stadtrat zu unseren Gunsten, zu unserer großen Freude und Erleichterung. Zum zweiten Mal innerhalb von zwei Jahren packten wir unser mageres Hab und Gut zusammen, um an einem anderen Ort Fuß zu fassen. Die einzigen Bedingungen, die man uns gestellt hatte, lauteten, dass wir uns benehmen und an die Gesetze und Regeln Leidens halten müssten. Die Stadt wird kaum je eine Gruppe neuer Bewohner empfangen haben, die mehr dazu bereit war, sich an diese Bedingungen zu halten.

Die Füchse haben Bauten, die Vögel Nester, aber werden auch wir unsere Häupter zur Ruhe betten können?

Bei der letzten Versammlung, bevor wir Amsterdam verließen, hielt John eine inspirierende Predigt, in der er uns zu einem rechtschaffenen Lebenswandel aufrief, und er zitierte dabei die Worte aus dem ersten Petrusbrief: »Liebe Brüder, ich ermahne euch als die Fremdlinge und Pilgrime: Enthaltet euch von fleischlichen Lüsten, welche wider die Seele streiten, und führet einen guten Wandel unter den Heiden, auf dass die, welche von euch nachreden als von Übeltätern, eure guten Werke sehen und Gott preisen, wenn es nun an den Tag kommen wird. Seid untertan aller menschlichen Ordnung um des Herrn willen, es sei dem König, als dem Obersten, oder den Hauptleuten, als die von ihm gesandt sind zur Rache über die Übeltäter und zu Lobe den Frommen.«

Gestärkt durch diese Worte, nahmen wir Abschied von den Freunden, die wir gewonnen hatten, und mit einem eher erleichterten als beschwerten Gemüt machten wir uns auf den Weg, froh, die inneren Zwistigkeiten dieser großen Stadt hinter uns lassen zu können.

Wir wussten, dass der englische Gesandte im Namen König Jakobs I. offiziell Protest eingelegt hatte, sobald er erfahren hatte, dass die Stadt Leiden zugestimmt hatte, uns aufzunehmen. Nicht ganz ruhigen Herzens machten wir uns auf die Reise, da wir wussten, dass die Niederlande von uns Engländern während ihres heldenhaften Widerstands gegen die katholischen Unterdrücker aus Spanien viel Unterstützung erhalten hatten. Die Niederländer wollen unseren König gewiss nicht vor den Kopf stoßen. Zwar ist ein zwölfjähriger Waffenstillstand mit den Spaniern vereinbart worden, aber was ist ein Versprechen dieser unzuverlässigen, gottlosen Katholiken wert? Und werden die Niederlande dann, vielleicht viel früher als gedacht, wiederum die Unterstützung der Engländer brauchen? Doch der Wahlspruch der Stadt Leiden, die erst vor knapp fünfunddreißig Jahren mit hohen Verlusten an Menschenleben – ein Drittel der Bürger ist bei der Belagerung durch die Spanier umgekommen – den spanischen Ansturm überlebt hat, lautet nicht umsonst: Haec Libertatis Ergo [Dies also umwillen der Freiheit – PvV]. Und hat die Universität, die Prinz Wilhelm von Oranje den mutigen Leidener Bürgern zur Belohnung für ihren Einsatz beim Unabhängigkeitskampf gestiftet hat, nicht das

Motto gewählt: Praesidium Libertate [Bollwerk der Freiheit – PvV]? Der Stadtrat hat also beschlossen, dem englischen Druck nicht nachzugeben, und damit bewiesen, dass diese Sprüche keine leeren Worte sind, sondern in Ehren gehalten werden!

Leiden ist wie eine Stadt auf einem Berg, die nicht verborgen bleiben kann!

In Leiden angekommen erfuhren wir, dass der Stadtrat sogar den Mut besessen hatte, den Protest des Gesandten nicht unbeantwortet zu lassen. Man schickte ihm einen Brief, in dem erklärt wurde, dass niemandem der Zutritt zur Stadt verwehrt würde, solange die Menschen sich benähmen und sich an die Leidener Gesetze hielten. Zugleich wurde die Hoffnung geäußert, dass dieser Standpunkt nicht zu einer Verschlechterung der Beziehungen zu England führen würde.

Wie ich bereits geschrieben habe: Eine dankbarere Gruppe von Menschen wird selten in die Stadt Leiden eingezogen sein! Vor dem Ufer des Waagengebäudes legte unser Schiffchen an. Hier setzten wir die ersten Schritte auf den Boden dieses beharrlichen Bollwerks der Freiheit. Und was für eine herrliche Stadt ist Leiden!

Das erkannten wir sofort. Betriebsam, geschäftig, scheinbar immer in Bewegung, unterwegs von hier nach da, ziehen die Menschen große Frachten auf Karren hinter sich her oder transportieren sie mit Booten über die Grachten, die fast bis zum Sinken beladen sind mit Torf, Stroh und allen möglichen anderen Gütern. Den Reichtum der Stadt erkennen wir auch an ihren Bewohnern, die sich gut kleiden und dies gerne zeigen. Die Leinenindustrie, die Leiden so großen Reichtum gebracht hat, ist auch für uns ein Segen. Es gibt viel Arbeit, bei der es vor allem auf Muskelkraft und Arbeitseifer ankommt. Die Sprache muss man nicht unbedingt beherrschen – die schwere Arbeit kann ohne Worte erledigt werden –, obwohl die meisten von uns sie immer besser können. Doch mindestens ebenso wichtig für uns ist es, dass wir hier die Freiheit haben, unseren Glauben weiter auszugestalten, wie schon so viele, die anderswo verfolgt wurden und hier einen sicheren Hafen gefunden haben. Wir haben wallonische Protestanten getroffen, andere Separatisten aus England, Hugenotten aus Frankreich, Mennoniten, Baptisten, Lutheraner und auch Juden. Man hat uns erzählt, dass ein Drittel der Bevölkerung aus Menschen besteht, die von anderswo hierher geflüchtet sind.

Dies wird unser Zuhause sein. Zumindest vorläufig.

Ich glaube, dass auch Leiden nicht unsere endgültige Bestimmung sein wird.

6

Natürlich beherrschte der Mord am Vorsitzenden der Freimaurerloge am nächsten Tag die Gespräche in der kleinen Universitätsstadt – und weit darüber hinaus. In einem kurzen Beitrag der Fernsehnachrichten berichtete ein Journalist aus der Steenschuur von dem »rätselhaften Tod des allseits beliebten Vorsitzenden Coen Zoutman«. Im Hintergrund sah man das Logengebäude; die Straße war abgesperrt, und zwei Streifenwagen parkten schräg auf dem Bürgersteig.

Dem Journalisten zufolge hatte die Polizei noch keinerlei Hinweise auf die Identität und die Motive des Täters oder der Täter. Einzelheiten waren noch nicht an die Öffentlichkeit gedrungen, aber es war bekannt geworden, dass es sich um einen grausamen, äußerst gewalttätigen Mord handelte. In erster Linie war man jetzt damit beschäftigt, eine Liste aller Leute zusammenzustellen, die sich an jenem Abend bei den Freimaurern aufgehalten hatten.

Daher wurden alle Besucher aufgerufen, sich zu melden. Außerdem wurden Augenzeugen gesucht, die an dem bewussten Abend rings um das Gebäude irgendetwas bemerkt hatten, was es auch war.

Die Polizei war in höchster Alarmbereitschaft. Obwohl die Beamten im relativ ruhigen Leiden wenig Erfahrung mit Mordfällen hatten, wussten natürlich auch sie, dass die ersten vierundzwanzig Stunden nach der Tat für die Ermittlungen entscheidend waren.

Hauptkommissar Rijsbergen schloss die Seite der Mediathek, auf der er sich den Beitrag in den Morgennachrichten angesehen hatte.

Rijsbergen war ein sehr ruhiger Mann mit kurzem, grauem Borstenschnitt und einem ordentlich getrimmten Schnauzer. Sein glatt rasiertes Gesicht mit dem kräftigen Unterkiefer war ein wenig mager, was ihm in Kombination mit seinem trainierten Körper ein martialisches Aussehen verlieh, sodass er eher einem kampferprobten Elitesoldaten als einem Polizisten glich.

Jetzt saß er an seinem Schreibtisch in seinem ordentlichen Büro, wo er früher am Morgen einen kurzen Bericht über die Ereignisse verfasst hatte, und starrte auf seinen Computerbildschirm.

Peter de Haan war nicht erfreut gewesen, als er und seine Freundin Fay getrennt voneinander zur Vernehmung ins Präsidium gebracht worden waren. Schließlich hätten sie doch die Polizei gerufen, nachdem sie die Leiche von Coen Zoutman gefunden hätten, hatte de Haan unterwegs mehrmals eingeworfen.

Jeder ist ein potenzieller Mörder, hatte Rijsbergen in Gedanken seinen literarischen Helden Poirot zitiert. *In jedem erwacht von Zeit zu Zeit der Wunsch zu töten – wenn auch nicht der Wille.*

Obwohl es schon kurz vor zwölf war, hatte Rijsbergen beschlossen, sie sofort zu vernehmen. Peter de Haan hatte natürlich müde ausgesehen, als Rijsbergen und Van de Kooij ihn befragten.

Er hatte ihnen erzählt, dass er Coen Zoutman mehrmals begegnet war, aber immer nur zufällig auf der Straße, wenn er zusammen mit Fay Spežamor unterwegs gewesen war.

Ruhig hatte er seine Aussage gemacht, dass er seine Freundin zu dem offenen Abend begleitet hatte, an dem Coen Zoutman eine Einführung in die Freimaurerei hielt, und dass er nach dem Vortrag zusammen mit dem größten Teil des anwesenden Publikums hinunter zum Umtrunk gegangen war.

Er hatte den Beamten alle Personen genannt, mit denen er an diesem Abend gesprochen oder die er gesehen hatte: seinen Studenten Sven zusammen mit einem Freund namens Erik, und einen Amerikaner, Tony Vanderhoop, der gemeinsam mit einer kleinen Delegation seiner Landsleute nach Leiden gekommen war, um das Pilgerväter-Jubiläumsjahr vorzubereiten.

Zum Zeitpunkt des Mordes an Coen Zoutman hatten sich schätzungsweise sechzig bis siebzig Personen im Gebäude aufgehalten, das überdies keinen Augenblick lang abgeschlossen gewesen war.

Wir müssen die kleinen grauen Zellen arbeiten lassen, hatte Rijsbergen gedacht, der sich auf die komplizierten Ermittlungen freute, obwohl sie einen grausamen Mord zum Anlass hatten.

Die Aussage von Fay Spežamor, die sie kurz darauf aufgezeichnet hatten, stimmte im Großen und Ganzen mit der ihres Partners überein, nur dass sie sich nicht darüber zu ärgern schien, dass sie vernommen wurde, sondern sich sofort mit der Situation abgefunden hatte.

Man hatte ihr angesehen, wie groß ihre Trauer und ihr Entsetzen waren. Mit geröteten Augen hatte sie im Vernehmungszimmer gesessen wie ein verschreckter kleiner Vogel, und manchmal hatte sie so leise gesprochen, dass Rijsbergen und Van de Kooij sie kaum verstanden hatten.

Von Coen Zoutman hatte sie nur in Superlativen gesprochen: der klügste Mann, den sie je kennengelernt hatte, mit einem liebenswürdigen und starken Charakter und einem wunderbaren Sinn für Humor. Sie hatte sein enzyklopädisches Wissen gerühmt, das er nicht nur aus Büchern erworben hatte, sondern auch bei seinen vielen Reisen rund um die ganze Welt. Fay hatte von seinen regelmäßigen Retreats in einem Kloster erzählt, in das er sich manchmal wochenlang zurückgezogen hatte, um zu studieren und zu meditieren.

Während ihrer Vernehmung war sie wiederholt in Tränen ausgebrochen.

Diese beiden waren entweder die durchtriebensten Verbrecher, die Rijsbergen je begegnet waren – so durchtrieben, dass sie in der kurzen Zeit nach ihrer grausamen Tat ihre Aussagen perfekt aufeinander abgestimmt hatten –, oder sie waren absolut unschuldige Bürger, die zur falschen Zeit am falschen Ort gewesen waren, daraufhin aber richtig gehandelt hatten, indem sie sofort die Polizei riefen.

Da es streng genommen keinen Grund gegeben hatte, sie noch länger festzuhalten, hatte er sie nach Mitternacht nach Hause bringen lassen – diesmal im selben Auto. Vorher hatte man ihnen noch ans Herz gelegt, mit absolut niemandem darüber zu reden, in welchem Zustand sie Coen Zoutman aufgefunden hatten.

Rijsbergen fuhr den Computer herunter. Es war eine kurze Nacht gewesen. Seine Frau Corinne hatte noch geschlafen, als er wieder gegangen war, aber seltsamerweise empfand er überhaupt keine Müdigkeit. Eine große Tasse Kaffee stand dampfend neben seiner Tastatur, schon die zweite heute Morgen.

Bedächtig trank er davon und blies vor dem nächsten Schluck immer wieder über den Rand.

Die Vernehmung von Peter de Haan und Fay Spežamor hatte nicht viel gebracht.

Die weiße Bluse von Mevrouw Spežamor und das hellblaue Hemd von de Haan waren makellos sauber gewesen, als seien sie gerade aus der Reinigung gekommen. Auch ihre Hände und Nägel waren sauber gewesen und hatten nicht nach Seife gerochen – alle beide hatten Rijsbergen seltsam angesehen, als er darum gebeten hatte, an ihren Händen riechen zu dürfen.

Nur Spežamors beiläufige Bemerkung über den Streit um die Wahl des Vorsitzenden könnte uns einen Anhaltspunkt bieten, dachte Rijsbergen. Ob es Gegenkandidaten gegeben hatte, denen die Wahl von Coen Zoutman nicht gepasst hatte?

Rijsbergen hatte sich vorgenommen, sowohl Peter de Haan als auch Fay Spežamor zu einem späteren Zeitpunkt noch einmal zu befragen und nachzuhören, ob sie sich nach einer Nacht Schlaf vielleicht doch noch an etwas erinnerten, was sie bei der Vernehmung noch nicht erwähnt hatten.

Die Kriminaltechniker waren die ganze Nacht beschäftigt gewesen, hatten Fotos gemacht und Spuren gesichert – erst in den frühen Morgenstunden waren sie fertig geworden. Der Bericht ihrer Untersuchungsergebnisse würde schon bald auf seinem Schreibtisch liegen.

Bevor die Leiche aus dem Tempel ins Leichenhaus gebracht wurde, wollte er der Steenschuur noch einmal einen Besuch abstatten. Danach würden die Tatortreiniger kommen, von einer Firma, die auf solche Aufgaben spezialisiert war.

Jemand klopfte an die Milchglasscheibe seiner Bürotür.

Noch bevor er »herein« sagen konnte, wurde die Tür schon geöffnet.

»Und, fahren wir los?«, fragte Van de Kooij aufgeräumt, als wollten sie zu einem Betriebsausflug aufbrechen.

Kommissar Van de Kooij, Rijsbergens rechte Hand, war erst Mitte dreißig, aber schon fast kahl und einen Kopf kleiner als der baumlange Hauptkommissar.

»Auf geht's, Goldlöckchen«, sagte Rijsbergen und trank mit ein paar großen Schlucken seine Tasse leer. Er neckte den Kollegen gern mit dessen frühzeitigem Haarausfall, weil ihn dabei sein rustikaler Humor im Stich ließ und er nichts zu erwidern wusste.

Sie gingen zum Parkplatz hinter dem Präsidium, wo sie in Van de Kooijs Auto stiegen, das sie oft nahmen, wenn sie gemeinsam unterwegs waren, einfach weil Van de Kooij so gerne fuhr. Es war ein etwas zu großes Fahrzeug, das wie ein etwas zu klein geratener Hummer aussah. Rijsbergen kam sich immer ein bisschen lächerlich vor, wenn sie in diesem Auto über die gut asphaltierten niederländischen Straßen rollten, aber er musste zugeben, dass es ein komfortabler Wagen war. Dadurch, dass man ein wenig höher saß als die übrigen Autofahrer, fühlte man sich ihnen leicht überlegen; seiner Meinung nach der wahre Grund, warum sich sein Kollege dieses Modell angeschafft hatte.

»Ich will später noch einmal bei diesem de Haan vorbei und der Frau mit dem komplizierten Nachnamen«, bemerkte Rijsbergen, als sie beinahe an ihrem Ziel angekommen waren.

»Fay Spežamor.«

»Genau. Mevrouw Spežamor hat gestern etwas über die Wahl zum Vorsitzenden erzählt, die Zoutman gewonnen hat. Vielleicht gibt es da einen Anhaltspunkt. Wir müssen in Erfahrung bringen, wer die Gegenkandidaten waren, was passiert ist, wer wen unterstützt hat ... alle Hintergründe.«

Dadurch, dass die Straße vor dem Gebäude der Freimaurer abgesperrt war, konnten sie direkt vor der Tür parken.

»Morgen, die Herren«, grüßte ein uniformierter Kollege, der am Eingang Wache hielt, tippte sich zum Gruß an die Mütze und hielt das rot-weiße Flatterband für die Kollegen von der Kripo in die Höhe, sodass Rijsbergen und Van de Kooij darunter hergehen konnten.

Sie stiegen die Wendeltreppe hinauf. Die Tür zum Tempel war geschlossen, aber nicht abgesperrt. Drinnen fanden sie die Situation unverändert vor.

Nur dass die Leiche Zoutmans jetzt unter einer weißen Plane lag.

Sie näherten sich dem Opfer bis auf wenige Meter.

Rijsbergen ging in die Hocke, und Van de Kooij tat es ihm nach.

»Die Blutflecken kriegen die nie mehr aus den weißen Fliesen raus«, bemerkte Van de Kooij.

Rijsbergen nickte gedankenverloren, und Van de Kooij wusste nicht, ob er ihn überhaupt gehört hatte. »Das ist kein ...«, begann der Hauptkommissar. »Das ist kein Mord im Affekt, jedenfalls sieht es für mich nicht danach aus. Jemand ist mit dem Vorsatz hierhergekommen, Zoutman ums Leben zu bringen. Das war keine impulsive Tat, kein Wutanfall, kein aus dem Ruder gelaufener Streit. Ihm den Schädel einzuschlagen, hätte doch gereicht. Es war nicht nötig, ihm auch noch das Winkelmaß durch das Herz zu treiben und ihm den Zirkel durch die Hände zu stechen.«

»Dexter hat gesagt, dass Zoutman da bereits tot war«, erwiderte Van de Kooij.

»Dexter« war der Blutspritzer-Analyst der Spurensicherung. Eigentlich hieß er Martin Garens, aber alle nannten ihn »Dexter«. Viele Kollegen kannten nicht einmal seinen richtigen Namen.

Rijsbergen hatte die amerikanische Fernsehserie über den FBI-Blutanalysten und Serienmörder nie gesehen.

»Ich habe Dexter eben noch angerufen, um ein erstes Update zu bekommen«, sagte Van de Kooij. »Zoutman wurde mit großer Kraft auf den Hinterkopf geschlagen und muss auf der Stelle tot gewesen sein.«

»Genau wie Dalhuizen schon festgestellt hat«, erwiderte Rijsbergen. »Ihm also anschließend noch ein Winkelmaß in die Brust zu stoßen ... und sich dann auch noch die Mühe zu machen, ihm mit dem Zirkel die Hände zu durchbohren ... und erst noch Vorbereitungen dafür zu treffen. Das alles waren überflüssige Handlungen. Jedenfalls vollkommen unnötig, da er ja bereits tot war, also dienten sie auch nicht dazu, ihm zum Beispiel ein Geständnis abzupressen.«

Rijsbergen richtete sich wieder auf und umfasste mit Daumen und Zeigefinger der rechten Hand sein Kinn. »Das ist garantiert etwas Symbolisches«, dachte er laut. »Vielleicht gibt es jemanden in diesem Verein, der uns mehr darüber erzählen kann. Hast du sonst noch etwas in Erfahrung gebracht?«

»Ja, dass es nicht gut aussieht, was die Spuren angeht. Die Spusi hat gesagt, dass auf dem Hammer, dem Zirkel und dem Winkelmaß keine Fingerabdrücke waren, als hätte jemand sie sauber abgewischt.«

»Hm«, brummte Rijsbergen. »Das war zu erwarten. Entweder hat der Täter Handschuhe getragen, oder auch die Täter, denn es könnten durchaus mehrere gewesen sein. Es hätte ihn zum Beispiel einer ansprechen und ablenken können, während sich der andere von hinten angeschlichen hat.«

»Und ansonsten«, fuhr Van de Kooij fort, »haben die Kollegen natürlich viele Fußabdrücke gefunden, aber die sind im Grunde wertlos, denn gestern sind hier Dutzende von Leuten herumgelaufen. Daraus kann man nicht das Geringste ableiten. Die Abdrücke des Mörders oder der Mörder sind garantiert darunter, aber man kann sie nicht isolieren. Im Blut wurden auch keine Haare gefunden, und niemand hat aus Versehen einen Fußabdruck darin hinterlassen, also das führt alles nirgendwohin.«

»Und hier gibt's natürlich auch keine Kameras«, ergänzte Rijsbergen. »Keiner hat Fotos gemacht. Keiner weiß, wer noch im Gebäude war und wer als Letzter mit Zoutman gesprochen hat. Wir wissen nicht einmal, wer überhaupt alles da gewesen ist. Es bleibt uns nichts anderes übrig, als mit jeder einzelnen Person zu reden, deren Namen wir haben, und herauszufinden, ob jemandem etwas aufgefallen ist.«

Sie verließen gerade den Tempel, als zwei Männer und eine Frau mit einer Bahre die Treppe heraufkamen.

»Können wir ihn mitnehmen?«, fragte die Frau, die voranging.

»Kein Problem«, sagte Van de Kooij. »Wir sind hier fertig.«

Die Leute manövrierten die Bahre um sie herum und betraten den Tempel.

Von draußen sahen Rijsbergen und Van de Kooij zu, wie die drei die weiße Plastikplane wegzogen, wodurch die Leiche unbarmherzig sichtbar wurde.

Im Tod gab es keine Privatsphäre.

Die Frau schloss Coen Zoutman die Augenlider, aber sein Mund hing noch halb offen, wie bei einem Betrunkenen, der eingeschlafen ist.

Behutsam legten sie die Leiche auf die Bahre. Auf dem Boden, dort, wo Zoutmans Kopf gelegen hatte, blieb ein Halbkreis von Blut zurück, wie ein diabolischer Heiligenschein.

So zu enden! dachte Rijsbergen. All das gesammelte Wissen, all die gelesenen Bücher, die Reisen um die halbe Welt, nur damit einem dann in einem schäbigen Saal in Leiden der Schädel eingeschlagen wird.

»Hauptkommissar Rijsbergen!«, rief jemand von unten. »Können Sie mal eben kommen?«

»Sind unterwegs!«, rief Van de Kooij an seiner Stelle zurück.

Der Reißverschluss des schwarzen Leichensacks, in dem Coen Zoutman nun lag, wurde geschlossen. Nachdem sie ihn festgeschnallt hatten, trugen die beiden Männer und die Frau ihn mit kleinen Schritten hinaus. Rijsbergen warf einen letzten Blick auf die eingehüllte Leiche.

Es sah aus, als trügen die Männer und die Frau den Riesenkokon irgendeines Insekts mit sich fort, das sich nach einer Weile verpuppen und dann in neuer Gestalt daraus hervorschlüpfen würde.

7

Peter ließ den großen Torflügel des Jean Pesijnhofjes hinter sich zufallen, und wie jedes Mal kam es ihm vor, als verließe er eine Oase der Ruhe. Das Wort »Paradies« war abgeleitet von *pairi daēza*, was in der altiranischen awestischen Sprache so viel wie »eingezäunter Garten« bedeutete – und genau das traf auf den idyllischen Hof zu. Außerhalb dieses Paradieses lauerte die große, böse Welt, der Westen, wie die Freimaurer es ausdrückten, die Gesellschaft mit all ihren Problemen und Streitigkeiten, Neid und Habsucht.

Ganz selten nur gelang es ihm, die heitere Gelassenheit, die er vom Hofje mitnahm, eine Zeit lang zu bewahren, aber meist war es damit schon vorbei, noch ehe er das Ende der Straße erreicht hatte. Mal raste ein Fahrradfahrer knapp an ihm vorbei und klingelte dabei aufgebracht, dann fuhr ihn ein knatternder Roller ums Haar über den Haufen, und manchmal brachte ihn auch ein trübseliger, kalter Nieselregen abrupt wieder zurück in die Realität.

»*We are stardust*«, sang Peter leise vor sich hin.

»*We are golden …*«

Er schlug einen Bogen um die Pieterskerk.

»*We are billion year old carbon, and we got to get ourselves back to the garden …*«

Nachdem die Polizei sie zu Hause abgesetzt hatte, hatten Peter und Fay noch eine Weile auf dem Sofa gesessen und eine Tasse Tee getrunken, ohne viel miteinander zu reden.

Alena, Fays Mutter, die bei ihr und Fays zwölfjähriger Tochter Agapé wohnte, war kurz heruntergekommen, gekleidet in ein altmodisches Nachthemd. Mit schläfrigem Gesicht hatte sie erstaunt gefragt, was sie so spät noch machten, aber Fay hatte nur erwidert, sie würde es ihr am nächsten Morgen erklären.

Fay hatte der Mord an Coen Zoutman natürlich stärker mitgenommen als Peter. Sie war oft mit Coen zusammen gewesen, hatte viel mit ihm geredet und bei den Treffen der Loge, die alle zwei Wochen stattfanden, seinen Reden gelauscht. Er war ihr Lehrmeister gewesen.

»Wer tut so etwas?«, fragte sie immer wieder. »So ein netter Mann! So ein netter Mann …«

Nachdem sie zu Bett gegangen waren, hatte sie noch lange Zeit in Peters Armen wach gelegen. Ihre Tränen hatten einen großen, nassen Fleck auf seinem T-Shirt hinterlassen. Auch er konnte den Anblick des zersplitterten Schädels von Coen Zoutman einfach nicht von seiner Netzhaut verdrängen – ebenso wenig wie die durchbohrten Hände, die an einen modernen Christus erinnerten.

Peter war von den vertrauten Geräuschen aus der Küche erwacht. Alena war wie immer früh aufgestanden und hatte bereits Kaffee gekocht und den Tisch gedeckt. Behutsam, um die noch tief schlafende Fay nicht zu wecken, war Peter aufgestanden und hinuntergegangen.

Er hatte Alena von den dramatischen Ereignissen des letzten Abends erzählt. Sie hatte sich setzen müssen, als er in groben Zügen die Szene geschildert hatte, mit der Fay und er im Tempel der Freimaurer konfrontiert worden waren. Alena hatte plötzlich alt ausgesehen, als hätten sich die Falten rings um ihren Mund tiefer eingegraben. Sie hatte am Rande des Sofas gesessen und das Geschirrtuch in den Händen gewrungen.

Agapé war auch heruntergekommen und hatte glücklicherweise mit ihrem fröhlichen Geplauder die Stimmung ein wenig aufgehellt.

Beim Kaffee hatte Peter eine WhatsApp von Jeffrey Banks erhalten, dem Leiter des Leiden American Pilgrim Museums.

Er hatte Peter gefragt, ob er Zeit habe, kurz ins Museum zu kommen. Eine amerikanische Delegation habe sich angekündigt, die das Pilgrim-Jubiläumsjahr vorbereite.

Das kann nur Tony Vanderhoop mit seiner Gruppe sein, dachte Peter. *Wer sonst?*

In einer kleinen Stadt wie Leiden erlebte man ständig solche Zufälle; andauernd kreuzten sich die Wege verschiedener Leute. In den vierzig Jahren, die Peter inzwischen in Leiden wohnte, hatte sich bei jeder neuen Begegnung früher oder später herausgestellt, dass man gemeinsame Bekannte hatte. Da erst am Nachmittag eine Übung auf seinem Stundenplan stand, schrieb er zurück, dass er gerne vorbeikäme.

Das bringt mich wenigstens auf andere Gedanken, dachte er bei sich.

Peter überquerte den Pieterskerkhof und bog in den Pieterskerk-Choorsteeg ein.

Mein Gott, bin ich müde! dachte er.

Es war natürlich eine kurze Nacht gewesen, aber er war sowieso nie ganz ausgeruht, wenn er von Fay kam.

Weil in ihrem Schlafzimmer kein Platz für ein richtiges Doppelbett war, hatten sie bei Ikea in Delft ein Ausziehsofa gekauft, das sich in der Praxis als nicht besonders bequem erwiesen hatte. Wenn er bei ihr übernachtete, war es jedes Mal so, als sei er nur zu Besuch.

In dem kleinen Haus hatte auch Fays Mutter Alena, die früher Lehrerin für klassische Sprachen am Gymnasium gewesen war, ein Zimmer. Nach dem Tod von Fays Mann war sie bei ihrer Tochter und Enkelin eingezogen, wodurch ein Frauenhaushalt mit drei Generationen entstanden war.

Es war ein perfektes Arrangement, das sie auf diese Weise miteinander getroffen hatten. Alena war zu Hause, wenn ihre Enkelin aus der Schule kam. Sie kochte und sorgte dafür, dass alles in Ordnung war, wenn Fay gegen fünf von der Arbeit kann. Auch brauchte sich Fay nie um einen Babysitter zu kümmern, wenn sie spontan wegmusste.

Das dritte Zimmer im Haus gehörte Agapé – griechisch für »Liebe« –, deren Namen man wie Achápie aussprach. Allerdings hatte Fay schon früh festgestellt, dass die Niederländer den Namen meist zu »Aag« oder »Aagje« verkürzten. Agapé war ein fröhliches, aufgewecktes Mädchen, das die Schönheit und Intelligenz seiner Mutter geerbt hatte.

Peter bog in die Breestraat ein und passierte das imposante Rathaus, dessen Fassade malerisch im goldenen Licht der Frühjahrssonne badete.

Am Koornbrugsteeg bog er links ab und überquerte die Koornbrug. Gleich darauf wandte er sich nach rechts in den Nieuwe Rijn und von dort aus in den Beschuitsteeg.

Kaum war er um die Ecke, sah er schon, dass sich vor der Tür des Museums einige Leute versammelt hatten, unter denen er die hochgewachsene Gestalt von Tony Vanderhoop entdeckte – der auch diesmal wieder seine scheinbar unvermeidliche Baseballkappe trug.

Auch Jeffrey war da. Er stand zwischen der Gruppe und der Eingangstür, wie ein Portier, der noch nicht wusste, ob er den Besuchern Zugang gewähren sollte.

Obwohl sie sich noch nie außerhalb des Museums verabredet hatten, um zum Beispiel etwas zusammen zu trinken, hatten sich Peter und Jeffrey von Anfang an gut verstanden. Ihre Beziehung als Freundschaft zu bezeichnen, wäre etwas zu weit gegangen, aber sie war nicht weit davon entfernt.

Jeffrey hatte Peter einmal gestanden, dass er den Rummel um die Pilgerväter und das Jubiläumsjahr zwar begrüßte, aber durchaus auch seine Bedenken hatte, insbesondere, was die Mythologisierung der Geschichte betraf. Als nüchterner Wissenschaftler hielt er sich gern an die Fakten, auf denen man zwar keine Nation aufbauen konnte, die aber den wirklichen Geschehnissen eher Rechnung trugen. Er sträubte sich gegen das allzu sehr vereinfachte Bild von einer Schar unerschrockener Männer und Frauen, die Leiden verließen, weil sie Angst hatten, ihre Identität zu verlieren, und die in Amerika aus dem

Nichts heraus eine ideale, auf freien christlichen Werten basierende Gesellschaft aufbauten.

Als er Peter sah, zog Tony die Augenbrauen hoch. Er lächelte und schien sich aufrichtig zu freuen, ihn wiederzusehen.

Peter erkannte im Näherkommen nun auch die anderen Leute aus der Gruppe wieder, zwei Männer und drei Frauen, die ihrerseits jedoch so taten, als hätten sie ihn noch nie gesehen.

Jeffreys Miene hellte sich auf. Er war sichtlich erleichtert, dass er jetzt nicht mehr allein war.

Peter schüttelte allen die Hand.

»Was für eine furchtbare Sache, das mit gestern«, sagte Tony. »Coen, ermordet … Mein aufrichtiges Beileid!«

»Vielen Dank«, sagte Peter. »Ich persönlich habe Coen nicht sehr gut gekannt, aber meine Freundin Fay ist Mitglied der Loge und zutiefst erschüttert.«

»Kann ich mir vorstellen«, sagte Tony. »Ich bin auch ganz entsetzt. Wir Freimaurer betrachten uns alle als Brüder und Schwestern, und auch wenn wir einander nie begegnet sind, sind wir eins.« Tony schwieg, als wolle er das Thema nun lieber auf sich beruhen lassen.

»Kommen Sie«, sagte Peter. »Gehen wir rein.«

Sie betraten den Raum, der als Wohnzimmer eingerichtet war.

»Wie malerisch!«, rief eine der Frauen, deren Namen Peter sich nicht gemerkt hatte. »Das hier muss unbedingt eine der Hauptattraktionen unseres Programms werden!«

Dabei haben hier nie Pilger gewohnt, hätte Peter am liebsten erwidert, aber er beschloss, die Weitergabe dieser Information lieber Jeffrey zu überlassen.

»Wie Sie vielleicht schon gehört haben«, ergriff Tony das Wort, »ist man augenblicklich bei uns in Plymouth dabei, die *Mayflower II* zu restaurieren, eine Replik, die 1955–1956 gebaut wurde. Wenn sie wieder seetüchtig ist, soll sie im Jubiläumsjahr ins englische Plymouth und nach Delfshaven segeln.«

»Aber das ist nur eine Aktion von vielen«, fuhr die Frau

neben ihm fort. »Sowohl in Leiden als auch in Boston haben wir schon zahlreiche Aktivitäten vorbereitet, und noch viele mehr sind geplant. Unter anderem wird die festliche Einweihung eines Forschungszentrums stattfinden – na ja, was heißt Zentrum, aber jedenfalls eines wissenschaftlichen Instituts, das sich ganz auf die Geschichte der Pilgerväter konzentriert. Es wird dem kulturhistorischen Zentrum Erfgoed Leiden en Omstreken angegliedert sein.«

Jeffrey schien das zum ersten Mal zu hören. Erfreut blickte er sich in der Gruppe um, fast so, als hätte er selbst die freudige Botschaft verkündet. Er schien sich auch wieder etwas zu entspannen, nachdem klar war, dass von dem ganzen Rummel etwas strukturell Nachhaltiges bleiben würde.

»Und natürlich«, fuhr die Frau fort, »wird Jeffrey dabei eine wichtige Rolle zukommen.«

Jetzt strahlte Jeffrey wie ein Kind, das sein meist ersehntes Geschenk zum Geburtstag bekommen hat.

Er schüttelte den Amerikanern begeistert die Hand, die seinen Enthusiasmus mit einem Lächeln quittierten.

Sie statteten beiden Räumen des Museums einen kurzen Besuch ab. Da sich die Amerikaner mit der Geschichte der Pilgerväter gut auskannten, beschränkte sich Jeffrey auf einige Informationen über das Gebäude, in dem sich das Museum befand.

Nachdem die Besucher noch ein paar Fotos gemacht hatten, gingen sie hinaus.

»Begleitest du uns noch ein Stück, Peter?«, fragte Jeffrey. »Wir unternehmen einen kurzen Spaziergang durch die Stadt, zu verschiedenen Orten, die mit den Pilgervätern zu tun haben. Dauert eine Stunde, länger nicht.«

Peter schaute auf seine Armbanduhr. Ihm blieb noch genug Zeit bis zum Beginn seiner Übung. »Einverstanden, Jeffrey«, sagte er.

Entlang der Nieuwstraat gingen sie an der öffentlichen Bibliothek vorbei zur Burcht, die auf jeden, der sie zum ersten Mal sah, großen Eindruck machte.

Mitten in der Stadt ragte ein hoher, im neunzehnten Jahrhundert künstlich angelegter Hügel empor, eine sogenannte Motte, die sich zwölf Meter über die Umgebung erhob. Darauf stand eine Ringburg, eine kreisförmige, sechs Meter hohe Steinmauer mit Zinnen. An der Innenseite war oben ein Rundweg aus Holz angelegt, sodass man im Kreis gehen konnte. Von dort oben hatte man eine fantastische Aussicht über die Stadt, die mittelalterlichen Häuser, die Kirchen und die schmalen Straßen.

Die amerikanischen Besucher schossen so viele Fotos von dem Bauwerk, dass es schien, als wollten sie es in allen Einzelheiten dokumentieren.

Danach spazierten sie über den Alten Rhein durch die Haarlemmerstraat zur stilisierten Ruine der Vrouwekerk – ehemals die Onze Lieve Vrouwekerk, die nach der Reformation jedoch umbenannt worden war – am Vrouwekerkhof.

Jeffrey erzählte, dass die Überreste dieser Kirche, in der sich die Pilgerväter versammelt hatten, von einem übereifrigen Stadtrat beinahe abgerissen worden wären und nur ein Anruf aus dem amerikanischen Außenministerium dies verhindert habe.

Denn schließlich war dort Philippe de la Noye getauft worden, ein in Leiden geborener Hugenotte, der als Neunzehnjähriger mit dem zweiten Schiff der Pilger nach Amerika aufgebrochen war, wo einer seiner Nachfahren – der Nachname war inzwischen zu Delano verballhornt worden –, Franklin Delano Roosevelt, Präsident der Vereinigten Staaten werden sollte.

Auf dem kleinen Platz vor den Ruinen der Kirche wies Jeffrey die Gruppe auf die länglichen dunklen, regelmäßig angeordneten Steine hin, die die Gräber symbolisierten, die sich dort früher befunden hatten.

Sie kehrten wieder in die Haarlemmerstraat zurück und überquerten über die renovierte Catharinabrug die Gracht, wo der Alte und der Neue Rhein zusammenflossen. Vor der Waag, einem Gebäude aus dem 17. Jahrhundert im Stil des Holländischen Klassizismus, wo früher die Marktwaren gewogen wurden, blieben sie stehen.

Sie gingen zu der Stelle gegenüber der Waag, wo der Überlieferung zufolge die Pilgerväter erstmals Leidener Boden betreten hatten. Natürlich posierten die Mitglieder der Gruppe abwechselnd an der Stelle, die Jeffrey ihnen gezeigt hatte.

Es ist doch alles nur eine Frage des Glaubens, dachte Peter. Man braucht nur überzeugend genug zu behaupten, dass sich irgendetwas genau an dieser oder jener Stelle ereignet hat, und wenn man das lange genug vertritt, glaubt es einem jeder. Im Laufe der Zeit wird es niemand mehr akzeptieren, dass die Tradition infrage gestellt wird, selbst wenn sie auf diesem Wege entstanden ist.

Während sie durch den schmalen Mandenmakerssteeg in Richtung der belebten Breestraat gingen, verlangsamte Tony seine Schritte ein wenig, absichtlich, so schien es. Weil Peter ihn nicht allein hinter der Gruppe hertrotten lassen wollte, passte er sich seinem Tempo an.

»Wissen Sie, Peter«, sagte Tony, als sie außer Hörweite der anderen waren, »der Mord an Coen Zoutman gestern Abend … Sein Tod hat mich aus mehreren Gründen schockiert, nicht nur, weil er so brutal war und so unerwartet kam. Ich habe das Gefühl, einen Freund verloren zu haben, wobei das natürlich absurd ist, weil ich ihn gestern zum ersten Mal getroffen habe.«

Peter nickte verständnisvoll.

»Aber wie das für Sie wohl sein muss? Und für Ihre Freundin?«

»Es ist eine Tragödie! Wie gesagt, ich persönlich habe ihn nicht gut gekannt, aber die Gewalt, mit der er ums Leben gebracht wurde, hat mich zutiefst schockiert.«

Tony hatte inzwischen mit der rechten Hand Peters linken Unterarm umfasst, als befürchte er, dass Peter weglaufen könne. Peter fühlte sich ein wenig unbehaglich durch die körperliche Nähe, die dadurch entstand.

»Aber Sie sind doch derjenige, der ihn gefunden hat, oder? Das habe ich heute Morgen gehört.«

Unfassbar, wie schnell eine solche Nachricht die Runde machte.

»Stimmt. Fay und ich haben ihn gemeinsam gefunden. Es war furchtbar, ein Albtraum! Ich kann es nicht anders nennen.«

Tony schüttelte den Kopf, als wolle er das alles eigentlich lieber nicht hören.

Sie überquerten die Breestraat und sahen Jeffrey und die anderen gerade noch um die Ecke biegen. Sie beschleunigten ihre Schritte ein wenig, um sich der Gruppe wieder anzuschließen.

»Ich weiß nicht, wie ich es sagen soll ...«, begann Tony auf einmal.

Er sprach so leise, dass es fast nur noch ein Flüstern war, wodurch Peter gezwungen war, sich etwas näher zu ihm zu neigen.

»Wir haben in letzter Zeit immer häufiger Probleme mit ... Drohungen uns gegenüber. Wir Freimaurer, meine ich. Auch in den USA. Ich frage mich ... In unserem Hauptsitz in Boston sind Briefe und anonyme Mails eingetroffen. Manchmal komme ich mir vor wie in einem schlechten Film, Peter! Teilweise bestanden die Briefe aus ausgeschnittenen Zeitungsbuchstaben, *very old school.* Wir haben keine Ahnung, woher sie kommen!«

»Und Sie glauben, es könnte einen Zusammenhang zwischen diesen Drohungen und dem geben, was hier passiert ist?«

»Ich weiß es nicht. Das herauszufinden, ist Sache der Polizei, nicht wahr?«

»Haben Sie es denn der Polizei gesagt?«

»Heute Nachmittag muss ich ins Präsidium. Die Polizei will uns sprechen. Heute Abend fliegen wir wieder zurück in die USA.«

Endlich ließ Tony Peters Arm los.

»Bei uns gibt es viele Verrückte, das brauche ich Ihnen ja nicht zu erzählen«, fuhr Tony sarkastisch fort. »Verschwörungstheoretiker, die glauben, dass wir Freimaurer praktisch hinter jedem Übel stecken, das es auf der Welt gibt: dem 11. September, jeder einzelnen Banken- und Finanzkrise, ja, sogar die Französische Revolution sollen wir angezettelt haben, ebenso wie den Angriff auf Pearl Harbor, und so weiter. Die Illuminaten, die Novo Ordo Seclorum, die ›Neue Ordnung der Zeitalter‹, die verschiedenen Freimaurersymbole auf dem Ein-Dollar-Schein, das Auge der Vorsehung und die unvollendete Pyramide … Ach, bestimmt kennen Sie all diesen Unsinn. Man könnte darüber lachen, wenn es nicht zum Weinen wäre.«

Die Gruppe um Jeffrey Banks war auf der Langebrug stehen geblieben, der fünfhundert Meter langen zugeschütteten Gracht. An dieser Gracht hatte der berühmte Maler Jan Steen gewohnt und Rembrandt van Rijn seine ersten Malstunden bei Jacob van Swanenburg erhalten.

Jeffrey erzählte von James Chilton, einem der späteren Pilgerväter, der 1619 von Jugendlichen mit Steinen beworfen worden war, weil sie glaubten, er hielte Remonstranten-Gottesdienste ab. Die Remonstranten hatten sich gegen die Lehre der Nederduits Gereformeerde Kerk gewandt, der damals vorherrschenden Glaubensrichtung in der Republik der Sieben Vereinigten Niederlande.

Mit der angeblichen Toleranz in den Niederlanden war es damals nicht weit her, dachte Peter. Das versuchte er seinen Studierenden immer wieder beizubringen. *Der Mythos der absoluten Religions- und Glaubensfreiheit ist so tief verwurzelt in dem Narrativ, das die Niederlande von sich geschaffen haben, dass kein Kraut dagegen gewachsen ist.*

»Aber warum ausgerechnet jetzt?«, fragte Peter, an Tony gewandt. »Aus welcher Richtung kommen diese Drohungen?«

»Ja, warum ausgerechnet jetzt? Es sind seltsame Zeiten. Viele Menschen haben das Gefühl, dass sie die Welt nicht mehr verstehen, dass sie keine Kontrolle mehr darüber haben. Vielleicht ist sie einfach zu groß geworden. Die vielen schlimmen

Dinge, die jeden Tag in unser Wohnzimmer dringen, über das Internet, unsere Smartphones ... Früher konnten die Leute bei jedem Elend, das sie überkam, jeder Krankheit, Missernten, dem Tod eines Kindes, einem Schiffbruch, einen Gott oder Götter dafür verantwortlich machen. Gläubige sind im Grunde die ersten Verschwörungstheoretiker der Geschichte: Nichts geschieht einfach so, sondern es steckt ein Wesen mit einem bestimmten Plan dahinter. Schlimme Dinge sind eine Strafe, weil sich die Menschen nicht an die göttlichen Vorschriften gehalten haben, keine Opfer gebracht haben, oder weil zwei Götter miteinander streiten, was auch immer. Aber jetzt geschehen immer noch schlimme Dinge auf der Welt, vollkommen sinnlose, willkürliche Katastrophen, ohne jeden Sinn. Ohne den Glauben an Gott gelangt man dann schnell zu Menschen als Verursachern, zu Geheimbünden, die die Weltherrschaft anstreben.«

»Meinen Sie, die Drohungen kommen aus dieser Ecke?«

Tony schob die Unterlippe ein wenig nach vorn, zum Zeichen, dass er es auch nicht wusste.

Der nächste Halt war der ehemalige Stinksteeg, inzwischen William Brewstersteeg genannt, nach dem Pilgervater, der dort eine Druckerei besessen hatte. Diese Druckerei, so erklärte Jeffrey, sei irgendwann auf Druck des englischen Königs Jakob I. geschlossen worden, da dieser sich über die Publikation des Buches *Perth Assembly* geärgert habe. Brewster hatte sich gezwungen gesehen, bis zu seiner Überfahrt nach Amerika nach Leiderdorp zu flüchten. All diese Dinge, all diese Unruhe, hatten letztendlich zu dem Entschluss der Pilger beigetragen, ihr Heil anderswo zu suchen.

Über schmale Durchgänge und Gässchen gelangten sie in die Lokhorststraat, wo Jeffrey vor der Lateinschule kurz über Rembrandt erzählte, der diese als kleiner Junge besucht hatte.

Rembrandt war drei Jahre alt gewesen, als die Pilgerväter nach Leiden kamen, und vierzehn, als ein Teil der Gruppe die Stadt wieder verließ, also musste er zumindest einigen von ihnen in der kleinen Stadt begegnet sein – ein Detail, das die Amerikaner aus irgendeinem Grund begeisterte.

Wie ein ausgebildeter Fremdenführer ging Jeffrey der Gruppe voraus zur Straße namens Gerecht. Sie bogen links ab in den Muskadelsteeg und liefen links um die Pieterskerk herum in Richtung des Jean Pesijnhofjes, wo Fay wohnte.

Peter beschloss, Fay kurz Hallo zu sagen und nachzufragen, wie es ihr ging.

»Die Pieterskerk besuchen wir auf dem Rückweg«, verkündete Jeffrey. »Wir können im Café dort einen Kaffee trinken, aber ich wollte Ihnen vorher noch zwei, drei andere Dinge zeigen.« Er öffnete das große Tor, das Zugang zum kleinen Hof verschaffte. Die Amerikaner stießen überraschte Rufe aus, als sie das Tor passierten und sahen, dass sich dahinter ein Innenhof befand, umringt von kleinen Häusern, die für sie wie Zwergenhütten aus dem Märchen aussehen mussten.

»Hier haben John Robinson und viele andere der Pilgerväter früher gewohnt«, erzählte Jeffrey. »Der ursprüngliche Hof wurde leider abgerissen, aber genau an dieser Stelle hat er gestanden.«

Peter sah, dass Fays Fahrrad weg war.

Vielleicht ist sie doch kurz zur Uni ins Büro gefahren.

Sie gingen wieder hinaus.

»Vielleicht ist es auch ganz interessant«, sagte Jeffrey und deutete in Richtung des Turms der Pieterskerk, »dass es seit Kurzem in der Pieterskerk einen echten Escaperoom gibt.«

»Ach, mit Rätseln, die man lösen muss?«, fragte eine Frau aus der Gruppe interessiert. »Das mag ich sehr!«

»Ja, genau. Aber das Schöne ist, dass dieser Escaperoom aktuell gerade das Thema Pilgerväter hat. Ich habe selbst schon mitgemacht; ziemlich genial, muss ich sagen. Und die Tatsache, dass man sich in einem echten, alten Raum der Kirche befindet, macht die Atmosphäre natürlich zu etwas ganz Besonderem.«

»Und, haben Sie es geschafft zu entkommen?«, erkundigte sich die Frau.

»Das lasse ich mal lieber offen«, antwortete Jeffrey lachend. »Aber ich kann Ihnen das Erlebnis nur empfehlen. Wenn Sie genug Zeit haben, sollten Sie hingehen. Es gibt auch eine englische Version, und wir können uns gleich mal erkundigen, ob noch etwas frei ist. Das Thema ändert sich alle paar Jahre, aber wie gesagt, im Moment sind es die Pilgerväter.«

Anschließend gingen sie noch zur Rapenburg. Dort in der Nähe, vor der alten Universitätsbibliothek, waren die Pilger 1620 in ihre Boote gestiegen und nach Delfshaven aufgebrochen, von wo aus sie nach England gesegelt waren.

Der Spaziergang endete am Vliet. Hier hatten die Pilgerväter endgültig Leiden verlassen, und dort stand die Skulptur einer Person, die den Reisenden symbolisch zum Abschied zuwinkte.

Die Gruppe ging zurück in Richtung der Pieterskerk.

Peter war nach dem Gespräch mit Tony irgendwie unzufrieden, als hätten sie es nicht beendet.

»Um noch einmal auf unser Gespräch zurückzukommen, Tony«, sagte Peter. »Sie haben also keine Ahnung, aus welcher Richtung die Drohungen kommen? Und warum glauben Sie, dass sie etwas mit dem zu tun haben könnten, was hier geschehen ist?«

»Das ist nur eine Vermutung«, erwiderte Tony. »Ich weiß es auch nicht. Ich informiere aber heute noch die Polizei. Ach, wissen Sie, es ist nur so eine Idee, vielleicht sollte man eher in Richtung der katholischen Kirche ermitteln. Es gibt noch genügend orthodoxe Mitglieder, die immer noch nicht akzeptiert haben, dass der Wille Roms schon lange kein Gesetz mehr ist. Sie betrachten uns als ungläubige Teufelsanbeter. Es gibt so viele Gruppierungen in den USA: radikale Evangelikale, *trigger-happy new-born christians*, die am liebsten jeden aus dem Weg räumen würden, der nicht gegen Abtreibung ist. Es gibt faschistische, rassistische weiße Milizen und Hippies, die Bäume verehren und die die Pilgerväter und vielleicht auch die Freimaurer als den Anfang vom Ende der USA betrachten, und als den Anfang vom Ende der indigenen Bevölkerung. Und das ist lange noch nicht alles, das sage ich Ihnen. Nicht umsonst werden die Freimaurer in diktatorischen Regimen oft als Erste verboten.«

»Wer weiß«, murmelte Peter, »wer weiß.«

Aber das spielt sich doch alles in den USA ab, dachte er. Wie kann das, was dort passiert, mit dem abscheulichen Mord an Coen Zoutman zusammenhängen?

Sie waren am Academiegebouw und der Nonnenbrug angekommen.

Peter schüttelte den Amerikanern die Hand, von denen er mit keinem außer Tony gesprochen hatte. Mit einem Wink verabschiedete er sich von Jeffrey.

»Einen Moment noch, Peter«, sagte Tony. »Es tut mir leid, dass wir uns unter diesen Umständen kennengelernt haben, und ich hoffe, dass wir uns eines Tages unter günstigeren Bedingungen wiedersehen.«

»Das hoffe ich auch.«

»Falls Sie eines Tages mal in die USA kommen«, sagte Tony, »sind Sie herzlich eingeladen, uns zu besuchen.« Er überreichte Peter seine Visitenkarte.

Peter lächelte. Von einem Kollegen, der eine Weile lang in den USA gelebt hatte, wusste er, dass man solche Einladungen von Amerikanern nicht ganz ernst nehmen durfte. Der Spruch »du kannst mich jederzeit besuchen« gehörte zum Small Talk und bedeutete keinesfalls, dass man tatsächlich vorbeikommen sollte.

Aber wer weiß, dachte Peter.

Zum Abschied erhielt er von Tony den brüderlichen *bear hug*, die beidarmige Bärenumarmung, auf die die Amerikaner das Patent zu haben schienen.

Während er davonging, fragte sich Peter allerdings, warum Tony ausgerechnet ihn beiseitegenommen hatte, um ihm von den Drohungen zu erzählen, aber es wäre jetzt irgendwie seltsam gewesen, umzukehren und nachzufragen.

Möglicherweise konnte man Leuten gegenüber, die man vermutlich nie mehr wiedersehen würde, offener sein. Es konnte befreiend wirken, einem Außenstehenden etwas zu erzählen, der es sich anhörte wie ein Beichtvater.

Peter wusste nicht genau, warum, aber er hatte das merkwürdige Gefühl, dass sich noch etwas anderes abgespielt hatte, etwas, was über die Ebene des einfachen Gesprächs, das sie geführt hatten, hinausging.

Als sähe man einen Film, dessen Untertitel einen anderen Text zeigten als den, den die Schauspieler sprachen.

8

Rijsbergen und Van de Kooij folgten der Besatzung des Leichenwagens, die die sterblichen Überreste von Coen Zoutman hinunterbrachten.

Im Versammlungsraum erwartete sie Frank Coers, der Hausmeister des Freimaurergebäudes. Auf einem der Tische hatte er die Baupläne des Hauses ausgebreitet und an den vier Ecken mit Gläsern beschwert, damit sich das Papier nicht wieder zusammenrollte.

Wie Generäle, die eine Landkarte studierten, um einen Angriff zu planen, stellten sie sich rings um den Tisch auf.

Frank Coers fuhr mit dem Zeigefinger über den Bauplan. »Hier«, sagte er, »sehen Sie, es gibt nur eine Tür, die zum Tempel führt. Es gibt weder geheime Fluchtwege noch verborgene Tunnel oder Türen. 1950 hat Jan Neysingh, der damalige Stadtarchitekt, im ersten Stock einen Initiationssaal entworfen.«

Rijsbergen nickte. Er blinzelte kurz, als mache er im Geiste ein Foto von dem Plan.

»Und hier«, sprach Coers weiter und fuhr erneut mit dem Finger über das Papier, »im Erdgeschoss haben wir den Haupteingang und den kleinen Eingangsflur mit den Toiletten. Dann den Vorraum zu diesem Saal, der dort«, er deutete mit der linken Hand auf eine Tür in der Ecke des Saales, »eine kleine Kammer hat, die wiederum zu einem größeren Saal führt, der an den Garten grenzt. Durch diese Türen«, er deutete auf die beiden Flügeltüren zum Garten, »gelangt man nach draußen.

Es gibt einen Innenhof, aber die Mauern sind so hoch, dass man nicht ohne Weiteres darüberklettern kann.«

»Aber angenommen, man würde darüberklettern«, wandte Van de Kooij ein, der sich fleißig Notizen machte. »Wohin kommt man von da aus?«

»In die Gärten der Häuser dieses Wohnblocks«, erklärte Coers. »Wenn man von Garten zu Garten klettern würde, käme man irgendwann hinter der Synagoge am Levendaal heraus. Aber ich persönlich bin nie auf der anderen Seite unseres Innenhofs gewesen; sie müssten selbst nachsehen.«

»Dann sollten wir das tun«, schlug Van de Kooij energisch vor und unterstrich schwungvoll seine letzten Aufzeichnungen.

Rijsbergen verdrehte die Augen, ohne dass sein Untergebener es merkte.

Sie öffneten die Gartentüren und betraten den Innenhof, der offenbar wenig genutzt wurde. Die Bodenplatten waren mit Moos bedeckt, es standen ein paar grün angelaufene Gartenstühle herum, und in einer Ecke lag ein Häufchen Sand, auf dem hoch aufgeschossenes, aber inzwischen vertrocknetes Unkraut gesprossen war. Entlang der Mauer verlief ein ein Meter breites Beet, in dem jedoch nichts wuchs außer noch mehr Unkraut.

»Ihre Kollegen von der Kriminaltechnik haben sich gestern schon hier umgesehen und jeden Winkel mit starken Scheinwerfern ausgeleuchtet«, erklärte Coers. »Sie haben alles fotografiert; falls also jemand Fußspuren hinterlassen haben sollte, haben sie die garantiert entdeckt. Aber ich glaube, man sieht auf den ersten Blick«, und er deutete auf den Streifen nackter Erde, »dass hier schon lange niemand mehr einen Fuß hingesetzt hat.«

»Wenn man ein bisschen sportlich ist, kommt man aber doch drüber, oder?«, sagte Van de Kooij mehr zu sich selbst. Um zu beweisen, dass er zu diesen sportlichen Typen gehörte, zog er schon einmal die Jacke aus.

»Augenblick, Spiderman«, bremste ihn Rijsbergen. »Ich halte es für unwahrscheinlich, dass der Täter auf diesem Weg das Gebäude verlassen hat. Das hätte viel zu viel Aufmerksamkeit erregt, und man kommt auch nicht sehr weit, denn dahinter gelangt man bloß in einen anderen Garten mit einer Mauer. Man kann nur durch ein Haus wieder auf die Straße hinaus. Und genau das hat unsere gesuchte Person getan: Sie ist einfach zur Haustür hinausgegangen.«

»Aber so geht's auch«, entgegnete Van de Kooij, warf seine Jacke auf den Boden und nahm Anlauf. Mit einem Satz sprang er über das Beet und ergriff mit beiden Händen den oberen Rand der Mauer. Mit den Füßen fand er Halt an hervorstehenden Steinen, wie ein Alpinist, der sich an einer Bergwand hochhangelte.

Überraschend schnell war er oben. Triumphierend blickte er auf die anderen hinunter, drehte sich um und spähte über das Gelände hinter der Mauer. »Stimmt«, sagte er. »Ich sehe Gärten.«

»Los, komm wieder runter, Van de Kooij«, sagte Rijsbergen.

Er lächelte Frank Coers zu, als wolle er sich für das Benehmen seines Kollegen entschuldigen.

Van de Kooij sah ganz so aus, als wäre er nur zu gern auf der Suche nach eventuellen Spuren über weitere Gartenmauern geklettert. Nachdem er sich noch einmal umgeblickt hatte, wie ein Feldherr zu Pferd, der über das Schlachtfeld schaut, sprang er hinunter. Sie gingen wieder hinein.

»Wir führen später noch eine Befragung der Nachbarn in den angrenzenden Häusern durch«, erklärte Rijsbergen, sowohl an Coers wie an Van de Kooij gewandt. »Die Bewohner erhalten noch eine offizielle Benachrichtigung mit der Bitte, sich zu melden, falls jemand etwas gesehen hat. Sind Sie gleich noch hier?«

»Ja, ich bin noch eine Zeit lang mit der Reinigung des Saals beschäftigt. Ihre Techniker haben sich auch hier unten umgeschaut, die Mülleimer geleert und ebenfalls alles fotografiert. Sie waren nicht begeistert davon, dass wir das Geschirr schon gespült hatten; aber jedenfalls habe ich heute Vormittag noch genug zu tun.«

Sie verabschiedeten sich vom Hausmeister. Draußen gingen sie die Steenschuur entlang in Richtung der Korevaarstraat, wo sie rechts abbogen.

Viele der Häuser, bei denen sie klingelten, wurden ihnen nicht geöffnet, und die wenigen Leute, die aufmachten, hatten weder etwas gesehen noch gehört. Es wussten nicht einmal alle von dem Mord, der gleich bei ihnen um die Ecke geschehen war.

Einmal durften sie einen Blick in einen Garten werfen, was Rijsbergens Vermutung bestätigte, dass der Täter nicht auf diesem Weg entkommen sein konnte.

»Lass uns zurückfahren ins Präsidium«, schlug er Van de Kooij vor.

Ohne viel zu sagen kehrten sie in die Steenschuur zurück, wo sie das Auto geparkt hatten.

Van de Kooij hatte gerade aus der Parklücke zurückgesetzt, als die Tür der Steenschuur Nummer sechs aufflog.

Frank Coers kam auf sie zugerannt und klopfte hektisch an die Autoscheibe, die Van de Kooij sofort herunterließ.

»Ich dachte schon, dass ich Ihr Auto gehört habe, ich habe schon auf Sie gewartet! Könnten Sie bitte kurz mit reinkommen? Ich habe etwas gefunden!«

Van de Kooij parkte das Auto wieder.

Ungeduldig von einem Fuß auf den anderen tretend, wartete Coers in der offenen Tür auf sie.

Er ging ihnen voraus in den Versammlungsraum, wo alles wieder in Ordnung gebracht war, und marschierte zu dem Tisch, auf dem noch immer der Gebäudeplan ausgebreitet war. Als sie näher kamen, sah Rijsbergen, dass jetzt eine zerknitterte Serviette aus dickem, hochwertigem Papier darauf lag, die vorher nicht da gewesen war.

»Hier!«, sagte Coers. »Das haben Ihre Leute beim Leeren der Mülleimer übersehen. Es war zu einem Ball zusammengeknüllt.«

Rijsbergen beugte sich über den Tisch, um besser erkennen zu können, was es mit der jetzt ausgebreiteten Serviette auf sich hatte.

»Ich wollte sie schon wegwerfen, aber dann ist mir hier« – er deutete auf eine Ecke – »ein Kulistrich aufgefallen. Ich habe die Serviette auseinandergefaltet, und jetzt sehen Sie selbst!«

Sie sahen einen offenbar eilig skizzierten Plan, auf dem in ordentlicher Handschrift die Funktionen der verschiedenen Räume eingetragen waren.

Es war ein Plan des Freimaurergebäudes.

9

Peter hatte nach dem Spaziergang Hunger und beschloss, in der Kantine des Lipsiusgebäudes am Cleveringaplatz zu Mittag zu essen.

Heute Nachmittag musste er noch eine Einführung in die Geschichte des Goldenen Jahrhunderts geben, die er als Kombination aus Vorlesung und Übung gestaltet hatte. In insgesamt zwölf Vorlesungen gab Peter zunächst die Einleitung zu einem bestimmten Thema, und nach einer kurzen Pause waren zwei Studierende für die praktische Umsetzung des Wissens verantwortlich. Alles war erlaubt: eine Debatte mit gewagten Thesen, ein Spiel oder die Diskussion über ein aktuelles Thema, welches mit dem von Peter behandelten zu tun hatte.

Viele seiner Studierenden hassten diesen Teil, bei dem sie selbst aktiv werden mussten. Manche hatten regelrecht rote Flecken am Hals vor Nervosität, aber meist waren sie anschließend ganz begeistert.

Vor nicht allzu langer Zeit war die archäologische Fakultät in den Bio Science Park umgezogen, ein anonymes und absolut uninspirierendes Gelände am Rande der Stadt. Neben dem archäologischen Institut gab es dort zahlreiche Unternehmen, die mit der Universität in Verbindung standen, darunter viele Pharmafirmen.

Peter hatte Glück, gleich an zwei Fakultäten zu arbeiten, auch an der geisteswissenschaftlichen, zu der das Institut für Geschichte gehörte. Aus diesem Grund hatte man ihm gestattet, sich ein Büro bei den Historikern einzurichten, auch wenn er natürlich ein- bis zweimal pro Woche zu den Archäologen hinausmusste.

Im Vergleich zu seinem früheren Büro hatte sich die Aussicht gelinde gesagt nicht gerade verbessert. Durch das Fenster schaute er auf eine blinde Mauer aus kleinen Backsteinen, die den Hortus Botanicus umgab. Doch die vielen Vorteile, die es hatte, weiterhin im Stadtzentrum zu arbeiten – in der Nähe der Universitätsbibliothek, der Lipsius-Mensa und des Viertels, wo Fay, Judith und Marc arbeiteten –, machten die schlechtere Aussicht bei Weitem wieder wett.

Judith Cherev war eine Frau, die Peter vor über zwanzig Jahren kennengelernt hatte, als er ihre Examensarbeit über das Judentum in Leiden begleitet hatte – sie war eine Studentin Anfang zwanzig und er ein fast vierzigjähriger Dozent gewesen. Im Laufe der Jahre war eine enge Freundschaft zwischen ihnen entstanden. Judith arbeitete inzwischen auch an der Leidener Universität, als Dozentin für jüdische Kultur und Geschichte im Institut für Religionswissenschaften. Außerdem war sie freiberufliche Rechercheurin für das Joods Historisch Museum in Amsterdam.

Ihr Partner, Mark Labuschagne, war Dozent für Neutestamentarische Forschung mit dem Fachgebiet frühes Christentum, kannte sich aber auch mit antiken Religionen aus. Er las Griechisch, Latein und Aramäisch so wie andere Leute Englisch. Er hatte schon mehrere Aufenthalte in der geschlossenen Abteilung des psychiatrischen Krankenhauses in Oegstgeest hinter sich, denn wie bei vielen Genies war auch bei ihm die Grenze zum Wahnsinn fließend.

Peter, der für einen nicht religiösen Menschen ein überdurchschnittlich ausgeprägtes Interesse für das Christentum besaß und die Bibel besser kannte als nur in ihren Grundzügen, redete oft und gern mit Mark über Themen, die mit dem christlichen Glauben zu tun hatten. Judith und Mark wohnten in jeweils ihrem eigenen Haus im Groot Sionshof, einem der Dutzenden Höfe, die es in Leiden gab, grüne Oasen der Ruhe in der städtischen Wüste aus Stein und Beton.

Peters neues Büro war genauso groß wie das alte, deswegen hatte er die Einrichtung behalten können. Die Bücherschränke, sein Schreibtisch, das breite Sofa und der Sofatisch standen am selben Platz, und an der Wand hingen immer noch dieselben drei Poster: das von Papst Johannes Paul II. in seinem Papamobil, das Gemälde von Gustaaf Wappers von Bürgermeister Van der Werff, der seinen Körper während der spanischen Belagerung der hungernden Bevölkerung zum Verzehr angeboten hatte, und eine Reproduktion von Leonardo da Vincis *Das letzte Abendmahl*. Peter grüßte im Vorbeigehen einige Studierende, obwohl er sie nicht erkannte. Doch sie schienen ihn zu kennen, deswegen erwiderte er ihre Grüße.

Er aß in der Mensa zu Mittag, eine Tasse Suppe mit einem Brötchen und einem Salat dazu, während er die *Mare* las, die wöchentlich erscheinende Universitätszeitung. Da er inzwischen schon so lange an der Universität war, kannte er viele der Leute, über die geschrieben wurde.

Peter erschrak, als er auf seine Armbanduhr sah: Es war schon kurz vor eins, und um eins begann offiziell seine Veranstaltung. Gott sei Dank gab es bei ihnen noch die akademische Viertelstunde, sodass es erst um Viertel nach richtig losging, aber dennoch musste er sich ein wenig beeilen.

Er brachte sein Tablett weg und ging zum Gebäude der Historiker, das gleich neben der Mensa lag. In seinem kleinen Büro packte er alles zusammen, was er für seine Veranstaltung brauchte.

Auf dem Display seines Handys sah er, dass er einen Anruf verpasst und der Anrufer ihm eine Nachricht auf der Mailbox hinterlassen hatte.

Während er zum Lipsiusgebäude zurückhastete, wo im ersten Stock die Hörsäle lagen, hörte er die Mailbox ab.

»Guten Tag, Meneer de Haan«, ertönte zu seiner Überraschung die Stimme des Hauptkommissars von der Kripo, der ihn am Abend zuvor vernommen hatte. »Hier spricht Hauptkommissar Rijsbergen von der Kripo Leiden. Wir würden gerne heute Nachmittag noch einmal bei Ihnen vorbeikommen, um uns mit Ihnen und Ihrer Freundin zu unterhalten.«

Der Ermittler hatte eine Telefonnummer hinterlassen mit der Bitte, so schnell wie möglich mit ihm Kontakt aufzunehmen. Peter schob jedoch sein Handy in die Jackentasche, weil jetzt keine Zeit mehr war zurückzurufen.

Der Flur war verlassen, als er ankam. Er schimpfte ein wenig vor sich hin, weil er befürchtete, die Studierenden wären alle gleich wieder gegangen, doch dann sah er durch das Fenster neben der Tür, dass alle noch brav auf ihren Plätzen saßen. Nach einem kurzen Exkurs begann er mit seiner Vorlesung. Dabei zog er die Jacke aus, holte alles, was er brauchte, aus der Tasche und startete den Computer, um nicht noch mehr Zeit zu verlieren.

Während er in groben Zügen die Entstehungsgeschichte der Vereinigten Ostindischen Compagnie skizzierte, tippten die Studierenden eifrig alles mit, was er auswendig vortrug – jedenfalls hoffte er das. Fast alle machten ihre Aufzeichnungen auf dem Laptop, daher sah er nur die aufgeklappten Geräte, wie ein Feld von schwarzen Grabsteinen.

Sie könnten genauso gut auf Facebook chatten oder sich eine Folge ihrer Lieblingsserie auf Netflix ansehen.

Etwas knapper ging er dann noch auf die Geschichte der Westindischen Compagnie ein, der WIC, die nach dem Vorbild der VOC organisiert gewesen war. Er erzählte, dass die WIC im 17. und 18. Jahrhundert das Staatsmonopol auf den Handel und die Schifffahrt nach Westafrika und südlich des Wendekreises des Krebses gehabt hatte, nach Amerika und zu allen Inseln zwischen Neufundland und der Magellanstraße.

Nach der Kaffeepause begannen zwei Studierende mit ihrer Präsentation. Einer von ihnen war Sven, der junge Mann, der auch beim Gästeabend der Freimaurer gewesen war.

Sven trug dasselbe T-Shirt wie am Abend zuvor. Wiederum fiel Peter auf, dass er regelmäßig mit dem rechten Zeigefinger die Brille zurück auf die Nase schob. Es war ihm nicht ganz klar, ob das wirklich nötig war oder es sich eher um einen nervösen Tic handelte.

Der andere Student, dessen halblanges Haar ihm bis zu den Schultern reichte, trug ein schwarzes, verwaschenes T-Shirt mit dem Namen einer Band darauf, die Peter nicht kannte.

»Stefan und ich wollen heute nicht so sehr über den grausamen Sklavenhandel der WIC reden«, begann Sven mit seiner Präsentation, »dem wir die vielen prachtvollen Grachtenhäuser in Amsterdam verdanken – diese Geschichte ist unserer Meinung nach hinlänglich bekannt.«

»In unserer Präsentation«, übernahm jetzt Stefan, »beschäftigen wir uns vielmehr mit den katastrophalen Folgen, die die Ankunft der Kolonialisten für die indigene Bevölkerung Nord- und Südamerikas hatte. Das T-Shirt, das Sven heute trägt, verweist auf die Proteste der Indianer Südamerikas anlässlich des 500. Jubiläums der Landung von Christoph Kolumbus auf den Bahamas 1492. Sie wehrten sich gegen die Feier dieses Ereignisses, weil seit seiner Ankunft die ursprünglichen Bewohner gnadenlos dezimiert worden waren. Deswegen haben sie das Motto ›Wir werden nicht auf den Gräbern unserer Väter tanzen‹ gewählt.«

»Aber letzten Endes sind alle Kolonialisten schuld«, sagte Sven. »Die Franzosen, die Engländer, die Niederländer mit ihrem WIC, die Iren … alle, die nach Amerika gegangen sind, um dort Land zu stehlen und ein Volk zu ermorden, einzig und allein aus Gewinnsucht. Stefan und ich haben uns deshalb einer Bürgerinitiative angeschlossen, die während des Pilgerväter-Jubiläumsjahres auf das Schicksal der nordamerikanischen Ureinwohner aufmerksam machen will.«

»Wir sind der Meinung«, fuhr Stefan fort, »dass man von einem Genozid an den amerikanischen Ureinwohnern sprechen kann, da zielstrebig darauf hingearbeitet wurde, eine in den Augen der Kolonialisten minderwertige Rasse auszurotten. Dieses Bestreben, das größtenteils Erfolg hatte, wurde übrigens mit Bibeltexten begründet – Amerika galt als das neue gelobte Land.«

Als Stefan das Wort »Genozid« benutzt hatte, war Unruhe unter den Studierenden entstanden.

»Im Anschluss an unsere Präsentation möchten wir natürlich gerne wissen, wir ihr darüber denkt«, übernahm nun wieder Sven, »aber ich weiß jetzt schon, dass Einwände kommen werden wie: Aber es gab doch keine Konzentrationslager? Keine Konferenz, bei der eine ›Endlösung‹ beschlossen wurde? Und doch können wir die Kolonialisten für die Katastrophe verantwortlich machen, die sie unter den Ureinwohnern angerichtet haben, der indigenen Bevölkerung Amerikas. Viele Siedler sind als tapfere Pioniere in die Geschichte eingegangen, die sich unerschrocken auf die Suche nach einem Ort machten, an dem sie ungehindert ihre Religion ausüben konnten. Die Freiheit, die sie selbst suchten, unabhängig von der Einmischung eines Staates, um ihr Leben selbst so zu gestalten, wie sie es wollten, ohne Angst vor Verfolgung und Unterdrückung, die Freiheit, die sie dort tatsächlich fanden, ging auf Kosten der Freiheit und des Lebens von Hunderttausenden, ja, Millionen anderer Menschen. Die Geschichtsbücher der USA kultivieren den Mythos des »menschenleeren Landes«, des gelobten Landes, wie ich schon sagte, das jahrhundertelang nur auf die Eroberung durch gottesfürchtige Pilger gewartet hatte, die vor der Verfolgung in Europa geflüchtet waren.«

Jetzt ergriff Stefan wieder das Wort.

»Wie Sven bereits ganz richtig bemerkt hat, war das Land keineswegs menschenleer, sondern bereits seit Tausenden von Jahren besiedelt. Die Indianer hatten zwar keine Städte gebaut und kein Land kultiviert, und sie kannten kein Eigentum von Grund und Boden, so wie wir, aber es gab durchaus Territorien, die die einzelnen Stämme als die ihren betrachteten und um die sie Kriege führten – zu ›edle Wilden‹ sollten wir sie auch nicht machen –, aber sie haben das Land nicht eingezäunt. Sie haben gejagt, aber nur die Tiere getötet, die sie wirklich zum Überleben brauchten. Sie lebten im Einklang mit der Natur, ohne sie auszubeuten. In seiner berühmten Rede, mit der er auf den Aufruf des damaligen Präsidenten Franklin Pierce reagierte, das Land von den Indianern zu kaufen, sagte Chief Seattle, der damalige Häuptling der Suquamish und Duwamish, daher …«

Er blickte auf seine Aufzeichnungen und las vor: »Wie kann man den Himmel kaufen oder verkaufen – oder die Wärme der Erde? Diese Vorstellung ist uns fremd. Wenn wir die Frische der Luft nicht besitzen – wie könnt Ihr sie von uns kaufen? Jeder Teil dieser Erde ist meinem Volk heilig, jede glitzernde Tannennadel, jeder sandige Strand, jeder Nebel in den dunklen Wäldern, jede Lichtung, jedes summende Insekt ist heilig, in den Gedanken und Erfahrungen meines Volkes.«

Stefan sah sich im Hörsaal um.

»Und deshalb …«, begann er, wurde aber mitten im Satz von Peter unterbrochen.

»Entschuldigen Sie«, sagte er. »Auf das harte Wort Genozid können wir später noch eingehen, aber ich möchte zunächst einmal etwas anderes richtigstellen. Es ist eine sehr schöne Rede, die sie da zitieren, aber als Historiker habe ich leider meine Einwände. Oder hatten Sie vor, Ihrem Publikum später noch zu erklären, dass Chief Seattle diese Rede vermutlich so nie gehalten hat?«

»Nein, äh … Was meinen Sie damit?«, fragte Stefan und sank ein wenig in sich zusammen.

»Na schön, dann werde ich jetzt mal etwas dazu sagen«, fuhr Peter fort und stand auf. »Ich habe mich neulich erst in dieses Thema vertieft, als ich die Abschlussarbeit eines meiner Studenten betreut habe. Um es kurz zu machen: Chief Seattle hat tatsächlich 1854 eine Rede gehalten, aber es ist fraglich, dass sich irgendjemand Notizen dazu gemacht hat. Ein Journalist, der dabei war, Doktor Henry A. Smith, hat dreiunddreißig Jahre später – dreiunddreißig Jahre! –, also 1887, einen Artikel darüber in seiner Zeitung veröffentlicht. Dass eine Rede gehalten wurde, ist also unstrittig, aber Chief Seattle redete in seiner Stammessprache Salish, die Smith nicht verstand.«

Peter bemerkte aus den Augenwinkeln heraus, dass ihm einige Studierende respektvolle Blicke zuwarfen.

»Sie können gleich fortfahren, aber ich unterbreche Sie an dieser Stelle, weil ich es als eine wichtige Lektion für Sie als Historiker empfinde. Smith verstand also die Sprache nicht, daher muss ihm irgendjemand erzählt haben, worum es in der Rede ging. Er schrieb aber erst dreiunddreißig Jahre später darüber. Eine zweite Version der Rede entstand in den 1960er-Jahren; der Philologe und Literaturwissenschaftler William Arrowsmith übertrug die erste Version in ein moderneres Englisch, ohne an ihrem Inhalt etwas zu ändern. Populär wurde die Rede aber erst in den 1970er- und 1980er-Jahren durch eine dritte Version, und das ist die, aus der Sie zitiert haben, von der man im Internet wundervolle Auszüge findet und von der zahlreiche Poster gedruckt wurden. Allerdings handelt es sich um eine Version, die kaum noch etwas mit den ursprünglichen Worten Chief Seattles zu tun hat. Diese Version stammt von einem Dozenten der Universität von Texas, Ted Perry, und wurde für einen Fernsehfilm über Ökologie verfasst. Sein Text passte gut zum wachsenden Umweltbewusstsein, das die Indianer zu den ursprünglichen Hütern von Mutter Erde stilisierte, ein romantisches Bild, das sich schnell unter den Naturschützern verbreitete. Es ist also grundsätzlich völlig in Ordnung, dass Sie Chief Seattle zitieren, und die Rede ist durchaus inspirierend. Aber man darf dabei nicht außer Acht lassen, dass man sie kritisch betrachten und wissen muss, dass der indianische Häuptling sie so möglicherweise nie gehalten hat.«

Peter setzte sich wieder.

Stefan stand peinlich berührt da, seine Notizen in der Hand, als hätte er eine Niete bei der Lotterie gezogen.

»Aber trotzdem«, sagte eine Studentin, die sich nur pro forma gemeldet hatte und ohne Aufforderung anfing zu reden. »Vermutlich hat der Häuptling etwas ganz Ähnliches gesagt, vielleicht nicht im selben Wortlaut, aber man weiß doch, dass der Inhalt der Rede mit dem indianischen Weltbild übereinstimmt, in dem die Natur als lebendig gilt. Dann ist es doch im Prinzip nicht so wichtig, wie er sich ausgedrückt hat, oder?«

»Genau«, beteiligt sich jetzt Sven an der Diskussion. »Es geht um die Wirkung der Geschichten. Es ist nicht so wichtig, ob sich etwas so oder so tatsächlich zugetragen hat, sondern es geht darum, dass die Leute glauben, es hätte sich so abgespielt haben können.«

»Das ist eine sehr interessante Bemerkung, Sven«, erwiderte Peter. »Aber damit verlassen Sie das Gebiet der Geschichtsschreibung und betreten ein anderes, nämlich das Reich der Mythologie oder das der ›alternativen Fakten‹.«

Diese Worte brachten ihm ein amüsiertes Grinsen auf einigen Gesichtern ein.

»Ja, aber«, entgegnete Sven, »das ist doch ein ebenso legitimes Forschungsfeld? Oder irre ich mich? Ganze Nationen wurden auf einer Kombination von Wahrheit und Fantasie erbaut. Oder denken wir an unseren Bürgermeister Van der Werff, der angeblich während der spanischen Belagerung seinen Körper der Leidener Bevölkerung zum Verzehr anbot. Oder an eine andere Geschichte aus dieser Zeit: der Waisenjunge Cornelis Joppenszoon, der auf dem Lammenschansweg einen noch warmen Kessel mit Eintopf fand und so entdeckte, dass die Spanier von den Wassergeusen in die Flucht geschlagen worden waren. All diese Geschichten sind nachweislich nicht wahr, aber für das Wir-Gefühl eines Volkes sind sie seit jeher von Bedeutung gewesen.«

»Da haben Sie recht«, sagte Peter.

»Letzten Endes bestimmt doch die Mehrheit, ob eine Überlieferung glaubwürdig genug ist, um sie weiterzugeben?«, fragte Stefan. »Die Sieger bestimmen über die Geschichtsschreibung.«

»Aber dennoch«, warf Peter ein, »bleibt es die Aufgabe des Historikers, also die von uns als Historikern, Fakten und Fiktion, Dichtung und Wahrheit voneinander zu unterscheiden.«

»Aber genau das«, sagte Sven, sichtlich zufrieden über die Brücke, die er gefunden hatte, um wieder zu seiner eigenen Version zurückkehren zu können, »ist genau das, worüber Stefan und ich reden wollten. Auf der einen Seite gibt es die Geschichte der Sieger, also der Kolonialisten …«

»Kannst du vielleicht trotzdem noch ein bisschen näher erklären, was ihr mit dem Genozid gemeint habt?«, fragte dieselbe Studentin, die sich vorhin zu Wort gemeldet hatte. »Ich finde den Vergleich ziemlich extrem.«

»Stimmt«, sagte Sven, »das ist er auch. Genozid oder Völkermord ist laut den Vereinten Nationen ›durch die Absicht gekennzeichnet, auf direkte oder indirekte Weise eine nationale, ethnische, rassische oder religiöse Gruppe als solche ganz oder teilweise zu zerstören‹. Es gibt zuverlässige Schätzungen, die davon ausgehen, dass die Anzahl der Indianer von etwa zwölf Millionen im Jahr 1500 bis auf circa 250.000 im Jahr 1900 gesunken ist, was der größten Vernichtung eines Volkes in der Geschichte der Menschheit entspricht. Einerseits sind viele Indianer an Krankheiten gestorben, weil sie mit Erregern in Berührung kamen, gegen die sie keine Abwehrkräfte hatten, aber sehr viele sind auch bei direkten Zusammenstößen mit den Weißen getötet worden. Infolgedessen kann man die Geschichte des WIC nicht, oder nicht mehr, erzählen, ohne die dunkle Schattenseite, die damit einherging.«

Daraufhin entbrannte eine Diskussion zwischen den Studierenden, in die sich Peter nicht weiter einmischte, die er aber voller Zufriedenheit verfolgte.

Natürlich war die These in Bezug auf den Genozid undifferenziert, aber sie zog jedenfalls einen regen Gedankenaustausch nach sich.

Inzwischen war es schon nach drei. Einige Studierende begannen, ihre Sachen zusammenzupacken. Auch Peter steckte seine Aufzeichnungen ein. Später würde er sie zu einem Bericht ausarbeiten, den er für seine Abschlussgespräche mit den Studierenden verwenden würde. Er legte bei der Bewertung ihrer Leistungen nämlich nicht nur die Klausurnoten zugrunde, sondern sie konnten bei ihm auch mit einer gelungenen Präsentation punkten.

Als er aufblickte, sah Peter, dass alle Studierenden gegangen waren bis auf Sven und Stefan. Sie sahen ihn erwartungsvoll an.

»Ihre Präsentation war in Ordnung«, sagte Peter. »Etwas gewagt hier und da, aber das hat schließlich zu einer angeregten Diskussion geführt. Es war auch interessant, über Fakten und Fiktion zu reden sowie die Pflicht von uns Historikern, diese voneinander zu unterscheiden.«

Sie nickten.

»Wenn Sie möchten«, sagte Sven, »können Sie mal zu einem unserer Treffen kommen. Im Haagweg.«

»Ach so«, sagte Peter. »Ihre Bürgerinitiative.« Er lachte kurz auf. »Ich will nicht geringschätzig klingen, aber ich kann mir gut vorstellen, wie die Diskussionen bei Ihnen ablaufen. Soweit ich weiß, geht es in solchen Initiativen meist ein bisschen einseitig zu, weil es nicht genügend Gegenstimmen gibt oder zu wenige Mitglieder sich wirklich gründlich mit dem Thema auskennen. Es tut mir leid, Stefan, aber dass Sie die Rede von Chief Seattle zitiert haben, ohne die Hintergründe recherchiert zu haben … In diesem Kontext hat das keine weiteren Folgen, ich meine, wir sind hier in einer Lernumgebung, aber eine Bürgerinitiative ist das echte Leben. Dabei können emotionale Argumentationen und fehlendes Wissen eine gefährliche Mischung ergeben.«

Stefan sah ihn empört an.

»Aber«, sagte Sven und versuchte hörbar, respektvoll zu bleiben, »ich glaube, Sie wären positiv überrascht. Und wenn Sie nicht einmal selbst dagewesen sind, können Sie doch nicht darüber urteilen, oder? Vielleicht könnten Sie auch unsere fehlende Gegenstimme bilden.«

»Stimmt«, ergänzte Stefan. »Dann könnten wir uns mit Ihnen auseinandersetzen, in einer fruchtbaren Diskussion. Wir versuchen schließlich, unsere Gegner mit Argumenten zu überzeugen. Jeder andere Versuch, jemanden mundtot zu machen, ist ein Zeichen von Schwäche.«

»Ich überlege es mir«, versprach Peter, um das Gespräch zu beenden.

»Schrecklich, oder?«, fragte Sven auf einmal.

Peter sah ihn fragend an.

»Das mit gestern, meine ich«, sagte Sven, überrascht, dass Peter ihn nicht sofort verstand. »Bei den Freimaurern, der Mord am Vorsitzenden.«

»Ach ja, natürlich, wirklich schrecklich«, stimmte Peter ihm zu.

Richtig, er ist auch dagewesen.

Peter neigte manchmal dazu, die verschiedenen Welten, in denen er verkehrte, voneinander zu trennen – die Universität, Zuhause, er und Fay, die Stadt –, als wären es verschiedene Abteile, die getrennt voneinander existierten. So wie man die Frau von der Kinokasse nicht verorten kann, wenn man ihr in einem anderen Kontext begegnet.

»Ich habe heute Morgen den Bericht in den Nachrichten gesehen«, sagte Sven. »Erik und ich waren schon weg, als die Polizei kam.«

»Ach so. Wir waren noch da. Es war wirklich schockierend. Eine tragische Sache.«

Sven nickte. »Gehen wir?«, fragte Stefan und zupfte kurz an Svens Jacke. »Dann können wir noch etwas zusammen trinken.«

Nachdem sie sich verabschiedet hatten, kehrte Peter mit seinen Unterlagen unter dem Arm in sein Büro zurück.

Was Stefan über »unsere Gegner« und »sie mundtot machen« gesagt hatte, ging ihm nicht mehr aus dem Kopf. Es pochte und zog wie aufkommende Zahnschmerzen.

Fragment drei – die Pilgerväter in Leiden (Sommer 1611)

Die letzten zwei Jahre sind schwer gewesen. Die beiden Fluchtversuche aus England haben die meisten von uns ihren letzten Penny gekostet, daher sind wir nur mit wenig mehr als der Kleidung, die wir am Leib trugen, und den mageren Habseligkeiten, die wir schleppen konnten, hier angekommen.

An Arbeit herrscht hier kein Mangel, das ist unser Glück gewesen, und in den weniger begüterten Vierteln der Stadt fanden wir Unterschlupf, oft mit mehreren Familien in einem Raum. In unseren ersten Unterkünften drang kaum Tageslicht ein, dafür der Regen und die unzähligen Ratten, Mäuse, Läuse und anderes Ungeziefer, mit dem wir uns das Dach über unseren Köpfen teilten. Auf dem Weg durch die engen Gassen blieb man regelmäßig mit einem Schuh im zähen Matsch stecken.

Die meisten von uns arbeiten in den Tuchfabriken, eine schwere und schmutzige Arbeit. Von dem Lohn, den wir erhalten, müssen wir nicht nur unseren Lebensunterhalt bestreiten, sondern auch die Miete bezahlen. Andere arbeiten in den Brauereien der Stadt, wieder andere als Brillenmacher, Zimmerleute oder Pfeifenmacher. Einigen geht es gut, sehr gut; sie sind sogar in den Handel eingestiegen, und einer arbeitet als Dozent an der Universität. Nicholas (Claverly – PvV) ist als Pfeifenmacher sehr beliebt, und William hat eine Methode entwickelt, mit der die Leute Englisch lernen können. Studenten aus Deutschland, Frankreich, Dänemark, Belgien und den Niederlanden stehen Schlange, um von ihm unterrichtet zu werden. Es ist wundersam, all diese Menschen aus verschiedenen Ecken und Enden der Welt miteinander in der Sprache reden zu hören, die wir als Kinder von unseren Eltern gelernt haben. Die Leichtigkeit, mit der sich die Leute durch Williams System das Englische zu eigen machen, ist beeindruckend. Wie bequem es doch wäre, wenn eines Tages alle Welt diese Sprache beherrschte! Wie viel leichter wir miteinander reden könnten, wie viel weniger Missverständnisse es zwischen den Menschen gäbe, und wie viel weniger Konflikte und vielleicht sogar Kriege! Latein ist für die Gelehrten, aber unser Englisch kann jeder mit einem normalen Verstand erlernen.

Wir versuchen so gut es geht, uns jeden Sonntag in Johns Haus zu versammeln. Vor Kurzem hat er mit einigen anderen aus unserer Gruppe ein Haus im Kloksteg erworben, genau gegenüber der Pieterskerk. Das Haus wurde zu einem Wohnhaus für John und seine Familie, zum Versammlungsraum und zur Kirche ausgebaut. Aus der Güte seines Herzens heraus hat er im Garten noch einundzwanzig weitere kleine Häuschen für die Allerärmsten aus der Gruppe errichten lassen, die mit ihm aus Scrooby hierhergezogen sind. Ich schäme mich nicht zu sagen, dass auch meine Familie und ich dazugehören. Für uns war die Übersiedlung in die Niederlande schwerer als für die anderen, mit denen wir nun diesen Hof teilen. In England habe ich eine gute Ausbildung genossen. Meine Familie und ich waren zwar nicht reich, aber auch nicht mittellos. Wir hatten ein Haus, Grund und Boden, Vieh, Personal … Wir hatten einiges an Kapital. Ich hatte eine feste Stelle als Stadtschreiber. Doch alles, was wir besaßen, haben wir verloren. Nur unsere Hände sind uns geblieben, mit denen wir unser Brot zu verdienen versuchen. Ist das Opfer, das wir gebracht haben, zu groß gewesen? Bereuen wir den Entschluss, unser Leben in England hinter uns gelassen zu haben? Nein, natürlich nicht! Wir haben Haus und Hof verlassen, um endlich frei zu sein, um ein Leben führen zu können, wie wir es wollen, und um Gott dienen zu können, so wie wir es wünschen!

Die Verbesserung im Vergleich zu unserem vorherigen Obdach in Leiden ist unvorstellbar. Anstatt in einem undichten Haus in einer düsteren Gasse sitze ich jetzt auf einem Stuhl an einem Tischchen vor dem Haus, mit Blick auf einen grünen Innenhof. Wir müssen immer noch hart arbeiten, aber die Heimkehr ist dafür umso schöner.

Hier halten wir auch unsere Gottesdienste ab, weil wir in den Kirchen von Leiden nicht willkommen sind. Als Separatisten gehören wir nicht zur reformierten Kirche. Dadurch vermischen wir uns weniger mit der übrigen Bevölkerung, aber es ist die Frage, ob das so schlimm ist. Manche von uns haben das Bürgerrecht beantragt, womit man offiziell zur Leidener Bevölkerung gehört. Es macht das Leben einfacher, weil man mehr Rechte und Möglichkeiten hat. Vor allem diejenigen unter uns, die Handel treiben, haben das getan, weil dafür das Bürgerrecht Voraussetzung ist. Wir bleiben lieber Untertanen von England, wie Kinder, die von einem unbarmherzigen Vater weggeschickt wurden, aber hoffen, eines Tages wieder von ihm in Gnade angenommen zu werden.

Am Sonntag halten wir zwei Gottesdienste ab. Der erste findet ganz früh morgens statt, noch bevor wir feste Nahrung zu uns genommen haben. Es gibt nicht jeden Sonntag Abendmahl, aber wenn, sind wir auf diese Weise ganz sicher, dass die heilige Hostie, der Leib unseres Herrn und Heilands, und der Wein, sein kostbares Blut, das nimmt die Sünden der Welt, sich nicht mit der profanen Nahrung in unserem Magen vermischen. Wir beginnen mit einem langen Gebet, das wir gemeinsam sprechen, im

Stehen, so wie sich Untertanen vor ihrem König respektvoll erheben. Wir singen gerne die Psalmen, ohne andere musikalische Begleitung, nur getragen von unseren Stimmen. Direkt aus unseren Herzen steigen die Worte empor zu Gott. John liest eine Passage aus der Bibel vor, einschließlich der Erklärung, Ratschlägen für einen rechten Lebenswandel und Ermutigungen, weil unser Leben nicht immer leicht ist. Immer wieder versteht er es, die richtigen Worte zu finden, sodass wir uns, wenn wir gehen, stärker fühlen als auf dem Hinweg. Manchmal kommen wir uns vor wie Schafe unter Wölfen, und wir müssen vorsichtig sein wie Schlangen und unschuldig wie Tauben. Denn auch hier in Leiden sind Streitigkeiten aufgeflammt, die Art, die wir glaubten, in Amsterdam hinter uns gelassen zu haben. Die Diskussionen über die Vorherbestimmung – hat Gott das Schicksal jedes Menschen bereits im Buch des Lebens aufgezeichnet, oder können wir selbst unser Schicksal beeinflussen? – übersteigen meist meinen Verstand. Die Spannungen sind manchmal heftig, aber ich hoffe, dass wir nicht miteinbezogen werden.

Nach dem Gottesdienst nehmen wir gemeinsam eine Mahlzeit ein, wie Brüder und Schwestern; für manche von uns ist es die reichhaltigste Mahlzeit der Woche, obwohl sie sich sicher schämen würden, das zuzugeben. Jeder gibt, was er oder sie beitragen kann; keiner von uns betrachtet dies als persönliches Eigentum. Genauso wie jeder das, was er kann, zu dem Fonds beiträgt, der zum Gemeinwohl beiträgt. Der Penny der Witwe ist für uns genauso wertvoll wie die größere Summe eines reicheren Mitglieds unserer Gemeinschaft.

John hat uns darauf vorbereitet, dass unser Platz vielleicht nicht hier ist und möglicherweise der Tag kommen wird, an dem wir auch diese Stadt verlassen müssen. Es gibt noch andere Gegenden, andere Orte, wo wir vielleicht hin können, hin müssen, um frei zu sein, freier als hier.

Nachmittags halten wir eine zweite Zusammenkunft ab, die einen anderen Charakter hat. Natürlich beginnen wir auch diese mit einem Gebet und lesen einen Bibeltext, der mit einem Kommentar und einer Erklärung versehen wird, aber danach haben wir die Möglichkeit, als Gleiche unter Gleichen unsere Gedanken auszutauschen. Was ist geschehen? Welche Schwierigkeiten und Sorgen gibt es? Wie steht es mit dem Preis von Nahrungsmitteln? Hat jeder noch Arbeit? Gibt es Probleme mit der Sprache? Hat es Zusammenstöße mit anderen Gläubigen gegeben? Die Frauen hören zu und können so aus dem lernen, was die Männer miteinander besprechen. Wir haben keine Geheimnisse voreinander.

Manchmal haben wir Gäste von außerhalb. Wir wollen zeigen, dass wir nichts zu verbergen haben, im Gegenteil. Manchmal kommt jemand von der Universität und hält einen Vortrag. Mehrere Leute haben sich uns bereits angeschlossen! Vor allem Leute aus den südlichen Niederlanden, Wallonen, fühlen sich in unserer Gemeinschaft heimisch.

Der Knabe, der der besondere Günstling von Josh Nunn zu sein scheint, wächst zu einem Jungen heran, der noch immer wenig in der Öffentlichkeit spricht, aber täglich mehr Selbstvertrauen aufzubauen scheint. Er gehört zu Joshs Haushalt. Obwohl er Josh immer noch kaum von der Seite weicht, habe ich ihn in letzter Zeit öfter auf der Straße gesehen – allein und manchmal auch mit Gleichaltrigen, obwohl er sich abseits von ihnen hält. Der Privatunterricht des Jungen geht ohne Pause weiter. Möglicherweise sieht Josh in ihm einen zukünftigen Anführer dieser Gemeinschaft und bereitet ihn auf seine Rolle vor.

10

Auf dem Schreibtisch von Hauptkommissar Rijsbergen lagen ordentliche Papierstapel – Listen mit Namen von Leuten, die am bewussten Abend im Tempel des Gebäudes an der Steenschuur gewesen waren, ein Gebäudeplan, ein paar Ausdrucke aus Wikipedia über die Freimaurer und von der Homepage der Leidener Logen sowie, ordentlich in eine Plastikhülle geschoben, eine Kopie der Serviette, die Hausmeister Frank Coers gefunden hatte.

Rijsbergen nahm die Seite in der Klarsichthülle zur Hand, um sich den provisorischen Plan noch einmal aus der Nähe anzusehen. Es handelte sich um eine mit Kugelschreiber skizzierte Übersicht über die Einteilung des Gebäudes, mit unordentlichen Strichen gezeichnet, wie in großer Eile. Mit extra dicken Linien war eingetragen, wo sich die Eingangstür und der Hinterausgang befanden. Kaum zu entziffernde Zahlen sollten wahrscheinlich Abstände angeben.

Eigentlich waren es zwei Zeichnungen: grobe Skizzen beider Stockwerke. Der Tempel selbst war am detailliertesten dargestellt. Es war exakt angegeben, was wo stand, mit den korrekten Bezeichnungen daneben gekritzelt. Hier und da hatte sich die Spitze des Kugelschreibers durch das Papier gedrückt, als wäre der Untergrund weich gewesen.

Ein Oberschenkel vielleicht?

Hinter manchen der eingezeichneten Türen standen Fragezeichen, als hätte der Zeichner der Skizze womöglich keinen Zugang zu dem Raum, der sich dahinter befand.

Der Ermittler starrte eine Weile lang auf das Papier und fragte sich, was diese Zeichnung in Gottes Namen zu bedeuten hatte.

Dass sie während des Gästeabends weggeworfen wurde, heißt noch nicht, dass sie auch am selben Abend entstanden ist, dachte Rijsbergen und legte die Klarsichthülle wieder auf den Tisch.

Das Gebäude der Freimaurer war außerhalb der Logenaktivitäten stets abgeschlossen, und nur wenige Leute besaßen einen Schlüssel.

Niemand mit einem Schlüssel, der freien Zugang zum Gebäude hat, bräuchte hastig und heimlich so einen Plan zu zeichnen – um ihn anschließend in einen Mülleimer zu werfen ... Aber wer hat dann eine solche Skizze angefertigt und dabei den Eingang und den Hinterausgang – als mögliche Fluchtwege – hervorgehoben? Und warum hat der- oder diejenige die Serviette so achtlos als Beweismaterial zurückgelassen? Vollkommen unverständlich.

Die Originalskizze war ins Labor geschickt worden, damit sie auf Genmaterial untersucht werden konnte. Natürlich war es ein Schuss ins Blaue, aber wer weiß, vielleicht fand man eine verwertbare Spur. Wenn sie als letztes Mittel Wangenabstriche von allen nehmen mussten, die sich im Gebäude aufgehalten hatten, würden sie vielleicht auch herausfinden, wer der Zeichner oder die Zeichnerin der Skizze gewesen war.

Schade, dass wir sie nicht selbst gefunden haben. Jetzt sind auch Spuren des Hausmeisters darauf, weil er sie in seinem Eifer glatt gestrichen hat.

Nachdenklich schüttelte Rijsbergen den Kopf. Angenommen der Mörder – oder die Mörder – hätten den Plan in ihren Händen gehalten. Dann würde es allerdings von unvorstellbarer Dummheit zeugen, ihn anschließend wegzuwerfen. Allerdings machten Verbrecher durchaus öfter dumme Fehler. Manche waren schon durch die DNS auf einer achtlos weggeworfenen Zigarettenkippe überführt worden, oder durch eine Gebissrekonstruktion anhand eines Bissmusters in einem Apfelgehäuse, das in der Nähe des Tatorts gefunden worden war. Aber dies hier? So etwas hätte man doch genauso gut in die Innentasche einer Jacke stecken anstatt in den Mülleimer werfen können? Vielleicht war der Täter in Panik geraten? War die Person erwischt worden, was auch immer sie getan hatte?

Rijsbergen stand vor einem Rätsel.

Im günstigsten Fall würden sich auf dem Papier DNS-Spuren befinden, wie gering auch immer. In Fernsehserien saß der Täter anhand solcher Spuren innerhalb von fünfzig Minuten – inklusive der Werbeblöcke – hinter Schloss und Riegel. Daher war es heutzutage der Öffentlichkeit, den Angehörigen und den Opfern eines Verbrechens nicht immer leicht zu vermitteln, dass es nicht ungewöhnlich war, wenn man den Täter nach einer Woche noch nicht festgenommen hatte.

Doch selbst wenn sie die Person fanden, von der das Genmaterial stammte, mussten sie noch beweisen, dass sie auch diejenige war, die diese Zeichnung angefertigt hatte. Die DNS konnte auf vielerlei Art und Weise auf das Papier gelangt sein. Und dann mussten sie noch beweisen, dass der oder die Verdächtige das Stück Papier tatsächlich dort zurückgelassen hatte und nicht eine andere Person, die den Verdacht auf sie lenken wollte.

Rijsbergen öffnete den Computer, um sich die Notizen noch einmal durchzulesen, die er sich heute Vormittag bei dem Gespräch mit Tony Vanderhoop gemacht hatte.

Van de Kooij und einige andere Kollegen hatten mit den übrigen Mitgliedern der amerikanischen Delegation geredet. Es war nicht so sehr eine Vernehmung gewesen, sondern eher ein Gespräch im Rahmen der üblichen Vorgehensweise, bei der man alle Anwesenden befragte. Noch heute Abend würden Vanderhoop und die anderen zurück nach Boston fliegen.

Mit der für Amerikaner anscheinend so typischen Selbstsicherheit war Vanderhoop zu Rijsbergen ins Büro gekommen. »Einen schönen guten Tag«, hatte er gesagt und ihm lange die

Hand geschüttelt, als wolle er einem unsichtbaren Fotografen die Gelegenheit geben, diesen Moment festzuhalten.

Nachdem sie sich gesetzt hatten, begann Rijsbergen ohne Umschweife mit der Befragung.

»Ist Ihnen gestern Abend etwas Ungewöhnliches aufgefallen?«, fragte er. »Etwas, was uns möglicherweise bei den Ermittlungen helfen könnte?«

Vanderhoop dachte lange und angestrengt nach, aber die Pose wirkte irgendwie aufgesetzt.

»Nein, eigentlich nicht«, antwortete er endlich. »Wir haben uns mit vielen Leuten unterhalten, und ich wurde zahlreichen Brüdern und Schwestern vorgestellt. Natürlich habe ich die Namen der meisten bereits wieder vergessen. Ich befürchte, dass ich Ihnen nicht weiterhelfen kann, aber ...«

»Ja?«

»Ich muss Ihnen sagen, dass unsere Logen in Boston seit einiger Zeit regelmäßig Drohungen erhalten, die an uns als Freimaurer gerichtet sind. Vielleicht würde es sich lohnen zu recherchieren, ob so etwas auch hier vorkommt?«

Rijsbergen machte sich eine Notiz dazu, sah aber keinen unmittelbaren Zusammenhang zwischen Drohungen im weit entfernten Boston und den Vorfällen in Leiden. Sein Blick fiel auf die Klarsichthülle mit der Bauplanzeichnung. Er zeigte sie Vanderhoop, der sie sich bereitwillig, aber verständnislos ansah.

»Von meinem Kollegen habe ich gehört, dass Sie gestern Abend mit anderen im Garten gewesen sind, richtig?«, fragte Rijsbergen.

»Ja ... Das ist richtig«, antwortete Vanderhoop, plötzlich misstrauisch, als befürchte er, dass der Ermittler ihn in eine Falle locken wollte. »Ich habe mich draußen mit ein paar Leuten unterhalten, wie ich schon sagte; an die meisten Namen kann ich mich allerdings nicht mehr erinnern. Einige Gesichter würde ich sicher wiedererkennen, aber wer nun wer war ... Es waren ziemlich viele Leute. Manche haben geraucht. Eine widerliche Angewohnheit ... Ich habe mich mit einem gewissen Peter de Haan unterhalten. Er war in Gesellschaft von zwei jungen Männern, aber wie die hießen, weiß ich nicht mehr. Auch nach dem Vortrag haben wir noch ein wenig draußen gestanden.«

Rijsbergen legte eine bedeutungsvolle Kunstpause ein, als habe er eine Vermutung, wolle sie aber noch nicht äußern.

»Was ist das eigentlich?«, fragte Vanderhoop, jetzt wieder so selbstsicher wie zuvor.

»Das ist ein Stück Papier mit einem Plan des Gebäudes, anscheinend mit großer Eile darauf gekritzelt. Der Hausmeister hat ihn in einem Mülleimer gefunden.«

»Jemand hat eine Skizze des Gebäudes angefertigt und in einen Mülleimer geworfen?«

»Sieht ganz so aus, ja.«

»Seltsam. Warum sollte jemand so eine Skizze machen und sie anschließend wegwerfen?«

»Sagen Sie es mir.«

Die ganze Zeit hatte Vanderhoop unverwandt auf das Papier geblickt, doch nun hob er abrupt den Kopf, als hätte er etwas Schlechtes gerochen. »Was wollen Sie damit andeuten?«, fragte er mit einem scharfen Unterton.

»Ich deute gar nichts an«, erwiderte Rijsbergen ruhig.

»Tut mir leid, aber diese Zeichnung sagt mir gar nichts. Wie gesagt: Wir haben zu mehreren draußen gestanden und Kaffee getrunken. Später sind wir hineingegangen. Mehrere Brüder und Schwestern haben im Rahmen des Gästeabends erzählt, warum sie Freimaurer geworden sind – so hat es mir jemand erklärt, denn das Gespräch wurde natürlich auf Niederländisch geführt. Dabei ist mir nichts Merkwürdiges aufgefallen.«

Erneut starrte er den Plan an.

»Tut mir leid«, sagte er dann. »Ich kann ich Ihnen in dieser Hinsicht nicht weiterhelfen.«

Am Ende hatten sich Rijsbergen und Vanderhoop freundlich voneinander verabschiedet, so wie sich Leute auf Wiedersehen sagen, die im Urlaub auf einer Restaurantterrasse miteinander ins Gespräch gekommen sind – mit einer gewissen distanzierten Herzlichkeit, weil sie wissen, dass sie einander wahrscheinlich nie mehr wiedersehen werden.

Vanderhoop hatte Rijsbergen seine Visitenkarte gegeben, die dieser vorsichtig mit Daumen und Zeigefinger entgegengenommen hatte. Sobald Vanderhoop sein Büro verlassen hatte, hatte er die Karte mit einem Stift in ein Beweistütchen geschoben, das er anschließend versiegelt hatte. Dann hatte er einen Aufkleber mit Datum und dem Namen »Tony Vanderhoop« daraufgeklebt.

Nachdem der Amerikaner und seine Gruppe gegangen waren, war Van de Kooij mit einigen DIN-A4-Seiten in der Hand in Rijsbergens Büro gekommen. Schwungvoll hatte er den Stuhl zurückgezogen, auf dem noch kurz zuvor Tony Vanderhoop gesessen hatte. Er hatte sich auf den äußersten Rand gesetzt, als wolle er keinesfalls noch die Wärme von Vanderhoops Allerwertestem spüren.

»Und, hat das Gespräch mit ihm irgendetwas gebracht?«, fragte er. »Meinst du, er hat etwas mit der Sache zu tun?«

»Wer? Vanderhoop?«, fragte Rijsbergen. »Keine Ahnung. Ich finde ihn ein bisschen schräg, aber das reicht nicht aus für einen Verdacht. Im Grunde ist das Einzige, was wirklich gegen ihn spricht, dass er sich gestern Abend im Gebäude aufgehalten hat, aber dasselbe gilt noch für weitere sechzig, siebzig Leute. Ich wüsste nicht, welches Motiv er haben sollte. Im Moment wissen wir einfach noch zu wenig, um irgendetwas Sinnvolles sagen zu können. Es ist genau wie mit diesem Peter de Haan und dieser Fay Spežamor. Die scheinen auch einfach nur zum falschen Zeitpunkt am richtigen Ort gewesen zu sein, oder zum richtigen Moment am falschen Ort. Aber wer weiß, was sich noch so ergibt. Wie dem auch sei …«

Nachdem er sich noch ein paar Stichpunkte notiert hatte, legte er seinen Kugelschreiber hin. »Und du, bist du weitergekommen?«

»Nein, im Grunde nicht«, antwortete Van de Kooij. »Furchtbar nette Leute allesamt, unglaublich hilfsbereit, aber sie konnten mir nichts erzählen, was wir nicht bereits wussten. Natürlich habe ich von allen die Kontaktdaten notiert und Kopien von ihren Pässen und so weiter gemacht.«

»Gut so. Wie viele Namen haben wir inzwischen?«

»Ungefähr sechzig, glaube ich. Das bedeutet, dass uns noch zehn bis zwanzig fehlen.«

»Irgendwie führt das alles zu nichts. Es bleibt uns kaum etwas anderes übrig, als stur die Liste abzuarbeiten und die Leute aufzusuchen, deren Namen wir haben. Wir beide fangen mit Peter de Haan und seiner Freundin an. Suche uns noch ein paar andere heraus, den Rest verteilen wir unter den Kollegen im Team. Wenn jeder fünf oder sechs Leute übernimmt, sind wir in zwei bis drei Tagen mit allen durch. Morgen oder übermorgen bekommen wir wahrscheinlich schon die Ergebnisse der DNS-Analyse von den Spuren auf dem Grundriss.«

»Ist gut, dann teile ich das Team schon mal auf«, hatte Van de Kooij gesagt und war rasch aufgestanden.

Es gab zumindest einen, der sich auf die Aufgabe freute, die in den nächsten Tagen vor ihnen lag.

11

Peter saß in seinem Büro. Obwohl Rauchen im Gebäude streng verboten war, hatte er sich einen der fünf Zigarillos angezündet, die er für gewöhnlich im Laufe der Woche paffte. Sonntagabends steckte er jeweils fünf Stück in sein silbernes Zigarillo-Etui, einen für jeden Tag. Er hatte das Fenster weit geöffnet, saß schräg auf der Fensterbank und blies den Rauch nach draußen. Im Grunde genommen war das sinnlos, weil der Rauch durch den Wind wieder ins Zimmer geweht wurde. Aber er versuchte mit dieser Methode den Rauchmelder zu überlisten, der in der Mitte des Raumes an der Decke befestigt war.

Im Geiste ging er noch einmal seine Übung vom Nachmittag durch. Vielleicht hätte er strenger eingreifen sollen, als der Begriff »Genozid« fiel, denn obwohl die indigene indianische Bevölkerung tatsächlich stark dezimiert worden war, konnte man nicht unbedingt von einem »Völkermord« reden, weil dieser eine planmäßige Auslöschung voraussetzte.

Er zog an seinem Zigarillo, behielt den Rauch kurz im Mund und ließ ihn dann mit einem langen Zug durch die gespitzten Lippen wieder entweichen.

Es war vollkommen in Ordnung, dass bei dem Jubiläum des Aufbruchs der Pilgerväter aus Leiden vor vierhundert Jahren auch Gegenstimmen laut wurden. Vielleicht war es eine gute Gelegenheit, auch diese weniger schöne Seite der Geschichte zu beleuchten und auf die heutige Lage der indianischen Bevölkerung hinzuweisen.

Als er nach der Veranstaltung zurück ins Büro gekommen war, hatte er sofort Hauptkommissar Rijsbergen zurückgerufen.

Dieser hatte ihm erklärt, dass sie zwischen fünf und sechs bei Fay vorbeikommen würden und dass es für sie am einfachsten wäre, wenn er auch dorthin käme.

Es war kurz vor halb vier. Normalerweise hätte Peter jetzt noch ungefähr bis sechs weitergearbeitet, aber er konnte sich momentan überhaupt nicht konzentrieren und hatte ein starkes Bedürfnis, in Fays Nähe zu sein.

Jemand klopfte an und trat sofort ein, ohne eine Antwort abzuwarten.

Rasch warf Peter den Stummel seines Zigarillos aus dem Fenster und griff nach der Sprühflasche auf der Fensterbank. Wenn er geraucht hatte, versprühte er jedes Mal Raumspray.

Als die Tür aufging, blieb Peter mit der Sprühdose in der Hand stocksteif stehen, wie ein Graffiti-Sprayer, der von der Polizei auf frischer Tat ertappt worden war.

Es war Mark, der bei seinem Anblick anfing zu lachen. »Man riecht den Rauch bis ganz hinten auf dem Flur!«, sagte er. »Dagegen hilft auch dein Toilettenspray nicht.« Er schloss die Tür hinter sich. »Ich wollte nur mal kurz nachsehen, wie's dir geht. Ich habe gehört, was gestern Abend passiert ist. Judith hat mir erzählt, dass Fay und du gestern auf dem Gästeabend bei den Freimaurern wart.«

»Danke, sehr lieb von dir.«

Mark setzte sich auf das Dreisitzersofa, das Peters Büro eine so gemütliche Atmosphäre verlieh.

»Es war furchtbar!«, sagte Peter. »Ganz einfach furchtbar.«

»Und bizarr noch dazu. So ein Mord an einem Abend mit Dutzenden von Besuchern! Agatha Christie ist nichts dagegen.«

»Du hast recht, das ist seltsam genug, aber … Du weißt, dass Fay und ich ihn gefunden haben, oder?«

»Wirklich wahr? Ach du meine Güte!« Mark, der bis dahin am Rand des Sofas gesessen hatte, ließ sich zurückfallen, sodass er da hing wie runtergerutscht. »Was für eine Tragödie!«, sagte er. »Fay hat ihn doch ziemlich gut gekannt, oder?«

»Ja, das stimmt. Er war der Vorsitzende ihrer Loge, insofern hatte sie häufig mit ihm zu tun. Ich bin ihm nur ein paarmal begegnet, aber trotzdem … Jemanden so zu finden …«

Peter ermahnte sich, sich zu beherrschen und nichts weiter zu erzählen.

Aber Mark schien sich gar nicht dafür zu interessieren, in welchem Zustand Fay und er Coen Zoutman gefunden hatten.

»Wie geht es Fay?«

»Tja, was soll ich sagen?«, erwiderte Peter. »Schlecht natürlich, sie ist vollkommen fassungslos. Sie hat keine blasse Ahnung, wer es getan haben könnte. Er war ein netter Kerl, dieser Zoutman, hat, wie man so schön sagt, keiner Fliege etwas zuleide getan.«

»Es ist also ein Rätsel.«

Peter erzählte ihm in knappen Worten von der Begegnung mit den Amerikanern beim Leiden American Pilgrim Museum.

»Danach bin ich zur Uni gegangen. Außer mit diesem Amerikaner habe ich bisher noch mit niemandem darüber gesprochen, nein, Moment, das stimmt nicht ganz. Ein Student von mir war gestern Abend auch da. Mit ihm habe ich auch ganz kurz geredet, aber mehr nicht.«

»Und jetzt? Was willst du jetzt machen?«

»Jetzt? Ich gehe gleich nach Hause, oder besser gesagt, zu Fay, mal nachsehen, wie es ihr geht.« Peter ging zu seinem Bürostuhl, über dem sein Sakko hing, um es wieder überzuziehen. »Und du?«

»Ich gehe noch eine Stunde ins Büro und dann auch nach Hause, denke ich. Ich will noch etwas im Homeoffice arbeiten und bin heute mit Kochen dran. Judith hat gestern das Abendessen gemacht.«

Obwohl Peter mit Fay sehr glücklich war, empfand er auch nach all den Jahren in solchen Momenten plötzlich einen heißen Stich der Eifersucht. Er konnte sich wehren, wie er wollte, konnte versuchen, seine Gefühle wegzurationalisieren, konnte sich das häusliche Glück von ihm und Fay vor Augen rufen, wie sie zusammen mit der Zeitung und einem Glas Wein vor dem Haus saßen und Agapé zusahen, die im Garten des Hofes Ball spielte …

Doch noch immer, wie jetzt, als Mark beiläufig erwähnt hatte, dass er kochen wolle, sah Peter sich plötzlich an Marks Stelle, wie er in verschiedenen Töpfen auf dem Herd rührte, ein kaltes Bier auf der Anrichte, Kondenstropfen auf dem Glas. Und dann Judith, die mit geröteten Wangen von draußen hereinkam, ihn von hinten umarmte, ihn zärtlich auf den Hals küsste und kurz an ihn geschmiegt stehen blieb …

Aber nein.

Mark wollte gerade aufstehen, ließ sich aber wieder aufs Sofa sinken, als sein Handy klingelte. Er lehnte sich schräg zur Seite, um es aus der Hosentasche zu fischen.

Er meldete sich und hörte dem Anrufer zu, gefühlt recht lange.

»Ja, das stimmt«, hörte Peter ihn sagen.

»Ja … Richtig. Im Sionshofje … Ja, da wohne ich.« Er sah Peter mit gerunzelter Stirn an, um ihm zu bedeuten, dass er auch nicht wusste, was der Anrufer wollte. »Was?«, rief er dann plötzlich aus. »Was ist passiert?« Er hörte der Person am Telefon noch einen Moment zu. »Gut, ich komme sofort«, sagte er dann.

»Was war das denn?«, fragte Peter, sobald Mark das Gespräch beendet hatte.

»Das war jemand von der Wohnungsgenossenschaft, die unser Hofje verwaltet. Ich bin die Kontaktperson aller Bewohner für die Genossenschaft.« Er schwieg einen Moment lang. »Die vordere Fassade unseres Hofjes ist mit roter Farbe beschmiert worden.«

»Ja, und?«

»Ja, aber damit nicht genug. Das wäre ja einfach nur Vandalismus, aber dabei haben sie es nicht bewenden lassen.«

»Ja?«

»Aus dem Wort ›Zion‹ über dem Tor haben sie ›Zionisten‹ gemacht und darüber ›Tod den‹ gekritzelt.«

»Was soll das denn?«

»Das ist natürlich barer Unsinn. Schließlich heißt es Groot Sionshof.« Mark betonte das anfangs-S, sodass er fast wie eine Schlange zischte. »Der Steinmetz, der den Namen in die Fassade meißeln sollte, hat sich verschrieben, wodurch es jetzt dort mit einem ›Z‹ steht anstatt mit einem ›S‹, aber trotzdem. Wenn jemand damit gegen Israel demonstrieren wollte, ist diese Aktion vollkommen unsinnig. Unser Hof hat nichts mit Juden oder dem Judentum zu tun, wirklich rein gar nichts.«

Sie sahen einander erschrocken an. Beiden war es gleichzeitig eingefallen. Kein Wunder, dass sie auch genau zur gleichen Zeit denselben Namen sagten.

12

»Judith!«, rief Mark, als sie ans Telefon ging. Mit vor Angst weit aufgerissenen Augen sprang er vom Sofa auf und presste die linke Hand aufs Herz, als wollte er es beruhigen. »Wo bist du?«, fragte er, immer noch viel zu laut.

Peter, der Mark gespannt beobachtet hatte, spürte, wie seine Schultern sich entspannten.

»Sie ist in ihrem Büro!«, rief Mark Peter zu, als stünde er am anderen Ende eines großen Platzes. »Gott sei Dank, Schatz«, sagte er, jetzt ruhiger. »Ich bin ja so erleichtert!«

Mit knappen Worten erzählte er Judith, was mit dem Tor ihres Hofjes passiert war. Seiner Reaktion nach zu urteilen, schien sich Judith keinen Moment lang Sorgen zu machen, dass diese Protestaktion in welcher Form auch immer gegen sie gerichtet sein könnte. Mark unternahm ein paar halbherzige Versuche, dennoch einen Zusammenhang zwischen dem Vandalismus und der Tatsache herzustellen, dass sie dort wohnte, aber je mehr er sich anstrengte, desto unwahrscheinlicher kam auch Peter diese Verbindung vor.

»Ich komme sofort zu dir, Schatz«, sagte Mark.

Peter konnte nicht hören, was Judith erwiderte, aber offenbar protestierte sie.

»Nein, das ist nicht übertrieben«, entgegnete Mark. »Ich will dich nur kurz sehen. Ich habe mich so erschrocken! Wir können dann später zusammen nach Hause gehen.«

Offenbar hatte sich Judith überzeugen lassen, denn Mark sagte, er käme gleich.

»Sie ist im Büro«, seufzte er noch einmal, hob die Hand zum Gruß und verließ Peters Büro ohne ein weiteres Wort.

Peter stieß einen tiefen Seufzer aus, ebenfalls erleichtert, dass sich die Sorge um Judith als unbegründet erwiesen hatte.

Was für absurde Tage, dachte er. Kein Wunder, dass ich so nervös bin.

Er rief Fay an.

»Hey«, sagte sie, als hätte er sie aus einem tiefen Schlaf geweckt.

»Wie geht's dir, Liebling?«, fragte er.

»Ach, was soll ich sagen … Es ist alles so traurig.«

»Ich komme zu dir. Einverstanden?«

»Ja, gern«, sagte sie.

»Sind Alena und Agapé zu Hause?«

»Nein, sie sind zusammen ins archäologische Museum gegangen, und danach wollten sie Pfannkuchen essen.«

»Schön.«

»Ja«, erwiderte Fay, immer noch ausdruckslos. »Ich zieh mich mal schnell an. Ich müsste eigentlich auch noch mein Fahrrad abholen, das habe ich gestern an der Uni stehen gelassen. Ach, das kann ich auch morgen erledigen.«

Als Peter das kleine Haus betrat, hörte er die Dusche laufen. Wohnzimmer und Küche waren tipptopp aufgeräumt. Zweifellos Alenas Werk.

Viele Männer hätten es vermutlich nicht angenehm gefunden, so häufig mit ihrer Schwiegermutter zusammenzutreffen, aber Peter verstand sich gut mit Alena. Sie war eine äußerst belesene Frau und stets über die aktuellen Geschehnisse auf dem Laufenden, die sie gern in ihrer angenehmen, nüchternen Art kommentierte.

Fay hatte sich Zeit genommen, bis sie Peter Agapé vorstellte. Obwohl das Mädchen erst wenige Monate alt war, als sein Vater starb, und deswegen keine Erinnerung an ihn hatte, wollte Fay keinen neuen »Vater« in ihr Leben bringen, ohne erst etwas mehr Gewissheit in Bezug auf die Stabilität ihrer Beziehung zu haben. Aber Peter und Agapé hatten von Anfang an einen guten Draht zueinander gehabt. Sie sprach ihn mit dem Vornamen an, obwohl Fay ihm verraten hatte, dass sie ihren Schulfreundinnen erzählt habe, er sei »eine Art neuer Papa« für sie.

Auf der Anrichte standen einladend zwei Gläser und eine bereits geöffnete Flasche Rotwein.

Keine fünf Minuten, nachdem Fay die Dusche ausgedreht hatte, kam sie herunter.

Sie umarmte Peter, der sein Gesicht in ihrem nassen, herrlich frisch duftenden Haar begrub.

»Komm«, sagte sie. »Lass uns etwas trinken.«

Sie ging zur Anrichte und schenkte für sie beide ein Glas Wein ein.

Als sie auf dem Sofa saßen, erzählte ihr Peter von den Schmierereien am Tor des Sionshofes. »Wirklich widerlich, diese antisemitischen Parolen«, sagte er. »Und dazu noch so dumm, weil der Hof überhaupt nichts mit dem Judentum zu tun hat.«

Fay seufzte verärgert.

»Und natürlich keine Spur von den Tätern«, sagte sie.

»Nein, ich befürchte, nicht. Mark hat sich Sorgen um Judith gemacht. Er hat befürchtet, jemand könne das an ihre Adresse gerichtet haben.«

»Das erscheint mir nicht sehr wahrscheinlich. Was meinst du?«

»Es ist einfach eine total blöde Aktion. Wahrscheinlich ein Sturm im Wasserglas, aber so ärgerlich! Und dumm. So sinnlos!«

»Und feige.«

Als Peter einen zweiten Schluck von seinem Wein trank, sah er, dass Fay ihr Glas bereits geleert hatte. Sie ging in die Küche und schenkte sich ein neues ein. Nachdem sie dieses Glas an der Anrichte stehend ausgetrunken hatte, schenkte sie sich ein drittes bis zum Rand voll.

»Mach lieber ein bisschen langsam, ja, Schatz?«, sagte Peter.

»Tut mir leid«, entschuldigte sich Fay. »Ich glaube, ich brauche das jetzt einfach.« Vorsichtig ging sie zurück zum Sofa, die Augen auf das Glas gerichtet, um nichts zu verschütten. »Der Hauptkommissar hat noch einmal angerufen«, erzählte sie. »Er hat erst versucht, dich zu erreichen, aber dann bei mir angerufen. Er und sein Kollege kommen gleich noch mal vorbei, um mit uns zu reden.«

»Ja, ich weiß. Er hat mir auf die Mailbox gesprochen. Aber warum wollen sie uns eigentlich noch mal sprechen? Wir haben ihnen doch gestern schon alles erzählt?«

»Trotzdem. Unter anderem, um von mir mehr über die Wahl zum Vorsitzenden zu erfahren, die Coen gewonnen hat. Vielleicht glauben sie, da könnte etwas dahinterstecken.«

»Was glaubst du?«

»Ich weiß nicht. Es hat schon einige …« Fay senkte die Stimme, als befürchte sie, dass jemand mithörte. »Es ist nicht alles Friede, Freude, Eierkuchen bei uns in der Loge, und es hat ein paar Widerstände gegen Coens Vorsitz gegeben.«

»Das hast du mir nie erzählt.«

»Nein, es war auch eine dumme Sache. Manche haben sich geärgert, weil wieder ein Mann den Vorsitz für sich beanspruchte, jetzt, wo die Loge endlich auch Frauen aufnimmt. Andere fanden ihn ein bisschen zu locker. Auch bei den Freimaurern gibt es manche, die etwas mehr Führung brauchen, und die von einem Meister etwas mehr …«

Das laute Klingeln der Türglocke unterbrach sie.

An Fays Eingangstür hing eine große, altmodische Glocke aus Bronze, mit einem Klöppel und einer kleinen Kette, an der man ziehen musste. Peter wurde bei dem Geräusch jedes Mal an die Grundschule erinnert, wo jede Woche ein anderer Schüler oder eine Schülerin mit genauso einer Glocke läuten durfte, um das Ende der Pause zu signalisieren.

Peter stand auf, um zu öffnen.

Rijsbergen und Van de Kooij warteten vor der Tür.

»Ah«, sagte Rijsbergen. »Gut, dass Sie auch hier sind.«

Sie betraten das Wohnzimmer und setzten sich. Beide hatten ihren Mantel aufgeknöpft, behielten ihn aber an.

»Möchten Sie etwas trinken?«, fragte Fay.

»Nein, danke«, sagte Rijsbergen. »Wir werden Sie nicht lange stören, wollten Sie aber doch gerne noch einmal sprechen. Vor allem wegen dieser Wahl, die Sie gestern erwähnt haben. Darüber würde ich doch gern etwas mehr erfahren.« Er zog ein kleines Notizbuch hervor und legte es geöffnet auf den Schoß.

»Gerne«, sagte Fay.

Sie sprach mit fester Stimme, aber da Peter sie besser kannte, wusste er, dass sie sich anstrengte, um sich ihre leichte Trunkenheit nicht anmerken zu lassen. Sie hatte in knapp fünf Minuten zwei Gläser Wein in sich hineingeschüttet.

»Ich kann Ihnen nichts wirklich Neues sagen, aber trotzdem ... Wie soll ich sagen?« Fay trank erneut einen großen Schluck. »Coen war unser Vorsitzender«, begann sie zögernd. »Er war der erste Vorsitzende, der Meister vom Stuhl, seit der Gründung unserer Loge, der ersten gemischten Loge von Leiden, aber er war als Vorsitzender nicht ganz unumstritten. Damals gab es mehrere Kandidaten, natürlich, würde ich fast sagen, und Coen gewann die Wahl – obwohl ›Wahl‹ vielleicht etwas zu hoch gegriffen ist – mit überwältigender Mehrheit. Die weitaus meisten Mitglieder standen hinter ihm.«

»Wie ging diese Wahl vonstatten?«, erkundigte sich Rijsbergen. »Durch Handzeichen? Oder haben Sie Zettel in eine Wahlurne geworfen?«

»Letzteres, ja«, antwortete Fay.

»Aber dann war es doch eine richtige Wahl?«, bemerkte Van de Kooij.

»Schon, aber ihr ging nicht etwa eine Kampagne oder so etwas voraus, mit Wahlplakaten oder so. Man kennt sich und sollte daher wissen, wen man sich als Vorsitzenden wünscht. Die Wahl durch Handzeichen haben die Mitglieder abgelehnt, weil sie nicht anonym ist; von daher war die geheime Abstimmung mit Zetteln die naheliegendste Lösung. Dann gibt es hinterher keinen Ärger und keine schiefen Gesichter, weil man weiß, der oder die steht eigentlich nicht hinter mir.«

»Tja«, sagte Rijsbergen. »Das stimmt natürlich, aber andererseits hat man das Problem, dass die Leute herumrätseln, wer für sie gestimmt hat und wer nicht. Doch wie auch immer, Meneer Zoutman hat also gewonnen?«

»Ja, er hat knapp zwei Drittel der Stimmen erhalten, soweit ich mich erinnere, also etwa vierzig. Es gab noch zwei andere Kandidaten, die beide je etwa zehn Stimmen erhielten.«

»Er konnte also auf die breite Unterstützung einer Mehrheit von Mitgliedern zählen?«

Fay nickte.

»Glauben Sie«, fragte Van de Kooij, »dass wir den Täter oder die Täter unter seinen Gegnern suchen sollten?«

»Es ging nicht so sehr um die Position als Vorsitzender«, erwiderte Fay nachdenklich. »Das ist natürlich für jeden eine Ehre, aber letzten Endes ist man doch nur Erster unter Gleichen.«

»Primus inter pares«, bemerkte Van de Kooij, und das rollende R seines Leidener Dialekts klang dabei besonders auffällig durch.

»Richtig«, bestätigte Fay. »Der Meister vom Stuhl macht keine Politik oder so etwas. Aber er leitet die Diskussionen und ist in gewisser Weise das Gesicht der Loge nach außen. Bei Gelegenheiten wie dem gestrigen Abend hält er eine Rede. Er gibt Interviews, wenn Anfragen kommen. Es ging gewissermaßen um einen …« Sie suchte nach den richtigen Worten, »einen gewissen Richtungsstreit, obwohl man das vielleicht bei den Freimaurern so nicht erwarten würde, aber nun ja, wir sind eben auch nur Menschen.«

»Wie meinen Sie das?«, ergriff Rijsbergen jetzt wieder das Wort.

»Wir Freimaurer sind eigentlich stolz darauf«, erklärte Fay, »dass wir nicht dogmatisch sind und dass wir einander die

Freiheit lassen, manche Dinge auf verschiedene Art und Weise zu sehen. Alles ist diskutabel, nichts ist in Stein gemeißelt. Auch nicht die Symbole, die wir verwenden. Ich glaube, Coen hat gestern Abend noch etwas darüber gesagt. Meiner Meinung nach sprach er über das Auge der Vorsehung an der Wand hinter sich. Er hätte uns erzählen können, wie er es sieht, was es für ihn persönlich bedeutet, aber das hätte absolut nicht mit dem übereinstimmen müssen, wie andere Leute es betrachten. Aber es waren eben auch …« Wieder dieses Zögern. »Ach, was soll's, nennen wir das Kind beim Namen: weniger kultivierte Leute unter den Gästen, die sich damit nicht abfinden wollten. Nach dem Motto: ›Das Auge der Vorsehung ist das Auge Gottes, das alles sieht. Es dient als Ansporn, auch dann rechtschaffen zu sein, wenn man allein ist und keine anderen Menschen Zeuge dessen sind, was man tut. Keine andere Erklärung möglich. Basta. Ende der Diskussion.‹«

»Und dies widerspricht natürlich dem ganzen Wesen der Freimaurerei«, meldete sich schließlich auch Peter zu Wort.

»Ein Richtungsstreit, sagten Sie?«, fragte Rijsbergen. »Zwischen wem?«

»Na, so, wie ich es Ihnen gesagt habe. Ein Richtungsstreit zwischen denjenigen, die von einer feststehenden Historie ausgehen, die bestimmte Geschichten wörtlich nehmen und Symbole eindimensional sehen, was natürlich eine *contradictio in terminis* ist.« Auch sie rollte dabei das R und sah währenddessen Van de Kooij schelmisch an. »Weil Symbole ständig ihre Bedeutung verändern, abhängig davon, wer sie betrachtet, ja, sogar abgängig davon, wann man sie betrachtet, in welcher Phase seines Lebens. Auf der anderen Seite stehen diejenigen, bei denen, wie bei Coen und mir, nicht die wörtliche Bedeutung der Überlieferungen im Zentrum steht, sondern ihre allegorische Bedeutung, die Botschaft, die sich darin verbirgt, die Unterströmung einer Tradition. Ich sagte eben ›weniger kultivierte Leute‹, weil man dafür etwas Mut braucht, etwas Weisheit und Lebenserfahrung, um festgelegte Interpretationen loslassen zu können.«

Peter kam Jesus in den Sinn, der dem gemeinen Volk Geschichten erzählte und seinen Jüngern abends erklärte, welche wahre Bedeutung dahintersteckte. Die einfachen Bauern und Arbeiter begnügten sich mit der Geschichte selbst und ihrer wörtlichen Bedeutung – was auch heute noch für die große Mehrheit der Gläubigen galt –, aber gebildetere Menschen, Eingeweihte, konnten mehr vertragen.

»Ich weiß nicht, ob dieser ›Zusammenprall der Kulturen‹, wenn man es so ausdrücken kann, ein ausreichender Grund für jemanden gewesen sein könnte, dem armen Coen den Schädel einzuschlagen«, beendete Fay ihre Ausführungen, »aber ich nehme an, dass Sie im Augenblick nichts und niemanden ausschließen wollen, oder?«

»Ganz recht«, sagte Rijsbergen und klappte sein Notizbuch zu. »Na schön«, sagte er in einem Ton, der andeutete, dass das Gespräch für ihn beendet war. »Das war es dann vorläufig erst mal wieder.«

»Nicht ganz«, erwiderte Fay.

Peter sah sie womöglich noch erstaunter an als Rijsbergen und Van de Kooij.

»Wie bitte?«, fragte Rijsbergen und schlug sein Notizbuch wieder auf.

»Ich glaube«, Fay legte eine Kunstpause ein, die einen dramatischen Effekt hatte, »dass ich eine Erklärung für die Art und Weise habe, wie Coen ermordet wurde.«

Fragment vier – John Robinson und das religiöse Leben der Pilgerväter (1617)

Erlaubt mir, etwas mehr über unseren religiösen Führer zu erzählen, John Robinson, den es mir vergönnt war, von Anfang an zu kennen.

Er wurde 1576 in Sturton le Steeple geboren, einem kleinen Ort nicht weit von Scrooby. 1596 machte er seinen Magister in Theologie am Corpus Christi College in Cambridge, im jugendlichen Alter von zwanzig Jahren! Dort lernte John die puritanische Lehre kennen, zu der er sich sogleich hingezogen fühlte. Damals regierte noch unsere Königin Elisabeth I., und es barg noch keine Gefahr, wenn man sich zu Auffassungen hingezogen fühlte, die von denen der Mutterkirche abwichen, solange man nicht zu weit von dem von Rom gebannten Weg abkam. Es ging so lange alles gut, bis James I., den die Holländer Jakob I. nennen, den Thron bestieg. Mit der relativen Freiheit, die wir bis dahin genossen hatten – hierzulande würde man darüber lachen, was wir damals als »Freiheit« betrachteten –, war es vorbei. Von einem Tag auf den anderen wurden die Geistlichen wieder zur Ordnung gerufen und durften das Evangelium nicht länger auf ihre Art interpretieren. Unser John, der inzwischen Pfarrer geworden war, predigte jedoch ohne Scheu seine puritanischen Auffassungen von der Kanzel herab. Damit überschritt er eine Grenze, wodurch er im Jahr des Herrn 1603 entlassen wurde. Außerdem gab man ihm zu verstehen, dass er überhaupt nicht mehr predigen dürfe.

Aber John war nicht bereit, das, was er als die Wahrheit betrachtete, aufzugeben. »Wenn ich schweigen würde, würden die Steine es herausschreien«, sagte er zu mir.

Und, gab er auf? Kehrte er wie ein geprügelter Hund zu seinem früheren Herrn zurück? Nein! Und deshalb haben wir in ihm einen so wundervollen Führer gefunden, einen neuen Moses, der uns schließlich aus der Sklaverei führen sollte. Es dauerte nicht lange, bis er sich endgültig den Reihen der Separatisten anschloss, erst anderswo, aber nach einem Jahr dann uns, der Gemeinde von Scrooby. Schon bald wurde er eines unserer Oberhäupter. Von ihm gingen zahlreiche Entscheidungen aus, die im Nachhinein betrachtet das Schicksal unserer Gruppe bestimmten: die Gründung der Scrooby Church, die Flucht aus England in die Niederlande und später die Übersiedlung von Amsterdam nach Leiden.

Da unser früherer Pfarrer in Amsterdam zurückblieb, wurde John das geistliche Oberhaupt der Gruppe in Leiden. 1615 immatrikulierte er sich an der Leidener Universität, weil er ein Suchender war. Das ist er im Grunde sein ganzes Leben lang gewesen. Er lehnte keine Überzeugung von vornherein ab, war immer offen für neue Ideen. Er untersuchte alles und bewahrte das Gute. Vor allem glaubte er an die Diskussion, den freien Austausch von Ideen. »Sogar wenn dein Gegner baren Unsinn verkündet, ist das Gespräch mit ihm lehrreich«, hat er mir einmal vorgehalten. Als ich ihn verständnislos ansah, erklärte er mir, dass erst im Austausch mit einem anderen, selbst wenn dieser Vorstellungen huldigt, die nicht die deinen sind, in jedem Fall deutlich wird, welches deine Vorstellungen sind, auch wenn du in dem Moment vielleicht nicht die richtigen Worte findest, um sie auszudrücken.

Viele Stunden verbringen wir gemeinsam im Gespräch,

vor dem Häuschen, das ich durch seine Freigebigkeit das meine nennen darf. Nun klingt »Gespräch« nach dem Austausch von Ideen auf demselben Niveau, unter Gleichen, aber davon kann keine Rede sein. Obwohl ich mich keinen Augenblick lang unwürdig oder minderwertig fühle, ist das Verhältnis zwischen uns vielmehr wie das zwischen einem Meister und seinem Lehrling. Wir befinden uns nicht auf demselben Niveau. Die wenigen Male, die ich ihn bisher mit einer Erkenntnis oder einer Antwort überrascht habe, kann man in all den Jahren an den Fingern zweier Hände abzählen, aber dennoch glühe ich vor Stolz, wenn ich an die paar Momente zurückdenke, in denen John plötzlich schwieg und etwas murmelte wie »verflixt, da hast du recht«, »so habe ich das noch nie betrachtet« oder »du fasst es besser in Worte, als ich es gekonnt hätte«.

Wenn ich so an unsere Gespräche denke, gibt es drei Themen, die immer wiederkehren, in verschiedener Gestalt: Freiheit, Gleichheit und Demokratie, drei Dinge, an die er mit seinem ganzen Herzen, seiner ganzen Seele und seinem ganzen Verstand glaubt.

John hat einmal zu mir gesagt: »Ich betrachte diese Wahrheiten als unumstößlich: dass alle Menschen gleich erschaffen wurden, dass sie von ihrem Schöpfer mit bestimmten unveräußerlichen Rechten ausgestattet wurden und dass sich darunter das Leben, die Freiheit und das Streben nach Glück befinden.«

Er hat die Worte für mich wiederholt, sodass ich sie aufschreiben konnte, denn als er sie zum ersten Mal, wie mir schien spontan, aussprach, drangen sie direkt in mein Herz.

Und er erzählte mir auch, dass, falls wir Leiden jemals verlassen und die Chance erhalten sollten, in einer jungfräulichen Umgebung von Grund auf eine neue Gesellschaft aufzubauen, genau diese Worte das Fundament dieser neuen Gesellschaft bilden sollten, eines modernen

Atlantis, eines wahren Utopia, eines neuen gelobten Landes. Unter dieser von ihm so hoch geachteten und gepriesenen Freiheit versteht er auch die Freiheit, selbst nach einer Interpretation der Bibel zu suchen. Überdies, so glaubt er, sei jede Gemeinde frei und selbstständig und brauche keine Einmischung durch den Staat. Wie ich weiter oben schon geschrieben habe, hat er sich also auch die Gleichheit auf die Fahnen geschrieben, weil es keinen Unterschied ausmacht, wer man ist oder was man tut. Er selbst lebt diese Überzeugung mit jeder Faser, schon allein, indem er mit mir Zeit verbringt. Ohne Ansehen der Person diskutiert er mit mir oder egal wem, der sich zu uns setzt – obwohl ich insgeheim immer hoffe, dass niemand die Zeit oder Möglichkeit findet, sich zu uns zu gesellen. »Wer sind wir, dass wir über andere Menschen urteilen?«, sagte er einmal. »Nur Gott bestimmt, ob wir beim jüngsten Gericht gerettet werden oder nicht.« Der dritte Pfeiler seiner Lebensauffassung ist die Demokratie, weil die Gemeinde selbst bestimmt, wer sie führen soll. Natürlich haben auch wir Presbyter, Männer, die gewissermaßen über den »gewöhnlichen« Gemeindemitgliedern stehen, aber sie sind nichts weiter als Vertreter der Gemeinde, mit dem Auftrag, die alltäglichen Dinge zu regeln. Die Gemeinde wählt ihre Presbyter, und jeder erwachsene Mann kann diese Funktion ausüben – wo findet man mehr Gleichheit als hier? –, und er kann auch wieder abgesetzt werden, wenn er sie nicht zur Zufriedenheit aller erfüllt.

Manchmal versucht John, mich und die Menschen, die sich um uns geschart haben, in die heftige Diskussion einzuweihen, die innerhalb der niederländischen Calvinisten entbrannt ist, aber die Feinheiten begreife ich ehrlich gesagt nicht. Dennoch kann es selbst den geistig Armen nicht entgehen, dass der Zwist, der seinen Ursprung in dem Streit zwischen den Professoren Gomarus und Arminius hat, sich nicht länger nur innerhalb der Mauern der Aka-

demie abspielt. Soweit ich verstehe, verhält es sich folgendermaßen: Laut Gomarus steht das Urteil Gottes über einen Menschen schon vor der Schöpfung fest, daher hat der Mensch keinen Einfluss darauf. Er kann höchstens aus seinen Taten eine Art Hinweis darauf erhalten, in welche Richtung es gehen wird. Arminius zufolge besitzt der Mensch einen freien Willen, um sich für den Weg Gottes zu entscheiden oder nicht. Gott gibt ihm die Mittel, um wählen zu können, weiß aber schon vorher, welche Entscheidung ein Mensch treffen wird. An manchen Abenden, wenn John wieder einmal an einem offenen Diskussionsabend an der Universität teilgenommen hat, ist er so erhitzt und erregt, dass es lange dauert, ehe er einschlafen kann – so hat er mir einmal bekannt. John hat die Seite von Gomarus gewählt – was ihm in Leiden offenbar nicht von jedem gedankt wird.

Der angenommene »Sohn«, wie jeder den Jungen betrachtet, den Josh Nunn von Anfang an unter seine Fittiche genommen hat, ist inzwischen zu einem hübschen und aufgeweckten jungen Mann herangewachsen, einem vollwertigen Mitglied der Gemeinschaft. Manchmal ergreift er während unserer Sonntagsgottesdienste das Wort, was von manchen Mitgliedern mit einiger Zurückhaltung – oder ist es Neid? – akzeptiert wird. Nicht zuletzt fehlt ihm die offizielle Ausbildung, um eine Predigt halten und die Heilige Schrift auf die richtige Art und Weise auslegen zu können, so führen die Leute als Gegenargument an – nie offen, übrigens, sondern immer nur, wenn sie sich nicht beobachtet wähnen. Ein schwerwiegenderes Argument ist, dass der Junge manchmal die Neigung hat, eine etwas allzu freie Interpretation zu vertreten, als sei er auf der Suche nach den Hintergründen, die sich möglicherweise hinter einer Geschichte verbergen. Als verstecke sich eine Bedeutung darin, die uns gewöhnlichen Sterblichen bisher entgangen ist.

13

»Was soll das heißen?«, fragte Rijsbergen und kniff die Augen zu Schlitzen zusammen. »Sie haben eine Erklärung für die Art und Weise, in der Coen Zoutman ermordet wurde?«

»Ich habe eine Vorstellung, was den Mord selbst betrifft, natürlich nicht vom Täter, aber die Symbolik des Modus Operandi ist unmissverständlich. Als wir das erste Mal miteinander geredet haben, stand ich noch zu sehr unter Schock und war zu müde, um den Zusammenhang erkennen zu können.«

Sie hatte nun die ungeteilte Aufmerksamkeit von Rijsbergen und Van de Kooij, der, ebenso wie sein Vorgesetzter, die Augen zusammenkniff.

Peter warf Fay einen überraschten Seitenblick zu. Warum hat sie mir das nicht erzählt, fragte er sich.

»Und welche Symbolik verbirgt sich nun Ihrer Meinung nach hinter dem Mord?«, fragte Rijsbergen.

»Es ist ganz offensichtlich«, sagte Fay. »Wenn Sie heute nicht mit mir geredet hätten, hätte es Ihnen im Laufe der nächsten Tage jemand anderer erzählt. Sicher haben Sie die drei kurzen Pfeiler im Tempel gesehen, auf denen die Kerzen stehen, die während des Rituals angezündet und später wieder gelöscht werden.«

Rijsbergen nickte, und Van de Kooij tat es ihm nach.

»Sie werden die drei Pfeiler oder die drei Säulen der Weisheit, Kraft und Schönheit genannt. Es gibt noch unendlich viel mehr über sie zu erzählen, aber das lassen wir jetzt einmal beiseite. Wir Freimaurer sagen, dass die Weisheit auf den Verstand oder die Vernunft verweist, die Kraft auf den Willen und die Schönheit auf das Gefühl oder die Emotion. Man könnte sagen: Die Säulen stehen für das Denken, Handeln und Fühlen des Menschen.«

»Klingt logisch«, sagte Rijsbergen.

»Der Mörder wusste darüber Bescheid – oder die Mörder natürlich«, fuhr Fay fort. »Wissen Sie übrigens inzwischen, ob es sich um einen oder mehrere Täter handelt?«

»In dieser Phase ermitteln wir noch in alle Richtungen. Aber selbst wenn ich es wüsste, könnte ich es Ihnen natürlich nicht sagen.«

»Natürlich, natürlich«, sagte Fay schnell. »Also, Denken, Handeln und Fühlen. Der Mörder hat den Schädel des Meisters eingeschlagen – jedenfalls ist das meine Theorie –, um so sein Denken auszuschalten. Er hat ihm die Hände durchbohrt, damit er nicht mehr handeln konnte; ihm sind buchstäblich die Hände gebunden. Und sein Herz, der Sitz des Gefühls, wurde verwundet, um ihm so das Fühlen für immer unmöglich zu machen.«

Während Rijsbergen mitschrieb, was Fay erzählte, schaute Van de Kooij ihm schräg von der Seite zu, als wolle er kontrollieren, ob er alles richtig notierte.

»Das erklärt wahrscheinlich auch die Mühe, die sich der Täter gegeben hat, um das Opfer auf diese Art und Weise zuzurichten«, sagte Rijsbergen, als er fertig war mit seinen Notizen. »Aber das muss nicht unbedingt heißen, dass der Mörder schon lange mit der Symbolik vertraut war. Es wäre auch gut möglich, dass diese am Abend zur Sprache gekommen ist, während des Vortrags, den der Vorsitzende gehalten hat. Oder dass der Täter die Bedeutung im Internet gefunden hat. Dieses Wissen ist doch nicht geheim, oder?«

Rijsbergen hatte es sich nicht verkneifen können, das Wort »geheim« mit einem leicht ironischen Unterton auszusprechen, aber falls Fay es bemerkt hatte, ließ sie es sich nicht anmerken.

»Nein«, antwortete sie ruhig. »An und für sich ist dieses Wissen allgemein zugänglich. Es würde mich nicht wundern, wenn diese Information gleich als erstbester Treffer im Internet zu finden ist. Aber Sie haben recht: Die Art und Weise, in der der Mord begangen wurde, deutet vielleicht nur darauf hin, dass der Mörder über die Symbolik der drei Säulen Bescheid wusste, sagt aber nichts darüber aus, wie lange er schon über dieses Wissen verfügt oder wie er es erworben hat.«

»Na schön«, sagte Rijsbergen. »Die bizarre Inszenierung des Mordes scheint mir hiermit ausreichend erklärt zu sein. Hoffen wir, dass sie uns auch der Lösung des Falls näherbringt.«

Nachdem sie noch ein paar Höflichkeiten ausgetauscht hatten, gingen die Ermittler.

Nicht lange darauf kamen Alena und Agapé nach Hause. Fay schüttete schnell den Rest Wein aus ihrem Glas in die Spüle und hielt ihr Gesicht unter den Wasserhahn, um sich etwas zu erfrischen.

Das Mädchen durfte noch ein bisschen aufbleiben, bevor Alena und Fay nach oben gingen, um es zu Bett zu bringen, ihr festes Ritual.

Alena erzählte Agapé vor dem Schlafengehen immer eine Geschichte. Sie las sie nicht vor, sondern erzählte sie aus dem Kopf, wobei sie aus einem unglaublich reichen Reservoir von griechischen Mythen und Sagen, tschechischen Volksmärchen und europäischen Märchen und Fabeln schöpfen konnte – oft passend zur Jahreszeit oder den augenblicklichen Umständen. Alena war eine beliebte Lehrerin gewesen, und sogar die aufmüpfigsten Klassen hatten an ihren Lippen gehangen, wenn sie zu erzählen begann.

Peter setzte sich regelmäßig dazu und lauschte Alena, wenn sie mit ihrer geübten Erzählstimme in wenigen Sätzen ganze Welten, bevölkert mit Feen, Elfen, im Wald zurückgelassenen Waisenkindern, Göttern und Helden heraufbeschwor, die allerlei Abenteuer erlebten. Wenn sie eine Geschichte zum zweiten oder dritten Mal erzählte, dachte sie sich jedes Mal neue Einzelheiten aus oder verlieh ihr eine etwas andere Wendung, wodurch man doch immer wieder überrascht wurde.

Peter klappte Fays Laptop auf, um seine Mails zu checken. Ihr Outlook war noch geöffnet. Er wollte das Programm schon schließen, da fiel sein Blick auf einen von vielen Ordnern in der langen Reihe, die Fay angelegt hatte.

Fay war eine sehr strukturierte Person. Ihr Posteingang enthielt nie mehr als einige wenige Nachrichten, weil sie alles nach Möglichkeit sofort erledigte. Sie beantwortete jede Mail unverzüglich und löschte die ursprüngliche Nachricht dann oder speicherte sie in einem ihrer zahlreichen Ordner.

Einer dieser Ordner trug den Namen »Coen Zoutman«.

Hinter seinem Namen stand eine (1), was bedeutete, dass die Mail noch nicht gelesen worden war. Offenbar hatte Fay das Programm so eingestellt, dass seine Mails direkt in diesen Ordner geleitet wurden.

Merkwürdig, dachte Peter. Sie hat mir nie erzählt, dass sie per E-Mail miteinander verkehrt haben.

Rasch warf er einen Blick in Richtung Treppe, um zu überprüfen, ob jemand herunterkam, aber es blieb still. Er öffnete den Ordner und sah, dass in den vergangenen Tagen viele Mails hin und her gegangen waren.

Peter überlegte, eine davon zu öffnen, tat es aber letztendlich doch nicht. Er konnte allerdings von jeder Mail die ersten Sätze lesen.

Coen Zoutman

Hoffentlich finden wir einen Augenblick, um unter vier Augen …

Coen Zoutman

Du hast recht, Fay, wie immer … ☺ Es ist eine heikle …

Coen Zoutman

Erzähle niemandem, was wir besprochen haben, Fay. Es ist …

Coen Zoutman

Ich weiß, dass du gerne wissen möchtest, was genau du …

Coen Zoutman

Erschrick nicht, wenn du das hier liest, aber ich habe das merkwürdige Gefühl …

Frustriert über seine eigene Rechtschaffenheit, weil er das Vertrauen Fays nicht missbrauchen wollte, saß Peter da. Als er den Ordner schließen wollte, klickte er aus Versehen die noch nicht geöffnete Mail an.

Er fluchte verhalten.

Coen Zoutman

In Ordnung, Fay. Bis heute Abend!
LG, Coen

Die E-Mail war gestern Abend verschickt worden, ein paar Stunden vor dem Mord.

Was soll ich machen? fragte sich Peter, während er den Cursor ruhelos über den Bildschirm flitzen ließ.

Im Posteingang sind noch mehr ungeöffnete Mails, also stehen die Chancen gut, dass sie heute noch gar nicht nachgeschaut hat. Der Inhalt dieser Mail ist im Grunde auch nicht wichtig. Wenn ich sie stehen lasse, sieht sie allerdings, dass ich in ihren Mails geschnüffelt habe …

Er hörte Schritte oben an der Treppe.

Gehetzt sah er die Mail an und löschte sie nach kurzem Zögern. Er schloss das Programm und öffnete seine eigene Mailbox. Gerade als Fays Beine auf der Treppe sichtbar wurden, war Outlook der Homepage der Universität Leiden gewichen.

»*All work and no play makes Peter a dull boy*«, scherzte Fay, als sie unten angekommen war.

Alena war oben geblieben.

»Was machst du da?«, fragte sie.

»Nichts, ich …« Er loggte sich ins E-Mail-Programm der Uni ein. »Ich checke nur kurz meine Mails. Nichts Besonderes.« Rasch öffnete er eine willkürliche Nachricht und blickte danach erst wieder auf. »Was ist mit Agapé?«, fragte er. »Ist sie schnell eingeschlafen?«

»Ja«, sagte Fay mit einem liebevollen Lächeln. »Sie hat wie immer schon geschlafen, bevor Mama ihre Geschichte zu Ende erzählt hatte.« Sie machte es sich mit untergeschlagenen Beinen neben ihm auf dem Sofa bequem und lehnte sich an ihn. Er legte einen Arm um sie.

»Das kann eigentlich alles bis morgen warten«, sagte er, klappte den Laptop zu und stellte ihn auf den Wohnzimmertisch.

»Prima«, sagte Fay, gab ihm einen Kuss auf den Hals und schmiegte sich an ihn.

Obwohl er solche Momente normalerweise liebte, hatte er ein seltsames Gefühl, als säße nicht die vertraute Fay neben ihm, sondern eine Unbekannte.

Was verheimlichst du vor mir? dachte er.

»Es will mir immer noch nicht in den Kopf, was da passiert ist«, sagte Fay. »Ausgerechnet Coen … Ich hoffe, dass die Polizei den Täter schnell überführt.«

Das ist nicht der richtige Moment, sie nach dem ausführlichen E-Mail-Wechsel mit Coen zu fragen, dachte Peter. Bestimmt ergibt sich noch eine andere Gelegenheit.

»Komm«, sagte sie dann mit einer Munterkeit, die etwas aufgesetzt wirkte. »Lass uns einen Film schauen. Wir könnten den ganzen Abend lang darüber reden, aber es bringt uns nicht weiter.«

Sie schaltete den Fernseher ein und rief die Liste aufgezeichneter Filme auf. »Ich habe vor einer Weile ›Fahrenheit 421‹ aufgenommen. Hast du den mal gesehen?«

»Nein, aber ich habe das Buch gelesen. Vor langer Zeit. Ich glaube, am Gymnasium gehört es zur Pflichtlektüre.«

»Sollen wir uns den ansehen? Ich bin bis jetzt noch nicht dazu gekommen.« Ohne seine Antwort abzuwarten, drückte sie auf Start.

Der Film, ein alter Schinken von 1966, wirkte durch die Farben, die Schauspieler und deren Spielweise hoffnungslos antiquiert, aber das Setting war interessant und manchmal sogar aktuell. Die Geschichte spielte im 24. Jahrhundert, in einem Land, in dem niemand mehr Bücher las, weil die Leute keine Zeit dafür hatten, aber auch, weil die Regierung meinte, die Bevölkerung würde durch Bücher nur auf irrige Gedanken gebracht.

Die Hauptperson, Guy Montag, war Feuerwehrmann, und seine Hauptaufgabe bestand darin, Bücher zu verbrennen, die einige Rebellen immer noch heimlich in ihren Häusern versteckt hielten – der Titel verwies auf die Temperatur, bei der Papier spontan entflammt.

Guys Ehefrau wollte rund um die Uhr unterhalten werden. Sie trug permanent einen Ohrstöpsel und hörte damit Radio. Gleichzeitig war ihr Blick unentwegt auf einen der drei Fernseher in der Wohnung gerichtet, die den ganzen Tag liefen.

Guy lehnte sich gegen das System auf und musste schließlich flüchten. Er gelangte in einen Wald außerhalb der Stadt, wo viele Leute wie er lebten. Sie hatten Bücher auswendig gelernt, damit deren Inhalt nicht verloren ging. Dadurch waren sie zu »lebenden Büchern« geworden. Der Film endete mit einer Szene, in der Leute durch den Wald irrten und dabei Passagen aus Büchern zitierten.

Während des Films warf Peter ab und zu einen Seitenblick auf Fay, die konzentriert auf den Bildschirm zu schauen schien, eine kleine Denkfalte über der Nasenwurzel.

Was verschweigst du mir? dachte Peter. Wie gut kenne ich dich? Wie gut kennen Menschen einander überhaupt?

Diese Gedanken lenkten ihn von dem Film ab, aber er

kannte die Geschichte ja sowieso. Dennoch überraschte es ihn, wie aktuell das Thema war: der moderne Mensch, der permanent unterhalten werden wollte, und der über einen Kopfhörer Musik hörte, während man sich mit ihm unterhielt, die Augen auf Bildschirme gerichtet, um nichts zu verpassen. Weil ihn das störte, ließ er regelmäßig bewusst sein Handy tagsüber zu Hause, weil auch er öfter, als es ihm lieb war, auf sein Display schaute. Diese digitale Pause schenkte ihm so viel Ruhe, dass er sich fragte, warum er das nicht öfter machte.

Fay löste sich aus seinen Armen, murmelte etwas von »schlafen« und ging nach oben.

Peter blieb noch ein wenig auf dem Sofa sitzen. Er nahm den Laptop auf den Schoß und klappte ihn auf.

Fay hatte ein und dasselbe Passwort für alle ihre Programme und Accounts, eine Kombination aus ihrem Namen und dem von Agapé, plus dem Geburtsjahr ihrer Tochter.

Ich kann sie mir genauso gut kurz anschauen, dachte Peter. Sie merkt es ja doch nicht. Und eine habe ich ja schon gelesen.

Er startete Outlook und öffnete den Ordner »Coen Zoutman«.

Mindestens eine Minute lang schwebte sein Zeigefinger über der linken Maustaste, über die er mit einem Klick eine Mail öffnen konnte.

Ich will aber auch nicht in einer Beziehung leben, in der man heimlich die E-Mails des anderen liest. Das ist der Anfang vom Ende.

Daraufhin schloss er das Programm wieder.

Morgen frage ich sie danach. Dann kann sie es mir erzählen. Bestimmt steckt eine ganz einfache Erklärung dahinter.

Behutsam klappt er den Laptop wieder zu.

Aber warum sollten sich Partner eigentlich alles erzählen müssen? Fay weiß auch nicht alles von mir.

Obwohl er müde war und es am einfachsten gewesen wäre, sich einfach an Fay zu kuscheln, hatte er ein starkes Bedürfnis, heute in seinem eigenen Bett die Nacht zu verbringen. Die

Distanz, die er zwischen sich und Fay spürte, schien sich im Augenblick nicht überbrücken zu lassen, indem er sich einfach neben sie legte.

Im Stehen schrieb er ihr am Küchentisch eine Nachricht, dass er nach Hause gehe, weil er am nächsten Tag früh loslegen wolle und seine Bücher zu Hause lägen.

Das ist nicht ganz ehrlich, dachte er.

Aber das ist Fay ja auch nicht.

14

Am nächsten Morgen fuhren Rijsbergen und Van de Kooij zur Leichenhalle. Die Todesursache von Coen Zoutman war zwar unstrittig, aber Rijsbergen wollte mit dem Rechtsmediziner persönlich über den neuesten Stand der Untersuchung sprechen. Vielleicht hatte Zoutman noch irgendetwas bei sich getragen, Quittungen, Zettel, Visitenkarten … in einer Hosentasche, in der Innentasche seines Sakkos, im Portemonnaie … In diesem Stadium der Ermittlungen durften sie nichts übersehen, denn alles konnte wichtig sein.

Die Ermittlungsgruppe hatte in kurzer Zeit mit ungefähr der Hälfte der Leute auf der Gästeliste gesprochen, aber obwohl jeder von ihnen die Möglichkeit gehabt hätte – sie waren schließlich zum Zeitpunkt des Mordes im Gebäude gewesen –, hatten die Kollegen mit an Sicherheit grenzender Wahrscheinlichkeit alle Befragten von der Liste der Verdächtigen streichen können. Zu dem Gästeabend waren in erster Linie unbescholtene Bürger im Rentenalter gekommen, zwischen Anfang sechzig und Ende siebzig. Die meisten waren direkt nach der Rede des Meisters vom Stuhl hinuntergegangen, um miteinander ein Gläschen zu trinken. Diejenigen, die oben geblieben waren, um noch Fragen zu stellen, hatten sich anschließend zu ihnen gesellt. Es war schwer vorstellbar – wenn auch nicht ganz auszuschließen natürlich –, dass einer von diesen Besuchern nach der Fragerunde mit einer Ausrede zur Toilette gegangen war, Coen Zoutman schnell den Schädel eingeschlagen, seine Hände und sein Herz durchbohrt hatte und anschließend in aller Seelenruhe wieder zu der Gesellschaft zurückgekehrt war. Außerdem war der Modus Operandi äußerst gewalttätig gewesen, und die meisten der älteren Leute hätten gar nicht die nötige Kraft dazu gehabt.

Es war ein chaotisches Puzzle. Zu viele Leute waren daran beteiligt, zu viele Gäste waren am Abend des Mordes im Gebäude gewesen, und alle hatten sie ihre Fußabdrücke, Haare und Fingerabdrücke hinterlassen.

Van de Kooij bog auf das Gelände ab, auf dem unter anderem die Leichenhalle stand.

Der Empfang, an dem sie sich registrieren mussten, befand sich in einer viel zu großen Halle, die leer war bis auf zwei Sofas, ein Beistelltischchen und eine Garderobe, an der sie ihre Mäntel aufhängten.

Das Foyer glich einem Wintergarten, der im Nachhinein angebaut worden zu sein schien, wie in einem letzten Versuch, Licht in diesen Bau eindringen zu lassen, der im Grunde ein Totenreich war.

In seiner langen Karriere in Leiden hatte Rijsbergen nicht sehr oft mit Mordfällen zu tun gehabt. Die paar Male, die er die Leichenhalle besucht hatte, konnte man an den Fingern einer Hand abzählen. Genau wie die meisten anderen Leute auch – jedenfalls hatte er es immer angenommen – fand er einen Besuch dort äußerst unangenehm. Er konnte sich nicht vorstellen, warum jemand erst jahrelang studierte und dann freiwillig tagein, tagaus Leichen obduzierte, auf der Suche nach der Todesursache.

Van de Kooij dagegen schien sich beinahe auf den Anblick von Zoutmans leblosem Körper zu freuen, mit so energischen Schritten marschierte er neben Rijsbergen her.

Hinter der Sicherheitstür erwartete sie Pieter-Nicolaas van Eijk, ein fröhlicher Vierziger mit Stirnglatze und einer dicken Brille mit schwarzem, modischem Gestell. Er trug knallorange Sneakers zu einer engen, neu aussehenden Jeans und darüber einen makellos weißen Laborkittel. Bevor er beiden die Hand schüttelte, händigte er Rijsbergen und Van de Kooij ebensolche Kittel aus.

»Kommt«, sagte van Eijk. »Lasst uns runtergehen.«

Sie stiegen eine breite Treppe hinunter in einen kleinen Vorraum, in den verschiedene Flure mündeten. Jeder wurde von einer Glasschiebetür versperrt.

Warum müssen solche Orte eigentlich immer unterirdisch sein? fragte sich Rijsbergen.

Van Eijk gab einen Code auf einer kleinen Tastatur neben der Tür ein, die sich leise summend öffnete. Vor ihnen erstreckte sich ein breiter Gang wie in einem Krankenhaus. Das Licht der Neonröhren spiegelte sich auf dem glatt gebohnerten, harten Linoleumfußboden wider. Sie kamen an mehreren bordeauxroten Türen vorbei, die ebenfalls nur durch die Eingabe eines Zifferncodes an einem Kästchen geöffnet werden konnten.

In regelmäßigen Abständen voneinander hingen gerahmte Poster an den Wänden, auf denen zu Rijsbergens Überraschung niederländische Gedichte über das Thema Tod standen. Er stellte zufrieden fest, dass ihm die meisten bekannt vorkamen. Natürlich durfte »Insomnia« von J.C. Bloem nicht fehlen:

Denkend an den Tod kann ich nicht schlafen,
und nicht schlafend denke ich an den Tod,
und das Leben flieht wie es floh,
und jedes Sein ist zum Nichtsein geschaffen.

Rijsbergen persönlich hielt es mit dem altgriechischen Philosophen Epikur, der die menschliche Angst vor dem Tod in schlichten Worten zusammengefasst hatte: »Wenn wir sind, ist der Tod nicht; und wenn der Tod ist, sind wir nicht.«

Am Ende des Ganges bogen sie rechts ab, und plötzlich blieb van Eijk so abrupt stehen, dass Rijsbergen und Van de Kooij gegen ihn stießen.

Van Eijk schirmte mit der linken Hand die kleine Tastatur

ab, während er den Code eingab. »Über die Todesursache selbst kann ich euch wenig Neues erzählen, das wird euch kaum überraschen«, sagte er, während sie hineingingen.

Ist es hier wirklich kälter als im Flur, fragte sich Rijsbergen, oder bilde ich mir das nur ein?

An der Längsseite der Wand waren die Kühlzellen eingelassen, erkenntlich an etwa einem Dutzend stahlgrauer Quadrate mit Handgriff, hinter denen sich die Bahren mit Leichen verbargen. In der Mitte des Raumes stand ein schmaler, hoher Metalltisch und daneben ein Tisch voller Instrumente, Skalpelle, Spatel und glänzender Schalen in verschiedenen Größen.

Van Eijk ging zur einzigen Schublade, an deren Griff ein Etikett hing. Gleichmäßig und fast geräuschlos glitt die Bahre mit der von einem weißen Tuch bedeckten Leiche heraus.

»Kannst du uns schon einmal etwas darüber erzählen, was du gefunden hast?«, fragte Rijsbergen.

»Natürlich«, antwortete van Eijk. »Ich gebe euch sowieso gleich den Bericht mit, aber über die Todesursache brauchen wir nicht viele Worte zu machen. Ihm wurde mit zwei, möglicherweise drei Schlägen mit einem harten Gegenstand der Schädel eingeschlagen. Der Mann war schon tot, bevor er den Boden berührte – das steht zweifelsfrei fest. Der Täter muss stark gewesen sein. Man braucht viel Kraft für so etwas. Oder große Wut … Jedenfalls muss er – oder sie, wir dürfen nichts ausschließen – ungefähr genauso groß gewesen sein wie das Mordopfer, vielleicht ein wenig größer. Der Täter ist wahrscheinlich Rechtshänder, sonst hätte er die andere Seite des Schädels getroffen. Es ist gut möglich, dass Blut von Meneer Zoutman auf den Mörder gespritzt ist. Ich glaube sogar, dass schon der erste Schlag tödlich gewesen ist.«

»Also wurden das Herz und die Hände …« Van de Kooij beendete seinen Satz nicht.

»Ja, die Verletzungen wurden ihm postmortal zugefügt, der Blutkreislauf war bereits zum Stillstand gekommen. Das steht übrigens alles im Bericht. Wir können auf jeden Fall sagen, dass

Meneer Zoutman nicht gefoltert wurde, bevor ihm die tödlichen Schläge versetzt wurden.«

»Es ging also nicht darum, ihm beispielsweise irgendwelche Informationen zu entlocken«, schlussfolgerte Van de Kooij, der ganz dicht vor der Bahre stand, als wollte er beweisen, dass er als erfahrener Ermittler keine Angst vor dem Tod hatte.

Rijsbergen blieb in einiger Entfernung stehen.

»Richtig«, bestätigte van Eijk. »Die Interpretation dieses Modus Operandi überlasse ich euch, das ist euer Gebiet.«

»Unless you are good at guessing, it is not much use being a detective«, bemerkte Rijsbergen lächelnd.

»Tja … *I guess so*«, sagte van Eijk ebenfalls lächelnd.

»Das Durchbohren des Herzens und der Hände war offenbar eine symbolische Handlung«, erklärte Rijsbergen. »Das haben wir inzwischen erfahren. Es geht bei den Freimaurern um das Denken, Fühlen und Handeln. Der Mörder …«

»Oder die Mörderin«, unterbrach ihn Van de Kooij.

»Der Mörder«, wiederholte Rijsbergen gereizt und fragte an Van de Kooij gewandt: »Oder glaubst du, eine Frau wäre zu so etwas in der Lage?«

»Wir dürfen nichts ausschließen«, wiederholte van Eijk. »Es müsste eine verdammt starke Frau gewesen sein, aber solche gibt es schließlich auch.«

»Warum hast du ihn eigentlich aus der Kühlkammer geholt?«, fragte Rijsbergen. »Wolltest du uns etwas zeigen?«

»Ja, genau. Genau genommen zwei Dinge. Erstens habe ich auf der Haut der Leiche eine Tätowierung gefunden, die ich nicht einordnen kann.« Er nahm das weiße Laken an einem Zipfel. »Ich ziehe das Tuch jetzt ein Stück weg«, warnte er. »Aber ich zeige euch nur den Teil des Leichnams, auf dem sich die Tätowierung befindet.«

»Danke«, sagte Rijsbergen, Van de Kooij hingegen konnte seine Enttäuschung kaum verbergen.

Van Eijk schlug das weiße Laken ein Stück zurück, wodurch ein Teil der linken Seite von Zoutmans Leiche sichtbar wurde.

Sein Arm lag ausgestreckt seitlich neben dem Körper und war sehr weiß.

Ein Gefühl tiefer Traurigkeit überfiel Rijsbergen.

Da liegst du dann, dachte er. Mit all deinem Wissen und deiner Erfahrung, mit all deiner Weisheit ... Und was haben wir davon? Was nehmen wir mit? Was hinterlassen wir?

Rijsbergen brauchte die Leiche nicht zu berühren, um zu wissen, dass sie eiskalt war; sie strahlte dieselbe frostige Härte aus wie eine Marmorstatue.

Van Eijk holte einen ausziehbaren Zeigestock aus der Brusttasche und deutete auf eine Stelle auf Zoutmans linker Brust, ungefähr da, wo seine Achsel begann. Dort befand sich eine kleine Tätowierung, ungefähr so groß wie eine Fünfcentmünze.

Van Eijk ging weg und kehrte mit einer Lupe zurück, die er Rijsbergen gab.

Mit dem Vergrößerungsglas vor dem rechten Auge beugte sich dieser nach vorn, um sich die Tätowierung besser ansehen zu können. Es war ein seltsames Gefühl, sich die Haut eines anderen Menschen, eines toten Menschen in diesem Fall, so aus nächster Nähe anzusehen. Die Fältchen, die kleinen Härchen, die Muttermale und andere Unebenheiten waren deutlich zu sehen – eine ungewollte Intimität, gegen die sich der Verstorbene nicht mehr wehren konnte.

Die Tätowierung bestand aus einem Dreieck mit der Spitze nach oben. Ein kleines Stück über der Grundlinie ragten rechts und links parallel zwei kleine Striche ins Innere, an deren Enden sich wiederum ein Dreieck erhob, dessen Schenkel parallel zu den Schenkeln des äußeren Dreiecks verliefen. Die Spitze dieses inneren Dreiecks war von einem Kreis umgeben. Das innere Dreieck erinnerte entfernt an die gezackte Sinuskurve eines Herzmonitors.

»Das ist wirklich … ungewöhnlich«, brachte Rijsbergen mit etwas Mühe hervor, bevor er das Vergrößerungsglas an Van de Kooij weiterreichte, der ungeduldig von einem Fuß auf den anderen wippte.

»Ich habe ein Foto davon machen lassen«, erklärte van Eijk. »Und das habe ich vergrößern lassen, sodass man die Abbildung besser erkennen kann und ihr sie anderen zeigen könnt.«

»Hast du mal ein Blatt Papier für mich?«, fragte Rijsbergen.

»Natürlich. Komm.«

Van Eijk ging zu einem Eichenholz-Schreibtisch, der in der Ecke des Raumes stand und durch seine altmodische Robustheit einen auffälligen Kontrast zu der ansonsten funktionalen und sterilen Umgebung bildete.

Mit einem Bleistift zeichnete Rijsbergen die Tätowierung nach, in der Hoffnung, dass ihn dieses einfache Nachmalen auf eine Idee bringen könnte. Nach kurzer Überlegung zeigte er van Eijk die Zeichnung.

Dieser nickte. »Sieht aus wie eine Art Pyramide«, meinte er.

»Ja, oder …«, erwiderte Rijsbergen nachdenklich. »Oder zwei Pyramiden hintereinander. Oder zwei Berge mit einer … Sonne dazwischen?«

»Ja, daran habe ich auch schon gedacht, eine Sonne.«

»Harry Potter!«, rief Van de Kooij. »Das erinnert mich an Harry Potter!«

Erstaunt sahen Rijsbergen und van Eijk ihn an.

Van de Kooij schlug das Laken wieder zurück, um die Leiche zu bedecken, und legte die Lupe hin. Dann zog er das Handy aus der Innentasche und kam, auf das kleine Display tippend, zu ihnen hinüber.

»Hier«, sagte er und hielt fast triumphierend sein Handy hoch. »Die Heiligtümer des Todes.« Er hatte einen Wikipedia-Eintrag zu dem Stichwort geöffnet.

»Tja«, sagte Rijsbergen. »Sieht tatsächlich ähnlich aus. Ein Dreieck mit einem Kreis darin, aber zu behaupten …«

Van de Kooij sah wieder auf sein Handy und las vor. »Die sogenannten Heiligtümer des Todes sind drei so mächtige Gegenstände, dass sie andere Magie überwinden können. Wer in den Besitz aller drei gelangt, wird als Gebieter des Todes mächtiger als der Tod selbst. Bei diesen Gegenständen handelt es sich um einen Zauberstab, der jedes magische Duell gewinnt, einen Stein, der die Macht besitzt, Tote zu den Lebenden zurückzuholen, und einen Tarnumhang, der unsichtbar macht. Das Symbol dieser drei Heiligtümer ist ein gleichseitiges Dreieck (= Tarnumhang), das einen Kreis (= der magische Stein) und einen vertikalen Mittelstrich (= der Zauberstab) umschließt.«

»Alles klar, Professor Dumbledore«, sagte Rijsbergen. »Der Vorsitzende war also insgeheim ein Fan von Harry Potter und hat sich dieses Symbol für die … Wie war das gleich? Heiligtümer des Todes tätowieren lassen. Fall gelöst. Wir können nach Hause gehen.«

Etwas enttäuscht steckte Van de Kooij das Handy in die Hosentasche.

»Du solltest wirklich ein bisschen …«, begann Rijsbergen, immer noch gereizt. Er hielt das Blatt Papier auf Armlänge von sich weg. »Mich erinnert das hier eher«, fuhr er etwas ruhiger fort, »an das Auge der Vorsehung, das wir im Tempel gesehen haben. Du weißt schon, an der Wand über dem Sitz des Meisters. Wie dem auch sei … Wir werden die Zeichnung entsprechenden Experten zeigen, vielleicht können die uns mehr darüber erzählen.«

Erst jetzt fiel sein Blick auf eine frei stehende Kleiderstange, an der Plastikhüllen an Kleiderbügeln hingen, wie in einer

Wäscherei. Selbst durch die Plastikfolie sah man deutlich das Blut auf der Kleidung, die Zoutman gehört hatte.

»Und was war das andere, was du uns zeigen wolltest?«, fragte Van de Kooij.

»Das habe ich hier«, sagte van Eijk und nahm aus der Ablage auf seinem Schreibtisch einen dicken Umschlag, aus dem er eine versiegelte Plastikhülle herauszog.

»Das ist der Inhalt seiner Sakkotaschen. Ein Portemonnaie oder Handy hatte er nicht dabei.«

Rijsbergen nahm die Hülle entgegen und sah sofort, dass neben einer Visitenkarte, ein paar Scheckkarten und losen Zetteln ein länglicher, weißer Umschlag darin steckte.

»Ihr habt den Umschlag nicht geöffnet?«, fragte er.

»Er war nicht verschlossen. Wir haben den Inhalt herausgeholt und gelesen. Es waren mehrere Seiten, alles Bibeltexte. Sowohl auf dem Umschlag als auch dem Inhalt haben wir Fingerabdrücke gefunden, aber sie stammten alle vom Mordopfer. Vielleicht könnt ihr mit dem Schrieb etwas anfangen.«

»Ob er den Umschlag an dem Abend jemandem geben wollte?«, überlegte Van de Kooij. »Dann aber nicht mehr dazu gekommen ist?«

Ohne die Hülle zu öffnen, betrachtete Rijsbergen die Visitenkarte, die Coen Zoutman als Vorsitzenden der Loge auswies. Sein Name und seine Funktion standen darauf, ebenso wie die Adresse der Freimaurer an der Steenschuur, inklusive Website und E-Mail-Adresse. Ein Logo, oder besser ein Symbol, das die ganze linke Hälfte des Kärtchens einnahm, weckte sein Interesse.

Er nahm die Zeichnung der Tätowierung und hielt sie neben die Visitenkarte.

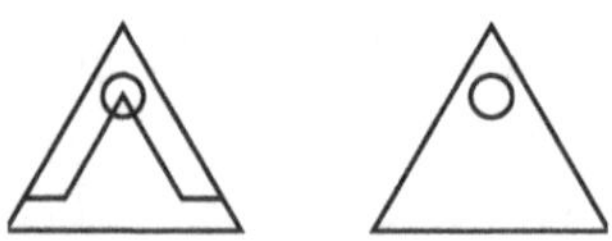

»Das sieht irgendwie ähnlich aus, oder?«

Van Eijk und Van de Kooij beugten sich beide nach vorn, um die beiden Symbole näher betrachten zu können.

»Ja, tatsächlich«, sagte Van de Kooij ein wenig widerstrebend.

»Beides sind Dreiecke«, sagte van Eijk. »Mit einem Kreis darin. Vielleicht ist es eine Variation desselben Themas.«

»Könnte sein«, sagte Rijsbergen.

Er öffnete die Plastikhülle und schüttete den Inhalt auf den Tisch: die Visitenkarte, Plastikkärtchen, Zettel und den verschlossenen Umschlag.

Van Eijk holte Latexhandschuhe für alle, und sie streiften sie über. Van Eijk zog den Inhalt des Umschlags heraus. Es handelte sich um mehrere DIN-A4-Blätter, die dicht mit einer zierlichen, unverkennbar altmodischen Handschrift beschrieben waren.

Rijsbergen las den Briefkopf vor, eine Art Motto, das Coen Zoutman seinem Schreiben vorangestellt hatte, wie die Widmung in einem Buch.

Vernehmet ihr noch nichts und seid noch nicht verständig? Habt ihr noch ein erstarrtes Herz in euch? Ihr habt Augen, und sehet nicht, und habt Ohren, und höret nicht.

MARKUS 8,17-18

»Ganz schön viel Text«, bemerkte Rijsbergen und blätterte die Seiten durch. »Könnten wir eine Kopie davon bekommen?«

»Ist schon in der Mappe, die ich euch gleich mitgebe«, antwortete van Eijk. »Zusammen mit dem Obduktionsbericht, Fotos der Tätowierung und Kopien der Visitenkarte und den anderen Kärtchen und so weiter. Wir haben alles gescannt; ich schicke es euch auch noch mal als E-Mail-Anhang.«

»Danke«, sagte Rijsbergen und gab ihm den Brief zurück. »Mir scheint, dass wir jetzt vor einem noch größeren Rätsel stehen, aber wir haben gute Chancen, dass sich hierin Hinweise befinden, die wir später gebrauchen könnten, um das Puzzle zu vervollständigen.« Er zog die Latexhandschuhe aus.

Van Eijk gab Rijsbergen die Mappe.

Gemeinsam kehrten sie zum Ausgang zurück.

»Diese Gedichte im Flur«, begann Rijsbergen. »Die gefallen mir wirklich sehr gut.«

Van Eijk lächelte erfreut.

»Das ist mein persönliches Projekt. Poesie und Liebe sind eine schöne Kombination, aber auch im Tod steckt viel Poetisches.«

Auf dem Weg nach oben versuchte Rijsbergen, sich an eine Zeile aus einem alten Gedicht zu erinnern. Als sie die Mäntel wieder anhatten, fiel es ihm plötzlich wieder ein. »Nicht das Schneiden verursacht Pein …« Es kam wie aus dem Nichts, nach dem Schweigen, das der Erinnerung vorausgegangen war. »Sondern das Abgeschnittensein.«

»Vasalis«, sagte van Eijk. »Schön. Über das menschliche Leiden. In einen Satz gefasst, wundervoll.« Er dachte kurz nach und sagte dann: »Und über den Menschen … der Mensch, der gebrochen ist und stets auf der Suche nach einer Möglichkeit, wieder ein Ganzes zu werden.«

Fragment fünf – William Brewster und die Pilgrim Press (1619)

Die andere Person, der ich in diesem Bericht einige Seiten widmen möchte, ist William Brewster. Er ist in Scrooby geboren, kannte also alle aus der Gruppe, manche von Geburt an. Dasselbe galt für seinen Vater. Er war Postmeister in Scrooby und kannte in dieser Funktion natürlich sämtliche Familien in Scrooby und im weiteren Umkreis.

Die Familie Brewster wohnte in Scrooby Manor, einem Festen Haus, das früher von den Königen genutzt wurde, wenn sie durchs Land reisten. Als Postmeister verdiente er ein ansehnliches Gehalt, sodass Brewster Senior William und seine Brüder auf eine gute Universität schicken konnte. William hat an der Universität von Cambridge studiert und es 1583 sogar zum persönlichen Assistenten von Sir William Davidson gebracht, dem Außenminister von Königin Elisabeth. In dieser Position hatte sich William bereits zwischen 1584 und 1587 in den Niederlanden aufgehalten. Während dieser Zeit hat er auch Leiden besucht. Als wir also nach unserem unglücklichen Aufenthalt in Amsterdam einen anderen Ort suchten, war er der Erste, der den Namen Leiden ins Spiel brachte.

Er hat nie darüber reden wollen, aber sein Chef, Sir William Davidson, soll auf irgendeine Art und Weise in einen misslungenen Anschlag auf Maria Stewart verwickelt gewesen sein. Ob das nun stimmte oder nicht: Schon allein der Verdacht reichte aus, um bei Elisabeth in Ungnade zu fallen, die ihm eine so hohe Strafe auferlegte, dass er anschließend ruiniert war.

Damit verlor William auch seine Stelle als Assistent und kehrte wieder zu uns nach Scrooby zurück, wo er nach einigen Schwierigkeiten die Stelle seines Vaters als Postmeister übernehmen konnte. Eine der Regeln, die für jeden Beamten galt, war nämlich, dass man der Kirche von England angehören musste. Anfangs hielt er sich getreulich an diese Vorschrift, zumindest zum Schein, aber mit der Zeit widerstrebte es ihm immer mehr.

Unsere Gegend war bekannt für ihre Sympathien für puritanische und separatistische Ideen, mit denen William übrigens bereits in Cambridge in Berührung gekommen war. In dieser Zeit habe ich ihn erst richtig kennengelernt. Natürlich wusste ich schon vorher, wer er war, aber von da an begann er, Gottesdienste separatistischer Pfarrer zu besuchen. Irgendwann lud er dann Pfarrer Richard [Clyfton – PvV] ein, ihn in Scrooby Manor zu besuchen.

Durch diese wiederholten Besuche wurde Scrooby Manor schon bald zum Zentrum der Separatisten aus Scrooby und Umgebung.

Auch ich wurde ein regelmäßiger Besucher dieser Treffen in Scrooby Manor. In den ersten paar Jahren wurden wir von den Behörden in Ruhe gelassen, was uns ehrlich gesagt etwas verwunderte. Natürlich taten wir nichts Staatsgefährdendes, doch schließlich war William immer noch Beamter, der nun aber öffentlich kein aktives Mitglied der Staatskirche mehr war. Vielleicht hätte es so bleiben sollen, vielleicht hätten wir uns bedeckt halten sollen, aber ausgehend von unserem brennenden Wunsch, unseren Glauben ausüben zu können, so wie wir es wollten, gründeten wir 1606 die separatistische Scrooby Church.

Unglücklicherweise fiel die Gründung unserer Kirche mit der Einsetzung eines neuen Erzbischofs in York zusammen, der – wie jeder, der neu ist in seiner Funktion und der Welt beweisen will, dass er in der Tat der richtige Mann am richtigen Platz ist – sich sofort daranmachte, alle nicht offiziellen Kirchen zu schließen.

Durch die Ankündigung der Schließung unserer Kirche waren wir bereits zu dem Entschluss gelangt, dass unsere Zukunft nicht länger in diesem Land lag. William erzählte uns von der Freiheit in den Niederlanden und der Toleranz, die dort in Bezug auf Andersgläubige herrschte. Von diesem Moment an begannen wir, unsere Flucht in die Niederlande zu planen.

Der neue Erzbischof zitierte William als Gründer unserer Kirche vor das Kirchengericht, aber dieser erschien nicht. Selbst wenn er gewollt hätte, hätte er nicht kommen können, denn er saß zu diesem Zeitpunkt im Gefängnis von Boston, nach unserem ersten missglückten Versuch, aus England zu fliehen.

Er wurde in Abwesenheit zu einer Buße verurteilt, und es wurde Haftbefehl gegen ihn erlassen. Der Offizier, der ihn verhaften sollte, konnte ihn jedoch nicht auffinden. Es war sehr seltsam, dass die Behörden nichts davon wussten, dass William bereits hinter Schloss und Riegel saß!

Schließlich wurde er freigelassen, wonach wir einen zweiten Versuch unternehmen konnten, England zu verlassen, der uns diesmal auch gelang. William wohnt jetzt ganz in unserer Nähe. Der Ausgang seines Hauses liegt am Stinksteeg, aber offiziell gehört er zu einem anderen Haus am Pieterskerk-Choorsteeg. Da in Leiden große Wohnungsnot herrscht, hat man das Haus, in dem William wohnt, damals hinter ein bereits existierendes Haus gebaut. Der neue Teil zieht sich bis hinter das Haus der Nachbarn und ist dadurch L-förmig angelegt. Es ist eine merkwürdige Konstruktion, aber sehr praktisch, weil William 1616 die Idee hatte, unsere eigene Druckerei einzurichten, die Pilgrim Press, und die konnte durch die Lage der Häuser verborgen bleiben, geschützt vor neugierigen Blicken.

John wurde von immer mehr Leuten gebeten, seine Ideen zu Papier zu bringen. Endlich beschloss er, das tatsächlich zu tun. Er hätte sein Buch natürlich ganz einfach bei einer der vielen Druckereien hier in Leiden drucken lassen können, aber es gab noch einen anderen Grund, warum wir selbstständig sein wollten. In England herrscht nämlich noch immer strenge Zensur, wodurch Bücher mit von der Staatsdoktrin abweichenden Ideen schwer erhältlich sind.

Wenn ein Staat Angst hat vor Überzeugungen, die von den eigenen abweichen, kann das nur bedeuten, dass er selbst weiß, dass Letztere nicht richtig sind. Das sagt John immer. Wenn man davon überzeugt ist, dass man die Wahrheit gepachtet hat, dass nichts über das geht, was man selbst glaubt, warum sollte man dann Angst vor den Ideen anderer Leute haben? Die können doch nur den Kürzeren ziehen, denn die Wahrheit kann per definitionem jedem Angriff einer weniger soliden Theorie standhalten.

Wenn es Menschenwerk ist, was wir wollen und tun, wird es zu nichts führen; kommt es aber von Gott, können unsere Gegner uns nichts anhaben. Womöglich wenden sie sich sogar gegen Gott selbst. Also woher kam nur die Angst vor uns und unseren Vorstellungen?

Wir beschlossen also, uns selbstständig zu machen. Ich schreibe jetzt zwar »wir«, *aber meine Rolle bei dieser Operation ist natürlich bescheiden. Zugleich zeigt es jedoch, wie sehr wir uns als Gruppe einig fühlen und wie sehr wir alle von allem betroffen sind, was immer egal welches Mitglied unserer Gemeinschaft auch unternimmt.*

Mit einer Druckerei in Eigenregie können wir jetzt auch Bücher drucken, die in England verboten sind. Sogar niederländische Drucker wollen sich nicht immer an die aufrührerischen Bücher wagen. Denn die Freiheit in den

Niederlanden ist zwar groß, aber jeder Drucker ist verpflichtet, Name und Adresse im Druckwerk anzugeben, sodass er eventuell zur Verantwortung gezogen werden kann, falls nötig. Die seltsame Konstruktion des Hauses kam uns jetzt zugute. Johns Haus ist schließlich offiziell Teil des Hauses am Pieterskerk-Choorsteeg, seine Wohnadresse ist jedoch der Stinksteeg. Letzteren gab er also als seine eigene Adresse an, während er die Pilgrim Press auf den Pieterskerk-Choorsteeg anmeldete. In Leiden werden wir damit keinen an der Nase herumführen können, aber von England aus wird es mühsam werden, nachzuvollziehen, wer oder was dahintersteckt.

Ich habe den Überblick verloren, aber ich glaube, dass wir seit der Gründung unserer Druckerei zwischen fünfzehn und achtzehn Bücher herausgegeben haben. Darunter sind solche, die jeder beliebige Drucker ohne jede Gefahr hätte herausgeben können, aber auch solche, die zumindest in England als aufrührerisch betrachtet werden. Ich glaube, dass wir es mit der Publikation unseres letzten Buches übertrieben haben, Perth Assembly *von David Calderwood, das – einfach ausgedrückt – ein anderes Bild von den Glaubensartikeln liefert als das offizielle von James I. Weil dieses Buch in England nicht gedruckt werden konnte, ist Calderwood damit zu uns gekommen, genau genommen zu William. In Weinfässern schmuggelten sie das Buch schließlich nach Schottland, ein Abenteuer, das eines Romans würdig ist! Doch als bei Hofe bekannt wurde, dass das Buch trotz des Verbotes gedruckt und verbreitet worden war, hatten wir den Zorn des Königs persönlich auf uns gezogen. Es wurde eine Untersuchung nach der Herkunft des Buches angestrengt, die jedoch in England in eine Sackgasse geriet. Von da aus führte die Spur allerdings weiter zu den Niederländern als den üblichen Verdächtigen für alle Bücher zweifelhafter Herkunft. Ich weiß nicht, wie sie so schnell auf William gekommen sind, aber es ist eine Tatsache, dass schon bald ein Ansuchen bei den niederländischen Behörden einging, William aufzuspüren. Uns ist klar, dass dies ein großes Dilemma für die Niederländer ist, weil sie es sich nicht mit England verscherzen möchten. Auf der anderen Seite: Was ist all das Gerede über Freiheit wert, wenn man beim erstbesten Gegenwind sofort kentert! Und eine Person ausliefert, die gerade wegen der Toleranz im Freihafen von Leiden vor Anker gegangen ist! Die Freiheit zu sagen, zu schreiben, zu drucken und herauszugeben, was man will, ist schließlich unglaublich wichtig für die Niederländer. Sie ist ein wichtiger Teil ihrer Identität!*

Williams Kompagnon Thomas [Brewer – PvV] wurde ins Rathaus bestellt. Ohne zu lügen konnte er erklären, dass William sich in Leiden aufhielt. Die Behörden fragten, ob William und Thomas sich freiwillig ins Gefängnis begeben würden, womit sie sich einverstanden erklärten. Sie hofften, dass sich auf diese Art und Weise die Wogen etwas glätten würden. Nicht lange darauf wurden sie im Rathaus eingesperrt, bereit, für ein Ziel zu leiden, das sie als ein höheres erachteten und von größerem Wert als das Verleugnen ihrer tiefsten Überzeugungen, einzig und allein, um hier auf Erden ihre kurze Existenz um ein paar Atemzüge zu verlängern!

Und ja, absichtlich und offenen Auges in Bezug auf die Konsequenzen hatten sie die Regeln übertreten und im Buch nicht den Namen und die Adresse der Druckerei angegeben. Und nach der Synode von Dordrecht (1618–1619 – PvV) war die Pressefreiheit sogar in den Niederlanden eingeschränkt: Es durften keine Bücher mehr erscheinen, die nicht mit der offiziellen Lehre der Niederländisch Reformierten Kirche übereinstimmten. Dies alles hat uns letzten Endes zu dem Entschluss gebracht, schweren Herzens, aber notgedrungen die Pilgrim Press zu schließen.

William bat den Stadtrat von Leiden, seine freiwillige Gefangenschaft beenden zu dürfen, und er erhielt die Zustimmung. Er ist untergetaucht, aus Angst, früher oder später an England ausgeliefert zu werden. Unser William hat die Situation ganz richtig eingeschätzt, denn der englische Botschafter war außer sich vor Wut, als er vernahm, dass William ihm entwischt war. Er ließ sogar offiziell nach ihm fahnden, aber William blieb unauffindbar.

Der englische Staat richtete nun seine Wut auf Thomas, den sie für die Flucht Williams verantwortlich machten. Die niederländische Regierung war bereit, ihn an England auszuliefern, um so die Ermittlungen im Tathergang zu vereinfachen, unter der strikten Bedingung, dass er nach höchstens zwei Monaten wieder auf niederländischen Boden zurückkehren würde. England erklärte sich hiermit einverstanden. Und so gewährten die Niederlande einem Untertan des englischen Königs mehr Schutz als der englische König selbst. Wir glauben, dass er es nur dieser Tatsache verdankt, dass er seinen Besuch in England überlebt hat.

Es hat den Eindruck, als neige sich unsere Zeit hier dem Ende zu …

15

Auf dem Radiowecker sah Peter, dass es schon nach acht war. Normalerweise stand er gegen sieben auf, weil er seinen Arbeitstag gerne um acht Uhr begann.

In den letzten Wochen hatte er oft bei Fay übernachtet, und nun hatte er zum ersten Mal seit Langem wieder ausgeschlafen.

Vielleicht sollte ich öfter mal zu Hause schlafen, dachte er. Und vielleicht ist es eine gute Idee, wenn Fay und ich uns in der nächsten Zeit etwas mehr Pausen gönnen.

Das häufige Zusammensein in ihrem kleinen Häuschen war zwar gemütlich, aber mit vier Personen hockte man oft sehr eng aufeinander.

Er griff nach seinem Handy und sah nach, ob er Nachrichten erhalten hatte, während er geschlafen hatte. Vor dem Einschlafen hatte er noch eine WhatsApp an Judith geschickt und sich erkundigt, was mit den Schmierereien am Hoftor passiert war. Manchmal schrieben sie sich, während sie beide noch im Bett lagen – Mark war dann schon unten und arbeitete oder kochte Kaffee.

Aber jetzt sah Peter, dass sie seit dem letzten Abend nicht online gewesen war.

In dem Moment, in dem er sein Handy weglegen wollte, bemerkte er, dass die Häkchen neben den Nachrichten an Judith blau wurden. Ihr Status veränderte sich von *zuletzt online 23:17* in *online* und dann in *Judith schreibt …*

Sie hatte offenbar viel zu erzählen, denn es dauerte einen Moment, bis ihr Text erschien.

Judith 08:04

Hi, guten Morgen, alles gut hier. Eine Firma ist gekommen und hat die Fassade gereinigt; die Farbe war offenbar einfach zu entfernen, vielleicht war es eine auf Wasserbasis, ich weiß es nicht. Die Polizei hat gesagt, dass die Chance, die Täter zu fassen, praktisch gleich null ist. Sie werden die Nachbarn befragen, aber niemand schaut von seinem Haus aus auf das Tor. Es müsste schon jemand vorbeigekommen sein, aber bestimmt hat für die Schmierfinken einer Wache gestanden.

Peter 08:04

Guten Morgen, Schönheit. ☺

Peter 08:04

Schön, dass das erledigt ist, aber es ist und bleibt ärgerlich. Machst du dir keine Sorgen?

Judith 08:05

Ja, wirklich ärgerlich, richtig dämlich! Nein, ich mache mir keine echten Sorgen. Die haben bestimmt nicht mal gewusst, dass hier eine Jüdin wohnt.

Peter 08:05

Kann sein

Judith 08:05

Es ist o. k., gegen die Besetzung Palästinas zu protestieren. Wahrscheinlich bin ich ganz ihrer Meinung, aber ein Hofje zu beschmieren, nur weil »Zion« auf einer Fassade steht, ist wirklich unglaublich dumm.

Judith war Mitglied bei *Een Ander Joods Geluid*, einer jüdischen Organisation, die sich auf den israelisch-palästinensischen Konflikt und die Situation in Israel konzentrierte. Die

Mitglieder wollten erreichen, dass Israel seine Rolle als Besatzer aufgab und aufhörte, gegen die Menschenrechte zu verstoßen, eine Position, die bei vielen Juden innerhalb Israels und darüber hinaus nicht gut ankam.

Judith 08:05
Ärgerlich.

Peter 08:05
Tja … Aber die Polizei weiß doch bestimmt, welche Gruppierungen in Leiden für solchen Blödsinn infrage kommen? So groß ist unsere Stadt nun auch wieder nicht, dass verschiedene Zellen existieren könnten, von denen die Polizei keine Ahnung hat. ☺

Judith 08:05
Das glaube ich auch. Aber wie dem auch sei. Ich gehe von einer einmaligen Aktion aus. Mark hat sich erschrocken, der Liebe! Dachte, dass die Aktion speziell gegen mich gerichtet sei.

In der linken oberen Ecke seines Handydisplays sah Peter, dass er eine neue WhatsApp erhalten hatte.

Schaue ich mir gleich an, dachte er und schrieb weiter.

Peter 08:06
Ich habe ehrlich gesagt auch kurz daran gedacht.

Judith 08:06
Du bist auch ein Lieber. XXX

Peter spürte ein angenehmes Ziehen im Unterleib.

Judith 08:06
Ich stehe jetzt mal auf. Mark ist unten. Ich rieche schon den

Kaffee ... Vielleicht sehen wir uns ja heute. Mittagessen? Küsschen

Peter 08:06
Gerne. Ich trinke jetzt auch noch schnell einen Kaffee und mache mich dann auf den Weg. 13:00 Uhr?

Auf seine letzte Nachricht erhielt er keine Antwort mehr, egal, wie oft er auf das Display schaute.

Die neue Nachricht, die er erhalten hatte, stammte von Fay. Sie enthielt keine Emojis, aber das war auch nicht nötig, denn auch so sprach eine Heidenwut aus ihr.

Fay 08:05
Hast du in meinen E-Mails rumgeschnüffelt?

Jetzt hängt der Haussegen schief ..., dachte Peter.

Er begann, eine Antwort zu tippen, hielt dann aber inne. Er hätte sie eigentlich sofort anrufen sollen, um das Missverständnis aus der Welt zu schaffen – ein Missverständnis, von dem er gar nicht begriff, wie es so plötzlich entstanden war. Wenn er ihren Laptop benutzte, um kurz seine Mails zu checken oder Online-Nachrichten zu lesen, war ihr Outlook oft noch geöffnet. Es ärgerte ihn plötzlich, dass sie ihm diese Nachricht geschickt hatte; am meisten störte ihn das Misstrauen, das daraus sprach.

Sie ist schließlich diejenige, die alles Mögliche vor mir verheimlicht, dachte er. *Also wer hat hier wem etwas vorzuwerfen?*

Plötzlich bereute er es, dass er die E-Mails nicht gelesen hatte. Schließlich war jetzt ohnehin aufgeflogen, dass er hineingeschaut hatte.

Natürlich konnte Fay an den blauen Häkchen erkennen, dass er ihre Nachricht gelesen hatte. Sie musste auch gesehen haben, dass er schrieb, aber mittendrin aufgehört hatte.

Du bist sauer? Okay, ich auch, dachte Peter und beschloss, vorerst nicht zu reagieren. *Kindisch vielleicht, aber ich lasse sie jetzt mal ein bisschen zappeln.*

Es kamen keine weiteren Nachrichten von ihr.

Peter vermutete, dass sie sein Schweigen als Schuldbekenntnis deuten würde. Aber wusste sie überhaupt, dass er in ihrem E-Mail-Programm gewesen war?

Dann kamen auf einmal kurz hintereinander mehrere WhatsApps von Piet van Vliet herein, einem Sprachwissenschaftler, der bei der Kulturstiftung Erfgoed Leiden en Omstreken an der Boisotkade arbeitete.

Peter wartete mit einer Antwort, bis Piet fertig war mit Schreiben.

Piet 08:06

Einen schönen guten Morgen, lieber Peter! Kann ich heute mal kurz bei dir vorbeischauen? Ich muss dir etwas Unglaubliches zeigen!!!

Piet 08:06

Dich als renommierten Historiker wird das bestimmt interessieren; ich musste sofort an dich denken.

Piet 08:08

Ich bin auf ein bisher unentdecktes Manuskript eines der Pilgerväter gestoßen, ein einzigartiger Fund!! Eine Schilderung aus dem inneren Kreis, wie es sonst kaum eine gibt!

Piet 08:08

Das Dokument lässt die Zeit der Pilgerväter in Leiden in einem ganz neuen Licht erscheinen, wirft aber auch neue Fragen auf!!

Piet 08:10

Es ist zu viel, um dir alles per WhatsApp zu schreiben. Ich komme heute Vormittag einfach mal vorbei. Bis später, Piet

Peter 08:12
Bin in einer Stunde im Büro. Habe den ganzen Tag keine Termine, nur Mittagessen mit Judith. Komm, wann du willst.

Piet 08:12
Perfekt! Dann bis gleich. Ich muss sowieso noch in die UB. Grüße an die bezaubernde Mevrouw Cherev!!

Die bezaubernde Mevrouw Cherev …

Judith hatte relativ regelmäßig im Archiv zu tun, und Piet war jedes Mal ganz aus dem Häuschen, wenn er sie sah, so hatte er Peter mehrmals anvertraut.

Wir sind geile alte Böcke, dachte Peter ein wenig verärgert.

Er beschloss, sein Handy ganz auszuschalten.

Ich lasse Fay erst mal im Ungewissen, dachte er. Was ist das auf einmal für ein merkwürdiger Zustand! Spannungen innerhalb der Freimaurerloge wegen der Wahl zum Vorsitzenden? Ein ausführlicher Mailverkehr zwischen Fay und Coen Zoutman, von dem sie mir nie etwas erzählt hat?

Nachdem er geduscht hatte, trank er eine Tasse Tee in der kleinen Küche seiner Vierzimmerwohnung. Schon seit fünfundzwanzig Jahren wohnte er in dem dreistöckigen Mietshaus, das der Universität Leiden gehörte. Es gehörte zu einem großen Wohnkomplex, der den größten Teil der Boerhaavelaan einnahm und sich sogar noch um die Ecke bis in die Van Swietenlaan hineinzog. Es wohnten viele Ausländer dort, die einen Zeitvertrag an der Uni hatten, Doktoranden und Gastdozenten, aber auch Leute wie Peter, der nach seiner Promotion einfach dort wohnen geblieben war.

Die Wohnung war eigentlich zu groß für ihn: ein geräumiges Wohnzimmer, ein Schlafzimmer, ein Arbeitszimmer und sogar ein Gästezimmer, auch wenn er sich nicht erinnern konnte, dass dort jemals Besuch übernachtet hatte. Es stand immer ein Wäscheständer darin, auf dem Wäsche zum Trocknen hing, und ein Bügelbrett, auf dem er jeweils das Kleidungsstück bügelte, das er an dem Tag anziehen wollte. Am Gästebett lehnte sein Rennrad, das er in einem Impuls gekauft hatte, weil er sich mehr bewegen wollte, woraus aber bisher kaum etwas geworden war.

Sein Handy war immer noch ausgeschaltet, als er durch die lange Boerhaavelaan in Richtung des Rijnsburgerwegs ging. Wie immer betrachtete er auf dem Weg an den hohen, leise rauschenden Pappeln entlang, die links und rechts die Straße säumten, mit einigem Neid die Herrenhäuser am Anfang der Straße und stellte sich vor, dass er selbst dort wohnen würde. Doch das ginge weit über seine Verhältnisse hinaus, und außerdem, was hätte er mit drei-, vielleicht sogar viermal so viel Platz wie jetzt anfangen sollen?

Er ging durch den Eisenbahntunnel – durch die vielen falsch geparkten Fahrräder herrschte dort immer Chaos – in Richtung des Schuttersvelds. Die Sonnenuhr an der Mühle De Valk war leider der Umstrukturierung des Platzes zugunsten des sieben Stockwerke tiefen, unterirdischen Parkhauses zum Opfer gefallen, an dem jahrelang gebaut worden war; es war das tiefste Parkhaus Europas.

Sein Morgenspaziergang war in den letzten fünfundzwanzig Jahren zu einem festen Ritual geworden. Über die Prinsessekade lief er in Richtung Rapenburg, der »Goldküste« Leidens. Eine Zeit lang hatte er jeden Tag zur selben Zeit an derselben Stelle ein Foto gemacht. Aber als er es ein paarmal vergessen und gepfuscht hatte, indem er das Foto auf dem Heimweg aufnahm oder am nächsten Tag, hatte er das Projekt letzten Endes aufgegeben. Vor seinem geistigen Auge hatte er gesehen, wie in einer Art Daumenkino die Zeit verging, die Jahreszeiten an ihm vorüberzogen …

Er bog rechts ab in die kurze Groenhazengracht, um beim friesischen Bäcker noch ein paar Brötchen zu holen, weil er noch nicht gefrühstückt hatte. Im Institut stand ein kleiner Kühlschrank mit ein paar Lebensmitteln darin. Früher hatte er manchmal auf dem großen Sofa im Büro geschlafen, aber seitdem er mit Fay zusammen war, war das nicht mehr vorgekommen.

Vielleicht brechen diese Zeiten ja wieder früher an, als ich mir hätte vorstellen können, dachte er, während er mit den noch warmen Brötchen in der Papiertüte in die Doelengracht einbog.

Er passierte das Tor, über dem die Skulptur von Sankt Georg zu Pferd thronte, der dem auf dem Boden liegenden Drachen mit seinem Speer den Todesstoß versetzte. Der Drache symbolisierte die niedrigen Begierden des Menschen, die er besiegen oder »töten« musste, damit seine Seele nicht in den irdischen oder höllischen Sumpf hinuntergezogen wurde.

Er frühstückte am Computer und erledigte dabei schon ein paar E-Mails, aber durch die Probleme mit Fay hatte er Schwierigkeiten, sich zu konzentrieren. Außerdem war er gespannt auf das Manuskript, das Piet van Vliet entdeckt hatte. Van Vliet war zwar von Hause aus Sprachwissenschaftler, hatte sich bei seinen Forschungen aber mehr und mehr auf historische Gebiete verlegt. Man fragte ihn gern um Rat, wenn es um das Entziffern von Handschriften aus dem 16. oder 17. Jahrhundert ging, der Epoche, auf die er sich spezialisiert hatte.

Peter stand auf, unzufrieden, weil er sich nicht auf seine Arbeit konzentrieren konnte.

Was verheimlicht Fay bloß vor mir, fragte er sich. Ein Mord ist doch wohl ernst genug, um offen über alles zu reden, was damit zu tun haben könnte? Warum behält sie es für sich, dass sie bis kurz vor Coens Tod regelmäßig E-Mails mit ihm ausgetauscht hat? Vielleicht wäre es doch besser, sie damit zu konfrontieren. Ich habe nicht in die Mails hineingeschaut – das war nicht gelogen –, sondern nur ohne es zu wollen die ersten Sätze gelesen.

Peter beschloss, einen Zigarillo zu rauchen. Er nahm einen aus seinem Etui und steckte ihn sich in den Mund. Draußen setzte er sich auf eine niedrige Mauer in der Nähe des Fahrradunterstandes.

Mit jedem Zug an seinem Zigarillo spürte er, wie er ruhiger wurde.

Als er aufblickte, sah er Piet van Vliet mit seinem typischen federnden Gang auf sich zukommen, dem Gang eines Mannes, der munter durchs Leben schreitet. Peter winkte schon, als er noch weit weg war. In solchen Situationen fand er es immer schwierig, einzuschätzen, wann er jemanden direkt ansehen sollte – welches Gesicht setzte man in diesen fünfzehn, zwanzig Sekunden auf? Oder sollte man lieber wegschauen und so tun, als wäre man abgelenkt, bis sich die Person nur noch wenige Meter von einem entfernt befand?

Er beschloss, sich auf den letzten Zug an seinem Zigarillo zu konzentrieren. Den Stummel warf er in die Erde am Fuß eines Baumes.

Inzwischen war Piet in einer Armlänge Abstand zu ihm stehen geblieben.

»Hallo, Peter!«, sagte er und schüttelte ihm herzlich die Hand. »*Long time no see.* Schön, dass du einen Moment Zeit für mich hast. Wie geht es dir?«

Peter stand auf. »Gut, gut, vielen Dank, Piet. Ich bin gespannt, was du mir zu erzählen hast.«

»Ja, es ist wirklich fantastisch, ich …« Piet sah sich etwas misstrauisch um. »Können wir vielleicht in dein Büro gehen? Da können wir uns besser unterhalten.«

»Ja, einverstanden«, sagte Peter und fragte sich, ob Piets Entdeckung möglicherweise geheimnisvoller war, als er in seiner WhatsApp hatte durchschimmern lassen. »Ist es etwa ein Geheimnis? Wenn wir hier draußen auf der Straße nicht darüber sprechen können?«

»Nein, keineswegs«, antwortete Piet lachend. »Es ist eher so, dass … Na ja, vielleicht ist es ein kleines bisschen geheim, aber drinnen bin ich einfach weniger abgelenkt, und wir können in Ruhe reden. Außerdem kann ich dir dann auf dem Computer schon mal etwas zeigen.«

In Peters Büro schwang sich Piet ohne zu fragen auf den

Schreibtischstuhl vor dem Computer, was Peter trotz ihres freundschaftlichen Verhältnisses etwas übergriffig fand.

Piet öffnete sein Mailprogramm, scrollte durch ein paar E-Mails und klickte die richtige an, als er sie gefunden hatte. Schwungvoll drehte er sich zu Peter um, der sich aufs Sofa gesetzt hatte, als sei er der Besucher in diesem Zimmer.

»Ich habe tatsächlich ein Manuskript aus der Zeit der Pilgerväter gefunden, wie ich dir geschrieben habe«, sagte Piet. »Es ist ein fantastisches Dokument, wirklich einzigartig! Von einem, der von Anfang an dabei gewesen ist, bei der Flucht aus England nach Amsterdam, der Übersiedlung nach Leiden und schließlich der Überfahrt nach Amerika. Ein einfacher Mann, gebildet, aber kein bedeutendes Mitglied der Gemeinschaft. Er schildert alltägliche Geschehnisse, Streitigkeiten … Es ist kein Tagebuch, und zwischen einzelnen Fragmenten liegen teilweise mehrere Jahre. Vielleicht sind Teile der Handschrift verloren gegangen, wir wissen es nicht. Ansonsten stehen ein paar rätselhafte Andeutungen darin, die wir nicht richtig einordnen können, aber vielleicht wird ihre Bedeutung später noch klar. Wir sind gerade dabei, es in ein modernes Niederländisch zu übersetzen, eine schwierige Aufgabe, weil die Handschrift schwer zu entziffern ist. Das Englisch stammt aus dem 17. Jahrhundert und ist dazu noch mit vielen niederländischen Wörtern aus dieser Zeit versetzt. Satz für Satz tasten wir uns voran, Absatz für Absatz. Manchmal basteln wir stundenlang an einem einzigen Satz herum. Es ist nicht einfach, aber ich habe Hilfe von einem Fachmann auf diesem Gebiet, deshalb geht es einigermaßen voran.«

»Das klingt ja fantastisch, Piet!«, sagte Peter, der sich aufrichtig für ihn freute und froh war über die Ablenkung, die diese Nachricht in die Flut seltsamer Geschehnisse der letzten Tage brachte. »Aber warum hat bisher niemand dieses Manuskript entdeckt?«

»Das ist das Beste an der Geschichte, ich sag's ja, das ist Stoff für einen Spielfilm! Stell dir die Eröffnungsszene vor: ein umwerfend attraktiver Sprachwissenschaftler und Historiker an einem ganz normalen Tag im Archiv. Er kuratiert Manuskripte und macht sich dabei Aufzeichnungen. Jahrhundertealter Staub wirbelt auf und schwebt in den Sonnenstrahlen, die schräg durch die hohen Fenster des ansonsten schummrigen Raumes fallen.«

»Aber das Archiv hat doch gar keine Fenster und ist gut beleuchtet?«

»Ja, natürlich, es geht hier ja nur um die Kulisse für den Film. Ich bin ja auch nicht umwerfend attraktiv«, gab Piet lachend zu.

Jetzt erzähl schon! dachte Peter. »Und, weiter?«

»Und dann, plötzlich …«, fuhr Piet fort. »Die Hintergrundmusik verstummt, die Zuschauer wissen, dass jetzt etwas Spannendes passiert. Der Forscher greift nach einem alten Buch, ist dabei aber unvorsichtig.«

Piet war aufgesprungen; er ging ganz in seiner Rolle auf.

»Das Buch fällt, in Zeitlupe, so stelle ich es mir vor. Verzweifelt versucht der Wissenschaftler, den kostbaren Folianten aufzufangen, bevor er auf dem Boden landet, irreparablen Schaden erleidet und seine Karriere ruiniert! Aber er schafft es nicht, das Buch fällt, klappt auf, und jahrhundertealtes Papier wird dem unbarmherzigen Sonnenlicht ausgesetzt. Und dann … Erst wird der Text näher herangezoomt, dann fährt die Kamera ganz langsam über die Seite und hält an der unteren Ecke inne. Großaufnahme. Die Ecke ist leicht umgebogen, und wir sehen es sofort: Hier wurden zwei Seiten geschickt zusammengeklebt! Welches Geheimnis war hier jahrhundertelang verborgen? Und warum hat sich jemand die Mühe gemacht, irgendetwas so raffiniert zu verstecken?«

»Und so ist es tatsächlich gewesen?«, fragte Peter, mitgerissen von Piets spannender Story.

»Genau so ist es gewesen, Peter, so und nicht anders«, sagte Piet und setzte sich wieder.

»Ich habe das Buch aufgehoben und gesehen, dass Seiten aneinandergeklebt waren, so geschickt, dass man es auf den ersten Blick nicht erkennen konnte. Deswegen ist es durchaus möglich, dass all die Leute, die das Buch vor mir in den Händen gehalten haben, nie etwas davon gemerkt haben. Aber um eine lange Geschichte nicht noch länger zu machen: Wir haben das Buch ganz genau untersucht; es hat tatsächlich noch mehr solche zusammengeklebten Seiten gegeben. Wir haben sie im Labor voneinander getrennt, mit kleinen chirurgischen Skalpellen. Das Buch wurde dabei zwar leicht beschädigt, aber wir haben auf diese Weise knapp zwanzig dicht beschriebene Blätter gefunden, einfach großartig!«

»Wow, Piet, das ist ja wirklich toll, herzlichen Glückwunsch!«

»Danke«, sagte Piet und versuchte dabei ein bescheidenes Gesicht zu machen, was ihm jedoch nicht gelang. »Und natürlich habe ich sofort an dich gedacht, unseren Stadthistoriker. Du kennst dich doch auch mit den Pilgervätern aus, oder?«

»Natürlich«, sagte Peter. »Sie sind zwar nicht mein Hauptforschungsgebiet, aber wer sich als Historiker mit Leiden beschäftigt, kommt nicht um sie herum.«

»Und du arbeitest jetzt auch ehrenamtlich bei Jeffrey im Museum?«

»Stimmt auch; du bist ja gut informiert.«

»Gerade deswegen wollte ich dir unbedingt davon erzählen. Wenn du magst, kann ich dir zwischendurch Updates von unserer Übersetzung schicken.«

»Darüber würde ich mich wirklich freuen!«, erwiderte Peter begeistert. »Wirklich toll! Wie ist denn euer erster Eindruck von dem Inhalt?«

»Wir haben inzwischen sechs Fragmente übersetzt; ich habe sie als Anhänge in meinen Mails und kann sie gleich an dich weiterleiten. Wie gesagt, das alles ist nicht geheim. Ich bin der Meinung, dass man seine Quellen und Informationen mit anderen teilen sollte. So sollte es in der Wissenschaft immer sein.«

Er drehte sich um, bat Peter um seine E-Mail-Adresse und schickte ihm anschließend die Mail mit den Anhängen.

Ein leises Ping verkündete, dass die Nachricht angekommen war.

»So«, sagte Piet und stand auf, um für Peter Platz zu machen. »Ich will dich jetzt nicht länger aufhalten. Ich muss noch in die UB; ich habe ein paar Bücher bestellt. Die Übersetzung ist eine Heidenarbeit, weil wie gesagt die Handschrift an manchen Stellen nur schwer lesbar ist, und über die Bedeutung mancher Wörter rätseln wir immer noch. Es hat auch keinen Sinn, den Text wörtlich zu übertragen, sondern er soll trotz seines Alters im modernen Niederländisch flüssig lesbar sein, sodass man beim Lesen das Gefühl hat, er hätte auch in heutiger Zeit entstanden sein können.«

»Das finde ich gut«, sagte Peter. »Man hört eine Stimme aus einer fernen Vergangenheit und stellt fest: Das waren ja Menschen wie du und ich!«

»Genau«, sagte Piet. »Das Besondere ist, dass wir damit einen Originaltext aus dieser Zeit in den Händen halten, ein Dokument, einen Augenzeugenbericht, der danach von niemandem mehr gelesen wurde. Das ist etwas ganz Besonderes! Der Inhalt war größtenteils schon aus anderen Quellen bekannt, aber irgendetwas ist merkwürdig an diesem Text. Der Autor verweist immer wieder auf einen kleinen Jungen, der unter der Obhut eines gewissen Josh Nunn steht – einer Person, die uns bisher unbekannt war. Der Junge ist sein Schützling, sein Lehrling, so scheint es, der eine besondere Stellung einnimmt. Für die Leute damals war auch nicht klar, welche Rolle das Kerlchen genau spielte. Er ist letzten Endes nach Amerika gegangen, während dieser Josh zurückblieb.«

Piet schwieg einen Moment, als überlege er, noch mehr zu erzählen.

»Und im sechsten Fragment … Ach, lies einfach selbst. Wir hoffen, durch das Manuskript noch mehr zu erfahren. Wir haben inzwischen über achtzig Prozent übersetzt.«

»Das klingt alles wahnsinnig spannend!«, sagte Peter, der darauf brannte, endlich mit dem Lesen anfangen zu können.

Nachdem Piet gegangen war, setzte er sich an den Computer und öffnete den ersten Anhang der Mail, die Piet ihm eben geschickt hatte.

Er begann zu lesen.

Fragment eins – Flucht aus England
(Januar 1609)

Wir haben es geschafft. Wir sind in Sicherheit. Vorläufig.

16

Rijsbergen saß mit der Mappe, die ihm Rechtsmediziner van Eijk mitgegeben hatte, an seinem Schreibtisch. Den Autopsiebericht hatte er nur rasch überflogen, aber nichts Neues entdeckt.

Die Zettel aus Zoutmans Taschen enthielten nur Belangloses – unter anderem war eine Einkaufsliste mit »Butter, Käse, Eier« dabei –, und die Bons stammten vom Supermarkt, der Reinigung und einem Buchladen. Vor nicht allzu langer Zeit hatte Zoutman im Buchhandel De Kler das Werk »Quellen westlicher Esoterik« von Jacob Slavenburg gekauft. »Die esoterische Tradition ist besser zu verstehen, wenn man die archetypischen Bilder aus den Schöpfungsmythen kennt«, hatte Rijsbergen auf der Website des Autors gelesen, war daraus aber auch nicht viel schlauer geworden.

Das einzig Besondere war der Umschlag, der eine Reihe handgeschriebener Geschichten aus dem Alten Testament enthielt. Rijsbergen hatte Kontakt mit dem Institut für Religionswissenschaft der Universität Leiden aufgenommen, das ihn an Professor Mark Labuschagne verwiesen hatte, der als Bibelfachmann möglicherweise beantworten könne, warum Coen Zoutman ausgerechnet diese Geschichten abgeschrieben hatte. Ansonsten würden sich Rijsbergen und sein Team natürlich auch noch innerhalb der Freimaurerloge umhören. Vielleicht war Zoutman dabei gewesen, sich auf einen Vortrag vorzubereiten?

Rijsbergen schob alles wieder in die Mappe, schloss sie,

verließ sein Büro und ging zu den Vernehmungszimmern, wo getrennt voneinander zwei junge Männer auf sie warteten: Sven Koopman und Erik Laman, die gemeinsam auf dem Gästeabend der Freimaurer gewesen waren.

Kurz nachdem Rijsbergen und Van de Kooij von ihrem Besuch in der Leichenhalle zurückgekehrt waren, hatten Kollegen von der Ermittlungsgruppe die beiden Studenten ins Präsidium gebracht. Der routinemäßige Besuch beim ersten Studenten – die Ermittler gingen der Reihe nach die Besucher durch, die auf der Liste standen – hatte eine unerwartete Wendung genommen.

Schon bei seinen Antworten auf die einfachsten Fragen hatte Sven angefangen zu stottern und zu schwitzen, hatte sich selbst mehrmals widersprochen, verlangte einen Rechtsanwalt und überlegte es sich dann doch wieder anders. Ungefragt hatte er auch sofort auf seinen Bekannten Erik hingewiesen.

Für die Ermittler war das Anlass genug gewesen, Sven zu einer ausführlicheren Vernehmung mit ins Präsidium zu nehmen und Erik von anderen Kollegen abholen zu lassen.

Rijsbergen hatte schon erfahren, dass Sven Geschichte studierte und Peter de Haan zu seinen Dozenten gehörte. Das war zwar einerseits ein ziemlich großer Zufall, andererseits jedoch auch wieder nicht so unwahrscheinlich in einer kleinen Stadt wie Leiden.

Als Rijsbergen und Van de Kooij das Vernehmungszimmer betraten, saß Sven mit gesenktem Kopf da, als sei er ins Gebet versunken.

Das Vernehmungszimmer war, im Gegensatz zu den Räumen, wie man sie aus amerikanischen Filmen kannte, ganz schlicht und gewöhnlich, ohne großen Spiegel, hinter dem eine Gruppe Ermittler und Psychologen darauf wartete, jede Stimmenmodulation des Verdächtigen zu analysieren. Die Fenster bestanden aus Panzerglas, waren aber ganz normal durchsichtig, sodass jeder, der vorbeikam, sehen konnte, dass sich nichts Unerlaubtes dahinter abspielte.

Allerdings hing oben in einer der Ecken eine Kamera, die die Vernehmung aufzeichnete, eine Schutzmaßnahme sowohl für die Verdächtigen als auch die Polizeibeamten, sodass keine Partei im Nachhinein das Gesagte verdrehen konnte. Die Interpretation war im Fall einer Verhandlung Richtern und Anwälten vorbehalten.

Zunächst stellte Rijsbergen sich und Van de Kooij vor und erklärte die Gründe für das Gespräch, das sie führen würden. Nachdem er nach Svens Studium und Familienstand gefragt hatte, begann er in ruhigem Tonfall mit der Vernehmung. »Warum sind Sie bei der Befragung durch meine Kollegen so nervös geworden, Sven?«

»Ganz einfach«, erwiderte Sven. »Weil ich noch nie im Leben mit der Polizei zu tun hatte.«

»Aber dann ist doch alles in Ordnung?«, sagte Rijsbergen. »Wieso haben Sie dann gestottert, sind rot geworden und haben widersprüchliche Angaben gemacht?«

Letzteres las er aus dem kurzen Bericht vor, den seine Kollegen von dem Besuch bei Sven angefertigt hatten.

»Und warum wollten Sie einen Rechtsanwalt?«, ergänzte Van de Kooij, schroffer und ungeduldiger als sein Kollege. »Gibt es etwas, was Sie uns erzählen wollen? Wir holen es sowieso aus Ihnen raus, Sie können es uns also auch gleich sagen. Wir können Sie drei plus drei Tage festhalten, und im Anschluss eventuell Untersuchungshaft beantragen. Wissen Sie, wie lange die dauern kann?«

Sven schüttelte den Kopf.

»Nach den drei plus drei Tagen kämen noch einmal über drei Monate hinzu. Dann werden Sie garantiert reden. Sie können also genauso gut …«

»Ich glaube, das wird nicht nötig sein«, unterbrach ihn Rijsbergen. »Ich halte Meneer Koopman für einen vernünftigen, intelligenten jungen Mann. Er hatte noch nie etwas mit der Polizei zu tun. Natürlich wird er mithelfen. Der Mord an Meneer Zoutman muss ein Schock für ihn gewesen sein.«

»Damit habe ich nichts zu tun!«, erwiderte Sven hitzig und sank anschließend in sich zusammen. Das letzte Wort kam nur noch erstickt heraus, da ihn seine Gefühle überwältigten. »Damit habe ich nichts zu tun«, wiederholte er, fast den Tränen nah. »Es gibt Zeugen, die mich gesehen haben«, sagte er dann, wieder ruhiger. »Nach dem Vortrag von Meneer Zoutman haben wir mit ein paar Leuten draußen gestanden. Bis zu Ihrem Eintreffen haben wir zusammen ein Bier getrunken.«

»Ich glaube Ihnen, Sven«, sagte Rijsbergen in väterlichem Ton. »Ich glaube Ihnen.«

Sven straffte den Rücken und lächelte, fast als hätte er eine gute Note in einer mündlichen Prüfung bekommen. »Vielen Dank«, sagte er.

»Aber eines müssen Sie mir dann doch verraten, Sven«, fuhr Rijsbergen fort. »Sie sagten gerade: ›Damit habe ich nichts zu tun.‹ Das finde ich durchaus interessant, was meinen Sie, Kommissar Van de Kooij?«

Van de Kooij nickte. »›Damit habe ich nichts zu tun‹«, äffte er Sven nach.

Rijsbergen sah ihn mit gerunzelter Stirn an. »Wie dem auch sei«, fuhr er fort. »Mit dem Mord haben Sie und Ihr Freund also nichts zu tun. Aber womit dann?«

Erneut ließ Sven die Schultern hängen.

»Womit haben Sie etwas zu tun, Sven?«, wiederholte Rijsbergen.

»Denken Sie an die hundertzehn Tage Gefängnis, Sven«, ermahnte ihn Van de Kooij. »Da warten die richtig schweren Jungs schon auf ein Leckerchen wie dich.«

Rijsbergen konnte sich nicht mehr zurückhalten, fing an zu lachen und brachte Van de Kooij mit einer Handbewegung zum Schweigen. »Ich befürchte, mein Kollege hat zu viele amerikanische Krimiserien gesehen. Aber er hat nicht ganz unrecht. Es wäre wirklich besser für Sie, wenn Sie offen zu uns wären.«

Sven schlug beide Hände vor das Gesicht. »Wir haben uns ein Bild von dem Gebäude gemacht«, brachte er schließlich hervor.

»Ah, sehen Sie, so kommen wir weiter«, sagte Rijsbergen. »Warum wollten Sie sich ein Bild von dem Gebäude machen?«

Van de Kooij zog die Mappe zu sich heran, die vor Rijsbergen auf dem Tisch lag, und holte die Klarsichthülle mit dem Grundriss heraus, die am Tag zuvor gefunden worden war. Er zeigte die Zeichnung Sven. Der schloss die Augen und öffnete sie gleich darauf wieder.

»Hat es etwas hiermit zu tun?«, fragte Van de Kooij.

»Ja«, gestand Sven. »Ich habe diese Zeichnung gemacht. Aber … Wo haben Sie die denn her?«

»Das können wir Ihnen leider nicht sagen«, antwortete Van de Kooij gewichtig. »Viel interessanter finde ich im Übrigen die Frage, was das sein soll.«

»Es ist ein Grundriss.«

»Ein Grundriss«, wiederholte Van de Kooij, wie ein Ausländer, der Niederländisch lernt. »Das sehen wir auch.«

»Ein Grundriss, ja.«

»Warum zeichnen Sie einen Grundriss vom Gebäude der Freimaurer, Sven?«, fragte Rijsbergen freundlich.

Sven hielt die Klarsichthülle in der Hand, die Van de Kooij ihm gereicht hatte.

»Warum zeichnen Sie einen Grundriss des Gebäudes der Freimaurer, Sven?«, wiederholte Rijsbergen. »Und warum werfen Sie ihn anschließend weg? Das wundert mich am meisten. Da hat man so eine tolle Zeichnung angefertigt, sein ganzes Können darauf verwendet – und dann wirft man sie einfach weg?«

Van de Kooij lachte und schüttelte den Kopf.

»Ich und mein, äh … Freund Erik«, begann Sven. »Wobei er kein richtiger Freund ist, eher ein Bekannter. Ich kenne ihn aus der Leidener Aktivistenszene.«

»Der Leidener Aktivistenszene.«

»Ja, Sie wissen schon … Globalisierungsgegner, Umweltschützer … Im Vrijplaats Leiden an der Middelstegracht, wo auch die Flüchtlingsberatungsstelle ist, da treffen sich alle.«

Rijsbergen nickte.

»Letzte Woche hatten wir eine Versammlung am Haagweg, bestimmt kennen Sie das Kulturzentrum am Haagweg Nummer vier. Bei dem Treffen sollten die Aktionen rund um das Pilgerjahr koordiniert werden. Im Rahmen des vierhundertjährigen Jahrestags des Auszugs der Pilgerväter aus Leiden sind große Events von Amerika und England aus, aber auch hier in den Niederlanden geplant. Leiden spielt dabei eine wichtige Rolle. Aber es ist doch so … Es ist eine lange Geschichte, aber um es kurz zu machen: Wir finden, dass der Ansatz dieser Jubiläumsfeier zu positiv ist. Die Ankunft der Pilgerväter in Amerika hat mehr oder weniger zum Untergang der dortigen einheimischen Kultur geführt, der Indianer, die seit jeher das Land besiedelten. Wir möchten, dass im Laufe dieses Jahres auch ein Schlaglicht auf die negativen Effekte dieser Kolonisierung gerichtet wird, auf die Schattenseite dieser ganzen Geschichte.« Während er redete, klang er immer überzeugender. Er hatte sich gerade hingesetzt, war fast auf bis auf die Stuhlkante gerutscht. »Ich erzähle Ihnen das«, fuhr er fort, »damit Sie die Hintergründe besser verstehen.«

Er hatte jetzt etwas unausstehlich Besserwisserisches an sich.

»Es wurde also eine Bürgerinitiative gegründet«, fuhr er fort, »bei der Erik und ich mitmachen. Und Erik wollte … sich in die Historie vertiefen. Die Pilgerväter werden im Allgemeinen als die Gründer der heutigen Vereinigten Staaten betrachtet. Aber Erik ist davon überzeugt, dass auch die Freimaurer eine entscheidende Rolle dabei gespielt haben. Ihm zufolge gibt es eine klare Verbindung zwischen den Freimaurern und der Gründung der USA. Viele der Gründerväter wie George Washington oder Benjamin Franklin waren Freimaurer. Um also die Ideale besser verstehen zu können, die das Fundament der USA bilden, ist es sinnvoll, sich in die Gedankenwelt der Freimaurer zu vertiefen.«

»Und weiter, Sven?«, fragte Rijsbergen, inzwischen etwas ungeduldiger. »Wegen des Jubiläumsjahres der Pilgerväter wolltet ihr euch in die Freimaurerei vertiefen?«

»Wie gesagt«, erwiderte Sven, der jetzt nicht mehr ganz so überzeugend klang. »Erik meinte, wir sollten uns das mal genauer ansehen. Es gibt zahlreiche Verschwörungstheorien, in denen die Freimaurer eine zentrale Rolle spielen ...«

»Ist ja alles gut und schön, Sven«, sagte Rijsbergen. »Aber ich verstehe immer noch nicht recht, was das alles soll. Gestern habe ich mich im Internet ein bisschen über die Freimaurer informiert. Soweit ich mich erinnere, wurde erst zu Beginn des 18. Jahrhunderts in England die erste Loge gegründet, während die Pilgerväter Leiden schon viel früher verlassen haben.«

»1620«, präzisierte Sven.

»Genau«, sagte Rijsbergen und massierte mit den Fingerspitzen kurz seine Stirn. »Also hundert Jahre vorher. Und in Leiden ...«

»Stimmt«, sagte Sven oberlehrerhaft. »Die Leidener Loge La Vertu wurde 1757 gegründet, als siebte in den Niederlanden. 1717 wurde in England die erste Loge gegründet, die erste Großloge, um genau zu sein. Mehrere englische Logen haben sich zu einer zusammengeschlossen.«

»Mir scheint, dass wir hier jetzt doch etwas vom Thema abkommen«, unterbrach ihn Rijsbergen.

»Sagen Sie uns einfach, was Sie bei den Freimaurern gemacht haben«, forderte ihn Van de Kooij auf, der jetzt offenbar auch die Nase voll hatte.

Rijsbergen nickte zustimmend. »Wir haben immer noch keine Antwort auf unsere Eingangsfrage erhalten, Sven«, sagte er. »Warum haben Sie die Zeichnung angefertigt?«

»Ich habe die Zeichnung angefertigt«, sagte Sven, »weil Erik und ich zu einem anderen Zeitpunkt zurückkehren wollten.

Erik hoffte, dass wir auf irgendetwas stoßen würden, was uns vielleicht weiterbringen würde, wenn wir einmal die Möglichkeit hätten, ungestört in den Räumlichkeiten suchen zu können. Im Nachhinein klingt es ziemlich naiv, aber …«

»Und dann? *Hasta la victoria siempre?* Das klingt alles nicht besonders glaubwürdig«, erwiderte Rijsbergen gereizt. Sein Bauchgefühl, das ihn bisher selten, ja, so gut wie nie im Stich gelassen hatte, sagte ihm jedoch bereits, dass das tatsächlich der Grund für die Zeichnung des Grundrisses war.

Was für eine Verschwendung unserer Zeit und Energie, dachte er.

»Na, so wie ich es eben gesagt habe«, versuchte Sven, sich zu rechtfertigen. »Sodass wir uns zu Hause vorbereiten konnten. Wir wollten nicht nur die genaue Lage aller Räume festhalten, sondern auch die der Möbel und Gegenstände darin, Vitrinen, Schränke und so weiter. Wir dachten, wir würden vielleicht im Tempel etwas finden, wenn wir uns auch in geheimen Ecken umsehen könnten.«

»Und dann?«, rief Rijsbergen aus und schlug frustriert mit der flachen Hand auf den Tisch.

Sven duckte sich wie ein Kind, das Schläge befürchtete.

»Was hatten Sie gehofft, bei einem Einbruch zu finden, Sherlock Holmes?«, fragte Rijsbergen mit erhobener Stimme. »Einen Schrank, auf dem steht: ›sämtliche Geheimnisse der Freimaurer‹? Und als Warnung in roten Lettern: ›Geheim! Nur für Eingeweihte‹?«

Sven lachte verlegen auf, als würde ihm jetzt erst klar, dass das ganze Unternehmen tatsächlich von Anfang an lächerlich gewesen war. »Ich weiß nicht, was wir …«, entgegnete er matt, »oder besser: was Erik zu finden hoffte. Es war im Grunde seine Idee. Ich habe nur die Zeichnung angefertigt. Ich habe tatsächlich gehofft, so etwas wie ein Archiv zu finden, das für Außenstehende nicht zugänglich ist, sondern nur für Mitglieder. Aber jetzt, im Licht der Ereignisse, klingt das wirklich ein bisschen … seltsam.«

»Dann noch eine letzte Frage«, sagte Rijsbergen. »Mich interessiert, warum man eine Zeichnung anfertigt und sie anschließend wegwirft.«

»Ich habe sie weggeworfen«, antwortete Sven, »als nach der Entdeckung des Mordes am Vorsitzenden der Loge die Polizei eintraf. Erik und ich haben mit ein paar Leuten im Garten gestanden. Jemand kam raus, erzählte uns, was passiert war, und sagte, wir müssten alle reinkommen. Ich geriet in Panik und stellte mir vor, wie merkwürdig es aussehen würde, wenn die Polizei den Grundriss finden würde. Ich dachte, dass wir vielleicht alle vor dem Hinausgehen durchsucht werden würden. Und aus dem Grund sitze ich ja jetzt auch hier: Weil es verdächtig ist, eine Zeichnung vom Grundriss des Gebäudes in der Tasche zu haben, in dem gerade ein Mord verübt wurde. Ich bin als Letzter hineingegangen, habe die Zeichnung zusammengeknüllt und sie in einen Mülleimer geworfen. Ich habe nicht weiter darüber nachgedacht, fühlte mich allerdings erleichtert, nachdem ich es getan hatte. Bis Ihre Kollegen heute Mittag vorbeigekommen sind, da hatte ich plötzlich Angst, dass mein Grundriss gefunden worden war.«

»Und so ist es ja auch gewesen«, sagte Van de Kooij triumphierend.

»Und da dachte ich: Ich will alles erklären, ich kann alles erklären, und mit dem Mord habe ich nicht das Geringste zu tun, aber ich brauche einen Anwalt. Ich habe einfach zu oft in der Zeitung von Ermittlern gelesen, die sich bei einem Verhör plötzlich auf einen Verdächtigen eingeschossen haben, so wie beim Schiedammer Parkmord. Andererseits dachte ich, dass ich gar keinen Anwalt brauchte, da ich ja im Grunde nichts zu verbergen habe.«

Rijsbergen nickte und lächelte ein wenig resigniert.

Eine plausible Geschichte, dachte er. Und auch wenn es keinen Mord gegeben hätte, hätten sie die Zeichnung wahrscheinlich nie benutzt. Solche wilden Pläne sind zu kindisch und werden fast nie in die Tat umgesetzt.

Die Vernehmung Eriks durch Rijsbergen und Van de Kooij fiel wesentlich kürzer aus, weil sie praktisch nur noch einmal die Informationen überprüften, die sie von Sven hatten.

Eriks Aussage stimmte vollständig mit der von Sven überein. Er unternahm noch einen schwachen Versuch, den Plan, eines Tages bei den Freimaurern einzubrechen, zu verteidigen, aber er strandete damit genauso wie Sven, als er erklären musste, was er dort in Gottes Namen zu finden gehofft hatte.

Ungefragt begann Erik plötzlich von den Schmierereien am Zionshofje zu erzählen. Die Täter würden sie seiner Meinung nach in den Kreisen derjenigen finden, die sich regelmäßig im Haagweg vier trafen. Er nannte den Ermittlern die Namen mehrerer Personen, die sich insbesondere auf die in ihren Augen unrechtmäßige Besatzung der Palästinensergebiete durch Israel konzentrierten.

Erik hatte vorher schon Gerüchte über diese Protestaktion am Hofje gehört, die ihm von Anfang an vollkommen unsinnig erschienen war. Obwohl die drei jungen Männer, die er beschuldigte, politisch eindeutig links waren, bedienten sie sich bei ihrer hasserfüllten Agitation gegen Israel derselben Slogans wie rechtsextreme Antisemiten. Erik konnte sie deswegen nicht leiden und nannte sie auch aus diesem Grund namentlich der Polizei.

Rijsbergen notierte sich Eriks Angaben, um sie hinterher an die Abteilung weiterzuleiten, die nach den Tätern fahndete.

Am Ende schickten sie Sven und Erik nach Hause.

Die beiden sprachen kein Wort miteinander. Durch die großen Fenster der Lobby sah Rijsbergen, wie der eine links in die Langegracht einbog und der andere nach rechts ging.

Sie hatten sich nicht voneinander verabschiedet.

Rijsbergen kehrte zurück in sein Büro. Aus der Mappe holte er die Kopien von Zoutmans handgeschriebenen Seiten, die er nachher Professor Labuschagne vorlegen wollte.

»Exodus«, stand auf der ersten Seite. »Eine Kurzfassung.«

Fragment sechs – von Leiden nach Amerika (1620)

Wir übersiedeln nach Amerika.

Nun, »wir« trifft es vielleicht nicht so ganz … Die meisten von uns werden in Leiden zurückbleiben. Manche sind inzwischen wieder nach England zurückgekehrt. Das Leben hier war doch härter, als sie ertragen konnten, daher zogen sie es vor, nach Scrooby zu gehen – auch dort haben sie es nicht leicht, aber wenigstens ist es die Heimat. Sogar das Risiko, bei der Ankunft ins Gefängnis geworfen zu werden, erschien ihnen weniger bedrohlich, als noch länger hierbleiben zu müssen.

Hier helfen wir einander, so gut wir können, aber es gibt Grenzen dessen, was man für einen anderen tun kann. Viele von uns halten nur mit Mühe den Kopf über Wasser. Natürlich bleiben auch solche Leute hier, die es sich nicht leisten können, die große Überfahrt zu bezahlen, obwohl John und William sagen, dass es immer eine Möglichkeit gäbe. Zum Beispiel kann man sich das Geld für die Reise leihen und in Amerika zurückzahlen.

Hinzu kommt, dass wir alle älter werden. Es sind zwar neue Leute hinzugekommen, und es werden Kinder geboren, aber im Grunde zu wenige, um von einem gesunden Wachstum sprechen zu können. Wenn wir hier noch ein paar Jahre bleiben, wird unsere Gruppe wahrscheinlich auseinanderbrechen und ganz in der Leidener

Bevölkerung aufgehen. Was Letzteres angeht, so erleben wir bereits jetzt, dass unsere Kinder, die schon von klein auf zum Einkommen der Familie beitragen müssen, immer mehr in das Leben hineingezogen werden, von dem wir sie am liebsten fernhalten würden: Sie raufen sich auf den Straßen, aber vor allem Glücksspiel und Alkohol üben eine große Anziehungskraft aus, gegen die sie in ihrem Alter noch nicht gefeit sind.

Wir ehren die Sonntagsruhe, aber damit haben die meisten Leidener nichts zu schaffen. Damit wird es für uns immer schwieriger, bei unseren Kindern durchzusetzen, die Sonntagsruhe zu wahren. Versucht einmal, euren zwanzigjährigen Sohn zurückzuhalten, wenn er von seinen Arbeitskollegen abgeholt wird, die in die Herberge wollen, um dort zu trinken und andere schlimme, gottlose Dinge zu tun. Es gibt hier schamlose Weibsbilder … Ein Tageslohn ist in einem solchen Sündenpfuhl mir nichts, dir nichts ausgegeben! Oder haltet einmal euren Sohn zurück, der nicht länger die schwere Arbeit in der Schiffszimmerei oder in der Schmiede erträgt und sich dazu entscheidet, Seemann oder Soldat zu werden!

Gehet ein durch die enge Pforte. Denn die Pforte ist weit, und der Weg ist breit, der zur Verdammnis abführt; und ihrer sind viele, die darauf wandeln. Und die Pforte ist eng, und der Weg ist schmal, der zum Leben führt; und wenige sind ihrer, die ihn finden.

Und deswegen, so haben wir beschlossen, ist die Zeit gekommen, weiterzuziehen. Wir sind Pilger, auf dem Weg zu Gott. Wir wissen, dass Amerika ein gelobtes Land ist, vielleicht das gelobte Land für uns. Wir könnten den gottlosen Heiden, die dort leben und schon seit Menschengedenken geradewegs auf ihre ewigen Qualen in der Hölle zusteuern, die frohe Botschaft von unserem Herrn und Heiland verkünden, der auch für sie gestorben ist zur Vergebung ihrer Sünden. Und wir werden dort endlich frei sein können, ohne ständig über die Schulter blicken zu müssen, ohne Angst zu haben, dass aus England ein Befehl kommt, diesen oder jenen auszuliefern. Wir werden lesen können, was wir wollen, predigen, was wir wollen, ohne Bedenken miteinander diskutieren können, worüber wir wollen. Und zugleich können wir die pechschwarzen Seelen der Wilden retten, die noch unwissend in vollkommener Dunkelheit irren!

Wir leben im Jahr des Herrn 1620. Der zwölfjährige Waffenstillstand, den die Niederlande und Spanien 1609 miteinander vereinbart haben, neigt sich dem Ende zu. In Deutschland wird bereits heftig gekämpft (Beginn des Dreißigjährigen Krieges – PvV).

Nach England zurückzukehren ist für die meisten von uns keine Option. Obwohl wir hier Engländer geblieben sind und voller Stolz an unserer eigenen Lebensweise festgehalten haben, wollen wir nicht mehr zurück.

Und dennoch stört mich etwas, vor allem, wenn ich jetzt erneut lese, was ich heute geschrieben habe. Alles trifft zu, die Sehnsucht nach Freiheit und danach, unseren Glauben zu leben, die Angst, als Gruppe in der Leidener Bevölkerung aufzugehen, die Sorge um die Seelen unserer Kinder, die hier tagein, tagaus Gefahr laufen, von den schlimmsten Sünden und Verlockungen verdorben zu werden, die Satan sich nur ausdenken konnte, um den Menschen von dem einzigen Weg wegzulocken, der zum Heil führt. Die Armut, die harte Arbeit, die theologischen Dispute, in die wir gegen unseren Willen hineingezogen wurden, und doch … All dies betrifft uns alle, es ist unser aller Schicksal.

Aber John will hierbleiben.

Ich schreibe es noch einmal.

John Robinson bleibt hier.

Es hat sich ein Kreis von Vertrauten um ihn geschart, zu denen ich mich leider letzten Endes doch nicht zählen darf, der ebenfalls bleiben wird. Es sind Leute, die es sich leisten könnten, nach Amerika zu gehen, ja, die sogar genug Geld hätten, um andere mitzunehmen.

Es ist schwer zu verstehen, ja, unmöglich. Alle Argumente, die ich genannt habe, sind stichhaltig, man kann nichts dagegen einwenden, und wenn sie für uns gelten, dann gelten sie auch – vielleicht sogar in noch höherem Maße! – für John und diejenigen, die ihm nahestehen.

Gibt es einen anderen Grund, der sie hier hält?

Es hat sich ein Graben aufgetan zwischen denen, die abreisen, und denen, die beschlossen haben, hierzubleiben. Zu Letzteren zählen unter anderem diejenigen, die noch nicht die nötigen Mittel für die Reise haben, aber vielleicht in ein paar Jahren.

Wie sehr es mich auch schmerzt: Auch mir und meiner Familie fehlt momentan das Geld für die große Überfahrt.

Mir geht es jedoch um diejenigen, die mit Leichtigkeit die Überfahrt bezahlen könnten, aber lieber hierbleiben. Mit allen Einschränkungen, die damit verbunden sind.

Warum bleiben sie?

Ohne mein Wissen scheint Zwietracht in der Gruppe entstanden zu sein, keine scharfe Trennlinie, bei der für jeden Betrachter mit einem Blick deutlich wäre, wie die Verhältnisse liegen, keine zwei Gruppen, die einander gegenüberstehen oder in den Gottesdiensten getrennt voneinander Platz nehmen. Es scheint um etwas Subtileres zu gehen. Offenbar hat sich eine Gruppe rings um Josh Nunn und eine rings um William Brewster gebildet. William hat schon mehrmals öffentlich und heftig gegen eine in seinen Augen zu freie Interpretation eines Bibeltextes gewettert. Rings um ihn haben sich Leute versammelt, die seine Meinung zu teilen scheinen, und doch scheinen diese Gruppen nicht ganz klar voneinander abgegrenzt zu sein, wodurch ich nicht recht feststellen kann, wer zu welcher »Partei«

gehört. Da sind einerseits diejenigen, die fest entschlossen sind, Leiden gegen Amerika einzutauschen. Josh Nunn hingegen schart Leute um sich, unter denen übrigens auffällig viele im Baugewerbe tätig sind, Maurer und dergleichen mehr – ihr habt Ohren, und höret nicht –, die sich dafür entscheiden, in Leiden zu bleiben. Josh, der es zu etwas gebracht hat, hat mittlerweile eine eigene Loge im Theater, wo sich die Kerngruppe regelmäßig trifft, um während der Pausen miteinander zu diskutieren.

Josh hat übrigens einen neuen Jungen unter seine Fittiche genommen, mit dem er ebenso zu verfahren scheint wie mit dem ersten: Sie ziehen sich gemeinsam zurück. Josh redet die ganze Zeit auf ihn ein – manchmal sitzen die beiden zusammen in unserem Innenhof –, und der Junge hört ihm genauso andächtig zu, wie es zehn Jahre zuvor sein Vorgänger getan hat.

Das ist noch das Befremdlichste von allem: die Position des – ehemaligen? – Augapfels von Josh, dem Knaben, der jetzt ein erwachsener Mann in der Blüte seines Lebens ist. Dies ist der Junge, der die vergangenen zehn, elf Jahre in Joshs Nähe verbracht hat, als sei er dessen Schatten. Der Junge, dem Josh anerkennend zunickte und zu dem er stolz wie ein Ersatzvater aufblickte, wenn er wieder einmal während eines Gottesdienstes das Wort ergriff – zum wachsenden Ärger der Mitglieder der anderen Partei. Dieser Junge also.

Der geht nach Amerika.

17

Zweimal hatte Peter die übersetzten Fragmente, die Piet van Vliet ihm geschickt hatte, inzwischen gelesen.

Beim ersten Mal hatte er sie schnell überflogen, wie einen Liebesbrief, dessen Inhalt man begierig zu erfassen versucht.

Beim zweiten Mal hatte er sich mehr Zeit genommen und sich gezwungen, ab und zu innezuhalten und sich Notizen zu machen. Es war tatsächlich genau so, wie Piet es gesagt hatte: Im Großen und Ganzen stand nichts in dem Text, was von der Geschichte abzuweichen schien, die sie bereits kannten. Die Flucht aus England, die baldige Übersiedlung von Amsterdam nach Leiden, die elf Jahre in Leiden, die sie in Armut und unter religiösen Streitigkeiten verbrachten.

Die Abschweifungen über den Jungen, der unter dem Schutz eines Mannes namens Josh zu stehen schien, konnte Peter auch nicht recht einordnen. Er ertappte sich dabei, dass er zunächst an einen Schandknaben dachte, aber das war womöglich eine Krankheit und ein empfindlicher Nerv dieser Zeit.

Ansonsten hatte Peter noch nie zuvor etwas über Uneinigkeit oder ein Zwiespalt innerhalb der Gruppe gehört.

Ob es doch noch andere als die allgemein bekannten Gründe gegeben hat, warum über die Hälfte der englischen Puritaner letztendlich in Leiden zurückgeblieben ist?, fragte er sich. Und was hat dieser Hinweis auf die Gruppe rings um Josh Nunn zu bedeuten?

In dem Moment erhielt er eine E-Mail von Mark. Hauptkommissar Rijsbergen habe ihn kontaktiert und ihn gebeten, um fünfzehn Uhr heute Nachmittag im Präsidium vorbeizukommen. Coen Zoutman hatte wohl an dem Abend seiner Ermordung einen Umschlag mit einigen Bibeltexten bei sich getragen, und die Polizei hoffte, dass Mark als Fachmann ihnen helfen könne, die Bedeutung dieser Texte zu entschlüsseln. »Zwei wissen mehr als einer«, schrieb Mark, »deswegen wollte ich dich fragen, ob du mich begleiten würdest.«

Peter antwortete ihm, dass er einverstanden sei.

Fast mit Schrecken stellte er fest, dass es schon Viertel vor eins war. Er schaltete sein Handy ein, um nachzusehen, ob er Nachrichten erhalten hatte, doch es war nur eine WhatsApp von Judith gekommen, die die Verabredung zum Mittagessen bestätigte.

Es herrschte also weiterhin Funkstille zwischen Fay und ihm.

Trotz allem etwas gereizt darüber, eilte er hinüber zum LAK.

Im großen Foyer des Lipsiusgebäudes, wie man das LAK vor einigen Jahren neu getauft hatte, wartete er dann doch noch eine ganze Weile auf Judith, die nie pünktlich kam.

Es herrschte ein Gedränge von Studierenden, und sowohl die langen Bänke als auch die Stühle waren voll besetzt. Viele Leute arbeiteten beim Essen, die Laptops aufgeklappt neben dem Teller.

Kurz darauf kam Judith auf ihn zu. Das weiche Mittagslicht, das durch die hohen Fenster schräg hereinfiel, beschien ihr langes schwarzes Haar, das lässig von einer großen Haarspange zusammengehalten wurde. Sie trug eine Bluse in einer leuchtenden Farbe, mit Batikmotiv, wie es aus der Entfernung schien, darüber eine Jeansjacke und dazu einen weiten geblümten Rock und hohe schwarze Lederstiefel.

Sie lächelte, als sie ihn sah. Wie immer küsste sie ihn einmal sanft auf die Wange.

Er atmete den Duft ihrer Haare ein und schloss kurz die Augen.

»Alles gut?«, fragte sie lachend, aber mit ernstem Unterton.

»Klar«, sagte er. »Klar. Es sind einfach nur verrückte Zeiten.«

»Verstehe ich, mein Lieber. Es ist einfach alles viel zu viel.«

Nachdem sie sich an den verschiedenen Stationen der Mensa ein Mittagessen zusammengestellt hatten, gingen sie mit ihren Tabletts in den Raum mit den langen Tischen, wo so gut wie alle Plätze besetzt waren. Dann wurden an der Fensterseite mit Aussicht auf den Witte Singel zwei Plätze frei.

»Geht's euch denn so einigermaßen?«, fragte Judith. »Das bleibt einem ja nicht in den Kleidern stecken.«

»Nein, das stimmt. Es war furchtbar ... Der arme Mann! Fay geht es besonders nahe, denn sie hat ihn ja gut gekannt, viel besser als ich. Auf sie hat das Ganze viel schlimmere Auswirkungen.«

»Ach, die arme Fay«, seufzte Judith. »Gut, dass ihr euch beide habt.«

»Stimmt«, sagte Peter, dachte aber: *Warten wir's ab.*

»Weiß man schon mehr über den Mord?«, fragte Judith.

»Nein, nicht wirklich. Ich habe nicht den Eindruck, dass es mit den Ermittlungen vorangeht.«

Er erzählte ihr eine Kurzfassung von dem Gespräch, das Fay und er tags zuvor mit der Polizei geführt hatten, und davon, auf welchem Stand sie waren.

»Heute Nachmittag gehen Mark und ich noch mal ins Präsidium«, sagte Peter. »Man will uns dort Texte zeigen, die Coen Zoutman zum Zeitpunkt des Mordes bei sich getragen hat. Bibeltexte – so sind sie auf Mark gekommen.«

Er aß ein paar Löffel von seiner Suppe. »Und du?«, fragte er dann. »Bist du schon fertig mit deinen Vorbereitungen für die Abreise am Sonntag?«

Judith hatte ein Stipendium erhalten, mit dem sie drei Monate lang an der Harvard Universität forschen konnte.

»So gut wie. Ich muss nur noch ein paar Dinge erledigen, da und dort etwas zu Ende bringen. Heute Morgen habe ich eine Liste angelegt, was noch zu tun ist, und da habe schon einen kleinen Schreck bekommen. Ich muss noch Telefonate führen, mehrere Arbeiten korrigieren, habe Termine mit Studierenden wegen ihrer Abschlussarbeiten, damit sie in der nächsten Zeit damit weitermachen können. Zu Hause liegt aber schon alles zum Einpacken bereit. Ich muss im Grunde nur noch ein paar Bücher heraussuchen, die ich mitnehmen möchte. Obwohl ich dort wahrscheinlich so viel zu tun haben werde, dass ich kaum zum Lesen komme. Die Zeit wird bestimmt vergehen wie im Flug, aber ich werde euch trotzdem vermissen. Ich werde dich vermissen.«

Peter lächelte. »Für die, die zu Hause bleiben, vergeht die Zeit immer langsamer, als für die, die weggehen, weil so viele neue Eindrücke auf sie einstürmen.«

»Das stimmt«, sagte sie. »Und wenn ungefähr die Hälfte meines Aufenthalts vorbei ist, kommt Mark, dadurch teilt sich die Zeit in der Mitte. Aber meine Einladung bleibt bestehen, das weißt du. Ich würde mich wirklich freuen, wenn du mich auch besuchen kämst – oder wenn ihr beide gemeinsam kommen würdet.«

Peter überlegte, ob er Judith erzählen sollte, wie es aktuell mit der Beziehung zwischen ihm und Fay stand. Von ihrem E-Mail-Verkehr mit Coen Zoutman, den sie ihm verschwiegen hatte, und ihrer wütenden WhatsApp heute Morgen.

»Weißt du …«, begann er, beendete seinen Satz aber nicht.

Ich will sie nicht mit dem Beziehungsstress zwischen Fay und mir belasten, dachte er.

Übertrieben lange blies er über die Suppe auf seinem Löffel, bevor er sie aß.

Warum sollte ich sie eigentlich nicht besuchen? Vielleicht ist es eine gute Idee, hier mal rauszukommen.

Er spürte, dass Judith ihn ansah, konzentrierte sich aber weiterhin auf seine Tomatensuppe.

Vielleicht wäre es ganz allgemein eine gute Sache, einmal etwas Abstand von allem zu bekommen. Neues zu sehen, Neues zu erleben …

Er legte den Löffel beiseite und sah Judith an, die ihn tatsächlich anstarrte. »Ich mache es!«, sagte er. »Ich mach einfach mal was Verrücktes.«

Judith strahlte über das ganze Gesicht. »Ist das wirklich dein Ernst?«, fragte sie und errötete leicht.

»Ja, das ist mein voller Ernst.«

Sie stand auf und beugte sich über den Tisch. Peter richtete sich auch halb auf, etwas ungeschickt, weil er den Stuhl durch den Platzmangel nicht ganz zurückschieben konnte.

Judith küsste ihn auf die Wange, eine Hand um seinen Hinterkopf gelegt. »Das freut mich wirklich sehr!«, sagte sie und sah ihn weiterhin glücklich an, nachdem sie sich wieder gesetzt hatten.

»Ach, weißt du«, sagte Peter, »in drei Wochen beginnt die vorlesungsfreie Zeit, und es gibt im Grunde keine anderen Verpflichtungen, die mich hier festhalten. Ich muss noch ein paar Dinge erledigen; zwei Artikel fertig schreiben, aber dafür brauche ich nicht unbedingt an meinem Schreibtisch zu sitzen.«

Judith nickte langsam, als könne sie es noch nicht glauben. »Weißt du«, sagte sie, »ich habe es ja bis jetzt für mich behalten und versucht, tapfer zu sein, aber insgeheim hatte ich schon ein bisschen Angst davor, für drei Monate wegzugehen. Ich bin noch nie so lange alleine von Zuhause weg gewesen. Mark kommt nach sechs Wochen. Meinst du, du könntest vorher kommen? Dann wäre ich dort vielleicht nur zwei, drei Wochen alleine. Das wäre wirklich sehr schön, Peter.«

»Einverstanden, Judith«, sagte Peter. »Es ist ein ziemlich spontaner Entschluss, aber ich freue mich auch!«

»Und Fay?«

»Ach, das ist schon in Ordnung. Sie hat bis zum Sommer sehr viel zu tun, zum Beispiel muss sie ihr Buch noch einmal gründlich überarbeiten. Wahrscheinlich findet sie es sogar gut, wenn ich weg bin, weil sie sich dann ganz darauf konzentrieren kann, ohne sich um mich kümmern zu müssen. Nur das Buch, Agapé und ihre Mutter. Sie wird sich freuen.«

Die Aussicht auf zwei, drei Wochen USA, wo er erst zweimal in seinem Leben gewesen war, begeisterte ihn plötzlich. »Ich muss dann allerdings schnell einen Flug buchen und ein Hotelzimmer reservieren.«

»Aber du brauchst doch kein Zimmer! Harvard hat mir eine Wohnung zur Verfügung gestellt. Ich habe Fotos davon gesehen. Sie ist ganz schön groß! Im Wohnzimmer steht ein Ausziehsofa, also ist sie für mehr Personen zugeschnitten als nur für eine Gastwissenschaftlerin.«

»Und du meinst, Mark stört das nicht?«

»Warum sollte ihn das stören?« Erstaunt sah sie ihn an. »Ach, Quatsch!«, sagte sie, als ihr klar wurde, was Peter meinte. »Nein, so ein Unsinn. Mark ist nicht nur der am wenigsten eifersüchtige Mann der Welt – ich glaube, er kennt dieses Gefühl gar nicht –, aber in deinem Fall hat er ja überhaupt keinen Grund dazu. Oder meinst du, dass Fay es komisch findet?«

»Nein, ich glaube, Fay sieht es genauso.«

»Aber dann ist doch alles in Ordnung? Ich nehme an, du willst auch gar nicht die ganze Zeit in Boston bleiben, das kannst du natürlich, aber bestimmt möchtest du doch auch etwas sehen. New York ist ja gar nicht so weit weg. Ach, wie ich mich freue!«

Peter beschloss, nach dem Mittagessen sofort einen Flug nach Boston zu buchen.

Natürlich wird Fay nicht begeistert sein, aber uns kann es vielleicht auch nicht schaden, mal eine Pause einzulegen.

Judith und Peter sagten nichts mehr, bis sie ihre Teller leer gegessen hatten.

Ab und zu sahen sie sich flüchtig an – ein neutraler Beobachter hätte glauben können, dass sie ein Paar mitten in der Kennenlernphase waren.

Nach dem Essen holte Peter für sie beide noch eine Tasse Kaffee, um das Zusammensein noch ein wenig auszudehnen.

»Hast du eigentlich noch etwas von den Schmierereien am Eingang zu eurem Hofje gehört?«

»Nein«, antwortete Judith. »Ich hoffe, dass die Täter schnell gefunden werden. Es war zwar eine alberne Aktion, aber trotzdem wäre ich froh.«

»Wenn die wüssten, dass ihr von ›Een Ander Joods Geluid‹ ganz auf ihrer Seite steht.«

»Da hast du recht. Todesdrohungen sind zwar nicht unsere Sache, aber ich würde gerne mit den Leuten diskutieren, falls man sie aufspürt. Ich habe den Eindruck, als wäre diesem Konflikt jede Vernunft abhandengekommen. In Israel glauben inzwischen viele, dass dort nur Platz für sie als Juden wäre. Diese illegalen Siedlungen – schlimm finde ich das! Neulich ist ein Soldat verurteilt worden, der einem Palästinenser, der verhaftet worden war und verletzt am Boden lag, einfach so in den Kopf geschossen hat. Der arme Junge konnte sich überhaupt nicht wehren.«

»Ja, ich habe die Bilder gesehen. Aber ihr wollt euch doch dagegen einsetzen, oder?«

»Ja, aber allmählich gleichen wir mehr dem einsamen Rufer in der Wüste, fürchte ich.«

Nachdem sie ihren Kaffee getrunken hatten, standen sie auf, brachten das Geschirr weg und verabschiedeten sich im Foyer voneinander.

»Morgen will ich mich zum Arbeiten ein bisschen ins Café der Pieterskerk setzen«, sagte er. »Wenn du Lust auf eine gute Tasse Kaffee hast, komm doch vorbei. Und wenn du Zeit hast, natürlich.«

Peter wollte Judith noch ein bisschen für sich haben, an einem ruhigeren Ort als hier, wo sie von Hunderten Leuten umgeben waren.

»Einverstanden«, sagte sie lachend. »Für dich habe ich immer Zeit.« Sie umarmte ihn und hielt ihn etwas länger fest als normalerweise.

Peter begrub sein Gesicht erneut für einen kurzen Moment in ihren Haaren und drückte ihr einen Kuss auf den Kopf.

»Ich freue mich wirklich, dass du nach Amerika kommst«, sagte sie. »Du hast es aber doch wirklich vor, oder? Ich wäre sehr enttäuscht, wenn du jetzt einen Rückzieher machen würdest.«

»Nein, nein, ich komme wirklich, versprochen«, sagte er.

Zurück in seinem Büro buchte er tatsächlich sofort einen Flug nach Boston, zahlte mit Kreditkarte und leitete die Bestätigungsmail an Judith weiter.

»Ich halte Wort!«, schrieb er mit wachsender Aufregung.

Die wenigen Termine, die er in der entsprechenden Zeit hatte, konnte er per E-Mail oder Videokonferenz erledigen. Nur ein Termin musste vorgezogen oder verschoben werden. Die meisten Studierenden würden wahrscheinlich froh sein, wenn die Abgabefrist für ihre Arbeiten verlängert werden würde.

Obwohl es nicht nötig war – außerhalb der Vorlesungszeit konnte er im Großen und Ganzen selbst über seine Zeit verfügen –, schickte er eine Mail an die Leiter der Institute für Geschichte und Archäologie und an beide Sekretariate.

Er setzte sich aufs Sofa, um noch ein wenig zu lesen, bevor er mit Mark ins Präsidium ging.

Jetzt, wo die Euphorie ein wenig abebbte, hatte er Gewissensbisse, weil er eine so wichtige Entscheidung getroffen hatte, ohne zuerst mit Fay darüber zu sprechen.

Vielleicht bin ich doch ein bisschen zu voreilig gewesen.

18

Mark war begeistert, als Peter ihm erzählte, er habe gerade einen Flug nach Boston gebucht, weil er Judith dort besuchen wolle.

»Das finde ich wirklich toll, Peter«, sagte Mark.

Sie waren mit den Fahrrädern unterwegs zum Präsidium an der Langegracht. Mark legte die Hand auf Peters Unterarm und ließ sie kurz dort liegen.

»Dann fühlt sie sich nicht so allein. Und vielleicht überlappen sich ja dein Aufenthalt und meiner. Mail mir gleich mal die genauen Daten. Ich weiß nicht mehr, an welchem Tag genau ich fliege.«

»Mache ich«, versprach Peter. »Ich glaube, es ergibt sich so, dass sie drei Wochen lang allein ist, dann bin ich drei Wochen bei ihr, dann bist du drei Wochen da, und dann ist sie noch mal drei Wochen allein.«

»Perfekt.«

Mark nahm seine Hand weg.

Während der restlichen Fahrt erzählte Peter ihm in groben Zügen von dem Manuskript, das Piet van Vliet gefunden hatte, und von den Fragmenten, die er bereits kannte.

Sie stellten ihre Räder in den Ständer vor dem Präsidium. Drinnen meldeten sie sich am Empfang, wo Rijsbergen sie bald darauf abholen kam.

Er warf Peter einen überraschten Blick zu.

»Professor Labuschagne ist ein guter Freund von mir«, erklärte Peter. »Er hat mich gebeten, mitzukommen. Ich kenne mich auch ein bisschen mit der Thematik aus.«

»Vier Augen sehen mehr als zwei«, sagte Mark.

Rijsbergen schien kurz zu zögern, aber dann bat er sie, ihn zu begleiten.

»Es geht hier um zwei Dinge«, sagte Rijsbergen, sobald sie in seinem Büro waren, »die ich Ihnen gerne vorlegen möchte. Erstens um einen Brief, den wir in der Innentasche des Sakkos von Meneer Coen Zoutman gefunden haben. Wobei Brief vielleicht nicht der richtige Ausdruck ist: Es sind zum einen Geschichten aus dem Alten Testament, die er mit der Hand abgeschrieben und mit Kommentaren versehen hat. Wir würden gerne wissen, warum Meneer Zoutman ausgerechnet diese Geschichten gewählt hat und warum er sie bei sich trug. Die letzte Frage ist natürlich etwas schwieriger zu beantworten, aber vielleicht können Sie mir bei der ersten helfen.«

»Und die zweite Sache?«

»Augenblick.«

Rijsbergen holte die Fotos von der Tätowierung aus der Mappe und reichte sie seinen Besuchern.

»Diese Tätowierung hat der Rechtsmediziner am Körper von Coen Zoutman gefunden, zwischen der linken Brust und der Achsel.«

Peter und Mark sahen sich die Fotos an, drehten sie und hielten sie in verschiedenen Positionen.

»Selbstverständlich werden wir diese Abbildung auch noch unter den Freimaurern verteilen.«

»Tut mir leid, aber ich habe so etwas noch nie zuvor gesehen«, musste Mark zugeben. »Das Dreieck ist ein sehr altes Symbol; im Christentum verweist es auf den Vater, den Sohn und den Heiligen Geist. Es kann aber auch ein Symbol für Weiblichkeit sein, wegen … Na ja, das brauche ich nicht zu erklären. Aber in dieser Kombination?«

»Es scheint sich um zwei Dreiecke zu handeln«, sagte Rijsbergen. »Oder sind es zwei Berge? Zwei Pyramiden?«

»Und dieser Kreis vielleicht eine Sonne?«, schlug Peter vor.

»Oder ob der Kreis für einen Ort steht?«, überlegte Mark.

»Im Tempel der Freimaurer ist das Auge der Vorsehung abgebildet. Ob es das vielleicht sein könnte?«, dachte Rijsbergen laut.

Er gab rasch etwas in seinen Computer ein und drehte Peter und Mark den Bildschirm zu, nachdem er gefunden hatte, was er suchte.

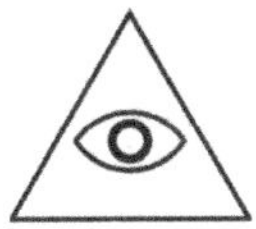

»Das könnte eventuell sein«, sagte Mark nachdenklich und hielt das Foto so, dass die Spitze des Dreiecks nach oben zeigte. »Aber ich habe keine Ahnung, was das kleinere Dreieck im Inneren bedeuten soll.«

Rijsbergen zeigte ihnen die Visitenkarte von Coen Zoutman.

Auch Peter und Mark fiel die Ähnlichkeit zwischen der Tätowierung und dem stilisierten allsehenden Auge auf, aber sie waren nicht überzeugt.

»Tut mir leid«, sagte Mark. »Ich kann Ihnen nicht helfen. Ich könnte höchstens die Abbildung auf einer Website posten, auf der es um Symbole und Kryptologie geht. Natürlich nicht dieses Foto, aber eine genaue Zeichnung von der Tätowierung. Wer weiß, vielleicht bringt das etwas. Mitglieder der Community posten öfter solche Anfragen. Wir sollten es zumindest versuchen.«

»Gute Idee«, sagte Rijsbergen. »Bitte zeichnen Sie die Tätowierung ab; die Skizze können Sie dann mitnehmen.«

»Und was ist mit dem Brief?«, wollte Peter wissen.

»Den habe ich hier«, sagte Rijsbergen. »Es ist sehr viel Text, aber die Geschichten an sich werden Ihnen garantiert bekannt vorkommen, deshalb brauchen Sie vermutlich nicht so lange zum Lesen wie ich.«

Mark nahm die Seiten von Rijsbergen entgegen und las die Anfangssätze laut vor:

Vernehmet ihr noch nichts und seid noch nicht verständig? Habt ihr noch ein erstarrtes Herz in euch? Ihr habt Augen, und sehet nicht, und habt Ohren, und höret nicht.

MARKUS 8,17-18

»Das hat Jesus zu seinen Jüngern gesagt, nach dem Wunder, bei dem er mit nur sieben Broten und ein paar Fischen viertausend Menschen gespeist hat«, erklärte Mark sofort. »Nachdem alle gesättigt waren, sammelten seine Jünger die Brote ein, die noch übrig geblieben waren; es waren sieben Körbe voll. Gleich darauf stiegen Jesus und seine Jünger in ein Boot. Die Jünger hatten nur ein Brot mitgenommen. Als sie das feststellten, sagte Jesus: ›Was bekümmert ihr euch doch, dass ihr nicht Brot habt?‹ Und dann folgt das berühmte Zitat Jesu, das Meneer Zoutman als Motto seinem Brief vorangestellt hat.«

»Aber warum sollte er …«, setzte Rijsbergen an.

»Offenbar möchte er etwas ausdrücken, was selbstverständlich oder logisch erscheint, aber die meisten Leute nicht erkennen. Die zwar Augen haben zum Sehen, aber blind sind.«

Nachdem Mark die erste Seite überflogen hatte, reichte er sie an Peter weiter.

Es war eine Zeit lang still im Zimmer.

Exodus: eine Kurzfassung

1

Alles beginnt mit Abraham.

Im Auftrag eines ihm unbekannten Gottes erhält Abraham, der damals noch Abram hieß, den Auftrag, mit seiner Familie fortzuziehen aus Haran, einem Ort, der heute etwas über vierzig Kilometer von Şanlıurfa entfernt liegt, einer Stadt im Südosten der Türkei. Sein Vater Terach war aus dem chaldäischen Ur im heutigen Südosten des Iraks dorthin gezogen, um in Kanaan, dem heutigen westlichen Jordanufer, zu siedeln. Aber weiter als Haran war die Familie nie gekommen.

Abram erhielt von Gott das Versprechen, dass er ihn zum Vater eines großen Volkes machen und ihm das Land Kanaan schenken würde – bis heute bildet dieses Versprechen die Grundlage, auf der sich die jüdischen Siedler dazu berechtigt fühlen, sich auf palästinensischem Grundgebiet niederzulassen.

Das Versprechen einer reichen Nachkommenschaft – »Ich will deinen Samen segnen und mehren (...) wie die Sterne am Himmel und wie den Sand am Ufer des Meeres« – schien schon bald an der Unfruchtbarkeit seiner Frau Sarai zu scheitern. Doch eines Tages erschien Gott in Begleitung zweier Engel. Sarai, was »fürstlich« bedeutet, hieß inzwischen Sara, »Fürstin«, und Abram hieß jetzt Abraham. Der hinzugefügte Buchstabe »H« symbolisierte Gottes Gnade. Sara buk Pfannkuchen für Gott und seine himmlischen Begleiter, die sie mit großem Appetit verspeisten. Gott wiederholte sein Versprechen einer unzählig großen Nachkommenschaft gegenüber Abraham und der neunzigjährigen Sara, die verständlicherweise darüber lachen musste, als sie das hörte. In der Zwischenzeit hatte Abraham auf Drängen Saras eine Nebenfrau geschwängert, Hagar. Sie bekam ein Kind, Ismael, doch es entstand ein Problem, als Abraham und Sara selbst noch ein Kind bekamen, Isaak, wie es Gott versprochen hatte. Die Lösung bestand darin, Hagar und Ismael wegzuschicken in die Wüste, wo sie wie durch ein Wunder überlebten. Ismael wurde der Überlieferung nach der Stammvater der Muslime. Abraham erhielt bald darauf von Gott den Auftrag, seinen einzigen Sohn Isaak zu opfern. Er wollte diesen Auftrag getreulich ausführen und machte sich mit seinem Sohn auf den Weg. Nach drei Tagen band er ihn auf dem mitgebrachten Holz fest, das sie zusammen sorgfältig aufgestapelt hatten. In dem Moment, als er seinem Sohn die Kehle durchschneiden wollte, hörten sie einen Widder blöken, der sich mit den Hörnern in einem Dornenstrauch verfangen hatte. Statt seines Sohnes opferte Abraham den Widder – mit dem Opferfest gedenken die Muslime jedes Jahr dieses Wunders. Die Christen betrachten diese Geschichte als Prophezeiung der späteren Geschichte Jesu, des einzigen Sohnes, der von seinem himmlischen Vater geopfert wurde.

Man stelle sich den Rückweg von Abraham und Isaak vor. Wie wird der Sohn seinen Vater angesehen haben?

2

Isaak bekam seinerseits zwei Söhne: Esau und Jakob. Jakob luchste Esau das Erstgeborenenrecht für ein Linsengericht ab. Jakob heiratete mehrere Frauen und bekam zwölf Söhne, darunter seinen Liebling Josef von seiner Lieblingsfrau Rachel. Die elf Brüder waren so eifersüchtig auf den Liebling Josef, der die Gabe besaß, Träume vorauszusagen und zu deuten, dass sie ihn eines Tages an vorbeiziehende Sklavenhändler verkauften, die ihn wiederum in Ägypten an den hochgestellten Hofdiener Potifar verschacherten. Josef machte innerhalb von kurzer Zeit Karriere. Nachdem er einen Traum des Pharaos, in dem sieben magere Kühe sieben fette Kühe auffraßen, richtig deutete – Josef erklärte, dass nach sieben fetten Jahren sieben magere folgen würden und sie daher Vorräte anlegen sollten –, stieg er zum Unterkönig von Ägypten auf. Seine elf Brüder und ihr Vater Jakob hatten weniger Glück: Von einer Hungersnot gezwungen, reisten sie nach Ägypten, um bei Hofe um Nahrung zu betteln, ohne zu wissen, dass der Mann auf dem Thron, vor dem sie im Staub krochen, Josef war. Verlegen erkannten sie ihn schließlich als den Bruder, den sie verkauft hatten.

So gelangte das Volk Israel laut der Bibel nach Ägypten. Nach langer Zeit starb der Pharao, der ihnen wohlgesonnen gewesen war, und die Erinnerungen an Josef verblassten. Inzwischen arbeiteten die Hebräer, wie sie genannt wurden, als Sklaven. In der unbarmherzig heißen Sonne mussten sie aus Lehm Backsteine formen, mit denen die ägyptischen Städte erbaut wurden. Als das hebräische Volk zu groß wurde, befahl der Pharao, alle neugeborenen Jungen zu töten. Der kleine Mose entrann dem sicheren Tod, indem seine Mutter ihn in einem mit Pech abgedichteten Binsenkörbchen im Nil aussetzte. Er wurde von einer ägyptischen Prinzessin gefunden und wuchs als Prinz bei

Hofe auf. Erst im Alter von vierzig Jahren entdeckte er, dass er eigentlich zum Sklavenvolk gehörte, und eines Tages erschlug er einen Aufseher, der einen hebräischen Sklaven misshandelte. Mose flüchtete in die Stadt Midjan in der Wüste, wo er von dem Hirten Jethro und seiner Familie aufgenommen wurde. Mose heiratete dessen Tochter Sippora, mit der er zwei Söhne bekam: Eliser, »Gott ist mein Helfer«, und Gersom, »Fremdling«. Den Namen Gersom erklärte Mose mit den Worten: »Ich bin ein Fremdling geworden. Ich wohne in einem Land, das ich nicht kenne.«

Nach noch einmal genau vierzig Jahren – er war damals achtzig und ein Hirte – sah er auf einer seiner Wanderungen mit seiner Herde einen brennenden Dornbusch, der nicht von den Flammen verzehrt wurde. Aus dem Feuer sprach Gott zum ersten Mal zu ihm. Er nannte sich »Ich bin, der ich bin«. Mose erhielt den Auftrag, »sein« Volk aus der Knechtschaft in Ägypten zu führen.

Mose kehrte zurück nach Ägypten, aber zehnmal verweigerte der Pharao die Bitte, die Hebräer gehen zu lassen. Daraufhin wurde Ägypten von zehn Plagen heimgesucht: Das Wasser des Nils verwandelte sich in Blut und wurde ungenießbar, unzählige Frösche bedeckten das ganze Land, riesige Schwärme von Stechmücken überfielen Menschen und Vieh, Stechfliegen drangen in jedes Haus und jede Hütte und plagten die Bewohner, die Viehpest tötete Pferde, Kamele und Schafe, Geschwüre befielen Menschen und Vieh, Hagel zerstörte Bäume und Felder, Heuschrecken fraßen alles Grün von Bäumen, Sträuchern und Feldern ab, Finsternis bedeckte drei Tage lang das ganze Land Ägypten, und alle Erstgeborenen starben, auch der Sohn des Pharaos. Jedes Mal wurden die Hebräer verschont. Im letzten Fall, weil sie ihre Türpfosten mit dem Blut eines geschlachteten Lammes bestrichen hatten, wodurch der Engel des Todes wusste, dass er dieses Haus übergehen musste.

Nachdem sein erstgeborener Sohn gestorben war, erkannte der Pharao, dass er nicht gewinnen konnte. Er musste die Hebräer ziehen lassen. Die Bibel nennt eine Zahl von sechshunderttausend Männern, dazu Frauen, Kinder und Sklaven.

Schon bald bereute der Pharao seinen Entschluss und nahm mit seinen Truppen die Verfolgung auf.

Mose und die Hebräer waren inzwischen am Schilfmeer angelangt.

Sie saßen in der Falle. Das ägyptische Heer kam immer näher. Auf Befehl Gottes steckte Mose seinen Stab ins Wasser, wodurch sich das Meer teilte. Die Hebräer konnten über den Meeresboden laufen, aber als die Ägypter sie verfolgen wollten, schlossen sich die Wogen wieder, sodass der Pharao und seine Soldaten ertranken.

3

Kaum waren sie den mörderischen Ägyptern entkommen, da begannen die Hebräer, über den Mangel an Wasser und Nahrung zu klagen. Auf Befehl Gottes warf Mose ein Stück Holz in einen salzigen Tümpel, woraufhin das Wasser süß und trinkbar wurde. Täglich fiel Manna vom Himmel, das auf dem Boden liegen blieb, nachdem der Morgentau verdunstet war. Es ähnelte Koriandersamen, war aber weiß und schmeckte wie Honigkuchen. Es musste sofort gesammelt und am selben Tag noch verzehrt werden. Einen Tag später war es nämlich verdorben und voller Würmer. Nur am Tag vor dem Sabbat durfte man die doppelte Menge sammeln – die dann nicht verdarb –, denn am Sabbat selbst war kein frisches Manna zu finden. Das Wort Manna bedeutet wörtlich »Was ist das?«, weil die Hebräer diese Frage stellten, als sie die Speise zum ersten Mal sahen. Auch fielen große Mengen Wachteln vom Himmel, die gegessen werden konnten.

Angekommen am Berg Sinai, zeigte sich Gott endlich seinem Volk, das sich jedoch fürchtete und Mose bat, die Führung zu übernehmen. Er stieg auf den Berg und blieb dort vierzig Tage und Nächte lang, ohne zu essen und zu trinken. Er erhielt von Gott die zehn Gebote und noch zahlreiche andere Regeln. Gott versprach, ihm zu helfen, die Kanaaniter im gelobten Land auszurotten. Außerdem erhielt Mose genaue Instruktionen für den Bau einer Stiftshütte, eines transportablen Zelts, das als Anbetungsort dienen sollte und symbolisch für das Verweilen Gottes in ihrer Mitte stand.

Als Mose vom Berg hinunterstieg, stellte er fest, dass das Volk unter der Führung seines Bruders Aaron durch das Einschmelzen allen Goldschmucks ein goldenes Kalb geschaffen hatte, damit es einen sichtbaren Gott hatte, den es anbeten konnte. Aus Wut zerschmetterte Mose die steinernen Tafeln, ließ dreitausend Menschen exekutieren und stieg wieder auf den Berg, wo er wiederum vierzig Tage blieb, ohne zu essen und zu trinken. Er erhielt zum zweiten Mal die Zehn Gebote. Als er wieder unten war, bauten sie die Stiftshütte und eine Kiste, die Bundeslade, mit den zehn steinernen Tafeln darin, die auf einer Trage transportiert wurden. Gott zog in die Bundeslade ein und zeigte sich in Form einer Wolke. Wenn die Wolke stillstand, schlugen die Hebräer an diesem Platz ihr Lager auf. Wenn die Wolke weiterzog, zog das Volk hinterher.

So führte Mose sie bis zur Grenze des gelobten Landes. Wegen der Sünde, die er selbst begangen hatte – um Wasser erscheinen zu lassen, hatte er einst dreimal auf einen Felsen geschlagen anstatt nur einmal, wie Gott ihm befohlen hatte –, durfte er das Land zwar sehen, es aber nicht betreten. Wegen der Sünden, die das Volk begangen hatte, musste es zur Strafe insgesamt vierzig Jahre in der Wüste bleiben. Am Jordan, gegenüber der Stadt Jericho, schlugen sie ihre Zelte auf.

Im Alter von hundertzwanzig Jahren starb Mose. Er wurde von Gott selbst an einer Stelle begraben, die niemand je erfahren hat.

4

Als die Hebräer unter der Führung von Moses Nachfolger Josua in das gelobte Land einzogen, schlachteten sie viele, viele Zehntausende Menschen ab, deren einziges Verbrechen darin bestand, in dem Land zu wohnen, das den Hebräern versprochen worden war. Wenn wir die in der Bibel genannten Toten zusammenzählen, kommen wir auf eine Zahl von mindestens sechshunderttausend Menschen, die bei der Eroberung des gelobten Landes getötet wurden.

Ich ende mit drei Geschichten.

Nummeri 31,7-18

Die Rache an den Midianitern und die Verteilung der Beute

Und sie führten das Heer wider die Midianiter, wie der Herr dem Mose geboten hatte, und erwürgten alles, was männlich war. Dazu die Könige der Midianiter erwürgten sie samt ihren Erschlagenen, nämlich Evi, Rekem, Zur, Hur und Reba, die fünf Könige der Midianiter. Bileam, den Sohn Beors, erwürgten sie auch mit dem Schwert. Und die Kinder Israel nahmen gefangen die Weiber der Midianiter und ihre Kinder; all ihr Vieh, alle ihre Habe und alle ihre Güter raubten sie, und verbrannten mit Feuer alle ihre Städte, ihre Wohnungen und alle Zeltdörfer. Und nahmen allen Raub und alles, was zu nehmen war, Menschen und Vieh, und brachten's zu Mose und zu Eleasar, dem Priester, und zu der Gemeinde der Kinder Israel, nämlich die Gefangenen und das genommene Vieh und das geraubte Gut ins Lager auf der Moabiter Gefilde, das am Jordan liegt gegenüber Jericho. Und Mose und Eleasar, der Priester, und alle Fürsten der Gemeinde gingen ihnen entgegen, hinaus vor das Lager. Und Mose ward zornig über die Hauptleute des Heeres, die Hauptleute über tausend und über hundert waren, die aus dem Heer und Streit kamen, und sprach zu ihnen: Warum habt ihr alle Weiber leben lassen? Siehe, haben nicht dieselben die Kinder Israel durch Bileams Rat abwendig gemacht, dass sie sich versündigten am Herrn über dem Peor und eine Plage der Gemeinde des Herrn widerfuhr? So erwürget nun alles, was männlich ist unter den Kindern, und alle Weiber, die Männer erkannt und beigelegen haben; aber alle Kinder, die weiblich sind und nicht Männer erkannt haben, die lasst für euch leben.

Deuteronomium 7,1-3; 12; 16,21-24

Umgang mit anderen Völkern

Wenn dich der Herr, dein Gott, in das Land bringt, darein du kommen wirst, es einzunehmen, und ausgerottet viele Völker vor dir her, die Hethiter, Girgasiter, Amoriter, Kanaaniter, Pheresiter, Heviter und Jebusiter, sieben Völker, die größer und stärker sind denn du, und wenn sie der Herr, dein Gott, vor dir dahingibt, dass du sie schlägst, so sollt ihr sie verbannen, dass du keinen Bund mit ihnen machest noch ihnen Gunst erzeigest. Und sollst dich mit ihnen nicht befreunden: Eure Töchter sollt ihr nicht geben ihren Söhnen, und ihre Töchter sollt ihr nicht nehmen euren Söhnen. (…) Und wenn ihr diese Rede hört und haltet sie und darnach tut, so wird der Herr, dein Gott, auch halten den Bund und die Barmherzigkeit, die er deinen Vätern geschworen hat. (…) Du wirst alle Völker verzehren, die der Herr, dein Gott, dir geben wird. Du sollst ihrer nicht schonen und ihren Göttern nicht dienen; denn das würde dir ein Strick sein. (…) Lass dir nicht grauen vor ihnen; denn der Herr, dein Gott, ist unter dir, der große und schreckliche Gott. Er, der Herr, dein Gott, wird diese Leute ausrotten vor dir, einzeln nacheinander. Du kannst sie nicht eilend vertilgen, auf dass sich nicht wider dich mehren die Tiere auf dem Felde. Der Herr, dein Gott, wird sie vor dir dahingeben und wird sie mit großer Schlacht erschlagen, bis er sie vertilge, und wird dir ihre Könige in deine Hände geben, und du sollst ihren Namen umbringen unter dem Himmel. Es wird dir niemand widerstehen, bis du sie vertilgst.

2 Chroniken 25,1-2; 11-12

Der gute König Amazja

Fünfundzwanzig Jahre alt war Amazja, da er König ward, und regierte neunundzwanzig Jahre zu Jerusalem. Seine Mutter hieß Joaddan von Jerusalem. Und er tat, was dem Herrn wohl gefiel, doch nicht von ganzem Herzen. (…)

Und Amazja ward getrost und führte sein Volk aus und zog aus ins Salztal und schlug die Kinder von Seir zehntausend. Und die Kinder Juda fingen ihrer zehntausend lebendig; die führten sie auf die Spitze eines Felsen und stürzten sie von der Spitze des Felsens, dass sie alle zerbarsten.

Nachdem Mark die letzte Seite an Peter weitergereicht hatte, wartete er einen Moment, bis dieser fertig gelesen hatte. Sie hatten beide die Texte schnell überflogen, weil nichts darin stand, was sie nicht ohnehin kannten. Tatsächlich war es, wie im Titel angekündigt, die Geschichte des Auszugs der Hebräer aus Ägypten in aller Kürze – inklusive einer Kurzfassung der Vorgeschichte. Auch die Geschehnisse, mit denen Coen Zoutman geendet hatte und die von den unvorstellbaren Grausamkeiten berichteten, mit denen die Eroberung Palästinas unter Mitwirkung Gottes einherging, kannten sie: die Vernichtung ganzer Völker, bei denen nur die Jungfrauen verschont blieben, das Niederbrennen der eroberten Städte, das Abtransportieren der Beute, des Viehs, der Ernten, und wie zehntausend Gegner, die den Kampf überlebt hatten, von einem Felsen gestürzt wurden.

»Und?«, fragte Rijsbergen hoffnungsvoll. »Ich meine, ich habe das natürlich auch gelesen, und in Grundzügen kannte ich die Geschichten von früher, aber ... Haben Sie irgendeine Ahnung, warum Meneer Zoutman ausgerechnet diese Geschichten abgeschrieben hat?«

Peter legte die Seiten auf Rijsbergens Schreibtisch. »Nein«, sagte er. »Alles, was in dem Brief steht, wurde vor ungefähr zweieinhalbtausend Jahren aufgezeichnet, darin lässt sich also nichts Neues entdecken.«

»Aber die Geschichten am Ende sind doch ziemlich bizarr«, bemerkte Rijsbergen. »Ich meine, ich bin von Haus aus Katholik und ein wenig vertraut mit der Bibel, aber diese Stellen kannte ich nicht. Steht das alles wirklich so da?«

Mark nickte, fast betrübt, wie jemand, den man bei einer Lüge ertappt hat, die er am liebsten vertuscht hätte.

»Ich meine ...«, fuhr Rijsbergen fort, »heutzutage hätte der Internationale Gerichtshof in Den Haag alle Hände voll zu tun, wenn sich so etwas abspielen würde: die Invasion eines Landes, regelrechter Genozid, die Vernichtung ganzer Völker, ihrer Kultur, ihrer Religion, die Zerstörung ihrer Tempel, die

Ermordung von Kriegsgefangenen, die Entführung junger Mädchen als Beute ... Alles Gräueltaten, die wir heutzutage als Verbrechen gegen die Menschlichkeit brandmarken würden. Und das steht in der Bibel?«

»Tja«, seufzte Mark. »Die Bibel, das Buch, das für viele als moralischer Leitfaden für das Handeln des modernen Menschen dienen sollte ... Davon bleibt wenig übrig, wenn man diese Geschichten liest. Aber wissen Sie, Meneer Rijsbergen, dieser ganze Auszug aus Ägypten ...« Er stieß ein spöttisches Lachen aus, als erinnere er sich an eine Dummheit aus seiner Jugend. »Es ist und bleibt ein Rätsel, warum die Leute diese Geschichte weiterhin wörtlich nehmen.«

»Ich glaube auch nicht, dass sie sich genauso ereignet hat«, bestätigte Peter. »Andererseits muss sie wohl einen wahren Kern haben. Vielleicht hat es sich um eine kleinere Gruppe gehandelt, ein paar Familien, die weggezogen sind. Und die haben ihre Geschichte später mit anderen, älteren Überlieferungen kombiniert. Wer weiß?« Er warf Rijsbergen einen raschen Blick zu. Dies war vielleicht nicht die richtige Zeit und der richtige Ort, um eine solche Diskussion zu führen, aber Rijsbergen wirkte äußerst interessiert.

»Erzählen Sie weiter«, sagte er und nickte Mark zu. »Es kann nicht schaden, mehr darüber zu lernen, und wer weiß, vielleicht bringt es sogar etwas für die Ermittlungen.«

»Schön«, sagte Mark. »Um eines schon mal vorauszuschicken: Es können auf keinen Fall sechshunderttausend Männer gewesen sein, wie es im Buch Exodus explizit steht. Wenn man nämlich dann noch die Frauen und Kinder hinzuzählen würde, die alten Männer und die Dienstboten – ja, die Sklaven hatten ihrerseits auch Personal –, dann kommt man schnell auf zwei- bis zweieinhalb Millionen Leute. Andere Historiker rechnen sogar mit drei oder vier Millionen. So viele Menschen wohnten damals in ganz Ägypten nicht! Und eine so große Entvölkerung hätte ganz sicher in der Geschichtsschreibung der Ägypter ihre Spuren hinterlassen, die dafür bekannt waren, dass sie alle Geschehnisse sorgfältig aufzeichneten. Wenn die Vorhut dieser vier Millionen das gelobte Land erreicht hätte, hätte sich die Nachhut noch in Ägypten befunden. Auch nach jahrhundertelanger Suche wurde keine Spur eines archäologischen Beweises für die Anwesenheit einer so großen Gruppe von Menschen in der Wüste gefunden. Wie hätten sie auch in dieser feindlichen Umgebung überleben sollen? Okay, es fiel Manna vom Himmel und sie aßen Wachteln, aber wie viel Manna und wie viele Millionen Wachteln braucht man, um vierzig Jahre lang viele Millionen Menschen durchzufüttern?«

»Das sind schwierige Fragen, das mit dem Manna und den Wachteln«, bestätigte Peter.

»In Ägypten lebten um die Zeit des angeblichen Auszugs nur insgesamt zwei- bis zweieinhalb Millionen Menschen«, fuhr Mark fort. »Mehr konnte der schmale Streifen fruchtbaren Landes entlang des Nils gar nicht ernähren. Und dann sollten mehr Israeliten auf einem noch kleineren, viel weniger fruchtbaren Stück Land genug Nahrung anbauen können?«

Jetzt war Mark so richtig in Fahrt.

»Ganz abgesehen von der Tatsache, dass das gelobte Land, in das sie ›flüchteten‹, damals ebenfalls von den Ägyptern besetzt war. Das wäre so, als wäre eine Gruppe von Juden aus Nazideutschland geflüchtet und hätte nach einem entbehrungsvollen Marsch erleichtert das von den Deutschen besetzte Frankreich erreicht! Wo sie anschließend alle ermordeten, die dort lebten.«

»Deswegen bin ich auch der Meinung, dass es so nicht gewesen sein kann«, sagte Peter. »Das sind religiöse Legenden, keine historischen Fakten.«

Wie oft habe ich genau darüber mit meinen Studierenden gesprochen, dachte Peter.

»Aber wie dem auch sei«, sprach Mark weiter, »diese religiöse Legende wurde zur Grundlage Israels. Auf diesem Fundament wurde die Nation Israel errichtet. Leugnet man sie, stürzt das ganze Bauwerk in sich zusammen.«

Hat Sven nicht etwas ganz Ähnliches gesagt? dachte Peter. »Ganze Nationen wurden auf einer Kombination von Wahrheit und Fantasie erbaut«, hatte er gesagt. »All diese Geschichten sind nachweislich nicht wahr, aber für das Wirgefühl eines Volkes sind sie seit jeher von Bedeutung gewesen.«

Einen Augenblick lang sagte niemand etwas.

»Können Sie damit etwas anfangen?«, fragte Peter, an Rijsbergen gewandt.

»Ich weiß nicht, aber ich finde es auch so interessant«, sagte dieser. »Auch die ganze Idee, die hinter einer solchen Geschichte steckt, die sich nicht wirklich so abgespielt hat. Ich glaube, dass auch Mevrouw Spežamor bei unserem Gespräch gestern so etwas meinte, als sie über den Richtungsstreit unter den Freimaurern sprach, oder? Wissen Sie, eine Untersuchung wie diese … Vielleicht unterscheidet sie sich in mancher Hinsicht nicht allzu sehr von den wissenschaftlichen Forschungen, die Sie an der Universität betreiben. Da bewegt man sich doch auch manchmal in eine Richtung, die sich irgendwann als Sackgasse erweist? Dann wieder folgt man einer Spur, die ins Nichts zu führen scheint, aber irgendwann doch wichtige Resultate erbringt. Wenn man am Anfang steht, kann alles eine Bedeutung haben, gerade weil man noch keinen soliden Rahmen hat. Ich vergleiche das manchmal mit einer Wanderung durch ein unbekanntes Gebiet: Im Nachhinein weiß man, welches der kürzeste Weg gewesen wäre.«

Peter und Mark nickten beide.

»Aber«, fuhr Rijsbergen fort, »um das jetzt noch kurz zu Ende zu bringen: Sie haben also im Grunde auch keine Ahnung, warum Coen Zoutman ausgerechnet diese Geschichten bei sich trug? Es steht nichts Neues auf diesen Seiten? Die Geschichten sind nicht irgendwie anders nacherzählt worden, es wurde nichts weggelassen oder hinzugefügt?«

Peter und Mark schüttelten gleichzeitig den Kopf.

In dem Moment klingelte das Telefon auf Rijsbergens Schreibtisch.

Er gab Mark und Peter mit einer Geste zu verstehen, dass sie noch einen Augenblick sitzen bleiben sollten.

Peter nahm die Seiten mit der ordentlichen, regelmäßigen Handschrift von Coen Zoutman noch einmal zur Hand, kniff die Augen zusammen und schaute sich den Text an, in der Hoffnung, eine verborgene Botschaft zu entdecken, beispielsweise, indem er sich nur auf die Anfangsbuchstaben jedes Satzes konzentrierte, aber auch das brachte nichts.

»Wie bitte?«, rief Rijsbergen laut, fast verzweifelt aus. Er hörte noch einen Augenblick dem Anrufer zu, und nachdem er aufgelegt hatte, blieb er mit dem Telefon in der Hand sitzen.

»Was ist denn?«, fragte Peter erschrocken. »Ist etwas passiert?«

»Ja«, sagte Rijsbergen. »Der Fall ist soeben noch komplizierter geworden.«

19

Im dunklen Wasser des Galgewater-Rheinarms war eine Leiche gefunden worden. Sie war an den Kai getrieben worden, halb unter der Rembrandt-Brücke; ihre Hände waren gefesselt.

Von der niedrigen Mauer rund um die Mühle De Put aus war mit hohen weißen Trennwänden ein weiter Halbkreis aufgebaut worden, um die Schaulustigen fernzuhalten. Auch auf der gegenüberliegenden Seite, dort, wo Rembrandts Geburtshaus stand, hatte man einen Sichtschutz aufgebaut. Nicht zu verhindern war, dass weiter unten vom Ufer aus Leute die Szene filmten.

Wem wollen die das zeigen, fragte sich Rijsbergen verärgert. »Und, was hast du heute Schönes erlebt?« »Ach, in der Gracht schwamm 'ne Leiche, die hab ich gefilmt. Schau mal, ich habe schon hundertfünfzig Likes!«

Zwei Uniformierte saßen in einem Polizeiboot und warteten auf weitere Anweisungen.

Der Krankenwagen stand schon da, als Rijsbergen und Van de Kooij zusammen mit mehreren Streifenwagen eintrafen.

Rijsbergen sah, dass auch Anton Dalhuizen schon vor Ort war, der forensische Mediziner, der die erste Leichenschau durchführte, wenn sie von einer unnatürlichen Todesursache ausgingen.

Sie wandten sich an den Mann, der die Leiche entdeckt hatte. Sein Gesicht war aschfahl. Zu seinen Füßen saß geduldig wartend ein Hund, mitten in einer Pfütze, die sich um ihn gebildet hatte.

Der Kollege, dem der Zeuge alles erzählt hatte, erstattete kurz Bericht. Der Mann hatte auf dem abgesenkten Teil des Ufers gestanden und ab und zu einen Tennisball ins Wasser geworfen, den sein Hund dann aus dem Wasser holte. Bei einem Wurf war der Ball ein wenig abgetrieben, aber anstatt ihn ins Maul zu nehmen und zurückzukommen, hatte der Hund laut angefangen zu bellen und war schnell zu seinem Herrchen zurückgeschwommen. Als der Mann gesehen hatte, wovor sich sein Hund erschreckt hatte, hatte er sofort den Notruf gewählt.

»Was sagst du dazu?«, fragte Van de Kooij, als sie die Stufen zum Uferkai hinuntergingen.

»Das ist schon irgendwie, na ja ... merkwürdig«, sagte Rijsbergen zögernd. »Es ist merkwürdig, meine ich, dass in Leiden so kurz hintereinander zwei Morde verübt werden. Da denkt man doch automatisch ...«

»... dass sie etwas miteinander zu tun haben.«

»Ja, genau.«

Die Uniformierten im Boot blickten zu Rijsbergen und Van de Kooij auf, die wie Hafenmeister über ihnen aufragten.

»Dann holt ihn mal aus dem Wasser, Kollegen«, sagte Rijsbergen.

Die Männer stießen sich vom Ufer ab. Der Motor des kleinen Bootes tuckerte leise, als sie in Richtung der an der Oberfläche treibenden Leiche fuhren.

»Und schickt die Leute am anderen Ufer weg, Herrgott noch mal!«, rief Rijsbergen, an niemand Bestimmten gewandt, aber sofort setzten sich fünf, sechs Uniformierte in Bewegung. In kurzer Zeit hatten sie die Umgebung geräumt – nur die Leute, die aus den Fenstern ihrer Häuser zusahen, konnten sie natürlich nicht vertreiben.

Einer der Beamten im Boot hatte das Opfer am Kragen seiner Jacke gepackt. Achteraus fahrend, schleppten sie die Leiche langsam mit. Mehrere Männer hievten sie ans Ufer.

»Schau mal«, sagte jemand. »Seine Beine sind auch gefesselt.«

»Dafür müsste es doch Zeugen geben«, dachte Van de Kooij laut. »Man kann doch nicht völlig unbemerkt …«

»Er kann hierher abgetrieben sein«, entgegnete Rijsbergen. »Oder ist aus einem Boot geworfen worden; ich nehme an, das könnte man ganz unauffällig machen.« Er seufzte tief.

Zwei Sanitäter hatten eine Bahre neben die Leiche gelegt und hoben sie mit vereinten Kräften darauf.

Inzwischen hatte sich auch Dalhuizen zu ihnen gesellt. »Der Kollege in der Rechtsmedizin muss feststellen, ob der Mann ertrunken ist oder schon tot war, als er ins Wasser gelangt ist«, sagte er, nachdem er sich neben die Bahre gekniet hatte. Mehr der Form halber hielt er zwei Finger an den Hals des Toten.

»Wie lange, schätzt du, hat er im Wasser gelegen?«, fragte Rijsbergen.

»Schwer zu sagen … Die Haut sieht noch ziemlich normal aus, noch nicht stark verfärbt, fühlt sich noch fest an. Die Leiche ist nicht geschwollen, die Augen sind noch vollständig in den Höhlen, also kann er noch nicht lange tot sein. Die Haare sitzen auch noch fest. Nach meiner ersten Einschätzung ist er weniger als vierundzwanzig Stunden tot, und so lange hat er auch höchstens im Wasser gelegen, vielleicht kürzer, wenn er anderswo gestorben ist.« Er stand wieder auf. »Aber wie gesagt, das wird van Eijk endgültig klären müssen. Ich erwarte allerdings nicht, dass er zu grundlegend anderen Ergebnissen kommen wird als ich.« Er zog seine Latexhandschuhe aus.

»Danke, Anton«, sagte Rijsbergen lächelnd. »Du hast uns schon sehr geholfen.«

»Meine Herren«, sagte Dalhuizen. Das war wohl sein Standard-Abschiedsgruß, denn gleich darauf kehrte er zu seinem Auto zurück.

Rijsbergen blickte auf den Toten hinunter.

Es war ein junger Mann mit unverkennbar ausländischem Aussehen. Südeuropäer vielleicht; unrasiert und mit einem schmalen, asketischen Gesicht. Die Haut war durch das kalte

Wasser violett-bläulich verfärbt, und das lange Haar hing ihm in Strähnen über die Stirn.

»Habt ihr mal Handschuhe für mich?«, fragte Rijsbergen einen der Sanitäter.

Der Mann zog ein Paar aus der Tasche seines Overalls und reichte sie dem Ermittler.

Rijsbergen streifte sie über und durchsuchte rasch die Taschen von Hose und Jacke des Opfers. Er fand ein Portemonnaie und neben einem Smartphone auch ein einfaches Nokia-Handy.

Bräunliches Wasser troff in einem dünnen Strahl aus beiden Geräten und der Geldbörse.

Rijsbergen öffnete das Portemonnaie, auf der Suche nach einem Führerschein oder irgendeinem anderen Dokument mit einem Foto darauf.

Er fand einen Studierendenausweis.

Rijsbergen zog ihn heraus und hielt ihn dicht vor die Augen. »Y. Falaina«, las er langsam vor.

»Wie der belgische Fußballer«, bemerkte Van de Kooij. »Wie heißt der noch mal? Hat so einen Riesenafro.«

»Ist das jetzt wichtig, Hiddink?«, fragte Rijsbergen.

»Ich dachte, vielleicht hat der Tote dieselbe Nationalität.«

Da hat er recht, dachte Rijsbergen.

»Fellaini«, sagte Van de Kooij. »Marouane Fellaini. Spielt für die Roten Teufel und bei Manchester United. Er hat marokkanische Eltern.«

Nordafrika … könnte sein. Südeuropa oder Mittlerer Osten wären auch denkbar.

»Wie auch immer«, sagte Rijsbergen. »Wir werden herausfinden, wer das ist, oder besser: wer das war. Hol bitte Tüten aus dem Auto, dann können wir die Sachen schon mal mitnehmen. Die Kriminaltechnik kann sich um die Handys kümmern; wir schauen uns gleich im Büro den Inhalt des Portemonnaies an.«

Rijsbergen wartete, bis Van de Kooij zurückkam.

Die Sanitäter hatten begonnen, die Leiche festzuschnallen. Dann schlugen sie eine Hülle aus steifem Plastik über sie.

Rijsbergen fiel plötzlich etwas ein.

Ob dieser Mann etwa auch …

»Einen Augenblick!«, rief er.

Er hockte sich neben die Bahre und legte die Geldbörse und die Handys auf den Boden. Dann schlug er die Plane zurück, öffnete etwas mühsam die Jacke des Toten und knöpfte das Oberhemd ein Stück auf. Mit beiden Händen zog er Unterhemd, Oberhemd und Jacke beiseite, sodass er einen Blick auf die linke Seite der Brust werfen konnte.

Und da, an genau derselben Stelle, an der Coen Zoutman die Tätowierung gehabt hatte, neben dem Ansatz der Achsel, war ein Stück Haut von der Größe eines Fünfcentstücks weggeschnitten.

»Was machst du da?«, fragte Van de Kooij ungeduldig.

»Ich sehe was, was du nicht siehst«, sagte Rijsbergen und zog die Kleidung des Toten so gut es ging wieder zurecht. Mit einem knappen Kopfnicken in Richtung der Sanitäter bedeutete er ihnen, dass sie weitermachen konnten. Er stand auf und steckte das Portemonnaie und die Handys in die Tüten, die Van de Kooij mitgebracht hatte.

Sie zogen sich ein paar Schritte von dem Trubel zurück.

»Und?«, fragte Van de Kooij nochmals.

»Ihm wurde ein Stück Haut weggeschnitten, an derselben Stelle, wo Zoutman die Tätowierung hatte«, sagte Rijsbergen halblaut.

»Bizarr!«, war alles, was Van de Kooij hervorbringen konnte. »Bizarr.«

»Lass uns zurückfahren«, schlug Rijsbergen vor. »Sag den anderen, sie sollen sofort mit einer ausführlichen Befragung der Nachbarschaft beginnen. Sie sollen keinen auslassen! Und die Presseabteilung soll die Medien informieren, Leidsch Dagblad, Leiden TV, TV West, Sleutelstad FM et cetera. Keine Einzelheiten natürlich, aber sie sollen über ihre Websites, Facebook,

Radio und so weiter nach Zeugen suchen. Jeder, der in den letzten vierundzwanzig Stunden etwas Ungewöhnliches bemerkt hat, ob hier am Galgewater oder sonst wo, soll sich bei uns melden.«

»Gute Idee«, sagte Van de Kooij, ging festen Schrittes auf eine Gruppe Uniformierter zu und genoss es sichtlich, in der Position zu sein, anderen Befehle zu erteilen.

Die Kollegen teilten sich in Gruppen auf und schwärmten aus, während die Türen des Rettungswagens leise geschlossen wurden.

Kurz darauf fuhren Rijsbergen und Van de Kooij zurück ins Präsidium. In den schmalen Straßen rund um die Galgewater-Gracht fiel Van de Kooijs Auto noch mehr auf als sonst.

Zu Rijsbergen Füßen lagen die Plastiktüten mit den Handys und der Geldbörse des Opfers.

Durch die Tätowierung und die entfernte Haut gab es tatsächlich einen eindeutigen Zusammenhang zwischen Coen Zoutman und diesem Y. Falaina, daran konnte es keinen Zweifel geben.

Aber inwiefern, fragte sich Rijsbergen. Ob Falaina Mitglied bei den Freimaurern gewesen ist? Haben noch mehr Leute von diesem Club eine solche Tätowierung? Ist es eine besondere Gruppe von Eingeweihten?

Sie fuhren über die Blauwpoortsbrug und bogen links ab auf den Turfmarkt. In der Ferne ragte die mächtige Stadtmühle De Valk auf, die die Zufahrt zur Leidener Innenstadt markierte.

Our weapon is our knowledge. Unwillkürlich musste Rijsbergen an diesen Satz von Hercule Poirot denken. *But remember, it may be a knowledge we may not know we possess …*

Manchmal liegt die Lösung zum Greifen nahe, dachte Rijsbergen. *Alles Wissen befindet sich schon in uns, wir müssen es nur hervorrufen, es erkennen … Wir müssen nur die Punkte richtig miteinander verbinden, sodass ein deutliches Bild entsteht.*

Im Präsidium brachte Van de Kooij die Handys sofort in die Kriminaltechnik. Dort rechnete man damit, dass es nicht sehr schwierig sein würde, an die Daten zu gelangen. Im Allgemeinen benutzten nur erfahrene Kriminelle mit kaum zu knackenden Sicherungscodes verschlüsselte Smartphones, doch so schätzte Rijsbergen diesen jungen Mann nicht auf den ersten Blick ein. Der Wasserschaden an den Handys könnte allerdings ein Problem darstellen.

Van de Kooij fiel die Aufgabe zu, Kontakt mit den Leidener Freimaurern aufzunehmen und sich zu erkundigen, ob sie diesen Y. Falaina kannten. Außerdem sollte er in den Datenbanken recherchieren, ob es dort Informationen über ihn gab.

In seinem Büro breitete Rijsbergen den Inhalt des Portemonnaies auf einem Tablett aus. Es enthielt den Studierendenausweis, eine Scheckkarte, ein paar Kundenkarten, nichts Besonderes. Etwas Kleingeld und einen Zwanzigeuroschein, aber keine Bons oder Zettel, die irgendeinen Hinweis hätten geben können.

Rijsbergen setzte sich hin und seufzte tief.

Hercule, Hercule … Was würdest du tun?

Der englische Satz, der ihm in den Sinn kam, hatte einen starken französischen Akzent.

Difficulties are there to be overcome …

Rijsbergen rief in der Kriminaltechnik an, und dort versprach man ihm, gleich jemanden vorbeizuschicken und das Portemonnaie abzuholen, um den Inhalt genauer zu untersuchen. Er machte sich jedoch keine großen Hoffnungen. Der Mörder – oder die Mörder, oder die Mörderin – hätte es einfach verschwinden lassen können, wenn es irgendetwas Wichtiges enthalten hätte.

Es klopfte zweimal laut, und schon stürmte Van de Kooij herein und legte ohne Einleitung los. Er hielt ein Blatt Papier in der Hand, las aber nicht davon ab.

»Er hieß Yona Falaina. Der Nachname scheint griechischen Ursprungs zu sein, der Vorname stammt aus dem Hebräischen – er bedeutet ›Taube‹. Das ist so ungefähr das Konkreteste, was wir finden konnten. Ansonsten kaum etwas, und schon gar nichts, was uns weiterhilft. Er wohnte seit etwa vierzehn Jahren in den Niederlanden, ganz legal, Bürgerservicenummer korrekt, er hat einen gültigen Pass und eine gültige Aufenthaltsgenehmigung, keine Vorstrafen, Steuern ordentlich bezahlt, keine Strafzettel, nichts. Wenn man seinen Namen googelt, findet man nur Abbildungen von Damenschuhen auf eBay und bunte künstliche Nägel – keine Ahnung, warum. Keine Verwandten, keine Mitgliedschaften, kein einziges Foto von ihm, nirgends. Er ist nicht auf Facebook, scheint keiner bezahlten Arbeit nachgegangen zu sein und war zwar an der Uni eingeschrieben, aber kein aktiver Student. Er muss eine Einkommensquelle gehabt haben – oder er hatte Eigenkapital, das recherchieren wir noch –, denn er hat zur Miete hier in Leiden gewohnt. Wir haben die Adresse; die Kollegen sind schon unterwegs.«

Van de Kooij war fast außer Atem, so schnell hatte er diese Informationen auf Rijsbergen abgefeuert. Er gab sich keine Mühe zu verbergen, wie stolz er auf die Tatsache war, dass er in so kurzer Zeit so viele Informationen über jemanden gefunden hatte, über den es so wenig zu finden gab.

»Gut gemacht, Sherlock«, sagte Rijsbergen. »Wir müssen … Ein Zeichner soll aufgrund der Fotos, die bei der Mühle De Put gemacht wurden, ein möglichst genaues Profilbild anfertigen, das wir verbreiten können. Zuerst zeigen wir es den Freimaurern. Ich vermute, dass er Coen Zoutman gekannt hat, da er die gleiche Tätowierung hatte. Oder sagen wir mal, eine Tätowierung an der gleichen Stelle. Und wenn er Zoutman gekannt hat, kannten andere ihn wahrscheinlich auch. Ich bitte mal die Kollegen, sich sein Konto anzusehen. Woher stammte sein Geld? Was hat er damit gemacht?«

»Ich habe noch etwas anderes.« Van de Kooij zeigte Rijsbergen das Blatt Papier, das er in der Hand hielt.

Darauf war eine Abbildung zu sehen.

»Was soll das?«, fragte Rijsbergen.

»Das ist das Symbol der Freimaurer: Zirkel und Winkelmaß. Habe ich gerade ausgedruckt.«

»Sie bilden tatsächlich so etwas wie zwei Dreiecke«, sagte Rijsbergen skeptisch. »Ich erkenne auch diesen kleinen Kreis oben an einem der Dreiecke, aber bei der Tätowierung waren die Dreiecke anders angeordnet. Und was hat dieses G zu bedeuten?«

»Ja, das G fehlte bei der Tätowierung.«

»Wofür steht es eigentlich?«

»Es kann alles Mögliche bedeuten«, sagte Van de Kooij. »Ich habe mich eben mal schlaugemacht. Nach dem, was ich bisher weiß, scheint es keine genau festgelegte Bedeutung zu haben, was typisch für die Freimaurer ist. Es ist den Mitgliedern selbst überlassen, was sie darin sehen. Das G kann unter anderem für Gott, Gnosis, Geist und Geometrie stehen.«

Rijsbergen sah sich die Abbildung noch einmal genau an. »Das überzeugt mich nicht«, sagte er dann, »auch wenn die zwei Dreiecke und der Kreis darin vorkommen. Aber wir sollten es im Hinterkopf behalten. Recherchiere jetzt erst mal alles andere, worüber wir vorhin geredet haben.«

Voller Arbeitseifer drehte Van de Kooij sich um und verließ das Zimmer.

»It ain't necessarily so«, sang Rijsbergen leise vor sich hin. *»It ain't necessarily so ... Things that you're liable to read in the Bible ... It ain't necessarily so ...«*

Warum kommt mir jetzt ausgerechnet dieser Song in den Sinn?, fragte er sich. Er öffnete YouTube, gab die Zeile ein und stellte fest, dass es ein Oldie war und aus dem Musical *Porgy and Bess* von George Gershwin stammte.

Rijsbergen kannte nur die Version von Bronski Beat aus den Achtzigerjahren. Er klickte das Video an und lehnte sich zurück, die Hände hinter dem Kopf verschränkt, die Augen geschlossen.

Ah, da kommt es, dachte er.

»Jonah he lived in a whale …«, ertönte die dünne Stimme von Jimmy Somerville.

Die Assoziation lag auf der Hand: Yona, Jonah.

Das Telefon klingelte.

Rijsbergen schaltete die Musik aus.

»Hey, Rijsbergen«, ertönte die Stimme von Michiel Kooiman aus der Kriminaltechnik.

»Hallo, Michiel«, sagte Rijsbergen. »Hast du was für mich?«

»Ja und nein«, antwortete Michiel. »An die Handydaten zu kommen, war kinderleicht, keine nennenswerte Sicherung, ein simpler Pincode, den haben wir sofort geknackt. Mit dem Smartphone wurde weder telefoniert, noch hat jemand darauf angerufen. Sämtliche Ortungsoptionen waren ausgeschaltet, und die Standortverfolgung von Google auch. Außerdem hatte er die Funktion ausgeschaltet, die automatisch nach WLAN-Netzen sucht. Und so könnte ich ewig weitererzählen, aber um es kurz zu machen: Er scheint die Handys in erster Linie zu Hause genutzt zu haben, für Recherchen zum Beispiel. Leider war der Browserverlauf so eingestellt, dass er sich immer wieder automatisch gelöscht hat. Aber vielleicht kommen wir doch noch irgendwie dran.«

»Das ist doch alles ziemlich ungewöhnlich, oder?«

»Allerdings. Auf jeden Fall war das ein Mann, der gerne für sich behalten wollte, wo er sich aufhielt oder wo er gewesen war. Der sich nicht überwachen lassen wollte, weißt du, wie die Leute, die alles bar bezahlen. Na ja, wir werden sehen.«

»Und das andere Handy?«

»Das ist eine noch merkwürdigere Geschichte«, sagte Michiel und wirkte ehrlich verblüfft. »Es ist ein Prepaidhandy. Könnte sein, dass er regelmäßig ein neues gekauft hat; dieses hier sieht jedenfalls neu aus.«

»Hat er denn damit telefoniert?«

»Ja, das hat er«, sagte Michiel. »Aber es gibt nicht mal so etwas wie eine Kontaktliste. Allerdings wurde er vor zwei Tagen mehrmals von derselben Nummer angerufen, hat die Anrufe aber nicht angenommen. Es könnte sein, dass er da schon tot war und deswegen nicht ans Handy gegangen ist. Diese Nummer wurde auch nicht gelöscht.«

»Und?«, fragte Rijsbergen mit einem wachsenden Gefühl der Aufregung.

»Wir haben bei der Nummer angerufen, aber nur eine Mailbox erreicht.«

»Und, wessen Nummer war es?«

»Die von Coen Zoutman.«

20

Peter und Mark erreichten das Institut für Geschichte und unterhielten sich noch ein wenig darüber, was den Fall wohl noch weiter verkompliziert haben mochte.

Etwas unentschlossen standen sie mit ihren Fahrrädern neben sich da.

»Weißt du was, lass uns noch zusammen eine Tasse Kaffee trinken«, schlug Mark vor. »Und dann zeigst du mir dieses Manuskript von den Pilgervätern. Ich bin schon ganz gespannt darauf.«

»Einverstanden«, sagte Peter.

Er war ganz froh über ein bisschen Gesellschaft.

»Wobei der Verfasser des Dokumentes streng genommen gar kein Pilgervater ist, denn er ist offenbar in Leiden geblieben.«

Sie betraten das Gebäude.

»Was sagt Fay eigentlich dazu, dass du drei Wochen nach Amerika fliegst?«, fragte Mark, als sie in Peters Büro angekommen waren.

Peter rumorte mit der Kaffeemaschine, um sich Zeit für die Antwort nehmen zu können. »Um ehrlich zu sein«, sagte er, »habe ich es ihr noch nicht erzählt. Wir haben seitdem nicht wieder miteinander gesprochen.«

Mark kniff die Augen zusammen.

»Aber«, sagte Peter, »es ist bestimmt kein Problem für sie. Sie hat sich vorgenommen, endlich mit diesem Buch fertig zu werden, an dem sie schon so lange arbeitet, da passt es ihr sicher gut, dass sie mich mal drei Wochen lang nicht um die Ohren hat.«

Letzteres war mehr oder weniger scherzhaft gemeint, aber Mark lachte nicht.

»Ist denn alles in Ordnung zwischen euch?«, fragte er besorgt. »Diese Reise ist doch hoffentlich keine Flucht, oder?«

Es war nicht das erste Mal, dass Peter von Mark überrascht wurde, der im Allgemeinen nicht als besonders empathisch bekannt war. Im Gegenteil: Er konnte oft recht verletzend sein. »Nein, alles in Ordnung«, sagte er schnell. »Im Großen und Ganzen jedenfalls. Jede Beziehung hat doch ihre Höhen und Tiefen, oder?«

»So sagt man, aber Judith und ich hatten noch nie irgendwelche Tiefen. Jedenfalls habe ich nichts davon gemerkt«, erwiderte Mark lachend.

Während die Kaffeemaschine blubberte, nahm Peter seinen Laptop von der Dockingstation auf seinem Schreibtisch und setzte sich neben Mark auf das Sofa. Er öffnete die Dokumente, die Piet van Vliet ihm geschickt hatte.

»Im letzten Fragment steht etwas Erstaunliches. Du wirst es ja selbst gleich lesen. Es scheint sich eine eigene Gruppe gebildet zu haben, rings um Baumeister, Maurer …«

»Bei den englischen Puritanern?«

»Ja, das Ganze ist etwas rätselhaft, schau es dir selbst mal an. Der Autor kommentiert das mit dem Bibelspruch: ›Ihr habt Ohren und höret nicht‹, als solle man zwischen den Zeilen lesen, als wolle er andeuten, dass er nicht alles zu sagen wagt. Gleich darauf folgt ein Satz über die Hauptfigur innerhalb der Gruppe, Josh Nunn, der eine eigene Loge im Theater hat.«

Mark sah ihn erstaunt an.

»Baumeister, Maurer«, wiederholte er langsam. »Eine Loge? Okay, in einem Theater, aber trotzdem. Da habe ich natürlich meine Assoziationen, aber eigentlich kann es nicht sein.«

»Bestimmt denkst du auch an die Freimaurer.«

»Ja, natürlich«, antwortete Mark. »Das ist eine seltsame

Kombination – Baumeister und eine Loge ... Das wäre schon etwas ganz Besonderes gewesen! Allerdings reden wir von einer Zeit ungefähr hundert Jahre vor der Gründung der ersten Freimaurerloge in England. Wenn Piet einen Zusammenhang zwischen den Freimaurern und den englischen Daheimgebliebenen herstellen könnte, die dann wiederum die Vorläufer der ersten Leidener Loge gewesen wären ... Ich meine, es kann eigentlich nicht sein, aber wenn man hierfür weitere Beweise finden und diese zu einer Theorie ausarbeiten könnte, wüsste ich gerne mehr darüber.«

Seit Jahren sammelte Mark Theorien, die man unter den gemeinsamen Nenner »alternative Wissenschaft« einordnen konnte. Vieles wurde ihm ungefragt von Leuten zugeschickt, die glaubten, etwa einen bisher übersehenen Bibelcode gefunden zu haben und dies anhand von komplizierten und nicht nachzuvollziehenden Berechnungen beweisen wollten – meistens hatte es mit der Offenbarung zu tun, dem letzten und mit Abstand rätselhaftesten Buch der Bibel, voller düsterer Verse und Unheil verkündender Prophezeiungen.

Ein befreundeter Ägyptologe steckte Mark mit schöner Regelmäßigkeit Umschläge voller umfangreicher Traktate von Leuten zu, die glaubten, beweisen zu können, dass die traditionell in der Ägyptologie gehandhabte Jahreszählung nicht stimmen konnte, oder dass die Pyramiden von Außerirdischen erbaut worden sein mussten, oder dass vergessene – und von den Regierungen bewusst geheim gehaltene! – Energiequellen existierten, die auf einen Schlag unsere heutigen Energieprobleme lösen konnten.

Mark hatte vor, irgendwann ein Buch daraus zusammenzustellen, und inzwischen hatte er so viel Material, dass er sogar mehrere Bände hätte füllen können.

»Aber das ist doch ziemlich unwahrscheinlich, oder?«, fragte Peter.

»Natürlich ist das alles wenig wahrscheinlich, aber auch nicht ganz ausgeschlossen. Es wäre unwissenschaftlich, alles von der Hand zu weisen, was nicht zu dem passt, was wir bereits kennen. Denn natürlich können freimaurerähnliche Gruppen existiert haben, bevor 1717 offiziell die erste englische Loge gegründet wurde. Im Übrigen handelte es sich dabei um einen Zusammenschluss verschiedener englischer Logen, also waren diese davor schon aktiv. Wer weiß, vielleicht hat es solche Gruppen auch in den Niederlanden – in Leiden zum Beispiel – gegeben, die einfach nie in der offiziellen Geschichtsschreibung aufgetaucht sind. Wenn also die Pilgerväter und die Freimaurer etwas miteinander zu tun haben, müssten wir die Geschichte der Freimaurerei, wie wir sie kennen, um hundert Jahre vordatieren. 1734 wurde in Den Haag mithilfe von Freimaurern aus England und Frankreich die erste Loge der Niederlande gegründet, die *Loge du Grand-Maître des Provinces Unies et du ressort de la Généralité.*« Mark sprach den französischen Namen perfekt aus. »Unsere Pilgerväter sind 1620 nach Amerika aufgebrochen, daher hat man nie zuvor einen Zusammenhang gesehen.«

»Wobei die meisten ja hiergeblieben sind.«

»Das stimmt, aber trotzdem. Weißt du, nichts ist unmöglich, es ist einfach nur neu.«

»Das könnte vielleicht eine Frage beantworten, die ich mir schon öfter gestellt habe«, sagte Peter.

»Und die wäre?«

»Ganz einfach. Die Gründe, aus denen die Pilgerväter die Niederlande verlassen haben, müssen doch auch für die Zurückbleibenden gegolten haben. Aber trotzdem ist die größere Gruppe in Leiden geblieben. Warum haben nicht alle das Land verlassen? Das ist doch eigentlich eine ganz logische Frage.«

»Viele hatten wohl nicht genug Geld für die Überfahrt«, meinte Mark. »Sie hatten sich hier in eine Frau verliebt, oder sie hatten Angst vor einer wochenlang dauernden Ozeanüberquerung auf dem Weg in eine unbekannte Welt, zwar das gelobte Land, aber doch voller Gefahren. Und mir fallen noch viele andere Gründe ein. Im Nachhinein war es wahrscheinlich keine unvernünftige Entscheidung, hierzubleiben. Schon auf der *Mayflower* sind viele Passagiere gestorben, und nach dem ersten Winter war nur noch die Hälfte derer übrig, die die Überfahrt überlebt hatten. Von daher war es gar nicht so dumm, zu Hause zu bleiben.«

»Tja, wer weiß. Wahrscheinlich steckten solche banalen Gründe dahinter, wie du sie genannt hast. Aber um noch einmal auf das gelobte Land zurückzukommen, wie du es eben genannt hast. Für mich klingt das in etwa so, als würde in der Bibel stehen, dass beim Auszug aus Ägypten der größte Teil des jüdischen Volkes beschlossen hätte, nicht mit Josua in das gelobte Land einzuziehen, sondern in der Wüste zurückzubleiben.«

Mark lachte laut auf, als hätte Peter einen guten Witz erzählt. »Und dass die damals dachten«, sagte er, immer noch lachend, »ist doch besser so. Wir haben die zehn Plagen überlebt, sind vierzig Jahre durch die Wüste geirrt, der Sturm hat sich gelegt, wir bleiben mal schön hier. Das Manna fällt von selbst vom Himmel, und die gebratenen Wachteln fliegen uns in den Mund.«

»Ja, so ähnlich«, sagte Peter, der Mark leicht amüsiert anschaute.

Mark setzte die Brille wieder auf, er musste immer noch lachen.

Peter stellte den Laptop auf Marks Schoß und stand auf, um Kaffee einzuschenken. »Entschuldige, wie gedankenlos von mir, ich habe ganz vergessen zu fragen, wie es mit den Schmierereien an eurem Hofje weitergegangen ist. Gibt es was Neues?«

»Ach, das«, sagte Mark, den Blick bereits auf den Bildschirm gerichtet. »Der Fall wurde ganz schnell gelöst, erstaunlich schnell. Die Polizei hat die Täter schon erwischt. Der Polizist, der mich deswegen angerufen hat, schien selbst ganz erstaunt zu sein, als könnte er es gar nicht glauben.«

»Das ist ja toll! Hat es Zeugen gegeben?«

»Nein, das nicht. Der Polizist schien ganz stolz zu sein, hat etwas von gründlichen Ermittlungen und Informanten geredet, einschlägigen Quellen und so weiter, aber ich hatte das Gefühl, dass einfach jemand die Jungs verraten hat, jemand aus ihren eigenen Kreisen. Es waren Aktivisten, die gegen die israelischen Siedlungen auf Palästinensergebiet protestieren wollten.«

»Und Judith?«

»Die war auch erleichtert. Natürlich war ihr irgendwie klar, dass das nicht gegen sie gerichtet war, oder zumindest, dass es unwahrscheinlich war.«

»Schön, dass das vor ihrer Abreise am Sonntag geklärt werden konnte.«

»Stimmt«, sagte Mark. »Gut, dann fange ich jetzt mal an zu lesen.«

Peter öffnete das Fenster und setzte sich schräg auf die Fensterbank.

»Hast du etwas dagegen, wenn ich …«, begann er, aber Mark war so in den Text vertieft, dass er seinen Satz gar nicht zu beenden brauchte. Peter zündete sich einen Zigarillo an, nahm vorsichtig einen ersten Zug und ließ den Rauch aus seinem Mund entweichen. Langsam, mit kleinen Schlucken, trank er seinen heißen Kaffee. Zum ersten Mal an diesem Tag entspannte er sich ein wenig. Er schloss die Augen und versuchte, sich zu konzentrieren, obwohl er nicht recht wusste, worauf genau.

Ist es etwas, was Mark eben gesagt hat? Oder etwas, was wir in den Geschichten aus der Bibel gelesen haben, die Coen Zoutman bei sich hatte?

Peter zog noch einmal an seinem Zigarillo, mit geschlossenen Augen, da er befürchtete, seinen Denkprozess zu stören, wenn er sie öffnete. Er hatte das Gefühl, etwas auf der Spur zu sein, wusste aber nicht genau, was es war. Manchmal ging ihm das bei der Arbeit an einem Artikel so; dann formte sich irgendwo in seinem Hinterkopf eine Idee, mehr ein Gefühl als etwas, was er in Worte fassen konnte.

Kurz darauf schlug er die Augen auf und blickte hinüber zu Mark, der noch immer in das Dokument vertieft war. Dann kann ich mir genauso gut noch einen Zigarillo anstecken, dachte Peter. Mark ist ein schneller Leser, aber das kann trotzdem noch eine Weile dauern.

Peter gab auf, weiter zu grübeln. Seiner Erfahrung nach hatte es nicht viel Sinn, sich in solchen Augenblicken zu sehr auf dieses vage Gefühl zu konzentrieren. Es war letztendlich besser, es erst einmal ruhen zu lassen, wie man ein gutes Stück Fleisch bei niedriger Hitze schmoren ließ, ohne den Deckel abzunehmen, um den Garprozess nicht zu stören.

»Faszinierendes Material!«, sagte Mark begeistert, nachdem Peter seinen zweiten Zigarillo fertig geraucht hatte. »Wirklich faszinierend. Vieles ist natürlich schon bekannt, aber das alles aus der Feder von jemandem zu lesen, der direkt daran beteiligt war … Aufregend!«

»Vieles ist schon bekannt, das stimmt«, sagte Peter. »Aber für mich war es neu, dass es offenbar Spannungen innerhalb der Gruppe gegeben hat, davon hatte ich noch nie gehört. Das erklärt vielleicht auch, warum letzten Endes mehr als die Hälfte in Leiden zurückblieb, oder? Und diese Verweise auf den Jungen … Das ist doch auch etwas merkwürdig.«

»Ja, in der Tat. Das mit dem Zwiespalt ist neu. Interessant. Und der Junge … Vielleicht war er der designierte neue Anführer? Ein Eingeweihter? Wer weiß.«

Mark scrollte ein Stück im Text nach oben, bis er die Passage gefunden hatte, die er offenbar gesucht hatte.

»Aber das hier ist doch auch etwas ganz Besonderes, Peter«, sagte er dann. Er fuhr mit dem rechten Zeigefinger über den Bildschirm, wie jemand, der lesen lernt. *»Josh Nunn hingegen schart Leute um sich, unter denen übrigens auffällig viele im Baugewerbe tätig sind, Maurer und dergleichen mehr – ihr habt Ohren, und höret nicht –, die sich dafür entscheiden, in Leiden zu bleiben«*, las er vor. »Dass die Maurer explizit erwähnt werden, ist schon auffällig.«

»Und dann dieses Zitat, ›ihr habt Ohren, und höret nicht‹«, sagte Peter, der sich wieder neben Mark gesetzt hatte.

»Diese ausdrückliche Erwähnung einer Berufsgruppe, das ist für mich das Faszinierendste, besonders durch dieses Zitat dahinter natürlich, wodurch die Bedeutung noch hervorgehoben wird.«

Mark machte Anstalten, Peter den Laptop zurückzugeben, zog ihn aber noch einmal zu sich. »Könntest du mir die Dokumente gleich mailen?«

»Natürlich, kein Problem. Piet sagt selbst immer, dass man wissenschaftliches Material teilen sollte.« Peter stand auf und stellte seinen Laptop wieder auf den Schreibtisch. »Ich gehe jetzt mal nach Hause, zu Fay«, sagt er. »Schön, dass wir uns kurz gesprochen haben, Mark. Durch unseren Austausch habe ich irgendwie das Gefühl, dass ich einer Lösung näher gekommen bin. Auch wenn ich noch nicht weiß, wie sie aussieht.«

»Klingt ja vielversprechend«, sagte Mark lachend. »Na schön, mein Lieber, dann mache ich mich auch mal auf den Weg. Wir sehen uns am Samstag im La Bota.«

»Mach's gut, bis dann!«

Am Samstag wollten Fay und Peter mit Judith und Mark zusammen anlässlich von Judiths Abschied essen gehen.

Schön, dass ich Judith morgen noch einmal allein sehe, dachte Peter.

Sie gingen hinaus und verabschiedeten sich.

Peter bog rechts in den Doelensteeg ein, auf dem Weg zu Fay, und Mark ging in die andere Richtung, zu seinem Büro am Witte Singel.

Auf der Brücke über die Rapenburg blieb Peter stehen, unschlüssig, ob er wirklich zu Fay gehen sollte.

Aber ich kann ihr nicht ewig ausweichen.

Er überquerte die Brücke und setzte seinen Weg an der Rapenburg entlang fort. Er musste an den Ausdruck »mit Blei in den Schuhen« denken.

Im Haus von Fay war es still.

Peter wusste, dass Agapé heute Korbballtraining hatte und dass Alena sie oft begleitete.

Vielleicht ist sie nicht zu Hause, dachte er hoffnungsvoll. Dann kann ich aber wenigstens sagen, dass ich vorbeigekommen bin.

Er trat ein.

Ich muss ihr auch noch sagen, dass ich in drei Wochen nach Boston fliege.

»Schatz?«, rief er zögernd, als er im Wohnzimmer stand.

»Fay?«, rief er, etwas lauter.

Er hatte sich schon umgedreht und wollte gehen, als Fay schließlich doch noch antwortete.

»Ich bin oben!«, rief sie.

Gleich darauf hörte er ihre Schritte auf der Treppe.

Auf der letzten Stufe blieb sie stehen, als führe die Treppe in ein Schwimmbecken und sie schrecke vor dem kalten Wasser zurück.

»Warum hast du mir auf meine Nachricht nicht geantwortet?«, fragte sie.

Peter stand an der Tür, die Hand noch auf dem Griff, als wollte er nur Hallo sagen und wäre nicht hineingekommen.

»Ich wusste nicht, was das plötzlich sollte«, sagte er, schloss die Tür hinter sich und ging wieder ins Wohnzimmer.

»Was das plötzlich sollte?«, wiederholte Fay empört. »Du hast doch in meinen Mails geschnüffelt, oder? Und du hast sogar eine Mail geöffnet und sie danach gelöscht!«

»Aber woher weißt du …«

»Ich habe gestern gesehen, dass ich eine Mail von Coen erhalten hatte. Seine Mails werden automatisch in einen Ordner weitergeleitet, in dem nur seine Nachrichten gespeichert werden.«

»Aber warum …«

»Darum geht es hier nicht, Peter. Ich bin niemandem Rechenschaft schuldig. Auch dir nicht. Auch nicht hierfür. Das geht niemanden etwas an!«

Peter schluckte.

Durch ihre freundliche Erscheinung wurde Fay regelmäßig unterschätzt – auch Peter beging diesen Fehler noch immer. Niemand rechnete damit, dass sie in Diskussionen so heftig werden konnte.

»Hast du noch andere Mails gelesen?«, wollte sie wissen.

»Nein«, sagte er.

Ich kann genauso gut offen zu ihr sein.

»Komm«, sagte er. »Setzen wir uns kurz hin, in Ordnung?«

Fay setzte sich in den Sessel, Peter auf das Sofa.

»Ich habe deinen Laptop aufgeklappt«, sagte er. »Dein Mailprogramm war noch geöffnet. Ich habe gesehen, dass du einen Ordner ›Coen Zoutman‹ angelegt hattest. Das fand ich interessant, weil du mir nie erzählt hast, dass ihr per E-Mail verkehrt habt.«

»Und das muss ich dir auch nicht erzählen.«

»Du hast recht«, sagte Peter und hob verteidigend die Hände. »Ich habe auch gesehen, dass eine neue Nachricht gekommen war, und habe auf den Ordner geklickt. In dem Moment wurde mir klar – und genau so ist es gewesen, das musst du mir glauben –, dass ich nicht in deinen Mails rumschnüffeln durfte, und wollte den Ordner wieder schließen, aber da habe ich aus Versehen die neue Mail geöffnet. Es stand nichts weiter darin als: ›Bis heute Abend.‹ Mehr nicht. Und da dachte ich … Es war dumm von mir, entschuldige, Fay. Aber da dachte ich: Diese Mail enthält keine wichtigen Informationen, also lösche ich sie schnell, bevor Fay sieht, dass ich sie geöffnet habe.«

»Das war seine letzte Mail an mich, Peter.«

»Ja, ich weiß.«

»Natürlich hatte ich gesehen, dass eine Nachricht von ihm gekommen war, aber ich habe es nicht einmal gewagt, den Ordner zu öffnen. Ich habe den Laptop sofort zugeklappt, so sehr habe ich mich erschreckt. Irrational, ich weiß, aber ich habe mich nicht getraut, nachzuschauen, was er mir geschrieben hatte. Es war, als ob …« Plötzlich klang ihre Stimme tränenerstickt.

Ob ich zu ihr gehen soll? dachte Peter. »Es tut mir leid, Schatz«, sagte er. »Das war dumm von mir. Ich hätte es dir gleich sagen sollen.«

»Es war, als ob ...«, sagte Fay, ohne auf Peters Entschuldigungen einzugehen. »Es klingt absurd, aber es war, als würde ich ihn noch eine Weile am Leben erhalten, indem ich die Mail nicht öffnete. Das ist natürlich nicht ... nicht rational. Jetzt, wo ich es ausspreche, wird mir erst klar, wie seltsam das klingt.« Sie schniefte.

»Als ich heute Morgen dann doch allen Mut zusammengerafft habe, sah ich, dass die Mail weg war. Aber die gelöschten Mails bleiben immer noch eine Weile in dem Ordner ›gelöschte Nachrichten‹, und man kann sie noch einmal aufrufen.«

Daran habe ich nicht gedacht, dachte Peter.

»Und so habe ich die Mail wiedergefunden. Es stand wirklich nichts Weltbewegendes darin, aber es war eben seine letzte Nachricht an mich. Und abgesehen davon finde ich es unmöglich, dass du in meinen Mails schnüffelst!« Sie sah ihn wütend an. »Und du hast wirklich keine anderen Mails gelesen?«

»Nein, wirklich nicht«, versprach Peter. »Ich mache so etwas nicht. Normalerweise jedenfalls. Es ist eine merkwürdige Situation, eine merkwürdige Zeit ... Ich habe doch schon so oft an deinem Computer gearbeitet, und du hast regelmäßig alle deine Programme offen gelassen. Ich schließe sie immer, ohne reinzuschauen. Du vertraust mir doch, oder?«

Fay sah ihn weiterhin starr an.

»Wirklich, Fay, es tut mir leid. Es wird nicht wieder vorkommen.«

Sie schien beschlossen zu haben, es für den Augenblick dabei zu belassen. Wenn ein Gegner am Boden liegt, hat es keinen Zweck mehr, weiterzukämpfen.

»Aber du hättest sie doch leicht wiederherstellen können. Man kann eine Mail als ›noch nicht gelesen‹ markieren. In dem Fall hätte ich gar nichts gemerkt.«

»Aha«, sagte Peter erstaunt. »Die Funktion kannte ich gar nicht.« Lächelnd sah er sie an. »Dann weiß ich ja beim nächsten Mal Bescheid«, scherzte er, in einem Versuch, die Stimmung aufzuheitern, aber Fay lachte nicht mit.

»Schön«, sagte sie, aber die Schärfe war noch nicht ganz aus ihrer Stimme verschwunden.

»Gibt es vielleicht irgendetwas, was ich wissen muss?«, konnte Peter sich nicht verkneifen zu fragen. »Warum reagierst du so heftig auf diese Sache? Ich verstehe, dass es nicht angenehm ist, wenn jemand deine Mails liest, aber ich verstehe nicht, warum du dich so sehr aufregst. Gibt es etwas, was ich hätte lesen können, was du mir aber verheimlichen willst?«

Fay schüttelte entschieden den Kopf.

Damit hat sie ein kleines bisschen zu lange gezögert, fand Peter. Aber ich bin nicht in der Position, sie jetzt weiter nach ihrer Korrespondenz mit Coen Zoutman zu fragen.

»Gut«, sagte er dann. »Sollen wir es dann mal gut sein lassen?«

Es herrschte ein kurzes Schweigen, als warteten zwei Schauspieler in einer Szene auf die Anweisung eines Regisseurs.

»Ja, ist schon gut«, durchbrach Fay schließlich die Spannung.

Beide standen auf. Fay ging auf Peter zu und umarmte ihn. Auch Peter nahm sie in den Arm.

»Ich muss dir übrigens etwas sagen«, verkündete er.

Fay ließ ihn los und trat einen Schritt zurück, misstrauisch geworden. »Erzähl«, sagte sie so beiläufig wie möglich, aber ihre Stimme klang weiterhin angespannt.

»Judith hat mich eingeladen, sie in Boston zu besuchen. Und ich habe beschlossen, die Einladung anzunehmen.«

»Ach so«, sagte sie, sichtlich erleichtert. Sie lachte. »Aber das ist doch schön?«

»Ich werde drei Wochen bleiben. Jedenfalls werde ich für drei Wochen fliegen und dabei auch sie besuchen, vielleicht für eine Woche. Sie hat eine große Wohnung, hat sie gesagt.«

»Ja, aber das ist doch wunderbar? Schön für sie und für dich. Du hast schon so lange keinen Urlaub mehr gemacht. Es wird dir guttun.«

»Ich fliege schon in drei Wochen.«

»Oh.«

Jetzt sagte sie erst mal nichts mehr. »Das geht aber schnell.«

»Ich habe schon gebucht.«

»Okay. Du hast es aber eilig.«

»Ich habe das ganz spontan gemacht«, gab Peter zu. »Sie hat mich gefragt, und ich habe Ja gesagt. Aber es hat sich richtig angefühlt. Außerdem hast du doch mit deinem Buch zu tun.«

»Das stimmt«, sagte sie. »Ich werde sehr beschäftigt sein. Und es kollidiert ja nicht mit unserer Urlaubsplanung im Sommer. Besser, du fliegst jetzt als später.«

Sie hatten schon vor ein paar Monaten einen dreiwöchigen Urlaub auf der griechischen Insel Thera gebucht. Den ersten richtigen Urlaub – bis auf ein paar Wochenenden auf Texel –, den sie als »Familie« unternehmen würden.

»Ich bin froh, dass du es so siehst, Fay.«

»Es ist in Ordnung, wirklich. Und du hast recht. Ich kann in Ruhe an meinem Buch arbeiten, und du kommst mit aufgeladenen Akkus zurück.« Nach diesen Worten ging sie zur Anrichte und öffnete eine Flasche Wein. Sie schenkte zwei Gläser ein und kam damit zu Peter. »Auf Boston!«, sagte sie, während sie anstießen.

»Und auf uns«, sagte Peter, etwas verhaltener.

»Und auf uns«, sagte Fay. »Aber jetzt ist es gut.« Nach zwei schnellen Schlucken kehrte sie in die Küche zurück. »Willst du in Boston auch zu den Freimaurern?«, erkundigte sie sich.

»Das ist vielleicht eine gute Idee. Warum nicht?«

»Ich würde mich freuen, wenn du da mal vorbeischaust. Mach ein paar Fotos, einen kurzen Film oder so. Ich bin gespannt, wie es da aussieht, in einer so alten Loge.«

»Einverstanden, mache ich.«

Fay hatte offenbar spontan entschieden, dass die oberen Küchenschränke dringend ausgeräumt und gründlich geputzt werden mussten.

Peter nahm ihren Laptop. »Ich lese mal kurz deine E-Mails«, scherzte er.

Jetzt konnte Fay glücklicherweise darüber lachen. »Ich habe sie in ein neues, super geheimes Programm verschoben, das niemand öffnen kann«, erwiderte sie.

Ja, ja, dachte Peter. Alles gut und schön, innerhalb einer Beziehung hat jeder das Recht auf seine Geheimnisse, aber du bist nicht ganz ehrlich zu mir, Fay.

Als er den Laptop gestartet hatte, sah er, dass Fays Outlook wieder geöffnet war, als wolle sie ihm beweisen, dass sie ihm tatsächlich vertraute.

Doch gleich auf den ersten Blick sah er auch, dass sich etwas verändert hatte.

Er schaute noch einmal hinüber zu der fanatisch putzenden Fay und dann auf ihre Ordner.

Der komplette Ordner »Coen Zoutman« war verschwunden.

21

Entgegen ihrer Gewohnheit ging Fay früher als Peter nach oben. Normalerweise gingen sie immer gemeinsam, um im Bett noch ein bisschen zu lesen oder zu plaudern, bevor sie schliefen.

Als Peter sich im dunklen Schlafzimmer auszog, hörte er an ihrer Atmung, dass sie noch nicht schlief. Dennoch redeten sie nicht miteinander.

Fay blieb noch liegen, als er am nächsten Morgen aufstand. Auch diesmal war er davon überzeugt, dass sie wach war.

Ohne Frühstück machte er sich auf den Weg. Zu Agapé, die schon unten war, sagte er, er habe heute viel zu tun.

Letzteres war nicht einmal eine Lüge; er hatte wirklich viel vor. Durch seinen Entschluss, Judith zu besuchen, hatte sich viel Arbeit nach vorn verlagert. Fast den ganzen Vormittag saß er am Schreibtisch und korrigierte Hausarbeiten. Später musste er noch eine Gastvorlesung bei seinem Kollegen Job Weststraten im Rahmen einer Vorlesungsreihe der Ideengeschichte des 17. und 18. Jahrhunderts halten.

Es fiel ihm schwer, sich zu konzentrieren, nicht nur wegen der Probleme mit Fay, sondern auch wegen des Mordes an Coen Zoutman.

Gestern war eine weitere Leiche entdeckt worden, wie Peter auf der Website des Leidsch Dagblad gelesen hatte. Ein junger Mann war tot im Galgewater aufgefunden worden. Er hatte keine Ahnung, ob dieser zweite Tote etwas mit Coen zu tun hatte, aber abgesehen davon war es eine unangenehme

Vorstellung, dass hier ganz in der Nähe, unter der Brücke, die er zigmal überquerte, eine Leiche im Wasser gelegen hatte.

Die Polizei hatte gleich bei der Bekanntgabe erklärt, dass es sich um ein Verbrechen handelte und nicht um einen Unfall.

Peter hatte sich aufmerksam das freigegebene Foto angesehen, aber die Person glich niemandem, den er kannte, und auch der Name Yona Falaina sagte ihm nichts. Er war seltsam erleichtert – zumindest handelte es sich bei dem Opfer um keinen seiner Studierenden.

Die Hausarbeiten schob er beiseite.

Er kochte Kaffee, und während die Maschine blubberte, setzte er sich auf seinen festen Platz auf der Fensterbank, um seinen Zigarillo zu rauchen.

Irgendetwas muss mit diesem Mailverkehr sein, dachte er. Gibt es etwas auf meinem Computer, was kein anderer sehen darf?

Ihm fiel nichts ein.

Bestimmt ist es eher die Vorstellung, dass jemand in ihren E-Mails rumschnüffelt. Das kann ich mir gut vorstellen. Es geht eher um ihre Privatsphäre als um etwas anderes.

Bei Gesprächen in den Veranstaltungspausen war ihm aufgefallen, dass die meisten seiner Studierenden erstaunlich gleichgültig reagierten, was das Thema Privatsphäre und Datenschutz anging. Dass demnächst ein Gesetz dem Staat mehr Freiheiten bot, E-Mails und Telefonate von Privatpersonen zu überwachen, interessierte niemanden. »Ich habe doch nichts zu verbergen«, lautete die Standardreaktion. Aber wenn er dann fragte, ob er mal das Handy desjenigen haben dürfe, um seine WhatsApps zu lesen, erntete er entsetzte Blicke.

Ich fände es doch auch nicht angenehm, wenn Fay meine WhatsApps und E-Mails lesen würde, also sollte mich ihre Reaktion nicht wundern. Das Merkwürdige ist, dass ich nicht wusste, dass sie so einen intensiven Kontakt zu Zoutman pflegte.

Peter rauchte gedankenverloren weiter, bis er von einem kurzen, heftigen Schmerz aufschreckte. Der Zigarillo-Stummel war so kurz geworden, dass der glühende Aschekegel seine Fingerspitzen versengte. Eigentlich hatte er noch einmal daran ziehen wollen, aber es war zu wenig davon übrig. Mit Bedauern warf er den Stummel hinaus.

Er schenkte sich Kaffee ein und setzte sich an den Computer.

In etwas über drei Wochen würde er zu Judith nach Boston fliegen.

Vielleicht sollte ich meine Zeit dort tatsächlich nutzen, und mich etwas näher mit den Pilgervätern zu beschäftigen, dachte Peter. Womöglich entdecke ich bei den Freimaurern in Boston etwas über eine eventuelle Verbindung zwischen den Pilgervätern und den Freimaurern. Inzwischen habe ich mich ja ziemlich gut in die Materie eingearbeitet. Vielleicht kann ich mich dort mit Leuten unterhalten, die sich auch mit diesem Thema beschäftigen? Es wäre doch nett, wenn ich demnächst den Besuchern unseres Pilgermuseums etwas Neues erzählen könnte, was ich selbst herausgefunden habe.

Peter öffnete die Dokumente, die ihm Piet van Vliet geschickt hatte, und speicherte alle Fragmente in einem Dokument ab.

Piet sollte das wirklich irgendwann als Buch herausgeben, dachte Peter, obwohl man damit natürlich nur eine begrenzte Zielgruppe erreichen würde. Dabei wäre es ein guter Stoff für einen Roman. Die Geschichte verdient ein größeres Publikum!

Er druckte alles aus und heftete die Seiten ordentlich ab, wie ein Student, der letzte Hand an ein Referat legte.

Mehrere Punkte in dem Manuskript fand er besonders interessant. Da waren einmal die Jungen, die dieser Josh unter seine Obhut genommen hatte wie eine Art Mündel. Einer von ihnen war auf der *Mayflower* nach Amerika gesegelt, doch sein Platz in Leiden wurde sofort von einem neuen Jungen eingenommen. Dann der Konflikt oder Zwiespalt, der innerhalb der Gruppe entstanden zu sein schien. Und schließlich der mögliche Zusammenhang zwischen den Pilgervätern und den

Freimaurern – auch wenn dieser am wenigsten offensichtlich war. Vielleicht gab es einen Zusammenhang zwischen alldem? Doch inwiefern, war ihm – noch – ein Rätsel.

In einem zusätzlichen Dokument setzte er die entsprechenden Passagen mit einer entsprechenden Überschrift untereinander.

Als die Männer vom Boot aus hilflos mit ansehen mussten, wie ihre Frauen und Kinder von den Soldaten mitgenommen wurden.

Kaum waren wir auf dem Schiff, schon sahen wir, wie ein Trupp Soldaten den Strand stürmte.

Ich habe »Männer« geschrieben, aber unter uns befand sich auch ein Knabe, der unter dem besonderen Schutz von Josh stand, einem unserer Anführer. Der Kleine wich ihm nicht von der Seite und umklammerte oft seine Hand – oder, wenn das nicht möglich war, seinen Rockzipfel.

Während der entbehrungsreichen Überfahrt von England in die Niederlande, die viel länger dauerte als geplant.

Josh teilte die karge Ration, die ihm genau wie allen anderen zugeteilt wurde, sogar noch mit dem kleinen Jungen, der dadurch der am besten genährte Passagier des ganzen Schiffes war. Niemand kannte den Jungen, aber es wagte auch niemand, nach seiner Herkunft zu fragen. Wir wussten, dass er eine Waise war – ebenso wie Josh hatte er keine Menschenseele auf dieser Welt –, aber mehr als das war nicht bekannt.

Häufig zogen sie sich an ein ruhiges Plätzchen unter Deck zurück, wo Josh unaufhörlich auf den Jungen einredete, wie ein Verkäufer, der auf dem Markt einem Kunden seine Ware aufschwatzen will. Der Junge schien dann seine Worte zu wiederholen und nickte dabei hin und wieder ernsthaft.

In Leiden angekommen

Der Knabe, der der besondere Günstling von Josh Nunn zu sein scheint, wächst zu einem Jungen heran, der noch immer wenig in der Öffentlichkeit spricht, aber täglich mehr Selbstvertrauen aufzubauen scheint. Er gehört zu Joshs Haushalt. Obwohl er Josh immer noch kaum von der Seite weicht, habe ich ihn in letzter Zeit öfter auf der Straße gesehen – allein und manchmal auch mit Gleichaltrigen, obwohl er sich abseits von ihnen hält. Der Privatunterricht des Jungen geht ohne Pause weiter. Möglicherweise sieht Josh in ihm einen zukünftigen Anführer dieser Gemeinschaft und bereitet ihn auf seine Rolle vor.

Nach ein paar Jahren in Leiden

Der angenommene »Sohn«, wie jeder den Jungen betrachtet, den Josh Nunn von Anfang an unter seine Fittiche genommen hat, ist inzwischen zu einem hübschen und aufgeweckten jungen Mann herangewachsen, einem vollwertigen Mitglied der Gemeinschaft. Manchmal ergreift er während unserer Sonntagsgottesdienste das Wort, was von manchen Mitgliedern mit einiger Zurückhaltung – oder ist es Neid? – akzeptiert wird. Nicht zuletzt fehlt ihm die offizielle Ausbildung, um eine Predigt halten und die Heilige Schrift auf die richtige Art und Weise auslegen zu können, so führen die Leute als Gegenargument an – nie offen, übrigens, sondern immer nur, wenn sie sich nicht beobachtet wähnen. Ein schwerwiegenderes Argument ist, dass der Junge manchmal die Neigung hat, eine etwas allzu freie Interpretation zu vertreten, als sei er auf der Suche nach den Hintergründen, die sich möglicherweise hinter einer Geschichte verbergen. Als verstecke sich eine Bedeutung darin, die uns gewöhnlichen Sterblichen bisher entgangen ist.

Die Gruppe bricht auseinander

Wir siedeln nach Amerika über.

Nun, »wir« trifft es vielleicht nicht so ganz ... Die meisten von uns werden in Leiden zurückbleiben. Manche sind inzwischen wieder nach England zurückgekehrt. Das Leben hier war doch härter, als sie ertragen konnten, daher zogen sie es vor, nach Scrooby zu gehen – auch dort haben sie es nicht leicht, aber wenigstens ist es die Heimat. Sogar das Risiko, bei der Ankunft ins Gefängnis geworfen zu werden, erschien ihnen weniger bedrohlich, als noch länger hierbleiben zu müssen.

Und etwas weiter unten steht:

Ohne mein Wissen scheint Zwietracht in der Gruppe entstanden zu sein, keine scharfe Trennlinie, bei der für jeden Betrachter mit einem Blick deutlich wäre, wie die Verhältnisse liegen, keine zwei Gruppen, die einander gegenüberstehen oder in den Gottesdiensten getrennt voneinander Platz nehmen. (...)

Josh Nunn hingegen schart Leute um sich, unter denen übrigens auffällig viele im Baugewerbe tätig sind, Maurer und dergleichen mehr – ihr habt Ohren, und höret nicht –, die sich dafür entscheiden, in Leiden zu bleiben. Josh, der es zu etwas gebracht hat, hat mittlerweile eine eigene Loge im Theater, wo sich die Kerngruppe regelmäßig trifft, um während der Pausen miteinander zu diskutieren.

Josh hat übrigens einen neuen Jungen unter seine Fittiche genommen, mit dem er ebenso zu verfahren scheint wie mit dem ersten: Sie ziehen sich gemeinsam zurück. Josh redet die ganze Zeit auf ihn ein – manchmal sitzen die beiden zusammen in unserem Innenhof –, und der Junge hört ihm genauso andächtig zu, wie es zehn Jahre zuvor sein Vorgänger getan hat.

Das ist noch das Befremdlichste von allem: die Position des – ehemaligen? – Augapfels von Josh, dem Knaben, der jetzt ein erwachsener Mann in der Blüte seines Lebens ist. Dies ist der Junge, der die vergangenen zehn, elf Jahre in Joshs Nähe verbracht hat, als sei er dessen Schatten. Der Junge, dem Josh anerkennend zunickte und zu dem er stolz wie ein Ersatzvater aufblickte, wenn er wieder einmal während eines Gottesdienstes das Wort ergriff – zum wachsenden Ärger der Mitglieder der anderen Partei. Dieser Junge also.

Der geht nach Amerika.

Für das alles gab es vermutlich eine einfache Erklärung. Der kleine Junge hätte beispielsweise der designierte Nachfolger dieses Josh gewesen sein können, und als er als junger Mann beschloss, nach Amerika zu gehen, hatte Josh einen anderen Jungen ausgewählt. Und dann diese Bildung zweier Untergruppen: Auch das war nicht weiter verwunderlich, solche Prozesse waren nicht untypisch, vor allem in religiösen Gemeinschaften wie den Protestanten, denen die zentrale Führung eines Papstes fehlte und in denen jeder dazu befugt war, die Heilige Schrift nach eigenem Gusto auszulegen. Viele Gläubige wollen zurück zu den Ursprüngen, den Fundamenten des Glaubens, und sind der Meinung, dass allzu frei mit den göttlich inspirierten Texten umgegangen wird, während andere argumentieren, dass sich die Zeiten ändern und man infolgedessen auch die alten Texte und deren Inhalt neu interpretieren muss. Schließlich wird heutzutage auch niemand mehr gesteinigt, der am Sabbat Holz sammelt, eine der vielen Regelverstöße im Alten Testament, auf die die Todesstrafe stand.

Und dann der Zusammenhang zwischen den Freimaurern und den zurückgebliebenen Pilgervätern. Dafür waren die Hinweise vielleicht etwas zu mager, obwohl dieses »ihr habt Ohren, und höret nicht« durchaus interessant war.

Auch für die Tatsache, dass schließlich eine so große Gruppe in Leiden zurückblieb, war eine logische Erklärung denkbar. Im Dokument selbst wurden Gründe dafür genannt:

Die Überfahrt war teuer und risikoreich, und manche Pilger waren durch den Erwerb des Bürgerrechts vollwertige Leidener Bürger geworden und genossen hier eine relativ große Freiheit.

Doch für Menschen, die Leib und Leben riskiert hatten und in die Niederlande geflüchtet waren, um religiöser Verfolgung zu entgehen, scheinen sie den leidenschaftlichen Wunsch, in Freiheit ihren Glauben ausüben zu können, ziemlich bereitwillig aufgegeben zu haben, dachte Peter. Vielleicht haben sie sich für den bequemen Weg entschieden, Kompromisse geschlossen und akzeptiert, dass dies das äußerst Machbare war? Womöglich waren diejenigen, die hiergeblieben sind, einfach weniger prinzipientreu als diejenigen, die fortgingen? Und bestand die Gruppe, die wegging, aus Gläubigen, die sich abgespalten hatten – Fundamentalisten, die mit den »feigen« Zurückbleibenden in Konflikt geraten waren?

Mit einem roten Stift umkreiste Peter mehrmals die Worte »ihr habt Ohren, und höret nicht«.

Dann machte er sich auf den Weg zu seiner Gastvorlesung im Lipsiusgebäude, wo Job schon vor der geöffneten Tür stand. Job war ein äußerst attraktiver Mann Anfang vierzig mit gepflegtem Dreitagebart, der bei seinen Studierenden wegen seines Engagements und seiner mitreißenden Art zu erzählen sehr beliebt war.

Seine Augen leuchteten auf, als er Peter entdeckte, als hätte er befürchtet, er würde nicht auftauchen.

»Schön, dass du da bist«, sagte Job und dirigierte Peter mit einer Hand auf dem Rücken in den Saal.

Dort warteten bereits fünfundzwanzig bis dreißig Studierende. Peter erkannte einige, die auch Veranstaltungen bei ihm belegt hatten.

Auch Sven und Stefan waren dabei.

Ersterer begrüßte Peter mit einem etwas gezwungenen Lächeln, als wolle er sich für irgendetwas entschuldigen.

Nachdem Job Weststrate ihn kurz vorgestellt hatte, kam

Peter rasch in Fahrt. Fesselnd erzählte er von Arminius und Gomarus und der hitzigen Debatte über die Prädestinationslehre von der Vorherbestimmtheit des Menschen, den die beiden Professoren zu Beginn des 17. Jahrhunderts miteinander geführt hatten – eine Debatte, die großen Einfluss auf den Lauf der niederländischen Geschichte gehabt hatte.

Mit Kreide schrieb Peter einige Stichworte auf die altmodische Schultafel. Den Kreidestaub an seinen Fingern wischte er regelmäßig an seiner Hose ab, wo, wie so oft, ein staubiger Fleck entstand, den Fay immer irgendwie rührend fand.

Die Studierenden schienen fasziniert zuzuhören. Einige nickten an den richtigen Stellen, andere runzelten die Stirn, als wunderten sie sich.

»Auf der einen Seite steht also Franciscus Gomarus, Professor der Theologie in Groningen, der behauptete, dass nur Gott bestimmt, ob ein Mensch erlöst wird oder nicht«, erzählte Peter. »Seine Vorstellung läuft im Grunde darauf hinaus, dass Gott alles vorherbestimmt und der Mensch keinerlei Einfluss auf seine Entscheidungen ausüben kann. Man kann sich sein Heil nicht durch gute Taten verdienen, indem man die Hungrigen speist und die Durstigen labt ... Sie kennen doch bestimmt alle die sechs Werke der Barmherzigkeit, oder?«

Eine kurze Stille trat im Hörsaal ein, und die glasigen Blicke des Publikums verrieten Peter, dass sie diese Werke eben nicht kannten.

»Man soll den Hungrigen zu essen und Durstigen zu trinken geben«, half er nach. »Man soll Gefangene besuchen, Kranke pflegen, Fremde willkommen heißen und die Nackten kleiden. Die katholische Kirche, für die die Zahl sieben eine besondere Rolle spielt, hat später noch das Begraben der Toten hinzugefügt. Jesus nennt in Matthäus 25 jedoch nur sechs gute Werke. Aber wie dem auch sei; ich schweife ab. Was man hier auf Erden in den circa 26.000 Tagen tut, die einem Menschen durchschnittlich gegeben sind – in unserer Zeit; zu Beginn des 17. Jahrhunderts starben die Menschen im Allgemeinen wesentlich früher –, hat also keinerlei Einfluss auf Gottes Beschluss, ob man auf ewig in den Himmel oder in die Hölle kommt.«

»Aber das ist doch ...«, warf ein Student ein, wie es schien aufrichtig empört. »Das ist doch ...«

»Ungerecht?«, beendete Peter seine Frage.

»Ja. Wenn es keine Rolle spielt, wie man handelt, kann man doch genauso gut in den Tag hineinleben und tun, was man will. Wenn Gottes Beschluss ohnehin schon feststeht.«

»Sehr gut«, sagte Peter lobend. »Das war auch ... Die zugrunde liegende Idee ist allerdings eher, dass Gott so souverän ist, so allmächtig, dass unsere kleinen Menschentaten keinen Einfluss auf seinen Beschluss haben, der immer weise und gerecht ist. Doch dies ist die Auffassung von Gomarus, der wiederum mit Calvin übereinstimmte, dass man als Mensch nicht ganz aus der Verantwortung für seine Taten entlassen wird. Es ist eine komplizierte Angelegenheit. Im Grunde steht das eigene Schicksal schon fest, man hat als Mensch keinerlei Einfluss darauf, aber dennoch sollte man sich an die von Gott gegebenen moralischen Gesetze halten, an die zehn Gebote. Zum Teil war diese protestantische Auffassung natürlich auch eine Reaktion auf die vollkommen aus dem Ruder gelaufene Lehre der katholischen Kirche, die übrigens keinerlei Grundlage in der Bibel hatte. Die Geschichte kennen Sie doch, oder? Die katholische Kirche lehrte, dass man seinen Platz im Himmel kaufen konnte, oder besser gesagt, dass man seine Zeit im Fegefeuer, der Vorhölle – dem unangenehmen Wartezimmer, in dem man gefoltert wurde, bevor man in den Himmel auffahren durfte –, verkürzen konnte, indem man einen Ablass kaufte. Und dass man sich seinen Platz im Himmel verdienen konnte, wie ein Schüler, der seinen Abschluss schafft, wenn er nur hart genug arbeitet. Gerade diese Idee nahm Gott viel von seiner majestätischen Göttlichkeit, verstehen Sie? Als sei Gott eine Art einfacher Buchhalter, der auf einer Waage überprüft, was man Gutes und was man weniger Gutes getan hat, dann alles zusammenzählt, abzieht und gegeneinander wegstreicht, und unter dem Strich erhält er dann die Summe, und damit steht und fällt sein Entschluss, ob man für immer bei ihm im Himmel bleiben kann oder an einen Ort gehen muss, wo er nicht ist, wo es keine Liebe gibt, einen abscheulichen Ort, die Hölle nämlich. Die katholische Kirche hatte eine Art Kuhhandel daraus gemacht; arme Leute gaben ihr letztes Geld für Ablässe aus, und korrupte Priester füllten sich damit die eigenen Taschen. Und so funktioniert es natürlich nicht, dachte sich jemand wie Luther, das wäre ein ganz kleiner, menschlicher, allzu menschlicher Gott. Außerdem steht in der Bibel nichts über Ablässe und das Freikaufen von seiner Schuld. Nur der Glaube an Gott, der Glaube an seinen Sohn, konnte einen retten. Nur die Gnade Gottes konnte das.«

Er ließ den Studenten etwas Zeit, sich Notizen zu machen.

»Auf der anderen Seite stand Arminius«, fuhr Peter fort, »der aus Leiden stammte. Er wohnte übrigens hier ganz in der Nähe, gegenüber der Pieterskerk. Er war ganz anderer Meinung als Gomarus. Laut Arminius hatte Gomarus eine viel zu strikte Auffassung von der Prädestination. Er meinte im Wesentlichen – um nur mal eine These zu nennen –, dass der Mensch die Wahl habe, an Gott zu glauben oder nicht. Die Erlösung wäre damit in gewissem Sinne abhängig von der freien Entscheidung des individuellen Menschen. Wie gesagt, es sind komplizierte Thesen, und wir können uns heutzutage im Grunde nicht mehr vorstellen, dass die Diskussion darüber so hitzig geführt wurde. Man muss sich vorstellen, dass dies das Tagesgespräch auf der Straße war, an der Universität, jeder redete darüber, hatte eine Meinung dazu. Freundschaften zerbrachen als Folge ausufernder Diskussionen. Stellen Sie sich vor, Sie würden gleich mit ein paar Leuten in der Mensa essen gehen, und jeder würde heftige Diskussionen über Theologie führen, in diesem Fall die Prädestinationslehre, und die Leute könnten problemlos ganze Textpassagen auswendig zitieren. So etwas gibt es heute gar nicht mehr! Im Ernst: Teilweise haben sich die Gemüter dermaßen erhitzt, dass man einzelne Studenten festhalten musste, weil sie mit den Fäusten auf diejenigen losgehen wollten, die ihre Ansichten über die Vorherbestimmung nicht teilten.«

Die Studierenden lachten.

»Andere Zeiten, andere Sitten. Wie dem auch sei.« Peters Handy vibrierte in seiner Hosentasche. Obwohl er einen starken Drang verspürte, nachzusehen, wagte er es nicht. Er war unter den Studierenden dafür bekannt, dass er richtig sauer wurde, wenn man während seiner Veranstaltungen Handys benutzte. Normalerweise ließ er seines immer in der Schublade seines Schreibtischs liegen, um den Studierenden ein gutes Beispiel zu sein und ihnen zu beweisen, dass das Leben nicht zu Ende war, wenn man physisch von seinem Telefon getrennt war. Es ging ihm sogar regelmäßig so, dass der Akku seines Handys leer war und er kein Ladegerät bei sich hatte, sodass er stundenlang telefonisch nicht erreichbar war – etwas, was diese jüngere Generation sich nicht mal vorstellen konnte.

Beiläufig zog er sein Handy aus der Tasche, um es in die Innentasche seines Sakkos gleiten zu lassen, das er über einen Stuhl gehängt hatte. Auf diese Art und Weise würde er nicht abgelenkt werden, falls das Handy noch öfter vibrierte.

Etwas weniger konzentriert als zu Anfang fuhr er mit seinem Vortrag fort. »Die reformierte Kirche war die offizielle Kirche der Republik der Sieben Vereinigten Niederlande. Ich glaube, dass Meneer Weststrate das bereits in einer anderen Veranstaltung thematisiert hat.«

Sein Kollege und einige Studierende nickten bestätigend.

»Nach seinem Tod haben die Anhänger von Arminius versucht, innerhalb der reformierten Kirche, der Staatskirche also, mehr Unterstützung für seine Ideen zu finden. Sie schickten eine Streitschrift an die zentrale Verwaltung – so ein Protestbrief hieß ›Remonstration‹, wovon später der Name ›Remonstranten‹ abgeleitet wurde.«

Peter wischte die Tafel sauber und schrieb die Worte REMONSTRANTEN – ARMINIUS UND KONTRA-REMONSTRANTEN – GOMARUS – PRINZ MAURITS.

»Damit komme ich nun zu meinem letzten Punkt für heute, meine Damen und Herren«, sagte er. »Ich möchte mit einer Passage aus *God in de Lage Landen* schließen, eine vielfach unterschätzte Serie über die Geschichte des Christentums in den Niederlanden. Wie dem auch sei. 1619 fand in Dordrecht eine große Synode statt, eine Kirchenversammlung. Dabei wurde schließlich festgelegt, dass die Lehre von Gomarus offizielle Kirchendoktrin werden sollte. Die Anhänger von Arminius, die Arminianer oder Remonstranten also, mussten sich zurückhalten oder würden von ihren Gegnern, den Kontra-Remonstranten, verfolgt werden. Letzten Endes flammte der Konflikt noch viel heftiger auf, als er eine zusätzliche politische Dimension erhielt, da Prinz Maurits der Meinung war, dass die junge Republik am besten nur eine Konfession haben sollte und er sich auf die Seite der Kontra-Remonstranten stellte.«

Als das leise Klappern der Tastaturen langsam, aber sicher erstarb, nahm sich Peter kurz die Zeit, die richtige Passage aus einer Dokumentation zu suchen, die er den Studierenden zeigen wollte.

»Wir werden uns nun einen Teil dieser Dokumentation ansehen, die ich übrigens wärmstens empfehlen kann. Sie müssten allerdings über die etwas theatralische Moderation von Ernst Daniël Smid hinwegsehen. Kennen Sie den?«

Keine Reaktion.

»Ich glaube, er ist Opernsänger; jedenfalls beherrscht er ein klassisches Repertoire. Egal … Das Schöne ist, dass er alles vor Ort erklärt, daher sehen wir in diesem Ausschnitt viele bekannte Ecken von Leiden.«

Anschließend schauten sie sich etwa eine Viertelstunde die Doku an, deren Moderator wie ein Schauspieler in häufig getragenem Ton in prächtigen ganzen Sätzen die Geschichte erzählte, die sie schon von Peter kannten. Die Doku war lebendig gestaltet, der Moderator trug seinen Text vor dem Haus vor, in dem Arminius einst gewohnt hatte, und spazierte an den Herrenhäusern auf der Rapenburg entlang.

Peter schaute auf die Uhr und sah, dass die Zeit fast um war.

»Ich mache jetzt Schluss«, sagte er und drückte auf den Pausenknopf. »Wie Meneer Smid schon erklärt hat: Es entwickelte sich eine zutiefst intolerante Haltung gegenüber Andersgläubigen in der Republik. Nur Reformierten war es erlaubt, einen offiziellen Gottesdienst abzuhalten, und um ein öffentliches Amt in der Republik bekleiden zu können, musste man der reformierten Kirche angehören. Wenn man ein Amt antrat, musste man einen Amtseid ablegen. Es hing ganz von der Epoche und von den Regierenden in einer bestimmten Stadt oder Region ab, ob die Gottesdienste der verschiedenen Konfessionen oder Strömungen gehalten werden durften oder nicht. Nach Gründung der Republik richteten sich die Verfolgungen vor allem gegen die Katholiken, die der Religion der Spanier angehörten, des Feindes. Im Leiden des 17. Jahrhunderts konnte man beispielsweise mit einem für die damalige Zeit exorbitanten Betrag von zweihundert Gulden bestraft werden, wenn man sein Haus für nicht reformierte Gottesdienste geöffnet hatte. Man konnte sogar aus der Stadt verbannt werden!«

Die Unruhe im Hörsaal nahm zu, nicht so sehr wegen seiner letzten Ausführungen, sondern weil alle eine Tasse Kaffee brauchten.

»Zu dieser Zeit sind auch die Schuilkerken entstanden, die versteckten Kirchen, von denen es in Leiden noch einige gibt«, beendete Peter seine Ausführungen. »Etwa die Remontrantse Kerk an der Hooglands Kerkgracht und die Sint Lodewijkskerk an der Steenschuur. Es lohnt sich, mal hineinzuschauen, zum Beispiel am Tag des offenen Denkmals. Weil diese Kirchen von der öffentlichen Straße aus nicht sichtbar sein durften, lagen sie häufig etwas versteckt hinter Häusern.«

Job Weststrate hob die Hand, um die Pause anzukündigen.

»Vielen Dank, Kollege de Haan«, sagte er herzlich. »Dann machen wir für heute mal Schluss, und nach einer kurzen Unterbrechung fahre ich an der Stelle fort, wo du aufgehört hast, 1620. Ich werde von dem radikalen Amsterdamer Bürgermeister

Frederik de Vrij erzählen, der wie ein moderner Christus höchstpersönlich die Nikolausbuden auf dem Dam umwarf, um dem ›papistischen Fest‹ ein Ende zu bereiten.«

Peter lehnte Jobs Einladung, gemeinsam eine Tasse Kaffee zu trinken, mit der Ausrede ab, er habe einen Termin.

Auf dem Weg zurück ins Büro schaute er auf sein Handy.

Eine neue WhatsApp von Fay.

Der Text war kurz und bündig.

PETER, WIR MÜSSEN REDEN.

22

Die Autopsie, die gestern unmittelbar nach dem Fund der Leiche durchgeführt worden war, hatte ergeben, dass das Mordopfer bereits zwischen zwölf und vierundzwanzig Stunden tot gewesen war, als es entdeckt wurde, genau wie Dalhuizen vermutet hatte.

Yona Falaina war also nach Coen Zoutman getötet worden, so viel wusste Rijsbergen inzwischen.

Es hatte sich herausgestellt, dass er nicht ertrunken war, sondern schon tot gewesen sein musste, als er ins Wasser gelangte.

Alles wies darauf hin, dass er durch Ersticken gestorben war, jedoch nicht durch Erdrosseln, da am Hals keine Würgemale gefunden worden waren. Das Opfer war bei seinem Tod wahrscheinlich schon gefesselt gewesen, denn unter den Nägeln hatte man keine DNA-Spuren anderer Personen festgestellt.

Mittlerweile waren mehr als 24 Stunden vergangen, und im Grunde wussten sie noch gar nichts.

Nachforschungen in Griechenland über die Datenbanken von Interpol hatten nichts Brauchbares erbracht. Der Mann war nirgendwo registriert, hatte kein Gesetz übertreten, nirgendwo Schulden, alle Dokumente waren in Ordnung, ja, er hatte nicht mal einen Strafzettel für Falschparken auf dem Gewissen … Ein Modellbürger der Europäischen Union. Jetzt mussten sie noch auf Antwort der griechischen Botschaft warten, die Erkundigungen darüber einzog, ob Yona Falaina Verwandte hatte, die über seinen Tod informiert werden mussten.

Rijsbergen saß neben Van de Kooij im Auto. Auf seinem

Schoß lagen eine Mappe mit einem Foto von Yona Falaina – aus der Stadtverwaltung – und eine Zeichnung von Coen Zoutmans Tätowierung. Sie waren unterwegs, um einige Schlüsselpersonen innerhalb der Freimaurergemeinschaft zu besuchen.

Die Erste auf der Liste war Jenny van der Lede, die eine der beiden Gegenkandidaten Coen Zoutmans bei der Wahl um den Vorsitz gewesen war.

Sie wohnte im Bürgermeisterviertel, einer der teureren Gegenden von Leiden, jenseits des Zoeterwoudse Singels, wo begehrte Häuser aus den 1930er-Jahren standen.

Unterwegs zu van der Lede erzählte Van de Kooij Rijsbergen begeistert von den Krimis, die er sich mit seiner Freundin Cheryl auf seinem Lieblingssender Discovery Channel ansah. Mit Sendungen wie *Homicide Hunter*, *Deadly Women*, *American Monsters* und wie sie alle hießen konnte man problemlos einen ganzen Abend füllen.

Van de Kooij bewunderte die hartnäckigen amerikanischen Ermittler, denen manchmal noch Jahre nach ihrer Pensionierung dieser eine ungelöste Mord nicht aus dem Kopf ging. Am besten gefielen ihm altmodische Ermittlungsmethoden, das Nachdenken über Motive, über Inkonsequenzen in Aussagen von Zeugen oder Verdächtigen, die früher schon einmal im Fokus der Kriminalpolizei gestanden hatten, das Durchforsten staubiger Akten aus Kartons, die schon seit Jahren in irgendeinem Lager standen, und die letztliche logische Verknüpfung all dieser Hinweise.

Wie enttäuschend, dachte Rijsbergen, dass man hier in Leiden so wenig damit zu tun hat. Und wenn man mal mit einem Mord konfrontiert wird, ist alles nicht so einfach wie im Fernsehen.

Denn bisher schien wirklich jede Spur, der sie folgten, in einer Sackgasse zu enden.

In den Niederlanden wurden circa achtzig Prozent aller Mordfälle gelöst, aber dazu gehörten auch jene, bei denen im Grunde gar nichts gelöst werden musste, weil der Täter noch am Tatort verhaftet wurde oder sich freiwillig stellte. Ebenfalls in ungefähr achtzig Prozent der Fälle war der Täter jemand aus dem Bekanntenkreis des Opfers – man musste schließlich einen Grund haben, jemanden umzubringen –, den die Polizei früher oder später überführte.

Bei den ungelösten Morden handelte es sich in der Regel um Abrechnungen im Verbrechermilieu, bei denen sich Konkurrenten gegenseitig umlegten oder Profikiller eingeflogen wurden, die nach dem Mord an der ihnen unbekannten Person sofort wieder aus den Niederlanden verschwanden.

Van de Kooij parkte das Auto.

Schon vom gepflegten Vorgarten aus, in dem eine Bank stand, die nach dem grünen Moos darauf zu urteilen mehr zur Zierde als zum tatsächlichen Gebrauch diente, konnten sie Jenny van der Lede im Wohnzimmer sitzen sehen. Sie grüßte mit einer jovialen Geste und kam sofort an die Tür, um ihnen zu öffnen.

»Kommen Sie rein, kommen Sie rein«, sagte die Gastgeberin, als wären sie alte Freunde, die nach viel zu langer Zeit endlich mal wieder vorbeischauten.

Jenny van der Lede war eine große, kräftige Frau mit der gesunden Gesichtsfarbe einer Person, die viel an der frischen Luft ist, und leuchtenden Augen, die bereit schienen, alles, was ihnen begegnete, voller Interesse zu betrachten oder zu untersuchen.

»Meine Kollegen sind schon einmal bei Ihnen gewesen«, eröffnete Rijsbergen das Gespräch, als sie sich gesetzt hatten. Den Kaffee hatte er freundlich abgelehnt, weil er solche Gespräche gern sachlich hielt.

Wohlwollend nickte Jenny ihnen zu und lehnte sich entspannt in ihrem Sessel zurück, in Erwartung dessen, was Rijsbergen sonst noch zu sagen hatte.

»Natürlich hat man mit Ihnen über den Abend selbst gesprochen, aber auch über die Wahl, die vor einiger Zeit stattgefunden hat?«

»Ach ja, die Wahl«, sagte sie und schlug die Beine übereinander, als wolle sie es sich bequem machen, um eine Geschichte zu erzählen.

Allerdings kam nichts.

»Bitte erzählen Sie uns doch einmal, wie diese Wahl vonstattengegangen ist«, half Van de Kooij ihr auf die Sprünge.

»Natürlich, gerne«, sagte Jenny. »Diese Wahl, wissen Sie … Das war nichts Besonderes. Es gab drei Kandidaten, Coen und zwei Gegenkandidaten, so empfinde ich es jedenfalls. Wir waren im Grunde von vornherein chancenlos, denn er genoss bei Weitem die größte Unterstützung der anderen Mitglieder.«

»Aber warum haben Sie sich dann zur Wahl gestellt?«, fragte Rijsbergen.

»Der andere Kandidat hat es nur aus Prinzip getan«, sagte Jenny. »Er wollte nicht, dass es eine Scheinveranstaltung wurde.«

»Und Sie?«

»Ich …«, sagte Jenny zögerlich. »Für mich war das auch eine Überlegung; ich wollte in gewisser Weise ein Gegengewicht bieten, aber für mich stand noch mehr auf dem Spiel. Es gab zwei Gründe, durchaus auch prinzipielle. Der erste war ganz einfach, dass die Freimaurer seit jeher eine Domäne der Männer gewesen sind. Mit der Gründung von Ishtar gab es dann endlich eine gemischte Loge, die auch Frauen aufnahm. Dass der Erste Vorsitzende dann wiederum ein Mann werden sollte, wurmte mich. Ich dachte: Jetzt dürfen wir endlich mitmachen, und schon übernimmt wieder ein Mann die Führung.«

Rijsbergen nickte verständnisvoll.

»Und der zweite Grund?«, wollte Van de Kooij wissen.

»Der zweite Grund«, sagte Jenny und faltete die Hände wie zum Gebet. »Ich finde – oder besser: fand, wie ich ja nun leider sagen muss – Coen zu frei, wenn ich es mal so sagen darf. Mir fällt kein anderes Wort dafür ein. Es ist schwer, die richtigen Worte zu finden, aber sogar wir Freimaurer … Ich meine, wir sind doch bekannt für unseren Freigeist, unsere Toleranz gegenüber anderen. Wir drängen niemandem unsere Lebensweise auf, klappern nicht die Häuser ab, um Mitglieder zu werben, und verurteilen niemanden, der unsere Sichtweise nicht teilt, zum ewigen Höllenfeuer.«

»Aber?«, fragte Van de Kooij, der offenbar auf den Punkt kommen wollte.

»Aber so wie Coen diese Überzeugung verkörperte, war es mir doch ein wenig … allzu frei, wie gesagt. Wenn man alles ganz offenlässt, dann … Ja, dann könnte doch auch jeder alleine zu Hause sitzen bleiben und vor sich hin wurschteln. Das hat nichts mit Gemeinschaft zu tun, verstehen Sie? Das Individuum ist frei, aber wenn alle Individuen vollkommen frei sein wollen, bleibt nichts mehr von einer Gemeinschaft übrig, dann sind wir nichts weiter als Einzelwesen, die unabhängig voneinander im Leben stehen. In einer Gemeinschaft gibt man automatisch ein Stück von sich selbst auf, man bringt sich ein – und manchmal muss man auch zurückstecken. Diese konsequente Autonomie, der obsessive Drang zur Unabhängigkeit, bei der jeder das Recht hat auf seine vollkommen persönliche und individuelle Interpretation – wo bleibt da die Verbundenheit? Das ist auch – und in diesem Punkt gerieten Coen und ich oft aneinander – ein Grund für mich gewesen, mich gegen ihn zu stellen. Ich fand, dass eine bestimmte Erklärung beispielsweise eines Symbols oder eines Rituals durchaus einen höheren Wert haben konnte als eine andere. Dass man auch einfach mal sagen können musste: So ist das. Oder: So, wie du es siehst, ist es falsch. Das ist ein … Minderheitenstandpunkt. Ich weiß. Ich habe nicht umsonst die Wahl verloren, aber außer mir denken noch andere so.«

Jenny zog ein Taschentuch aus der Tasche ihrer Strickjacke, mit dem sie sich über ihr gerötetes Gesicht rieb. »Was ich damit sagen will, meine Herren …«, fuhr sie fort.

Sie sprach, als suche sie während des Redens die richtigen Worte, aber Rijsbergen spürte genau, dass Jenny diesen Vortrag schon viel zu oft gehalten hatte.

»Etwas, was als Toleranz präsentiert wird, wird in der Praxis ganz leicht zu Gleichgültigkeit. Die Trennlinie ist viel dünner, als viele Leute glauben. ›Ich hab meine Wahrheit, du hast deine.‹ Es scheint dann, als ließe man dem anderen seine Meinung, aber im Grunde sagt man damit: ›Eigentlich interessiert es mich nicht, es berührt mich nicht, was du sagst oder tust. Was du glaubst, wird mich nicht verändern, denn ich bleibe bei meinem Standpunkt.‹ Verstehen Sie? Wo bleibt da noch die Beziehung zueinander? Wo ist da die Gemeinschaft?«

»Aber dann scheinen Sie bei den Freimaurern nicht ganz am richtigen Platz zu sein«, erwiderte Rijsbergen.

»Schon gut, schon gut«, beeilte Jenny sich zu sagen. »Die Grundideen sprechen mich durchaus an, etwa die Suche nach dem Sinn unserer Existenz. Ohne dass ein verurteilender Gott einem über die Schulter blickt, gerade das gefällt mir, aber … die Freiheit, die sich Coen nahm, jedem seine eigene Interpretation …, dass man alles nicht so wörtlich auffassen dürfe …«

»Ich habe mit jemandem gesprochen«, unterbrach sie Rijsbergen, »der Leute wie Sie – wobei diese Person übrigens keine Namen nannte – als ›weniger kultiviert‹ bezeichnete und meinte, Sie bräuchten einfach noch etwas mehr Führung, da Sie mit der Freiheit offenbar noch nicht umgehen könnten und an der Hand genommen werden müssten.«

»Ja, ja«, sagte Jenny van der Lede und lachte abfällig. »Diese Überheblichkeit wieder … Aber was wollen wir eigentlich?«

Sie war aufgestanden, und ihr Gesicht war womöglich noch tiefer errötet. Wieder holte sie ein Taschentuch hervor und wischte sich damit nicht nur das Gesicht, sondern auch den Hals ab.

»Was wollen wir?«, wiederholte sie ihre letzten Worte. »Wollen wir eine Stadt, in der jeder frei ist, aber nicht miteinander verbunden, Individuen, die nichts miteinander teilen? Als wären wir ungebundene Atome in einem kalten Universum, die ab und zu aneinanderstoßen. Wo jemand zehn Jahre tot in seinem Haus liegen kann, bevor er entdeckt wird? Oder wollen wir in einer Stadt leben, in der sich die Menschen umeinander kümmern, eine Gemeinschaft bilden? Wo die Menschen aufeinander achten? Wo die Menschen einander ansprechen, wenn jemand vom rechten Weg abkommt? Natürlich gibt man ein Stück seiner Freiheit auf, wie ich bereits sagte, etwas von seiner Individualität, und natürlich macht man ab und zu Abstriche, schluckt seine eigene Auffassung herunter, um der Gemeinschaft willen. Es geht letzten Endes um diese Geborgenheit, die man nicht hat und nicht bekommen kann, wenn man einander ganz loslässt, wenn man jede oder jeden nur seinen oder ihren Weg gehen lässt. Das ist diese Gleichgültigkeit, die ich meine – dass man sich nicht um den anderen kümmert.«

Jenny van der Lede hatte sich wieder hingesetzt. »Manchmal hat jemand einfach mehr Recht als ein anderer, nicht jede Meinung ist gleich viel wert«, fuhr sie fort. »Und das bedeutet nicht, dass man nicht erwachsen ist oder Führung braucht, sondern es geht darum, wie man zusammenleben will – oder eben nicht.«

Nach diesem Wortschwall schwiegen Rijsbergen und Van de Kooij einen Moment lang.

Man hörte, wie jemand die Treppe im Flur hinunterkam. Kurz darauf betrat ein Mann das Zimmer. »Entschuldigung«, sagte er. »Störe ich?«

»Das ist mein Mann, Herman«, sagte Jenny, bevor Rijsbergen oder Van de Kooij fragen konnten.

Herman kam zu ihnen, um ihnen die Hand zu schütteln.

»Herman ist auch Mitglied der Loge«, erklärte Jenny. »Er gehört zu denjenigen, die meine Meinung über die Themen teilen, über die wir gerade gesprochen haben.« Sie fasste für Herman kurz das Gespräch zusammen, das sie geführt hatten.

»Setzen Sie sich doch kurz zu uns«, lud Rijsbergen ihn ein, zog einen Stuhl vom Esstisch weg und stellte ihn neben Jennys Sessel.

Obwohl auch Herman ein großer Mann war, vielleicht einen Kopf größer als Jenny, schien er neben ihr geradezu zu verschwinden.

Als ob er in ihrem Schatten steht, dachte Rijsbergen. Er sitzt sogar ein wenig vornübergebeugt da, um nicht größer zu wirken als sie.

»Das ist ja alles gut und schön«, sagte Rijsbergen schließlich. »Aber ...«

»Und natürlich würde ich nie irgendjemanden aus diesen Gründen ermorden«, sagte Jenny. »Oder würde es gutheißen, dass jemand das tut.«

Es war kaum wahrnehmbar gewesen, aber Rijsbergen hatte es doch gesehen. In weniger als dem Bruchteil einer Sekunde – es hätte ebenso gut ein nervöser Tic sein können – hatte Jenny Herman einen schrägen Blick zugeworfen.

Hm, merkwürdig, dachte Rijsbergen.

»Ich habe schon zu Ihren Kollegen gesagt«, fuhr Jenny van der Lede fort, »dass ich keine Ahnung habe, wer dahinterstecken könnte. Oder ich muss mich wirklich vollkommen, aber wirklich vollkommen in jedem anderen täuschen, der oder die bei uns verkehrt. Dann kann ich über sechzig Jahre Menschenkenntnis über Bord werfen.«

Van de Kooij wollte etwas sagen, aber mit einer Handbewegung hielt Rijsbergen ihn zurück.

Warum hat sie ihrem Mann eben einen schnellen Blick zugeworfen? fragte sich Rijsbergen. Der Täter muss sehr stark gewesen sein, hat van Eijk gesagt. Er hätte viel Kraft gebraucht. Oder hätte außer sich vor Wut sein müssen. Er oder sie muss ungefähr genauso groß gewesen sein wie das Opfer, vielleicht etwas größer. Der Täter ist wahrscheinlich Rechtshänder.

»Außerdem hat mich jeder an dem Abend gesehen«, sagte Jenny nun. »Nach dem Vortrag stand ich den ganzen Abend hinter der Bar, bis zu dem Moment, als die Polizei kam. Wenn ich ein Motiv gehabt hätte ...« Wieder dieses abfällige Lachen. »... dann hätte ich jedenfalls nicht die Gelegenheit gehabt.«

Rijsbergen nickte.

»Und wo waren Sie?«, fragte Rijsbergen Herman.

»Ich?«, fragte Herman und straffte den Rücken. »Ich bin nach dem Vortrag ziemlich bald nach Hause gegangen. Ich habe zwar noch ein Glas Wein getrunken, aber ich war müde, deswegen bin ich nicht sehr lange geblieben.«

Rijsbergen sah Herman durchdringend an, und dieser blickte ebenso durchdringend zurück, als ginge es darum, wer zuerst blinzelte.

»So was wünsche ich niemandem«, sagte Herman dann. »Wir waren nicht einer Meinung mit ihm, aber das ... Einfach furchtbar!«

Rijsbergen nahm das Foto von Yona Falaina aus dem Ordner und zeigte es Jenny und Herman. »Wie Sie vielleicht schon gehört haben«, sagte er, »ist gestern im Galgewater eine Leiche gefunden worden. Auch dieser Mann wurde ermordet.«

Jenny und Herman sahen sich das Foto genau an, doch Falaina war ihnen ganz offensichtlich unbekannt.

»Es handelt sich um einen jungen Mann, achtundzwanzig Jahre alt, möglicherweise griechischer Abstammung. Er wohnte im Zentrum von Leiden, gleich um die Ecke des Freimaurergebäudes.«

Herman saß wieder etwas vornübergebeugt da.

»Nein«, sagte Jenny entschieden. »Ich bin sicher, dass ich ihn noch nie zuvor gesehen habe. Er hat ein auffälliges Gesicht, erinnert mich ein bisschen an einen Mönch oder Priester. Fehlt nur das schwarze Gewand, dann könnte man ihn für griechisch-orthodox halten. Aber warum fragen Sie uns danach? Hat der Tod dieses jungen Mannes in irgendeiner Art und Weise mit dem von Coen zu tun?«

»Das wissen wir noch nicht«, antwortete Rijsbergen zurückhaltend. »Aber Sie verstehen – zwei Morde innerhalb von so kurzer Zeit hier in Leiden. Es erscheint uns daher nicht ausgeschlossen, dass ein Zusammenhang besteht.«

Jenny schien von dieser Antwort nicht überzeugt zu sein, fragte aber nicht weiter nach.

Rijsbergen schob die Zeichnung zurück in den Ordner.

»Kennen Sie dieses Symbol?«, fragte er dann und hielt die Abbildung von Coen Zoutmans Tätowierung hoch. Es war seine Zeichnung, größer als das Originaltattoo, weil diese deutlicher war und die Leute nicht wissen mussten, dass es um eine Tätowierung ging.

Interessiert betrachteten Jenny und Herman die Zeichnung des Dreiecks im Dreieck mit dem kleinen Kreis an der Spitze. Beide schüttelten gleichzeitig den Kopf.

»Nein«, sagte Jenny. »Wenn es etwas mit den Freimaurern zu tun hat, erinnert es mich noch am meisten an das Auge der Vorsehung, aber ich habe es noch nie in diesem Zusammenhang gesehen.«

»Mir kommt das Symbol auch nicht bekannt vor«, sagte Herman. »Woher haben Sie es denn?«

Van de Kooij warf Rijsbergen einen schnellen Blick zu, der kurz die Augen schloss, was Van de Kooij so interpretierte, dass sie nichts darüber sagen sollten. »Wir sind bei unseren Ermittlungen darauf gestoßen«, antwortete er daher nur.

»Wie Sie meinen«, sagte Jenny in einem Ton, der unmissverständlich ausdrückte, dass das Gespräch für sie beendet war. »Ich habe den Eindruck, dass Sie mir nur die halbe Wahrheit erzählen, und das kann ich auch verstehen. Laufende Ermittlungen und so weiter.«

Sie standen auf.

»Es tut mir leid, wenn ich Ihnen nicht weiterhelfen konnte«, sagte Jenny. »Es ist eine furchtbare Sache. Ich zerbreche mir den Kopf über die Frage, wer das in Gottes Namen getan haben kann. Es kann eigentlich niemand von uns gewesen sein, das ist schlichtweg unmöglich! Innerhalb der Loge hatte ich wahrscheinlich die meisten Schwierigkeiten mit Coen, das ist ein offenes Geheimnis, aber ansonsten … Natürlich gab es ein paar Leute, die mich unterstützt haben, aber niemand würde so weit gehen. Nein, ich begreife das einfach nicht!«

Rijsbergen und Van de Kooij verließen das Wohnzimmer.

»Da bin ich mit Jenny ganz einer Meinung«, fügte Herman hinzu. »Diese Gewalttätigkeit, mit der er ermordet wurde! Und das mit dem Zirkel und dem Winkel ...«

Noch bevor Herman seinen Satz beenden konnte, hatte Rijsbergen sich schon umgedreht. »Woher wissen Sie das?«, fragte er ganz ruhig.

Herman machte ein paarmal den Mund auf und zu, ohne etwas zu sagen.

Wie ein Fisch auf dem Trockenen.

23

Schon lange vor seiner Verabredung mit Judith saß Peter im Café der Pieterskerk, wo im Hintergrund klassische Musik lief. Die Spätnachmittagssonne fiel durch die Bleiglasfenster des hohen Raumes.

In zwei Tagen, kommenden Sonntag, würde Judith nach Boston fliegen. Drei Wochen später würde er ihr folgen. Am Samstag würden sie noch mit Mark und Judith zum Abschied gemeinsam zu Abend essen, aber heute würde er sie noch ein wenig für sich haben.

Peter ging regelmäßig in das Café, um eine Tasse Kaffee zu trinken und die Zeitung zu lesen. Gelegentlich verbrachte er samstags oder sonntags mehrere Stunden dort und arbeitete am Laptop, wenn es ihm im Haus von Fay zu eng wurde und er keine Lust hatte, zu sich nach Hause in die Boerhaavelaan zu fahren.

Die Ruhe im Café wurde nur manchmal vom Zischen der Espressomaschine oder von Touristen unterbrochen, die die Kirche besuchen wollten und an der Bar den Eintritt bezahlten.

Manchmal kam Frieke hereingewirbelt, die Direktorin der Pieterskerk, die Peter mittlerweile gut kannte. Dann setzte sie sich kurz zu ihm und überschüttete ihn mit einem schier unaufhaltsamen Wortschwall, einem bunten Durcheinander von Plänen und Ideen. Ihre sprudelnde Begeisterung und positive, zupackende Art fand Peter jedes Mal inspirierend.

Peter las die ausgedruckte Version der Rede, die Bürgermeister Henri Freylink bei der letzten Jahresfeier vor der Historischen Vereniging Oud-Leiden gehalten hatte.

Ich möchte Ihnen gerne etwas über die Identität von Leiden erzählen. Identität, das ist ein sehr vager Begriff, den man ganz unterschiedlich interpretieren und assoziieren kann. Wir könnten darüber sprechen, was Leiden eigentlich zu Leiden macht, worin also im Wesentlichen der Charakter der Stadt besteht.

Natürlich widmete sich Freylink ausgiebig der Feier zu Leidens Befreiung von der spanischen Belagerung im Achtzigjährigen Krieg am zweiten und dritten Oktober, »wenn die Liebe zu unserer Stadt in vielen Facetten zum Ausdruck gebracht wird, mittlerweile auch durch rot-weiße Kleidung«.

Die Identität unserer Stadt wird nicht zuletzt seit jeher stark von Sagen und Legenden aus ihrer Vergangenheit geprägt, ihrer heldenhaften Vergangenheit wohlgemerkt. Auch junge Nationen suchen immer wieder Beispiele aus der manchmal fernen Vergangenheit, die beweisen sollen, wie großartig das Volk gewesen ist. Oft geht dies einher mit »invented traditions«, Traditionen, die zwar noch nicht sehr alt sind, aber den Eindruck erwecken, sie seien es. Dies gilt auch für Leiden. Unser Fest zum 3. Oktober ist nur ein typisches Beispiel dafür.

Peter überlegte, diese Rede, die auf nur knapp zwanzig Seiten eine kurze und klare Übersicht über die Leidener Geschichte bot, zum festen Teil seiner Veranstaltung über die Geschichte von Leiden für Studierende im zweiten Jahr zu machen.

Genau darüber haben wir doch gerade in der Übung gesprochen, nämlich inwiefern alte Geschichten wie diese, ob sie sich nun tatsächlich so ereignet haben oder nicht, eine Rolle bei der Nationenbildung spielen.

Freylink, der selbst Historiker war, widmete sich außerdem intensiv den Immigranten, die für Leiden seit jeher von großer Bedeutung waren. »Leiden, Stadt der Flüchtlinge«, war schon seit Jahren das Motto, mit dem sich Leiden nach außen hin präsentierte.

> *Die Bevölkerung war nach der Befreiung deutlich weniger homogen als zuvor, und es ist die Frage, welches Verhältnis diese Bevölkerung nun zu Leiden hatte. Fühlten sich diese Menschen als Bürger Leidens? Waren sie stolz auf ihre Stadt, auf deren Vergangenheit? Wir wissen es im Grunde nicht genau. In den hundert Jahren nach der Befreiung kamen so viele Immigranten, dass sie schließlich die Mehrheit der Bevölkerung bildeten. Wahrscheinlich haben sie sich vor allem anfangs noch nicht besonders mit Leiden identifiziert, und ihre Herkunft bestimmte im Wesentlichen ihr Sozialleben. Es kamen überwiegend Flamen, aber auch Wallonen, Deutsche, Engländer und später Hugenotten aus Frankreich. Die Flamen blieben lange unter sich, und es gab relativ wenig Kontakt zu anderen Gruppen. […] Die meisten Neuankömmlinge waren natürlich einfache Arbeiter, und nach und nach werden sie sich wohl mit ihrem neuen Wohnort identifiziert haben. Der schöne Giebelstein am Nieuwe Beestenmarkt ist ein Symbol dafür: Leiden als »Land der Verheißung«.*

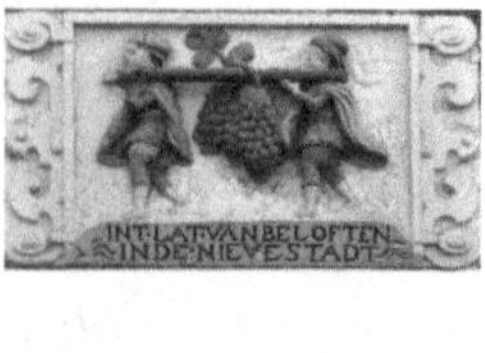

Peter markierte diese Passage beim Lesen mit zwei Ausrufezeichen am Rand. Er hatte den Giebelstein schon so oft gesehen. Er stammte aus dem Jahr 1611 und markierte die Stadterweiterung, die damals stattgefunden hatte. Abgebildet war eine

Szene aus dem alttestamentarischen Buch Numeri. Als die Hebräer an der Grenze zum gelobten Land standen, schickte Mose zwölf Späher aus, um herauszufinden, wie viele Menschen dort wohnten und wie stark sie waren. Außerdem sollten sie erkunden, ob das Land fruchtbar war, und zum Beweis Früchte mitbringen. Die Späher kehrten zurück, unter anderem mit einem Büschel Trauben, das so schwer war, dass zwei Mann es tragen mussten.

Das Land der Verheißung … Leiden als das gelobte Land, dachte Peter.

Die Schiebetüren gingen auf, und Judith kam herein.

Sie trug die Haare offen; sie waren noch ein wenig feucht, als hätte sie gerade geduscht. Sie trug ein einfaches weißes Oberteil unter ihrer Jeansjacke. Wie so oft hatte sie damit einen glockig fallenden Rock und hohe Stiefel kombiniert. Der Davidstern-Anhänger um ihren Hals blitzte kurz im Licht der Neonröhren auf.

Sie setzte sich neben Peter auf das Sofa und umarmte ihn von der Seite. Wie immer begrub er sein Gesicht kurz in ihren Haaren, die tatsächlich nach Shampoo dufteten. Und er atmete das Parfüm ein, das sie immer trug, *Magie Noire,* schon seitdem sie sich vor über zwanzig Jahren zum ersten Mal begegnet waren.

»Es ist schön, hier zu sein«, seufzte sie.

Sie sagten nichts, bis sie beide ihren bestellten Espresso bekamen.

»Wie hat Fay eigentlich darauf reagiert, dass du so Hals über Kopf in die USA fliegen willst?«

»Sie hat es gut aufgenommen«, sagte Peter. »Im Großen und Ganzen.«

»Klingt nicht sehr überzeugend.«

»Na ja, es war ja auch ziemlich spontan. Und es geht schon bald los, in drei Wochen. Darüber war sie etwas überrascht.«

»Ja, das kann ich mir vorstellen. Mark hat sich übrigens sehr gefreut.«

»Ja, das hat er gesagt. Wir haben uns gestern getroffen und sind zusammen ins Präsidium gefahren.«

»Stimmt.«

»Aber letzten Endes …« Peter trank einen Schluck von seinem Kaffee, um Zeit zu gewinnen.

Soll ich ihr von Fays Mailverkehr mit Coen erzählen, den sie vor mir geheim gehalten hat? Und immer noch geheim hält.

»Letzten Endes?«, wiederholte Judith.

Ach, ist doch nur eine Lappalie, beschloss Peter. Jeder hat das Recht auf Geheimnisse. Oder jedenfalls das Recht, selbst zu entscheiden, was er mit anderen teilen will.

»Letzten Endes passt es ihr ganz gut«, sagte er dann nur. »Sie will noch einmal ihr Buch komplett überarbeiten. Und wir fahren im Sommer zusammen nach Griechenland, zu dritt.«

»Ohne Alena?«, fragte Judith, schalkhaft lachend. Wie die meisten Leute fand sie es sehr ungewöhnlich, dass Peter so viel Zeit in Gesellschaft seiner Schwiegermutter verbrachte, notgedrungen zwar, aber trotzdem.

»Ja, ohne Alena«, sagte Peter. »Die findet die Aussicht herrlich, das Haus mal drei Wochen für sich zu haben.«

»Gibt es eigentlich etwas Neues über den Mord an Coen Zoutman?«

»Nein, nicht wirklich. Ich habe nicht mehr viel darüber gehört. Inzwischen wurde noch eine zweite Leiche gefunden.«

»Ja, das habe ich mitbekommen. Der junge Mann im Galgewater, oder? Hatte er etwas damit zu tun?«

»Das weiß ich ehrlich gesagt nicht, aber zwei Morde in einer so kurzen Zeit … Da neigt man doch dazu zu glauben, dass sie miteinander in Verbindung stehen, aber vielleicht ist es nur Zufall. Wer weiß.«

Eine Gruppe Touristen kam herein und zahlte an der Theke den Eintritt zur Kirche.

»Sollen wir auch kurz reingehen?«, fragte Judith.

»Machen wir«, sagte Peter.

Als regelmäßig spendender »Freund und Förderer der Pieterskerk« konnte Peter die Kirche besuchen, so oft er wollte.

Durch einen schmalen Gang gelangten sie hinein, eine überwältigende Erfahrung, egal, zu welcher Tages- oder Jahreszeit man dort eintrat.

Der riesige Raum mit den massiven Pfeilern, der gebohnerte Fußboden mit den riesigen Grabsteinen, die wundervollen Bleiglasfenster, die hölzerne Kanzel, die goldfarbene Orgel, die einen großen Teil der Wand einnahm – alles drückte aus, dass dies geweihter Boden war, und flößte jedem Besucher ein Gefühl der Ehrfurcht ein.

»Wann ist eigentlich Coens Beerdigung?«, fragte Judith.

»Nächste Woche Mittwoch. Fay hat diese Woche mit anderen Mitgliedern der Loge Texte ausgesucht. Als Freimaurer können sie natürlich aus einem großen Archiv von heiligen Büchern schöpfen. Was das angeht, sind sie ja nicht an eine bestimmte Tradition gebunden. Als Musik haben sie sich für instrumentale Klassik und eine Bach-Kantate entschieden.«

»Schön.«

»Ja. Coen hatte keine Verwandten. Er war nie verheiratet und hatte keine Kinder. Er war Einzelkind, von Eltern, die auch wiederum Einzelkinder waren. Er hatte auf dieser Erde keine Menschenseele, die mit ihm verwandt war. Die Loge war buchstäblich seine einzige Familie.«

Inzwischen hatten sie die Ecke der Kirche erreicht, wo es eine Dauerausstellung über die Pilgerväter gab, rings um das vermeintliche Grab von John Robinson, obwohl er dort gar nicht begraben lag. Er hatte zwar einen Platz in der Pieterskerk gekauft und war auch dort beigesetzt worden, aber die genaue Stelle war unbekannt. Sein Grab war daher mehr ein Ort des Gedenkens als eine wirkliche letzte Ruhestätte.

Apropos »invented traditions«, dachte Peter.

»Du, Judith«, sagte er, »denkst du manchmal darüber nach,

wie es wäre, wenn du dein Leben noch einmal leben könntest? Und welche Entscheidungen du dann treffen würdest?«

Judith musste kurz über eine Antwort nachdenken. »Ich glaube nicht, dass ich sehr viel anders machen würde«, antwortete sie. »Von Kleinigkeiten abgesehen vielleicht. Beispielsweise hätte ich mir diesen einen Freund erspart, wäre besser nicht mit bestimmten Leuten in Urlaub gefahren oder wäre damals doch auf das Konzert von Bruce Springsteen gegangen. So in der Art. In groben Zügen würde ich alles genauso machen. In Leiden Geschichte studieren, mich auf meine jüdische Herkunft konzentrieren, mit Mark zusammen sein, in dem Haus wohnen, in dem ich jetzt wohne. Und du?«

Auch Peter musste kurz darüber nachdenken, obwohl er derjenige war, der die Frage gestellt hatte. »Mir geht es im Grunde genauso«, sagte er dann. »Bis auf Kleinigkeiten, wie du gesagt hast. Aber letzten Endes würde ich auch Geschichte studieren, schreiben, hier in Leiden wohnen ...«

»Aber manchmal denke ich ...«

»Ja?«

»Manchmal stelle ich mir vor, wie es wäre, noch mal ganz von vorn anzufangen. In einer neuen Umgebung, natürlich mit Mark, aber weit weg von hier, an einem Ort, wo niemand uns kennt, wo man noch keine Geschichte hat, wo man ein unbeschriebenes Blatt ist.«

»Aber du nimmst doch dich selbst mit, oder?«

»Ja, natürlich, ich selbst bin kein unbeschriebenes Blatt, aber in einer neuen Umgebung. Und ich ... Augenblick«, unterbrach sie sich selbst mitten im Satz. »Das habe ich noch nie gelesen!«

Auf großen Displays stand eine Zusammenfassung der Geschichte der Pilgerväter und ihrer Verbindung zu Leiden, mit dem Schwerpunkt auf ihrem Bezug zur Pieterskerk.

GRÜNDE ZU EMIGRIEREN 1

Es war für die Pilgerväter als kleine Minderheit schwer, ihre eigene Sprache, ihre Religion, ihre Sitten und Gebräuche beizubehalten. Einige heirateten Wallonen, die gleiche religiöse Ansichten hatten. Nachdem die meisten Pilger nach Amerika emigriert waren, stellte sich heraus, dass es tatsächlich unmöglich war, langfristig eine eigene Gemeinschaft zu bilden. Der zurückgebliebene Teil der Gemeinde trat nach dem Tod Robinsons den niederländischen Kirchen bei, und, nach 1630, der englischen reformierten Kirche. Letzten Endes gingen sie in der Leidener Bevölkerung auf.

»Vielleicht kann man das mit den Pilgervätern vergleichen«, sagte Judith nachdenklich. »Dieses Puritanische an ihnen hat mich immer durchaus angezogen. Die Abkehr vom Materiellen, von Besitztümern, die Konzentration auf das Geistige, den Fokus auf das Gute, auf Gott. Das Leben als Reise, eine Pilgerfahrt. Das, was sie getan haben, in eine neue Welt aufzubrechen und dort ganz neu anzufangen, ist doch manchmal eine verlockende Vorstellung.«

»Das ist wahr«, bestätigte Peter.

Sie gingen durch den Mittelgang der Kirche wieder zurück in Richtung Ausgang.

»Aber sie kamen nicht in ein menschenleeres Land«, gab Judith zu bedenken. »Für die Indianer, die dort bereits siedelten, ist der sogenannte Neubeginn der Pilgerväter das Ende der Welt gewesen, so wie sie sie kannten. Genau wie das Volk Israel, das nach vierzig Jahren Irrweg durch die Wüste in Palästina ankam. Dieses Land war auch nicht menschenleer. Mit diesem Teil der Bibel habe ich wirklich große Schwierigkeiten. Diese vielen Menschen, die da ermordet wurden, Hunderttausende auf einmal, erbarmungslos abgeschlachtet. Josua, der seinen Männern, die entgegen seinem Befehl die Bewohner einer Stadt verschont hatten, befahl, alle Gefangenen von einem Felsen in den Tod zu stürzen. Nur jungfräuliche Mädchen wurden am Leben gelassen. Es gibt einen Text aus dem Deuteronomium, die ersten Verse des zwölften Kapitels, der ganz besonders diese unglaubliche Aggressivität ausdrückt. Ich kann die Stelle inzwischen auswendig, weil ich sie so oft gelesen habe.«

Das war genau das Thema der Texte, die Coen bei sich getragen hat, dachte Peter. Und die drei Geschichten, mit denen er endete … Die handelten alle von den Grausamkeiten, die das Volk Israel beging, um vom gelobten Land Besitz zu ergreifen. Der Exodus scheint sowieso ein wichtiges Thema für ihn gewesen zu sein. Aber warum?

»Verstört alle Orte, da die Heiden, die ihr vertreiben werdet, ihren Göttern gedient haben«, zitierte Judith tatsächlich auswendig, »es sei auf hohen Bergen, auf Hügeln oder unter grünen Bäumen, und reißt um ihre Altäre und zerbrecht ihre Säulen und verbrennt mit Feuer ihre Haine, und die Bilder ihrer Götter zerschlagt, und vertilgt ihren Namen aus demselben Ort.«

»Tja, eine Art Kalifat für den einzig wahren Glauben, und alle anderen mussten sterben«, sagte Peter. »Genau das Gleiche erleben wir doch gerade wieder, mit dem IS. Genau so, wie du es zitiert hast: Die Bilder anderer Götter werden zerschlagen, Kirchen niedergerissen und Frauen als Sexsklavinnen entführt.«

»Ja, und sieh dir nur mal an, wie im heutigen Israel mit den Palästinensern umgegangen wird. Dort wird zwar niemand von einem Felsen geworfen, aber es scheint für sie immer weniger Platz zu geben. Diese vielen illegalen Siedlungen am westlichen Jordanufer und der ganze Gazastreifen sind im Grunde eine Art Freiluftgefängnis. Auch die christlichen Gemeinden in der Altstadt von Jerusalem scheinen mehr und mehr unter Druck zu geraten. Es kommt immer öfter zu Zwischenfällen. Christen werden von orthodoxen Juden bespuckt … Es scheint immer weniger Raum für Andersgläubige zu geben. Das ist etwas … Damit kann ich schwer ins Reine kommen.«

Sie waren wieder zurück im Café, wo Peter seine Tasche holte, bevor sie hinausgingen.

»Ich muss noch mal kurz zurück ins Büro«, sagte Judith. »Und was machst du?«

»Ich gehe nach Hause.«

Er blieb noch einen Moment vor der englischsprachigen Gedenktafel für die Pilgerväter stehen, die in die Mauer eingemeißelt war.

Während des Exils der Pilgerväter in Leiden
starben über dreißig ihrer Familienmitglieder.
Viele wurden in der Pieterskerk neben ihren
Leidener Nachbarn beigesetzt.
»DOCH LETZTEN ENDES SIND WIR ALLE, AN
ALLEN ORTEN
FREMDE UND PILGER, REISENDE
UND GÄSTE ...«
Robert Cushman, Pilgerführer, 1622

Fremde und Pilger, dachte Peter. *Reisende und Gäste.*

24

Peter, Fay, Judith und Mark saßen an einem Tisch im hinteren Raum des La Bota, einer Kneipe im Herensteeg neben der Pieterskerk. Peter aß hier regelmäßig, schon seitdem er angefangen hatte, in Leiden zu studieren. Das Essen war einfach, aber gut, zu vernünftigen Preisen. Im Laufe der Jahre hatte sich die Karte, die mit Kreide an die Wände geschrieben war, kaum verändert. Auch die Garnitur auf dem Teller war seit dreißig Jahren die Gleiche – Rot- oder Weißkohlsalat mit Rosinen –, aber diese Vorhersehbarkeit hatte Peter immer als angenehm empfunden. Die Welt konnte untergehen, die Jahre flogen vorbei, sein Leben konnte in Scherben liegen oder sich in seiner Alltäglichkeit schläfrig dahinschleppen, aber hier wusste er, was er bekam.

Die Besitzer, Zwillingsbrüder, die sich in einem früheren Leben als Mitglieder der Band »The Shoes« einen Namen gemacht hatten, begrüßten ihn nach all den Jahren wie einen alten Freund, obwohl sie natürlich kaum mehr voneinander wussten als das, was sie bei ihren kurzen Gesprächen erfahren hatten.

Fay und Peter hatten sich lange unterhalten, nachdem sie ihm die WhatsApp mit der Nachricht »Peter, wir müssen reden« geschickt hatte.

Es ging letztendlich nicht um das, was Peter gedacht hatte, nämlich den – verschwundenen – Mailwechsel zwischen ihr und Coen Zoutman.

Stattdessen hatte Fay ihm verkündet, sie habe festgestellt, dass sie – vor allem nach dem Mord an Coen – sehr angespannt sei und mehr Freiraum und Zeit für sich brauche. Natürlich war der Klassiker »es liegt nicht an dir, sondern an mir« zitiert worden, wobei der eine nicht nur im Voraus die eventuelle Schuld auf sich nahm, sondern der andere zugleich vollkommen entwaffnet wurde, weil es nichts mehr zu diskutieren gab.

Fay, Agapé und Alena wohnten tatsächlich auf sehr engem Raum, und sie hingen ständig dicht aufeinander, also war das alles sehr verständlich gewesen.

Dennoch hatte Peter die ganze Zeit das Gefühl gehabt, dass Fay nicht mit offenen Karten spielte, dass sich etwas anderes dahinter verbarg, etwas, was durchaus teilweise mit der E-Mail-Korrespondenz zu tun hatte. Aber er wagte nicht danach zu fragen, aus Angst, dass dies sofort das Ende dessen bedeutet hätte, was sie sich gemeinsam aufgebaut hatten. Und im Grunde fand er die Aussicht auf etwas mehr Freiraum und Zeit für sich insgeheim auch ganz verlockend.

Die Beziehung wurde keineswegs beendet; sie legten nur mal eine Pause ein. Und wenn sich alles wieder ein bisschen beruhigt hatte, konnten sie wieder weitermachen.

Im Großen und Ganzen kam Peters spontaner Entschluss, Judith in Boston zu besuchen, also zur rechten Zeit.

Das Essen war inzwischen serviert worden, und der Tisch verschwand fast unter den dampfenden Tellern.

Judith erhob ihr Glas.

»*L'chaim!*«, sagte sie.

»*L'chaim!*«, antworteten die anderen.

Auf das Leben.

Eine Zeit lang hörte man nichts als klapperndes Besteck, das Klimpern von Eiswürfeln in den Gläsern und die leise Popmusik im Hintergrund.

»Du lässt ihn also einfach so gehen?«, fragte Mark plötzlich, an Fay gewandt.

Fay legte ihr Besteck beiseite.

Sie warf Peter einen kurzen Seitenblick zu, der mit der Gabel auf halbem Weg zum Mund innehielt. Die Rotweinsauce tropfte von seinem Fleisch auf den Teller, als blute es noch.

»Peter und ich lassen uns jede Freiheit, wisst ihr«, sagte sie. »Das ist ja gerade das Schöne an unserer Beziehung.« Sie nahm ihr Besteck wieder zur Hand und schnitt ein Stück von ihrem Lachs ab. »Wir sind zusammen, brauchen aber nicht in jeder Minute des Tages zu wissen, was der andere tut.«

Peter lächelte und nickte bestätigend.

Stimmt, von dir weiß ich das tatsächlich nicht, dachte er dabei.

»Es passt mir eigentlich ganz gut, dass er jetzt fliegt«, fuhr Fay fort. »Ich arbeite schon ewig an meinem Buch über etruskische Kunst, und jetzt bin ich in der stressigen Endphase.«

Peter tunkte sein Stück Fleisch noch einmal in das Schälchen mit Sauce und steckte es in den Mund, erleichtert, dass es nicht zu einer peinlichen Szene gekommen war.

»Gibt es eigentlich etwas Neues über diese furchtbare Tragödie bei den Freimaurern?«, fragte Mark und wechselte damit das Thema.

»Ich weiß nicht, ob die Kripo mit den Ermittlungen vorankommt«, erwiderte Peter und erzählte in Kürze über die Gespräche, die er und Fay mit den Ermittlern über den zweiten Toten geführt hatten, der im Galgewater gefunden worden war. »Und die Tätowierung?«, fragte er Mark. »Hat sich über dein Netzwerk irgendetwas ergeben?«

»Nein, überhaupt nichts«, sagte Mark. »Und die meisten Vorschläge gingen in Richtung des Auges der Vorsehung.«

Peter warf Fay einen prüfenden Blick zu.

Weißt du es vielleicht? dachte er.

»Wir haben auch alle eine Mail bekommen«, sagte Fay. »Ich meine alle Mitglieder der Logen Ishtar und La Vertu. Aber niemand konnte mit der Tätowierung etwas anfangen, und keiner kannte diesen jungen Mann. Und es hatte auch keiner eine Ahnung, warum Coen Zoutman an dem Abend eine Zusammenfassung des Buches Exodus bei sich hatte. Wir haben in letzter Zeit nicht darüber gesprochen, also …«

»Es ist und bleibt eine merkwürdige Geschichte«, bemerkte Judith.

»Ich habe auch noch einmal über die Texte nachgedacht, die Coen bei sich hatte«, sagte Mark, »und ich verstehe ebenfalls nicht, warum er ausgerechnet diese Passagen kopiert hat.«

»Es war im Grunde nichts anderes als die Geschichte des jüdischen Volkes in einer Kurzfassung«, bemerkte Peter. »Von Abraham bis zur Eroberung Palästinas durch die Israeliten.«

»Noch eine Bemerkung am Rande«, sagte Mark, legte sein Besteck beiseite und sah seine Tischnachbarn an, als wolle er einen Witz erzählen. »Ich habe vorher noch nie darüber nachgedacht, aber die Geschichte über den kleinen Mose, der in einem mit Pech abgedichteten Körbchen im Fluss ausgesetzt wurde …«

»Diese Geschichte ist genau dieselbe wie die einer nachweislich viel älteren babylonischen Sage über den König von Sargon«, sagte Judith. »Meinst du das?«

»Ja, genau. Über 2300 Jahre vor Christus wurde Sargon als Baby von seiner Mutter in ein Körbchen gelegt und dem Euphrat anvertraut. Ein Gärtner fand ihn und zog ihn auf. Der Junge arbeitete als Weinschenk für den König und stieg schließlich selbst zum König auf. Aber das war es gar nicht, was ich sagen wollte. Der Clou ist, dass Mose, wenn ihn seine Mutter an der Stelle in einem Körbchen im Fluss ausgesetzt hätte, wo die Israeliten laut der Bibel wohnten, er in Richtung Mittelmeer getrieben wäre. Die Stadt Memphis, wo der Pharao wohnte, lag stromaufwärts, und ein Körbchen schwimmt natürlich mit der Strömung, nicht dagegen.«

Judith lächelte.

»Aber das ist ja das Faszinierende am ganzen Alten Testament«, sagte Mark, der jetzt in Fahrt kam. »Wir wissen, dass die Geschichten erst irgendwann im sechsten Jahrhundert vor Christus aufgeschrieben wurden. Die Autoren liehen sich Motive und Themen aus anderen Traditionen und fügten noch ihren eigenen Senf hinzu, wobei sie Wahrheit und Fiktion bunt miteinander vermischten. 587 vor Christus wurde Juda von den Babyloniern unter Nebukadnezar II. erobert. Sie verwüsteten den Tempel und ganz Jerusalem und nahmen die Juden mit nach Babylon.«

»By the rivers of Babylon«, fing Peter an zu singen. *»Where we sat down ...«*

»Genau«, sagte Mark. »Und es geht weiter mit: *›And where we wept, when we remembered Zion.‹* Kaum einer weiß, dass die Discoband Boney M. in den 1970er-Jahren wortwörtlich ganze Passagen aus den Psalmen sagen. Im Übrigen handelt es sich eigentlich um einen Rastafari-Song aus Jamaika, wo Zion für Afrika und Babylon für die USA stehen, aber das ist wieder eine andere Geschichte.«

»Aber du wolltest doch noch etwas anderes erzählen«, sagte Fay.

»Ach ja«, sagte Mark. »Und dann kam der persische König Cyrus, der seinerseits wiederum das babylonische Reich eroberte. Er ließ alle Exilanten in ihr Heimatland zurückkehren, auch die aus Juda. Als sie 538 vor Christus zurückkamen, fanden sie jedoch kein menschenleeres Land vor, wie sie vielleicht erwartet hatten, sondern es hatten sich neue Leute auf ihrem Gebiet angesiedelt. Die Geschichte wurde damals aufgeschrieben, um eine Verbindung zwischen den Israeliten zu schaffen, ganz einfach, indem man eine gemeinschaftliche Vergangenheit schuf. Alte Volksmärchen, historische Quellen und aus Babylon übernommene Mythen wurden zu dem Epos eines Volkes verwoben, das von Gott aus Ägypten in das gelobte Land geführt wurde – genau wie die israelitischen Exilanten, die aus Babylon zurückgekehrt waren –, wo sie es gegen verschiedene Völker aufnehmen mussten, die bereits dort wohnten. Man erkennt die Übereinstimmungen zwischen dem Aufenthalt in Ägypten einerseits und dem Leben als Sklaven, wo sie hart an den Bauwerken des Pharao arbeiten mussten, und auf der anderen Seite den Erfahrungen der Exilanten aus

Babylon: siebzig Jahre Exil und Sklaverei, während derer sie auf den Baustellen des babylonischen Königs Nebukadnezar schuften mussten. Daher also die Ähnlichkeiten zwischen dem angeblichen Auszug aus Ägypten und der Rückkehr der Exilanten aus Babylon.«

»Du hast recht«, sagte Fay.

»Und nicht nur damals, sondern auch heute wird dieser Mythos instrumentalisiert«, fuhr Mark fort. »Das jüdische Volk, das in das gelobte Land Israel zurückkehrt, der Mythos des menschenleeren Landes, die Probleme des Zusammenlebens mit denjenigen, die dort bereits wohnten, und die alten Geschichten, die dazu genutzt werden, um den erneuten Einzug zu rechtfertigen.«

Obwohl sich Peter schon lange nicht mehr darüber wunderte, wie leicht Geschichten aus der Bibel widerlegt werden konnten, wenn man auch nur ein wenig an der Oberfläche kratzte, war die ganze Sache rings um den Auszug aus Ägypten, der zum nationalen Mythos des modernen Israel geworden und in gewissem Sinne die Rechtfertigung für die Existenz dieses Staates war – »Gott hat uns dieses Land selbst versprochen, lest doch in unserer Bibel nach« –, für ihn der Gipfel der Vermischung von Fakten und Fiktion.

»Nur noch eines«, sagte Mark. »Dann höre ich damit auf. Neben dieser seltsamen Sache mit dem Moseskörbchen gibt es noch etwas, worüber ich früher nie gestolpert bin. Was soll man nämlich von dem vielen Gold halten, das die doch armen Sklaven aus Ägypten anscheinend mit in die Wüste genommen haben? In einem Buch von Maarten ’t Hart habe ich gelesen, dass man unglaublich viel Gold gebraucht hätte, wenn man goldene Ohrringe zu einem Stierkalb hätte umschmelzen wollen, das größer war als eine Maus. Außerdem hätte man einen Schmelzofen gebraucht, da der Schmelzpunkt von Gold bei 1064° liegt. Man muss auch die Gussform eines Stierkalbs anfertigen, in die man anschließend das flüssige Gold gießt. Ob die Israeliten in der Wüste über derart fortschrittliche Technik verfügt haben? Mit einem Beitel alleine kommt man da nicht weit. Anschließend zermahlt Mose das Stierkalb zu Staub, streut den über das Wasser aus und lässt die Israeliten davon trinken. Womit hat Mose dieses Stierkalb zu so feinem Goldstaub mahlen können, dass es nach dem Ausstreuen über das Wasser nicht sofort gesunken ist?«

»Fragen über Fragen«, sagte Judith lachend und schenkte sich noch einmal nach. Wieder erhob sie ihr Glas. »Wie dem auch sei, meine Lieben, ob wir diese ganzen Geschichten nun wörtlich nehmen dürfen oder nicht, ich werde jedenfalls meiner eigenen Geschichte ein neues Kapitel hinzufügen, und das solltet ihr wörtlich nehmen.«

Alle standen auf, woraufhin der Moment unabsichtlich etwas Feierliches erhielt.

»Also«, sagte Judith. »Heute feiern wir das Leben hier …« Sie trank erst noch einen Schluck Wein aus ihrem etwas zu vollen Glas, wodurch sie kleckerte. »Aber morgen, morgen feiere ich das Leben in Boston.«

»L'chaim!«

Auf das Leben.

Fays Handy hatte sich schon mehrmals gemeldet; sie hatte mehrere neue Nachrichten erhalten. »Entschuldigt bitte«, sagte sie. »Ich muss jetzt wirklich mal nachsehen, wer mich da zu erreichen versucht.« Sie schaute auf das Display ihres Handys. »Das ist ja merkwürdig«, sagte sie.

»Was ist denn los?«, fragte Peter.

»Da steht etwas von Jenny und ihrem Mann Herman«, sagte Fay und legte ihr Handy weg.

»Jenny ist auch Mitglied unserer Loge, genau wie ihr Mann«, erklärte Fay. »Vielleicht erinnerst du dich noch, Peter. Beim Gästeabend ist plötzlich eine Frau aufgestanden, während die anderen und ich noch unsere Fragen beantwortet haben.«

»Ja, ich weiß es noch.«

»Bei der Wahl zum Vorsitzenden …« Jetzt wandte sich Fay mehr an Judith und Mark. »… hat sie sich als Kandidatin aufstellen lassen, aber sie wurde nicht gewählt. Und jetzt wurde ihr Mann, Herman …« Fay schüttelte ungläubig den Kopf.

»Ja?«, fragte Peter. »Was ist mit ihrem Mann?«

Fay fasste sich wieder. »Jetzt ist bekannt geworden, dass Herman gestern verhaftet wurde. Er steht im Verdacht, Coen ermordet zu haben.«

TEIL II

DIE NEUE WELT

BOSTON

25

Judith war in die Bibliothek gegangen, deswegen hatte Peter an diesem Vormittag die Wohnung für sich allein. Nach dem Mittagessen wollten sie endlich zusammen den Freedom Trail gehen, der sich durch das Zentrum von Boston zog. Er führte an Orten vorbei, die in irgendeiner Form mit dem amerikanischen Unabhängigkeitskrieg zwischen 1775 und 1783 zu tun hatten.

Peter war schon beinahe drei Wochen in den USA – in zwei Tagen würde er zurückfliegen –, aber zu diesem Spaziergang waren sie einfach noch nicht gekommen. Er war über Washington geflogen, wo er zwei Tage geblieben war. Eigentlich hatte er vorgehabt, sich auch ein paar Tage lang New York anzusehen, aber dafür blieb keine Zeit mehr. Er war so gerne mit Judith zusammen, dass er nicht von ihr weggewollt hatte.

Während er ein bisschen aufräumte, lief im Hintergrund eine Talkshow, der er mehr zuhörte als zusah. Die Amerikaner hatten eine Schwäche für Talkshows, das war ihm schon nach dem ersten Tag aufgefallen. Irgendwo lief immer eine, rund um die Uhr. Am unteren Bildrand wurden die Zuschauer ständig über die neuesten Nachrichten auf dem Laufenden gehalten. In einem gelben Band zog ein endloser Strom von Warnungen und Berichten über Katastrophen, Morde, Schießereien und Verkehrsunfälle vorbei. Alle fünfzehn Minuten kam die Wettervorhersage. Es war ein unablässiges Bombardement von Informationen, immer wieder unterbrochen von Werbeblöcken, die, wie er zum Spaß einmal gestoppt hatte, mindestens so lange oder sogar länger dauerten als die laufende Sendung.

»Wohnung« war übrigens eine etwas übertriebene Bezeichnung für das Zweizimmerapartment mit Küche und Bad. Judith hatte allerdings Glück, dass sie auf dem Campus von Harvard wohnen konnte, in einem Gebäude, das ausschließlich der Unterbringung ausländischer Wissenschaftler diente. Obwohl das Apartment offensichtlich nur für eine Person bestimmt war, sagte niemand etwas, wenn die Gastwissenschaftler vorübergehend Besuch erhielten. Peter schlief im Wohnzimmer auf einer Schlafcouch, die er jeden Morgen ordentlich wieder abräumte und zusammenklappte. Judith stand immer etwas früher auf als er. Sie duschte und verzog sich danach in ihr Zimmer, ein großes Handtuch um sich gewickelt, von einer Dampfwolke umgeben. Es war eine stillschweigende Vereinbarung, die vom ersten Tag an gegolten hatte, dass Peter nach ihr aufstand und duschen ging. Wenn er mit nackten Füßen aus dem Bad kam, stand Judith schon in der Küche, kochte Kaffee und strich ein paar Butterbrote. Es war eine Art höfliches Ballett für Erwachsene, bei dem sie keusch umeinander herumtanzten, ohne sich zu berühren.

Judith verbrachte ihre Tage größtenteils in der weitläufigen Widener Library, einem Traum für Akademiker jeden Fachgebiets. Die Bibliothek war das Zentrum aller Uni-Bibliotheken und umfasste über dreieinhalb Millionen Titel, die fast hundert Kilometer an Bücherregalen füllten. Vieles davon war in riesigen unterirdischen Archiven untergebracht, die sich weit unter den grünen Rasenflächen des Campus erstreckten.

Harry Elkins Widener, nach dem die Bibliothek benannt war, ein ehemaliger Harvard-Student und leidenschaftlicher Büchersammler, war zusammen mit seinen Eltern nach England gereist, um seltene Bücher zu erwerben, aber die Rückreise unternahmen sie unglücklicherweise auf der Titanic. Harry und sein Vater ertranken im eiskalten Ozean. Die Mutter überlebte und schenkte der Harvard-Universität den für jene Zeit märchenhaften Betrag von zwei Millionen Dollar, um zum Gedenken an ihren Mann und ihren Sohn eine Bibliothek zu erbauen.

Judith hatte Peter einen Besucherausweis organisiert, und in den letzten Wochen hatte er mehrmals ein paar Stunden im selben Lesesaal wie Judith verbracht und an seinem Laptop gearbeitet.

Der Abschied von Fay in Leiden war herzlich gewesen, aber es hatte noch immer eine spürbare Distanz zwischen ihnen geherrscht, vielleicht sogar eine gewisse Kälte, die sich in die Beziehung hineingeschlichen hatte. Obwohl sie es nicht ausgesprochen hatten, hatte Peter gewusst – und er war davon ausgegangen, dass dies auch für Fay galt –, dass die drei Wochen in den USA in gewissem Sinne entscheidend für sie werden würden.

Wie sehr werden wir einander vermissen, hatte er sich gefragt. Zu welchen Ergebnissen werden wir kommen, wenn wir eine Weile voneinander getrennt sind?

Sie schrieben sich mehrmals pro Tag E-Mails oder WhatsApps, oft nur nüchterne Berichte über das, was sie am Tag so gemacht hatten, aber manchmal spürten sie auch wieder das alte Prickeln, das liebevolle Miteinander und die Neckereien, die so lange selbstverständlich für sie gewesen waren.

Kurz bevor Peter den Fernseher ausschaltete, sah er sich noch einen Bericht über zwei Männer an, die vor einigen Tagen in der Bucht bei Plymouth beim Angeln verschwunden waren. Andere Angler hatten ihr leeres Boot gefunden, das auf den Wellen schaukelte. Weil die See ruhig gewesen war, war es laut Polizei unwahrscheinlich, dass beide Männer über Bord gegangen waren. Vorläufig wurde ein Verbrechen nicht ausgeschlossen.

Immer wieder wurden die Bilder gezeigt, wie das leere Boot von einem großen Fischerboot in den Hafen von Boston geschleppt wurde, als sei es der Trailer für einen neuen Spielfilm.

Peter zog die Tür von Judiths Wohnung hinter sich zu. Er folgte den Wegen, die über die gepflegten Rasenflächen führten. Überall waren Studierende unterwegs, die mit Büchern unter dem Arm zu einer Veranstaltung eilten. Viele saßen auf den zahlreichen Stühlen, die immer draußen standen, lernten oder plauderten mit Kommilitonen. Zusätzlich wurde das

Areal von Hunderten Touristen bevölkert, die sich von Studierenden über den Campus führen ließen.

Leiden ist schon eine tolle Universitätsstadt, dachte Peter, der mit einem gewissen Neid auf die vielen jungen Leute um sich blickte, aber was für ein Traum muss es sein, hier studieren zu dürfen!

Judith und er hatten sich um die Mittagszeit an der großen Bronzestatue von John Harvard verabredet, dem Gründer der Universität. Sein linker Schuh glänzte wie Gold, als habe sich ein übereifriger Schuhputzer jahrelang nur auf diese eine Stelle konzentriert. Im Laufe der Zeit hatten zahllose Leute diesen Fuß berührt, weil es angeblich Glück brachte. Viele Besucher hoben kleine Kinder hoch, damit sie ihn auch anfassen konnten, weil es hieß, dass sie dann gute Chancen hätten, irgendwann in Harvard zu studieren.

Peter war zu früh am Treffpunkt und setzte sich auf einen der vielen Stühle auf dem Gelände. Nach dem Spaziergang mit Judith, die dann wieder zurück an die Uni wollte, hatte er einen Termin bei den Freimaurern, die ihren Sitz in einem großen Gebäude am Rand des zentralen Stadtparks Boston Common hatten. Fay hatte den Kontakt für ihn hergestellt, und sofort hatte man ihm eine ausgiebige Führung durch das Gebäude angeboten.

Den nächsten Tag würde er mit Tony Vanderhoop verbringen. Sie wollten die Plimoth Plantation besuchen, eine Art Freiluftmuseum, in dem ein ganzes Dorf aus dem frühen 17. Jahrhundert so nachgebaut war, wie es zu Zeiten der Pilgerväter ausgesehen haben musste.

Er roch ihren vertrauten Duft, noch bevor er sie sah.

Sie schlich sich von hinten an, gab ihm einen Kuss auf die Wange und lachte, weil sie ihn überrascht hatte.

Er nahm ihre Hand und drückte sie.

Sie trug ein geblümtes, leicht ausgeschnittenes Sommerkleid und die Silberkette mit dem Davidstern. Er blinkte ab und zu, wenn die Sonne darauf fiel.

»Komm«, sagte sie. »Lass uns gehen.«

Nach der Tradition durften Harvard-Studierende nur zweimal durch das große Eingangstor gehen: am ersten Tag ihres Studiums und am letzten, wenn sie die Universität verließen. Während des Studiums nahm man eines der kleineren Seitentore, und das taten auch Peter und Judith.

Das »Harvard«-Schild in der U-Bahn war ein beliebtes Fotomotiv. Sogar ein Kinderwagen wurde daruntergestellt, um das Baby zu verewigen – als könne die Zukunft des Kindes damit festgelegt werden.

Was hätten Arminius und Gomarus wohl zu dieser Vorstellung von Prädestination gesagt, fragte sich Peter belustigt.

Es waren nur vier Haltestellen bis zur South Station, dem Hauptbahnhof von Boston. In der großen Bahnhofshalle holten sie sich einen Kaffee bei Starbucks.

»Gibt es eigentlich etwas Neues aus Leiden?«, fragte Judith. »Ich meine über den Mord. Ich habe ehrlich gesagt kaum noch daran gedacht, seitdem ich hier bin.«

»Zufällig hat mir Fay diese Woche in einer Mail etwas darüber geschrieben«, sagte Peter. »Dieser Herman van der Lede sitzt immer noch in Untersuchungshaft, inzwischen schon seit fast sechs Wochen. Er sagt weiterhin kein Wort, also insofern nichts Neues.«

»Weiß man etwas über ein Motiv?«

»In der Presse wird spekuliert, dass es sich um eine Art Verbrechen aus Leidenschaft gehandelt haben soll. Dass Herman seiner Frau seine Liebe beweisen wollte, indem er zeigte, dass er alles für sie tun würde, ja, sogar bereit war, einen Mord für sie zu begehen und damit den Mann aus dem Weg zu räumen, der verhindert hatte, dass sie Vorsitzende wurde.«

»Das klingt aber nicht sehr plausibel, oder?«

»Es sind schon Leute aus weniger triftigen Gründen umgebracht worden. Die Ehe der van der Ledes soll nicht besonders gut gewesen sein, heißt es auch. Der Mord wird zu einer Art Wahnsinnstat hochstilisiert, mit der Herman seine große Liebe demonstrieren wollte. Was weiß ich. Es klingt alles wirklich ein bisschen absurd, aber wie ich schon sagte, es gibt Leute, die aus geringerem Anlass andere töten.«

»Es gibt aber auch Leute, die sich gegenseitig ein Alibi verschaffen würden.«

»Ja, das auch.«

Sie kamen an dem Schild vorbei, das zum Boston Tea Party Museum führte, welches dem Protest der amerikanischen Kolonisten gegen die Steuern gewidmet war, die ihnen von der britischen Regierung auferlegt worden waren. Am 16. Dezember 1773 stürmten sechzig Mann, die später als *Sons of Liberty* bekannt wurden, mehrere englische Frachtschiffe, die mit importiertem Tee aus China beladen waren, und warfen die Kisten ins Wasser. Dies wurde zu einem der entscheidenden Momente der amerikanischen Revolution, bei der die USA für die Unabhängigkeit von England kämpften.

Revolutionäres Städtchen, dieses Boston, dachte Peter, während sie durch den Rose Kennedy Greenway, einen langgestreckten Park, der sich um das alte Zentrum von Boston wand, in Richtung Hafen gingen.

»Der perfekte Mord also«, stellte Judith fest.

»Genau genommen die perfekten Morde. Denn da ist ja auch noch der junge Mann, der im Galgewater gefunden wurde. Früher oder später wird man schon herausfinden, wer dahintersteckt, ganz bestimmt. Ich habe einen ausführlichen Bericht darüber im Leidsch Dagblad gelesen, der einen Überblick über den Stand der Ermittlungen gab. Im Moment scheint die Kripo in einer Sackgasse zu stecken.«

Sie waren am Hafen angekommen. An Peters erstem Wochenende hatten sie eine Whalewatching-Tour hinaus ins Meeresschutzgebiet unternommen, wo die Tiere zu dieser Jahreszeit Futter suchten. Die mächtigen, gut zehn bis fünfzehn Meter langen Buckelwale, die aus den Wellen aufgestiegen und mit einem mächtigen Klatschen ihrer riesigen Fluken wieder untergetaucht waren, waren ein zutiefst beeindruckender Anblick gewesen.

Unwillkürlich waren Peter die Tränen gekommen, als ganz dicht neben dem Boot, genau an der Stelle, wo er und Judith standen, eine Mutter und ihr Kalb ganz ruhig entlanggeschwommen waren, als wollten sie sich bewundern lassen.

Als er sich mit dem Handrücken die Tränen aus den Augen wischte, hatte Judith ihn kurz umarmt.

»Deswegen habe ich dich so lieb, Peter«, hatte sie gesagt. »So ein großer Kerl, und dann weinen, wenn er einen Wal sieht.«

Er hatte gelacht und sie noch einmal besonders fest an sich gedrückt.

Sie gingen zur Old North Church, die zwar nicht den Anfang des Freedom Trails markierte, aber sehr schön inmitten des alten italienischen Viertels gelegen war. Als sie durch die engen Straßen spazierten, wähnten sie sich tatsächlich für einen Moment in Italien, mit den vielen Restaurants, vor denen auf Tafeln die Gerichte auf Italienisch angeboten wurden.

Es war ruhig in der Kirche. Bis auf einen Sicherheitsmann am Eingang waren sie die Einzigen.

Zu beiden Seiten des Ganges waren die Bänke in hölzerne Abteile gegliedert wie Arbeitsplätze in einem Großraumbüro. Judith machte ein Foto von Peter, der sich auf den einstigen Stammplatz von Teddy Roosevelt gesetzt hatte, wie ein Fußballfan, der in der Umkleide den Platz seines Lieblingsspielers einnimmt.

Die Kirche war vor allem durch die Rolle berühmt geworden, die sie in der Legende von Paul Revere gespielt hatte, einem Silberschmied und Amateur-Zahnarzt. Zu seiner Zeit war Revere nicht besonders bekannt, aber Henry Wadsworth Longfellow machte ihn mit dem Gedicht »Paul Revere's Ride« unsterblich, das er etwa vierzig Jahre nach dem Tod Reveres schrieb, weil er angeblich im Alleingang alle Revolutionäre vor der Ankunft der Engländer gewarnt haben sollte.

Zu Beginn der amerikanischen Revolution half Revere beim Sammeln von Informationen über die britischen Truppen, die in und um Boston stationiert waren. Am Abend des 18. April 1775 hängte der Küster der Old North Church in Boston zwei Laternen an die Turmspitze, zum Zeichen, dass britische Truppen zu den Orten Lexington und Concord unterwegs waren, um die Waffen der Revolutionäre zu beschlagnahmen. Vereinbart war, dass er eine Laterne aufhängen sollte, wenn sie über Land kamen, und zwei Laternen, wenn sie sich über das Meer näherten.

He said to his friend, »If the British march
By land or sea from the town to-night,
Hang a lantern aloft in the belfry-arch
Of the North-Church-tower, as a signal-light, —
One if by land, and two if by sea;«

Die Zeile *»one if by land, two if by sea«* kannte in Amerika jedes Kind, ebenso wie die Geschichte von dem nächtlichen Ritt Paul Reveres, der als eines der Schlüsselereignisse beim amerikanischen Unabhängigkeitskampf betrachtet wurde. Sobald Revere die beiden Laternen sah, sprang er auf ein geliehenes Pferd und ritt mit einigen Kameraden in Richtung Lexington und Concord, um die Revolutionäre zu warnen. Lexington erreichte er, aber auf dem Weg nach Concord wurde er von den Briten aufgehalten. Andere Reiter der Gruppe schafften es jedoch, die Revolutionäre in Concord zu warnen. Dadurch konnten sich diese auf die ersten Kämpfe im amerikanischen Unabhängigkeitskrieg vorbereiten.

Peter und Judith verließen die Kirche und gingen zum Haus Paul Reveres, besichtigten es jedoch nicht. Sie sahen sich allerdings ein wenig im kleinen Souvenirladen daneben um.

»Schon erstaunlich«, sagte Peter, als sie das Geschäft verließen. »Es stimmt also rein gar nichts an dieser ganzen Geschichte, dass er alleine die Revolutionäre gewarnt haben soll. Ich meine, er wurde aufgehalten, bevor er Concord erreichen konnte. Seine anonymen Kameraden, die nirgendwo im Gedicht erwähnt werden, haben seine Aufgabe übernommen. Er ist auch nicht im Galopp von Dorf zu Dorf geritten, um laut ›die Briten kommen, die Briten kommen‹ zu rufen. Er war nur einer von vielen Botschaftern, die die Nachricht außerdem diskret verbreiteten, da nicht alle Einwohner der beiden Orte gegen die Briten waren.«

»Und doch glauben die Leute daran.«

»Ja, und doch glauben die Leute daran, obwohl es nachweislich nicht stimmt. Aber warum wird der Mythos aufrechterhalten?«

»Ein Land braucht eben Mythen, oder? Darüber haben wir doch schon im La Bota gesprochen. Etwas, was die Leute zusammenhält, eine gemeinschaftliche Legende. Man braucht eine Basis, auf der man etwas aufbauen kann, auch wenn sie ins Reich der Sagen gehört.«

»Das verstehe ich ja, aber trotzdem wundert es mich, dass diese erfundene Geschichte den Kindern in den Schulen beigebracht wird. Wir haben es im Souvenirladen gesehen: Kinderbücher, Zeilen des Gedichts auf Tassen, T-Shirts, auf der amerikanischen Flagge.«

»Na ja, im Zeitalter der alternativen Fakten …«, erwiderte Judith lächelnd.

»Du hast recht«, sagte Peter. »So etwas gab es natürlich zu allen Zeiten. Unser Hansje Brinker, der Tag und Nacht den Finger in ein Loch im Deich hielt und dadurch mit bloßen Händen das Land vor der Sturmflut schützte. Oder Jan van Speijk, der während des belgischen Aufstands sein Boot in die Luft jagte, damit es nicht in die Hände der belgischen Aufständischen viel.«

»›Dann lieber in die Luft fliegen‹, stimmt's?«, fragte Judith.

»Ja, genau«, sagte Peter. »Das soll er gerufen haben. Er hat seine Zigarre in ein Fass mit Schießpulver gesteckt, wodurch das Schiff explodierte. Jahrhundertelang wurde dieser Mann verehrt. Es wurden Statuen von ihm errichtet, aber militärisch gesehen hatte seine Aktion keinerlei Bedeutung. Schlimmer noch, sie war vollkommen nutzlos, der Krieg war dadurch keinen Tag kürzer. Oder die Geschichte der heldenhaften Bataver, die es mit dem mächtigen Römischen Reich aufnahmen … Jedes Mal, wenn man sich auch nur ein klein wenig in solche Geschichten vertieft, bleibt nichts davon übrig. An sich sind solche nationalen Legenden nichts Schlimmes, und das vor allem nicht, wenn sie sich in der Größenordnung von der von Paul Revere bewegen, aber sobald die Geschichte die Grundlage für eine ganze Nation bildet, obwohl sie gar nicht wahr ist …«

Sie gingen weiter. Regelmäßig schauten sie in den Stadtplan, um zu überprüfen, ob sie sich noch auf dem richtigen Weg befanden, bis ein Passant sie darauf aufmerksam machte, dass sie nur den roten Steinen auf dem Bürgersteig zu folgen brauchten. Der gesamte Freedom Trail war dadurch markiert.

Im Zentrum angekommen, betraten sie die Faneuil Hall, die im Reiseführer großartig als *»the home of the free speech«* und *»cradle of liberty«* angekündigt wurde, weil hier das erste Town Hall Meeting stattgefunden habe, eine öffentliche Versammlung von Politikern und ihren Wählern. Heutzutage befanden sich hauptsächlich Touristenläden darin.

Sie verließen das Gebäude auf der anderen Seite und gelangten auf einen Marktplatz, auf dem drei große Hallen mit Cafés und Restaurants standen.

Obwohl sie noch nie zuvor so viel Zeit miteinander verbracht hatten, erlebte Peter ihr Zusammensein als selbstverständlich und natürlich. Sie hatten immer etwas zu bereden, und wenn sie nicht miteinander sprachen, war die Stille keinen Augenblick lang unangenehm.

Es war ein wundervoller Tag, sonnig, aber nicht zu heiß, deswegen waren viele Leute unterwegs.

Sie betraten das Café Cheers – die Kneipe aus der gleichnamigen Serie, die Peter früher jede Woche angeschaut hatte –, das minutiös nachgebaut worden war. Judith musste ein Foto von ihm machen, auf dem Barhocker, wo Stammgast Norm immer gesessen hatte. Während sie ihn fotografierte, bildete sich hinter ihr eine Schlange von Leuten, die genau dasselbe wollten.

Obwohl es noch früh war, tranken sie ein Bier, das Peter sich gut schmecken ließ. Er bestellte noch ein zweites, als Judith ihres noch nicht halb ausgetrunken hatte.

»Ich gehe noch mit bis zum Park«, kündigte Judith an. »Da gibt es eine U-Bahn-Haltestelle, wo ich einsteigen kann.«

»Einverstanden«, sagte Peter und trank schnell noch einen Schluck, um seine Enttäuschung zu verbergen. Insgeheim hatte er gehofft, dass sie ihre Arbeit für diesen Tag unterbrechen würde, um bei ihm zu bleiben, aber er wusste selbst, dass sie während ihres kurzen Aufenthalts viel zu tun hatte.

Sie gingen am Old State House entlang, das seit dreihundert Jahren *»the emblem of liberty«* war, wie es im Führer beschrieben wurde. Das Gebäude wäre auch in Leiden nicht weiter aufgefallen. Es glich einem Grachtenhaus, hinter dem ein weißer Kirchturm aufragte. Hier wurde am 18. Juli 1776 vom Balkon aus dem Volk von Massachusetts zum ersten Mal die Unabhängigkeitserklärung vorgelesen. *»There and then the child of independence was born«*, sollte John Adams, der zweite Präsident der Vereinigten Staaten, später erklären.

Peter und Judith folgten weiter den Pflastersteinen. Sie lasen jetzt nicht mehr jede Einzelheit über die Gebäude nach, an denen sie vorbeikamen. Peter las nur den Namen der Sehenswürdigkeit vor, und das reichte ihnen beiden.

Sie nahmen sich allerdings noch die Zeit, in Ruhe über den Granary Burying Ground zu spazieren, wo einige Helden des amerikanischen Unabhängigkeitskrieges begraben waren, etwa John Hancock, Samuel Adams und Robert Treat Paine – drei Unterzeichner der Unabhängigkeitserklärung –, sowie James Otis und natürlich der unvermeidliche Paul Revere.

Peter macht ein Foto von Judith, als sie sich unbeobachtet wähnte. Sie stand ein wenig vornübergebeugt da, um die

Inschrift auf einem Grabstein lesen zu können, unter einem Baum, dessen Schatten sie teilweise bedeckte, wobei das Sonnenlicht durch das Blätterdach fiel und helle Lichtflecke auf sie warf, die sich ständig in Größe und Form veränderten. Ihr Anhänger mit dem Davidstern baumelte in der Luft und glitzerte. Auf dem Foto erkannte man deshalb seine Form nicht, aber weil er einen Lichtstrahl reflektierte, schien der Anhänger selbst zu leuchten.

Auf vielen Grabsteinen fehlten die traditionellen religiösen Abbildungen, wie man sie sonst überall sah. Die Puritaner hier hielten nichts davon, daher verliehen die Einwohner Bostons auf den Grabsteinen künstlerisch ihrem Glauben an das Jenseits Ausdruck. Zu den populärsten Motiven gehörte ein geflügelter Totenschädel, der die Seele symbolisierte, die nach dem Tod gen Himmel flog. Ansonsten sah man zahlreiche Abbildungen von Sensenmann und Gevatter Zeit.

Sie gingen die kleine Steintreppe hinunter zur Tremont Street und bogen rechts ab. Dabei kamen sie an einer Gruppe anderer Touristen vorbei, die sich um eine kräftige Dame in einem historischen Kostüm geschart hatte, das Peter an eine holländische Tracht aus dem 17. Jahrhundert erinnerte. Mit einem kessen rosa Sonnenschirmchen aus Leinen schützte sie sich gegen die Sonne.

An der Park Street Church blieb Peter kurz stehen, um Judith eine längere Textpassage aus dem Reiseführer vorzulesen.

»Hier«, sagt er. »An dieser Stelle. Auf dieser Treppe hielt ein gewisser William Lloyd Garrison seine erste große Rede gegen die Sklaverei. Es ist also ein wichtiger Ort für die Abolitionisten. Und hier wurde zum ersten Mal a Capella ›My Country 'Tis of Thee‹ gesungen, ein amerikanisches Patriotenlied mit derselben Melodie wie ›God save the Queen‹. Im 19. Jahrhundert war es die inoffizielle amerikanische Nationalhymne. Die erste Strophe geht so:

My country, 'tis of thee,
Sweet land of liberty,
Of thee I sing;
Land where my fathers died,
Land of the pilgrims' pride,
From every mountainside
Let freedom ring!«

»Moment mal«, sagte Judith. »Die letzte Zeile kommt doch auch in der Rede ›I have a dream‹ von Martin Luther King vor, oder?«

»Ja, jetzt, wo du es sagst«, bestätigte Peter. Er klappte das Buch zu und steckte es in seine Schultertasche. »Aber die Freiheit ist doch der Kernwert der Amerikaner, oder?«

»Meinst du?«, erwiderte Judith lächelnd.

»Ich bin mir sicher. Das ist zwar keine tiefsinnige Erkenntnis, aber ich bin jetzt seit drei Wochen hier, und es wird einem immer und überall ins Gesicht geschrien. Freiheit, Freiheit, Freiheit! ›Wir haben gekämpft um unsere Freiheit! Wir kämpfen immer noch für unsere Freiheit! Wir werden bedroht in unserer Freiheit!‹ Dabei wurde dieses Land auf den Rücken der Sklaven aufgebaut, mit ausbeuterischem Handel und Kolonialismus. Genau so, wie auch wir Niederländer damit reich geworden sind. Und den Nachfahren der Sklaven geht es immer noch nicht gut. Genauso wenig wie den Palästinensern in Israel, es ist dieselbe Geschichte. Die Gründer Amerikas, die Juden, die nach Israel zogen … Sie haben die Freiheit gefunden, aber immer auf Kosten der Freiheit anderer. Das ist so heuchlerisch an der ganzen G…«

»Was ist?«, fragte Judith.

»Ich weiß nicht. Es ist, als wäre mir plötzlich etwas klar geworden. Ob es in den Aufzeichnungen von Coen Zoutman darum geht? Bei seiner ganzen Nacherzählung der Geschichten von Abraham und den Erzvätern, vom Auszug aus Ägypten … Ich musste schon daran denken, als wir kurz vor deiner Abreise in der Pieterskerk waren.«

Judith zog die Augenbrauen hoch.

»Ich verstehe nicht, was diese Geschichten mit dem Mord zu tun haben könnten«, sagte sie zögernd.

»Na ja«, gestand Peter. »Ich im Grunde auch nicht.«

Aber für Peter war es so, als hätte man in einer Dunkelkammer blitzschnell das Licht ein- und ausgeschaltet: Im Bruchteil einer Sekunde sieht man den ganzen Raum klar vor sich, danach kehrt die Dunkelheit zurück.

Er schloss die Augen in dem Versuch, herauszufinden, was ihm dieses Gefühl verliehen hatte, dem Gefühl, irgendetwas auf der Spur zu sein. So wie man manchmal den Fetzen eines Songs hört, den man nicht einordnen kann, von dem man aber weiß, dass man ihn kennt.

Du weißt, dass du es weißt.

Nein, dachte er. Das Gefühl ist schon wieder weg.

Er öffnete die Augen.

Sie standen schon einen Moment lang an der Ecke der Park Street, dem Beginn des großen Stadtparks Boston Common.

In der Ferne sah Peter das prächtige Massachusetts State House, dessen goldene Kuppel in der Sonne glänzte, als würde sie von innen mit Tausenden Lämpchen erhellt werden.

Es wimmelte von Menschen. Mütter und viele junge Kindermädchen mit Kinderwagen und kleinen Kindern an der Hand waren unterwegs zum Frog Lake, einem lang gestreckten, flachen Spielteich, umgeben von Bänken. Leute saßen auf dem Rasen; Straßenkünstler sangen und jonglierten, und natürlich gab es die unvermeidlichen lebenden Statuen. An einzelnen Tischchen saßen ältere Männer und spielten Schach.

Auf dem Rasen lagerte unter anderem eine große Gruppe von Leuten, in der Hauptsache Afroamerikaner, auf Decken vor improvisierten Zelten, einige mit entblößtem Oberkörper. Sie machten den Eindruck, obdachlos zu sein. Manche Leute lagen in Schlafsäcken, und Peter sah Dosen und große Weinflaschen und glaubte, Marihuana zu riechen, obwohl er sich nicht recht vorstellen konnte, dass man das in Amerika einfach so in der Öffentlichkeit rauchen konnte. Ein Mann kam vorbei, der laut mit sich selbst redete, sichtlich verwirrt.

Was hat man nun von dieser Freiheit, ohne Wohnung, ohne Job …, kamen ihm die Worte aus dem Song »Over de muur« der Band Klein Orkest in den Sinn.

»Ich muss jetzt wirklich los«, sagte Judith und umarmte ihn kurz zum Abschied. Auf den Weg zum Eingang der U-Bahn drehte sie sich noch einmal um und winkte ihm zu.

Im Film wäre das eine dramatische Szene, dachte Peter. Die Zuschauer würden sofort spüren, dass diese beiden Menschen sich nicht – oder längere Zeit nicht – mehr sehen würden.

26

Rijsbergen saß zu Hause im Wohnzimmer und las *Tod in den Wolken*, ein Abenteuer von Hercule Poirot aus der schier unendlich langen Reihe, die Agatha Christie über ihn geschrieben hatte.

In der rechten Hand hielt er ein Glas mit einem Fingerbreit Whisky. Er schwenkte ihn langsam im Glas herum und beobachtete die subtilen Farbnuancen der goldgelben Flüssigkeit im sich ständig verändernden Lichteinfall.

Schon seit Jahren spielte Rijsbergen mit dem Gedanken, nach seiner Pensionierung seine eigenen Erfahrungen in Buchform herauszubringen – alle sechs Monate einen neuen Roman.

»Ist der neue Rijsbergen schon raus?«, würden die Kunden in der Buchhandlung fragen …

Diese Ambitionen hatte er bisher vor allen außer seiner Frau Corinne geheim gehalten.

Die Bücher sollten auf seinen eigenen Erfahrungen basieren, aber da er während seiner Laufbahn so selten mit Mordfällen zu tun gehabt hatte, würde er in so gut wie allen Romanen einen Mord hinzuerfinden. Seine eigenen Erlebnisse würden dazu dienen, der Handlung mehr Dichte und Authentizität zu verleihen.

Aber diesmal ist es anders, dachte er. Welchen Titel würde ich diesem Roman geben? »Der perfekte Mord«?

Rijsbergen trank den letzten Schluck aus seinem Glas und griff nach der Flasche Lagavulin, um sich ein zweites einzuschenken.

Derweil sinnierte Hercule Poirot im Buch über den Begriff der Gerechtigkeit und dass es ihm das Wichtigste sei, die Unschuldigen zu entlasten.

Das gab in etwa den Eindruck wieder, den die Ermittlungen der letzten Wochen in Rijsbergen hinterlassen hatten. Sie hatten in erster Linie festgestellt, welche Personen unschuldig waren. Namen um Namen hatten sie von der langen Liste gestrichen, mit der sie angefangen hatten: mit den Nichtmitgliedern, die den Gästeabend besucht hatten, Tony Vanderhoop und seiner Delegation, den Mitgliedern der Loge und sogar den Aktivisten im Umfeld der Studenten Sven und Stefan.

Inzwischen saß Herman van der Lede seit sechs Wochen in Untersuchungshaft. Es hatte so ausgesehen, als hätte er sich verraten, als sie bei Jenny van der Lede gewesen waren, der einzigen Frau, die sich bei der Wahl um den Vorsitz der Loge als Kandidatin hatte aufstellen lassen.

Sie wollten gerade gehen, da hatte Herman von dem Winkelmaß und dem Zirkel gesprochen, wovon er eigentlich nichts wissen konnte, es sei denn, er war der Täter. Herman hatte die Frage, woher er davon wusste, nicht beantworten können, und mehr noch: Nach dem augenscheinlichen Versprecher im Hausflur hatte sich der Mann geweigert, auch nur ein weiteres Wort zu sagen.

Seine Gattin Jenny schwor Stein und Bein, dass ihr Mann nichts mit dem Mord zu tun haben könne. Doch auch sie konnte nicht erklären, wo Herman die interne Information herhatte – und ebenso wenig, warum er seitdem den Mund nicht mehr aufgemacht hatte.

Schon bald nach der Verhaftung von Herman van der Lede waren die meisten Kollegen von den Ermittlungen im Mordfall Coen Zoutman abgezogen worden, damit sie bei dringenden Fällen eingesetzt werden konnten.

»Sie wissen genauso gut wie ich, Rijsbergen«, hatte sein Vorgesetzter zu ihm gesagt, wobei er Van de Kooij nicht einmal angesprochen oder auch nur angesehen hatte, »dass es danach aussieht, als hätten wir den richtigen Mann, auch wenn er nichts sagt. Ich kann es nicht verantworten, mit einem so großen Team an dem Fall weiterzuarbeiten.«

Rijsbergen wollte eigentlich noch etwas erwidern, mehr der Form halber als aus Überzeugung, denn er wusste, dass sein Chef recht hatte und Protest sinnlos war. Nicht nur die Tatsache, dass der verhaftete Herman van der Lede Einzelheiten wusste, die er nicht hätte wissen können, sondern vor allem auch seine Weigerung, sich selbst in irgendeiner Weise zu verteidigen, machte ihn mehr als verdächtig.

»Sie und Ihr Partner arbeiten weiter an dem Fall, nicht mehr Fulltime, aber bis auf Weiteres können Sie noch jedem Hinweis nachgehen – wenn sich etwas ergibt zumindest, denn eine endgültige Klärung scheint ja nur noch eine Frage der Zeit zu sein.«

Der Fall Coen Zoutman und der damit zusammenhängende Fall Yona Falaina – es war vollkommen unklar, welches Motiv Herman für diesen Mord gehabt haben könnte – waren außergewöhnlich kompliziert, schon allein durch die große Anzahl der Personen, die sich zum Zeitpunkt des Mordes und danach im Gebäude der Freimaurer aufgehalten hatten sowie das Fehlen von Spuren am Tatort – oder besser: das Übermaß von Spuren, weil kurz davor so viele Personen im Tempel gewesen waren, die alle ihre Fußabdrücke, Kopfhaare, Hautschuppen, Speichel und Fingerabdrücke hinterlassen hatten.

Rijsbergen und sein Team hatten inzwischen mit allen gesprochen, von denen sie sicher wussten, dass sie beim Gästeabend gewesen waren. Allerdings blieb weiterhin das Problem, dass weitere zehn, fünfzehn oder sogar zwanzig Personen ebenfalls dort gewesen sein mussten, von denen sie keine Namen hatten. Und je mehr Zeit seit dem bewussten Abend verging, desto schwieriger wurde es, diese zu ermitteln.

Van de Kooij und Rijsbergen hatten das Zimmer von Yona Falaina an der Korevaarstraat aufgesucht, um es persönlich in Augenschein zu nehmen. Es hatte wie ein Hotelzimmer ausgesehen: ein Bett, ein Nachtschränkchen, ein Schreibtisch mit Stuhl und ein kleiner Bücherschrank, in dem hauptsächlich Bücher über Religion und Esoterik standen. Keine Fotos, keine Poster an der Wand, keine Dekogegenstände oder Souvenirs, nichts, was dem Zimmer auch nur den geringsten persönlichen Charakter verliehen hätte.

Eine junge Frau mit auffällig blasser Haut ließ sie ein. Sie stellte sich als Rachel vor. »Wir teilen uns die Wohnung zu fünft«, erklärte sie, während sie eine abgelaufene Treppe hinaufgingen. »Ich wohne hier schon seit dem ersten Semester.«

Sie gelangten in einen Flur, wo eine nackte Glühbirne die einzige Lichtquelle war und wo Kartons, leere Weinflaschen, ein Fahrrad ohne Vorderrad und ein paar Plastiksäcke herumstanden, aus denen Kleidung quoll. An der Wand hingen zwei große, vergilbte Reklameposter eines Reisebüros, ein Palmenstrand mit azurblauem Meer und ein tropischer Urwald mit Wasserfall. Es roch muffig und feucht wie in einem Keller.

»Entschuldigung, ist ziemlich vermüllt hier«, sagte die Studentin.

Nachdem sie sich Yonas Zimmer angesehen hatten – dafür hatten sie nicht lange gebraucht –, gingen sie noch kurz hinüber in Rachels Zimmer, das einen starken Kontrast zu dem Flur und dem Treppenhaus bildete. Es war hell, sorgfältig aufgeräumt und roch frisch, als hätte sie gerade einen Hauch Parfüm versprüht.

»Ich habe nicht viel Kontakt zu meinen Mitbewohnern«, erklärte sie. »Als ich hier eingezogen bin, war das anders. Wir haben regelmäßig gemeinsam gegessen, aber die Leute sind alle weggezogen. Dieser Yona zum Beispiel ... Ich wusste nur seinen Vornamen und dass er aus Griechenland kam. Wir haben uns einmal die Hand geschüttelt, als er vor ein paar Jahren hier eingezogen ist. Er hat auch nie Post bekommen. Genauso gut hätte er wochenlang tot in seinem Zimmer liegen können.«

»Das hätten Sie aber gerochen«, bemerkte Van de Kooij. Er lachte, hörte aber damit auf, als Rijsbergen ihn verärgert ansah.

Sie traten vor die beiden großen Fenster, die von der Fensterbank bis hinauf an die Decke reichten. Von dort aus hatten sie eine gute Aussicht auf die Gärten hinter den Häusern, die alle einen trostlosen Anblick boten. Sie waren dunkel, sogar jetzt um die Mittagszeit, und sahen aus, als hielte sich dort niemals jemand auf. Nirgendwo standen Gartenmöbel. Alles sah feucht aus, die Platten waren grün bemoost, die Zäune und Mauern überwuchert mit Efeu und Unkraut.

»Die Aussicht stimmt einen nicht gerade fröhlich«, bemerkte Rachel. »Aber die Miete ist hier eben günstig. Ich studiere Medizin und mache gerade meine Famulatur hier an der Leidener Uniklinik. Wenn ich fertig bin, will ich weg hier.«

Rijsbergen nickte verständnisvoll.

»Möchten Sie eine Tasse Tee?«

»Sehr nett von Ihnen, aber nein danke. Wir machen uns jetzt wieder auf den Weg.«

Plötzlich hatte Rijsbergen Mitleid mit Rachel. Sie hatte richtig enttäuscht ausgesehen, als er ihr Angebot abgelehnt hatte. Es war, als hätte er einen kurzen Blick auf ihre Einsamkeit geworfen, so wie wenn man einen einzelnen Handschuh auf dem Fahrradweg liegen sieht.

Er überlegte, doch noch auf ihr Angebot einzugehen, tat es aber letztendlich nicht, weil sie an diesem Tag noch viel zu tun hatten.

»Sie wollen umziehen?«, fragte er, um das Gespräch nicht ganz so abrupt zu beenden. »Es ist aber nicht leicht, in Leiden etwas Bezahlbares zu finden. Haben Sie schon etwas in Aussicht?«

»Ich will auswandern«, erwiderte sie. »Nach meiner Famulatur gehe ich nach Israel. Ich bin Jüdin. Meine Eltern sind schon vor ein paar Jahren emigriert. Ich habe schon angefangen, intensiv Hebräisch zu lernen – oder besser: Ivrit, so heißt das moderne Hebräisch.«

Sie deutete auf einen Bücherstapel auf ihrem Schreibtisch. »Lerne Hebräisch«, stand auf dem Umschlag des obersten Buches, »Basiskurs für Anfänger«.

»Das ist ein großer Schritt«, sagte Van de Kooij. »In ein anderes Land zu gehen. Sie lassen doch dann alles hier zurück.«

»Bei mir ist das nicht so viel«, entgegnete sie und stieß ein freudloses Lachen aus. »Ich fühle mich hier immer weniger zu Hause. Meinen Eltern ging es genauso. Für meinen Vater war das Maß voll, als er eines Tages auf dem Garenmarkt von einer Gruppe Jugendlicher bedrängt und von einem von ihnen bespuckt wurde. Es war am Sabbat, und er war unterwegs zum Gottesdienst in der Synagoge hier um die Ecke.«

»Hat er Anzeige erstattet?«, fragte Van de Kooij.

»Ach, das hat doch keinen Sinn. Er hätte den Täter sowieso nicht identifizieren können. Jugendliche, die sich einbilden, ihre palästinensischen Glaubensbrüder zu unterstützen, indem sie meinem Vater ins Gesicht spucken – das ist doch einfach ekelhaft.«

»Und darum wollen Sie ...«, begann Rijsbergen, aber sie ließ ihn seine Frage nicht beenden.

Sie hatte jetzt ein wenig Farbe auf den Wangen. »Es ist doch bizarr, dass mein Vater es danach nicht mehr wagte, auf der Straße seine Kippa zu tragen, oder? Wie lange ist der Krieg vorbei? Seit siebzig Jahren? Und jetzt müssen wir wieder Angst haben. Ich gehe zwar auch noch zu den Gottesdiensten in die Synagoge, aber unsere Gemeinde stirbt allmählich aus. Es müssen sogar jüdische Männer aus Den Haag kommen, um den Minjan zu erreichen.«

»Den Minjan?«, fragte Van de Kooij.

»Richtig«, wiederholte Rachel. »Das ist das Quorum von zehn jüdischen Männern, die man mindestens braucht, um einen Gottesdienst in der Synagoge abhalten zu dürfen. Diese Zehn kommen hier in Leiden kaum mehr zusammen. Die jüdische Gemeinschaft hat sich vom Zweiten Weltkrieg nie mehr erholt. Fast alle Juden aus Leiden wurden abtransportiert und ermordet. Das jüdische Waisenhaus voller geflüchteter Kinder aus Deutschland wurde geräumt ...«

»Aber heutzutage …« Wieder ließ sie Rijsbergen nicht ausreden.

»Meine Eltern hatten es satt – und mir reicht es auch. Ich will in einem Land wohnen, wo ich erhobenen Hauptes gehen kann, wo ich meinen Glauben ausüben kann, wo ich einen Teil der Gemeinschaft ausmache. Wo ich frei sein kann! Ein Land, in dem mein Vater mit seiner Kippa über die Straße gehen kann, ohne Angst davor zu haben, dass ihm ins Gesicht gespuckt wird. Die Synagoge hier wird rund um die Uhr von Kameras bewacht, und die Fenster sind mit Panzerglas gesichert. In welchen Zeiten leben wir denn?«

Rijsbergen wusste einen Moment lang nicht, was er dazu sagen sollte. »Ich verstehe, was Sie meinen«, sagte er dann etwas hilflos. »Ich wünsche Ihnen viel Erfolg, Rachel, und auch viel Glück. Bestimmt wird es Ihnen guttun, die Flügel auszubreiten und weiterzuziehen.«

Beim Abschied hatte sie ein wenig traurig gelächelt.

Auch der Vermieter der Wohnung hatte Rijsbergen und Van de Kooij nicht viel mehr erzählen können, genauso wenig wie die direkten Nachbarn und die Besitzer der Geschäfte, die unten im Haus ihre Läden hatten. Einige hatten Yona zwar vom Sehen gekannt, konnten aber nichts über ihn sagen. Der Bäcker zum Beispiel hatte erzählt, dass sein Nachbar von oben regelmäßig ein Brot und eine Halbliterflasche Milch gekauft hatte, aber es hatte keinerlei Interaktion gegeben.

Niemand schien den jungen Mann gekannt oder nach seinem Tod vermisst zu haben. Es war, als wäre er wie ein Gespenst durch Leiden gewandert.

Willkommen im 21. Jahrhundert, dachte Rijsbergen ein wenig verbittert. 24 Stunden am Tag sind wir mit der Welt um uns herum verbunden, aber wer unsere Nachbarn sind, wissen wir nicht. Yona hätte genauso gut monatelang verschwinden können. Wenn seine Miete pünktlich abgebucht worden wäre, hätte kein Hahn nach ihm gekräht.

Es hatte sich nach all den Wochen noch kein einziger Zeuge

gemeldet. Niemandem waren seltsame Aktivitäten an einem der Ufer der Leidener Grachten aufgefallen.

Die griechische Botschaft hatte mitgeteilt, dass Yona Waise gewesen war und keine Verwandten hatte, weder Onkel noch Tanten noch Cousins oder Cousinen. Niemand, wirklich niemand schien ihn gekannt zu haben, außer Coen Zoutman wahrscheinlich, angesichts der mutmaßlich gleichen Tätowierung, aber die Art ihrer Beziehung blieb ebenfalls vollkommen im Dunkeln.

Van de Kooij hatte auf eigene Initiative die Synagoge am Levendaal besucht. Tatsächlich hatte es Kameraaufnahmen gegeben, aber auf ihnen war nichts anderes zu sehen gewesen als der verlassene Garten.

Obwohl Rijsbergen die Entscheidung des Polizeipräsidenten verstand – und sie selbstverständlich respektierte –, frustrierte sie ihn auf eine Art und Weise, die er nicht in Worte fassen konnte.

Es war halb elf, eine gute Zeit zum Schlafengehen. Seine Frau Corinne war schon früher hinaufgegangen, um im Bett noch ein wenig zu lesen.

So saß er noch in Gedanken versunken da, als es an der Tür klingelte.

»Hat es geklingelt?«, rief Corinne von oben, noch bevor er hatte aufstehen können.

Wer klingelt denn noch so spät? dachte Rijsbergen, während er zur Haustür ging. Nicht mal der Paketbote kommt noch nach zehn.

Er schob die Gardine vor dem Küchenfenster ein Stück beiseite, um zu sehen, wer da vor der Tür stand. Es war Van de Kooij. Ungeduldig von einem Fuß auf den anderen wippend, blickte er starr geradeaus. Er streckte die Hand aus, um nochmals zu klingeln.

Rijsbergen eilte zur Haustür, aber es war zu spät; schon schrillte die Klingel zum zweiten Mal durch die Diele.

Corinne stand inzwischen oben auf der Treppe. »Wer kann das sein?«, fragte sie besorgt. Ihre größte Angst war, dass eines

Tages irgendein Verbrecher, den Rijsbergen mal einkassiert hatte, vorbeikommen würde, um sich zu rächen.

»Es ist Van de Kooij!«, rief er nach oben. »Alles in Ordnung. Geh schon mal schlafen, Schatz. Ich komme auch gleich rauf.« Er wartete ihre Antwort nicht ab und öffnete die Tür.

»Ich glaube, ich bin etwas auf der Spur«, sprudelte Van de Kooij ohne Begrüßung drauflos.

»Im Zusammenhang mit Zoutman?«

»Ja, und mit Falaina«, sagte er. Van de Kooij hatte rote Flecken am Hals vor Aufregung. »Darf ich reinkommen?«

»Ja ... in Ordnung, aber ...« Rijsbergen öffnete die Tür etwas weiter, sodass Van de Kooij eintreten konnte. Während er an ihm vorbeiging, roch Rijsbergen sein Old Spice-Aftershave, ein Duft, den er früher immer mit älteren Männern assoziiert hatte, der jetzt aber untrennbar mit seinem Partner verbunden war.

Er ließ Van de Kooij ins Wohnzimmer vorausgehen. Als er sich an die halb volle Flasche Whisky mit dem leeren Glas daneben erinnerte, fühlte er sich ertappt, wie ein Alkoholiker, der unverhofft Besuch von seinem Sponsor bei den Anonymen Alkoholikern bekommt.

»Willst du auch ein Glas?«, fragte er so beiläufig wie möglich Van de Kooij, aber dieser lehnte ab, offenbar zu aufgeregt, um etwas zu trinken.

»Was willst du mir denn so Dringendes erzählen?«, fragte Rijsbergen, sobald sie saßen.

»Ich erzähle es dir, aber erst will ich dir etwas zeigen«, sagte Van de Kooij. »Hast du hier unten einen Computer?«

Rijsbergen holte einen Laptop aus der Schublade des großen Wohnzimmertisches.

Van de Kooij klappte den Laptop auf, fragte nach dem Passwort, gab es ein und fing sofort in Windeseile an zu tippen. Klickte ein paarmal etwas an, nahm den Laptop und setzte sich so dicht neben Rijsbergen aufs Sofa, dass sich ihre Oberschenkel berührten.

Rijsbergen rutschte ein kleines Stück beiseite.

»Hier«, sagte Van de Kooij, »schau dir das an.«

Er klickte ein kleines Dreieck links unten auf dem Bildschirm an, wodurch das erstarrte Bild zum Leben erweckt wurde.

Rijsbergen warf rasch einen Blick auf den Text am oberen Rand des Bildschirms.

»Ungelöste Mordfälle« hieß die Serie, aus der Van de Kooij eine Folge gewählt hatte, eine der vielen Serien des Discovery Channels, die sich Van de Kooij fast jeden Abend anschaute.

»Warum müssen wir …«

»Jetzt schau doch mal hin«, unterbrach ihn Van de Kooij, und in seiner Stimme schwangen sowohl Ungeduld als auch Triumph mit.

Die Szene begann mit einer Aufnahme aus der Vogelperspektive. Ins Bild kam eine Stadt, die Rijsbergen anhand der goldglänzenden Kuppel des Felsendoms sofort als Jerusalem erkannte.

Die ewige Stadt wurde immer größer, als hinge eine kleine Kamera unter einem mächtigen Adler. Während sie näher kam, kommentierte ein Sprecher aus dem Off in typisch amerikanischer Art und Weise die Szenen, mit entsprechenden Pausen an den Stellen, die Spannung und Rätselhaftigkeit vermitteln sollten.

»Vor zehn Jahren … die ewige Stadt Jerusalem – der Ort, an dem Jesus Christus auf Erden wandelte … Diese Stadt der biblischen Könige Saul, David und Salomon wurde damals von einer Serie brutaler Morde erschüttert … die bis zum heutigen Tag nie gelöst wurden.«

Es folgte eine Serie von Bildern, bei der sich jahrhundertealte Symbole mit kurzen Szenen abwechselten, in denen jemand mit einem Hammer auf den Kopf geschlagen wurde. Eine sich rasch ausbreitende Blutlache auf dem Fußboden, schlagende Türen, flackernde Kerzen … Im Hintergrund hörte man Fetzen von gregorianischen Gesängen.

Die Amerikaner waren Meister im Erzeugen von Spannung, so viel war sicher.

25 Minuten lang schaute sich Rijsbergen fasziniert die Geschichte dieses vier Jahre alten Falles aus Jerusalem an, bei dem innerhalb von kurzer Zeit zwei Männer auf brutale Weise ermordet worden waren. Den Täter hatte man nie gefunden.

Beiden Opfern war der Kopf mit einem Hammer eingeschlagen worden.

Beide waren Junggesellen gewesen, ohne Verwandte ... Die letzten ihres Familienstammbaums.

Beiden Opfern war ein Stück Haut so groß wie ein Fünfcentstück zwischen der linken Brust und der Achsel weggeschnitten worden.

Und beide waren Freimaurer gewesen.

27

Peter drehte sich um und machte sich auf den Weg durch den Boston Common zur Tremont Street, wo sich das Gebäude der Freimaurer befand. Er passierte den Frog Pond auf der linken Seite und hatte nach einer Viertelstunde das Ende des Parks erreicht.

Er konnte die Aufschrift auf dem Gebäude schon von hier aus lesen.

GRAND LODGE OF MASONS IN MASSACHUSETTS

Darunter waren vier große Mosaike angebracht, an Stellen, wo früher wahrscheinlich einmal Fenster gewesen waren. Auf einem Hintergrund von länglichen Rechtecken in verschiedenen Blauschattierungen strahlte eine Sonne, und daneben waren Hammer, Zirkel und Winkelmaß sowie eine Maurerkelle und Säulen zu sehen.

Auf der Abbildung ganz rechts waren ein Wappenschild und rechts und links davon je ein Biber abgebildet. Auf dem Schild saß eine Taube mit einem Olivenzweig im Schnabel. Darunter stand das Gründungsjahr, 1733, was die Loge zu einer der ältesten der Welt machte. Auch das Motto stand auf einem kunstvoll flatternden breiten Band: FOLLOW REASON.

Folge der Vernunft, benutze deinen Verstand …

Peter betrat das Gebäude. Die Griffe der Eingangstüren bildeten zwei große, goldfarbene Embleme des Zirkels und des Winkelmaßes mit einem G in der Mitte. Den Boden im Foyer bildete ein Mosaik des Logos mit den beiden Bibern, wie es auch an der Fassade zu sehen war.

Peter meldete sich bei einem Portier in Livree, der seinen Namen auf einer Besucherliste abhakte und ein kurzes Telefonat führte, um seine Ankunft zu melden.

»Sie können mit dem Aufzug in den zweiten Stock fahren«, sagte der Mann und gab ihm einen Besucherausweis mit seinem Namen, wie auf einem Kongress.

Im zweiten Stock erwartete ihn ein ziemlich gedrungener Mann mit einem Schnäuzer, der das spärliche Haar quer über den Kopf gekämmt trug.

»Mr. de Haan«, begrüßte er Peter wie einen alten Freund. »Oder darf ich Peter sagen?« Ein breites Lachen erschien auf seinem Gesicht, und er strahlte den typisch amerikanischen Optimismus aus, der Peter schon bei so vielen Menschen hier aufgefallen war.

»Natürlich«, antwortete Peter.

Sie schüttelten sich die Hand.

»Walter L. Lunt«, stellte sich der Mann vor. »Kommen Sie rein, kommen Sie rein.« Mit einem Wink bedeutete er Peter, ihm zu folgen.

Sie betraten eine Bibliothek. Die Wände waren mit hohen Bücherregalen ausgestattet, und in der Mitte des Raumes standen niedrigere Schränke, die bis zur Brust reichten. Darauf waren allerlei Gegenstände ausgestellt: Fotos, Bücher, Urkunden, Bauzeichnungen …

»Sie selbst sind aber kein Freimaurer, oder?«, fragte Walter.

»Nein, aber ich interessiere mich sehr für die Freimaurerei«, antwortete Peter. »Meine Freundin ist Mitglied einer gemischten Loge in Leiden, der Stadt, in der ich wohne. Als ich erzählte, dass ich nach Boston reise, bat sie mich, Sie zu besuchen. Auch, um Fotos zu machen, wenn das erlaubt ist.«

»Doch, natürlich. Kein Problem.«

Sie gingen zu einer Art Übersichtsausstellung über die Logen in Boston. Zahlreiche Schwarz-Weiß-Fotos von Herren, die ernst in die Kamera blickten, des Gebäudes selbst und seiner Vorgänger, Urkunden und aufgeschlagene Bücher. In groben Zügen skizzierte Walter die Geschichte der Freimaurerei in den USA. Wie Freimaurer sich schon zu Beginn des 18. Jahrhunderts trafen, noch bevor sie offiziell vom englischen »Hauptsitz« als Loge anerkannt und registriert worden waren und die Befugnis erhielten, als »Großloge« andere Logen zu gründen.

»Ich selbst bin von Hause aus evangelisch, Peter«, erzählte Walter, »und es hat mich einen jahrelangen Kampf gekostet, mich davon zu befreien. Die Zeiten, in denen wir leben ... Ich glaube, dass es mehr denn je notwendig ist, der Vernunft zu folgen, wie in unserem Motto, *follow reason*. In den USA sondern sich einzelne Gruppen mehr und mehr von der Gesellschaft ab. Sie verschanzen sich hinter ihresgleichen, klammern sich an Vorstellungen, die schon von ihren Großeltern stammen. Für viele Leute ist allein schon die Tatsache, dass ein Konzept seit langer Zeit existiert, der Beweis seiner Richtigkeit. Wir dagegen vertreten die Überzeugung, dass man ständig alles hinterfragen und das Gute bewahren sollte. Ich würde mir Sorgen machen, wenn ich in zehn Jahren noch immer dieselben Vorstellungen hätte wie heute!«

Sie verließen die Bibliothek und betraten einen langen Gang. Zu beiden Seiten lagen zwei riesige Säle, einer prächtiger als der andere. Es war, als gingen sie buchstäblich in der Zeit zurück und als könnten jeden Moment Freimaurer aus dem 18. Jahrhundert in vollem Ornat hereinkommen.

Voller Stolz wies Walter auf Einzelheiten hin, etwa die Wände, die nicht tapeziert waren, wie man auf den ersten Blick meinen konnte, sondern minutiös bemalt. Die komplizierten Muster waren äußerst präzise mit der Hand aufgebracht worden.

»In diesem Gebäude versammeln sich verschiedene Logen«, erklärte Walter im dritten Raum. Sie waren inzwischen noch ein Stockwerk höher gegangen.

»Dies ist der Saal, in der sich die Loge trifft, bei der ich Mitglied bin.«

Es war ein außergewöhnlich geschmackvoll eingerichteter Raum. Der hohe, kunstvoll bearbeitete Stuhl des Vorsitzenden bestand aus dunklem Holz und wurde von zwei niedrigeren, aber nicht weniger aufwendig geschnitzten Stühlen flankiert. An der Wand dahinter prangte ein goldfarbenes »G«, umgeben von Sonnenstrahlen. Die Treppe zu den Stühlen hatte die Form eines Halbkreises und glich indonesischen Reisterrassen.

An einer langen Wand hingen vier Gemälde, die, so erklärte Walter, allegorische Darstellungen vom Tempel des Salomo waren.

Auf allen vier Gemälden waren die Kupfersäulen Boaz und Jachin zu sehen – Boaz war eine der Hauptpersonen im alttestamentarischen Buch Ruth und Jachin der erste Hohepriester des Salomo-Tempels –, die sich schroff auf einem Platz mit Blick auf das Allerheiligste des jüdischen Tempels in Jerusalem erhoben.

An der anderen langen Wand hingen Gemälde von ehemaligen Logenvorsitzenden.

»Das ist unsere Werkstatt, wie wir sie nennen«, begann Walter.

Er hatte sich auf einen der Stühle gesetzt, die auf »englische Art« aufgestellt waren, genau wie im Leidener Tempel an der Steenschuur: mit dem Rücken zur Wand, sodass jeder mit dem Gesicht zum großen Raum in der Mitte ausgerichtet war.

Durch die entspannte Haltung, mit der er Platz genommen hatte, erweckte Walter den Eindruck, eine längere Geschichte erzählen zu wollen.

»Manchmal wird dieser Raum als Tempel bezeichnet. Darüber könnte man natürlich eine Menge sagen, wenn wir uns bewusst machen, dass wir am symbolischen Tempel der Menschheit zu arbeiten versuchen. Dieser Tempel hier steht allegorisch für den Tempel von König Salomo, von daher die Gemälde. Unser Tempel hat keine feste Einrichtung; die Anordnung hängt davon ab, mit welchem Grad wir arbeiten. Heute Abend findet ein Treffen statt, bei dem die Symbole benutzt werden, die für die Arbeit im ersten Grad notwendig sind. Der erste Grad ist der des Freimaurer-Lehrlings. Man sieht hier übrigens nicht die ganze Einrichtung. Bei unserer Arbeit in diesem Grad befinden sich für gewöhnlich noch diverse andere Attribute und Gerätschaften im Tempel, aber die holen wir nur heraus, wenn wir sie wirklich brauchen.«

Peter hatte sich ebenfalls gesetzt. Jetzt erst fiel ihm auf, dass der Fußboden genauso gestaltet war wie der im Tempel von Leiden, nämlich in einem Schachbrettmuster von großen schwarzen und weißen Fliesen.

Erwartungsvoll sah Walter Peter an, als erwarte er, dass er ihm eine Frage stellte.

Ob Walter über das Bescheid weiß, was in Leiden geschehen ist?, fragte sich Peter. Soll ich ihn nachher danach fragen?

»Neben den drei großen Lichtern kennen wir die drei kleinen Lichter«, fuhr Walter ungestört fort mit seinem Exkurs.

Sein Tonfall verriet, dass er diesen Vortrag schon öfter gehalten hatte. Sogar die Pausen, die er zwischendurch einlegte, schienen ein fester Bestandteil zu sein.

»Und dies hier«, sagte er und reichte Peter ein Schurzfell und Handschuhe, »tragen wir, wenn wir zusammenkommen, um in der Werkstatt zu arbeiten. Die Art und Weise, in der das Schurzfell getragen wird, ist abhängig von dem Grad, den man innehat. Ein Lehrling trägt es anders als ein Geselle oder Meister. Symbolisch heißt es bei uns, dass das Schurzfell, das wir immer um unsere Taille tragen, uns hilft, das Höhere vom Niedrigeren zu trennen. Unsere weißen Handschuhe deuten darauf hin, dass wir die Arbeit, die wir hier mit unseren Händen verrichten, rein erhalten wollen, unbesudelt.«

Peter gab ihm Schurzfell und Handschuhe zurück.

»Als Letztes«, schloss Walter seinen Vortrag, »bitte ich um Ihre Aufmerksamkeit für den schwarz-weißen Fußboden, der auch musivisches Pflaster genannt wird. Er ist ein Abbild der sichtbaren Welt, und so wie sich in dem Mosaik die hellen und dunklen Quadrate abwechseln, so sind auch die Natur und das Menschenleben ein ständiger Wechsel von Licht und Finsternis, von Entstehen und Vergehen, von Freude und Schmerz, von Glück und Unglück, von Leben und Tod. Dadurch aber, dass dieses Mosaik eine vollkommene Regelmäßigkeit in der Abwechslung von hellen und dunklen Vierecken aufweist, soll sich der Lehrling daran gewöhnen, das irdische Dasein nicht als ein Spiel des blind waltenden Zufalls, sondern als etwas von ewigen Gesetzen in die Bahnen der Entwicklung zum Vollkommenen hin Geleitetes zu betrachten.«

Walter trat an die Seitenlinie des Fliesenmosaiks.

»Rings um dieses für uns so bedeutsame musivische Pflaster«, sagte er und deutete mit dem Zeigefinger darauf, als befürchte er, dass Peter diese Einzelheit ansonsten übersehen würde, »sehen Sie einen gezackten Rand, die sogenannten *tasselated border*. Wenn wir einander versprechen, dass alles, was wir tun, sagen und teilen, innerhalb dieser Einfassung bleibt, so bedeutet das, dass wir niemals das Vertrauen der anderen missbrauchen, sondern uns immer als dessen würdig erweisen werden. Warum tun wir das? Nicht, weil wir eine Geheimgesellschaft sein wollen. Wir tun das, weil wir einen geschützten Raum brauchen, wo wir wahrhaft zu uns selbst finden und wir selbst sein können. Einen sicheren Hafen, in dem wir zu uns kommen können und wo wir Dinge miteinander teilen können, die in diesem Raum bleiben, sodass wir die Gewissheit haben, offen sein zu können, uns selbst und den anderen gegenüber.«

Walter sah Peter an, sichtlich zufrieden, dass er auch diese Führung zu einem guten Ende gebracht und alle Kernpunkte der Freimaurerei vermittelt hatte.

Sie liefen noch ein wenig durch das Gebäude, das noch verschiedene Säle für andere Logen vorsah. Jeder Raum war anders eingerichtet.

Nach dem Besuch des letzten Tempels – oder Werkstatt – bat Peter noch darum, ein Foto von sich in einem kleinen, achteckigen Nebenzimmer machen zu dürfen, wo ein echtes Schwert quer über einem kleinen Schreibtisch lag. Vor den Fenstern hingen schwere Samtgardinen, die das Zimmer wohl in vollkommenes Dunkel tauchen würden, wenn man sie zuzog.

Walter erklärte, dies sei ein Raum, in dem neue Mitglieder eingeweiht würden. Außerdem konnte man sich hierher zurückziehen und allein sein mit seinen Gedanken.

Das Foto von ihm, das Peter gleich danach betrachtete, hätte nicht besser gelingen können. Entschlossen blickte er geradeaus, wie ein Mann mit einer Mission, das Schwert schräg vor dem Körper, die Spitze nach oben gerichtet. Da genau in dem Moment die Sonne, die durch das Fenster hereinfiel, die Schwertspitze traf, glich die symbolische Waffe einem Laserschwert aus »Krieg der Sterne«.

Walter und Peter kehrten in die Bibliothek zurück.

Auf dem breiten Kaminsims standen zwei große Porträtfotos, eines von einem älteren Herrn und eines von einem jungen Mann. Vor jedem Porträt brannte ein Teelicht.

Der ältere Mann blickte etwas streng in die Kamera, doch die Krähenfüße rings um seine Augen verrieten eine fröhlichere Lebenseinstellung, als man aufgrund dieses Fotos erwarten würde. Oben auf dem Kopf hatte er schon eine große kahle Stelle, aber das übrige, silbergraue Haar hing ihm in langen, dicken Locken auf die Schultern, was ihm in Verbindung mit dem ordentlich gestutzten Ringbart eine leicht exzentrische Ausstrahlung verlieh. Man konnte sich ihn leicht als Ritter in Kreuzfahrerrüstung vorstellen, der gegen die Muselmanen in den Kampf zog, um Jerusalem für das Christentum zu erobern.

Der junge Mann hatte ein ernstes Gesicht, als wäre er jetzt schon vom Leben gezeichnet und wüsste Dinge, die für niemanden gut sind, vor allem nicht für jemanden in seinem Alter.

»Wer ist das?«, fragte Peter. »Wenn ich fragen darf.«

»Natürlich dürfen Sie«, sagte Walter und ging zum Kamin hinüber. »Vielleicht haben Sie in den Nachrichten davon gehört. Vor zwei Tagen sind Sam und George beim Angeln über Bord gegangen. Jedenfalls glaubt die Polizei das inzwischen. Ihre Leichen sind bisher nicht gefunden worden.«

»Ja, das war in den Nachrichten«, bestätigte Peter. »Aber das Meer war doch ganz ruhig?«

»Das ist ja das Merkwürdige. Sam war – oder besser, ist immer noch – der Meister vom Stuhl, unser Vorsitzender. Die beiden waren fast wie Vater und Sohn und hatten beide keine Menschenseele auf dieser Welt. Trotz des Altersunterschieds verband sie eine enge Freundschaft, mehr noch als zwischen Vater und Sohn. George war Sams Protegé und wäre vielleicht eines Tages sein Nachfolger geworden.«

Peter spürte, wie sich die Härchen auf seinen Armen aufrichteten.

»Und man weiß nicht, was passiert ist?«

»Nein, es ist ein Rätsel! Vielleicht ist einer über Bord gegangen und der andere wollte ihm helfen? Aber dann wirft man doch einfach einen Rettungsring aus. Irgendetwas stimmt da nicht.«

»Vielleicht haben sie sich gestritten? Oder sie sind entführt worden?«

»Oder ... Vielleicht sind sie schwimmen gegangen. Auch wenn das Meer ruhig aussieht, kann es trügerisch sein. Man kühlt schnell aus, bekommt vielleicht einen Krampf. So etwas passiert nun einmal.«

Peter schloss kurz die Augen und schüttelte den Kopf, als könne er so die Assoziation mit dem Doppelmord in Leiden verdrängen.

Das ist nur ein Zufall, versuchte er sich zu beruhigen. Du musst nicht hinter allem gleich ein Verbrechen vermuten, Peter. Niemandem wurde der Schädel eingeschlagen, niemandem die Hände gefesselt. Eine Übereinstimmung ist noch kein Zusammenhang. Ist es nicht das, was du deinen Studierenden immer beizubringen versuchst?

»Das ist ja fast wie im Film«, sagte er, als sie zurück ins Foyer gingen.

»Ich hoffe, dass sie noch leben«, sagte Walter. »Wider besseres Wissen mache ich mir noch Hoffnungen. Manche haben gefordert, das Gebäude vorübergehend zu schließen, aber ich finde es gerade jetzt angenehm, hier zu arbeiten. Das Herumführen von Gästen lenkt mich von dem ab, was passiert ist.«

Peters Auge fiel auf ein Buch, das auf dem Schreibtisch lag, mit dem Titel *A Song in Stone*. Der Name des Autors lautete Walter L. Lunt. »Ist das Buch von Ihnen?«, fragte er, um dem Gespräch eine etwas unverfänglichere Wendung zu geben.

»Ja«, antwortete Walter stolz.

»Welche Art von Büchern schreiben Sie?«

»Historische Romane mit einem religiösen, mysteriösen Anstrich. Über die Templer zum Beispiel.«

»Sind sie im Buchladen erhältlich?«

»Sie können sie gleich hier in unserem Laden kaufen, wenn Sie wollen«, antwortete Walter erfreut. »Ich signiere sie auch gern für Sie.«

»Einverstanden«, sagte Peter, der gespannt auf Walters Bücher war und dessen Geschäftstüchtigkeit ihn zugleich amüsierte.

In dem kleinen Geschäft kaufte er ein Exemplar von *A Song in Stone*, das Walter tatsächlich gleich für ihn signierte.

»Für Peter, meinen neuen Freund aus den Niederlanden«, schrieb er gutwillig auf die Haupttitelseite, und darunter seinen Namen in schwungvollen Buchstaben.

»Haben Sie noch irgendwelche Fragen?«, erkundigte sich Walter, während sie zum Aufzug im Foyer gingen.

Obwohl es so klang, als sei das nur eine Floskel und als erwarte er gar keine Fragen mehr, hatte Peter doch noch etwas auf dem Herzen.

»Sie haben vorhin erwähnt, dass man immer alles hinterfragen und das Gute bewahren sollte, mit anderen Worten, dass man nichts von vornherein als wahr betrachten sollte.«

»Richtig.«

»Ich frage mich … Wie Sie wissen, komme ich aus Leiden. In Leiden scheint es Streitigkeiten innerhalb der Loge zu geben – oder gegeben zu haben. Auf der einen Seite stehen diejenigen, die vorgegebene Interpretationen strikt ablehnen. Das scheint für die Mehrheit zu gelten. Sie wollen die individuelle Freiheit und die Verantwortung, um Symbolen und Geschichten selbst eine Bedeutung zuzuweisen.«

»Ja, das ist die grundlegende Idee der Freimaurerei.«

»Aber gibt es – oder gab es – auch eine Gruppe, die sich mehr, wie soll ich es ausdrücken, auf die Tradition stützen möchte, auf Erklärungen von anderen? Die selbst nicht zu viele Fragen stellen und sich den Auslegungen derjenigen anschließen wollen, die vor ihnen kamen, größeren Geistern als sie? Zwerge auf den Schultern von Riesen, Sie wissen schon. Vielleicht könnte man sie die Textgläubigen nennen.«

»Ich verstehe, was Sie meinen.«

»Als ob es zwei Strömungen gäbe, die einen, die die Geschichten wörtlich nehmen und gerne den Traditionen folgen, in denen es keinen oder nur wenig Freiraum für eigene Interpretationen gibt. Und diejenigen, die für eine mehr allegorische Erklärung der Geschichten und Symbole sind.«

»Ich verstehe, was Sie meinen, Peter«, wiederholte Walter. »Auch hier haben wir damit zu tun, aber diese Leute, die Textgläubigen, verlassen früher oder später unsere Reihen, weil es … na ja, dem ganzen Geist der Freimaurerei zuwiderläuft, verstehen Sie? Aber auch bei uns gibt es natürlich solche ›unkultivierten Leute‹, wie ich sie immer nenne.«

»In Leiden ist vor sechs Wochen ein Mord passiert«, sagte Peter. »Eigentlich waren es sogar zwei Morde. Der Meister vom Stuhl wurde umgebracht, Coen Zoutman, und kurz darauf ein junger Mann. Vielleicht haben Sie davon gehört.«

»Ja«, sagte Walter. »Von dem jungen Mann wusste ich nichts, aber von dem Mord am Vorsitzenden haben wir natürlich gehört. Eine schreckliche Geschichte. Genau wie in Jerusalem vor vier Jahren.«

»Wie bitte?«, fragte Peter. »Was ist denn vor vier Jahren in Jerusalem passiert?«

Walter sah ihn erstaunt an.

»Was, haben Sie etwa nichts davon gehört? Es war ein aufsehenerregender Fall. Zwei unserer Brüder sind kurz nacheinander ermordet worden. Beiden ist mit einem Hammer der Schädel eingeschlagen worden. Ausgerechnet mit dem Hammer, den wir zum Arbeiten benutzen, schon das war ungeheuerlich!«

»Wie bitte?«, war das Einzige, was Peter hervorbringen konnte.

»Der Täter wurde bis heute nicht gefunden – oder die Täter. Die Leichen waren teilweise verstümmelt worden, obwohl das vielleicht übertrieben ausgedrückt ist. Beiden wurde ein Stück Haut weggeschnitten, zwischen der linken Brust und der Achsel, in der Größe einer Münze.«

»Aber genauso war es in Leiden! Der Meister vom Stuhl ist auch mit einem Hammer erschlagen worden. Von einem Hautstück weiß ich nichts, aber Coen Zoutman hatte eine Tätowierung.«

»Eine Tätowierung?«

»Ja. Haben Sie vielleicht Stift und Papier für mich?«

Sie kehrten zurück in die Bibliothek, zum Schreibtisch von Walter.

Peter zeichnete aus dem Kopf das Tattoo nach, das man auf Coen Zoutmans Leiche gefunden hatte.

Walter nahm das Blatt Papier und hielt es dicht vor die Augen, doch nachdem er es zwanzig, dreißig Sekunden lang intensiv betrachtet hatte, legte er es wieder hin. »Tut mir leid«, sagte er. »Ich habe so etwas noch nie gesehen. Es erinnert mich an das Auge der Vorsehung, aber darauf sind Sie sicher selbst schon gekommen.«

»Ja, aber viel mehr weiß die Polizei auch noch nicht. Aber … Diese Morde in Jerusalem, haben Sie das gemeldet? Der Polizei von Leiden?«

»Gemeldet? Nein, ich habe das nicht gemeldet. Ich glaube, das hat niemand von uns getan. Von dem zweiten Mord in den Niederlanden haben wir nicht einmal etwas erfahren. Aber die niederländische Polizei wird doch sicher selbst darauf kommen? Die Behörden stehen doch in Kontakt miteinander, nehme ich an, es gibt doch Datenbanken?«

»Ich glaube nicht, dass sie das getan haben, sondern dass sie sich hauptsächlich auf Leiden konzentriert haben. Es ist gut möglich, dass sie noch keine Ahnung von dem Fall in Jerusalem haben und ganz allgemein noch nicht nach Übereinstimmungen mit anderen, internationalen Fällen gesucht haben. Wobei in Leiden übrigens bereits ein mutmaßlicher Täter festgenommen wurde.«

»Und jetzt … Nein, das kann nicht sein!« Walter setzte sich und umklammerte mit beiden Händen den Rand seines Schreibtischs. »Nein, das kann nicht sein«, wiederholte er, als wolle er sich selbst von etwas überzeugen.

»Denken Sie dasselbe, was ich denke?«, fragte Peter.

»Ja, wissen Sie …«, sagte Walter. »Bei dem armen Sam und George gehen wir immer noch von einem Unfall aus. Deswegen habe ich keinen Zusammenhang zu den Morden in Jerusalem gesehen. Und dem in Leiden. Ich glaube nicht, dass … Was meinen Sie, Peter?«

»Es könnte tatsächlich nur ein Zufall sein, aber es ist schon bizarr, oder?«

»Ich werde gleich bei der Polizei anrufen«, sagte Walter. »Bisher wird es noch als normale Vermisstensache behandelt, ein Unfall, wie ich schon sagte. Aber angenommen, es gibt tatsächlich einen Zusammenhang zwischen all diesen Fällen? Das ist eher Stoff für einen meiner Romane, aber die Wahrheit ist manchmal merkwürdiger als Fiktion.«

Peter nahm sich vor, Rijsbergen gleich eine Mail zu schreiben.

Es war jedoch schon nach fünf, also war es jetzt in Leiden nach elf Uhr abends. Wahrscheinlich würde Rijsbergen die Mail erst morgen früh lesen, aber wer weiß, vielleicht konnte die Information nützlich sein. »Wir werden sehen«, sagte er. »Ich habe irgendwie ein ungutes Gefühl.«

»Ich auch, muss ich sagen.«

Sie schüttelten sich die Hand und gingen in den Flur, wo Peter den Lichtschalter betätigte. Es war, als würden die geteilten Sorgen eine Verbindung zwischen ihnen schaffen.

»Viel Spaß mit meinem Buch«, sagte Walter, vermutlich in dem Versuch, den Abschied doch noch mit einer positiven Note enden zu lassen. »Später, im Hotelzimmer.«

»Ich wohne nicht im Hotel«, erwiderte Peter, kurz bevor er den Lift betrat. »Ich bin bei einer Freundin untergekommen. Sie hat ein dreimonatiges Stipendium in Harvard und wohnt auf dem Campus. Sie ist die einzige Person, die ich hier kenne.«

Plötzlich fiel ihm etwas ein. Warum habe ich nicht schon früher gefragt? dachte er. Er legte die Hand auf den Sensor des Lifts, wodurch sich die Türen nicht schlossen. »Kennen Sie Tony Vanderhoop?«, fragte er.

Man brauchte kein großer Menschenkenner zu sein, um an Walters Reaktion zu sehen, dass er Tony tatsächlich kannte – und dass er nicht gerne daran erinnert wurde.

»Ja, den kenne ich«, antwortete er. »Wieso?«

Die freundliche Offenheit der letzten beiden Stunden war mit einem Schlag verschwunden.

Walter ging ein paar Schritte auf Peter zu, wodurch er zwischen ihm und der Treppe stand. Den Sensor loszulassen hatte auch keinen Sinn, denn das Schließen der Tür hätte zu lange gedauert.

Peter wartete auf das, was kommen würde. Er spürte, wie sich seine Muskeln anspannten. Flucht oder Kampf, dachte er.

Walter trat dicht an Peter heran, näher, als angenehm war.

»Woher kennen Sie ihn?«, fragte Walter. »Wenn ich fragen darf.«

»Ich kenne Tony, ich meine, Mr. Vanderhoop nicht gut«, milderte Peter sofort seine Verbindung zu Tony ab. »Er war vor anderthalb Monaten in Leiden, als Mitglied einer amerikanischen Delegation, die das Pilgerjahr vorbereitet. 2020 sind es 400 Jahre her, dass sie von Leiden aus nach Amerika aufgebrochen sind. Ich habe ihn nur zweimal getroffen, wissen Sie. Ganz kurz. Aber jetzt, wo ich sowieso in Boston bin, um meine Freundin zu besuchen, hielt ich es für eine gute Idee, mich mit ihm zu verabreden. Aber wie gesagt, ich kenne ihn kaum. Warum? Gibt es ein Problem mit ihm?«

Walter schwieg, aber Peter sah ihm an, dass er fieberhaft nachdachte.

»Ich meine, als Freimaurer ist er doch auch …«, begann Peter.

»Als Freimaurer?«, wiederholte Walter mit einem abfälligen Lachen.

Peter hatte den Eindruck, dass Walter auf den Boden gespuckt hätte, wenn sie draußen im Freien gewesen wären.

»Hat Tony gesagt, er wäre Freimaurer?«

»Ja, das hat er mir erzählt«, sagte Peter.

Walters Schultern sanken ein wenig herunter, als hätte er beschlossen, dass Peter doch zu den Guten gehörte.

»Tony Vanderhoop wurde vor einigen Jahren ausgeschlossen.«

Fragment sieben – von Leiden nach Amerika (November 1627)

Zum ersten Mal in meinem Leben habe ich einen Brief erhalten.

Einen Brief!

Ich war so gerührt, dass ich einen Moment brauchte, um mich zu beruhigen, wozu nicht zuletzt das Wissen beitrug, dass diese Papiere, umschlossen von nichts als einem einfachen Umschlag, eine so lange Reise zurückgelegt haben. Wer weiß, welchen Gefahren sie getrotzt haben? Sie haben den Ozean überquert, und nur die wenigen Worte auf dem Umschlag, mein Name, meine Adresse und der Name Leiden haben genügt, um ihr genaues Ziel zu erreichen, den einzigen Platz auf Gottes weiter Welt, wo ich mich befinde.

Natürlich ist der Brief nicht nur für mich bestimmt, sondern für die ganze Gemeinschaft. Ich werde ihn beim nächsten Treffen vorlesen.

Der Umschlag enthält noch ein Schreiben, in einem kleineren Umschlag, nicht für mich, sondern für Josh.

Es ist nicht der erste Brief, den wir erhalten. Wir wissen, dass nicht alle Briefe ankommen, und deren Inhalt wird für immer ungelesen bleiben. Die Worte des Schreibers sind wie die eines Menschen, der laut mit sich selbst redet.

Aber dies ist der Brief unseres Mannes, des ersten Schülers von Josh Nunn, der als Knabe auf unserer Schiffsreise von Plymouth nach Amsterdam nicht von seiner Seite wich, in gewisser Weise ein Schaf unter Wölfen. Mich erstaunte es damals, dass er nach Amerika auswanderte, weil er zunächst so ausdrücklich Partei für die Gruppe ergriff, die in Leiden blieb. Aber auch ich konnte nicht alles mitverfolgen. Und noch immer bleiben Dinge von mir verborgen, die anderen offenbart wurden.

Es ist viel passiert, sowohl dort als auch hier.

Ich fange mit dort drüben an. Der Brief gibt einen Überblick über das, was in den letzten sieben Jahren passiert ist. Vieles, was der Verfasser schreibt, wussten wir schon, aber er berichtet auch Neues.

Er schildert die Schwierigkeiten, mit denen die Auswanderer in England konfrontiert wurden. Nach Amerika zu wollen war eine Sache, aber dort hinzukommen erwies sich als gar nicht so einfach. Die Reisenden waren abhängig vom englischen Staat, der Handelsgesellschaften das Recht verlieh, Kolonien zu gründen. Auch unsere Gruppe musste daher erst die Erlaubnis erhalten, nach Amerika reisen zu dürfen, weil das Land unter englischer Verwaltung steht. Sie mussten James I. als Oberhaupt der Kirche anerkennen. Was hätten sie anders tun sollen? Wenn sie es nicht getan hätten, wäre die ganze Unternehmung bereits gescheitert, noch bevor sie den Hafen verlassen hätten. Noch bevor das Schiff seinen Anker auch nur gelichtet hätte! Außerdem mussten sie alle kirchlichen Berufungen anerkennen. Was für ein Dilemma! Doch genau wie Königin Ester, die ihren wahren Glauben verborgen hielt, um so ihr Volk zu retten, als sie den persischen König Ahasver heiratete, so hielten auch die Pilger insgeheim weiter an ihren Überzeugungen fest.

Nachdem sie die Zustimmung erhalten hatten, blieb noch die Aufgabe, eine Handelsgesellschaft zu finden, die bereit war, sie nach Amerika zu bringen. William Brewster wagte es schließlich doch, nach England zu gehen, trotz der Probleme, die er wegen der Pilgrim Press gehabt hatte. Er verhandelte im Namen der Gruppe, was nicht einfach war. Sie unterzeichneten einen Vertrag bei den Merchant Adventurers. Die Pilger mussten viel mehr Zugeständnisse machen, als sie im Gegenzug dafür erhielten, aber hatten sie eine andere Wahl? Sie konnten beispielsweise nichts von den Reisekosten zurückfordern, falls die Reise aus welchen Gründen auch immer misslang.

Wie heißt es schließlich in den Psalmen? »Der Herr schaut vom Himmel und sieht aller Menschen Kinder. Von seinem festen Thron sieht er auf alle, die auf Erden wohnen. Er lenkt ihnen allen das Herz; er merkt auf alle ihre Werke.«

Niemand wird letzten Endes seiner gerechten Strafe entgehen.

Die Gruppe von hundert Menschen, die im Jahr des Herrn 1609 ersucht hatten, sich in der Stadt Leiden niederlassen zu dürfen, war größer geworden, viel größer. Der Herr hatte unsere Unternehmung gesegnet. Die Gruppe war auf mehrere hundert Seelen angewachsen. Lange nicht jeder konnte mitfahren, aber auch nicht jeder wollte es. Es war Zwietracht in der Gruppe entstanden.

Inzwischen weiß ich mehr darüber, was damals vor sich ging – ich hatte schließlich selbst meinen Anteil daran … Aber ich greife voraus. Irgendwann werde ich mehr darüber schreiben.

Statt John sollte William die Expedition nach Amerika leiten. John blieb schließlich in Leiden.

Indem alle zusammenlegten, konnten die Reisenden das kleine Schiff Speedwell kaufen, um sie in die neue Welt zu bringen. Es musste repariert werden, aber sobald das geschehen war, konnte es die Überfahrt wagen. In Amerika sollte es dann als Fischerboot dienen und dazu, in Kontakt mit anderen Kolonien zu treten.

Im Juli 1620 habe ich, genauso wie ein großer Teil der Gemeinde, die Reise nach Delfshaven auf mich genommen, von wo aus das brave Schiff Speedwell *ablegen sollte, um denjenigen, die aufbrachen, Lebewohl zu sagen. Doch das Schiff war zu schwer, und der Kapitän weigerte sich, abzulegen. Noch weniger Leute konnten mitfahren. Herzzerreißende Szenen spielten sich am Ufer ab. Familien wurden auseinandergerissen … Ein Teil konnte mit, der andere musste bleiben und hoffen, beim nächsten Mal mit an Bord zu können. Am Ende konnten sich sechsundsechzig Seelen einschiffen. Die anderen kehrten mit uns nach Leiden zurück.*

Man kann sich die Enttäuschung vorstellen. Sie müssen sich gefühlt haben wie Mose, der das gelobte Land sehen, es aber nicht betreten durfte.

In dem an mich gesendeten Brief schreibt er weiter:

> *Endlich, das Schiff lichtete den Anker! All diese Leute am Ufer stehen zu sehen … Ich ließ ein Leben zurück, auf dem Weg zu einem neuen Leben, einem unbekannten Leben. Lieber wäre ich geblieben, aber ich muss gehen. Ein Neuer ist an meine Stelle getreten, in die guten Hände von Josh. Und in Amerika wird ein Neuer nach mir kommen.*
>
> *Dennoch bin ich etwas beklommen angesichts des Abenteuers.*
>
> *Wir nehmen Kurs auf Southampton! Der Wind in unseren Haaren, die salzigen Spritzer des Meeres auf unserer Haut, der Jubel in unseren Herzen. Auch in dem meinen!*
>
> *Die Überfahrt verlief günstig. Wir schifften uns ein und befuhren das weite Wasser. Wir sahen die Werke des Herrn, seine Wunder auf dem Ozean.*
>
> *Im Hafen wartete die* Mayflower *mit weiteren Passagieren, sowohl Glaubensbrüdern und -schwestern als auch Nicht-Glaubensgenossen, die wir schon bald*

»Fremdlinge« nannten, also »Strangers«. Es waren arme Leute, die in Amerika ein besseres Leben suchten.

Doch es stellte sich heraus, dass die reparierte Speedwell *uns nur über die Nordsee bringen konnte. Kaum hatten wir Southampton verlassen, schlug das Schiff leck! Wir kehrten zurück und unternahmen nach der Reparatur in Dartmouth einen zweiten Versuch, aber wieder drang Wasser ins Schiff ein. Die* Speedwell *würde es nicht schaffen. Ein Teil der Passagiere wurde auf die* Mayflower *übergesetzt, und erneut blieb eine Gruppe zurück, diesmal in England.*

Mit 102 Passagieren, Pilgern und Fremden sowie 25 Mann Besatzung nahmen wir mit der Mayflower *am 6. September dann doch Kurs auf Amerika.*

Die Reise war nicht einfach, schon darüber könnte ich ein Buch schreiben. Es kamen Stürme auf, so heftig, dass wir glaubten, unser letztes Stündlein hätte geschlagen. Die See war so aufgewühlt, dass das Schiff zu zerbrechen drohte. Die Seeleute bekamen es mit der Angst zu tun, und jeder rief Gott um Hilfe an. Wir hatten Angst, dass unsere Gebete den Himmel niemals erreichen würden, denn gleich nachdem wir sie in unserer Verzweiflung nach oben geschickt hatten, wurden sie verweht. Einige wollten die Ladung über Bord werfen, um die Gefahr abzuwenden, aber was hätten wir dann essen sollen? Ich war in den Bauch des Schiffes hinuntergestiegen und dort in einen tiefen Schlaf gesunken. Der Kapitän kam zu mir und sagte: »Was liegst du hier und schläfst! Steh auf, rufe Gott an! Vielleicht erbarmt er sich unser, sodass wir nicht untergehen.« Ich hatte Angst, dass die Seeleute denken würden: »Lasst uns das Los werfen, um zu erfahren, wessen Schuld es ist, dass diese Katastrophe uns trifft.« Und dass das Los dann auf mich fallen würde, der in gewisser Weise ein blinder

Passagier war – obwohl jeder glaubte, ich sei ein Teil der Gruppe. Die Wellen wurden mit der Zeit immer gewaltiger. Und dass ich dann antworten müsste: »Werft mich ins Meer, dann wird es euch in Ruhe lassen. Denn ich weiß, dass es meine Schuld ist, dass dieser Sturm so gegen euch wütet.« Und dass sie dann zum Herrn rufen würden: »Oh Herr, lass uns doch nicht untergehen, wenn wir das Leben dieses Mannes opfern. Rechne es uns auch nicht an, wenn hier ein Unschuldiger stirbt. Du bist der Herr, was du willst, das geschehe!« Und dass sie mich dann hochheben und ins Meer werfen würden, damit dessen Wut sich legen würde.

Aber jedes Mal beruhigte sich die See wieder.

Und am 19. November kam endlich Land in Sicht. Dankbar fielen wir auf die Knie, weinend, betend. William las Psalm 107 vor, der speziell für uns geschrieben zu sein schien:

Die mit Schiffen auf dem Meer fuhren und trieben ihren Handel in großen Wassern;
die des Herrn Werke erfahren haben und seine Wunder im Meer,
wenn er sprach und einen Sturmwind erregte, der die Wellen erhob,
und sie gen Himmel fuhren und in den Abgrund fuhren, dass ihre Seele vor Angst verzagte,
dass sie taumelten und wankten wie ein Trunkener und wussten keinen Rat mehr;
die zum Herrn schrien in ihrer Not, und er führte sie aus ihren Ängsten
und stillte das Ungewitter, dass die Wellen sich legten
und sie froh wurden, dass es still geworden war und er sie zu Lande brachte nach ihrem Wunsch.

Durch den letzten Sturm war unsere Mayflower *viel weiter nach Norden abgetrieben, als es unsere Absicht gewesen war. Wir waren in der Nähe eines Kaps, dessen Namen wir später erfuhren: Cape Cod. Das Problem war, dass es nicht zu Virginia gehörte, für das wir Siedlungsrechte erhalten hatten, sondern zu New England, und da galt die Erlaubnis, eine Siedlung zu gründen, nicht. Wir unternahmen einen Versuch, weiter nach Süden zu gelangen, aber dieser wurde von einer starken Strömung vereitelt. Wir mussten es also in dieser Gegend irgendwie schaffen.*

Die Fremden sorgten allerdings für Schwierigkeiten: Sie fanden, dass sie sich nicht länger an die Abmachungen zu halten brauchten, weil sie außerhalb des erlaubten Siedlungsgebietes waren. Die Fremdlinge wollten darum tun, was sie wollten, und unabhängig von uns eine Gemeinschaft gründen. Die Kolonie drohte schon unterzugehen, bevor es überhaupt eine gab!

Nach einigen Diskussionen zwischen uns Pilgern und den Fremden gelangten wir zu einem neuen Testament, einer Übereinkunft. Alle Männer an Bord der Mayflower *unterzeichneten sie: den Mayflower Compact. Gemeinsam wollten wir eine sinnvolle Verwaltung bilden, Gesetze und Regeln beschließen und Verantwortliche ernennen. Jeder würde einen Nutzen aus dem Gelingen unserer Unternehmung ziehen.*

John Carver wurde als erster Gouverneur gewählt. Die Regeln, die wir aus den Niederlanden mitgebracht hatten, wie wir sie in Leiden kennengelernt hatten, wendeten wir hier auch an: Carver hatte keinen Posten in der Kirche, diese beiden Bereiche trennten wir nämlich voneinander. Kirche und Regierung sollten hier zwei verschiedene Institutionen sein, unabhängig voneinander, und jede Partei sollte die Souveränität der anderen auf ihrem eigenen Gebiet respektieren. Einmal an Land, erkundeten wir die Gegend. Wir fanden einen guten Platz für die Häuser. Die Nahrung war im ersten Winter ein großes Problem. Wir konnten noch nicht säen für das nächste Jahr. Schließlich hat alles seine Zeit. Wir waren angewiesen auf den Schiffsvorrat, auf Fisch, den wir mit primitiven Mitteln fangen mussten, und auf Mais, den die einheimische Bevölkerung anbaute und den wir ab und zu in der Umgebung fanden. Einen Teil mussten wir uns vom Munde absparen, weil er uns im Frühjahr als Saatgut dienen sollte. Und das gelobte Land war nicht unbewohnt. So wie das Volk Israel nach der Wanderung durch die Wüste – ihr habt Ohren, und höret nicht! – die Kanaaniter vorfanden, so fanden auch wir Wilde vor, Menschen ohne Religion, so schien es. Manche waren freundlich und halfen uns, andere uns feindlich gesinnt. Es hat bereits blutige Zusammenstöße gegeben.

William hat neulich in einem Gottesdienst gesagt, dass es noch eine große Aufgabe werden würde, diese Kreaturen zu zähmen und ihnen begreiflich zu machen, dass die Götter, die Götzen, die sie anbeten, falsch sind. Es würde noch viel Wasser ins Meer fließen, bevor auch diese Indianer, wie sie genannt werden, wahrhaftig frei seien, so behauptete er, und sich in Demut dem Thron Christi nähern könnten – in seinen Worten schließlich der Einzige, der den Menschen wirklich frei macht.

Die Mayflower blieb glücklicherweise bis März 1621 bei uns. Auf diese Weise hatten wir immer noch das Schiff, auf das wir zurückgreifen konnten. Doch wir konnten nicht verhindern, dass die Hälfte der neuen Siedler schon während dieses ersten Jahres starb. Im Dorf begannen einige, sich zu beklagen. »Hätte der

Herr uns nur in Leiden sterben lassen«, sagten sie zu William und John. »Dort waren die Fleischtöpfe wenigstens gefüllt und wir hatten genügend Brot zu essen. Ihr habt uns nur in dieses Land gebracht, um uns hier alle vor Hunger verschmachten zu lassen.«

Auch John kam in diesem ersten Jahr um, unser erster Gouverneur. William folgte ihm.

Zu unserem Glück kamen mit anderen Schiffen neue Siedler an, sonst wäre unsere Kolonie sehr schnell ausgestorben!

Und wenn ich gestorben wäre, dann hätte ich die falsche Wahl getroffen, indem ich nach Amerika ging: Mein Wissen wäre untergegangen. Ich habe inzwischen auch einen Schüler, so wie ich selbst früher einer war. Ich bin also guter Hoffnung, dass auch hier die Linie nicht unterbrochen wird.

Mit den Schiffen kamen weitere Pilger aus Leiden an, aber auch Fremde, die keinerlei Beziehung zu den Pilgern hatten. Was für eine weiser Beschluss der Mayflower Compact gewesen ist! Durch die vernünftigen Absprachen, die wir getroffen hatten, konnten wir trotz unserer unterschiedlichen Herkunft und verschiedenen Interessen dennoch überleben.

Denn trotz aller Schwierigkeiten und trotz aller Schicksalsschläge harrten wir in unserer Niederlassung, Plimoth Plantation, aus. Im Oktober ist es bei uns inzwischen üblich, ein Fest zu feiern, das wir Thanksgiving nennen. Damit denken wir jedes Jahr noch einmal an Leiden, wo alles begann … Wir bewahren herzliche Erinnerungen an den Erntedankgottesdienst, den wir jedes Jahr am 3. Oktober in der Pieterskerk feierten, als Dank für die Befreiung von den tyrannischen Spaniern, die den freien Leidenern ihre Art des Glaubens aufzwingen wollten, ihre Art der Anbetung, und dabei vergaßen, dass jeder Mensch letztendlich frei ist: niemandes Herr, niemandes Sklave. In den Niederlanden, in Leiden – dem Bollwerk der Freiheit –, haben diese Dinge sich in unser Herz eingegraben. Und wir betrachten diese Wahrheiten als selbstverständlich: dass alle Menschen gleich erschaffen wurden, dass sie von ihrem Schöpfer mit gewissen unveräußerlichen Rechten ausgestattet wurden und dass sich darunter das Leben, die Freiheit und das Streben nach Glück befinden.

Mit diesen glühenden Worten – Worten, die ich früher schon aus dem Mund von John vernommen und aufgezeichnet hatte –, auf denen Nationen gebaut werden könnten, endete das letzte Schreiben, das ich von unserem Mann empfangen durfte. Dies war der öffentliche Teil, den ich in der Gemeinde vorgelesen habe.

Doch es gab noch einen Brief, wie ich schon sagte, einen nicht an mich gerichteten Umschlag in dem größeren Umschlag. Ich habe ihn abgegeben, natürlich, an Josh Nunn. Er weiß, dass ich mich in den letzten Jahren zum Chronisten der Leidener Gemeinschaft entwickelt habe. Heute Abend gibt er mir den Brief zurück. Er hat mir die Erlaubnis erteilt, den Inhalt in meinen Bericht zu übernehmen, auf dass das, was darin geschrieben steht, nicht verloren gehe. Josh hat mir erzählt, dass auch ich dann verstehen würde, was wirklich geschehen ist. Wer »der Lehrer« ist, wer »der Schüler«. Welche Rolle unser Mann in Amerika tatsächlich spielt. Was die wahre Quelle und Natur des Konfliktes innerhalb unserer Gruppe ist. Warum die meisten Leute wirklich nach Amerika aufgebrochen sind und warum eine so große Gruppe hiergeblieben ist.

Heute Abend wird alles offenbart werden.

Ich weiß jetzt schon, dass …

Vermerk von Piet van Vliet:

Und hier endet es, Peter! Es ist zum Verrücktwerden. Entweder hat unser anonymer Chronist den Inhalt des Briefes nie erfahren, oder hat es getan, aber beschlossen, dass er diesen nicht in seinen Bericht aufnehmen wollte. Oder jemand anderer hat diesen Entschluss für ihn gefasst …

Doch der Widerspruch scheint darin zu liegen, dass diejenigen, die nach Amerika gingen und dort die Freiheit suchten, gerade die Leute gewesen sind, die eine beschränkte Auffassung von Freiheit hatten! Wenn man dann liest, wie er über William Brewster schreibt – es ist übrigens, als wolle er zwischen den Zeilen durchschimmern lassen, dass er diese Auffassung nicht teilt –, der in einem Gottesdienst gesagt hatte, dass »es noch eine große Aufgabe werden würde, diese Wilden zu zähmen und ihnen klarzumachen, dass die Götzen, die sie anbeten, falsch sind« und »dass noch viel Wasser ins Meer fließen wird, bevor auch diese Indianer wahrhaft frei sein und sich in Demut dem Thron Christi nähern können«, der Pilgerversion von Christus wohlgemerkt!

All die Dinge, die sie in den Niederlanden gelernt hatten – Religionsfreiheit, freie Meinungsäußerung, Pressefreiheit –, all die Dinge, die sie in Leiden aufgeschnappt hatten, nahmen sie bei ihrer großen Überfahrt mit. Diese Prinzipien sind die Basis dessen geworden, woraus schließlich die Vereinigten Staaten entstanden sind: die standesamtliche Ehe, die Trennung zwischen Kirche und Staat … Aber diese Freiheit bedeutete letzten Endes zunächst und vor allem die eigene Freiheit. Es ist, als gründe man eine Partei für die Freiheit und verbiete anschließend anderen Leuten die freie Ausübung ihrer Religion. Die Freiheit der Bürger, ihr Weg zur Freiheit, ihr Wunsch, die eigene Religion ausleben zu können, ohne dass jemand von außen ihnen Beschränkungen auferlegte, gingen letztendlich leider auf Kosten der gesamten indianischen Bevölkerung. Und Freiheit, die auf Kosten der Freiheit von anderen geht, kann nie wirkliche Freiheit sein!

Die Leute, die in Leiden geblieben sind, sind in der Leidener Bevölkerung aufgegangen. Das, wovor diejenigen, die gingen, vielleicht Angst hatten, ist tatsächlich eingetreten.

Aber es bleiben noch so viele Fragen offen! Warum ging dieser Mann – der Schüler von Josh Nunn, der aus Amerika den Brief an unseren Chronisten schrieb – nach Amerika? Warum ging auch er? Um Wissen mitzunehmen ... welches Wissen? Und dieses Wissen hat er wiederum an einen Schüler weitergegeben? Was waren dann die »wahre Quelle und Natur des Konflikts«?

Wir sind so nahe an der Antwort auf diese ganzen Fragen! Es ist, als ob dir dein sterbender Vater noch etwas ins Ohr zu flüstern versucht, die Antwort auf eine Frage, auf die du so lange gewartet hast ...

Und sie kommt nur einen Atemzug zu spät.

28

Peter stand am Hauptbahnhof, vor dem Schalter der Busgesellschaft, zu früh für seine Verabredung mit Tony, so wie er immer zu Verabredungen zu früh dran war.

»Fragen Sie ihn einfach selbst«, hatte Walter L. Lunt gestern gesagt, kurz bevor sie sich verabschiedet hatten. Der Sprachwasserfall, den Walter in den vorangegangenen zwei Stunden noch über Peter ergossen hatte, schien plötzlich ausgetrocknet zu sein. Mit einem kurzen Gruß hatte er sich verabschiedet, sich umgedreht und war gegangen.

Peter hatte ihm noch hinterhergestarrt, aber Walter hatte hinter dem Empfang Platz genommen und nicht mehr aufgeblickt, als wäre er plötzlich von sehr dringenden Aufgaben ganz in Anspruch genommen. Anfangs war Peter mit einem leichten Katergefühl nach Harvard zurückgefahren und hatte sich gefragt, ob er die Verabredung mit Tony nicht besser absagen sollte.

Aber so einfach ist das nicht, sagte sich Peter. Dieser Mann wird wahrscheinlich noch ein paarmal nach Leiden kommen.

Als er nach seinem Besuch bei den Freimaurern an der Station Harvard ausgestiegen war, hatten sich die dunklen Wolken in seinem Kopf schon größtenteils aufgelöst.

Auf dem Weg über den Campus hatte er auf seinem fast leeren Handy eine Mail an Rijsbergen in Leiden geschrieben:

Hallo,
habe heute Nachmittag die Freimaurerloge in Boston besucht. Erhielt eine Führung von einem gewissen Walter L. Lunt. Dieser erzählte mir von einem Doppelmord an zwei Freimaurern in Jerusalem vor vier Jahren. Ebenfalls eine ältere und eine jüngere Person. Vielleicht wissen Sie schon darüber Bescheid, aber ich dachte, dass ich es Ihnen zur Sicherheit lieber weitergebe. Vielleicht ein Zusammenhang mit Leiden? Und es wird möglicherweise noch bizarrer: Gestern sind hier vor der Küste Bostons der Vorsitzende einer Freimaurerloge und sein Schüler bei einem Angelausflug spurlos verschwunden. Es wird nach ihnen gesucht, aber bisher ergebnislos. Morgen fliege ich zurück in die Niederlande, dann sprechen wir uns noch einmal.
Mit freundlichen Grüßen
Peter de Haan

In den Niederlanden war es schon nach Mitternacht, daher würde Rijsbergen die Nachricht wahrscheinlich nicht sofort lesen.

Nachdem Peter und Judith zu Hause etwas gegessen hatten, waren sie in eine der vielen Studentenkneipen rings um den Campus gegangen, wo sie den Rest des Abends zusammen verbracht hatten. Freitag- und samstagabends war immer am meisten los, aber auch an einem Donnerstag wie diesem waren viele Leute auf den Beinen.

Es war quasi ihr Abschiedsabend gewesen. Heute Abend musste Judith nämlich eine Präsentation halten, die sie nicht verschieben konnte. Im Rahmen einer geschlossenen Gesellschaft würde sie über ihre Forschungen erzählen müssen – ein Teil der Gegenleistung für das Stipendium, das sie erhalten hatte. Peter war früh aufgestanden und praktisch direkt, nachdem er sich angezogen hatte – ohne zu frühstücken oder Kaffee zu trinken –, aufgebrochen. Er hatte nur auf dem Laptop noch schnell seine Mails gecheckt. Es war eine von Rijsbergen dabei gewesen, in der er ihm für den Hinweis auf Jerusalem gedankt, ihm aber auch erklärt hatte, dass sie in Leiden bereits darüber Bescheid gewusst hatten. Das Verschwinden der beiden Männer in Boston war dagegen durchaus neu für ihn und, sie würden die Nachrichten darüber in Leiden genauestens verfolgen.

Judith hatte noch geschlafen, als er die Tür leise hinter sich zugezogen hatte. Die Tür zu ihrem Schlafzimmer hatte halb offen gestanden, wodurch er einen Blick auf sie hatte werfen können. Die Decke war teilweise zu Boden gerutscht, wodurch ihr Rücken sichtbar gewesen war. Er hatte den Impuls unterdrücken müssen, in ihr Schlafzimmer hineinzugehen und sie zuzudecken.

Erst in der U-Bahn hatte er festgestellt, dass sein Handy noch zu Hause am Ladegerät hing. Aber es war keine Zeit mehr, um noch einmal in Judiths Wohnung zurückzukehren.

Ein Tag ohne Handy ist andererseits schön ruhig, hatte Peter gedacht. Ich habe es hier sowieso meistens ausgeschaltet oder im Flugmodus, so ein großer Unterschied ist es nicht mal.

In Leiden ließ er manchmal bewusst sein Handy einen Tag zu Hause, was ihm so viel Ruhe schenkte, dass er auch anderen riet, das dann und wann zu tun.

Vor dem Schlafengehen hatte Peter noch das siebte – und, wie er inzwischen wusste, letzte – Fragment gelesen, das Piet van Vliet ihm geschickt hatte. Er hatte dessen Frustration über das abrupte Ende des Manuskripts geteilt – genau an dem Punkt, an dem die echten Geheimnisse enthüllt werden sollten!

Ja, es ist tatsächlich zum Verrücktwerden! dachte Peter.

Es war für ihn dann allerdings etwas Besonderes, ausgerechnet heute die Orte zu besuchen, an denen die Pilger in Amerika an Land gegangen waren, und ihre nachgebaute Siedlung Plimoth Plantation zu besichtigen – einen Tag, nachdem er den Brief gelesen hatte, der genau in dieser Umgebung geschrieben worden war.

»Peter!«, hörte er plötzlich die Stimme von Tony hinter sich.

»Tony!«, antwortete Peter und versuchte, genauso herzlich zu klingen wie er.

Der Bus war inzwischen vorgefahren. Einer nach dem anderen stiegen die Passagiere ein, die entweder das digitale Ticket auf ihrem Handy zeigten oder, so wie Tony, die ausgedruckten Fahrkarten.

»Hier ist dein Ticket«, sagte Tony und gab Peter das Blatt Papier. »Ich hab es dir eben auch per Mail geschickt.«

Peter faltete das Blatt zusammen und steckte es ins vordere Fach seines Rucksacks, in den er eine Windjacke, ein Notizbuch und einen Stift, eine Flasche Wasser und ein Buch gepackt hatte, in einer Plastiktüte, um es gegen Feuchtigkeit zu schützen, falls die Flasche auslief.

Tony hatte gar nichts dabei.

Sobald sie saßen, holte Peter das Buch *Mayflower* aus dem Rucksack, das er immer noch nicht ganz ausgelesen hatte, und legte es auf seinen Schoß. Er wollte einerseits wirklich gerne weiter darin lesen, aber auch damit signalisieren, dass er in den kommenden zwei Stunden nicht die ganze Zeit reden wollte.

Tony schien mit seinem Baseballcap von den Red Sox verwachsen zu sein. In den Niederlanden hatte er sie auch jedes Mal getragen, wenn Peter ihn gesehen hatte.

»Trägst du immer eine Mütze?«, fragte Peter.

»Ja, Sir«, sagte Tony wie ein Rekrut zu seinem Vorgesetzten. »Ohne sie gehe ich nirgendwohin.«

Peter hatte noch genügend andere Fragen an seinen Nachbarn, beschloss aber, sie zunächst mal allgemein zu halten. »Hast du kein Auto?«, fragte er.

»Natürlich habe ich eins«, antwortete Tony lachend. »Ein Amerikaner ohne Auto … Nein, aber wir wollen doch heute etwas typisch Amerikanisches tun: Wir fahren mit dem Greyhound. Danach nehmen wir ein Taxi, und von Plimoth Plantation aus fahren Shuttlebusse rüber nach Plymouth. Danach habe ich noch eine Überraschung für dich.«

Eine Überraschung, dachte Peter. Wie kindisch … Na, wir werden sehen. Ein Bus zurück nach Boston lässt sich schnell finden.

»Plimoth Plantation ist inzwischen siebzig Jahre alt«, erklärte Tony. »Es war der Kindheitstraum des Archäologen Henry Hornblower II., die Geschichte der Kolonie zu erzählen. 1942 begann er mit der Hilfe von Freunden, Verwandten und Geschäftspartnern, das Museum einzurichten. Sie bauten zwei Häuser und ein Fort an der historischen Küstenlinie von Plymouth. Danach wurde es mit dem Bau einer Kopie der *Mayflower*, des englischen Dorfes, des Dorfes der Indianer und so weiter erweitert. Es ist wirklich großartig.«

Der Bus hatte inzwischen den U-Bahnhof verlassen, und sie fuhren auf der noch ruhigen Straße in Richtung Küste.

»Wenn du in den Niederlanden bist, solltest du mal den archäologischen Park besuchen, das Archeon«, riet Peter. »Der liegt ganz in der Nähe von Leiden. Dort wurden drei historische Epochen nachgebaut: die Steinzeit, die Römerzeit und das Mittelalter – inklusive Archeotolken, eine Art Führern, die dir etwas über die Ausstellung erzählen und Erklärungen dazu geben.«

»Hier gibt es keine Führer«, sagte Tony stolz. »Hier ist alles mit Schauspielern besetzt. Sie bereiten sich ein Jahr lang auf ihrer Rolle vor und lesen alles, was man nur finden kann, über ihre Figur. Sie lernen sogar, mit englischem Akzent zu sprechen. Sie bleiben ununterbrochen in ihrer Rolle, als wären sie erst vor ein paar Monaten aus Leiden hierhergekommen. Fantastisch!«

Peter nahm sein Buch zur Hand und schlug es an der Seite auf, wo er stehen geblieben war.

»Wie war dein Besuch bei den Freimaurern gestern?«, fragte Tony, als wäre es ihm gar nicht aufgefallen, dass Peter lesen wollte.

Peter warf Tony einen prüfenden Seitenblick zu, aber er schien sich wirklich dafür zu interessieren, als könne er es gar nicht erwarten, alles über Peters Besuch bei der Loge zu erfahren.

»Nun«, sagte Peter, »es war ein sehr interessanter Besuch. So viel kann ich dir schon mal sagen.«

»Freut mich«, sagte Tony »schön, dass es so ein Erfolg war.«

Tonys Neugier schien von Peters kurzer Antwort sofort befriedigt worden zu sein, denn er fragte nicht weiter.

Das wäre natürlich der richtige Moment, ihn nach seinem Ausschluss zu fragen, dachte Peter. Aber das könnte ein peinlicher Anfang unseres Ausflugs werden. Und wir haben noch den ganzen Tag vor uns. Letzten Endes beschloss er, sich auf sein Buch zu konzentrieren.

Schon nach kurzer Zeit verließ der Bus, der trotz der frühen Stunde bis auf den letzten Platz besetzt war, Bostons Stadtgrenzen. Auf einem breiten Highway fuhren sie durch eine wenig interessante Landschaft mit Bäumen rechts und links, hinter denen sich Gewerbegebiete und ausgedehnte Vorstädte erstreckten.

Soll ich ihn fragen, ob er schon davon gehört hat, dass die beiden Männer vermisst werden? Und ob er glaubt, dass die Morde in Jerusalem etwas mit denen in Leiden zu tun haben? Oder dass all diese Fälle miteinander zusammenhängen?

Peter hatte plötzlich überhaupt keine Lust dazu, Tony all diese Fragen zu stellen. Wer weiß, welche alten Wunden er dadurch aufriss. Doch gerade, als er beschlossen hatte, ihn trotzdem danach zu fragen, und zur Seite blickte, sah er, dass Tony seine Mütze nach vorn geschoben hatte, sodass sie die Augen bedeckte. Sein Kopf war nach hinten geneigt, der Mund leicht geöffnet, als schlafe er.

Dann hebe ich mir das eben auch für später auf. Es gibt auch so genug zu berichten.

Nach zwei Stunden hielt der Bus auf einem Parkplatz vor einem riesigen McDonald's. Außer Peter und Tony verließen nur wenige Leute den Bus, dessen Endstation die Stadt Hyannis war.

Sie stiegen in das erste von einer Reihe Taxis, die gegenüber der Bushaltestelle warteten. In weniger als einer Viertelstunde erreichten sie Plimoth Plantation, wo sie noch vor neun Uhr eintrafen, wenn geöffnet wurde.

Auf einer Bank im zentralen Saal warteten sie darauf, dass die Kassen aufmachten.

Viele Leute kannten Tony, und jedem, der ihnen begegnete, stellte er Peter als seinen hochgeschätzten oder auch hochverehrten Gast aus Leiden vor, den Niederlanden, in Europa.

Nur einer reagierte auf die Tatsache, dass Peter aus Leiden kam.

Zu den anderen hätte Tony genauso gut sagen können, ich käme aus Ulan Bator, dachte Peter.

Die kleine Ausstellung im Restaurant des zentralen Saals übersprangen sie.

»Wir können gleich im Craft Center etwas trinken«, sagte Tony und marschierte Peter energisch voraus.

Sie verließen das Gebäude durch eine Tür auf der Rückseite. Über einen gewundenen Weg gingen sie bergab und gelangten schon bald in eine baumreiche Umgebung.

»Wir besuchen erst die Wampanoag Homesite«, sagte Tony. »Wirklich interessant. Weißt du, ich kenne die Kritik an unserem Jubiläumsjahr von all den Leuten, die sagen: ›Ja, aber was ist mit der einheimischen Bevölkerung?‹ Ich, oder besser wir, die ganze Organisation, sind uns immer der Sensibilität dieses ganzen Themas bewusst gewesen. Ethnische Herkunft ist ein außergewöhnlich komplexes Thema in den USA. Ich meine, man kann hier fragen, was jemand verdient oder wie viel sein Haus gekostet hat. Die meisten Leute würden ohne zu zögern Antwort darauf geben. Aber danach fragen, woher jemand kommt, so was macht man nicht. Es ist kompliziert. Schließlich sind wir Amerikaner ja alle Migranten, man braucht nur weit genug zurückzugehen. Deswegen ist die Frage nach der Herkunft in den USA tabu. Sie ist peinlich. Als würde man einen Wettbewerb daraus machen, wer hier schon am längsten wohnt, wer am amerikanischsten ist.«

»Und es gibt natürlich viel Diskriminierung«, fügte Peter hinzu.

»Ja, das stimmt«, bestätigte Tony. »Das ist auch … Deshalb sagte ich ja: heikles Thema. Also deswegen – und das wollte ich sagen – haben wir von Anfang an bei den Native Nations, wie sich die indigenen Bevölkerungsgruppen in Amerika nennen, Anschluss gesucht und gefunden. Wir wissen natürlich, dass es kein ungeteiltes Vergnügen war – um es einmal milde auszudrücken –, dass die Siedler hier gelandet sind. Zu lange wurde den Kindern im Geschichtsunterricht der Mythos des unbewohnten Landes aufgetischt. Die Betonung liegt daher auf dem Wort *commemoration*, gemeinsame Erinnerung, anstatt auf *celebration*, ›Feier‹. Dieses Wort vermeiden wir sogar so weit wie möglich.«

»Verstehe.«

»Wir wollen ein differenziertes Bild darstellen. Es geht um einen Vertrag zur Zusammenarbeit, nicht nur zwischen den drei Nationen USA, England und Niederlande – sondern tatsächlich zwischen vier Nationen, denn die Native Nations gehören natürlich ausdrücklich auch dazu. Sie sind froh, dass auch sie die Gelegenheit erhalten, ihre Geschichte zu erzählen. Im Grunde ist das ganze Jahr 2020 der Start eines Jahrzehnts von Jubiläen, denn ständig feiert eine andere Stadt, dass vor 400 Jahren gegründet wurde oder dass in der Nähe eine Schlacht stattgefunden hat.«

Dem großen Übersichtsplan zufolge waren sie jetzt bei der Wampanoag Homesite angekommen. Zu Beginn des 17. Jahrhunderts wohnten die Wampanoag während der fruchtbaren Saison hier in Küstennähe, wo sie ihre Gewächse anbauten, Fische fingen, Kräuter und Beeren sammelten und Riet schnitten, um daraus Matten und Körbe zu flechten.

Bis zur Ankunft der Pilger im November 1620, so wusste Peter, waren die Indianer im Winter immer ins Landesinnere gezogen, und nur ab und zu hielten sie sich noch in den Küstengebieten auf. Ohne die Hilfe dieser Indianer wären die Siedler alle umgekommen – so überlebte die Hälfte derer, die auf dem Schiff gewesen waren.

Das Dorf befand sich auf einer großen Waldlichtung, auf der ein paar Hütten aus Holz, Lehm und Stroh errichtet worden waren. Es gab einen Durchgang zu einem kleinen Strand, der am Rande eines großen Sees lag. Einige Kanus waren halb an Land gezogen.

Rechts daneben stand ein Indianer, der auf einem Teppich vor sich eine ganze Sammlung dessen liegen hatte, was früher Kinderspielzeug gewesen war, wie er erklärte. Puppen aus Leder und Fell, eine Art Würfelspiel aus Tierknochen und ein Gegenstand, der einem Kreisel ähnelte.

Etwas weiter lag ein ausgehöhlter Baumstamm, ein Einbaum, in den sich Peter auf Drängen von Tony kurz setzte. Dabei nahm er ein Holzpaddel in die Hand und tat so, als pflügte er damit durch das Wasser.

Sie gingen zu einer halbrunden Hütte, die auf der Vorderseite offen war und auf der Rückseite nur aus einem offenen Rahmen aus dünnen Baumstämmen und dicken Zweigen bestand. Unter dem Reetdach saßen drei Männer und eine Frau, die Kleidung aus weichem Leder trugen. Die Männer hatten alle eine Hose und Sandalen an und Ketten um den Hals. Das Kleid der Frau ließ eine Schulter unbedeckt. Sie saßen in einem Halbkreis auf abgesägten Baumstämmen, die als Hocker dienten. Vor ihnen brannte ein kleines Holzfeuer, das mehr Rauch als Wärme produzierte, und darüber rösteten sie ein gehäutetes Kaninchen am Spieß. Einer der Männer, dessen Kopf kahl geschoren war, drehte es ab und zu.

In der Mitte der Siedlung waren Felder angelegt, inklusive eines hochsitzartigen Bauwerks aus Holz, auf dem die Leute früher Wachtposten aufstellten, um Vögel zu verjagen, so erklärte Tony.

In einem irdenen Krug wurde Wasser zum Kochen gebracht. Die Frau holte Kräuter aus einem Beutel, der um ihre Taille hing, und warf sie in das Wasser. Sie lud Tony und Peter ein, sich zu setzen. Tony kannte diese Leute nicht, so hatte er Peter erklärt, als sie zur Hütte gingen. Die Indianer waren keine

Schauspieler, die eine Rolle gelernt hatten, sondern echte Natives – nicht unbedingt aus dem Wampanoag-Stamm, aber von indianischer Herkunft.

Die Frau schenkte mit einem großen Holzschopflöffel das heiße Wasser in Keramikschälchen und reichte sie ungefragt Tony und Peter. Ein herrlich frischer Duft stieg daraus empor, eine Mischung aus Minze und Thymian, so schien es.

Die Frau entfernte sich vom Feuer und setzte sich an einen Webrahmen, auf dem sie ein langes, schmales Stück Stoff webte.

»Woher kommt ihr?«, fragte der jüngste der Männer, der das Kaninchen röstete.

»Ich komme aus den Niederlanden«, sagte Peter. »Und er aus Boston. Ich komme aus Leiden, der Stadt in den Niederlanden, in der die Pilger lebten, bevor sie nach Amerika gingen. Leiden …« Er legte ein bedeutungsvolles Schweigen ein. »Wo Thanksgiving ursprünglich herkommt.«

Der Mann sah ihn ausdruckslos an. Der Name »Leiden« schien auch ihm nichts zu sagen, genauso wenig wie der Zusammenhang zwischen Leiden und Thanksgiving.

»Wie sehen Sie das Jahr 2020?«, fragte Peter. »Wenn gefeiert wird, dass die Pilgrims vor 400 Jahren an dieser Küste gelandet sind.«

Die Männer wechselten einen raschen Blick.

»Wissen Sie«, sagte einer der beiden anderen Männer. »Es ist ja wohl klar, dass das für uns kein festliches Ereignis ist.«

»Deswegen bezeichnen wir es ja auch eher als ›Gedenken‹ anstatt als ›Feier‹«, sagte Tony rasch.

»Richtig«, bestätigte der Mann. »Nein, es ist keine Feier. Wissen Sie, für uns ist es eine Gelegenheit, unsere Geschichte zu erzählen. Nicht nur über das, was damals passiert ist, sondern auch, um die Leute darüber zu informieren, wie es uns heute geht. Manches hat sich normalisiert, aber es gibt immer noch vieles, was besser sein könnte, zum Beispiel im Bereich Bildung, wirtschaftliche Entwicklung, Diskriminierung und Arbeitslosigkeit. Wie man es auch betrachtet: Für uns, die Indigenen, wäre es natürlich das Beste gewesen, wenn diese ganzen Leute in Europa geblieben wären, wo sie herkommen. Unser Territorium, das der Wampanoag – ich gehöre zum Beispiel zu den Wampanoags –, erstreckte sich einst von Weymouth bis zu dem Kap, das heute Cape Cod heißt. Auch die Inseln Nantucket und Martha's Vineyard gehörten zu unserem Siedlungsgebiet, bis hinauf nach Bristol, Warren und der nordöstlichen Ecke des heutigen Rhode Island. Das gehörte alles uns, wissen Sie. Es war kein unbewohntes Land, was die Siedler hier vorfanden. Wir lebten hier schon seit ungefähr 10.000 Jahren. Aus diesem Grund heißen wir Wampanoags ›Volk der Morgendämmerung‹ oder ›Volk des ersten Lichts‹. Schließlich waren wir als Erste hier. Damals gab es zwischen 50.000 und 100.000 von uns, inzwischen sind nur noch 4.000 oder 5.000 übrig. Allein zwischen 1616 und 1618 sind Tausende infolge von Krankheiten gestorben, die die Europäer mitgebracht hatten.«

Tony räusperte sich. Dann blies er übertrieben stark über den Rand der kleinen Schale, bevor er einen Schluck von seinem Tee trank.

Das Gespräch geht in eine Richtung, die ihm anscheinend nicht gefällt, dachte Peter. »Wie dem auch sei«, sagte er und hatte nicht vor, das Thema ruhen zu lassen. *Was für eine einzigartige Gelegenheit, einmal mit Stammesangehörigen selbst darüber reden zu können!* »Aber trotzdem sind Sie hier. Sie haben beschlossen, sich hieran zu beteiligen, an diesem Freiluftmuseum.«

»Richtig«, sagte der zweite Mann. »Das machen wir deswegen, wie mein Freund schon sagte, damit auch wir die Möglichkeit haben, unsere Geschichte zu erzählen. Wir schätzen es, dass auch die Native Nations in dieses Projekt miteinbezogen wurden. So können wir auch das Bild differenzieren, das vielen Kindern noch immer in der Schule vermittelt wird, den Mythos, der rings um die Pilgerväter entstanden ist. Etwa das traditionelle Thanksgiving-Mahl. Wenn man in den Quellen aus der damaligen Zeit nachliest, Büchern und Briefen, steht dort, dass die Pilgrims ihre erste Ernte im Herbst 1621 feierten; *›re-*

joicing in a special manner together‹. Zu dieser Zeit war Massaoit der *sachem*, das Oberhaupt eines Dorfes in Pokanoket, wo jetzt Bristol und Warren auf Rhode Island liegen. Massaoit war übrigens nicht sein eigentlicher Name, sondern es war ein Titel, der so etwas wie ›großer Anführer‹ bedeutet. Eigentlich hieß er … Aber ich schweife ab. Der Überlieferung zufolge schloss er sich mit etwa neunzig Mann den Siedlern zu dem Fest an. Über zweihundert Jahre später, irgendwann in der Mitte des 19. Jahrhunderts, sollte dieses Ereignis als das erste Thanksgiving bekannt werden. Doch so einfach ist es wahrscheinlich nicht. Sowohl die Engländer als auch die Native Nations besaßen bereits eine alte Tradition von Feierlichkeiten zum Dank für die Ernte.«

»Bei uns gibt es eine ganz andere Entstehungsgeschichte von Thanksgiving«, führte der Mann, der bis dahin geschwiegen hatte, die Geschichte fort. »Es gibt nämlich noch eine andere Version der Überlieferung.«

Der Mann, der das Kaninchen geröstet hatte, sagte schnell etwas in einer Sprache, die Peter nicht verstand.

Es entspann sich eine kurze, aber heftige Diskussion, die größtenteils im Flüsterton geführt wurde.

Dann fuhr der Mann mit seiner Erzählung fort. »Wogegen wir uns wehren, ist der Mythos des unbesiedelten Landes.«

Tony warf Peter einen kurzen Seitenblick zu und nickte.

»Im Schulunterricht und in Hollywoodfilmen«, fuhr der Mann fort, »wird noch viel zu oft das Bild vermittelt, wie tapfere Pioniere aus Europa Amerika eroberten. Das Bild von Hunderten Planwagen, die über die Prärien ziehen, um Zäune zu errichten auf Land, das sie von diesem Moment an als das ihre bezeichneten – als hätte es vorher niemandem gehört! Hin und wieder werden sie von Rothäuten belästigt, aber letztendlich erobern sie das Land bis zum nördlichen Stillen Ozean. Aber die wahre Geschichte müsste nicht lauten: *How the West was won,* sondern *How the West was lost.*«

Peter blickte erneut zu Tony, der sich ganz auf seine Schale

Tee zu konzentrieren schien, wie ein Zenmeister bei einer Teezeremonie.

»Diese ganze Geschichte über die gottesfürchtigen, hart arbeitenden Männer und Frauen, die wagemutig dorthin gingen, wo kein Mensch zuvor gewesen war, die Entdeckung Amerikas – allein schon das Wort Entdeckung! Das besagt doch im Grunde, dass der ganze Kontinent quasi nicht existierte, bevor die Europäer dort landeten, dass er nicht relevant war, dass er dann erst Bedeutung erhielt.«

»Aber die Pilger waren doch nicht die ersten Siedler? In Jamestown, in Virginia, hatten sich doch schon vorher Engländer niedergelassen? Und die Pilgrims waren doch auch nicht diejenigen, die das Land mit Gewalt eroberten? Das ist doch erst im 18. Jahrhundert in großem Maßstab passiert, und das waren dann andere, Engländer, Deutsche, Iren, Niederländer …«

»Ja, das stimmt, aber die Pilgerväter waren die Vorhut einer Bewegung, die katastrophale Folgen für die indigene Kultur der nordamerikanischen Indianer gehabt hat. Und ich möchte noch hinzufügen, dass jemand wie John Mason, der mit dem großen puritanischen Exodus aus England nach Amerika kam, an der Spitze eines mörderischen Überfalls auf siebenhundert Indianer das Pequot-Stammes im Jahr 1637 stand, das erste Mal seit 1621, dass Thanksgiving wirklich gefeiert wurde. Die Siedler waren aufgebracht, weil ein englischer Händler, der der Entführung von indianischen Kindern verdächtigt wurde, von einem Pequot-Indianer ermordet worden sein sollte. Der ganze Pequot-Stamm hatte sich für ihr jährliches Fest des Grünmaistanzes versammelt. An dem Ort, an dem sie zusammengekommen waren, wurden sie von Puritanern und den anderen Siedlern umzingelt, und diese ermordeten siebenhundert der anwesenden Männer, Frauen und Kinder. Die Indianer wurden erschossen, erstochen, in Brand gesteckt … Es wurde sogar mit ihren abgeschnittenen Köpfen Fußball gespielt.«

Entsetzt schüttelte Peter den Kopf, die Lippen zusammengepresst.

»Wegen des ›Erfolgs‹ dieses Gemetzels«, beendete der Mann seine Geschichte, »legte die Kirche einen Tag der Danksagung fest, Thanksgiving, und das ist der Ursprung dieses Festmahls. Es wurde sogar ein Gesetz verabschiedet, dass der Tag dieses Massakers fortan ein Festtag sein sollte, ein Fest der Unterwerfung der Pequot-Indianer und der Danksagung, dass es geglückt war. Später wurde darum der allseits bekannte Mythos gewoben, denn die Geschichte wird immer von den Siegern geschrieben. Das ist also die andere Version, die ich meinte. Inzwischen ist Thanksgiving zu einem Fest für die herbstliche Ernte geworden, inklusive frommer Bilder von Weißen und Natives, die brüderlich um einen reich gedeckten Tisch sitzen, aber die Realität ist eine andere. Es ist eine erfundene Tradition.«

»Okay«, sagte Tony mit einem lang gezogenen O und trank seinen Tee aus.

Auch Peter leerte sein Schälchen, von dem er noch nicht getrunken hatte, in wenigen Schlucken. Der Tee war natürlich kalt geworden, schmeckte aber trotzdem gut.

»Vielen Dank für diese Geschichte, meine Herren«, sagte Tony und stand auf.

Peter erhob sich ebenfalls.

»Es ist wichtig, dass auch diese Geschichte erzählt wird«, fügte Tony hinzu. »Ich danke Ihnen, dass Sie sich die Zeit genommen haben. Und Ihnen vielen Dank für den Tee.« Damit wandte er sich an die Frau, die die ganze Zeit ungerührt weitergewebt hatte.

Die drei Männer nickten zum Abschied.

Tony und Peter entfernten sich von der Hütte und warfen noch einen Blick in ein großes Haus, das von außen ganz aus langen Rindenstreifen bestand, die kunstvoll übereinandergelegt waren.

Ich glaube nicht, dass Tony große Lust hat, näher darauf einzugehen, dachte Peter. In den Niederlanden werden wir auch nicht gerne an die Kriegsverbrechen in Niederländisch-

Indien erinnert.

Im Haus saß ein junger indianischer Mann auf einer Empore, die mit Tierfellen bedeckt war, und sprach mit einigen anderen Touristen, die in der Zwischenzeit angekommen waren. An den Wänden hingen hölzerne Gerätschaften, Pfeil und Bogen und weitere Tierhäute. Auf dem Boden standen Körbe mit Getreide und Bohnen.

Aus Höflichkeit blieben sie kurz stehen und hörten seiner Erklärung über die Nutzung von Kräutern und Pflanzen zu, doch nach einigen Minuten gingen sie wieder hinaus. Sie folgten einem gewundenen Weg, der bergauf führte.

»Der große puritanische Exodus …«, sagte Peter. »Diesen Ausdruck kannte ich noch gar nicht.«

»Wirklich nicht? Es war zwischen 1620 und 1640, als die englischen Puritaner in großen Gruppen nach Massachusetts und Westindien strömten, vor allem nach Barbados. Das Besondere an der ganzen Geschichte der Puritaner ist, dass keine Individuen emigrierten, sondern ganze Familien. Das war etwas Neues. Und dass sie nicht in erster Linie nach wirtschaftlichem Gewinn strebten, sondern nach religiöser Freiheit. Viele Gläubige in dieser speziellen Phase, auch die Pilgerväter, identifizierten sich mit der Geschichte des wahren Exodus. Der Vergleich mit dem Volk Israel steht explizit in ihren Schriften.«

»Na ja«, begann Peter vorsichtig, »was heißt Geschichte …«

Tony blieb abrupt stehen. »Du willst mir doch nicht etwa erzählen, dass du zu den Leuten gehörst, die nicht glauben, dass der Exodus eine wahre Geschichte ist, oder?«, fragte er mit einer Mischung aus Erstaunen und Gereiztheit.

Glaube und Politik. Diese Themen sollte man besser meiden in Amerika, das hat mir Judith schon am ersten Tag eingeschärft.

»Ich glaube, dass es …«, begann Peter taktvoll, »… dass es eher eine Heilsgeschichte ist. Sie könnte durchaus einen wahren Kern enthalten, aber sie wurde ausgeschmückt. Für eine Geschichte, ich meine, für das Übermitteln einer Botschaft in einer Geschichte, ist es letztendlich nicht ausschlaggebend, ob etwas wirklich passiert ist oder nicht. Ich meine, die Märchen der Brüder Grimm oder von Hans Christian Andersen enthalten Botschaften, die uns etwas über das Leben lehren und wie wir miteinander umgehen sollten, über Gut und Böse, obwohl wir alle wissen, dass diese Geschichten nicht der Wahrheit entsprechen.«

Sie gingen weiter.

Tony schien unentschlossen zu sein, ob er das Thema ruhen lassen oder weiter darauf eingehen sollte. Er entschied sich für Letzteres.

»Hör mal, Peter«, sagte Tony. »Ich respektiere deinen Standpunkt, ehrlich, aber das Problem für mich als Christ ist …«

»Für dich als Christ?«

»Ja, für mich als Christ. Überrascht dich das?«

»Ich dachte, als Freimaurer …«

»Aber du weißt doch, dass man auch als Freimaurer jeder Religion angehören kann.«

»Ja, das stimmt, aber …«

»Möchtest du vielleicht etwas ganz anderes wissen, Peter?«

Diesmal blieb Peter stehen. »Wie meinst du das? Was sollte ich wissen wollen?«

»Warum ich von den Freimaurern ausgeschlossen wurde.«

29

An dem Tag, nachdem Van de Kooij zu Rijsbergen nach Hause gekommen war, um ihm die Folge von »Ungeklärte Morde« zu zeigen, hatte Rijsbergen Kontakt zu seinen Kollegen in Jerusalem aufgenommen.

In der Dokumentation war regelmäßig ein gewisser Abner Cohen zu Wort gekommen, ein glatzköpfiger Mann mit Schnurrbart, der damals die Ermittlungen geleitet hatte. Er hatte von den Entwicklungen in dem Fall berichtet, den vielversprechenden Hinweisen, denen sie gefolgt waren, den Verdächtigen, die sie zu Unrecht im Visier gehabt hatten, und den Spuren, die letzten Endes alle in einer Sackgasse gemündet waren.

Die Sendung hatte mit einer Szene geendet, in der der ehemalige Ermittler in einer häuslichen Umgebung am Computer saß. Er hatte zugegeben, noch ziemlich regelmäßig die Akte von Anfang bis zum Ende durchzulesen, in der Hoffnung, dass ihn eine Erkenntnis wie der sprichwörtliche Blitz plötzlich treffen würde. Aber er musste auch zugeben, dass dies wahrscheinlich einer der Fälle war, die für immer ungelöst bleiben würden.

Doch jetzt würde sich das vielleicht ändern.

Zunächst hatte Rijsbergen nicht mit dem Ermittler aus dem Fernsehen gesprochen, sondern mit einem viel jüngeren Kollegen, der mit dem Fall nicht vertraut war. Sie steckten mitten in einem Digitalisierungsprozess, erklärte dieser, bei der auch alte Akten gescannt würden. Sie seien inzwischen beinahe in der

Gegenwart angekommen, daher seien die Unterlagen zu diesem Fall vollständig digital verfügbar.

Noch heute würden sie die Berichte aus Israel per E-Mail erhalten, und auch Abner Cohen hatte zugesagt, Kontakt mit ihm aufzunehmen.

Außerdem hatte Rijsbergen eine E-Mail von Peter de Haan erhalten, der momentan in Boston war. Ungefähr zur selben Zeit wie Rijsbergen und Van de Kooij hatte auch er von dem Doppelmord an den beiden Freimaurern in Jerusalem erfahren.

In der E-Mail hatte de Haan außerdem geschrieben, dass zurzeit in Boston zwei Männer vermisst würden, der Vorsitzende einer Loge und sein Schüler. Bislang behandle die Polizei es noch als normalen Vermisstenfall, aber nach Rijsbergens Telefonat mit einem amerikanischen Kollegen in Boston würde sich das möglicherweise ändern. Der Zusammenhang zwischen den Fällen in Jerusalem und Leiden war zwar noch immer nicht klar, schien aber zu bestehen: die Gewalttätigkeit, mit der die Morde verübt worden waren sowie das weggeschnittene Stück Haut in Achselnähe legten die Vermutung nahe. Bei diesem neuen Fall in Boston neigte man natürlich auch dazu, sofort eine Verbindung herzustellen, weil es sich hierbei ebenfalls um einen älteren Vorsitzenden und seinen jüngeren Schüler handle.

Das ist ein bisschen viel Zufall, dachte Rijsbergen.

Obwohl er nicht streng religiös erzogen war, hatte er bei einer solch bizarren Verkettung der Umstände manchmal das Gefühl, dass es irgendeine Art von »Fügung« gab. Es war, als lenke ihn »etwas« oder »jemand« in eine bestimmte Richtung – er konnte es nicht anders beschreiben.

Rijsbergen hatte de Haan geantwortet. Da war es bei ihm neun Uhr morgens, in den USA dagegen drei Uhr nachts, also würde es wahrscheinlich noch ein paar Stunden dauern, bevor de Haan lesen würde, dass sie in Leiden schon über den Fall in Jerusalem Bescheid wussten.

Rijsbergen saß in seinem kleinen Büro und trommelte mit

den Fingern auf seinem Schreibtisch herum. Während er sich zum dritten Mal die ganze Sendung ansah, machte er sich Randbemerkungen zu den Notizen, die er bei den vorherigen Malen aufgeschrieben hatte. Es ging um Einzelheiten, die ihm auffielen, um Gemeinsamkeiten und Unterschiede.

Er hatte das Bild ein wenig verkleinert, sodass er mit einem Auge das Videokonferenzprogramm beobachten konnte, das er benutzte. Darüber wollte Abner Cohen nämlich Kontakt mit ihm aufnehmen. Es war mit einer Ende-zu-Ende-Verschlüsselung versehen, sodass eine Nachricht nur vom Empfänger angesehen werden konnte. So weit hatte es Rijsbergen noch begriffen, ansonsten verstand er nicht viel von solchen Dingen. Van de Kooij hatte mal versucht, ihm zu erklären, wie die Kommunikation über mehrere Computer und Server vor sich ging, aber schon bald hatte Rijsbergen ihn aus glasigen Augen angesehen und einfach nur an den Stellen genickt, die dies zu erfordern schienen. Es lief darauf hinaus, dass das Programm so gut gesichert war, dass Dritte unmöglich die Kommunikation einsehen konnten.

Auf einem neuen Blatt legte er eine Liste der Gemeinsamkeiten und Unterschiede zwischen den verschiedenen Morden an:

Gemeinsamkeiten
- zwei Morde kurz hintereinander
- Schädel eingeschlagen
- Freimaurer
- erstes Opfer älterer Mann
- zweites Opfer jüngerer Mann
- Männer unverheiratet, keine Angehörigen
- Mord abends inmitten vieler Leute, aber keine Zeugen (anders nur bei Yona F.)
- viele Leute mit Gelegenheit, aber ohne Motiv
- Mörder nicht ermittelt
- Motiv???

Unterschiede

- Haut weggeschnitten, wo Tätowierung war
- Herz/Hände nicht durchbohrt
- Yona kein (?) Freimaurer
- Yona erstickt
- Yona an anderer Stelle ermordet als am Fundort der Leiche?

Rijsbergen starrte die drei Fragezeichen an, die er hinter »Motiv« gesetzt hatte.

»Ah, but my dear sir« würde Hercule Poirot ihn streng ermahnen. *»The why must never be obvious. That is the whole point.«*

Irgendetwas an dem Film ließ einen Alarm bei ihm schrillen, etwas, was ihm gleich aufgefallen war, schon beim allerersten Mal, als er sich die Sendung abends mit Van de Kooij angesehen hatte.

Rijsbergen musste an das berühmte psychologische Experiment denken, bei dem Versuchspersonen gebeten wurden, sich eine Gruppe von Leuten anzusehen, die einander einen Ball zuwarfen. Der Auftrag lautete, zu zählen, wie oft der Ball geworfen wurde. Weil die Versuchspersonen so auf das Zählen konzentriert waren, sahen zwei Drittel von ihnen nicht, dass mitten im Film jemand mit einem Gorillakostüm im Bild erschien, sich auf die Brust trommelte und nach einigen Sekunden wieder verschwand.

Übersehe ich etwas, weil ich mich auf etwas anderes konzentriere?

Ein Signalton weckte seine Aufmerksamkeit.

Auf seinem Monitor erschien ein Fenster mit einem Profilfoto. Ein Mann mit Glatze und Schnäuzer, in dem Rijsbergen den pensionierten Ermittler der Jerusalemer Kripo erkannte. Schließlich hatte er ihn jetzt schon mehrmals in der Doku gesehen.

Bei der letzten Videokonferenz hatte er mit der Nase keine fünfzehn Zentimeter vom Bildschirm entfernt gesessen, als blicke er einem Verdächtigen tief in die Augen, um ihm so ein Geständnis abzupressen.

Abner Cohen
Sie wollten mich wegen des Freimaurerfalls sprechen?

Willem Rijsbergen
Ja, das stimmt. Danke, dass Sie sich gemeldet haben.

Abner Cohen
Gern geschehen!

Willem Rijsbergen
Wir haben zufällig gestern die Sendung aus der Reihe »Ungelöste Mordfälle« gesehen, in der Sie vorkamen.

Abner Cohen
Ah, meine fünfzehn Minuten Ruhm …

Willem Rijsbergen
Vor anderthalb Monaten ist hier in Leiden etwas ganz Ähnliches passiert: zwei Morde kurz hintereinander. Der ältere Mann hatte eine Tätowierung, und bei dem anderen Mann war die Haut an genau der Stelle wie bei Ihren beiden Opfern weggeschnitten worden, ich schicke Ihnen gleich ein Foto. Dem ersten Opfer wurde der Schädel eingeschlagen, das Herz mit einem Winkelmaß durchbohrt und die Hände mit einem Zirkel durchstochen. Das zweite wurde erstickt und dann ins Wasser geworfen.

Abner Cohen
Wow! Das ist ja … Ich beschäftige mich schon so lange mit dem Fall! Wenn Sie wüssten, wie sehr mich das frustriert! Aber ich würde den Fall gerne wieder aufrollen. Haben Sie schon Anhaltspunkte? Ich bin sehr gespannt!

Willem Rijsbergen

Ja, das kann ich mir vorstellen! Wir haben schon seit sechs Wochen einen Verdächtigen in Untersuchungshaft. Der Mann wusste Einzelheiten, die nur der Täter wissen konnte, aber seit seiner Verhaftung weigert er sich, ein Wort zu sagen.

Abner Cohen

Ist er jemals in Jerusalem gewesen?

Willem Rijsbergen

Wir werden heute noch einmal versuchen, mit ihm zu reden, auch, um ihn mit diesen neuen Informationen zu konfrontieren. Mein Bauchgefühl sagt mir aber ehrlicherweise, dass er es nicht getan haben kann. Ich habe das noch nie so deutlich ausgesprochen, weil wir seit seiner Verhaftung bei den Ermittlungen noch keinen Schritt weitergekommen sind.

Abner Cohen

Bauchgefühl ist wichtig.

Willem Rijsbergen

Das Problem ist, wie gesagt, dass der Mann Einzelheiten wusste, die er nicht hätte wissen können oder besser: dürfen, aber er weigert sich, uns zu sagen, wie er sie erfahren hat. Unsere Theorie lautet, dass seine Frau Vorsitzende der Loge werden wollte und er aus Rache, weil sie es nicht geworden war, und um trotzdem den Weg für sie freizumachen, den Vorsitzenden umgebracht hat. Etwas Besseres haben wir im Moment nicht.

Abner Cohen

Und das andere Opfer?

Willem Rijsbergen

Tja, für diesen Mord haben wir kein Motiv. Niemand scheint den Toten gekannt zu haben – wir haben bisher auch noch keine einzige Verbindung zwischen ihm und dem Mann gefunden, den wir verhaftet haben. Aber solange der den Mund nicht aufmacht, wissen wir das natürlich nicht. Es wird allerdings sehr kompliziert, so scheint es mir, ihn zusätzlich mit Ihrem alten Fall in Verbindung zu bringen.

Abner Cohen

Wir werden sehen. Wir haben in unseren Fällen auch kein plausibles Motiv gefunden. Beide Männer schienen sehr beliebt gewesen zu sein. Es gab keine Spannungen oder Konflikte, jedenfalls keine, von denen wir erfahren haben.

Willem Rijsbergen

Aber beide Opfer, übrigens genau wie bei Ihnen, waren Männer ohne Familienangehörige. Die verstorbenen Eltern waren ebenfalls Einzelkinder. Beide nicht verheiratet, keine Kinder.

Abner Cohen

Richtig.

Wilhelm Rijsbergen

Inzwischen wurden die meisten Kollegen von dem Fall abgezogen, aber vielleicht ändert sich das wieder, jetzt, da Jerusalem hinzugekommen ist.

Abner Cohen

Könnte sein. Ich werde mit meinen ehemaligen Kollegen hier Kontakt aufnehmen. Es gibt einen triftigen Grund, den alten Fall neu aufzurollen, glaube ich.

Willem Rijsbergen
Gut.

Abner Cohen
Kann ich das Foto von der Tätowierung sehen?

Rijsbergen suchte kurz in seiner Bildergalerie. Es dauerte einen Augenblick, bis er herausgefunden hatte, wie er die Abbildung in diesem Programm hochladen konnte, aber schließlich schaffte er es.

Willem Rijsbergen
Das ist die Tätowierung, wenn auch leicht stilisiert. Sie erinnert teilweise an das Auge der Vorsehung. Wir haben diese Grafik schon vielen Leuten vorgelegt, aber niemand konnte uns etwas darüber erzählen. Wir wissen einfach nicht, was das ist.

Abner Cohen
Das ist sehr interessant, Willem! Schon weil wir nie herausgefunden haben, was weggeschnitten worden war. Wir können zwar nicht sicher sein, aber es ist nicht unwahrscheinlich, dass es sich bei unseren Opfern um eine ähnliche Tätowierung handelte. Ich habe das Motiv noch nie gesehen, aber ich werde mich umhören. Wobei ein Dreieck natürlich ein universelles Symbol ist.

Willem Rijsbergen
Wir haben das Motiv Experten der Universität Leiden gezeigt, und sie haben es in ihren Netzwerken publiziert, aber auch dadurch hat sich noch nichts ergeben. Es muss wohl ein besonders obskures Symbol sein.

Abner Cohen
Fragen Sie Robert Langdon …

Willem Rijsbergen
Tja, wenn das ginge …

Abner Cohen
Halten Sie mich auf dem Laufenden, Willem. Wie Sie sehen, beschäftigt mich dieser Fall immer noch. Ich wünsche Ihnen sehr, dass es bei Ihnen anders läuft. Und wer weiß, vielleicht bringen Fortschritte bei Ihren Ermittlungen auch neue Erkenntnisse für den Fall hier in Jerusalem. Wir werden ihn wieder aufrollen.

Willem Rijsbergen
Natürlich halte ich Sie auf dem Laufenden. Wir sind – zu Unrecht, wie sich jetzt herausstellt – davon ausgegangen, dass unser Fall einzigartig war. Es ist uns einfach nicht in den Sinn gekommen, dass es anderswo Parallelen geben könnte.

Abner Cohen
Aber es ist fast unmöglich, dass diese beiden Fälle nicht miteinander verknüpft sind. Die Ähnlichkeiten sind zu auffällig, als dass man überhaupt noch von Zufall reden kann – finde ich.

Willem Rijsbergen
In der Sendung sieht man bewegte Bilder.

Abner Cohen
Ja, das stimmt, es sind die Aufnahmen einer Überwachungskamera. In Jerusalem gibt es überall welche, leider ist das hier notwendig. Man sieht viele Leute rein- und rausgehen, aber egal. Wir haben diese Bilder bis zum Umfallen studiert – wider besseres Wissen schaue ich sie mir heute noch

manchmal an –, aber die meisten Leute konnten wir nicht mal identifizieren. Jerusalem ist, wie Sie vielleicht wissen, eine außergewöhnlich internationale Stadt mit unzähligen Nationalitäten. Auch an diesem Abend war eine bunte Mischung von Leuten aus der ganzen Welt anwesend. Viele davon lebten nicht einmal in Israel, sondern waren als Touristen zu Besuch, also konnte man die auch nicht mehr aufspüren. Die Leute, die wir ermitteln konnten, konnten wir im Grunde alle sofort wieder von der Verdächtigenliste streichen.

Willem Rijsbergen
Lassen Sie uns in Kontakt bleiben, wie besprochen. Ich halte Sie auf dem Laufenden, wenn es neue Entwicklungen gibt. Jetzt, wo wir beim Thema sind, fällt mir ein, dass es die eigentlich bereits gibt. Ich bin so konzentriert auf unsere beiden Fälle … Ich habe eine Nachricht aus Boston erhalten. Dort sind gestern zwei Männer während eines Angelausflugs verschwunden, ebenfalls der Vorsitzende einer Freimaurerloge und sein jüngerer Schüler.

Abner Cohen
Das macht mir Sorgen.

In groben Zügen erzählte Willem, was er bisher von dem Fall wusste.

Willem Rijsbergen
Wie wir alle wissen: Eine Ähnlichkeit muss noch nicht bedeuten, dass es auch einen Zusammenhang gibt.

Abner Cohen
Das stimmt. Keine voreiligen Schlüsse ziehen. Aber es ist schon merkwürdig. Nun gut, wir halten uns also gegenseitig auf dem Laufenden. Masel tov, wie wir hier sagen. Ich hoffe,

diesen Fall irgendwann abschließen zu können. Meine Frau wirft mir manchmal vor, ich würde zu viel in der Vergangenheit leben und mich in diese alten Fälle verbeißen.

Willem Rijsbergen
Bis dann und herzliche Grüße aus Leiden.

Abner Cohen
Herzliche Grüße aus Jerusalem.

Abner Cohen
Hat den Chat verlassen.

Auch Rijsbergen loggte sich aus.

Es war kurz vor drei. Morgen war Samstag, also hatte er streng genommen zwei freie Tage vor sich, aber es kam oft genug vor, dass ihn ein Fall dazu zwang, seine Wochenenden zu opfern.

In seinem Postfach traf eine Nachricht aus Jerusalem mit einem Link ein, über den er die digitale Akte abrufen konnte. Mittels eines SMS-Codes konnte er sich in die gesicherte Umgebung einloggen. Das Downloaden der Daten dauerte aufgrund der großen Menge ziemlich lange.

Den größten Teil der Akte konnte Rijsbergen nicht lesen, weil sie auf Hebräisch war, aber zum Glück gab es zwischendurch immer wieder Zusammenfassungen auf Englisch – für die Discovery-Sendung, wie Rijsbergen bald aus Randbemerkungen erfuhr. Diese enthielten nämlich Tipps und Anweisungen für die amerikanischen Fernsehleute in Bezug auf das, was der Polizei zufolge in den Mittelpunkt gerückt werden sollte.

Der Text der Akte brachte ihm keine weiteren Erkenntnisse als die, die er bereits aus der Sendung und dem Gespräch mit Abner Cohen gewonnen hatte. Lange betrachtete er die Fotos der Opfer. Auf einigen waren die Leichen ganz zu sehen, auf anderen nur ihr Kopf, von dem der halbe Schädel weggeschlagen zu sein schien.

Das erste Opfer, der ältere Mann, war an einem Abend ermordet worden, an dem viel los gewesen war und auch zahlreiche Nichtmitglieder sich im Gebäude aufhielten. Die Parallelen waren nicht zu übersehen: ein Vorsitzender, der außergewöhnlich gewalttätig ermordet worden war, quasi inmitten einer größeren Menschenansammlung, und damit gab es viel zu viele Spuren, als dass sie hätten nützlich sein können.

Rijsbergen erschrak über die Ähnlichkeit zwischen einem Foto des israelischen Opfers und dem von Coen Zoutman. Beide lagen mit dem Kopf in einer großen Blutlache auf schwarz-weißen Bodenfliesen.

Das zweite Opfer war in der Nähe des Ölbergs gefunden worden, an einer abgelegenen Stelle. Der junge Mann musste dorthin gelockt oder gebracht worden sein, denn niemand konnte sich vorstellen, was er dort zu so später Stunde noch gewollt haben könnte. Der Mörder hatte ihn an der Stelle liegen lassen, an der er ihn ermordet hatte, einige Tage nach dem Mord am Meister des Stuhls.

Rijsbergen konzentrierte sich auf die Detailfotos, die von der Haut gemacht worden waren. Es war offensichtlich, dass das Hautstückchen mit einem Skalpell oder einem ähnlich scharfen Messer entfernt worden sein musste, da die Wundränder ganz gleichmäßig waren.

Er hatte die Fotos von Yona Falaina hinzugeholt, und es war auf einen Blick sichtbar, dass hier jemand mit demselben Modus Operandi vorgegangen war.

Entweder es ist dieselbe Person gewesen oder ein Trittbrettfahrer, dachte Rijsbergen. Vielleicht hat der Mörder bei Coen Zoutman keine Zeit oder Gelegenheit gehabt, die Tätowierung wegzuschneiden. Ob er bei seiner Tat gestört worden ist?

Rijsbergen hatte Abner Cohen versprochen, ihm das von ihnen gesammelte Material zuzuschicken. Natürlich würde sich daraus ein ähnliches Sprachproblem ergeben, wie er es mit dem Hebräischen hatte, deswegen würde er einen Übersetzer einschalten müssen.

Rijsbergen schrieb eine Mail an einen Kollegen, um zu arrangieren, dass seine Akte auf einem genauso sicheren Weg verschickt wurde wie die, die er aus Israel erhalten hatte.

Mitten in einem Wort hielt Rijsbergen mit dem Tippen inne. Seine Hände ruhten auf der Tastatur wie bei einem Pianisten kurz vor dem Beginn eines Stücks.

Was hatte Abner Cohen gleich wieder gesagt?

Er öffnete die Konversation, die er mit Abner geführt hatte, und scrollte zu der Passage, die er gesucht hatte.

Jerusalem ist, wie Sie vielleicht wissen, eine außergewöhnlich internationale Stadt mit unzähligen Nationalitäten. Auch an diesem Abend war eine bunte Mischung von Leuten aus aller Welt anwesend. Viele davon wohnten nicht einmal in Israel, sondern waren Touristen, die konnte man deswegen auch nicht mehr aufspüren.

Er speicherte seine Mail als Entwurf und startete zum vierten Mal die Dokumentation der ungelösten Mordfälle. Wieder schaute er sich die Szene mit den Leuten an, die das Gebäude der Freimaurer betraten.

Anstatt mit der Nase dicht vor dem Bildschirm zu kleben, lehnte er sich jetzt ein wenig zurück, um das ganze Bild im Auge behalten zu können.

Als die Szene vorüber war, startete er sie erneut.

Er sah sich die Bilder zum dritten und zum vierten Mal an … und da …

»Da!«, rief Rijsbergen aus.

Er sprang so wild von seinem Stuhl auf, dass dieser mit einem lauten Krachen umfiel.

Endlich sah er es! Rasch verließ er sein Büro, um Van de Kooij zu holen. Nicht nur wollte er, dass sein Kollege das sah, sondern er wollte auch eine Bestätigung dessen, was er eben gesehen hatte.

Van de Kooij blickte erstaunt auf, als Rijsbergen ohne anzuklopfen sein Büro betrat. Er war mitten in einem Telefongespräch, aber Rijsbergen drückte die Gabel hinunter und unterbrach die Verbindung.

»Hey, was soll das?«

»Komm mit«, sagte Rijsbergen nur und drehte sich sofort um, sodass Van de Kooij nichts anderes übrig blieb, als seinem Vorgesetzten zu folgen.

Zurück in seinem Büro stellte Rijsbergen zunächst den Stuhl wieder richtig hin und forderte Van de Kooij auf, sich neben ihn zu setzen.

Rijsbergen spulte den Film wieder zurück, aber immer mit dem Finger auf der linken Maustaste, um das Bild unmittelbar anhalten zu können. Van de Kooij, dem klar war, dass es um etwas sehr Wichtiges ging, hielt seinen Blick starr auf den Bildschirm gerichtet.

»Hier!«, sagte Rijsbergen.

Gemeinsam sahen sie zu, wie die Leute gemessenen Schrittes auf das imposante Tor des Freimaurergebäudes zugingen. Manchmal entstand ein kleiner Stau, ein andermal kam gerade jemand heraus, aber die Atmosphäre war entspannt, niemand schien es eilig zu haben.

Da kam rechts im Bild eine Gruppe von Leuten hinzu.

»Eins … zwei …«

Klick.

Rijsbergen hielt das Bild an.

»Und, wen haben wir hier, Van de Kooij?«

Van de Kooij beugte sich nach vorn, um besser sehen zu können. Er kniff die Augen zusammen, aber gleich darauf weiteten sie sich vor Staunen.

»Das ist doch …«

Sie sahen sich an.

»In der Tat«, sagte Rijsbergen. »Dann hatte ich doch richtig gesehen.«

30

Peter unternahm einen missglückten Versuch zu grinsen, wie jemand, der sein Gegenüber nicht richtig verstanden hat und hofft, dass ein bisschen Kopfnicken darüber hinwegtäuschte.

Aber so leicht kam er nicht davon.

»Komm schon, Peter«, sagte Tony lachend, als er Peters erschrockenes Gesicht sah. »Das kannst du besser, oder?«

»Geht es dir um deinen Ausschluss?«

»Wer hat dich herumgeführt? Daniel? Alexander? Walter?«

Beim letzten Namen nickte Peter bestätigend.

»Ach, Walter«, sagte Tony und sprach den Namen aus, als denke er mit großer Zuneigung an ihre alte Freundschaft zurück. »Unser Bibliothekar«, fuhr er ein wenig spöttisch fort. »Er hat dir bestimmt von meinem unrühmlichen Rausschmiss aus der Loge erzählt.«

»Walter hat nicht von selbst damit angefangen«, sagte Peter, erstaunt über den hörbaren Zynismus in Tonys Stimme.

Wahrscheinlich ist er verbittert.

»Warum sollte er auch, Tony?«, fuhr er fort. »Walter wusste nicht einmal, dass es eine Verbindung zwischen uns gibt. Ich habe ihn gefragt, ob er dich kennt.« Peter schwieg einen Augenblick lang, aber Tony sah ihn mit ausdruckslosem Gesicht an. »Er hat allerdings ziemlich aggressiv darauf reagiert, muss ich sagen.«

Tony stieß ein spöttisches Lachen aus.

Sie waren im modernen Handwerkszentrum angekommen, wo Leute mit Techniken aus dem 17. Jahrhundert demonstrierten, was damals so alles hergestellt wurde. In traditionelle

Handwerkstracht gekleidet, flochten sie Körbe, backten Brot, töpferten und webten Stoffe auf einem großen Webstuhl.

»Und welche Version der Geschichte hat dir der gute alte Walter erzählt?«

»Ehrlich gesagt«, antwortete Peter, »hat er mir so gut wie gar nichts erzählt, sondern mir geraten, dich selbst danach zu fragen. Aber ich dachte: Das ist bestimmt eine unangenehme Sache, an die du nicht gerne erinnert werden willst. Und es geht mich im Grunde genommen ja auch nichts an.«

»Warst du nicht neugierig? Erstaunt, dass ein netter Kerl wie ich ausgeschlossen wurde und per einstweiliger Verfügung sogar daran gehindert wurde, das Gebäude zu betreten?«

»Dir ist sogar der Zutritt verboten?«

»Meine Güte, Peter«, sagte Tony, der jetzt regelrecht verärgert wirkte. »Du bist ein schlechterer Schauspieler, als ich dachte. Das wird dir Walter doch sicher erzählt haben, denn er war die treibende Kraft hinter dem Ausschluss. Er ist sogar mit falschen Anschuldigungen vor Gericht gezogen.«

»So, wie er reagiert hat, habe ich ihm deutlich angemerkt, dass er etwas gegen dich hat. Aber das Zutrittsverbot hat er nicht erwähnt, und überhaupt wollte er nichts weiter über dich sagen.«

»Also?«

»Also was?«

»Willst du mich nicht endlich mal fragen?« Tony wurde jetzt regelrecht wütend.

Was will der Mann eigentlich?

»Hör mal, Tony«, sagte Peter. »Wenn du unbedingt davon erzählen möchtest, dann tu dir keinen Zwang an.«

Tony beruhigte sich sichtlich.

Sie hatten einen Raum betreten, in dem zwei Imker standen. Auf einem langen Tisch vor ihnen war Zubehör für die Bienenhaltung ausgebreitet. Hinter ihnen, an der Wand, standen und hingen Weidenkörbe und altmodisch aussehende Imkeranzüge.

Tony und Peter blieben kurz vor einer flachen, hohen Vitrine stehen. Darin konnte man ein Bienenvolk beobachten, das eifrig mit dem Bau von Waben und dem Versorgen der Brut beschäftigt war. Durch eine durchsichtige Röhre, die zu einer Wand führte, konnten sie hinauskrabbeln, um sich in der Natur auf Futtersuche zu machen. Durch das Fenster sahen sie, dass draußen noch drei weitere Vitrinen standen, vor denen ganze Wolken von Bienen summten.

»Ich bin immer noch stolz auf das, was ich getan habe, ich bereue nichts«, sagte Tony. Er sah Peter direkt ins Gesicht, als wolle er sichergehen, dass er ihm wirklich zuhörte. »Vor drei Jahren ist der Vorsitzende unserer Loge verstorben, Joseph Nun. Nach kurzer Krankheit ist er eingeschlafen, er war ein alter Mann. Mit ihm endete ein ruhmreicher Zweig am amerikanischen Baum, wenn man das so sagen darf. Seine Familie ging zurück auf einen der ersten Siedler, einen gewissen Thomas Nunn, der sich 1635 in Virginia niederließ. Joseph hatte keine Angehörigen; die Bruderschaft war seine Familie, sein Leben. Mitglieder der Loge hatten die Beisetzung organisiert und alles, was dazugehörte. Ich hatte darum gebeten, bei der Feier ein paar Worte sagen zu dürfen, aber meine Rede kam nicht gut an. Vorsichtig ausgedrückt.«

»Aber was um Himmels willen hast du denn gesagt?«, fragte Peter erstaunt.

Tony lächelte. »Die Wahrheit, nichts als die Wahrheit. Hier muss mal aufgeräumt werden, das war kurz ausgedrückt meine Botschaft. Schau mal, Peter …« Tony legte kurz seine Hand auf Peters Unterarm, als wollte er ihn beruhigen, aber vielleicht auch, um ihn um Verständnis zu bitten. »Ich weiß nicht, wie viel du über die Freimaurerei weißt. Ich glaube, dass wir in Leiden schon einmal darüber gesprochen haben. Dieses ganze Gerede darüber, seinen eigenen Weg zu finden, die Symbole persönlich zu interpretieren, wobei meine Interpretation genauso wahr ist wie die deine, die allegorische Auslegung der überlieferten Geschichten – was bleibt von einer Gemeinschaft, wenn wir zulassen, dass jeder die Historie auf seine eigene Art und Weise interpretieren darf?«

Er sah Peter eindringlich an und nahm dann endlich seine Hand weg.

»Die Geschichte, Peter, die wahre, überprüfbare Geschichte … historische Fakten. So wie der puritanische Exodus aus England. Daran ist doch nichts Mythologisches! Es gibt Quellen, schriftliche Quellen, mündlich überlieferte Traditionen. Oder, ein anderes Beispiel, der Exodus. Es gab einmal einen Mann namens Mose, der am ägyptischen Hof aufwuchs und sein Volk aus der Gefangenschaft führte. Es irrte anschließend vierzig Jahre lang durch die Wüste, zog in das gelobte Land ein, und Schlachten wurden geschlagen. All diese Dinge … Archäologie, Geschichte, Geologie … Die beweisen die faktische Richtigkeit dieser Geschichten. Und was tun diese Geschichten, Peter?«

Er wartete eine Antwort gar nicht erst ab.

»Du als Historiker weißt das natürlich besser als irgendjemand sonst. Geschichten bringen Menschen zusammen, Geschichten binden Menschen aneinander, eine gemeinsame Historie sorgt für eine Gemeinschaft, eine gemeinschaftliche Vergangenheit. Diese Vergangenheit sorgt für Einheit. Was kommt dabei heraus, wenn jeder die Freiheit hat, eine Geschichte selbst zu interpretieren? Schau dir nur die Protestanten an. Früher hatten wir die katholische Kirche, es gab eine Geschichte, ein Oberhaupt. Als Individuum musste man sich manchmal fügen, die eigene Persönlichkeit zugunsten der Gemeinschaft hintanstellen, zugunsten eines Narrativs, das größer war als du, das schließlich weiterlebte, nachdem du gestorben warst. Eine Gemeinschaft, die weiter existierte, wenn du nicht mehr sein würdest. Schau dir die Protestanten an, wo jeder seine eigene Interpretation handhabt … Wozu hat das geführt? Zu so vielen Kirchen, wie es Meinungen gibt. Nicht mal Gott hat mehr den Überblick darüber, wie viele Splittergruppen inzwischen existieren! Du bist dir mit deinem Vorgänger nicht mehr einig? Dann gründest du eben deine eigene Kirche.

Und da sitzt dann letzten Endes jeder mit seiner eigenen allerindividuellsten Wahrheit, jeder allein mit seiner eigenen Geschichte, einsam und nicht verbunden mit den anderen. In einer Gemeinschaft hingegen …«

Tony deutete auf den gläsernen Bienenschrank.

»Da, nimm diese Bienen«, sagte er. »Ich bin hier schon öfter gewesen, und inzwischen kenne ich mich ganz gut damit aus. Jede Biene wird nicht älter als sechs bis acht Wochen. Von Tag zu Tag ist ihre Aufgabe festgelegt. Erst die Waben säubern und putzen, und vom dritten bis ungefähr zwölften Tag füttert sie die älteren Larven. Dann fliegt sie zum ersten Mal hinaus zu einigen Übungsausflügen. Sie ist in der Lage, Wachs zu produzieren, und hilft beim Wabenbau. Am 17. Tag wird sie zur Wächterbiene, und bis dahin sind ihre Giftdrüsen fertig entwickelt. Vom 21. Tag an holt sie Futter für die Gemeinschaft, bis sie eines Tages nicht mehr zurückkehrt … Bienen schlafen nicht, und damit stehen diese sechs bis acht Wochen ganz im Zeichen der Gemeinschaft. Ich finde das einfach fantastisch! Der Bienenstaat bewegt sich als Ganzes fort, ernährt sich als Ganzes und vermehrt sich, als bestünde er aus einem Ganzen. Ohne die anderen aus dem Staat kann keine Biene längere Zeit überleben. Und darum geht es mir: Es ist die Kolonie, die sich fortpflanzt, nicht die einzelne Biene. Es geht also nicht um dich, sondern um die Gemeinschaft. Manchmal muss man sich zugunsten der Gemeinschaft also zurücknehmen. Ist das nicht auch, was Christus uns lehrt? Du kennst doch die Geschichte, wie seine Jünger darüber in Streit geraten, wer der Größte im Himmelreich sei. Da stellt Jesus ein Kind mitten unter sie und sagt: ›Wahrlich ich sage euch: Es sei denn, dass ihr umkehret und werdet wie die Kinder, so werdet ihr nicht ins Himmelreich kommen. Wer nun sich selbst erniedrigt wie dies Kind, der ist der Größte im Himmelreich. Und wer ein solches Kind aufnimmt in meinem Namen, der nimmt mich auf.‹ Es geht darum, dich selbst klein zu machen, demütig zu sein.«

Peter schaute sich das große Folienposter an der Wand an.

Mit breiten Pfeilen wurde kreisförmig der Lebenszyklus der Honigbiene dargestellt, genau wie Tony ihn beschrieben hatte.

»Aber was hatte dieser Joseph Nun damit zu tun?«

»Für mich war er die Verkörperung dieser Richtung innerhalb unserer Loge. Ich habe daher bei der Trauerfeier gesagt, dass wir letzten Endes besser dran wären ohne ihn. Dass ich hoffte, wir könnten wieder zu der Tradition zurückkehren, bei der Geschichten wieder verbinden anstatt dass verschiedene Interpretationen für Uneinigkeit sorgen.«

»Aber warum bist du denn eigentlich den Freimaurern beigetreten?«, fragte Peter. »Du weißt doch, dass dort ein bestimmter Geist vorherrscht, nämlich der der Freiheit, der eigenen Interpretation. Warum hast du dich nicht einfach einer traditionellen Kirchengemeinde angeschlossen?«

»Ich bin ein Mann mit einer Botschaft, Peter«, erwiderte Tony, und man hörte an seiner Stimme, dass er das Thema abschließen wollte. »Innerhalb einer Glaubensgemeinschaft gibt es keine Arbeit für mich, wenn du weißt, was ich meine. Ich bin ein Mann mit einer Mission.«

Trotzdem verstehe ich das alles nicht wirklich, dachte Peter.

Es erinnerte ihn an Homosexuelle, die bewusst Mitglied einer Kirchengemeinschaft wurden oder blieben, obwohl diese Homosexualität ablehnte, um den Kampf um Akzeptanz aus dem Inneren heraus führen zu können. »Aber du bist kein Freimaurer mehr«, sagte Peter.

»Doch, ich bin immer noch Freimaurer!«, entgegnete Tony, jetzt wieder erregt. »Ein Freimaurer ohne Loge.«

»A rebel without a cause.«

»Ja, so ähnlich.«

»Aber mit Zutrittsverbot?«

»Direkt nach meiner Rede musste ich den Raum verlassen, in dem die Trauerfeier abgehalten wurde. Ich wurde geradezu mit Gewalt rausgeworfen.«

Peter konnte sich das nur schwer vorstellen, angesichts dessen, dass Tony an die zwei Meter groß war.

»Acht Leute haben mich umringt und mich zum Ausgang begleitet, sobald ich vom Podium trat. Ich bin noch mehrmals bei Treffen gewesen und habe um eine Erklärung gebeten. Bis zu dem Zeitpunkt, als Walter mit seinen Lügen vor Gericht ging und mir alles Mögliche unterstellte. Das Gericht gab ihm recht, und ich wurde per einstweiliger Verfügung ausgestoßen.«

»Und was ist mit den Drohungen, die eure Loge erhalten hat? Von denen du mir in Leiden erzählt hast?«

»Drohungen? Das soll ich gesagt haben? Daran kann ich mich ehrlich gesagt nicht erinnern. Aber wie dem auch sei …«

Was für ein komischer Typ, dachte Peter. Der tickt ja wohl nicht mehr ganz richtig.

Tony drehte sich um, zum Zeichen, dass die Unterhaltung zu diesem Thema für ihn beendet war.

Jetzt kann ich ihn auch nicht mehr nach den Morden in Jerusalem und dem Verschwinden der beiden Logenmitglieder fragen.

»Komm, lass uns ins Dorf gehen«, sagte Tony munter. »Das wird interessant!«

Sie gingen in Richtung des Dorfes, dem eigentlichen Zentrum der Plimoth Plantation. Man betrat es durch das Fort, das oben auf dem Hügel stand. Sie gingen eine Treppe hinauf, sodass sie einen guten Ausblick auf die Niederlassung hatten. Diese bestand aus ungefähr fünfzehn Häusern innerhalb einer rautenförmigen Umzäunung, die sich hangabwärts in Richtung des Atlantiks zog.

Man hatte sich dafür entschieden, das Dorf so nachzubauen, wie es 1627 ausgesehen haben musste, sieben Jahre nach der Ankunft der ersten Siedler. Hinter den Häusern, die alle zur Straßenseite hin lagen, waren kleine Gärten und Äcker angelegt.

Sie gingen hinunter und besuchten verschiedene Gebäude, die alle genauso eingerichtet waren wie die Wohnhäuser zur damaligen Zeit, als man in einem einzigen Raum schlief, kochte und wohnte.

Eines war ein waschechtes Leidener Haus mit Gegenständen, die unverkennbar »holländisch« aussahen. Auf Informationstafeln – *HOLLÄNDISCHE GEBRAUCHSGEGENSTÄNDE IM ENGLISCHEN DORF* – standen kurze Erklärungen. Es gab unter anderem Porzellan im unvermeidlichen Delfter Blau, ein Milchkännchen, Gläser, Tabakspfeifen, einen Fußschemel und Stühle mit dreieckiger Sitzfläche, »wie sie auch auf Gemälden des 17. Jahrhunderts von Künstlern wie Jan Steen zu sehen sind«.

Auf einem Schild mit dem Titel DAS LEBEN IN LEIDEN wurde von dem Aufenthalt der Pilgerväter in den Niederlanden berichtet.

Während der elf Jahre, die der Überfahrt mit der Mayflower *1620 vorausgegangen waren, wohnten die Separatisten im holländischen Städtchen Leiden, wo sie ungehindert ihren eigenen Glauben ausüben konnten. Das Leben im fremden Land stellte sie jedoch vor einige Herausforderungen. Die Arbeit, die die Immigranten finden konnten, war im Allgemeinen schlecht bezahlt, und der Lebensstandard niedrig. Ein zwölfjähriger Waffenstillstand zwischen Holland und Spanien endete 1621, und es drohte ein neuer Krieg. Außerdem sorgten sich viele Separatisten um das Wohl ihrer Kinder, die gezwungen waren, schwere Arbeit zu verrichten.*

Obwohl sie im Exil lebten und nicht länger Teil der Kirche von England waren, hielten die Separatisten an ihren englischen Sitten und Gebräuchen fest. Manche jungen Leute passten sich jedoch der holländischen Kultur an, was ihre Eltern und die anderen Mitglieder der Gemeinschaft zutiefst beunruhigte. Fast die Hälfte der Passagiere auf der Mayflower hatte in Holland gelebt, bevor sie nach Amerika aufbrachen, und viele Kinder hatten den größten Teil ihres Lebens in Leiden verbracht. Es ist schwer, sich dem Einfluss einer neuen Umgebung zu entziehen.

Da haben wir wieder die altbekannten Gründe, dachte Peter, aber auch hier geht man nicht auf die Frage ein, warum sich letzten Endes mehr als die Hälfte der ursprünglichen Gruppe dafür entschied, in Leiden zurückzubleiben. Und wie war das mit der Zwietracht, von der in dem Manuskript, das Piet van Vliet gefunden hat, die Rede ist? In der offiziellen Geschichtsschreibung wird nichts davon erwähnt, und auch hier kein Wort darüber.

Sie verbrachten über zwei Stunden in dem Dorf und sahen und hörten den Schauspielern zu, die sich alle professionell in ihre Rolle eingelebt hatten und sogar mit einwandfreiem englischem Akzent sprachen.

Langsam gingen sie wieder den Abhang hinauf in Richtung des Forts und danach zum großen Souvenirladen im Handwerkszentrum.

Peter kaufte einige Postkarten zur Erinnerung an seinen Besuch. Außerdem gab es in dem Laden viele Bücher und DVDs sowie Kleidung, Nahrungsmittel und Gebrauchsgegenstände aus Holz.

Zu seinem Erstaunen wurden dort auch *Stroopwafels* und Lakritze verkauft, in original niederländischer Verpackung. Er erstand beides für Judith, als Mittel gegen Heimweh, und verstaute es in seinem Rucksack, der inzwischen einen großen Schweißfleck auf seinem Rücken hinterlassen hatte, wie er spürte.

Nachdem sie im Restaurant des Besucherzentrums etwas gegessen hatten, nahmen sie einen Bus nach Plymouth. An einer Haltestelle am Meer stiegen sie aus; prächtige Kolonialvillen säumten die Straße.

»Wir besuchen jetzt erst einmal den Plymouth Rock«, verkündete Tony und marschierte in Richtung eines kleinen Gebäudes los, das einem dorischen Tempel in Miniaturversion glich. Es lag an einem Uferkai direkt am Wasser. In der Ferne sah Peter einen kleinen Jachthafen.

Neben dem Tempel stand ein großes Schild, das verkündete:

PLYMOUTH ROCK
LANDING PLACE OF THE
PILGRIMS
1620
Commonwealth of Massachusetts

Erst als sie im Tempel standen, sah Peter, dass er über einer rechteckigen Vertiefung erbaut war, in der – auf sauber geharktem Sand, wie in einem japanischen Zengarten – ein großer Felsblock mit der eingravierten Jahreszahl 1620 lag.

Wie immer, wenn er in einem berühmten historischen Gebäude oder vor einem Artefakt stand, war er ein wenig aufgeregt.

So unmittelbar mit der echten, greifbaren Historie konfrontiert zu werden …

Doch wieder einmal wurde seine romantische Anwandlung auf vorhersehbare Weise zerstört.

»Das ist natürlich nicht der echte Felsen«, sagte Tony. »Oder besser gesagt: Niemand weiß, ob das wirklich der Felsen ist, auf dem die Pilger zuerst einen Fuß an Land setzten, oder ob es ein anderer Felsen in der Gegend war oder ob sie am Strand landeten – wir wissen es nicht.«

Die Tradition …, dachte Peter. Je länger sich die Leute dieselbe Geschichte erzählen, desto mehr Macht gewinnt sie. Irgendwann ist eine Geschichte dann so übermächtig geworden und gilt als so unumstößliche Wahrheit, dass die Leute zornig werden, wenn diese Tradition infrage gestellt wird. Deute auf einen Baum und behaupte, dass darunter Prinz Siddartha die Erleuchtung erreichte und zum Buddha wurde, und die Leute werden von weither dorthin reisen, um an diesem Ort zu meditieren. Deute auf eine Stelle am Ufer des Jordans und behaupte, dass Johannes der Täufer genau da die Menschen taufte, und Christen aus aller Welt werden dort ins Wasser tauchen wollen. Deute auf einen Busch und behaupte, dies sei der Dornbusch, aus dem Gott zu Moses sprach, und die Gläubigen bauen ein Kloster darum herum.

»Sie sind sowieso zuerst dort gelandet, wo jetzt Provincetown liegt«, fuhr Tony fort. »Das liegt auf der anderen Seite von Cape Cod, genau gegenüber. Natürlich würde kein Kapitän sein Schiff auf einen felsigen Küstenabschnitt zusteuern. Aber weißt du, man hat sich darauf geeinigt, oder besser: Die Tradition hat es so gewollt, dass es diese Stelle war. Natürlich gewinnt so ein Ort mit der Zeit an Anziehungskraft. Ich habe gesehen, wie den Leuten hier die Tränen in die Augen stiegen, Nachfahren der Pilgerväter, aber auch anderen. Und an und für sich ist das alles auch egal, man musste sich auf eine Stelle einigen, also warum dann nicht auf diese hier?«

»Warum redet man eigentlich immer nur über die Pilgerväter?«, fragte Peter, der noch nie über diese Frage nachgedacht hatte. Doch plötzlich war sie ihm in den Sinn gekommen. »Das Besondere an den Pilgrims war doch«, fuhr er fort, »und das hast du mir selbst erzählt, dass zum ersten Mal ganze Familien emigrierten. Die Hälfte der Passagiere auf dem Schiff wird doch wohl aus Frauen bestanden haben? Ganz abgesehen von den Kindern.«

Tony verdrehte die Augen.

»Auch das ist … Tradition. Aber du hast recht. Es ist üblich, von den Pilgervätern zu sprechen, obwohl es natürlich auch Pilgermütter und Pilgerkinder gab, aber damals haben Frauen keine Verträge unterzeichnet und keine Handelsabkommen geschlossen, sie verhandelten nicht und führten keine Kriege, deswegen sind sie in der Historie, der großen Historie, kaum präsent. Das ist nicht gerade ein Plädoyer für ›Herstory‹, für die es in den USA inzwischen eine aktive Bewegung gibt, die die Geschichte der häufig vergessenen oder unterschätzten Rolle der Frau in der Historie als Gegengewicht zu ›History‹ erzählen will …« – wobei er das »His« betonte –, »in der immer wieder die Männer im Mittelpunkt stehen. Doch es ist heutzutage Usus innerhalb des organisierten Komitees, zumindest in der Kommunikation nach außen, von genderneutralen ›Pilgrims‹ zu sprechen. Die frühere Bezeichnung hat sich aber derart eingebürgert, auch bei mir, dass es noch eine Weile dauern wird, bis sie verschwunden ist.«

»Und jetzt?«

»Jetzt gehen wir ein Stück am Meer entlang und dann hinauf zum Pilgrim Hall Museum. Danach können wir wieder nach Boston zurückfahren.«

Gut so, dachte Peter. Dann haben wir hier ja wohl alles gesehen.

Auf einer Kirchturmuhr sah Peter, dass es schon nach zwei war.

Eine Stunde oder anderthalb im Museum vielleicht, dann noch an die drei Stunden Fahrt zurück nach Boston … Irgendwann zwischen sieben und acht bin ich wieder auf dem Campus. Da bleibt genug Zeit, um noch ein bisschen zu essen, mich etwas frisch zu machen und meine Sachen für morgen zu packen.

Sie liefen einen wenig inspirierenden Kai entlang, auf dem viele Autos parkten. Auf der anderen Straßenseite befanden sich Restaurants, Eiscafés und Souvenirläden.

»Wie du siehst«, sagte Tony mit einer weiträumigen Geste, »liegt Plymouth an einer Bucht. Auf der anderen Seite kannst du Provincetown sehen. Auf dem Wasserweg sind es ungefähr zwanzig Meilen.«

Peter rechnete das schnell in Kilometer um: zweiunddreißig.

»Vor ein paar Jahren bin ich mit ein paar anderen rübergeschwommen. Wir haben fast elf Stunden dafür gebraucht. Ich bin ein sehr guter Schwimmer. Wir hatten vor, ein jährliches Event daraus zu machen, etwa so wie das Kanalschwimmen bei euch in Europa, aber die Idee hat nie so richtig gezündet. Bis jetzt haben es noch keine zehn Leute gemacht.«

Elf Stunden ununterbrochen schwimmen …

Peter war beeindruckt. Dagegen waren seine eine Stunde im Hallenbad, ja sogar seine ziemlich intensiven Trainingseinheiten und Wettkämpfe beim Wasserball gar nichts.

Sie verließen die Water Street und bogen in die Chilton Street ein, eine gepflegte Straße mit gut erhaltenen Kolonialhäusern. Hier wohnten offensichtlich Leute mit mehr Geld als die Durchschnittsamerikaner.

An der Straßenecke kam sofort das Pilgrim Hall Museum in Sicht. Peter musste lachen, als er das Gebäude erblickte.

Von der Seite hat es schlicht ausgesehen, aber die Fassade wurde von sechs wuchtigen Säulen dominiert, gekrönt von einem Tympanon. In der Mitte befand sich ein halbrundes Fenster, das wie ein Rad in Segmente aufgeteilt war.

Für dieses kleine Städtchen war das Gebäude ziemlich prätentiös.

Ebenso wie bei der Plimoth Plantation brauchten sie keine Tickets zu kaufen, und Tony stellte Peter auch hier verschiedenen Mitarbeitern vor, in diesem Fall hauptsächlich älteren Damen.

Beide trugen sie sich in das Gästebuch ein, das neben der Kasse auf der Theke lag. Peter blätterte ein bisschen darin herum und sah, dass die Gäste hauptsächlich aus den USA kamen, viele aber auch aus anderen Ländern.

»Trägst du dich jedes Mal ein?«, fragte Peter.

»*Well*«, antwortete Tony mit einem schiefen Grinsen. »Es ist ein bisschen wie Falschspielen, um ehrlich zu sein. Am Ende des Jahres wird die Anzahl der Besucher gezählt, natürlich aufgrund der verkauften Tickets, aber auch ein bisschen anhand der Namen in diesem Buch, und vor allem ihrer Herkunft. Es geht darum, jedes Jahr mehr Tickets an mehr Leute aus verschiedenen Gegenden zu verkaufen, das hören die Stifter gerne. Deswegen steht mein Name regelmäßig darin. Nicht immer mein eigener ... Ich bekenne mich schuldig!«

Nachdem sie ihre Jacken aufgehängt hatten, nahmen sie sich ausgiebig Zeit für die Ausstellung im Untergeschoss.

Hier wurde tatsächlich konsequent nur von »Pilgrims« gesprochen, wie Tony vorhin schon erklärt hatte. Gleich die erste Informationstafel erklärte die Herkunft dieser Bezeichnung, nach einem berühmt gewordenen Zitat von William Bradford, dem Gouverneur der Plymouth Colony:

Sie wussten, dass sie Pilger waren, obwohl sie es nicht so sahen, aber sie erhoben ihre Augen gen Himmel, ihren am meisten geliebten Ort, und beruhigten ihre Gemüter.

Bradford hatte wiederum aus dem Paulusbrief an die Hebräer zitiert – Kapitel elf, Vers 13 bis einschließlich 16, wie erklärt wurde. Der Apostel Paulus schrieb darin über die Israeliten, die die »Fleischtöpfe« – gemeint waren »die guten Zeiten«, als sie noch genug zu essen hatten – Ägyptens verlassen hatten und in der Wüste auf dem Weg zum gelobten Land gestorben waren. »Diese alle sind gestorben im Glauben«, hieß es da, »und haben die Verheißung nicht empfangen, sondern sie von Ferne gesehen und sich ihrer getröstet und wohl genügen lassen und bekannt, dass sie Gäste und Fremdlinge auf Erden wären. Denn die solches sagen, die geben zu verstehen, dass sie ein Vaterland suchen. Und zwar, wo sie das gemeint hätten, von welchem sie waren ausgezogen, hatten sie ja Zeit, wieder umzukehren. Nun aber begehren sie eines bessern, nämlich eines himmlischen.«

In übersichtlichen Vitrinen wurde die Geschichte der Pilgrims erklärt, einschließlich Originalgegenständen wie Werkzeugen, alten Bibeln und Faksimiles von Briefen und Landkarten.

Peter war unwillkürlich ein wenig stolz, als er las:

Als sie erkannten, wie sehr man sie unterdrückte … beschlossen sie einmütig, in die Niederlande zu ziehen, weil sie gehört hatten, dass dort für jeden Religionsfreiheit herrsche.

Tony tat manchmal, als läse er etwas, aber er hatte schon vor dem Betreten des Museums erklärt, dass er gar nicht mehr sagen könne, wie oft er diese Ausstellung schon besucht habe. Manche Texte kannte er inzwischen auswendig.

Peter war alles in allem froh, dass sie diesen Ausflug unternommen hatten.

Natürlich ist Tony ein ziemlich seltsamer Typ, dachte er. Jemand, der bei einer Trauerfeier eine so pietätlose Rede hält, tickt ja nicht ganz richtig. Und seine strengen Auffassungen von einer Gemeinschaft und die wörtliche Bedeutung alter Legenden und Mythen ... Und außerdem: Ein Mensch ist doch keine Honigbiene? Wir haben einen freien Willen. Wir sind nicht darauf programmiert, Tag für Tag ganz bestimmte Aufgaben auszuführen, die unveränderlich sind. Das macht uns zu Menschen: Wir haben unser Schicksal in der eigenen Hand.

Aber ihre Wege würden sich ja ohnehin bald trennen.

Ob ich mich überhaupt noch mal mit Tony treffen soll, wenn er nach Leiden kommt? fragte sich Peter. Ich könnte mich leicht mit einer Ausrede drücken. Ich bin ihm zu nichts verpflichtet.

Inzwischen war er aber doch gespannt, was für eine Überraschung angeblich auf ihn wartete. Tony hatte jetzt schon mehrmals darauf angespielt.

Vielleicht war der Museumsbesuch die Überraschung?

Peter las:

Die Europäer hielten die Kolonisierung für gerechtfertigt, weil sie den christlichen Glauben mitbrachten.

Peter fand es nach wie vor schwer verständlich, wie man glauben konnte, Gott habe einem ein Land versprochen, und daraufhin meinte, auf dieses und alles, was dazugehörte, ein Anrecht zu haben, ja, sogar darauf, eine ganze Bevölkerungsgruppe auszurotten.

Peter las sich die Infotafel über die Religion der indigenen Bevölkerung durch, auf die die Kolonisten stießen.

Die Wampanoags hatten ein stark ausgeprägtes und komplexes religiöses Leben. Viele Engländer betrachteten diesen Glauben jedoch nicht als »Religion«.

Diese Arroganz!

Die Informationen im Museum waren so allgemein, dass Peter beschloss, die Informationsbroschüre, die er aus einem Ständer in der Rezeption der Plimoth Plantation mitgenommen hatte, aus dem vorderen Fach seines Rucksacks zu holen. Beim Durchblättern hatte er gesehen, dass darin auch ein kurzer Abschnitt den indianischen Religionen zur Zeit der Ankunft der Pilgrims gewidmet war. Aus Erfahrung wusste Peter, dass er das sehr wahrscheinlich niemals mehr nachlesen würde, wenn er es jetzt nicht tat. Zu Hause würde er die Broschüre auf den Stapel noch zu lesender Texte legen, wo sie einige Monate lang Staub ansammeln würde, bevor er sie wegwarf.

Peter setzte sich auf eine kleine Holzbank neben der Tür. Er nahm einen Stift zur Hand, um hier und da anzustreichen, was er wichtig fand.

Die meisten Stämme kannten eine Kombination von Polytheismus (mehrere Götter, darunter der Große Geist, Vater Himmel und Mutter Erde) und Animismus (alles, was auf der Erde lebt, hat eine Seele). Die Indianer lebten in Harmonie mit den Pflanzen und Tieren und nahmen nie mehr von Mutter Erde, als notwendig war.

Die indianischen Rituale rund um Verstorbene variierten von Stamm zu Stamm und von Gebiet zu Gebiet, teilweise relativ stark. Sie dienten allerdings immer der Befreiung des Geistes oder der Seele, sodass sich diese auf den Weg ins Jenseits machen konnte. Dieser Weg wurde als lang und gefährlich betrachtet. Rituale wurden dabei als unentbehrlich angesehen, um der Seele des Toten eine sichere Ankunft im Jenseits zu garantieren.

Der menschliche Geist besteht nach Meinung vieler Indianer aus zwei Teilen:

dem transzendenten Teil oder der Seele, die nach dem stofflichen Tod ins Jenseits geht;

der Lebenskraft, dem, was den Körper lebendig macht und nach dem stofflichen Tod verschwindet.

Die Seele musste sich nach dem Tod aktiv auf die Reise begeben, um ins Jenseits gelangen zu können. Manchmal musste sie mit einem Kanu einen breiten Fluss überqueren, einen Berg erklimmen oder eine Wüste durchqueren.

Oder eine Wüste durchqueren …

Das Wort »Wüste« umkreiste Peter noch einmal extra.

Die verstorbene Seele, die die Wüste durchquert … auf dem Weg in ein Land von Milch und Honig …

Das Endziel der Seele konnte variieren, je nach Sichtweise des Stammes. Manche Stämme glaubten, die Milchstraße sei die Wohnung der verstorbenen Seelen. Andere hielten die Milchstraße für den Weg zu einem Totenreich auf der anderen Seite des Universums. Wieder andere Stämme stellten sich das Jenseits als eine idealisierte Version des irdischen Lebens vor: eine üppige Prärie, auf der gejagt, gefeiert und getanzt wurde, nämlich die Ewigen Jagdgründe.

Der Glaube an Reinkarnation war nicht bei allen indianischen Stämmen verbreitet. Bei den Prärieindianern spielte diese Vorstellung im Allgemeinen nur eine untergeordnete Rolle. Man glaubte, dass die Inkarnation nur stattfand, wenn die Seele im Leben nicht vollständig ihre Erfüllung erreicht hatte.

Interessant, dachte Peter.

Man hat die Fleischtöpfe hinter sich gelassen, im übertragenen Sinne: Das Fleisch ist anderswo, der Körper ist zurückgeblieben. Nur die Seele ist noch übrig, und die unternimmt eine Reise über Berge, Flüsse und Seen, quer durch eine Wüste.

Re – in – carne … Wieder ins Fleisch, wiedergeboren werden, weil auf Erden noch nicht alle Lektionen gelernt wurden, wie bei einem Schüler, der sitzen bleibt und nicht in die höhere Stufe wechseln darf. Das »zurück zu den Fleischtöpfen« könnte man im übertragenen Sinn verstehen als wieder zurück zum Fleisch, zurück zum Körper …

Peter tippte mit seinem Stift ein paarmal auf die Broschüre, die er anschließend zusammenfaltete und wieder in den Rucksack steckte.

Er ging die Treppe hinauf zurück ins Erdgeschoss, wo sich auch das Foyer des Museums befand.

Es gab noch einen großen Saal, in dem hauptsächlich Gemälde hingen. Peter merkte, dass seine Konzentration nachließ. In einem Museum, egal welchem, war, das in der Regel nach maximal anderthalb Stunden der Fall.

Sein Blick fiel allerdings noch auf ein Gemälde, auf dem das erste *Thanksgiving Dinner* abgebildet war und auf dem die Kolonisten an einem langen, feierlich mit weißen Tischtüchern bedeckten Tisch saßen. Ein schwarz gekleideter Mann mit grauem Ziegenbart – ein weißes Hemd schaute unter der langen, schwarzen Kleidung hervor, wodurch er aussah wie ein Geistlicher – reckte die gefalteten Hände gen Himmel.

Auf dem Boden saß eine Gruppe Indianer, die offenbar nicht mit am Tisch sitzen durfte. Sie saßen so weit rechts, dass sie beinahe aus dem Gemälde fielen.

Peter verließ den Saal, um in den Museumsshop zu gehen. Während er dort noch ein wenig herumstöberte, sah er, dass Tony sich mit einer der älteren Damen hinter dem Empfang unterhielt.

Peter ging noch kurz zur Toilette und holte dann seine Jacke aus der Garderobe.

»So, Peter«, sagte Tony, als er sich zu ihm gesellt hatte. »Hier trennen sich also unsere Wege.« Er nahm Peters Hand und schüttelte sie.

Die Frau hinter dem Empfang sah interessiert zu.

»Mir ist eingefallen, dass ich noch etwas zu erledigen habe«, sagte Tony. »Und wo ich schon mal hier bin, kann ich das genauso gut gleich tun. Ich habe ein Uber für dich bestellt, das dich zur Bushaltestelle bringt, an der wir heute Morgen ausgestiegen sind. Ist alles ganz leicht. Du benutzt einfach dein ausgedrucktes Ticket. Der Bus fährt bis zur South Station, und von dort aus nimmst du die U-Bahn nach Harvard.«

Das ist aber ein ziemlich abrupter Abschied, dachte Peter. Wollten wir nicht zusammen zurückfahren? Und was ist mit der Überraschung, von der er gesprochen hat? Das war dann wohl tatsächlich dieses Museum?

Es machte Peter nichts aus, allein nach Boston zurückzufahren – im Gegenteil, im Grunde freute er sich darauf, nach so einem langen Tag für eine Weile allein zu sein –, aber der Abschied kam einfach etwas unerwartet.

Tony gab Peter noch einen festen, freundschaftlichen Klaps auf die Schulter und verließ das Museum. Er hüpfte fast die breiten Stufen hinunter, als wäre auch er froh, seiner Wege gehen zu können.

Jetzt habe ich ihn immer noch nicht gefragt, ob er glaubt, dass die verschiedenen Mordfälle miteinander zu tun haben könnten.

Peter verabschiedete sich von der Frau, warf den Rucksack über die Schulter und verließ das Museum. Er setzte sich auf eine niedrige Mauer, die den bescheidenen Museumspark umgab.

Tatsächlich hielt nach etwa zehn Minuten ein Auto an. Der Fahrer stieg aus und blickte sich um.

Peter winkte ihm zu und lief hinüber.

»Mr. Peter?«, fragte der Fahrer.

»Ja, das bin ich«, antwortete Peter.

Kurz bevor er einstieg, fiel sein Blick auf ein Schild: Boston 40 Meilen. Auch die Richtung der Busstation am Pilgrims Highway war mit einem großen Pfeil auf dem Schild angegeben.

Das Auto fuhr genau in die entgegengesetzte Richtung.

31

Langsam rollte der Wagen durch die Court Street, die in die Main Street überging. Peter wusste, dass das Meer hinter den Häusern links von ihm lag.

Als er am Nachmittag mit Tony Plymouth Rock besucht hatte, hatte er aus der Ferne den kleinen Hafen von Plymouth gesehen.

Schon bald ließen sie die Stadt hinter sich.

»Sie bringen mich doch zur Bushaltestelle, oder?«, fragte Peter den Fahrer.

Inzwischen befanden sie sich auf der Sandwich Street. Peter dachte sich, dass es nicht schaden könne, sich so gut es ging die Namen zu merken. Das Meer konnte er bereits sehen.

»Zur Bushaltestelle?«, wiederholte der Fahrer ein wenig überrascht. »Nein, wir fahren zu keiner Bushaltestelle, Mister. Ich soll Sie zu einem Boot bringen. Wir sind gleich da. Machen Sie sich keine Sorgen.«

Das ist bestimmt die Überraschung …

Peter ließ sich gegen die Lehne der Sitzbank sinken. Er versuchte, sich die lässige Haltung eines Weltreisenden zu geben, der alles schon mal gesehen hat und sich keine Sorgen darüber macht, ob er nun genau weiß, wohin er fährt oder nicht.

Soll ich lieber umkehren?, überlegte er. Einfach den guten Mann bitten, zu drehen und mich zur Haltestelle zu bringen, um dann mit dem nächsten Bus nach Boston zurückzufahren?

Er beschloss, abzuwarten, wo er abgesetzt werden würde. Wenn er sich dort unbehaglich fühlte, warum auch immer, konnte er den Mann immer noch bitten, ihn zum Bus zu bringen.

Ist schon ein etwas seltsamer Typ, dieser Tony, aber vielleicht hat er wirklich eine nette Überraschung für mich. Und es war schließlich ein angenehmer Tag.

Das Auto war nach links abgebogen, in den Ryder Way, las Peter, der über eine Art Landzunge führte. Peter sah jetzt links und rechts das Meer liegen, das im Spätnachmittagslicht glitzerte.

Auf der Uhr in der Rezeption des Pilgermuseums war es kurz vor vier gewesen, als Tony und er sich verabschiedet hatten.

Vielleicht will er mir die Bucht zeigen? Ein Stück der Route fahren, die die Mayflower *genommen hat?*

Hier standen keine Häuser mehr.

Das Auto wurde langsamer, hielt aber nicht an. Im Schritttempo fuhren sie weiter. Der Fahrer hielt über das Lenkrad Ausschau, den Blick auf das Ufer links von ihnen gerichtet.

»Hier müsste es irgendwo sein«, sagte er etwas unsicher und gab dann wieder etwas mehr Gas, kopfschüttelnd, als befürchte er, betrogen worden zu sein.

»Wer hat Ihnen denn gesagt, dass Sie mich hierherbringen sollen?«

»Tja, äh …«

Plötzlich machte der Fahrer eine Vollbremsung, sodass Peter nach vorn geschleudert wurde. In einem Reflex streckte er beide Arme aus und stützte sich am Vordersitz ab, und dadurch konnte er gerade noch verhindern, dass er sich verletzte.

»Da ist es«, sagte der Mann und zeigte in Richtung Strand.

Peter schaute über seine Schulter hinweg in die Richtung, die er angedeutet hatte. Tatsächlich lag dort im flachen Wasser ein weißes Motorboot, ein bisschen schräg, als wäre der Schiffer von der Ebbe überrascht worden.

Auf dem Sandstrand stand ein Mann und winkte wild mit einem orangefarbenen Gegenstand. Er war zu weit weg, um sein Gesicht ausmachen zu können, aber Peter erkannte Tony an seiner Baseballkappe.

Peter öffnete die Autotür und stieg aus, ließ aber den rechten Fuß noch auf der Schwelle stehen und hielt mit einer Hand die Oberkante der Tür fest. Mit der freien Hand schirmte er die Augen ab.

»Okay, Sir?«, fragte der Chauffeur, der sich keine Mühe gab, die Erleichterung in seiner Stimme zu verbergen.

»Ich glaube, schon …«, sagte Peter zögernd.

Ob ich ihn bitten kann, noch kurz hier zu warten? fragte er sich. Bis ich genau weiß, was das soll? Warum holt Tony mich hier ab? Warum sind wir nicht einfach vom Hafen aus losgefahren? Warum sind wir nicht zusammen hierhergefahren?

Peter stieg ganz aus und entfernte sich ein paar Schritte vom Auto, das in mehreren Zügen wendete. Dem Fahrer reichte es offenbar, und er fuhr los, schlug mit einer akrobatischen Bewegung seines linken Arms Peters Tür zu und brauste mit ziemlich hoher Geschwindigkeit davon.

Was soll das? Was geht hier eigentlich vor?

Peter drehte sich um; hinter ihm erstreckte sich die lange Strandstraße. Plymouth, falls es das war, lag im feuchten Dunst, der vom Meer aus aufs Land trieb.

Tony hatte das orangefarbene Ding inzwischen zurück ins Boot gelegt. Jetzt reckte er beide Hände in die Luft, wie ein Fan, dessen Team gerade den entscheidenden Punkt geholt hat.

Trotz der merkwürdigen Situation musste Peter lachen.

Er hat fast etwas Rührendes, dachte er. Dieser Enthusiasmus … mich auf diese Weise überraschen zu wollen, wie eine Schatzsuche bei einem Kindergeburtstag.

Peter winkte jetzt zum ersten Mal zurück, woraufhin Tony seine Arme sinken ließ. Er beschloss, zum Boot zu gehen. Die Antworten auf seine Fragen – Warum hier? Was machen wir? Wann fahren wir zurück? – würde er schon bald genug erfahren, so dachte er.

»Reingelegt!«, rief Tony ihm zu, als Peter in Hörweite war.

Peter winkte noch einmal.

»Hast du wirklich geglaubt, ich würde unseren Ausflug so abrupt beenden?«, fragte Tony, offenbar erfreut über seinen gelungenen Coup.

Inzwischen hatte Peter das Wasser erreicht.

»Sea Breeze« stand in zierlichen Buchstaben auf dem Bug des Bootes, dahinter drei unterschiedlich lange, horizontale Striche, die wohl die Brise symbolisieren sollten.

Kleine Wellen plätscherten an den Strand und brachten kleine Muscheln und Steine mit. Der ewige Rhythmus von Ebbe und Flut, das Rauschen des Meeres und der Geruch des Salzwassers schenkten Peter jedes Mal ein Gefühl der Ruhe. Zum ersten Mal, seit er in das Auto gestiegen war, entspannte er sich ein wenig.

»Ich habe mich schon etwas gewundert«, sagte Peter. »Aber warum treffen wir uns hier? Und warum sind wir nicht zusammen vom Hafen aus losgefahren?«

»Aber dann wäre es doch keine Überraschung gewesen, oder?«, erwiderte Tony. »Du hättest dein Gesicht sehen sollen, als ich mich verabschiedet habe! Und außerdem, wenn wir zusammen zum Hafen gefahren wären, wäre es einfach nur ein Ausflug gewesen. Aber das hier, mein Freund, wirst du nicht so bald vergessen. Komm!«

Tony war barfuß und hatte die Hosenbeine ein Stück hochgerollt. »Zieh die Schuhe aus und wirf sie an Bord. Dann kannst du mir helfen, das Boot flottzumachen.«

»Aber was …«, begann Peter, »was machen wir, Tony? Warum fahren wir mit einem Boot? Und der Fahrer? Ich hatte nicht mal die Gelegenheit, ihn zu bezahlen.«

»Ich hatte ihn schon am Standplatz bezahlt.«

»Ich denke, du hattest angerufen?«

»Ja, also, er hat da auf mich gewartet. Der Standplatz ist um die Ecke, du bist daran vorbeigefahren.«

»Aber was …«

»Ich möchte dir die authentische Pilgererfahrung vermitteln«, sagte Tony munter. »Vom Wasser aus werden wir sehen, was die Pilger sahen, als sie zum ersten Mal mit der *Mayflower* in die Bucht segelten. Natürlich musst du dir die Häuser wegdenken. Wir kommen an Provincetown vorbei, dem Ort, an dem die Mayflower vor Anker ging. Und auch an der Stelle, wo der *Mayflower* Compact unterzeichnet wurde. Historischer Boden, wenn auch auf See. Komm!«

Peter setzte sich in den Sand, um die Schuhe auszuziehen. Die Socken stopfte er hinein. Nachdem er die Hosenbeine ein wenig aufgekrempelt hatte, watete er durch das Wasser, um seine Schuhe an Bord zu bringen. Das Wasser war angenehm kühl an seinen heißen Füßen.

Ist doch ganz nett!

»Und das Beste kommt noch, Peter«, verkündete Tony. »Wir müssen nicht mit dem Bus zurück, denn wir fahren von hier aus bis in den Hafen von Boston! Wie findest du das?«

Peter musste über den kindlichen, vielleicht einfach amerikanischen Enthusiasmus lachen, mit dem Tony ihn ansah, so wie ein Freund in der Kindheit, der einen zu seiner Party einlud.

Er ist vielleicht ein etwas komischer Typ, und er wurde bei den Freimaurern rausgeworfen, weil er sich unmöglich benommen hat, aber andererseits … Schließlich gehört er zu dem amerikanischen Komitee, das das Pilgerjubiläumsjahr vorbereitet.

»Bis nach Boston?«, fragte Peter.

Zusammen schoben sie das Boot vom Strand hinunter.

»Ist das nicht sehr weit?«

»Mit dem Bus ist es viel weiter«, erwiderte Tony. »Wir fahren an der Küste entlang, kein Stau, keine Umwege, geradewegs bis zu unserem Ziel. Das sind nur fünfundzwanzig, dreißig Meilen … Entschuldigung, vierzig Kilometer. Wir können in knapp einer Stunde da sein.«

Das Boot schaukelte jetzt im Rhythmus der Wellen hin und her.

Mit etwas Mühe hievte Peter sich an Bord, während Tony dagegenhielt. Danach kletterte er hinein.

Peter stellte seine Schuhe nebeneinander unter eine der beiden Plastikbänke an den Seiten und legte seinen Rucksack darauf.

Tony hatte sich hinter das Steuer gesetzt, auf den einzigen Stuhl an Bord. Eine niedrige, dreiteilige Plexiglasscheibe schützte gegen den schärfsten Wind. Das Vorderdeck war so klein, dass es kaum den Namen verdiente.

Tony startete den Motor, der leise blubbernd ansprang.

Bis auf zwei Rettungswesten und eine auffällig große, leuchtend orangefarbene Boje war das Boot leer. Mindestens vier Erwachsene würden sich an der Boje festhalten können, ohne einander im Weg zu sein.

»Gehört das Boot dir?«

»Mehr oder weniger. Ich teile es mir mit anderen. Sonst könnte ich es mir nicht leisten. Schon allein die Liegegebühr im Hafen!«

Das Boot brauste nun schneidig über das Wasser. Der Wind wehte durch Peters Haare; ein angenehmes Gefühl. Er ließ die Hand durchs Wasser gleiten, und ab und zu wurde sie hinausgehoben, wenn das Boot über eine Welle hüpfte und mit einem Knall wieder auf der Wasseroberfläche landete.

Sie schwiegen, aber durch das Motorgeräusch und das Rauschen des Windes wäre ein normales Gespräch sowieso schwierig geworden.

Tony steuerte anfangs auf die Küste von Plymouth zu. Links in der Ferne erkannte Peter den kleinen Tempel, der über dem Plymouth Rock erbaut war, doch dann beschrieben sie eine Rechtskurve und fuhren auf das Ende der Landzunge zu. Kurz darauf gelangten sie in offeneres Wasser, obwohl sie sich noch immer in der Cape Cod Bay befanden.

Irgendwann wurden sie langsamer, bis das Boot ganz stilllag. Der Motor tuckerte leise, als protestiere er dagegen, dass er nicht ausgefahren wurde.

Tony stand auf, ein wenig breitbeinig, um sich zu stabilisieren. Peter blieb auf seiner Bank sitzen.

»Genau können wir das natürlich nicht wissen«, sagte Tony, »aber ungefähr hier hat die Mayflower vor der Küste des heutigen Provincetown gelegen, als der *Mayflower* Compact unterzeichnet wurde. Wenn du auf die Karte schauen würdest, würdest du sehen, dass wir jetzt unterhalb des Zipfels an der äußersten Ecke von Cape Cod sind.«

Peter sah sich um. Er stellte sich vor, wie er dieses Erlebnis demnächst in seine Veranstaltungen würde einbauen können. Die Studis liebten es, wenn er geschichtliche Fakten anhand eigener Erlebnisse lebendig machte.

»Als die *Mayflower* Cape Cod erreicht hatte«, erzählte Tony mit etwas lauterer Stimme, »stellten einige Passagiere die Autorität oder Legitimität der Anführer der Gruppe infrage. Schließlich war ihnen diese Autorität kraft einer Charter verliehen worden, einer Erlaubnis, eine Siedlung im Norden der Colony of Virginia zu gründen. Also war sie hier in New England nicht gültig, wodurch die Männer zugleich auch ihre Autorität verloren. Man muss sich mal vorstellen – jedenfalls mache ich das so –, wie sich diese Anführer gefühlt haben müssen. Sie suchten Freiheit. Die Freiheit, zu glauben, was sie wollten, und diesem Glauben dann auf ihre eigene Art und Weise Gestalt zu verleihen, ohne dass ein anderer bestimmte, was erlaubt war und was nicht. Aber stell dir vor: Sie haben einen Ozean überquert, Todesängste ausgestanden, Stürme überlebt, Streitigkeiten durchgemacht, es sind Menschen gestorben, und es wurden Kinder geboren, es wurde geweint, gelacht, gebetet. Und dann … Dann kommt endlich die Küste in Sicht, das gelobte Land, das Land von Milch und Honig, das Land all ihrer Träume und Sehnsüchte, dort, wo sie endlich frei sein werden. Und anstatt ihren Anführern dankbar zu sein, dass sie sie aus Europa hierhergebracht haben, wenn auch in eine unsichere Zukunft, fangen sie schon an zu murren, wenn kaum die Küste in Sicht ist. Aber lieber stehend sterben als auf den Knien, oder?«

Peter blickte aus seiner sitzenden Position heraus hoch zu Tony, der einem Kapitän glich, welcher seiner demoralisierten Mannschaft Mut zusprach.

»Diese Undankbarkeit … dieser Mangel an Vertrauen … kleine Menschen mit kleinem Verstand … und was tun sie dann, was beschließen sie? Die männlichen Passagiere der *Mayflower* setzen einen Vertrag auf, einen Verbund, das erste Verwaltungsdokument der Plymouth Colony, bekannt geworden unter dem Namen Mayflower Compact. Die Separatisten, die Leute, die aus Leiden aufgebrochen waren, nannten sich ›Heilige‹ – ›heilig‹ bedeutet auf Hebräisch wörtlich ›etwas, was getrennt wird‹, und die anderen, die Abenteurer und Händler, die mitgefahren waren, nannten sie ›Fremde‹. Erst später wurden beide Gruppen als ›Pilger‹ oder ›Pilgerväter‹ bezeichnet. Also, am 11. November 1620 – laut dem julianischen Kalender, den sie damals benutzten, und der, wie du vielleicht weißt, dem gregorianischen Kalender, den wir heute verwenden, zehn Tage hinterherhinkt, also wir sagen am 21. November – unterzeichneten einundvierzig der hundertzwei Passagiere diesen Vertrag. Das ursprüngliche Dokument ist verloren gegangen, aber wir kennen den wörtlichen Inhalt davon durch die Schriften von William Bradford – ebenso wie wir den Inhalt der zehn Gebote durch das Alte Testament kennen.«

Tony versetzte seine Füße ein wenig, als suche er noch besseren Halt.

»Gemeinsam beschlossen sie de facto, eine Regierung zu bilden, basierend auf dem, was wir das Mehrheitsmodell nennen, wobei wir Frauen und Kinder außer Acht lassen, denn die waren nicht stimmberechtigt. Die Vereinbarung war im Grunde ein Sozialvertrag. Die Kolonisten verabredeten miteinander, sich an die Regeln des Compacts zu halten, um so die Ordnung zu bewahren und zu überleben. In Leiden hatten die Pilger eine spirituelle Vereinbarung geschlossen, um den Beginn ihrer Gemeinde zu markieren; hier schlossen sie eine zivile Übereinkunft, die die Basis einer säkularen Regierung in Amerika bilden würde. Denn das ist … noch ganz kurz, dann fahren wir weiter … Darum geht es doch letztendlich. Weißt du, Peter, es waren früher schon Menschen nach Amerika gekommen, aber das waren Händler, Glückssucher, im Allgemeinen Menschen, die aus wirtschaftlichen Gründen aufgebrochen waren, aber hier haben wir Männer, Frauen, ganze Familien also, die wegen etwas ganz anderem kamen, und die vor allem auch etwas ganz anderes mitbrachten. Und da kommt der Einfluss von Leiden ins Spiel, deswegen hat eure kleine Stadt eine so wichtige Rolle in dem großen Ganzen gespielt. Man könnte sagen, dass Leiden an der Basis von allem steht, an der Basis der Prinzipien, auf denen die Vereinigten Staaten im Grunde aufgebaut wurden. Im Grunde die ganze westliche Kultur … Ich weiß, das sind große Worte, aber es geht letzten Endes um Ideen, die aus Leiden, aus den Niederlanden mitgebracht wurden. Freie Meinungsäußerung, Religionsfreiheit, Pressefreiheit … die Trennung von Kirche und Staat, die standesamtliche Ehe neben der kirchlichen … Dieses Erbe hat sich damit als viel dauerhafter erwiesen als das meiste dessen, was andere Kolonisten hinterlassen haben – wenn sie überhaupt etwas hinterlassen haben. Was mich angeht, mein lieber Peter, so erachte ich diese Übereinkunft als mindestens genauso wichtig wie die Unabhängigkeitserklärung. Der Text sollte in allen Klassenzimmern hängen, damit die Schülerinnen und Schüler sich mit dem Inhalt vertraut machen können. Wenn es nach mir ginge, müssten sie Teile davon auswendig lernen, sodass sie ihnen genauso vertraut werden würden wie die berühmten Sätze, die mit ›*We hold these truths to be self-evident, that all men are created equal …*‹ beginnen.«

»Und der Mayflower Compact?«

Tony sah ihn an, erfreut, dass Peter ihm diese Frage gestellt hatte. »Den kenne ich natürlich auswendig: Was dachtest du denn?«

Er richtete den Blick gen Himmel und trug den Text vor wie ein Shakespeare-Schauspieler, der einen Monolog beginnt, mit viel Pathos. Als er fertig war, setzte er sich wieder. »Auch hier gilt: alles für das Allgemeinwohl. Wie ein Körper wird für das Wohlbefinden der ganzen Gemeinschaft gearbeitet.«

Er gab wieder Gas, und sie fuhren in ruhigem Tempo an der Küstenlinie entlang.

»Aber eines verstehe ich immer noch nicht ganz, Tony«, sagte Peter. »Das musst du mir noch einmal erklären. Du bist ein Nachfahre einer dieser Pilgrims.«

»Und darauf bin ich stolz.«

»Als Amerikaner ist die Freiheit eines deiner höchsten Güter. Zugleich redest du ständig über die Gemeinschaft, über Verbindungen, darüber, wie das Individuum sich nach der Mehrheit richten muss, sich manchmal beugen, den eigenen Willen hintanstellen muss. Das ist doch ein Widerspruch?«

Tony sah Peter von der Seite an, als hörte er diesen Einwand zum ersten Mal.

»Aber das ist doch ganz einfach, mein lieber Peter. Wie Charlton Heston es so schön in dem Film ›Die zehn Gebote‹ von Cecil B. DeMille ausdrückt. Sag mir bitte, dass du den Film gesehen hast.«

»Natürlich habe ich ihn gesehen.«

Peter hatte ihn sogar mehrmals gesehen. Die für die damalige Zeit spektakulären Special Effects – besonders die Teilung des Roten Meeres war ein Husarenstück gewesen – wirkten auf den modernen Zuschauer natürlich hoffnungslos veraltet, aber der Film war dennoch bis heute äußerst sehenswert, nicht zuletzt wegen der herrlichen Farben in Technicolor, einer Filmtechnik, die sehr realistische Bilder und satte Farben erbrachte.

»Darin gibt es eine Schlüsselszene, in der Mose – Charlton Heston – zu dem meuternden Volk spricht«, fuhr Tony fort. ›Es gibt keine Freiheit ohne das Gesetz‹, sagte er. Eine Aussage, die eine unglaublich tiefe Weisheit enthält. Auf den ersten Blick scheint es ein Gegensatz zu sein, denn wie kann ein Gesetz Freiheit schenken? Gesetze schränken uns doch ein, sollte man meinen, Gesetze besagen, dass man etwas nicht tun darf oder dass man etwas tun muss. Du darfst nicht stehlen, nicht töten, nicht ehebrechen, nicht lügen und so weiter. Doch die Menschen vergessen, dass wahre Freiheit, hundertprozentige, absolute Freiheit, letzten Endes zu totaler Unfreiheit führt. Denn was passiert, wenn jeder frei ist? Das ist wie eine Klasse ohne Lehrer, oder Studierende, wenn ein Dozent sich nicht durchsetzt. Dann herrscht komplettes Chaos. Es entbrennt ein Krieg jeder gegen jeden. ›Der Mensch ist dem Menschen ein Wolf‹, du kennst Hobbes. Man gerät dann in eine Situation allgemeiner Angst, das Recht des Stärkeren regiert, und niemand kommt mehr zu seinem Recht: Die Menschen sind dann eben nicht mehr frei. Erst innerhalb der Grenzen eines Gesetzes, welches das Verhalten reguliert und in dem Vereinbarungen festgelegt sind, welches Verhalten erlaubt ist und welches nicht, können die Menschen frei sein. Erst dann können sie sich entfalten und ihre Fähigkeiten voll entwickeln. Freiheit kann per definitionem nicht unbegrenzt sein, weil deine Freiheit aufhört, wo die des anderen beginnt.«

Nach einer kurzen Atempause fuhr er fort: »Die Menschen erkennen das oft nicht. Viele Leute glauben, dass Freiheit immer mit Ungebundenheit zu tun hat, keine Bindungen haben, unabhängig sein, uneingeschränkt den eigenen Weg gehen können. Sie erkennen nicht, dass es so nicht funktioniert, dass der Mensch so nicht funktioniert, so nicht funktionieren kann!«

»Das ist für dich ein wichtiges Thema, oder?«

»Ja, das ist ein wichtiges Thema. Und das sollte es für wesentlich mehr Leute sein. Erst innerhalb eines Rahmens kann der Mensch frei sein, aber das verstehen die meisten nicht. Manchmal geht das auf Kosten einer gewissen Souveränität des Individuums, man gibt etwas von seinem Mitspracherecht auf, aber was man dafür zurückbekommt, ist so viel mehr als das, so viel größer als das kleine Ich, das man als Individuum ist. Das haben auch Sam und George nicht verstanden.«

Es war, als griffe eine eiskalte Hand nach Peters Herz.

»Ungefähr hier sind sie über Bord gegangen«, sagte Tony.

»Arme Kerle.« Er starrte auf das Wasser. »Was für eine Tragödie«, fügte er noch hinzu, aber sein kühler Tonfall verriet, dass es ihm vollkommen egal war.

Was mache ich hier in Gottes Namen? dachte Peter und stand auf. Die Küste war jetzt kaum noch erkennbar. Ein dünner Streifen teilte die große graue Wasserfläche des Meeres und den dunkelblauen Himmel darüber in zwei Teile, als hätte ein Maler mit den minimalen Mitteln abstrakter Kunst die Küste darstellen wollen.

Ich muss hier weg!

»Sollen wir jetzt mal nach Hause fahren?«, fragte er so ruhig wie möglich. »Ich weiß es wirklich zu schätzen, dass du noch mehr von deiner kostbaren Zeit für mich geopfert hast, Tony, aber ich bin auch noch mit meiner Freundin Judith verabredet. Sie wartet auf mich.«

Letzteres war natürlich eine Lüge. Judith hatte eine Präsentation heute Abend und würde erst spät nach Hause kommen.

»Natürlich, Peter«, sagte Tony, aber der Ton in seiner Stimme beruhigte Peter keineswegs. »Nur noch eines …«

»Und das wäre?«, fragte Peter.

»Was ist der wahre Grund, warum du in die Vereinigten Staaten gekommen bist? Warum bist du nach Boston geflogen? Warum wolltest du den Tempel der Freimaurer besuchen?«

Peter sah ihn forschend an. »Wie meinst du das? Ich bin hierhergekommen, um Judith zu …«

»Lüg mich nicht an!«, schrie Tony. Die Verwandlung war so drastisch und unerwartet, dass sich Peter vor Schreck hinsetzte.

»Was …«

»Lüg mich nicht an! Warum wolltest du dich mit mir treffen? Warum wolltest du mich besuchen? Warum musstest du dich unbedingt einmischen?«

»Einmischen? In was? Wovon redest du?«

»Hältst du mich für blöd? Hältst du mich für einen Idioten?«

»Entschuldige, Tony, aber das ist doch lächerlich. Ich weiß nicht, was dir einfällt, aber das ist absurd. Bring mich nach Boston, sofort!« Peter stellte sich wieder hin.

»Hast du wirklich geglaubt, dass ich dich jetzt noch gehen ließe?«

»Was willst du damit sagen?«

Tony lachte gekünstelt.

»Hast du geglaubt, ich wüsste nicht, dass du hier bist, um herauszufinden, was in Leiden mit Coen passiert ist? Und mit Yona?«

Peter erschauerte.

»Und was in Jerusalem passiert ist?«

»Was hast du …«

»Mein Gott! Du bist wirklich ein schlechter Schauspieler, Peter. Glaubst du wirklich, du könntest mich verarschen?«

Sehnsüchtig schaute Peter hinüber zur Küste.

Es ist zu weit, um bis dorthin zu schwimmen. Außerdem … Was für einen Sinn hätte es, über Bord zu springen, wenn er mich mit dem Motorboot verfolgen kann? Und mich überfährt …

»Tony …« Peter versuchte, so ruhig wie möglich zu klingen. »Du bist in Ordnung, wirklich, aber ich habe absolut keine Ahnung, was du meinst. Was soll diese Sache mit Coen und Yona?«

»Hast du wirklich geglaubt, es sei ein Unfall gewesen, dass Sam und George hier ertrunken sind?«

Das läuft alles, alles furchtbar schief …

»Hier!«, rief Tony. Er zog sein Hemd aus und drehte seinen Oberkörper Peter zu. »Hier!«, rief er noch einmal und deutete auf eine Stelle auf seiner linken Brust.

Peter erstarrte, als er sah, was Tony meinte.

Ein tiefschwarzes Tattoo.

»Glaubst du wirklich, ich wüsste nicht, warum du wirklich hier bist?« Tony flüsterte jetzt, aber seine leise Stimme wirkte weitaus bedrohlicher als sein Geschrei von eben.

»Hältst du mich für blöd?«, wiederholte er, lauter jetzt.

»Nein, Tony«, erwiderte Peter. »Wie kommst du darauf? Ich glaube keineswegs, dass du …«

»Du und deine Freundin, ihr habt zufällig die Leiche von Coen gefunden«, sagte er. »Und ›zufällig‹ warst du bei dem Spaziergang mit Jeffrey dabei. Und ›zufällig‹ bist du nach Boston gekommen, um deine Freundin in Harvard zu besuchen. Und ganz ›zufällig‹ hast du auch die Freimaurer besucht.«

Immer heftiger markierte er die Anführungszeichen mit Zeige- und Mittelfingern in der Luft.

»Und ebenfalls ganz ›zufällig‹ dachtest du, es wäre doch nett, einen Tagesausflug mit mir nach Plymouth zu machen.«

»Was redest du denn da?« Peter fing jetzt auch an zu schreien.

»Glaubst du, ich hätte nicht gemerkt, dass du verdeckt ermittelst? Dass der einzige Zweck deines gesamten Besuchs darin besteht, mich zu verfolgen?«

Er ist wirklich verrückt.

»Aber, Tony …«, sagte Peter. »Ich bin Dozent an der Universität. Ich lehre …«

»… ganz ›zufällig‹ über die Pilgerväter! Die perfekte Tarnung!«

»Tony, du liegst wirklich falsch. Ich weiß nicht, wovon du redest.«

»Sam und George … Sie waren völlig ahnungslos …«, sagte Tony, plötzlich viel ruhiger, als ob er dieses Thema als erledigt betrachtete. »Sie kannten mich natürlich gut. Wir waren Mitglieder derselben Gesellschaft, desselben Clubs. Über dreitausend Jahre alt, seit dem Exodus, eine auserwählte Gruppe. Geheimes Wissen. Wenn du wüsstest!« Tony schien an die letzte Begegnung mit Sam und George zurückzudenken.

Ich sitze hier fest.

Peter dachte fieberhaft nach.

Ich muss ihm in allem zustimmen. Und ihn so lange wie möglich am Reden halten, ihn in seinem Wahn lassen und ihm nicht widersprechen.

»Ich habe einfach mit meinem Boot, diesem Boot, längsseits angelegt. Es war sterbensleicht!« Er lachte über seinen eigenen makabren Witz. »Ich ging an Bord, schlug Sam nieder und warf George über Bord. Sam war eine Zeit lang ausgeknockt. George hat sich eine Weile gewehrt, als ich ihn unter Wasser drückte und festhielt. Es hat länger gedauert, als ich erwartet hatte. Die Menschen klammern sich so an ihr Leben!«

»Aber warum mussten sie …«

Tony ließ sich nicht unterbrechen, als erleichtere ihn sein Geständnis, so wie man in der Kirche beichtet und froh ist, mit einer bestimmten Sünde nicht mehr allein fertigwerden zu müssen.

»George trieb weg, um bei den Fischen zu schlafen, wie es so schön heißt. Sam kam zu sich … Ich habe ihn auch über Bord geworfen, aber von ihm musste ich vorher noch etwas erfahren. Der Arme, er wusste kaum, wie ihm geschah! Er flehte mich immer wieder an, ihn zu verschonen. Damit das Wissen nicht verloren ging …«

»Welche Art von Wissen? Was meinst du damit?«

»Am Ende erzählte er mir etwas, aber zu wenig!«, rief Tony frustriert. »Seit über dreitausend Jahren wird es mündlich, nur mündlich, weitergegeben. Zunächst wurde es nur in Jerusalem geteilt, aber man begann, das Risiko zu streuen, insbesondere nach der Zerstörung des Tempels in Jerusalem im Jahr 70 n. Chr. Man schickte Leute in den hintersten Winkel des Römischen Reiches, nach England. Von dort brachten die Pilger das Wissen schließlich zunächst mit nach Leiden, später als Pilgrims auf der *Mayflower* nach Amerika und bis nach Boston. Sie versteckten sich in den Logen der Freimaurer. Ich weiß, ich weiß … 1717 traten die Freimaurer in England zum ersten Mal an die Öffentlichkeit, aber in Wirklichkeit existierten sie natürlich schon seit dreitausend Jahren. Seit der Zeit König Salomos.«

Also doch! dachte Peter. Es hat immer wieder Gerüchte gegeben, dass die Freimaurer bis in die Zeit um tausend vor Christus zurückgingen, in die Zeit König Salomos, dem Sohn

König Davids. Abgesehen von seiner großen Weisheit war Salomo für den Bau des ersten Tempels in Jerusalem bekannt. In der Architektur des Gebäudes, so hieß es, waren alle Arten von Geheimwissen verborgen, und zwar so, dass nur Eingeweihte es erkennen konnten. Dort liegen die Wurzeln der Freimaurerei, der Kompass und das Winkelmaß, der raue Stein, der zu einem perfekten Kubus bearbeitet werden muss, um im Tempel der Menschheit verwendet werden zu können.

»Philippe de la Noye, Benjamin Franklin, George Washington …«, fuhr Tony unerschütterlich fort. »Paul Revere, Mark Twain, John Steinbeck, Henry Ford, John Wayne, Harry Truman. Eine Reihe illustrer Namen, daher ist es eine große Ehre für mich, dazuzugehören.« Letzteres klang zynisch. »Die Städte Jerusalem, Leiden und Boston bildeten die Basis, auch wenn die Menschen nicht immer dort lebten. Normalerweise besaßen zwei, manchmal drei Personen in einem Land das Wissen. Ihre einzige Aufgabe bestand darin, es auswendig zu lernen und es unverändert an die nächste Generation weiterzugeben. Lebende Bücher waren sie, Peter.«

»Lebende Bücher?«

Meine Güte, dachte Peter. Darum ging es natürlich in dem Manuskript, das Piet van Vliet gefunden hat! Immer wieder wurden neue Jungen initiiert und dazu ausgebildet, sich das Wissen einzuprägen und es weiterzugeben.

Trotz der Absurdität der Situation konnte Peter für einen winzig kleinen Augenblick die beinahe poetische Schönheit dieses Konzepts des »lebendigen Buches« nachempfinden.

Was für eine brillante Methode, Wissen geheim zu halten!

Für einen Moment kehrten seine Gedanken zu dem Film *Fahrenheit 451* zurück, in dem Aufständische heimlich Bücher auswendig lernten – zu einer Zeit, in der Bücher als gefährlich galten. Doch schon bald wurde er wieder in die Realität zurückgeholt.

»Ich bin auch ein lebendes Buch«, sagte Tony, und ein gewisser Stolz schwang in seiner Stimme mit.

»Sam hat das Wissen an George und mich weitergegeben, damit wir es wiederum weitergeben konnten, wenn der richtige Zeitpunkt gekommen wäre, es zu offenbaren. Manche glaubten, der Tag sei nahe, sodass ich handeln musste. Schon vorher kannte ich die Gerüchte; wie so viele hatte ich die Legenden über die Existenz eines alternativen Wissens gehört, einer alternativen Geschichte. Den wahren Hergang des Exodus, zum Beispiel. Ich habe nie daran geglaubt, ich meine, ich hielt dieses Wissen immer für gefährlich, falls es überhaupt existierte. Aber so war es! Jahrelang habe ich gesucht, bin kleinsten Hinweisen nachgegangen, habe alte Dokumente überprüft, fand aber nichts. Bis ich Sam aufgefallen bin. Er erkannte meinen Eifer, meine Suche nach der Wahrheit. George war damals schon dabei. Und ich wurde Sams Schüler, auch ich wurde eingeweiht, auch mir wurde ein Teil dieses geheimen Wissens geschenkt, Peter. Aber eines konnten sie nicht ahnen. Er hatte ein trojanisches Pferd hereingeholt, einen Wolf im Schafspelz. Ich wollte nur eines: das Wissen erlangen, um es für immer zu zerstören. Wie viele Stunden, Monate, Jahre ich dafür aufgewendet habe! Alles begann in Leiden. Durch eine Wendung des Schicksals landete das Wissen in Leiden, und durch eine Wendung desselben Schicksals schließlich in Boston. Ich ging nach Jerusalem, erledigte zwei, da waren's nur noch vier. Dann kamen Coen und Yona an die Reihe, vier erledigt, da waren's nur noch zwei.«

Auf Peters Brust lastete ein solcher Druck, dass er kaum atmen konnte.

»Bei Coen war es so leicht! Geradezu lächerlich«, höhnte Tony. »Mit diesen vielen Leuten im Gebäude. Ich blieb bis zuletzt im Tempel, weil ich ihn angeblich etwas Vertrauliches fragen wollte. Ich zeigte diskret auf meine Brust, obwohl es gar nicht nötig war. Er erkannte mich, obwohl er mich nie gesehen hatte. Die Wächter wissen von der Existenz der jeweils anderen. Sie wissen, wer die anderen Bücher der lebenden Bibliothek sind. Er hat den Schlag nicht kommen sehen. Er war sofort tot. Das Winkelmaß durch das Herz zu bohren ist schon schwieriger gewesen. Ich musste vorher erst einmal mit einem Messer zustechen, aber meine Wut verlieh mir genügend Kraft. Dann den Zirkel durch die Hände ... Ich bin ein großes Risiko eingegangen, ich weiß, aber die Symbolik war einfach zu verlockend. Als ich die Tätowierung entfernen wollte, hörte ich Schritte auf der Treppe. Ich konnte es nicht zu Ende bringen, das war ein kleiner Schönheitsfehler in meiner ansonsten perfekten Operation. Und später Yona, der natürlich schockiert war, aber er hat mir auch nichts gesagt. Am Ende habe ich ihn mit einem Kissen erstickt. Ich bin mit einem Boot durch eure schönen Leidener Grachten gefahren. Wasser lässt alle Spuren auf einem Körper verschwinden. Leider wurde er sehr schnell gefunden ...«

»Aber du warst doch schon längst in Amerika, als Yona ...«

Tony warf den Kopf zurück und lachte laut, wie ein Wahnsinniger.

»Am Flughafen Schiphol habe ich mich von meiner Gruppe verabschiedet und behauptet, ich würde einen anderen Flug nehmen, weil ich in Leiden noch etwas Unvorhergesehenes zu erledigen hätte. Kommt dir das bekannt vor? Niemand hat das infrage gestellt. Ich fuhr also zurück nach Leiden. Später bin ich über Paris zurückgeflogen, natürlich nicht unter meinem eigenen Namen. Genau wie in dem Gästebuch im Museum heute Nachmittag. Ich habe viele Namen.«

Konnte es so einfach sein? Ob Rijsbergen das nicht überprüft hatte? Und was hatte der arme Herman mit alldem zu tun?

»Und schließlich Sam und George, sechs erledigt. Nur ich bin noch übrig. Mission erfüllt. Und mit mir verschwindet diese Ketzerei.«

»Diese Ketzerei?«

Bleib so lange wie möglich mit ihm im Gespräch, dachte Peter. Lass ihn so lange wie möglich reden.

Unauffällig suchte er mit Blicken das Deck ab, aber es war leer bis auf die Rettungsboje und die beiden Schwimmwesten.

»Diese Ketzerei, ganz richtig!«, fuhr Tony ihn an. »Das war nämlich der wahre Grund für den Konflikt unter den Separatisten in Leiden. Deshalb entschied sich eine so große Gruppe, zurückzubleiben; das waren diejenigen im Umfeld der beiden lebenden Bücher ihrer Zeit. Obwohl natürlich niemand außer den beiden wusste, was dahintersteckte. Sie fühlten sich von dieser freien Interpretation angezogen, vom Loslassen der Tradition, von dem Motto ›jedem seine eigene Wahrheit‹, bei der man die biblischen Geschichten als allegorische Mythen auslegt. Schließlich schlossen sich die lebenden Bücher den Freimaurern an, da hast du also deine Verbindung zwischen diesen beiden Gruppen.«

Das ist verrückt, dachte Peter. Wenn das alles wirklich wahr ist … Das Manuskript aus Leiden ist nur der Anfang. Dann muss die ganze Geschichte, wie wir sie kennen, neu geschrieben werden, nicht nur die der Pilgerväter. Und alles ergibt auf einmal einen Sinn.

»Diejenigen, die nach Amerika gingen«, fuhr Tony ungerührt fort, »die blieben dem wahren Glauben treu. Und das war der eigentliche Grund für ihre Emigration. Das waren diejenigen, die noch wörtlich an die Bibel glaubten, an die Wahrheit der Geschichten, an den Exodus. Sie machten sich, wie einst die Hebräer, auf den Weg ins Gelobte Land, um ein neues Jerusalem zu gründen. Aber an Bord reiste die Lüge mit ihnen, ein Insider, ein lebendes Buch. Er schmuggelte sich auf die *Mayflower* und brachte die Lüge nach Amerika, wie ein Parasit, der sich in einem gesunden Körper festsetzt und ihn von innen angreift. Die Idee war, das Risiko zu streuen, lebendige Bücher im ursprünglichen gelobten Land, in der Alten Welt und in der Neuen Welt zu verteilen. Aber ich habe dem ein Ende gesetzt. Ich bin der Arzt, der für die Heilung gesorgt hat. Und mit mir verschwindet das endlich. Obwohl … Eines wäre da noch …«

Hätte ich das voraussehen können, fragte sich Peter. Es gab doch keine Anzeichen dafür, dass er das alles getan hat, oder?

»Aber Tony, ich wusste von alledem doch gar nichts. Wie hätte ich davon erfahren können? Ich bin nur gekommen, um meine Freundin zu besuchen.«

»Ja, ja …«, sagte Tony. Er klang müde.

»Wir werden das gemeinsam schaffen, Tony«, sagte Peter so ruhig er konnte. »Du hast eine große Last auf deinen Schultern getragen.«

»Du kannst es dir nicht vorstellen, Peter, wirklich nicht. Du hast keine Ahnung.«

»Stimmt, Tony, die habe ich nicht. Geheimnisse können eine Bürde für einen Menschen sein, die viel schwerer ist, als Außenstehende sich das vorstellen können. Jeder hat eine Last zu tragen und manche eine größere als andere. Aber für dich ist es einfach zu viel gewesen, Tony. Du hast geglaubt, das, was du getan hast, wäre notwendig, aber …«

Tony fing an zu lachen, als hätte er nachgedacht und gerade die Pointe eines Witzes verstanden.

»Du denkst jetzt natürlich«, fiel er Peter ins Wort, »ich muss ihm nach dem Mund reden, Tony zustimmen, seinen Wahnsinn mitmachen. Vielleicht funktioniert das in Filmen so, aber nicht in der Realität, Peter. Ich bin nicht blöd.« Er setzte sich auf den Stuhl.

»Nein, nein, Tony, so habe ich das nicht gemeint. Jetzt hör mal, ich arbeite seit über einem Jahr ehrenamtlich in Jeffreys Museum, schon lange, bevor ich überhaupt von dir wusste, stimmt's? Meine Freundin Fay ist vor drei Jahren Ishtar beigetreten. Ich habe sie zu diesem Gästeabend begleitet. Bevor wir gingen, wollten wir uns noch von Coen verabschieden, und da haben wir ihn gefunden. Ich habe die Polizei gerufen und die Sache ihnen überlassen. Ich bin nur ein Dozent, Tony, ich unterrichte Geschichte. Meine Freundin Judith hat vor ein paar Monaten ein Stipendium für Harvard erhalten. Ich kenne sie seit zwanzig Jahren. Ich bin nur gekommen, um sie zu besuchen, das ist alles.«

»Klingt irgendwie plausibel«, sagte Tony mit gesenktem Blick und ließ die Schultern ein wenig hängen.

Peter hatte den Eindruck, dass Tonys Überzeugung und sein Selbstvertrauen schwanden.

»Fay hat mich gebeten, bei den Freimaurern in Boston vorbeizuschauen und ein paar Fotos zu machen«, sagte Peter. »Ich habe das für sie getan. Und heute wollte ich einfach nur die Plimoth Plantation besuchen. Das ist doch ganz normal, wenn man schon mal hier ist, oder? Ich war zum Beispiel auch beim Whale Watching. Daran ist doch nichts Verdächtiges, oder? Und nachdem ich dich in Leiden kennengelernt hatte, war es doch auch nicht abwegig, mich bei dir zu melden, wo ich schon mal in Boston war, oder?«

Tony seufzte tief.

»Das erleichtert mich, ehrlich«, sagte Tony in einem freundlichen Ton, der in krassem Gegensatz zu seiner vorherigen Aggressivität stand. »Aber ein Mann muss tun, was er tun muss.« Er schaute Peter an. »Ich könnte die Texte aus dem Stegreif für dich rezitieren«, sagte er. »Aber du würdest sie sowieso nicht verstehen. Sie sind auf Althebräisch. Zunächst habe ich sie nach Gehör auswendig gelernt, und erst später habe ich ihre Bedeutung erfahren. Es gibt tatsächlich als letzte Rettung eine schriftliche Version des Textes – Sam hat mir das anvertraut. Coen hat dafür gesorgt. Aber nicht einmal während unserer Auseinandersetzung kurz vor seinem Tod wollte Coen mir verraten, wo dieser Text ist. Anscheinend hing er doch nicht so sehr am Leben.«

»Als hättest du ihn am Leben gelassen, wenn er es dir gesagt hätte!«

»Hm, du hast recht, gutes Argument.«

»Aber Tony, jetzt überleg doch mal. Du weißt selbst, dass du mit einem Mord an mir nicht so einfach davonkommen würdest. So viele Leute haben uns zusammen gesehen! Wenn mir etwas zustößt, wirst du als Erster verdächtigt.«

»Alle haben gesehen, wie wir uns verabschiedet haben, Peter. Im Foyer«, erwiderte Tony triumphierend. »Das haben sogar die Überwachungskameras aufgezeichnet. Man hat mich weggehen sehen, und dich hat man gesehen, wie du auf dem Weg zum Bus nach Boston in ein Auto eingestiegen bist. Mit einem Ticket, das ich gleich auf dem Rückweg scannen lassen werde.«

»Aber …«

Oh, mein Gott, er hatte das von Anfang an so geplant!

»Aber«, entgegnete ihm Peter, »dieser Uber-Fahrer, der ist ein Zeuge.«

»Uber-Fahrer?« Tony lachte laut. »Glaub mir, dieser Mann steht bei mir in der Schuld. Er wird sich nicht melden. Für ihn steht viel zu viel auf dem Spiel.«

Plötzlich machte Tony einen Ausfallschritt und stieß Peter hart gegen die Brust.

Peter stolperte rückwärts und fiel über Bord. Der Angriff war so unerwartet gekommen, dass er nicht einmal die Chance gehabt hatte, seinen Mund richtig zu schließen. Er ging unter und fühlte, wie ihm das salzige Meerwasser in die Kehle drang. Prustend tauchte er auf.

Tony lehnte sich über die Reling und packte Peter am Stoff seiner Jacke. Peter versuchte, sich loszureißen, aber er schaffte es nicht. »Tony!«, schrie er laut. »Jetzt mach keinen Scheiß, Mann!«

Aus Tonys Augen sprach ein kühler Hass, als habe er sich nach langem Hin und Her endgültig der dunklen Seite zugewandt. »Wärst du mal schön in den Niederlanden geblieben!« Er spuckte jedes Wort förmlich aus. »Dann wäre nichts passiert! Aber du musstest ja unbedingt …«

»Ich habe von nichts gewusst! Das bildest du dir alles nur ein!« Peter zog die Beine an, um sich am Bootsrumpf abzudrücken, aber seine Füße fanden zu wenig Halt und rutschten ab.

Tony schien sich über seinen nächsten Schritt nicht sicher zu sein. Für einen kurzen Moment lockerte er seinen Griff. Mit einem Fuß schaffte Peter es jetzt, sich vom Boot wegzustoßen. Er hätte Tony fast mit ins Wasser gezogen, aber der ließ ihn los.

Peter schwamm ein paar Meter vom Boot weg. Nicht, dass ihm das leichtfiel; sie waren weit vom Ufer entfernt, und er war jetzt schon müde, was durch die Angst noch verschlimmert wurde. Darüber hinaus waren ihm die lange Hose, das Hemd und die Jacke äußerst hinderlich. Mit einigen Schwierigkeiten schaffte er es, die Jacke auszuziehen. Er versuchte, den Stoff so zu falten, dass sich ein Luftpolster darunter bildete. So etwas hatte er mal in einer Überlebenssendung auf dem Discovery Channel gesehen. Doch die Versuche kosteten ihn so viel Energie, dass er aufgab.

Tony hatte sich ans Steuer seines Bootes gesetzt und den Motor gestartet.

»Hey!«, rief Peter, aber seine geschwächte Stimme konnte das Motorengeräusch kaum übertönen. Zunächst fuhr Tony von ihm weg, aber gleich darauf drehte er. In großen Kreisen fuhr er um Peter herum und schaute ihn dabei die ganze Zeit unverwandt an. Beim Wasserball-Training zu Hause im Hallenbad konnte Peter problemlos eine Viertelstunde lang Wasser treten, aber im kalten Meer und in Alltagskleidung war das etwas ganz anderes.

Tony zog immer kleinere Kreise um ihn, wie ein Hai, der sich seiner Beute nähert. Peter fühlte, wie die Müdigkeit in seinen Beinen mit jeder Sekunde zunahm, als ob ihn jemand nach unten zöge. Als er nur noch knapp zwei Meter entfernt war, stoppte Tony das Boot.

Das kann nicht mein Ende sein, dachte Peter.

Fay …

Er ging mehrmals unter. Aus purer Verzweiflung schwamm er auf das Boot zu und griff mit einer Hand nach dem Rand. Er merkte plötzlich, wie kalt ihm war. Er blickte hoch, als könnte er von dort Hilfe erwarten.

Tony beugte sich nach vorn, die Hände in die Seiten gestützt, ein sardonisches Lächeln um die Lippen. »Du hältst nicht mehr lange durch, Peter«, sagte er. »Gleich gebe ich Vollgas, und dann lässt du los.«

Das salzige Meerwasser brannte Peter in den Augen. Tony beugte sich noch ein wenig weiter vor.

Ich bin so müde …

Es war, als würde noch fester an seinen Beinen gezogen.

Ertrinken soll ein schrecklicher Tod sein, ging es ihm durch den Kopf.

Fay, ich möchte dich so gerne wiedersehen.

Agapé, ich möchte dich so gerne aufwachsen sehen.

Judith, ich möchte dich so gerne im Arm halten.

Ich möchte euch wiedersehen.

Plötzlich wurde Peter von einem so glühenden Hass und Zorn erfüllt, wie er es noch nie zuvor in seinem Leben erlebt hatte. Zum ersten Mal spürte er auch, dass diese beiden Emotionen eine treibende Kraft sein konnten. Es war, als würde neue Energie in seine Beine fließen, gespeist aus einer unsichtbaren Quelle. Er ließ das Boot los, beobachtet von einem immer noch lächelnden Tony, dessen Kopf fast die Reling berührte. Dann begann er zu strampeln, wie er es viele Stunden lang bei Wettkämpfen und Trainingseinheiten getan hatte. Er bewegte seinen Körper von links nach rechts und katapultierte sich mit einer letzten Kraftanstrengung aus dem Wasser. Fast bis zur Taille schaffte er es, sich aus dem Wasser zu stemmen. In derselben Bewegung packte er mit beiden Händen den Kopf des völlig verwirrten Tony und zog ihn an den Ohren nach unten.

Tony schrie vor Schmerz und Schreck auf, fiel vorwärts ins Wasser und tauchte einen Meter vom Boot entfernt wieder auf.

Dies gab Peter die Gelegenheit, mit allerletzter Kraft ein Bein über die Reling zu schwingen und sich an Bord zu hieven. Er hechtete ans Steuerpult, um den Gashebel nach unten zu drücken, aber er verfehlte ihn und knallte mit dem Kopf gegen das Steuer. Schwindelig vor Erschöpfung und Schmerz kniete er sich hin.

Hinter sich hörte er einen Schlag. Er drehte sich um und sah die Hand von Tony, der sich an das Boot geklammert hatte.

Auf Knien rutschte Peter zum Gashebel. Endlich schaffte er

es, ihn zu sich zu ziehen. Das Boot schoss nach vorne, aber der Motor soff daraufhin ab.

Peter blickte sich um.

Es war keine Hand mehr zu sehen. Er drehte den Zündschlüssel. Der Motor stotterte und blubberte, erwachte aber nicht zum Leben. Peter hob die Rettungsboje hoch, die überraschend schwer war. Ängstlich blickte er über den Rand des Bootes, die Boje halb unter den Arm geklemmt, bereit, damit zuzuschlagen, aber er sah Tony nirgends. Vorsichtig umrundete er das kleine Deck und blickte über den Rand, aber es war keine Spur von Tony zu sehen. Schließlich setzte er sich auf den Stuhl.

Was soll ich tun? Ich kann ihn nicht an Bord holen – falls er überhaupt wieder auftaucht. Ich sehe ihn auch nirgendwo. Er hat sechs Menschen getötet. Er ist ein Serienmörder. Aber ich bin kein Mörder …

Er schleuderte die Rettungsboje ins Wasser. Plötzlich hatte er eine Schreckensvision von Tony, der wie ein Phönix aus dem Wasser auftauchte und ihn hinunterzog. Erneut versuchte er, den Motor zu starten. Nun ertönte ein befreiendes Röhren. Er blickte zurück, sah aber immer noch nichts.

»Ich bin ein sehr guter Schwimmer«, hatte Tony gesagt.

Peter drückte den Hebel nach unten, und das Boot schoss nach vorne, wodurch er fast das Gleichgewicht verlor. Mit beiden Händen hielt er das Steuer fest.

Weniger als eine Minute war vergangen, seit er Tony über Bord gezogen hatte.

Wie lange kann ein Mensch unter Wasser bleiben?

Er drückte den Hebel weiter nach unten. Mit beachtlicher Geschwindigkeit sauste das Boot übers Wasser.

Nach einer Weile wurde Peter langsamer und stoppte. Dann stand er auf, griff Tonys Schuhe, die auch seine Socken enthielten, und schleuderte sie ins Wasser, um alle Spuren von ihm zu tilgen. Zum x-ten Mal blickte er zurück. Er sah die orangefarbene Boje wie eine Blumengirlande über einem Seemannsgrab auf den Wellen treiben.

Und was jetzt?

Peter setzte sich ans Steuer und gab erneut Gas. Er hielt zunächst eine Weile Kurs auf die Küste und beschrieb dann eine große Rechtskurve, in die Richtung, wo Boston liegen musste.

Niemand weiß, dass ich hier war. Mehrere Leute haben gesehen, wie wir uns verabschiedet haben. Es gibt sogar Videoaufnahmen davon. Man hat mich in ein Auto einsteigen sehen, und offenbar hat dieser Fahrer ein Geheimnis, das nicht herauskommen darf. Wenn Tony nie wieder auftaucht, wird er glücklich sein. Wenn er erfährt, dass Tony verschwunden ist, wird er sich nicht an die Polizei wenden. Er müsste dann seine eigene Rolle bei seinem Verschwinden erklären. Und morgen fliege ich zurück in die Niederlande. Niemand braucht etwas zu erfahren. Was soll ich tun? Zur Polizei gehen? Sie werden mich verhaften. In einem Land wie Amerika sitzt man monatelang fest, bevor man die Chance hat, seine Unschuld zu beweisen. Es ist leicht, eine Jury gegen einen aufzuhetzen. Ein Ausländer fährt mit einem amerikanischen Staatsbürger, einem Mitglied des Pilgerkomitees, mit dem Boot hinaus aufs Meer – der Amerikaner hat zwar den Makel einer einstweiligen Verfügung gegen ihn und ist bei den Freimaurern rausgeflogen, aber das war eine interne Angelegenheit. Ein vorbildlicher Bürger, ein Patriot … Wer würde mir glauben?

Nach einer Weile sah er in der Ferne die Umrisse von Boston. Mit dem Boot im Hafen anzulegen kam nicht infrage. Dort gab es garantiert überall Kameras, und wahrscheinlich musste man sich zuerst bei einem Hafenmeister melden.

Peter beschloss, direkt auf die Küste zuzufahren und nach einer geeigneten Stelle zu suchen, wo er an Land gehen konnte. Je mehr er sich dem Ufer näherte, desto entschlossener wurde er.

Er wollte mich grundlos töten. Für etwas, von dem er dachte, ich wüsste es. Was für ein Wahnsinniger … auf diese Weise Gott zu spielen … Ich habe das auch getan, aber bei mir war es Notwehr.

Vorsichtig fuhr er mit dem Boot so nahe wie möglich an einen Strand, bis er fühlte, wie der Sand an der Unterseite scheuerte. In der Nähe des Armaturenbretts fand er ein Tuch, eine Art Fensterleder, mit dem er das Lenkrad und den Hebel abwischte. Dann befeuchtete er das Tuch und fuhr damit auch über die gesamte Reling des Bootes. Schließlich schnappte er sich seine Tasche und seine Schuhe und ging vorsichtig von Bord. Er gab dem leeren Boot einen Schubs, sodass es wieder freikam und abdriftete. Er ließ das Tuch, das er noch in den Händen hielt, im Wasser liegen. Wenn das Boot gefunden wurde, würde es die Polizei wahrscheinlich von selbst zu Tony führen – jedenfalls, wenn es auf seinen Namen angemeldet war. Und sollte seine Leiche gefunden werden, würde man wahrscheinlich in den Kreisen der Freimaurer nach dem Täter suchen, denn schließlich war er im Streit aus der Gemeinschaft ausgeschieden. Und falls die Polizei auf ihn käme, konnte er wahrheitsgemäß sagen, dass er sich im Museum von Tony verabschiedet habe, weil dieser in Plymouth noch etwas zu erledigen hatte.

»Nein«, würde er sagen. »Er hat mir nicht gesagt, um welche Angelegenheiten es sich handelte. Ich war überrascht, denn ich dachte, wir würden gemeinsam zurück nach Boston fahren. Es schien also um etwas Unerwartetes zu gehen, etwas Dringendes. Ich bin mit dem Bus zurück nach Boston gefahren, von der Bushaltestelle an der Pilgrims Road aus. Der Bus hatte Verspätung, also drängte mich der Fahrer, schnell einzusteigen. Er hat mein Ticket nicht kontrolliert.«

Am Strand zog Peter sein Hemd aus und wrang es aus. Es kam erstaunlich wenig Wasser heraus. Wegen des starken Windes auf dem Boot war seine Kleidung bereits etwas getrocknet. Er zog sein Hemd wieder an und seine Schuhe ebenfalls. Er überprüfte seinen Rucksack, der immer noch seine Brieftasche und andere Dinge enthielt. Dann nahm er die Windjacke heraus, weil es ihm plötzlich etwas frisch vorkam.

Nur jemand, der sehr genau hinsah, konnte erkennen, dass

seine Hose ziemlich nass war. Ansonsten sah es aus, als trüge er eine sehr dunkle Jeans.

Aber als ob die Leute darauf achten würden …

Es war eine Wohltat, die trockenen Socken anzuziehen, die er vor dem Betreten des Bootes in seine Schuhe gesteckt hatte, und wieder festen Boden unter den Füßen zu spüren.

Ich habe einen Menschen getötet, ging es ihm durch den Kopf.

Wahrscheinlich habe ich einen Menschen getötet, korrigierte er sich. Werde ich damit durchkommen? Kann ich damit leben?

Langsam ging er den absolut menschenleeren Strand entlang bis zur nächsten Straße. Er fühlte sich wie der Student Raskolnikow in »Schuld und Sühne«, der die Treppe hinuntersteigt, nachdem er einen abscheulichen alten Wucherer umgebracht hatte. Raskolnikow schien zunächst ungeschoren davonzukommen, das perfekte Verbrechen … Anfangs hatte er keine Schuldgefühle, bis ihn irgendwann sein Gewissen zu plagen begann.

Peter lachte, als er das Namensschild des Strandes sah: EGYPT BEACH.

Das Wissen, das geheime Wissen von Jahrhunderten ist in den Wellen des Ozeans verschwunden. Was das betrifft, hat Tony sein Ziel erreicht. Aber dieses Dokument, von dem er gesprochen hat. Wo könnte das sein?

Er schlug eine Straße namens Egypt Beach Road ein. Peter wusste nicht genau, wo er war und wie er am besten nach Hause kam. Am besten war es, wenn er nicht von zu vielen Leuten gesehen wurde.

Aber wie viele Leute erinnern sich an ein Gesicht, das sie nur einmal gesehen haben?

Auf gut Glück bog er rechts in die Hatherly Road ein. Entlang der Straße standen viele Bäume, zu seiner Linken schien sogar ein ganzer Wald zu sein, aber bald stieß er auf vereinzelte Häuser.

Wieder bog er in die erstbeste Straße ein, diesmal links. Er überließ sich ganz dem Zufall.

Nach etwa zweihundert Metern passierte er eine katholische Kirche. Draußen stand ein großes Schild:

KATHOLISCHE KIRCHE
Freunde von St. Frances Xavier Cabrini
Schutzpatron der Einwanderer

Gerade als er überlegte, wie er weiter vorgehen sollte, fuhr ein Jeep-ähnliches Auto vom Grundstück.

Er sah wahrscheinlich ein wenig hilflos aus – oder der Fahrer im Auto war als guter Katholik dazu erzogen worden zu helfen, wem immer er konnte –, denn das Auto hielt an. Das Fenster auf der Fahrerseite ging herunter.

Ich kann jetzt wohl kaum wegrennen.

»Kann ich Ihnen helfen, Sir?«

»Na ja«, sagte Peter. »Ich habe mich ehrlich gesagt ein bisschen verlaufen. Ich war am Strand, Egypt Beach. Heute Morgen bin ich mit Freunden dorthin gefahren. Ich wollte mit öffentlichen Verkehrsmitteln zurück nach Boston fahren.«

»Mit öffentlichen Verkehrsmitteln?« Der Mann, ein freundlich aussehender Fünfziger, sah ihn an, als würde er ihm am liebsten einen Vortrag über den Zustand des öffentlichen Personennahverkehrs in den USA halten.

»Um diese Zeit, Sir … Es ist schon nach fünf.«

»Ich weiß. Es ist schwierig, nicht wahr?«

»Wissen Sie was? Steigen Sie ein. Ich fahre ein ganzes Stück in Richtung Boston. Unterwegs kann ich Sie am JFK/UMASS absetzen, das ist eine U-Bahn-Station.«

Peter ging hinüber auf die Beifahrerseite.

Dieser Typ wird sich natürlich an mich erinnern, dachte er. Aber wegzulaufen wäre noch verdächtiger … Bis Tony gefunden wird – wenn er überhaupt gefunden wird –, bin ich schon längst weg. Bevor er einstieg, holte er eine Plastiktüte aus seinem Rucksack und legte sie auf den Beifahrersitz.

Der Mann nickte zufrieden.

»Waren Sie schwimmen?«

»Ja, und ich habe noch meine Badehose an, alles ist ein bisschen feucht.« Der Name JFK/UMASS kam ihm bekannt vor. Er hatte ihn schon oft gelesen; es war eine der Haltestellen der U-Bahn-Linie, mit der er von Harvard zur South Station fuhr.

»Das ist die Red Line, oder?«, fragte er.

»Stimmt«, sagte der Mann. »Sie kennen sich hier ja schon gut aus. Wo wohnen Sie?«

»Im ... oje, wie heißt es noch mal?«

Als er mit Judith zum Whale Watching gefahren war, waren sie an mehreren großen Hotels mit Blick auf die Bucht vorbeigefahren.

Je weniger dieser Mann weiß, desto besser.

»Tut mir leid, ich war in letzter Zeit in so vielen Hotels«, sagte Peter. »Irgendetwas mit Waterfront.«

»Ah, bestimmt das Westin Boston Waterfront, oder?«

»Ja, das ist es.«

Der Mann lächelte. »Ein schönes Hotel. Ich habe davon gehört.«

»Stimmt«, antwortete Peter. »Wie nett von Ihnen, mich mitzunehmen, nebenbei bemerkt. Ich hätte nicht gewusst, was ich sonst hätte tun sollen.«

»Wir versuchen doch immer, Menschen in Not zu helfen, nicht wahr?«

Ansonsten sprachen sie auf dem Weg zur Haltestelle nicht mehr miteinander. Peter war einfach zu müde.

Einige Zeit später setzte ihn der Mann an der U-Bahn-Station ab.

Peter dankte ihm noch einmal, nahm die Plastiktüte vom Sitz und schloss die Tür. Als er zum Eingang der U-Bahn-Station ging, nahm er seine Mütze aus dem Rucksack. Er zog den Schild tief ins Gesicht, um seine Augen zu verdecken, und ging durch eine Tür, die sich quietschend öffnete. Gegen einen Pfeiler gelehnt wartete er auf die U-Bahn, die ihn nach Harvard bringen würde. Er hatte sein U-Bahn-Ticket ein paarmal gefaltet, damit er es in zwei Hälften reißen konnte.

Morgen brauche ich es sowieso nicht mehr. Und ich weiß nicht, ob man anhand der Fahrkarte erkennen könnte, wo und wann ich jeweils ein- oder ausgestiegen bin.

Er deponierte die Überreste in zwei verschiedenen Mülleimern, bevor er in die inzwischen eingetroffene U-Bahn stieg.

Es gab also noch ein Dokument.

Ein Dokument, für das Tony über Leichen gegangen wäre.

Buchstäblich.

Auf irgendeine seltsame Weise war Peter klar, dass er wusste, wo er suchen musste, aber er hatte keine Ahnung, wie er dieses Wissen abrufen sollte.

Wenn dieses geheime Wissen verloren geht, dann hat Tony gewonnen, ein Sieg über das Grab hinaus. Wenn ich das Dokument finde, rette ich das Wissen, dem Coen, Yona und all die anderen ihr Leben gewidmet haben. Und wofür sie schließlich sogar ihr Leben gegeben haben.

Die Teile des Puzzles kreisten noch immer um ihn herum, als stünde er im Auge eines Tornados. Seinem Gefühl nach bewegten sie sich immer langsamer und langsamer, als ob jemand einen Zeitlupenknopf gedrückt hätte, um sehr bald an die richtige Stelle zu fallen.

32

Lebende Bücher ...

Peter versuchte, die Informationen zu ordnen, die Tony ihm offenbart hatte.

Ob das alles wirklich stimmt?, ging es ihm durch den Kopf. Oder ist Tony ganz einfach nur verrückt gewesen? Ein Mann mit einem verwirrten Geist?

Schließlich hatte er unter anderem geglaubt, Peter habe ihn durchschaut und sei deshalb in die USA gereist. Auf der anderen Seite war die Tätowierung echt gewesen, und die Geständnisse hatten so ... aufrichtig geklungen.

In Filmen oder Büchern fand Peter es immer so unrealistisch, wenn sich der Mörder die Zeit nahm, seinem zukünftigen Opfer seine Motive zu erklären oder mit seinen anderen Morden zu prahlen – ein bekannter Trick des Regisseurs oder Autors, um dem Publikum entscheidende Informationen zu vermitteln. Aber jetzt wusste Peter, dass es wirklich so sein konnte. Der Mörder beichtete seinem nächsten Opfer, dass er seine Geheimnisse wenig später mit ins Grab nehmen würde.

Seit Jahrhunderten – seit über dreitausend Jahren, hatte Tony gesagt – gab es also lebende Bücher, die ein bestimmtes geheimes Wissen weitergaben. Worin dieses Wissen bestand, hatte Tony nicht gesagt. Aber da Tony ständig auf den Exodus angespielt hatte, musste es etwas damit zu tun haben. Außerdem ... Vor dreitausend Jahren hatte der Überzeugung der Gläubigen nach der Auszug aus Ägypten stattgefunden, also um 1400 oder 1200 vor Christus. Und dieses Wissen wurde in

Gemeinschaften bewahrt, die später als Freimaurer bekannt wurden.

An drei Orten sollte das Wissen angeblich gehütet worden sein. In Jerusalem – immer wieder Jerusalem –, in England und dann durch die Pilger in Leiden und von Leiden aus in Amerika. Sechs lebende Bücher waren verschwunden, die ihr Wissen nicht mehr weitergeben konnten. Wenn alles stimmte, war Tony das letzte lebende Buch.

Oder das letzte lebende Buch gewesen.

Aber es gab noch ein schriftliches Dokument.

Irgendwo.

Ich muss Rijsbergen informieren. Aber nicht … nicht bevor ich die USA verlassen habe. Rijsbergen wird nicht sagen: »Ausgezeichnet, mein lieber de Haan, saubere Ermittlungsarbeit. Kommen Sie nach Leiden, hier besprechen wir die Einzelheiten.« Als aufrechter Polizist würde er natürlich darauf bestehen, dass ich mich der örtlichen Polizei stelle.

Peter hatte aber auch den Dokumentarfilm *The Making of a Murderer* gesehen, in dem alle Beweise zugunsten eines Verdächtigen systematisch verschleiert wurden. Wie oft las man in der Zeitung von Verdächtigen, die jahrzehntelang fälschlicherweise im Todestrakt gesessen und auf eine DNA-Analyse gewartet hatten, um ihre Unschuld zu beweisen?

Zu Hause würde er Rijsbergen alles erzählen. Dann würden sie überlegen, welche weiteren Schritte unternommen werden mussten, aber in diesem Fall wäre er zumindest sicher in Leiden, geschützt durch das niederländische Recht.

Inwieweit würde ich für diese Tat verantwortlich gemacht werden? Würde es als Notwehr gelten? Oder wäre es trotz allem strafbar, jemanden zwei Kilometer vor der Küste im Wasser zurückzulassen?

Die Tatsache, dass er die Rettungsboje ins Wasser geworfen hatte, konnte er auf jeden Fall zu seiner Verteidigung vorbringen. Jeder würde verstehen, dass man keinen Mann an Bord holte, der einen töten wollte.

Das Rütteln der U-Bahn riss ihn aus seinen Gedanken. Es waren nur noch ein paar Stationen bis Harvard.

Als er ausstieg, versuchte er, sich so unauffällig wie möglich zu bewegen, aber ständig rechnete er damit, dass eine raue Stimme schrie: *Sie sind verhaftet! Hände dorthin, wo ich sie sehen kann!* Gefolgt von den bekannten Worten: *Sie haben das Recht zu schweigen. Alles, was Sie sagen, kann und wird vor Gericht gegen Sie verwendet werden.*

Wieder an der Oberfläche, stellte er fest, dass er einen Riesenhunger hatte. Auf der Bahnhofsuhr sah er, dass es kurz vor acht Uhr war.

Tony und er hatten vor zwölf in der Plimoth Plantation zu Mittag gegessen, aber nur eine Kleinigkeit.

Es schien alles so schrecklich lange her zu sein.

Seltsamer Gedanke, dachte Peter, dass Tony schon da plante, mich loszuwerden. Wie krank muss man sein, um einen ganzen Tag mit jemandem zu verbringen, den man töten will, wie eine Katze, die mit einer Maus spielt, so lange, bis sie genug davon hat?

Seine Jeans waren noch feucht, aber nicht mehr klatschnass. Er beschloss, die Windjacke vorerst anzubehalten.

Es wurde bereits dunkel. Er hätte zu Judith nach Hause gehen können, aber Judith war nicht da, und er wollte jetzt nicht allein sein, als hätte er Angst vor seinen eigenen Gedanken.

Außerdem hatte er Hunger.

Auf dem Weg zu Starbucks folgte Peter der Massachusetts Avenue. Kurz bevor er dort ankam, ging er noch auf einen Sprung in den Harvard Coop. Wenige Tage zuvor hatte er dort das Buch *Keine Posaunen vor Jericho: Die archäologische Wahrheit über die Bibel* der israelischen Archäologen Israel Finkelstein und Neil Asher Silberman gesehen. Er wusste, dass sie ausgiebig über den Exodus und das völlige Fehlen jeglicher archäologischer Beweise für den Auszug aus Ägypten schrieben. Alles, was in letzter Zeit geschehen war, schien auf den Exodus hinzuweisen, sogar die Texte, die Coen bei sich getragen hatte.

Er beschloss, das Buch sofort zu kaufen. Dann hatte er auch gleich etwas zu lesen, wenn er etwas essen ginge.

Peter war noch nie gut darin gewesen, einfach irgendwo herumzusitzen und in die Luft zu starren. Außer wenn er einen Zigarillo rauchte, aber Raucher bildeten hierzulande eine zu vernachlässigende Minderheit, da man sich fast nirgends mehr in Ruhe hinsetzen und rauchen konnte. Er war in den letzten Wochen nur ein paarmal dazu gekommen.

Judith und Peter hatten während seines Boston-Aufenthaltes Stunden in der riesigen Buchhandlung verbracht, die mehrere Stockwerke einnahm. Es gab auch ein Café, in das beide mit ihrer Beute einkehrten, nachdem sie getrennt voneinander auf der Jagd gewesen waren, um dann bei einer Tasse Kaffee eine endgültige Auswahl zu treffen.

Diesmal jedoch ging Peter zielstrebig nach oben zur Abteilung mit den Titeln über Theologie und Archäologie, um speziell dieses Buch zu holen und sofort zu bezahlen.

So etwas wie zu viele Bücher gibt es nicht …

Er bezahlte mit seiner Kreditkarte, die er in den Niederlanden fast nie benutzte, außer um einen Flug zu buchen, Konzertkarten zu kaufen oder dergleichen. In Amerika dagegen bezahlte er sogar eine Tasse Kaffee damit.

Wenn man mich ins Kreuzverhör nehmen würde, würde ich wahrscheinlich nicht lange durchhalten. Wenn ich wirklich mit dem Bus nach Hause gefahren wäre, hätte es ein paar Stunden gegeben, für die ich kein Alibi hätte. Ich könnte allerdings behaupten, ich hätte mich in Judiths Wohnung aufgehalten, und die sei nicht zu Hause gewesen, sodass es leider keine Zeugen gebe. Danach bin ich ausgegangen, um dieses Buch zu kaufen, und habe bei Starbucks etwas gegessen und getrunken.

Er verließ den Laden mit dem Buch unter dem Arm und ging über die Straße zu Starbucks, wo wie immer viel los war. Er holte sich zwei Sandwiches und einen mittleren Milchkaffee und suchte sich einen Platz in der oberen Etage. Zwei Leute standen gerade auf, sodass ein bequemes zweisitziges Sofa mit Blick auf den Harvard Square frei wurde.

Er öffnete den Reißverschluss seiner Jacke, und ein muffiger Geruch stieg daraus hervor, wie von Kleidung, die zwei Tage lang nass in der Waschmaschine gelegen hatte.

Er aß in Ruhe seine Brote und nippte ab und zu an seinem Kaffee. Jedes Mal, wenn er die Augen für einen Moment schloss, sah er die Szene im Wasser wieder lebendig vor Augen, und er merkte, dass er anfing zu hyperventilieren. Er umklammerte fest die Kaffeetasse, um seine zitternden Hände zu beruhigen. Er dachte daran zurück, wie der Hass und die Wut den letzten Rest Energie in ihm freigesetzt hatten, sodass er über sich selbst hinausgewachsen war und sich aus dem Wasser katapultiert hatte, als hätte ihm jemand einen Schubs gegeben. Er sah das verwirrte Gesicht des geistesgestörten Tony vor sich, der erkannte, dass er einen Fehler gemacht hatte, als er sich tief über die Reling gebückt hatte. Peter wusste, dass er das Richtige getan hatte, indem er ihn an den Ohren packte – die Ohrmuscheln waren so empfindlich, dass er völlig machtlos gewesen war. Die Lehrer hatten ihre renitenten Schüler früher nicht umsonst an einem Ohr aus dem Klassenzimmer geschleift.

Wie konnte ich einfach wegfahren? Wie konnte ich jemanden auf diese Weise seinem Schicksal überlassen? Wo ist dieser Verrückte eigentlich gewesen? Wie lange kann ein Mensch überhaupt unter Wasser bleiben?

Peter musste sich zwingen, an etwas anderes zu denken.

Fay.

Es war gut gewesen, dass sie sich eine Auszeit voneinander genommen hatten. Sie hatten sich jeden Tag gemailt und WhatsApps geschickt – und obwohl der Ton oft sachlich gewesen war, hatte es gutgetan, weiter miteinander in Kontakt zu bleiben. Sie hatten einige Male geskypt. Es war schön gewesen, sich zu sehen, aber beide hatten es etwas merkwürdig gefunden. Es hatte etwas Künstliches, sich so zu unterhalten.

Zu Hause konnte man einfach mal zehn Minuten lang nichts sagen, während zum Beispiel beide die Zeitung lasen, aber auf Skype war man gezwungen, weiter zu plaudern. Viel über Banales, aber auch über sich selbst, über ihre Beziehung ... Sie hatten sich vorgenommen, einen Neuanfang zu machen, sobald er zurückkam. Zweimal war auch Agapé ins Bild gekommen, die so begeistert gewinkt und sich so gefreut hatte, als sie Peter sah, dass er auf der Stelle geschmolzen war.

Peter hatte den E-Mail-Austausch zwischen Fay und Coen Zoutman erneut zur Sprache gebracht und ihr gestanden, wie sehr er sich durch diese Geheimniskrämerei ausgegrenzt gefühlt hatte.

Fay hatte sich entschuldigt, aber nicht ganz überzeugend. Ihrer Meinung nach hatten Partner ein Recht auf Geheimnisse, auch innerhalb einer Beziehung. Dass man offen miteinander über alles reden müsse, sei eine überholte Ansicht aus den Sechzigern. Mit einem Partner, der rückhaltlos offen alles erzähle, könne man nicht leben. Wenn jede Irritation, jeder Gedanke, jede Fantasie zum Ausdruck käme, wäre ja kein Ende abzusehen. Jede Fantasie, die man von einem anderen Menschen hätte, jeder Gedanke an ein Leben ohne den anderen, an ein Leben mit einem anderen Menschen ...

»Es ist nur gut«, hatte sie gesagt, »dass du nicht alles über mich weißt. Und dass ich nicht alles über dich weiß.«

Und sie hatte ja recht.

Dieser E-Mail-Verkehr habe sie auch frustriert, weil Coen gestorben sei, bevor er das, was er in seinen E-Mails so vage angedeutet habe, konkretisieren konnte. Etwas Großes sollte geschehen. Er hatte ihr etwas erzählen, etwas Historisches mit ihr teilen wollen. So hatte er sich ausgedrückt, ohne jemals wirklich deutlich zu werden. Wenn sie die Mails noch einmal las, kam sie immer wieder zu dem Schluss, dass sie eigentlich bemerkenswert wenig Inhalt hatten.

Inzwischen hatte Peter allerdings einen Verdacht, in was Fay von Coen hätte eingeweiht werden sollen.

Etwas, was den Besuch in einem Tattoostudio erfordert hätte …

Er hatte seinen Kaffee ausgetrunken. Inzwischen war es draußen ganz dunkel geworden, aber er hatte noch keine Lust, nach Hause zu gehen. Er würde eine leere Wohnung vorfinden, also konnte er genauso gut hierbleiben.

Er nahm das Buch vom Tisch, um den hinteren Klappentext zu lesen.

Kein Auszug aus Ägypten? Keine Posaunen vor Jericho? Jerusalem unter David und Salomo ein größeres Dorf? Archäologen lassen Ausgrabungen ihre eigene Sprache sprechen, ihr dramatisch neues Bild von der Geschichte Israels zwingt zum Umdenken – eine Spurensuche entlang biblischer Geschichten.

Peter suchte das Kapitel über den Exodus und begann, es zu lesen. Für ihn war es nichts Neues, dass die Archäologen auch nach über einem Jahrhundert der Ausgrabungen in der Wüste nicht den geringsten Beweis für die Anwesenheit eines großen Volkes zum Zeitpunkt des angeblichen Exodus gefunden hatten, und auch dass in den ägyptischen Annalen nichts über eine Gruppe von Sklaven zu finden war, die weggezogen wäre. Und davon, wie die Genforschung zeigte, dass die heutigen Juden sich in nichts von den Palästinensern unterschieden, sie also keine verschiedenen Völker waren. Das Volk Israel war einfach einer der Stämme gewesen, die irgendwann einmal die Oberhand gewonnen hatten. Ihre Dominanz hatten sie mit einem umfangreichen mythologischen Sagenschatz gestützt, um damit mehr nationale Einheit rund um den Sturmgott Jahwe – seine Frau Ajsera verschwand irgendwann von der Bildfläche, war aber in Familiennamen wie Asscher immer noch weitverbreitet – und schließlich um den Gottesdienst im Tempel von Jerusalem zu schaffen.

Um ein Band zwischen den Bewohnern eines Landes zu knüpfen, ist es notwendig, eine gemeinsame Geschichte zu haben. Es werden Geschichten gebraucht, die nicht unbedingt wahr sein müssen, Mythen, aus denen der Charakter einer Nation hervorgeht. Bei uns in den Niederlanden sind es der Bataveraufstand gegen die Römer, der Kampf der Niederlande gegen das spanische Reich, das Leiden und der Widerstand der Niederländer im Zweiten Weltkrieg, aber auch die Feier des Königstages, das gemeinsame Anschauen von Spielen der niederländischen Nationalmannschaft, das Gedenken an die Toten am 4. Mai und die anschließende Feier des Befreiungstages.

Die Zeit verging.

Das Sichversenken in den Text hatte eine beruhigende Wirkung auf Peter, und die Gedanken an die schrecklichen Ereignisse auf See rückten etwas in den Hintergrund.

Er versuchte, nicht an Tonys Körper zu denken, der wahrscheinlich im Meer schwamm und auf den Wellen der Gezeiten schaukelte. Nicht an das Boot, das am Egypt Beach aufgelaufen sein könnte und sowieso am nächsten Morgen gefunden werden würde. Morgen um neun Uhr musste er einchecken, das Flugzeug würde zwei Stunden später starten. Zuerst ging es nach New York und von dort aus weiter nach Amsterdam.

Wenn es nur schon so weit wäre …

Er klappte das Buch zu. Ohne dass er es bemerkt hatte, war es um ihn herum viel ruhiger geworden. Das Personal war schon dabei, hier und da aufzuräumen.

Es war kurz vor elf. Sicherlich war Judith inzwischen zu Hause.

Peter verließ das Starbucks. Entlang der hohen Zäune mit den Gitterstäben ging er zu einem Seiteneingang des Campus. Am nächsten Tag würde er ihn durch das Haupttor verlassen.

Schon von unten sah er Licht in den Fenstern von Judiths

Wohnung, im Flur, so schien es. Sie war bereits im Bett, sonst hätte das Licht im Wohnzimmer gebrannt.

Etwas enttäuscht betrat er den Hausflur und ging die Treppe hinauf. So behutsam wie möglich drehte er den Schlüssel im Schloss und öffnete die Tür zu Judiths Wohnung. Das Licht im Flur war in der Tat noch an. Sofort sah er, dass ihre Schlafzimmertür wieder halb offen stand, aber diesmal lag sie ordentlich unter der weißen Bettdecke.

Geräuschlos schloss er die Wohnungstür hinter sich.

Im Badezimmer zog Peter seine Kleider aus, was nicht so einfach war. Es war alles ein bisschen ausgeleiert. Zu Hause würde er seine ganze Kleidung waschen. Aus einem Schrank nahm er trockene Unterwäsche aus einem Regal, das Judith eigens für ihn leer geräumt hatte. Das T-Shirt, in dem er hier schlief, hing an einem Haken an der Innenseite der Badezimmertür.

Wahrscheinlich wird sie sowieso von der Dusche wach …

Er überlegte, sich nur ein wenig am Waschbecken frisch zu machen, aber er hatte das starke Bedürfnis, seinen ganzen Körper abzuspülen, als ob er seine Sünden abwaschen wollte.

Die Dusche wurde schnell heiß. Er trat unter das warme Wasser, das wie so oft eine tröstende Wirkung auf ihn hatte. Er seifte sich ausgiebig ein und schrubbte seinen Körper so heftig, dass seine Haut in Verbindung mit dem heißen Wasser krebsrot wurde.

Was in aller Welt habe ich getan?

Er spülte die Seifenreste weg, stellte die Dusche ab und trocknete sich ab.

Nachdem er sich die Zähne geputzt hatte, schlich er in Unterhose und T-Shirt aus dem Badezimmer.

Judith musste sich hin und her geworfen und gedreht haben, sodass der größte Teil der Bettdecke auf dem Boden gelandet war. Sie lag nun auf der Seite, dem Eingang zugewandt, bekleidet mit einem langen T-Shirt, das ihr fast bis zu den Knien reichte. Ihre Brust hob und senkte sich ruhig.

Peter konnte seine Augen nicht von ihr abwenden. Er hielt sogar die Luft an, als befürchte er, den Zauber zu zerstören, wenn er auch nur atmen würde.

Los, geh schon weiter, sagte er sich und atmete langsam aus. Gerade, als er sich in Bewegung setzen wollte, öffnete Judith die Augen.

»Hey, du«, sagte sie träge und lächelte.

»Hey«, sagte er. »Ich …« Er spürte, dass er errötete. Da stand er in Unterhosen und starrte sie an.

Dirty old man …

Unwillkürlich zog er den Bauch ein.

»Du musst für mich nicht den Bauch einziehen«, sagte sie lachend. Sie war jetzt ganz wach, setzte sich auf und zog die Decke locker um sich. »Komm her und setz dich einen Moment zu mir«, sagte sie. »Erzähl mir, wie dein Tag war.«

Peter trat in ihr Schlafzimmer und versuchte, so zu tun, als wäre es eine ganz normale Situation.

Was soll ich ihr erzählen? Jetzt ist alles vorbei … Je weniger Leute davon wissen, desto besser … Morgen sitze ich im Flugzeug nach Hause.

Er setzte sich auf die Bettkante. »Wie war dein Vortrag?«, fragte er dann. »Ist es gut gelaufen?«

»Ja, es war schön, interessant. Gute Fragen danach, gute Diskussion. Ich glaube, sie waren zufrieden. Sie hatten wohl das Gefühl, dass sie etwas für ihr Geld bekommen haben. Dass sie das Stipendium an die richtige Person vergeben haben. Ich werde noch zwei weitere Artikel daraus machen, also war es insgesamt ein gelungener Abend. Aber was ist mit dir? Du kommst so spät.«

»Ja, es war ein langer Tag«, sagte Peter. »Du musst unbedingt mal die Plimoth Plantation besuchen, das lohnt sich wirklich. Vielleicht mit Mark, wenn er hier ist.«

Sie nickte. »War es nicht zu anstrengend mit diesem Tony?«

Peter musste kurz schlucken. »Nein, es war okay. Er war eindeutig auf seinem Terrain und in seinem Element. Er kennt dort viele Leute. Er hat ständig irgendjemandem die Hand geschüttelt und mich allen vorgestellt, die wir trafen. Am Ende musste er unerwartet noch einiges in Plymouth erledigen, deswegen bin ich allein mit dem Bus zurückgefahren. Ich habe gerade bei Starbucks gegessen und Kaffee getrunken. Und mir ein Buch bei Harvard Coop gekauft.«

»Hast du nicht schon ein Buch?«, scherzte sie lächelnd. Sie legte sich wieder hin. »Es freut mich, dass du einen schönen Tag hattest«, fuhr sie fort, ohne eine Antwort abzuwarten. »Erzähl mir morgen mehr, ich bin ein bisschen müde, tut mir leid.«

»Schon gut«, sagte Peter schnell. »Ist doch in Ordnung. Ich gehe auch schlafen. Muss nur noch kurz mein Bett machen.«

Sie streckte ihren rechten Arm ein Stück unter der Bettdecke hervor und klopfte mit der Hand auf die Matratze.

»Leg dich doch einfach zu mir«, sagte sie mit geschlossenen Augen. »Ist doch viel zu kompliziert, jetzt noch das Bett zu machen.«

Wieder schluckte Peter krampfhaft. »Okay«, sagte er dann ein wenig heiser und räusperte sich kurz. »Mache ich.«

Wie oft habe ich mir das vorgestellt …

Judith öffnete die Augen und lächelte. Einladend hielt sie die Bettdecke hoch, und Peter zog sie vorsichtig ein Stück zu sich hin und über sich.

»Da liegen wir nun«, sagte Judith.

Ja, da liegen wir nun, dachte Peter. Und jetzt?

Er lag auf dem Rücken, die Hände unter dem Kopf gefaltet, ein gezwungenes Lächeln auf den Lippen. Er versuchte, sich so hinzulegen, dass er Judith nicht berührte.

Aber Judith rutschte einfach zu ihm hin. Er streckte den rechten Arm aus, sodass sie ihren Kopf auf seine Brust legen konnte.

Ein Glück, dass ich geduscht habe, dachte er. Sie schlang ihrerseits ihren rechten Arm um ihn, und kurze Zeit später legte sie ihr rechtes Bein über seinen Oberschenkel. »Gute Nacht, lieber Peter«, sagte sie und drückte ihm einen Kuss auf die Brust.

Peter fühlte, wie sich die Wärme ihrer Hand über seine Brust ausbreitete, wie ihre weichen Brüste seitlich gegen seinen Körper drückten und wie sein Oberschenkel mit ihrem warmen Unterleib in Kontakt kam. Vorsichtig bewegte er seinen Arm ein wenig, um ihren Rücken zu streicheln.

Sie reagierte mit einem leisen »mmmm« auf die Liebkosung.

Das fühlt sich so … natürlich an, dachte er. Das fühlt sich so gut an.

»Ich liege wirklich gern hier bei dir, Judith«, sagte er leise. Er war sich nicht einmal sicher, ob sie noch wach war.

»Ja, schön«, murmelte sie, schon im Halbschlaf, wie es schien.

»Ich habe mir das schon so lange gewünscht …«

»Schon lange?« Judith öffnete schläfrig die Augen.

»Ja, schon so lange. Vielleicht von dem Moment an, als du vor zwanzig Jahren in mein Büro gekommen bist.«

Sie lächelte und schloss die Augen wieder. »Ach«, sagte sie.

»Du nicht?«

»Manchmal …«, sagte sie. »Einfach …ja, vielleicht schon … aber das, was wir jetzt haben …«

»Ja?«

»Angenommen, es wäre etwas zwischen uns gelaufen. Wenn es schiefgegangen wäre, hätten wir jetzt wahrscheinlich keinen Kontakt mehr. Und so haben wir eine lebenslange Freundschaft. Das ist doch besser als …« Sie beendete ihren Satz nicht.

Besser als was, fragte er sich. Besser als ein One-Night-Stand oder eine Beziehung, die nach ein oder zwei Jahren zu Bruch gegangen wäre? Wahrscheinlich.

Aber es hatte viele Gelegenheiten gegeben, da hätte er sich liebend gerne für die Option des One-Night-Stands oder der gescheiterten Beziehung entschieden.

»Oder vielleicht hätten wir einmal … na ja, ach …«, sagte sie mit einem kleinen Lachen. »Das ist jetzt …«

»Das ist jetzt?«

»Dafür ist es jetzt zu spät, nicht wahr? Diesen Moment haben wir verpasst. Du hast jetzt Fay, ich habe Mark …« Sie schmiegte sich noch enger an Peter. »Aber das ist wirklich schön«, sagte sie.

Er hörte auf, sie zu streicheln, und legte die Hand auf ihren Po, der sich weich und doch muskulös anfühlte. Er musste den Impuls unterdrücken, sanft hineinzukneifen.

»Gute Nacht, lieber Peter«, sagte sie erneut. Sie gab ihm einen weiteren Kuss auf die Brust, den er mit einem Kuss auf ihr Haar beantwortete.

»Gute Nacht, liebe Judith«, sagte er. Er traute sich kaum, sich zu bewegen. Sanft drückte er seine Lippen noch einmal auf ihren Scheitel. Er roch ihren Duft, der ihm so vertraut war.

Was wäre, wenn? dachte er. War ihr: Dafür ist es jetzt zu spät, nicht wahr?, eine Feststellung oder eine offene Frage?

Wie wäre es, wenn er sie jetzt in einer fließenden Bewegung auf sich ziehen würde?

Erst würden wir uns nur in den Armen liegen, stellte er sich vor. Dann einige forschende Küsse in den Nacken des anderen, dann höher und höher … um die Ohren, die Wangen … ein sanfter Kuss auf die Lippen des anderen, dann umarmen wir uns wieder, und dann, wie etwas, das sich nicht vermeiden lässt, werden unsere Münder wie zwei Magnete wieder voneinander angezogen. Zuerst wieder die sanften Küsse, sanfte Bisse in die Lippen des anderen, unsere Zungen berühren sich, noch nicht ganz überzeugend. Und dann, wer fängt an? Dann würden wir uns küssen wie verrückt, uns fast zerbeißen, uns von Zeit zu Zeit anschauen … Passiert das wirklich? Wir? Endlich, nach all den Jahren! Dann das Lachen, das sich in ein leises Stöhnen verwandelt. Meine Hände unter ihrem T-Shirt, über ihren Rücken, über ihren Po. Sie richtet sich halb auf, versucht, ihr T-Shirt auszuziehen, während wir uns weiter küssen … wunderbar ungeschickt … rote Flecken am Hals … Ich ziehe auch mein T-Shirt aus. Sie hilft mir. Dann ist sie aus ihrem raus … Sie trägt einen Tanga mit einer gestickten Blume darauf … So süß … dann endlich …

Zwei Körper, ein Begehren. Sie legt sich auf mich, ihre schönen Brüste an meiner Brust, weich, warm … Sie richtet sich halb auf, sodass ihr Körper vom Mondlicht beschienen wird. Unsere Bäuche aneinander, unser Unterleib. Meine Erektion ist mir im Weg … »Mmmm«, tönt es sanft in meinem Ohr. Sie lächelt. »Ich glaube, das gefällt da unten jemandem.« Sie streichelt mich neckisch im Schritt … Es tut zwar weh, aber was für ein angenehmer, was für ein süßer Schmerz. Und wir schämen uns nicht voreinander … Siehe, meine Freundin, du bist schön! Siehe, schön bist du! Deine Lippen sind wie eine scharlachfarbene Schnur und deine Rede lieblich. Deine zwei Brüste sind wie zwei junge Rehzwillinge, die unter den Rosen weiden. Du verzauberst mich. Mit nur einem Blick deiner Augen verzauberst du mich. Komm her, meine Liebste …

Ich vergrabe mein Gesicht zwischen ihren Brüsten, während sie mit der Hand durch mein Haar wühlt. Mit einer Hand umfasse ich eine Brust. Ich nehme eine Brustwarze zwischen Daumen und Zeigefinger und drücke sie sanft zusammen. Prompt wird sie hart. Sie schmiegt sich enger an mich, drückt ihren Unterleib gegen meinen … Von der einen Seite des Bettes rollen wir langsam auf die andere Seite und wieder zurück, als lägen wir an der Flutlinie und die Brandung würde mit unseren Körpern spielen … meine Hand auf ihrem Po, in ihrem Höschen, ihre nackte Haut … ihr fester, muskulöser Po, der trotzdem weich ist … Ich knete ihn sanft … Sie hilft mir, ihren Slip auszuziehen, sie mit einer Hand, ich mit einer … dann meinen … Sie rollt von mir herunter … Ich streichle ihren Bauch, sehe, dass sie unten nur einen kleinen Streifen Haare hat. Sie nimmt meine Hand und führt sie dorthin …

Dann rollt sie sich schließlich wieder auf mich. Sie sitzt auf mir, wie ich es mir in meinen Fantasien so oft vorgestellt habe. Ohne Worte werden wir eins, sehen einander fest und voller Liebe an und glauben kaum, dass dies nach all den Jahren passiert. So natürlich …

Die Zeit würde in diesem Moment stillstehen, und auf der Stelle zu sterben wäre nicht einmal die schlechteste Option …

Peter seufzte tief.

Judith war eingeschlafen.

Ich liege hier und mache mich ein bisschen verrückt, dachte er. Er hoffte, dass es sie nicht gestört hatte, dass sich seine Brust immer heftiger hob und senkte, aber es kehrte wieder Ruhe ein, je mehr er seine Atmung unter Kontrolle bekam.

Peter dachte an Fay.

Und an Mark.

Allmählich habe ich auch so meine Geheimnisse … Aber was ist denn eigentlich passiert?

Mit dieser Frage versuchte er, seine aufkommenden Schuldgefühle zu verdrängen.

Es ist eigentlich nicht okay …

Das wusste Peter natürlich.

Wenn Fay oder Mark in diesem Moment hereinkämen …

Vorsichtig zog er seinen Arm unter Judiths Kopf weg. Sie blinzelte kurz, drehte sich auf die andere Seite und schlief weiter.

Er fühlte sich schuldig, nicht so sehr gegenüber Fay oder Mark, sondern eher gegenüber Judith. Dass er sich in seiner Fantasie so hatte gehen lassen, während sie sich aus reiner Freundschaft an ihn gekuschelt hatte.

Ihre Bemerkung: »Oder vielleicht hätten wir einmal …« hatte ihn natürlich getriggert. In all diesen Jahren hatte er nie wirklich daran gedacht, dass sie vielleicht die gleichen Gefühle für ihn gehegt haben könnte wie er für sie.

Aber das spielt jetzt keine Rolle mehr.

Peter lag eine Weile wach und lauschte Judiths Atem. In seinem Kopf rangen die Bilder seiner Fantasie von eben mit denen des Kampfes gegen Tony um die Oberhand. Am Ende erwies sich das Bild von ihm und Judith als das stärkere. Nach einiger Zeit schlief auch er ein.

Als er aufwachte, war es bereits hell. Der Platz im Bett neben ihm war leer. Er sah Judiths Schlafshirt zerknittert auf dem Boden liegen.

Aus der Küche ertönte das Blubbern der Kaffeemaschine.

Peter richtete sich auf und schaute auf den Radiowecker. Sieben Uhr morgens. Entweder hatte er den Wecker nicht gehört, oder sie hatte ihn ausgeschaltet, bevor er losgegangen war.

Um halb neun würde ein Taxi auf ihn warten, es blieb also noch genügend Zeit. Der größte Teil seines Koffers war bereits gepackt. Er musste nur noch die schmutzige Wäsche von gestern sowie ein paar Bücher und Toilettenartikel hineinlegen.

»Na, du Schlafmütze?«, sagte Judith, die trotz der frühen Stunde blendend aussah.

»Hey«, sagte er und ging zu ihr. Er umarmte sie kurz, und sie drückte ihn auch, ließ ihn aber zuerst los.

»Ich gehe mal meine Sachen packen«, sagte er.

»Tu das. Der Kaffee ist fast durch. Dann frühstücken wir noch zusammen, ja?«

»Gern«, sagte er. »Ich hole nur schnell mein Handy; gestern habe ich es liegen gelassen.«

»Ich habe meines gestern auch vergessen, nachdem ich von der Bibliothek zurückgekommen bin«, sagte Judith. »Ich habe zu Hause nur schnell einen Happen gegessen, und dann bin ich zu der Präsentation gegangen.«

Peter nahm sein Handy vom Ladegerät. Er sah sofort, dass er alle möglichen Nachrichten erhalten hatte. WhatsApps von verschiedenen Leuten, von Fay natürlich, die immer ungeduldiger wurde, je länger seine Antwort ausblieb. Und er hatte eine E-Mail von Rijsbergen:

Willem Rijsbergen 16:56

Vielen Dank für Ihre Nachricht bezüglich der Morde in Jerusalem. Wir hatten die Verbindung inzwischen auch hergestellt. Zunächst hatten wir uns nur auf Leiden konzentriert, aber jetzt beschäftigen wir uns auch damit. Außerdem verfolgen wir die Entwicklungen im Zusammenhang mit den vermissten Personen in Boston.

Die Nachricht war gegen fünf Uhr nachmittags verschickt worden.

Da war es hier elf Uhr morgens … Tony und ich sind noch auf der Plimoth Plantation herumgelaufen.

Peter schaute auf die Uhr, 7:16 Uhr hier, also 13:16 Uhr in den Niederlanden.

Er schickte eine Nachricht zurück.

7:16

Es freut mich, das zu hören. Ich hoffe, das nutzt etwas. Mein Flug geht um 11:00 Uhr. Sobald ich wieder in Leiden bin, werde ich so schnell wie möglich vorbeikommen, um mehr zu erfahren. Mit freundlichen Grüßen, Peter de Haan

Zu Hause werde ich ihm die ganze Geschichte erzählen, dachte Peter.

»Willst du erst packen?«, fragte Judith. »Oder willst du zuerst frühstücken?«

»Ich schreibe nur kurz eine E-Mail an Tony«, entschlüpfte es Peter, ehe er sich versah. »Um mich für gestern bei ihm zu bedanken. Der Abschied war etwas überstürzt.«

Eigentlich gar keine schlechte Idee.

Peter öffnete Tonys E-Mail mit dem Busfahrschein im Anhang und klickte auf »Antworten«.

»Lieber Tony«, tippte er.

Was schreibt man an einen Toten?

Lieber Tony,
zunächst möchte ich mich bei dir recht herzlich für den interessanten und lehrreichen Tag gestern in Plimoth Plantation und Plymouth bedanken! Schade, dass wir uns so überstürzt

verabschieden mussten, und ich hoffe, dass du alles erledigen konntest. Meine Busfahrt nach Boston hat gut geklappt, danke für das Ticket!
Wann kommst du mal wieder nach Leiden? Ich hoffe wirklich, dich dort wiederzusehen.
Fay und ich freuen uns darauf, dich zum Abendessen einzuladen.
Herzliche Grüße
Peter

»Weißt du was?«, sagte Peter. »Ich packe schnell meine Sachen zusammen, das geht ruckzuck.«

Tatsächlich war er in weniger als zehn Minuten mit dem Packen fertig. Sein Koffer war etwas voller als bei seiner Ankunft. Zwar hatte er Geschenke für Judith mitgebracht, aber dafür hatte er hier einen ordentlichen Stapel Bücher gekauft. *Keine Posaunen vor Jericho* legte er oben in seinen Rucksack.

Sie tranken Kaffee in der Küche, ein mittlerweile vertrautes Ritual.

»Bist du froh, dass du hergekommen bist?«

»Ja, sehr. Besonders schön fand ich es, so viel Zeit mit dir zu verbringen. Ich glaube, das hat unserer Freundschaft gutgetan.«

»Ja, das stimmt. Und ich bin froh, dass du gekommen bist.« Sie nahm seine Hand und drückte sie. »Na schön«, sagte sie. »Ich will um acht in der Bibliothek sein. Ich habe doch diesen Termin mit dem Professor aus Chicago, von dem ich dir erzählt habe.«

»Ach, ja«, log Peter, der das glatt vergessen hatte. Ein Stich der Eifersucht durchfuhr ihn. »Stimmt ja. Ich freue mich für dich, dass du hier so viele interessante Leute kennenlernst.«

»Du kommst doch klar, oder? Du weißt ja, wo der Taxistand ist. Das Taxi ist für halb neun bestellt.«

»Alles klar.«

Judith verschwand im Badezimmer, um sich die Zähne zu

putzen. Peter räumte den Frühstückstisch ab und stellte alles wieder an seinen Platz.

Als sie ihre Jacke angezogen hatte, umarmte sie ihn. Sie gab ihm drei Küsse, die plötzlich etwas förmlich wirkten, als ob sie ihm zu etwas gratulieren wollte.

»Ich bin froh, dass ich gekommen bin, Judith.«

Sie drehte sich um, nahm ihre Tasche vom Tisch im Flur und winkte ein letztes Mal.

»Guten Flug!«

»Wird schon alles klappen.«

Von Letzterem war Peter nicht ganz überzeugt.

Ich bin heilfroh, wenn ich im Flugzeug sitze, dachte er.

Auch Peter zog seine Jacke an. Jetzt, wo Judith weg war, hatte er keinen Grund, noch länger hierzubleiben. Vielleicht war das Taxi schon da, sodass er früher fahren konnte.

Er schickte eine WhatsApp an Fay.

8:02

So, meine Liebe, Judith und ich haben uns gerade verabschiedet. Bin unterwegs zum Taxi, das mich zum Flughafen bringt. Und dann fliege ich mit 1.000 Meilen pro Stunde zu dir. ♥ ♥ ♥ ♥

Welches Vertrauen Fay und Mark in mich haben. Beide haben keinerlei Problem darin gesehen, dass ich so lange bei Judith bleibe. Und glücklicherweise haben wir ihr Vertrauen nicht missbraucht. Wie hätten wir das tun können?

Peter legte Judiths Hausschlüssel auf den Küchentisch. Noch einmal sah er sich in der Wohnung um, die in den letzten Wochen auch sein Zuhause gewesen war.

Dann ging er nach draußen und schloss zum letzten Mal die Haustür hinter sich.

Als er auf dem Weg zum Taxistand über den Campus ging, kam ihm eine Passage aus der Bergpredigt Jesu aus dem Matthäus-Evangelium in den Sinn:

Ich aber sage euch: Wer ein Weib ansieht, ihrer zu begehren, der hat schon mit ihr die Ehe gebrochen in seinem Herzen. Ärgert dich aber dein rechtes Auge, so reiß es aus und wirf's von dir.

Das Taxi wartete tatsächlich schon. Der Fahrer verstaute Peters Gepäck im Kofferraum, während er sich auf den Rücksitz setzte.

Ohne noch ein Wort zu sagen, fuhr der Fahrer los. Zum Flughafen waren es weniger als zwanzig Minuten, wenn der Verkehr mitspielte, also würde er überpünktlich sein.

»Flug nach Europa, Sir?«, fragte der Mann, als sie bereits unterwegs waren.

»Ja, in die Niederlande«, bestätigte Peter.

»Das ist Terminal A«, sagte der Mann.

Um sich die Zeit zu vertreiben, nahm Peter *Keine Posaunen vor Jericho* zur Hand. Er blätterte zum Quellenverzeichnis, um nachzusehen, welche Bücher die Autoren zurate gezogen hatten. Erst jetzt sah er, dass sich dahinter noch Anhänge mit biblischen Karten von Ägypten, dem Sinai, Palästina und Israel verbargen.

Die Karte des Sinai zeigte den Weg, den die Hebräer bei ihrem Auszug aus Ägypten angeblich genommen hatten – basierend auf dem, was im Exodus darüber geschrieben stand. Sie waren in Richtung des Berges Sinai, auch Berg Horeb genannt, gezogen, wo seit Beginn des vierten Jahrhunderts das Katharinenkloster stand.

Peter studierte die Karte so aufmerksam, als habe ein Künstler ihn gebeten, sein Gemälde kritisch zu betrachten.

Sehe ich das richtig?

Eine Welle der Erregung durchfuhr ihn, nicht sehr viel anders als das Gefühl, das er gestern Abend empfunden hatte.

Ja, ich sehe richtig.

Die Teile des Puzzles wirbelten nicht mehr wild im Kreis herum, sondern sanken langsam herunter und legten sich an ihren Platz.

Peter schloss die Augen.

Der Fahrer warf ihm im Rückspiegel einen Blick zu. »Sind Sie müde, Sir?«

»Nein«, erwiderte Peter und öffnete die Augen. »Aber ich habe gerade meine Pläne geändert«, sagte er, so ruhig er konnte, aber es kostete ihn größte Mühe, seine Aufregung zu verbergen.

Jetzt ist mir alles klar!

»Was haben Sie gesagt, Sir?«

»Ich nehme einen anderen Flug. Bitte bringen Sie mich zu dem Terminal, von dem aus die Flüge nach Nordafrika gehen. Ich fliege nach Ägypten.«

Falls der Mann überrascht war, ließ er es sich nicht anmerken.

»Wie Sie wünschen, Sir.«

Peter legte sein Handy auf den Schoß und blickte hinaus in die Landschaft, die an ihnen vorüberzog.

Natürlich ...

Er kam sich fast dumm vor, dass ihm das nicht früher eingefallen war. Das Geheimnis war *in plain sight* verborgen, wie man auf Englisch sagte.

Vor aller Augen ...

Das Taxi setzte ihn vor dem richtigen Terminal ab. Drinnen folgte Peter den Schildern zum Schalter der Egypt Air.

»Guten Tag«, sagte er zu der Frau am Schalter.

»Guten Tag«, antwortete sie. Sie war eine umwerfende arabische Schönheit mit wundervollen braunen Augen, die durch die Mascara noch größer wirkten, als sie ohnehin schon waren. »Was kann ich für Sie tun?«

»Wann geht der nächste Flug nach Sharm El-Sheik?«

»Ich sehe mal für Sie nach«, sagte Faarouz, wie sie laut dem Namensschild hieß. Schnell hatte sie es herausgefunden.

»In zwei Stunden geht ein Flug, Sir«, sagte sie. »Sie müssten zweimal umsteigen: einmal in New York und einmal in Kairo. Es ist relativ umständlich. Insgesamt dauert die Reise etwa vierundzwanzig Stunden. Reine Flugzeit etwas mehr als sechzehn Stunden.«

Ihre perfekt manikürten Nägel flogen über die Tastatur, während sie hin und wieder etwas anklickte.

»Es sind noch Plätze frei«, sagte sie. »Es wird knapp werden, weil Sie noch durch den Zoll müssen, aber Sie werden es schaffen. Heute ist es nicht so voll. Geben Sie mir bitte Ihren Reisepass?«

Peter reichte ihr seinen Pass und hielt seine Kreditkarte bereit.

Sie trug seine Daten ein. Die schlanken Finger ihrer linken Hand hielten den Pass, mit der rechten tippte sie.

Auf einmal runzelte sie die Stirn.

»Stimmt etwas nicht?«

»Ich muss mal eben etwas überprüfen«, sagte Faarouz.

Es war, als drücke eine unsichtbare Hand Peters Kehle zu.

Weiteratmen, weiteratmen, dachte er und versuchte, so entspannt wie möglich zu lächeln. Heuchle Verständnis ... Das ist die normalste Sache der Welt. Routinekontrolle. Dieser Herr hat nichts zu verbergen.

Sie griff zum Telefon, drückte einfach zwei oder drei Tasten und sagte: »Könnt ihr mal kurz rüberkommen?«

Das klingt nicht gut.

Peter hatte den Impuls, der Frau seinen Pass aus den Händen zu reißen und wegzulaufen.

Er faltete die Hände, um zu verhindern, dass sie zitterten.

»Würden Sie bitte mit uns kommen, Sir?«, ertönte eine raue Stimme hinter ihm.

Eine zweite unsichtbare Hand legte sich um seinen Hals. Langsam drehte er sich um. Er starrte in die unbewegten Gesichter von zwei Polizisten, deren rechte Hand auf dem Holster ihrer Waffe lag.

Er schluckte, erholte sich aber schnell wieder. »Natürlich, kein Problem. Was ist denn los?«

»Würden Sie bitte mitkommen, Sir?«, wiederholte der Mann.

Faarouz gab Peter seinen Reisepass zurück, ohne ihn anzusehen, aber sie nahm Blickkontakt mit den Polizisten auf. In ihren Augen meinte Peter große Erleichterung und Dankbarkeit zu sehen.

»Routinekontrolle, Sir.«

Peter ging zwischen ihnen, den Koffer hinter sich herziehend.

Sie brachten ihn in einen kleinen Raum mit großen Fenstern. Die Jalousien auf der Innenseite der Fenster waren heruntergelassen.

Peter setzte sich, nahm den Rucksack auf seinen Schoß und legte die Hände mit seinem Pass darauf. »Wo liegt denn das Problem, meine Herren?«, fragte er. Ergreif die Initiative, dachte er. *Weder Angriff noch Verteidigung.*

Die Polizisten waren beide junge Männer; er schätzte sie auf Mitte zwanzig. Einer war an der Tür stehen geblieben, der andere hatte sich an einen Tisch mit Computer gesetzt.

»Ihren Reisepass, bitte.«

»Können Sie bitte mir zuerst sagen …«

Das kann nur mit Tony zu tun haben.

»Wenn Sie mir Ihren Reisepass geben, erkläre ich es Ihnen«, sagte der Beamte. Er klang weder müde noch gereizt. »Ich weiß auch nicht, was los ist, Sir. Wir werden sehen …«

Nachdem Peter ihm seinen Reisepass gegeben hatte, gab der Beamte seinen Namen und seine Passnummer ein. Dann zog er das Dokument durch einen Schlitz.

Sofort erschien Peters Foto, wie es im Reisepass abgebildet war.

»Sie werden gesucht, Sir.«

»Gesucht? Aber …«

Der Polizist brachte Peter mit einer Handbewegung zum Schweigen.

Ein neues Bild erschien auf dem Monitor; es sah aus wie ein Dokument mit mehreren umrandeten Feldern, die jeweils einige Textzeilen enthielten.

Der Polizist nahm sich die Zeit, alles zu lesen.

»Ah«, sagte er dann und blickte mit ausdruckslosem Gesicht vom Bildschirm auf.

Jetzt kommt es darauf an.

Peter fühlte, wie eine seltsame Ruhe ihn überkam, als würde ihn ein unsichtbarer Mantel der Unverwundbarkeit umhüllen.

»Kennen Sie Tony Vanderhoop?«

»Ja, den kenne ich«, antwortete Peter.

Sieh ihn weiter an. Verliere dich nicht in Details, wie es Lügner tun. Reiß nicht die Augen auf. Sitz still, lehne dich nicht zurück …

»Ich war gestern mit ihm auf der Plimoth Plantation. Warum?«

»In welcher Beziehung stehen Sie zu ihm?«

Peter erklärte kurz, dass sie sich in Leiden kennengelernt hätten und dass er seit drei Wochen bei seiner Freundin in Harvard zu Besuch sei und mit Mr. Vanderhoop Kontakt aufgenommen habe. Sie hätten die Plimoth Plantation besucht und seien dann mit dem Bus nach Plymouth gefahren, um den Plymouth Rock und das Plymouth Hall Museum zu besichtigen. Danach hätten sie sich dort verabschiedet, weil Tony noch etwas habe erledigen müssen. Er sei mit einem Uber, das ihm Tony bestellt habe, zur Bushaltestelle gefahren und dort in den Bus nach Boston gestiegen.

Der Polizist nickte.

Peters Geschichte schien mit dem übereinzustimmen, was er erwartet hatte.

»Hat Mr. Vanderhoop gesagt, was genau er erledigen wollte?«

Bleib bei deiner Aussage, bleib bei deiner Aussage … »Nein, das hat er nicht gesagt.«

Jetzt lächeln.

»Es schien irgendetwas Unerwartetes zu sein«, fuhr Peter fort. »Eigentlich hatten wir vorgehabt, gemeinsam zurückzufahren. Aber darf ich fragen, worum es geht? Und was ich damit zu tun habe?«

»*Well*«, sagte der Polizist mit einem Seitenblick zu seinem Kollegen, als ob er um Erlaubnis bäte, weitere Informationen herauszurücken.

»Sagen wir mal, dass die Polizei ihn gerne sprechen möchte, insbesondere die Polizei in Ihrer Heimatstadt. Ich kann Ihnen keine Einzelheiten nennen, das verstehen Sie sicher.«

»Natürlich«, sagte Peter höflich.

Dann wissen sie es also! Aber wie haben sie es herausgefunden?

»Man hat Mr. Vanderhoops Bewegungen nachvollzogen«, fuhr der Beamte fort. »Und meine Kollegen in Europa haben erfahren, dass er mit einem ausländischen Gast in Plymouth war. Lange Geschichte … Wie auch immer, Ihr Name steht im Gästebuch des Museums, und dort wurde bestätigt, dass Sie sich voneinander verabschiedet haben, nachdem Mr. Vanderhoop ein Taxi für Sie gerufen hatte.«

Peter nickte.

»Hat die Kripo Leiden sich mit Ihnen in Verbindung gesetzt?«, fragte der Beamte.

»Ja«, sagte Peter. »Ich habe eine E-Mail erhalten, aber es ging um etwas anderes. Die Polizei wusste nicht, dass ich gestern mit Tony, äh … mit Mr. Vanderhoop unterwegs gewesen bin.«

»Und, haben Sie es ihnen gesagt?«

»Um ehrlich zu sein, nein. Ich wusste nicht, dass er gesucht wird.«

Jetzt nickte der Polizist.

»Ich muss sagen, dass ich gestern selbst ein wenig enttäuscht war«, sagte Peter.

»Was meinen Sie damit?«

»Wir waren zusammen unterwegs gewesen, und ich dachte, dass wir auch gemeinsam nach Boston zurückfahren würden, aber plötzlich sagte er im Foyer des Museums, dass er noch etwas zu erledigen habe und wegmüsse.«

»Und Sie wissen wirklich nicht, was das war?«

»Nein, aber es muss etwas Dringendes gewesen sein, etwas, das keinen Aufschub duldete.«

»Aha.«

Der Beamte gab schnell hintereinander ein paar Worte oder Befehle ein und klickte ein paarmal mit der Maus. Er wirkte etwas zugänglicher als noch kurz zuvor, während er die Fragen gestellt hatte.

Peter hatte das Gefühl, er sei aus dem Schneider.

»Sie können jetzt gehen, Sir«, sagte der Beamte. Dann reichte er Peter den Pass, behielt ihn aber noch kurz in der Hand, als dieser ihn annehmen wollte.

Peter lächelte, aber der Mann erwiderte sein Lächeln nicht.

»Wenn wir uns die Videoaufzeichnungen aus dem Bus von Plymouth nach Boston anschauen würden, würden wir Sie darauf sehen?«, fragte der Beamte.

»Ja, natürlich«, antwortete Peter. Er war selbst überrascht über die Leichtigkeit, mit der ihm die Lüge über die Lippen kam. »Einige Passagiere sind ausgestiegen, der Fahrer hat Gepäck aus dem Laderaum geholt. Er drängte mich, schnell einzusteigen, da er ein wenig spät dran sei.«

»Sind Sie vorne oder hinten eingestiegen?«

Antworte, sofort!

»Hinten. Die Türen waren offen, und ich hatte zwei freie Plätze gesehen.«

Es gibt wahrscheinlich nur Kameras im vorderen Teil des Busses.

Der Polizist lächelte, ein wenig bedauernd, wie es schien, und gab dann erst den Pass frei. »Sie reisen nach Ägypten?«, fragte er im Aufstehen.

»Ja, richtig«, antwortete Peter.

»Warum nach Ägypten? Sie haben ein Ticket nach Amsterdam, oder?«

»Stimmt«, sagte Peter. »Ich bin Universitätsdozent; ich lehre Geschichte und Archäologie. Ich habe ein paar Wochen frei, und gestern habe ich mir dieses Buch gekauft.« Er holte *Keine*

Trompeten vor Jericho aus dem Rucksack. Die Quittung ragte als Lesezeichen zwischen den Seiten hervor. »Beim Lesen habe ich mir gedacht: Weißt du was? Ich mache das jetzt einfach! Ich fliege nach Ägypten. Dort wollte ich schon immer mal hin, habe es aber nie geschafft …«

Der Mann nickte, als wüsste er genau über Träume Bescheid, die ein Mann hat, sich aber nie erfüllt.

»Sie können jetzt gehen, Sir«, wiederholte er. »Guten Flug. Wohin auch immer.«

Sein Kollege öffnete die Tür.

»Und sollte sich Mr. Vanderhoop mit Ihnen in Verbindung setzen, melden Sie sich bitte bei uns.«

»Unverzüglich«, versprach Peter.

Am Schalter der Egypt Air entschuldigte sich Faarouz zunächst ausführlich bei ihm. Sie sei gesetzlich dazu verpflichtet und so weiter.

Peter verzieh ihr großmütig und erhielt zur Belohnung ein strahlendes Lächeln von Faarouz. Sie checkte sein Gepäck ein, überreichte ihm die Bordkarten und erklärte ihm, wo er durch den Zoll musste.

Es war tatsächlich nicht viel los, sodass er schnell durchkam.

Der Mann in der Glaskabine, der seinen Pass einscannte, starrte etwas länger auf den Bildschirm, als es Peter lieb war, aber am Ende griff er nach einem Stempel, suchte nach der richtigen Seite in seinem Pass und knallte den Stempel geräuschvoll darauf.

Peter hätte heulen können vor Erleichterung.

Zum Glück haben sie nicht gefragt, wann mein Bus von Plymouth nach Boston abgefahren ist.

Noch vor dem Boarding erreichte er das Gate.

Peter machte es sich im Flugzeug bequem und nahm *Keine Trompeten vor Jericho* aus dem Rucksack, um erneut nach der Karte zu suchen, auf der die vermeintliche Route des Exodus eingezeichnet war.

Er öffnete die Fotogalerie seines Handys. Er musste ziemlich lange suchen. Die letzten drei Wochen huschten beim Scrollen an ihm vorbei, so wie angeblich vor dem Tod das Leben blitzschnell an einem vorbeizieht.

Wenn man ertrinkt, zum Beispiel …

Endlich hatte er das Bild gefunden, das Rijsbergen ihm und Mark gezeigt hatte: die Tätowierung, die Coen Zoutman und Tony Vanderhoop gehabt hatten.

Er klickte auf Bearbeiten.

Drehen.

Neunzig Grad nach rechts …

Die Spitze des Dreiecks zeigte nach rechts.

Noch einmal drehen. Um neunzig Grad nach rechts …

Jetzt zeigte die Spitze des Dreiecks nach unten, wie eine fächerförmige Waffel, die in ein Sorbet getaucht war.

Er hielt das Bild neben die Karte aus dem Buch. Die Ähnlichkeit war so augenfällig, so eindeutig, so eins zu eins, dass es bizarr war, dass sie ihm nicht schon längst aufgefallen war.

Dass selbst jemand wie Tony nie daran gedacht hat … Aber man sieht es erst, wenn man es erkannt hat.

Die Teile des Puzzles drehten sich nicht mehr wie ein Wirbelwind im Kreis, sondern hatten sich beruhigt und waren zu Boden gefallen, jedes Teil genau an seinem Platz, und jedes einzelne Teil leistete seinen Beitrag zum größeren Ganzen. Ein Stück für sich allein besagte nichts; erst mit den anderen Stücken zusammen erhielt es Bedeutung.

Tony hätte sich über diese Erklärung gefreut.

Das Bild, das dabei entstand, war erstaunlich.

Es war weder das Auge der Vorsehung, noch waren es zwei Pyramiden oder Berge mit Sonne.

Die Tätowierung war nichts Geringeres als eine Karte des Sinai, auf der der Auszug der Hebräer aus Ägypten dargestellt war. Der äußere Rand stellte den Umriss des Sinai dar und die Linie im Inneren den Weg, den das Volk Israel durch die Wüste genommen hatte. Peter war auf dem Weg zum Kreis, dem Berg Horeb, wo Moses die Steintafeln erhalten hatte.

Am Fuße des Berges befand sich ein Kloster, das an der Stelle erbaut worden war, wo Gott aus dem brennenden Dornbusch heraus zu Moses gesprochen und ihm befohlen hatte, sein Volk aus Ägypten herauszuführen, um es in ein Land von Milch und Honig zu bringen …

Hier hatte die ganze Geschichte ihren Anfang genommen.

Im Katharinenkloster.

TEIL III

DAS GELOBTE LAND

SINAI

33

Rijsbergen hatte richtig gesehen.

In einer Folge von *Ungelöste Mordfälle* hatte er Tony Vanderhoop erkannt: dieselbe Körperhaltung und dieselben Locken, die unter der Baseballkappe hervorschauten. Nachdem ein Whizzkid von den Technikern das Bild vergrößert und schärfer gemacht hatte, gab es keinen Zweifel mehr, dass er es war.

Dennoch stand die Leidener Polizei immer noch mit leeren Händen da. Es gab keinen anderen Beweis gegen Tony Vanderhoop als den, dass er zum Zeitpunkt der beiden Morde in Jerusalem gewesen war. Dies sowie die Tatsache, dass er darüber während seines Gesprächs mit Rijsbergen geschwiegen hatte, machten ihn wiederum verdächtig. Außerdem war er vier Jahre später bei einem Gästeabend der Freimaurer in Leiden aufgetaucht, im Laufe dessen ebenfalls jemand ermordet worden war.

Wie hoch stehen die Chancen? fragte sich Rijsbergen. Zugegeben, das sind ziemlich viele Zufälle, aber das macht ihn nicht gleich zum Mörder.

Vorläufig konnte Tony Vanderhoop nicht mit dem Tod von Yona Falaina in Verbindung gebracht werden, da er das Land bereits verlassen hatte, als dieser Mord begangen worden war.

Die Ermittlungsgruppe rund um Rijsbergen war sofort wieder verstärkt worden, um den neuen Hinweisen nachgehen zu können. So wurde beispielsweise untersucht, welchen Flug Tony Vanderhoop und seine Delegation genommen hatten, um herauszufinden, ob Vanderhoop an diesem Tag tatsächlich zurückgeflogen war.

Habe ich Fehler gemacht, fragte sich Rijsbergen unablässig.

Obwohl er äußerst selbstkritisch war und als Erster zugegeben hätte, wenn er etwas übersehen hätte, hatte er das Gefühl, in diesem Fall immer noch in den Spiegel schauen zu können. Im Prinzip hatte es keine Anhaltspunkte gegeben, die ihm entgangen waren. Tony Vanderhoop war einfach nicht früher aufgetaucht, sodass niemand auf die Idee gekommen war zu recherchieren, ob er tatsächlich mit seiner Gruppe in diesem Flugzeug gesessen hatte.

Außerdem hatten wir mit Herman van der Lede bereits einen mutmaßlichen Täter. Auch wenn die Beweislage gegen ihn nicht gerade überwältigend ist. Er wusste, dass beim Mord an Coen Zoutman ein Zirkel und ein Winkelmaß im Spiel waren, aber erst sein absolutes Schweigen darüber, woher er das wusste, hatte den Verdacht gegen ihn erhärtet.

Sie hatten die Polizei in Boston informiert, mit der Rijsbergen inzwischen in direktem Kontakt stand. Erst heute hatten sie in Erfahrung gebracht, dass Vanderhoop gestern zusammen mit einem ausländischen Gast die Plimoth Plantation besucht hatte. Da er kein Handy dabeigehabt hatte, hatten sie seine Bewegungen nicht überprüfen können. Nur durch das Herumfragen in seinem Bekanntenkreis war es ihnen gelungen, seine Schritte nachzuvollziehen.

Dadurch hatten sie erfahren, dass er auch das Pilgrim Hall Museum besichtigt hatte, wo sie den Namen des ausländischen Besuchers im Gästebuch gefunden hatten.

Peter de Haan.

Da taucht doch tatsächlich dieser Peter de Haan wieder auf, hatte Rijsbergen mit Erstaunen festgestellt. *Hatten er und Tony Vanderhoop sich vor dem offenen Abend in Leiden wirklich nicht gekannt? Hatten Peter de Haan und seine Freundin doch in irgendeiner Form etwas mit dem Mord zu tun?*

Plötzlich ergab sich für Rijsbergen ein völlig neues Szenario.

Vanderhoop, de Haan und Spežamor ermorden Zoutman, dann ermöglichen de Haan und Spežamor Vanderhoop die Flucht, und anschließend ruft de Haan die 112 an, um zu melden, dass er und seine Freundin Zoutman gefunden hätten.

Wenn de Haan und Spežamor involviert waren, konnte sich Vanderhoop zum Zeitpunkt des Mordes an Falaina tatsächlich bereits in den USA aufgehalten haben, da de Haan es getan haben konnte – mit oder ohne seine Freundin.

Aber selbst dann noch, so dachte Rijsbergen. Wir sollten nichts ausschließen, aber es ist ein wenig plausibles Szenario. Diese Morde in Jerusalem sind vier Jahre her, und damals war Fay Spežamor noch gar kein Mitglied von Ishtar, ja, es gab die Loge noch nicht einmal.

Am Samstag, um zehn Uhr morgens Ortszeit, war die Polizei zum Pilgrim Hall Museum gefahren, wo die Damen am Empfang erklärt hatten, dass Vanderhoop und sein Gast sich in der Museumshalle voneinander verabschiedet hätten. Sie hatten den Kollegen die Aufnahmen gezeigt, auf denen dies deutlich erkennbar war. Danach sei ein Auto vorgefahren, das den Niederländer zur Haltestelle an der Pilgrims Road gebracht hätte, wo er den Bus nach Boston nehmen wollte.

Priorität hatte jetzt zunächst einmal die Verhaftung von Tony Vanderhoop, aber der schien wie vom Erdboden verschluckt zu sein. Die Bostoner Polizei wollte ebenfalls gerne mit Peter de Haan reden, da er die letzte Person war, mit der Vanderhoop gesehen worden war. Man hoffte, er könne ihnen sagen, wohin Vanderhoop gegangen sein könnte.

Man hatte versucht, de Haan anzurufen, ihn aber nicht erreicht. Ein Streifenwagen war zu Judith Cherevs Wohnung gefahren, wo de Haan in den vergangenen Wochen gewohnt hatte. Cherev hatten die Polizisten schließlich in der Bibliothek gefunden, aber da war de Haan bereits auf dem Weg zum Bostoner Logan Airport gewesen.

Daraufhin wurde offiziell nach de Haan gesucht. Sobald er eingecheckt hatte, erhielten die Mitarbeiter am Schalter der

Airline eine Meldung mit der Anweisung, die Polizei zu rufen, da diese ihm einige Fragen stellen wollte.

Rijsbergen erkannte, dass er in diesem Moment nichts tun konnte, um die Entwicklungen in Amerika zu beschleunigen.

Sobald de Haan morgen niederländischen Boden betrat, würde er direkt ins Leidener Präsidium gebracht werden. Rijsbergen wollte ihn erneut, und diesmal etwas strenger, zu dem Verlauf der Ereignisse an diesem schicksalhaften Abend befragen. Und zu seiner genauen Beziehung zu Tony Vanderhoop.

Auch Fay Spežamor würde morgen zur weiteren Vernehmung abgeholt werden.

Doch zunächst fuhren Rijsbergen und Van de Kooij in die Strafvollzugsanstalt Haaglanden in Zoetermeer, dem Gefängnis, in dem Herman van der Lede seit etwa sechs Wochen inhaftiert war.

Herman der Schweiger, dachte Rijsbergen.

Es war eine kurze Fahrt von weniger als einer halben Stunde, aber diesmal kam sie Rijsbergen viel länger vor als sonst.

Wir scheinen der Lösung jetzt so nahe zu sein ...

Sie hatten Herman bereits mehrere Besuche abgestattet, alle gleichermaßen ergebnislos. Der Mann hatte nur vor sich hingestarrt und durch Rijsbergen und Van de Kooij hindurchgeblickt, als ob sie Luft wären.

Nicht einmal, als man ihn dem Haftrichter vorgeführt hatte, hatte er den Mund aufgemacht – irgendwann hatte der Richter allen Ernstes gefragt, ob van der Lede womöglich stumm sei.

Nicht einmal mit seiner Frau Jenny, die ihn jede Woche besuchte, hatte er sprechen wollen; er hatte sie weder begrüßt noch sich von ihr verabschiedet.

In dem Empfangsraum des Gefängnisses standen nicht mehr als ein Tisch und vier Stühle. Van de Kooij hatte sich hingesetzt, aber Rijsbergen war dafür zu nervös.

»Heute ist Ihr letzter Tag hier«, fiel Rijsbergen direkt mit der Tür ins Haus, als van der Lede von einem Vollzugsbeamten hereingebracht wurde. Schwer zu sagen, wer Rijsbergen mit größerem Erstaunen ansah: Van de Kooij oder van der Lede.

»Was soll das heißen?«, beendete van der Lede die sechs Wochen seines selbst auferlegten Schweigegelübdes.

»Setzen Sie sich«, befahl Rijsbergen, der weiterhin stehen blieb.

Der Vollzugsbeamte, der van der Lede zum Tisch begleitet hatte, verließ den Raum und blieb draußen im Flur stehen.

Jedenfalls habe ich es endlich geschafft, ihm eine Reaktion zu entlocken.

»Ich bin von Ihrer Unschuld überzeugt«, sagte Rijsbergen. »Ich werde es Ihnen erklären.«

Van der Lede blickte Rijsbergen erwartungsvoll an, als warte er auf die Auflösung eines spannenden Krimis.

»Wann waren Sie zum letzten Mal in Jerusalem?«

»Jerusalem?«, fragte van der Lede überrascht. Es war klar, dass er mit dieser Frage nicht gerechnet hatte.

»Ich war noch nie in Jerusalem«, antwortete er. »Jenny und ich wollten immer schon mal hin, aber …«

»Dachte ich mir«, schnitt Rijsbergen ihm das Wort ab. »Hören Sie, wir haben jemanden in Verdacht, der kurz vor der Verhaftung steht. Es ist nur eine Frage der Zeit.«

Ich bluffe einfach, dachte Rijsbergen. Mal sehen, wie er reagiert.

»Wir können diese Person mit zwei Morden in Verbindung bringen. Außerdem haben wir stichhaltige Hinweise darauf, dass er hinter dem Mord an Coen Zoutman und möglicherweise auch hinter dem Mord an Yona Falaina steckt. Das würde Sie vollständig von jeglicher Beteiligung an den Todesfällen von Zoutman und Falaina entlasten.«

Van der Lede nickte.

Van de Kooij machte ein ernstes Gesicht, als wüsste er genau, wovon Rijsbergen redete. Aber an seinem Stirnrunzeln konnte Rijsbergen erkennen, dass er nicht verstand, was vor sich ging.

»Okay«, sagte van der Lede.

Jetzt musst du aber schon mal ein bisschen mehr sagen.

»Da wir nun von Ihrer Unschuld überzeugt sind ... Stimmt's, Kollege?« Rijsbergen blickte Van de Kooij an, der sofort nickte. »... möchten wir nur noch wissen, woher Sie wussten, dass bei der Ermordung von Coen Zoutman ein Zirkel und ein Winkelmaß benutzt worden waren, obwohl eigentlich zu diesem Zeitpunkt niemand außer dem Täter davon wissen konnte. Und natürlich die Person, die die Leiche gefunden hat. Wenn Sie dafür eine plausible Erklärung haben, hindert Sie wahrscheinlich nichts daran, dieses Gebäude bald als freier Mann zu verlassen.«

»Ich war derjenige«, sagte Herman.

»Was wollen Sie damit sagen?«, fragte Rijsbergen freundlich.

»Ich habe Coen gefunden.«

Rijsbergen öffnete den Mund, brachte aber keinen Laut hervor.

»Sie haben *was*?«, fragte Van de Kooij.

»Ich habe Coen Zoutman gefunden. Als Erster.«

»Und warum haben Sie das nicht gleich gesagt?«, fragte Rijsbergen, der seine Sprache wiedergefunden hatte.

Van der Lede setzte sich aufrecht hin und faltete die Hände zusammen, wie zum Gebet vor einer Mahlzeit. »Ich fand es nicht ...«, begann er, beendete aber seinen Satz nicht.

»Wichtig?«, riet Van de Kooij. »Schlimm? Schlimm genug? Der Mühe wert?«

»Nicht schlimm«, sagte van der Lede dann, als hätte er eine Antwort auf eine Multiple-Choice-Frage wählen dürfen. »Verstehen Sie mich nicht falsch«, fuhr er fort und vermittelte plötzlich den Eindruck, dass er nun den Verlauf des Gesprächs bestimmte. »Es ist immer schrecklich, wenn jemand stirbt.«

»Stirbt!«, rief Van de Kooij aus.

»Ganz ruhig«, mahnte Rijsbergen. »Hören wir uns erst mal an, was Meneer van der Lede zu sagen hat.«

Van de Kooij presste seine Lippen so fest zusammen, dass sie teilweise weiß wurden.

»Ich will es einmal so ausdrücken: Wenn jemand stirbt«, sagte van der Lede, »ist das immer traurig. Ich …«

Rijsbergen hatte sich jetzt doch hingesetzt. Nach all den Jahren, in denen er unzählige Menschen verhört hatte, hatte er inzwischen ein Gefühl für den Moment entwickelt, wenn ein Verdächtiger anfing, die Wahrheit zu sagen. Es war irgendetwas in seinem Tonfall, seiner Haltung, der Klarheit des Blickes … Letzten Endes war es eine Beichte, die demjenigen Erleichterung verschaffte. Als hätte man etwas Schweres den langen Weg bis nach Hause geschleppt und könne es endlich abstellen.

»Der Abend neigte sich dem Ende zu, und ich wollte nach Hause«, sagte van der Lede. »Jenny wollte noch bleiben. Ich bin die Treppe hinaufgegangen, um meine CDs zu holen, die an dem Abend benutzt worden waren. Die Tür zur Werkstatt stand offen, und als ich hineinging, sah ich Coen auf dem Boden liegen. Ein Scheinwerfer war auf ihn gerichtet, wie auf einen Künstler während einer Vorstellung, wirklich bizarr. Ich glaube nicht, dass noch jemand im Raum war, aber ich bin mir nicht sicher. Es gibt Vorhänge, hinter denen sich jemand hätte verstecken können. Ich ging zu Coen hin, sah, dass er schon tot war, und dann bemerkte ich das Winkelmaß und den Zirkel.« Er verstummte, als sei das die ganze Geschichte.

»Und was dachten Sie dann, Herman?«, fragte Rijsbergen. »Was ist Ihnen durch den Kopf gegangen?«

»Soll ich ganz ehrlich sein?«

»Ja, es wird höchste Zeit dafür, Herman.«

»Um ganz ehrlich zu sein: Ich war erleichtert.« Van der Lede errötete ein wenig. »Das war der Mann, der Jenny daran gehindert hatte, Vorsitzende zu werden. Wenn Sie nur wüssten, wie sie das geschmerzt hat! Wie oft ich mir das anhören musste, wie wütend sie darüber war! Ausgerechnet ein Mann war Vorsitzender einer gemischten Loge geworden. Und dazu noch einer, der eine zu lockere Ansicht über Symbole, die Interpretation von Geschichten und all die Dinge hatte, von denen Jenny Ihnen neulich erzählt hat. Ich sah ihn dort liegen und dachte: Jetzt ist der Weg frei für Jenny. Entschuldigung, aber das habe ich mir gedacht. Ich bin nach hinten gegangen, ohne Coen aus den Augen zu lassen. Und dann ...« Er sah abwechselnd Rijsbergen und Van de Kooij an, als ob er seinen Kumpels in der Kneipe eine spannende Geschichte erzählen würde.

Rijsbergen schlug mit der flachen Hand auf den Tisch. »Jetzt machen Sie schon!«, rief er. »Dafür haben wir jetzt wirklich keine Zeit!«

»Ich habe Schritte hinter mir gehört. Von jemandem, der den Raum verließ, leise Schritte, aber ich bin mir ganz sicher. Ich blieb etwa zehn, fünfzehn Sekunden lang still stehen, und dann hörte ich, wie sich die Tür zum Versammlungsraum schloss. Ich habe mich nicht umgedreht, einerseits, weil ich Angst hatte, aber auch, weil ich dachte: Was ich nicht weiß, macht mich nicht heiß ... Dann bin ich nach unten gegangen, habe meinen Mantel geholt und bin mit dem Rad nach Hause gefahren. Kurz danach müssen Peter de Haan und Fay Spežamor nach oben gegangen sein.«

»Das entlastet ihn aber immer noch nicht, Kollege«, sagte Van de Kooij zu Rijsbergen.

Rijsbergen nickte. »Warum haben Sie uns das nicht schon vor Wochen gesagt?«, fragte er. »Mein Kollege hat recht: Das entlastet Sie noch nicht, denn Sie hatten auf jeden Fall die Gelegenheit, Zoutman zu töten, und Sie hatten auch ein Motiv. Warum haben Sie nur so lange geschwiegen?«

Van der Ledes Unterlippe begann zu zittern. Er verzog das Gesicht zu einer seltsamen Grimasse, während er darum rang, nicht in Tränen auszubrechen. Aber er konnte es nicht verhindern. »Es war mir so furchtbar peinlich!«, brachte er gerade noch hervor, bevor er unkontrolliert zu weinen anfing.

Von seiner gleichgültigen Haltung und der Nüchternheit, mit der er alles erzählt hatte, war nichts mehr übrig.

Sie warteten einen Augenblick, bis er sich beruhigte.

Bevor er wieder sprach, wischte er sich mit dem Hemdsärmel Augen und Nase ab. »Es war mir so furchtbar peinlich!«, wiederholte er. »Und ich schäme mich immer noch. Weil ich mich über den Tod eines Menschen gefreut habe, weil ich nicht den Mut hatte, mich umzudrehen, weil ich es danach niemandem sagte, weil womöglich Unschuldige verhaftet werden, weil ich eine Aufklärung des Mordes verhindert habe ... und das alles wegen einer so dummen Präsidentschaft ...« Er fing wieder an zu weinen.

Rijsbergen seufzte tief.

Die viele Zeit, die wir verloren haben! Die Untersuchung, die nach seiner Verhaftung auf Eis gelegt wurde ... Dann wiederum steckte diese Untersuchung sowieso in einer Sackgasse. Sie ist nur in Bewegung geraten, weil Van de Kooij diese Jerusalem-Verbindung entdeckt hat.

»Alles gut und schön«, sagte Rijsbergen. »Es könnte durchaus sein, dass Sie die Wahrheit sagen. Wir können Sie aber noch nicht gehen lassen, das verstehen Sie sicher. Darum kümmern wir uns auch nicht, damit wird sich jemand anderes befassen. Dabei wird es auch um die Konsequenzen für Sie gehen, die sich aus der Zurückhaltung dieser wichtigen Information ergeben.«

Van der Lede vergrub das Gesicht in den Händen.

Rijsbergen und Van de Kooij standen auf und gingen nach draußen, wo der Vollzugsbeamte noch immer vor der Tür stand.

»Was denkst du?«, fragte Van de Kooij, als sie draußen auf dem Parkplatz waren.

»Ich glaube, es war genau so, wie er erzählt hat«, antwortete Rijsbergen. »Was für ein Blödmann! Er sagt, er wäre noch nie in Jerusalem gewesen, aber das müssen wir natürlich überprüfen. Wenn es stimmt, dass er jemanden gehört hat, der aus dem Tempel nach unten in den Gesellschaftsraum gelaufen ist, dann verkleinert sich aber damit der Kreis. Am Ende des Abends waren nur noch zwanzig oder fünfundzwanzig Personen anwesend, von denen wir alle Namen haben.«

»Und dann stimmt es auch, dass de Haan und Spežamor kurz danach nach oben gingen und dort die Leiche von Coen Zoutman fanden«, fügte Van de Kooij hinzu.

Sie fuhren zurück nach Leiden.

»Ich glaube, es wäre doch sinnvoll, mit den Freimaurern in Boston Kontakt aufzunehmen«, sagte Van de Kooij. »Peter de Haan hat dort eine Führung mitgemacht, oder? Vielleicht können die uns auch mehr über Vanderhoop erzählen?«

»Das hatte ich mir schon vorgenommen«, log Rijsbergen.

Als er den Computer in seinem Büro einschaltete, sah er, dass eine E-Mail von seiner Kontaktperson bei der Bostoner Polizei eingegangen war.

Lieber Willem,
wir haben am Logan Airport kurz mit Mr. de Haan gesprochen, aber leider konnte er uns nichts darüber sagen, welche Pläne Mr. Vanderhoop hatte, nachdem sie sich im Pilgrim Hall Museum voneinander verabschiedet hatten. Der Mann scheint sich regelrecht in Luft aufgelöst zu haben, was die ganze Sache umso rätselhafter macht. Es ist jetzt fast vierundzwanzig Stunden her, dass er zuletzt gesehen wurde, sodass es schon fast so aussieht, als würde er vermisst. Im Hafen von Boston hat er ein Boot liegen, *The Pilgrim*, aber es ist noch da. Dagegen wurde aus dem Hafen von Plymouth ein Motorboot gestohlen, aber wir wissen nicht, ob dies in irgendeinem Zusammenhang mit unserem Fall steht. Bisher ist auch noch niemandem aufgefallen, dass Vanderhoop verschwunden ist. Anscheinend vermisst ihn niemand – er ist nicht verheiratet, hat keine Geschwister, keine Eltern mehr. Er hat keine Angehörigen. Wir haben die Suche nach ihm inzwischen ausgeweitet.
Wir bleiben in Kontakt.
Detective Luigi D'Amico

Rijsbergen schickte eine kurze E-Mail zurück, um sich für die Informationen zu bedanken. Danach gab er die Suchbegriffe »Freimaurer« und »Boston« in die Google-Leiste ein. Der erste Treffer ergab sofort, was er suchte: massfreemasonry.org. *»Nach Höherem greifen, um die Wahrheit zu finden, um mehr zu finden«*, war das Motto in der Headline der Website. Als Rijsbergen *»contact us«* anklickte, öffnete sich ein Kontaktformular. Doch wenn man so etwas ausfüllte, wusste man nie, an wen es ging und wie lange es dauerte, bis man eine Antwort erhielt. Als Nächstes gab er »Walter Lunt« in das winzige Suchfenster ein – dies war der Name, den Peter de Haan in seiner E-Mail erwähnt hatte. Dies ergab einige wenige Treffer: Berichte von Sitzungen seiner Loge, bei denen er irgendwie involviert gewesen war.

Endlich fiel Rijsbergens Blick auf eine Telefonnummer, hinter der in Klammern stand: *»within MA«*, also nur innerhalb von Massachusetts. Zusammen mit Van de Kooij recherchierte er, wie man von den Niederlanden aus nach Massachusetts telefonieren konnte, aber sobald sie es wussten, hatten sie Walter Lunt erstaunlich schnell am Apparat. Als Bibliothekar saß er viel an seinem Arbeitsplatz.

»Walter Lunt.«

In wenigen Sätzen erklärte Rijsbergen, wer er war, wie er durch Peter de Haan seinen Namen erfahren hatte und warum er anrief. Nachdem er Tony Vanderhoops Namen erwähnt hatte, konnte er durch die Leitung fast die Kälte auf der anderen Seite des Ozeans spüren.

Walter Lunt wollte erst mit ihm reden, nachdem Rijsbergen ihm eine E-Mail mit seiner eigenen Telefonnummer, so etwas wie einer polizeilichen Identifikationsnummer und einen Namen plus E-Mail-Adresse und Telefonnummer seiner Kontaktperson bei der Bostoner Polizei geschickt hatte.

Rijsbergen blieb nichts anders übrig, als das zu tun. Nachdem er aufgelegt hatte, schickte er sofort die Mail mit den geforderten Angaben an Mr. Lunt.

Dieser antwortete praktisch unmittelbar mit der Ankündigung, dass er die Daten überprüfen und dann darauf zurückkommen werde.

»Pfff«, machte Van de Kooij.

»Tja«, sagte Rijsbergen. »Er will wohl erst auf Nummer sicher gehen.«

Während sie auf seine Reaktion warteten, googelte er Walter Lunt. Er entpuppte sich als Autor von Science-Fiction-Büchern und Thrillern über Mysterien und Geheimbünde. Sein jüngstes Buch, *A Song in Stone*, handelte vom Geheimnis der Rosslyn-Kapelle und dem Niedergang der Tempelritter.

»Aha«, sagte Rijsbergen. »Der Mann ist Thriller-Autor, das erklärt alles. Vielleicht befürchtet er, selbst plötzlich in eine der Verschwörungen verwickelt zu werden, über die er schreibt.« Er klickte noch weitere Treffer an, die die Suche ergeben hatte.

Nach etwa zehn Minuten klingelte dann plötzlich das Telefon, und Rijsbergen schreckte auf. Er schaltete den Lautsprecher ein, damit Van de Kooij zuhören konnte.

»Hier ist Walter Lunt«, meldete er sich und klang jetzt schon viel freundlicher. »Sie haben also ein paar Fragen an mich?«

»Das ist richtig, Mr. Lunt.«

»Bitte nennen Sie mich Walter.«

»Gerne; mein Name ist Willem Rijsbergen.«

»Angenehm. Wie kann ich Ihnen helfen?«

»Wie gesagt, wir untersuchen zwei Mordfälle, die sich vor anderthalb Monaten in Leiden ereignet haben. Kurz nacheinander wurden zwei Freimaurer ermordet, ein älterer Mann, der Vorsitzende, und ein wesentlich jüngerer.«

»Ja, Peter hat mir davon erzählt. Hat er Ihnen auch erzählt, dass zwei Mitglieder unserer Loge spurlos verschwunden sind?«

»Ja, das wissen wir. Das ist alles sehr beunruhigend.«

»Das ist es in der Tat«, sagte Walter. »Ich habe bereits die Polizei in Boston angerufen, um ihnen von den Fällen in Jerusalem und Leiden zu berichten. Obwohl sie im Fall unseres Sam und unseres George keinen Grund zur Annahme haben, dass es sich um ein Verbrechen handelt, ist es doch ein seltsames Zusammentreffen der Umstände, dass in allen drei Fällen ein Vorsitzender und sein Schüler beteiligt sind. Man könnte meinen, dass das alles irgendwie miteinander zu tun hat.«

»Ja, das könnte man annehmen, aber im Moment können wir nichts anderes tun als abzuwarten.«

»Die Bostoner Polizei hat versprochen, uns auf dem Laufenden zu halten.«

»Peter hat mir auch eine Zeichnung von einem Symbol gezeigt. Ich kenne mich mit Symbolen aus, aber leider konnte ich mit diesem nichts anfangen.«

»Das ist auch nicht der eigentliche Grund meines Anrufs. Mir geht es hauptsächlich um diese Morde in Jerusalem, die denen in den Niederlanden ähneln.«

»Ich weiß nur so viel«, sagte Walter, »dass auch zwei Brüder ermordet wurden, aber die Ähnlichkeiten zu ihren Fällen kenne ich natürlich nicht. Wir sind davon ausgegangen, dass Sie darüber Bescheid wüssten.«

»Jetzt wissen wir es«, sagte Rijsbergen. »Nun ist bei unseren Ermittlungen der Name Tony Vanderhoop aufgetaucht, und deshalb wenden wir uns an Sie. Wir haben herausgefunden, dass Tony Vanderhoop zum Zeitpunkt dieser Ereignisse in Jerusalem war.«

»Das stimmt. Ich war auch da.«

»Sie auch?«

»Ja. Das ist kein Geheimnis. Wir waren mit einer kleinen Delegation zu Besuch bei unseren Brüdern in Israel. Wir haben eine große Rundreise unternommen.«

Rijsbergen dachte einen Moment lang nach. »Aber der springende Punkt ist«, fuhr er fort, inzwischen etwas nervös, weil Van de Kooij ihn während des ganzen Gesprächs anstarrte, »dass Tony Vanderhoop auch mit einer Delegation in Leiden war, als die Morde hier begangen wurden.«

»Das ist allerdings seltsam.«

»Mittlerweile sucht auch die Polizei in Boston nach ihm, aber seit gestern Nachmittag ist er spurlos verschwunden.«

»Ich kann mich gerne in meinem Bekanntenkreis umhören.«

»Sehr freundlich, aber ich hatte gehofft, Sie könnten uns etwas mehr über diesen Tony erzählen. Ist er Mitglied der gleichen Loge wie Sie?«

»Er war Mitglied«, erwiderte Walter. »Aber er wurde vor drei Jahren ausgeschlossen. Er gehört nicht mehr dazu.«

»Ausgeschlossen?«

»Ja, richtig. Was soll ich dazu sagen? Vanderhoop ist ein unhöflicher … Ich sollte den Satz besser nicht beenden.«

»Was ist denn passiert?«

»Das ist sowohl eine sehr lange als auch eine sehr kurze Geschichte.«

»Erzählen Sie erst mal die Kurzfassung.«

Walter stieß ein freudloses Lachen aus. »Tony hat auf der Trauerfeier unseres Vorsitzenden, Joseph Nun, eine Rede gehalten. Er ist an Krebs gestorben … eine schlimme Sache. Tony hat eine äußerst pietätlose Rede gehalten. Er sagte, es sei gut, dass unser Vorsitzender nicht mehr hier sei, dass es jetzt die Möglichkeit gebe, einen neuen Weg einzuschlagen, und lauter solchen Unsinn. Dass Geschichten und Symbole Menschen zusammenbringen und nicht, wie im Falle einer freien Interpretation, Menschen entzweien und gegeneinander aufbringen würden.«

»Wow, das ist ja …«

»Er konnte seine Rede aber nicht zu Ende bringen. Er wurde, wenn man so sagen darf, von mehreren Mitbrüdern hinauseskortiert. Danach war er noch mehrmals bei uns, um sich nach seiner Angelegenheit zu erkundigen. Dabei wurde er sehr unangenehm, ja sogar aggressiv. Ich habe ihn schließlich angezeigt und die Sache ging vor Gericht, was mit der einstweiligen Verfügung endete.«

»Wow.«

»Wissen Sie, Leute wie Tony Vanderhoop gehören einfach nicht in unsere Bruderschaft. Wir kommen zusammen, um einen offenen und freien Meinungsaustausch zu führen. Jemand hält einen Vortrag, bringt ein Bauwerk ein, wie wir sagen, und wir sprechen darüber. Nichts ist festgelegt, wir verurteilen niemanden, wenn seine Interpretation von anderen abweicht, obwohl ›abweichen‹ es nicht einmal trifft. Da es in der Tat keine Dogmen, keine orthodoxe Interpretation gibt, gibt es auch keine Abweichung. Häresie ist nur möglich, wenn eine allgemein akzeptierte, übergeordnete Erklärung besteht, die als die einzig richtige angesehen wird. Dazu eine andere Meinung zu haben, wäre eine Abweichung. Aber bei uns gibt es so etwas nicht.«

Wie würde die lange Version der Geschichte klingen, wenn das die Kurzfassung ist?

»Jedenfalls, was ich damit sagen wollte, Willem, ist, dass Leute wie Tony nicht damit umgehen können, mit dieser Fluidität der Geschichten und Symbole. Genauso wenig wie die meisten Menschen übrigens. Die Kirchen sind voll von Leuten, die sich vom Pfarrer oder Priester erzählen lassen wollen, was sie denken sollen. Die Geschichten in der Bibel haben sich so und so ereignet und bedeuten dieses oder jenes. Viele wollen gar nicht selbstständig denken, das sage ich ganz offen.«

»Aber die Sache mit der Rede …«

»Genau, die Sache mit der Rede. Unser Vorsitzender war eben ein Verfechter der grundlegenden Idee der Freimaurerei, mit Betonung auf frei, nichts ist festgelegt. Tony dagegen war der Meinung, es könne keine Brüderlichkeit, keine Gemeinschaft geben, wenn man sich nicht darüber einigt, wie bestimmte Dinge zu betrachten sind. Er hatte natürlich auch einen christlichen Hintergrund – oder hat, sollte ich sagen –, wobei man damit bei den Freimaurern grundsätzlich gut aufgehoben ist. Aber er passte letzten Endes einfach nicht zu uns.«

»Was würden Sie sagen, Walter, wäre jemand wie Tony in der Lage, Menschen zu töten?«

»Was soll ich sagen? Ich glaube, jeder ist in der Lage, einen anderen umzubringen. Um ehrlich zu sein, hatte ich selbst schon solche Gedanken. Wenn im Fernsehen Nachbarn oder Kollegen eines Mannes interviewt werden, der sich als Serienmörder entpuppt hat, sagen sie immer, er sei ein so netter, normaler Mann gewesen, dass sie nie etwas bemerkt hätten. Tony dagegen ist jemand, der sehr viel Wut in sich trägt. Ja, er war in Jerusalem, er war in Leiden, er war in Boston. Er hätte jedes Mal die Gelegenheit gehabt, aber welches Motiv? Er kannte diese Leute in Jerusalem und Leiden nicht einmal. Und ich kann mir nicht vorstellen, dass er Sam und George getötet hat, nur weil sie seine Sicht auf die Geschichten in der Bibel nicht teilten.«

»Ich verstehe, was Sie sagen wollen, Walter.«

»Also ...«

Eine Ähnlichkeit zwischen Fällen deutet nicht unbedingt auf einen Zusammenhang hin, aber eins plus eins bewegt sich jetzt schon ziemlich stark auf zwei zu.

»Danke, dass Sie sich die Zeit genommen haben, Walter«, schloss Rijsbergen das Gespräch.

Und wir sollten ein Empfangskomitee für Peter de Haan am Flughafen Schiphol bereitstellen.

»Gern geschehen«, sagte Walter.

Nachdem sie noch ein paar Höflichkeiten ausgetauscht hatten, legten sie auf.

»Sechs Morde«, sagte Van de Kooij.

»Vier Tote«, verbesserte ihn Rijsbergen, obwohl er dazu tendierte, das Gleiche zu denken.

»Du hast recht«, gab Van de Kooij zu. »Vier Tote und zwei Vermisste – obwohl die Chance, die beiden lebend zu finden, natürlich von Stunde zu Stunde geringer wird. Den beiden Männern in Jerusalem wurden die Köpfe eingeschlagen, genau wie bei Coen Zoutman. Aber Yona Falaina ist erstickt worden, mit einem Kissen oder was auch immer, und die beiden vermissten Männer könnten ertrunken sein. Wenn der Mörder ein und dieselbe Person ist, dann hat er keinen festen Modus Operandi.«

Van de Kooij rollte das »r« von »Operandi« in typisch Leidener Aussprache.

»Ich schreibe sofort eine E-Mail an die Polizei in Boston«, sagte Rijsbergen. »Um ihnen einen kurzen Überblick darüber zu geben, in welche Richtung unsere Überlegungen gehen.«

Im Laufe der nächsten Viertelstunde tippte er einen kurzen Bericht über den Stand der Dinge an seinen amerikanischen Kollegen und setzte sich selbst in cc, um den Text in die Akte aufzunehmen.

»Tja«, sagte Van de Kooij. »Für mich sieht es so aus, als würde alles immer mehr auf Vanderhoop hinweisen, meinst du nicht auch? Tony Vanderhoop, der anscheinend nicht gefunden werden will.«

»Du hast recht«, sagte Rijsbergen nachdenklich. »Oder er hat einen Unfall gehabt. Und wenn nicht …«

»Dann?«

»Dann stehen wir wieder mit leeren Händen da.«

»Tja. Wenn er wirklich vorhat, unterzutauchen – in Amerika ist das ein Kinderspiel. Eine andere Identität annehmen, umziehen …«

Das Telefon klingelte.

»Rijsbergen.«

»Hier ist Fay Spežamor«, meldete sich eine bekannte Stimme.

»Mevrouw Spežamor, schön, dass Sie anrufen.«

»Ich habe gerade eine seltsame WhatsApp von Peter bekommen«, sagte sie. »Er hat sie abgeschickt, kurz bevor er in New York losgeflogen ist. Ich habe ihn angerufen, aber ich konnte ihn nicht mehr erreichen.«

»Eine seltsame WhatsApp?«

»Ja. Er landet morgen nicht in den Niederlanden. Er hat einen anderen Flug gebucht.«

»Einen anderen Flug? Wohin?«

»Nach Ägypten. Nach Sharm El Sheik.«

34

Die Reifen der Boeing 737 trafen mit einem dumpfen Poltern auf der Landebahn auf. Schon von Weitem hatte Peter den Flughafen von Sharm El Sheik gesehen, einen überraschend modernen Komplex mit zwei großen Terminals. Es gab nur zwei Start- und Landebahnen, die am Anfang und am Ende durch halbkreisförmige Bögen verbunden waren, wie eine Art riesige Kartbahn. Überall auf den Rollfeldern lag Sand, herbeigeweht aus der Wüste, die den Flughafen umgab. Zwei Maschinen standen mit der Schnauze zu den Terminals, beide von der gleichen Größe wie das Flugzeug, mit dem Peter vor etwas über einer Stunde Kairo verlassen hatte. Ein Stück weit entfernt warteten noch drei kleine Cessnas.

Die Boeing bot Platz für fast zweihundert Passagiere, war aber nur zu weniger als der Hälfte besetzt. Bei den Passagieren handelte es sich hauptsächlich um ägyptische Familien. Vielleicht wohnten sie hier, oder sie machten Urlaub im eigenen Land. Eine Gruppe von Männern war dabei, die offenkundig gemeinsam unterwegs war. Sobald das Flugzeug nach dem Start wieder eine horizontale Position eingenommen hatte, lösten einige von ihnen bereits ihre Sicherheitsgurte. Im Gang scharten sie sich um die anderen noch sitzenden Mitglieder der Gruppe, alle mit einer auf die Schnelle gekauften Dose Bier in der Hand. Trotz der Hitze waren sie in makellose Anzüge gekleidet, sogar mit Krawatte. Letztere würden sie wahrscheinlich schnell ablegen, vermutete Peter, sobald sie das Flugzeug verlassen und in die sengende Hitze der Wüste Sinai gelangen würden. Es schienen Geschäftsleute zu sein; vielleicht hatten sie mit einem der vielen Hotels entlang der Küste zu tun, die größtenteils leer standen.

Der Tourismus hatte seit dem Auftreten von al-Qaida und den mit ihr verbundenen fundamentalistischen Gruppen im Sinai schwer gelitten. Es hatte Kämpfe zwischen diesen locker organisierten Gruppen und der ägyptischen Armee gegeben, und auch Angriffe auf Armeestützpunkte, bei denen teilweise viele Menschen ums Leben gekommen waren. Ende Oktober 2015 war bei einem Bombenanschlag des IS ein Passagierflugzeug über dem Sinai in die Luft gesprengt worden, und alle zweihundertsiebzehn hauptsächlich russischen Passagiere sowie die sieben Besatzungsmitglieder waren getötet worden.

Man hätte meinen können, dass es in einer Wüste nicht schwer sein sollte, solche Kämpfer aufzuspüren, aber es war ein sehr großes Gebiet – fünfundzwanzigmal so groß wie die Niederlande –, das mehr Schlupfwinkel in Schluchten und Höhlen bot, als man auf den ersten Blick für möglich hielt. Außerdem konnte man auf Luftbildern von Drohnen nicht erkennen, ob es sich bei einer Gruppe von Männern, die um ein Zelt saßen, um Terroristen oder Beduinen handelte, die dieses Gebiet seit Jahrhunderten bewohnten.

Die Handvoll westlicher Touristen, die mit Peter das Flugzeug verließen und in die tatsächlich sengende Hitze hinaustraten – es war, als beträte man in voller Montur eine Infrarotsauna –, bestand ausschließlich aus jungen Leuten, die die Hitze fröhlich begrüßten, als Teil des Reiseerlebnisses.

In einer langen Schlange gingen sie in den Terminal, wo ihre Pässe von ägyptischen Zollbeamten flüchtig kontrolliert wurden. Im Inneren des Terminals war es immer noch drückend warm, aber immerhin entging man der direkten Hitze und dem gleißenden Sonnenlicht. Bald kam ein Wagen mit offenen Anhängern voller Koffer und Rucksäcke an, die von den Mitarbeitern auf einem großen Stapel neben einem kaputten Gepäckband abgeladen wurden. Peter war mit seinem Koffer auf dem

Weg zum Ausgang, als sein Blick auf ein junges Paar fiel. Es waren zwei freundlich aussehende junge Leute, Anfang zwanzig, wie er schätzte, die den Eindruck erweckten, dass sie dem Abenteuer, auf das sie sich begeben hatten, nicht ganz gewachsen waren. Beide trugen die universelle Hippie-Kleidung aus weiten Hosen mit farbenfrohen Hemden darüber, die durch häufige Wäschen oder die helle Sonne ausgebleicht waren. Der Junge, ein fröhlicher Lockenkopf mit schulterlangem Haar, hatte einen bewusst legeren Dreitagebart und das Mädchen Dreadlocks, die locker mit einem roten Tuch zusammengebunden waren.

Peter beschloss, ihnen anzubieten, sich ein Taxi zu teilen. Er konnte sich noch gut daran erinnern, wie verloren er sich immer gefühlt hatte, wenn er nach seiner Ankunft per Flugzeug, Bus oder Zug in eine neue Welt gelangte. Aufgrund des No-Budget-Charakters seiner Reisen hätte er es sich niemals leisten können, in das erstbeste Taxi zu springen.

»Sollen wir uns ein Taxi teilen?«, fragte er die beiden ganz direkt. Der Vorschlag erwies sich als Volltreffer.

Im Hotel in Kairo, so erzählte ihm der junge Deutsche sofort, hätten sie das Angebot eines nett aussehenden Mannes angenommen, ihnen einen billigen Flug nach Sharm El-Sheik zu vermitteln. Am Flughafen jedoch wollte dieser nette Mann plötzlich mehr Geld haben. Er hatte gedroht, die Polizei zu rufen und zu behaupten, sie hätten ihm noch gar nichts bezahlt. »Ich habe hier viele Freunde«, hatte er vielsagend angedeutet. Natürlich hatten sie ihm das Geld gegeben, sodass sie auf einen Schlag so gut wie keine Reserven mehr hatten. Da sie das teure Ticket ohnehin schon in der Tasche hatten, hatten sie beschlossen, trotzdem zu fliegen, und sich vorgenommen, die nächsten Tage so billig wie möglich zu verbringen, möglicherweise, indem sie am Strand schliefen.

Peter bot ihnen an, das Taxi zu bezahlen. Die junge Frau fiel ihm um den Hals, und der junge Mann klopfte ihm mehrmals fest auf den Rücken.

Der Junge namens Melchior setzte sich neben den Fahrer, seinen kleinen Rucksack auf dem Schoß. Peter rutschte neben die Frau, Katja, auf den Rücksitz. Sie hatten das Gelände des Flughafens noch nicht verlassen, da hatte Katja schon seine Hand genommen, die sie erst losließ, als das Taxi an einer parallel zum Strand verlaufenden Straße parkte. Am Strand lag eine bunte Ansammlung kleiner Hütten mit Strohdächern, zwischen denen Wäscheleinen gespannt waren. Noch bevor Peter aus dem Auto ausstieg, hörte er die Klänge von Bob Marleys »Exodus«, das wohl unvermeidlich zu Orten wie diesem gehörte.

Peter bezahlte das Taxi, woraufhin Katja ihn noch einmal umarmte. Melchior schüttelte ihm ausgiebig die Hand, und beide waren sichtlich erleichtert, dass sie diese Hürde genommen hatten.

»Ich habe im *Lonely Planet* gelesen, dass es hier Stellen gibt, an denen man ungestört am Strand schlafen kann«, sagte Melchior. »Ansonsten ist das Leben hier nicht teuer, also denke ich, dass wir für die nächsten fünf Tage schon zurechtkommen werden.«

»Viel Glück«, sagte Peter.

»Wir wollen das Katharinenkloster besuchen und den Berg Sinai besteigen«, ergänzte Katja. »Deshalb sind wir überhaupt auf das Angebot dieses Betrügers eingegangen. Das meiste von dem Geld, das wir noch haben, wollen wir in die Fahrten investieren.«

Peter hatte selbst vor, am nächsten Tag so früh wie möglich ein Taxi zum Kloster zu nehmen, ohne Rücksicht auf Mitreisende nehmen zu müssen, deshalb beschloss er, lieber nichts von seinen Plänen zu erzählen.

Am liebsten wäre er sofort losgefahren, aber der Mann, der im Flugzeug neben ihm gesessen hatte, hatte ihm klargemacht, dass kein Fahrer diese Tour so spät am Nachmittag noch unternehmen würde. Um sechs Uhr würde es stockdunkel sein, und angesichts der jüngsten Entwicklungen mochte sich dann niemand auf den Wüstenstraßen aufhalten, weil man nicht wusste, wer plötzlich dort auftauchen konnte.

Peter verabschiedete sich von Katja und Melchior und ging zum erstbesten Hotel, das er sah, ungefähr dort, wo sie aus dem Taxi ausgestiegen waren.

Da er aus dem grellen Sonnenschein draußen kam, dauerte es eine Weile, bis er die Lobby richtig erkennen konnte. Es war niemand zu sehen.

Nachdem er ein paarmal die Glocke betätigt hatte, tauchte plötzlich jemand hinter dem Tresen auf. Ein junger Mann, der offensichtlich auf einer Matratze auf dem Boden ein Nickerchen gemacht hatte, sah ihn mit verschlafenen Augen an. Dann blätterte er eine Weile in einem großen Buch, um nachzusehen, ob noch ein Zimmer frei war, aber das war eher der Form halber, denn Peter sah, dass alle Zimmerschlüssel an einem großen Brett hingen.

Während der junge Mann seine Passdaten in das Buch übertrug, schaute Peter sich um. Die Lobby, in der kein Licht brannte und die zweifellos einst mit Geschmack und einem Auge für authentische ägyptische Details dekoriert worden war, sogar mit Teppichen auf dem Boden und Papyrusmalereien an den Wänden, machte einen vernachlässigten Eindruck. Auf den Bänken, die U-förmig um einen Couchtisch herum gruppiert waren, schliefen Leute, sah er, sobald sich seine Augen besser an die schummrige Atmosphäre gewöhnt hatten. Ein Ventilator drehte sich über ihren Köpfen, aber mit zu geringer Leistung, um auch nur die geringste Kühlung zu bewirken.

Das Zimmer, das Peter erhielt, war jedoch makellos sauber. Es roch frisch, und das weiße Bettzeug sah aus, als sei es gerade gewechselt worden.

Als er sein Telefon aufladen wollte, stellte er fest, dass er sein Ladegerät in der Steckdose von Judith gelassen hatte.

Wie ärgerlich! Mal sehen, ob man hier irgendwo eines kaufen kann. Ich bin sicher, dass ich nicht der erste Tourist bin, der dieses Problem hat.

Selbst die Dusche funktionierte einwandfrei, stellte er mit Genugtuung fest, als er unter den Strahl trat, um Staub und Schweiß abzuspülen. Seine Muskeln in Nacken, Rücken und Schultern entspannten sich, als das warme Wasser über seinen Rücken lief.

Er zog ein weites Baumwollhemd mit halblanger Hose darunter an. Als er mit seinen Flip-Flops nach draußen ging, wo es noch warm war, kam es ihm vor, als sei er auf Kurzurlaub. Es dämmerte, das Meer rauschte leise, und am Strand leuchteten die Lichter der Bars.

In dem kleinen Laden neben dem Hotel herrschte dieselbe Lethargie wie im Hotel. Der Verkäufer, der den Eindruck erweckte, er habe alle Hoffnung fahren lassen, starrte auf einen kleinen Fernseher, auf dem ein Fußballspiel lief. Der Ton war ausgeschaltet. Peter zeigte ihm die Ladebuchse seines Handys, woraufhin sich der Mann sofort in Bewegung setzte. Zielstrebig ging er zu einem der Regale, woraus er tatsächlich ein Ladegerät hervorzauberte.

»Dollar?«, fragte Peter.

Der Mann hob die zehn Finger beider Hände, grinste und entblößte dabei ein ruiniertes Gebiss.

Peter bezahlte ihn mit einem brandneuen Zehndollarschein, den er am Flughafen in Boston aus dem Automaten geholt hatte.

Nachdem ihm der Verkäufer das Ladegerät ausgehändigt hatte, klopfte er sich mehrmals mit der rechten Hand auf die Brust. *Shukran, shukran*, sagte er. Danke! Danke!

Peter kehrte zurück in sein Hotelzimmer, wo er sein Telefon an die Milchbar legte, wie Fay manchmal scherzhaft sagte. Er sah sofort, dass er hier keinen Empfang hatte. Vielleicht konnte er später ein Internet-Café suchen, wo es WLAN gab.

Aus dem Flugzeug in New York hatte er Fay noch eine WhatsApp geschickt und ihr erklärt, dass er aus einer Laune heraus entschieden habe, nach Sharm El-Sheik zu fliegen, was er sich schon lange gewünscht habe – und das war nicht einmal eine Lüge gewesen.

Das Katharinenkloster.

Der kleine Kreis in der Tätowierung konnte nur ein Hinweis auf das Kloster sein. Das äußere Dreieck deutete den Sinai an, die inneren Linien die angebliche Reise des Volkes Israel. Nachdem er es einmal erkannt hatte, war es geradezu unfassbar gewesen, dass niemand zuvor es gesehen hatte.

Falls es so war.

Jedenfalls hatte Tony es nicht erkannt, sonst wäre er längst hier gewesen.

Das Kloster beherbergte Tausende von Manuskripten, die einzigartig und von unschätzbarem Wert waren.

Das Handy wurde jedenfalls aufgeladen; das war zumindest etwas.

Peter verließ das Hotel und ging zu einer verlassenen Bar am Strand, die aus nichts weiter bestand als einer großen Holzplattform mit Tischen und Stühlen. An der Längsseite zog sich eine Bar entlang, hinter der sich vier Männer ganz offensichtlich langweilten. Er bestellte ein Bier und machte es sich mit der Flasche in der Hand auf dem Stuhl bequem, der dem Meer am nächsten stand. Die Kondensationstropfen hinterließen Spuren auf dem beschlagenen Glas, wie kleine Flüsse in einer Landschaft. Zufrieden trank er ein paar große Schlucke des kalten Biers.

Es wundert mich nicht, dass keiner Tony Vanderhoop verdächtigt hat, dachte Peter. Ein netter Kerl, der genauso schockiert über die Ereignisse zu sein schien wie alle anderen. In Leiden war er buchstäblich von der Bildfläche verschwunden, denn er und seine Delegation waren ja wieder in die USA abgereist.

Am Tag vor der Ermordung von Yona Falaina.

Er war ein Mann mit einer Mission, der sich selbst eine Lizenz zum Töten ausgestellt hatte. Ein gewiefter Schauspieler, ein Betrüger, der mich – und alle anderen – an der Nase herumgeführt hat.

Ob er wirklich ertrunken ist? Ob er wirklich vom schwarzen, kalten Wasser verschluckt worden ist? Welche Ironie …

Dann hat er das gleiche Schicksal erlitten, das er Sam und George zugefügt hat.

Peter war immer noch nervös gewesen, als er am Flughafen von Boston ins Flugzeug gestiegen war, und hatte den Piloten insgeheim verflucht, weil er einfach nicht zur Startbahn fuhr. Auch auf dem JFK-Flughafen in New York waren sie später als geplant gestartet, was Peter zu der Überzeugung gelangen ließ, dass jeden Moment schwer bewaffnete Polizisten das Flugzeug stürmen würden, um ihm als Verdächtigem in einem Mordfall Handschellen anzulegen. Selbst nachdem sich die Reifen des Flugzeugs in New York vom amerikanischen Boden gelöst hatten, schaffte er es nicht, sich ganz zu entspannen. Als die Maschine den ersten weiten Bogen beschrieb, war er davon überzeugt gewesen, dass ihn dies zurück nach New York bringen würde, direkt in eine amerikanische Zelle.

Erst als er auf dem Monitor gesehen hatte, dass das Flugzeug weit von der Küste entfernt war, wagte er zum ersten Mal zu hoffen, dass er sich vorerst in Sicherheit befand.

So muss sich auch Tony gefühlt haben, als er im Flugzeug von Amsterdam nach Boston saß.

In kürzester Zeit hatte Peter sein Bier ausgetrunken. Er winkte den Männern hinter der Bar, von denen einer mit einer neuen Flasche herbeigeeilt kam.

Am Wasser entlang spazierten zwei Leute, in denen er bald Melchior und Katja erkannte. Er winkte ihnen zu, woraufhin sie abbogen und auf ihn zukamen. Katja umarmte ihn wie einen lange vermissten Freund und drückte ihm einen warmen, ein wenig nassen Kuss auf den Hals. Melchior umarmte ihn kumpelhaft.

»Kommt, setzt euch«, sagte Peter. »Wollt ihr ein Bier?« Sie zögerten ein wenig, sodass Peter sich an ihre prekäre finanzielle Situation erinnerte. »Ich lade euch ein«, sagte er. »Wir bestellen uns auch etwas zu essen.«

»Nein, nein, Peter«, protestierte Melchior verlegen und hob abwehrend die Hände. Er sprach Englisch mit typisch deutschem Akzent. »Wir wollen deine Freundlichkeit nicht ausnutzen.«

»Jetzt hört mal«, erwiderte Peter auf seinen Protest. »Ihr seid in Kairo einem schlechten Menschen begegnet, oder? Dann möchte ich euren Glauben an die Menschheit wiederherstellen, indem ich euch etwas zu essen und zu trinken ausgebe. Im Gegenzug leistet ihr mir Gesellschaft und erzählt mir ein bisschen was. Ich bin allein hier und freue mich über Gesellschaft.«

Am Ende siegten Hunger und Durst über ihre Vorbehalte und sie gaben nach.

Unaufgefordert brachte der Barkeeper zwei weitere Flaschen Bier, und dabei bestellten sie auch gleich etwas zu essen, Shoarma-Fleisch mit Salat, extra große Portionen.

»Was machst du hier so allein?«, wollte Katja wissen.

»Ich bin Dozent für Geschichte an der Universität Leiden«, antwortete Peter – das war zumindest schon mal die Wahrheit. »Ich wollte schon lange das Katharinenkloster besuchen, und da ich gerade eine Woche frei hatte, dachte ich mir …«

»… jetzt oder nie«, beendete Katja seinen Satz.

»Ja, so ähnlich«, bestätigte Peter. »Meine …« Er zögerte einen Moment und nahm es sich gleich darauf übel – es war fast, als hätte er Fays Existenz leugnen wollen. »Meine Partnerin, meine Freundin, hatte Verpflichtungen zu Hause, sie konnte nicht mitkommen. Ihre Tochter geht noch zur Schule, da kann sie nicht so einfach weg.«

Es war eine hieb- und stichfeste Ausrede, kaum ein Wort davon war gelogen. Wenn man immer die Wahrheit sagte, konnte man ein Gedächtnis haben wie ein Sieb: Man erzählte einfach immer wieder genau das, was wirklich passiert war. Nur Lügner brauchten ein gutes Gedächtnis.

Katja erklärte, dass sie und Melchior – der nicht ihr Freund, sondern ein Kommilitone war – beide Ägyptologie studierten. Sie hatten die Möglichkeit gehabt, sechs Wochen lang in Sakkara zu graben, einem Dorf etwa dreißig Kilometer südlich von

Kairo, wo unter der Leitung der Universität Leiden seit 1975 jedes Jahr im März und April Ausgrabungen durchgeführt wurden. Peter kannte sogar einige der Leute, mit denen Katja und Melchior zusammengearbeitet hatten. Nachdem ihr Aufenthalt in Sakkara beendet war, hatten sie beschlossen, noch ein bisschen zusammen herumzureisen, woraufhin sie in Kairo auf diesen Betrüger hereingefallen waren.

Während das Essen, begleitet von vollen Bierflaschen, serviert wurde, erzählten sie abwechselnd, wie herrlich es gewesen sei, frühmorgens zur Arbeit zu gehen. Wie sie auf altmodische Art mit Eimer, Schaufel, Sieb und Besen Zentimeter für Zentimeter in die ägyptische Antike eingedrungen waren. Wie sie die Arbeit stundenlang durchhalten konnten, weil sie jeden Moment auf einen Fund stoßen konnten, auf eine Sensation, von der sie als Kinder schon geträumt hatten. Wenn sie ihren Blick zum Horizont richteten, sahen sie die berühmte Stufenpyramide des Pharaos Djoser. Was für ein Arbeitsumfeld! Und die Leidener waren tatsächlich schon auf viele spektakuläre Funde gestoßen. So wurde beispielsweise 2001 an dieser Stelle eine Doppelstatue des Hohepriesters Meryneith und seiner Frau Anoey ausgegraben, die Katja und Melchior im ägyptischen Museum in Kairo besichtigt hatten. Jahrtausendelang wurde die Wüste in der Nähe des Dorfes Sakkara im alten Ägypten als Friedhof für hohe ägyptische Beamte und andere wichtige Personen genutzt.

»Ich persönlich interessiere mich besonders für die Zeit des Pharaos Echnaton«, erzählte Melchior, den das gute Essen und das Bier sichtlich belebt hatten. »Ich möchte meine Examensarbeit darüber schreiben – und vielleicht sogar darüber promovieren, wenn ich kann.« Er schwieg einen Moment lang, als ob er dieses Geständnis bedauerte und das Aussprechen dieses Wunsches dessen Erfüllung erschweren würde.

»Echnaton ist der Pharao, der eine Zeit lang versucht hat, die Staatsreligion Ägyptens zu ändern«, fuhr er fort. »Er wollte den Polytheismus abschaffen und den Monotheismus einführen – der Sonnengott Aton sollte fortan als einziger Gott angebetet werden. Wahnsinnig interessant!«

Peter hatte natürlich von diesem Pharao und seinen Versuchen, die ägyptische Religion zu reformieren, gehört, aber er kannte die Einzelheiten nicht. Er wusste jedoch, dass es Theorien gab, nach denen die frühen monotheistischen Bestrebungen in dieser Epoche den Monotheismus im Judentum befördert haben sollte, in dem lange Zeit ebenfalls zahlreiche Götter angebetet worden waren.

In einigen Psalmen konnte man das sogar noch nachlesen, etwa im Psalm 86, in dem David betete: »Herr, dir ist keiner gleich unter den Göttern, und ist niemand, der tun kann wie du.« Oder Psalm 82, in dem Asaph dichtete: »Gott steht in der Gemeinde Gottes und ist Richter unter den Göttern.« Erst in späterer Zeit ging der Sturmgott Jahwe als Sieger hervor und wurde zum höchsten Gott erhoben.

»Meine Examensarbeit handelt im Wesentlichen vom Sonnenhymnus des Echnaton«, fuhr Melchior fort. »Kennst du den?«

Peter schüttelte den Kopf.

»Du solltest ihn unbedingt einmal lesen, wenn du wieder zu Hause bist«, meldete sich jetzt Katja zu Wort. »Der Text steht an der Wand des Grabes von Ay oder Eje, dem Vater der Nofretete, der Frau Echnatons. Er ist wirklich faszinierend! In einem Vers heißt es: ›Wie zahlreich sind deine Werke, die dem Angesicht verborgen sind, Du einer Gott, dessen gleichen nicht ist! Du hast die Erde erschaffen nach deinem Herzen, der du allein warst, mit Menschen, Herden und jeglichem Wild, allem, was auf Erden ist und auf seinen Füßen läuft, allem, was in der Luft ist und mit seinen Flügeln auffliegt‹.«

»Wenn man das mit Psalm 104 vergleicht«, übernahm Melchior wieder, »zeugen sowohl der Sonnenhymnus des Echnaton als auch Psalm 104 von einer regelrecht ekstatischen Freude an der Schöpfung. Der Kosmos sonnt sich im göttlichen Licht. Es gibt Überfluss und Ordnung, und Mensch und Tier leben in einer Art Anbetung der Schöpfung Gottes. Dem Hymnus liegt eindeutig ein zutiefst respektvolles Gefühl religiöser Ehrfurcht zugrunde.«

Es war offensichtlich, dass Melchior mit der Materie bestens vertraut war.

Peter schätzte es sehr, wenn sich jemand für etwas begeistern konnte. Dabei war ihm völlig egal, für was.

Er hatte einmal bei einem Abendessen neben jemandem gesessen, der über Frösche forschte. Am nächsten Tag war Peter in die Buchhandlung Kooyker gegangen, um ein Buch über Frösche zu kaufen, so hatte ihn der Mann mit seiner Begeisterung für die Tiere angesteckt.

»Der Hymnus beschreibt zunächst den Sonnenaufgang«, fuhr Melchior fort, der nun eindeutig sein Steckenpferd ritt. Er war wahrscheinlich erleichtert, dass ihre Reise nach Sharm El-Sheik nicht so katastrophal ausfallen würde, wie er vielleicht befürchtet hatte. »Und zwar so: ›Schön erscheinst du, im Lichtland des Himmels, du lebende Sonne, Ursprung des Lebens. Du bist aufgegangen im östlichen Lichtland, und du hast jedes Land mit deiner Schönheit erfüllt.‹ Und dann kommt die Dunkelheit der Nacht, die durch die Abwesenheit von Aton mit dem Tod verglichen wird. Wenn Aton am Morgen wieder aufgeht, wird das Land wiedergeboren. Das ganze Land geht an die Arbeit, das Vieh labt sich an seinen Pflanzen. Bäume und Pflanzen gedeihen, Vögel fliegen aus ihren Nestern empor. Viele sind davon überzeugt, dass Echnatons Vorstellungen von einem einzigen Gott, vom Monotheismus, das Judentum beeinflusst haben. Da nach der am weitesten verbreiteten Chronologie Echnatons Herrschaft mit der Zeit zusammenfällt, als die Israeliten Sklaven in Ägypten waren, kann ein solcher Einfluss nicht völlig ausgeschlossen werden.«

»Ist das nicht ein großer Zufall?«, fragte Katja.

Sie schien es zu genießen, ihm, Peter, etwas zu erzählen, was er anscheinend nicht wusste oder womit er sich nicht sehr gut auskannte. Immer öfter legte sie ihre Hand auf seinen Oberschenkel, was ihn überraschte, obwohl ihm die Wärme ihrer

Hand gefiel, die er durch den dünnen Stoff seiner Hose fühlte. Auch der Alkohol begann, seinen Tribut zu fordern. Er bedauerte, dass er so schnell hintereinander vier Bier getrunken hatte, weil er am nächsten Morgen zeitig aufstehen wollte, um früh ins Kloster fahren zu können.

Jetzt will ich den beiden mal etwas erzählen, das ihnen wahrscheinlich neu ist, dachte Peter.

»Aber angenommen, der Exodus hätte nie stattgefunden?«, fragte er. »Angenommen, diese ganze Geschichte ist nicht wahr, nicht einmal ansatzweise? Angenommen, die Israeliten sind nie in Ägypten gewesen? Dann kann es auch keinen Zusammenhang geben, oder? Dann ist es nur ein Text, von der Art, wie man wahrscheinlich noch viele andere auf der Welt findet, einer, in dem ein oberster Gott, der nicht einmal die Existenz anderer Götter ausschließt, gepriesen wird, weil die Schöpfung so schön ist. In diesem Fall wird man wahrscheinlich überall Verbindungen zwischen diesen Texten finden, so wie zwischen dem Sonnenhymnus des Echnaton und dem Psalm. Aber wenn zwei Dinge einander ähneln, bedeutet das nicht automatisch, dass sie auch miteinander verwandt sind.«

Sie schwiegen einen Moment lang, als hätten sowohl Melchior als auch Katja diese Möglichkeit nie auch nur entfernt in Betracht gezogen.

»Trotzdem«, sagte Melchior zögerlich. »Aber trifft das auch zu, wenn die Geschichte vielleicht nicht genau so stattgefunden hat, wie sie in Exodus beschrieben wird, aber dennoch einen historisch wahren Kern enthält? Dass wir also an einen einzigen Gott glauben, weil ein Pharao den Monotheismus zur Staatsreligion erhob und seine Vorstellungen irgendwann bis nach Palästina gelangten?«

»Ich persönlich«, sagte Peter, »und mit mir viele seriöse Wissenschaftler, glaube, dass das Volk Israel einfach aus den vielen Stämmen hervorgegangen ist, die damals in Palästina lebten. Sie waren kein eigenständiges Volk, das von außen kam und das Land eroberte. Sie lebten bereits dort, und diese ganze

Exodus-Geschichte wurde von A bis Z erfunden, um die nationale Identität zu stärken und den Anspruch auf das Land zu rechtfertigen. Sie haben sich tatsächlich beim Verfassen der Bibel bei den Nachbarn bedient, die rings um sie wohnten, und wer weiß, wer weiß, vielleicht auch bei den Ägyptern, aber dass sie das Konzept des Monotheismus von Echnaton haben, ist nicht leicht zu beweisen. Wahrscheinlich haben sie es aus Babylon mitgebracht, wohin sie verschleppt worden waren, und begannen danach, die Bibel zu schreiben. Ich lese gerade ein Buch mit dem Titel *Keine Posaunen vor Jericho* von zwei renommierten israelischen Archäologen. Das solltet ihr auch mal lesen. Ernüchterndes Material.«

»Jedenfalls …«, setzte Melchior noch einmal zu einer Erwiderung an, aber plötzlich gähnte er ausgiebig. »Ich bin sehr müde«, sagte er dann. »Wir sollten jetzt lieber schlafen gehen, oder, Katja?«

Peter wusste nicht genau, ob Melchior wirklich müde war oder ob er einfach keine Lust mehr auf diese Diskussion hatte.

»Habt ihr einen Schlafplatz gefunden?«, erkundigte er sich.

»Ja«, sagte Katja. »Wir dürfen auf dem Flachdach eines Hotels schlafen, mit so einer Balustrade darum herum. Eigentlich sehr romantisch, so unter dem Sternenhimmel. Und es kostet nur etwas über zwei Euro pro Nacht. Für uns beide zusammen!«

»Dann ist es ja gut«, sagte Peter, der sich seltsam erleichtert fühlte, weil sie nicht ungeschützt am Strand schlafen mussten.

Sie verabschiedeten sich, und Katja umarmte ihn erneut, inniger und länger als bei den vorherigen Gelegenheiten.

»Pass morgen gut auf dich auf!«, flüsterte sie ihm ins Ohr.

Es klang wie eine Warnung.

35

»Allahu akbar«, schallte es aus den Lautsprechern des Minaretts, das sich direkt neben dem Hotel befand.

Gott ist groß.

Der Gebetsruf weckte Peter, kurz bevor sein Handy es tat. Es war eine kurze Nacht gewesen, in der er ein paarmal auf die Toilette musste. Mit kleinen verschlafenen Augen und hämmerndem Schädel schleppte er sich in die Dusche, wo er sich mit kaltem Wasser abbrauste, um wach zu werden, wobei er sich mit einer Hand an der Wand abstützte.

Pass morgen gut auf dich auf!

Katjas Abschiedsworte gingen ihm nicht aus dem Kopf. Er drehte die Dusche aus, trocknete sich ab und zog sich an. Im selben Geschäft, in dem er das Ladegerät gekauft hatte, kaufte er Brot, Obst und noch zwei Flaschen Wasser.

Es war um diese Zeit sogar ein bisschen kühl, aber aus Erfahrung wusste Peter, dass es bis sieben Uhr recht warm werden konnte. Er ging zu einer Reihe gelber Taxis, die alle verlassen zu sein schienen, aber als er durch die schmutzigen Fenster des vordersten schaute, sah er, dass auf dem Rücksitz ein Mann schlief. Er hatte sich so zusammengefaltet, dass er größtenteils auf die Bank passte.

Peter klopfte an das Fenster.

Der Mann wachte auf und stieg unter einigen Schwierigkeiten aus.

»Katharina, Katharina«, sagte der Taxifahrer, noch bevor Peter etwas sagen konnte.

Peter nickte.

Sie einigten sich auf einen Preis, von dem Peter nicht beurteilen konnte, ob es sich um ein gutes Geschäft handelte, aber er wollte jetzt einfach nur schnell los.

Kurz bevor er einstieg, sah er die inzwischen vertrauten Gestalten von Melchior und Katja auf sich zukommen. Enthusiastisch winkten sie ihm zu. In einem ersten Impuls wollte Peter einsteigen und dem Fahrer befehlen, loszufahren, aber er brachte es nicht übers Herz. Er wartete, bis sie das Auto erreicht hatten.

Katja umarmte ihn erneut.

»Du fährst auch zum Katharinenkloster, oder?«, fragte Melchior.

Es wäre jetzt sehr seltsam gewesen, wenn Peter den beiden nicht angeboten hätte, mitzufahren. Außerdem hatte er ohnehin schon den Fahrpreis ausgehandelt.

»Sie fahren auch mit«, sagte Peter zum Fahrer, der etwas theatralisch protestierte, aber schnell nachgab, als Peter ihm einen zusätzlichen Zwanzig-Dollar-Schein zusteckte.

»Wir teilen uns natürlich die Kosten«, sagte Melchior, mehr der Form halber, wie es schien, denn er fragte nicht nach dem Gesamtbetrag. Wieder setzte er sich auf den Beifahrersitz, sodass Katja und Peter erneut gemeinsam auf dem Rücksitz landeten.

Der Fahrer drehte das Radio ziemlich laut, und arabische Musik dudelte ihnen um die Ohren. Es waren knapp zwei Stunden bis zum Kloster; wenn alles gut ging, würden sie es um acht Uhr erreichen.

Plötzlich kamen Peter Zweifel.

Warum bin ich überhaupt hier? Warum habe ich das Ganze nicht auf sich beruhen lassen? Mit dem Tod von Tony Vanderhoop nahm die Geschichte ein Ende, zwar ein unbefriedigendes Ende, aber trotzdem …

Doch die Vorstellung, dass Coen und Yona nicht umsonst gestorben waren, falls es ihm gelang, das Dokument zu finden, ließ ihn nicht los. Und hinzu kamen noch die beiden Männer in Israel und die beiden Männer in Boston. Sogar Tony, in gewisser Weise.

Abgesehen davon war Peter natürlich neugierig geworden, was in aller Welt dieses Wissen beinhaltete. Was konnte so wichtig sein, dass es seit Tausenden von Jahren durch »lebende Bücher« weitergegeben wurde?

Was ist, wenn ich falschliege und hier überhaupt nichts zu finden ist? Wie soll ich es überhaupt finden? Ich kann ja wohl kaum einfach ins Kloster hineingehen und sagen: Hallo, ich suche ein Dokument, in dem seit Tausenden von Jahren geheimes Wissen aufgezeichnet ist. Darf ich mal einen Blick hineinwerfen?

Es war eine Laune gewesen, ein Bauchgefühl …

Es war alles so schnell gegangen, dass es weder Zeit noch Raum für Zweifel gegeben hatte. Auch seit seiner Ankunft in Sharm El-Sheik war er kaum zu Ruhe gekommen, nachdem er Melchior und Katja getroffen hatte, zu spät mit zu viel Bier intus zu Bett gegangen und früh wieder aufgestanden war.

Er sah Katja an, die ihren Kopf an seine Schulter gelegt hatte. Sie hatte die Augen geschlossen und schien tatsächlich eingeschlafen zu sein, obwohl Peter sich das kaum vorstellen konnte, denn der Rücksitz war ungemütlich, die Musik war laut und ein immer wärmerer Wind wehte durch die offenen Fenster herein.

Schon bald hatten sie Sharm El-Sheik verlassen. Sie fuhren auf einer breiten, glatt asphaltierten Straße ohne Markierungen, deren Seitenstreifen bis weit auf die Fahrbahn unregelmäßig mit Sand überweht waren.

Ob irgendjemand den Job hat, jeden Tag mit einer Kehrmaschine die Straße vom Sand zu befreien? fragte sich Peter. *Was müsste das für eine endlose Sisyphusarbeit sein.*

Mit ziemlich hoher Geschwindigkeit brausten sie durch die Wüste, die überraschenderweise viel bunter war, als Peter erwartet hatte. Hier und da gab es etwas spärliche Vegetation –

raues Gebüsch, mehr braun als grün –, aber vor allem der Sand und die Felsen nahmen unter dem Einfluss des wechselnden Lichts ständig verschiedene Farben an: Gelb, Orange, Rosarot, manchmal sogar Violett, Dunkelbraun, wie die Palette eines experimentierenden Malers.

Melchior schien die Fahrt zum Meditieren zu nutzen; er starrte unentwegt auf die vorbeiziehende Landschaft.

Katja war wirklich eingeschlafen, ihr Kopf lag schwer an seiner Schulter.

Die ganze Zeit über waren sie keiner Menschenseele begegnet.

»Es sind nicht viele Touristen unterwegs, was?«, rief Peter über die laute Musik, das Rauschen des Windes und das Brummen des Motors hinweg dem Fahrer zu.

Der Fahrer drehte sich mit dem Oberkörper zu ihm, wodurch der Wagen einen gefährlichen Schlenker quer über die Straße machte. »Keine Touristen!«, rief der Mann zurück und schüttete den Zeigefinger in der Luft. Glücklicherweise richtete er seine Aufmerksamkeit bald wieder auf die Straße. »Niemand! Sie sagen: Terroristen auf dem Sinai, aber keine Terroristen hier. Nur gute Leute hier. Gute Muslime!«

Mehr um nachzusehen, wie spät es war, als aus irgendeinem anderen Grund holte Peter sein Handy aus seinem Rucksack. Natürlich gab es hier kein Netz. Er sah, dass es kurz vor sieben war.

Er scrollte durch einige Bilder von zu Hause, Fay mit Agapé im Hof, Fay und er zusammen im botanischen Garten, ein Foto von Judith.

Dann steckte er das Handy wieder in den Rucksack.

In der Ferne überquerte eine Gruppe Kamele die Straße, ohne Begleitung von Menschen, wie es schien.

Das Auto wurde langsamer, und Melchior erwachte zum Leben.

»Können Sie kurz anhalten?«, fragte er den Fahrer. »Ich würde gerne ein paar Fotos machen.«

Der Fahrer fuhr langsam auf die Kamele zu und blieb am Straßenrand stehen.

»Komm mit!«, sagte Melchior zu Peter, so begeistert wie ein Fotograf von *National Geographic*, der nach monatelanger Suche endlich ein ausgestorben geglaubtes Tier entdeckt hat.

Peter löste sich vorsichtig von Katja, konnte aber nicht verhindern, dass sie trotzdem aufwachte. Schlaftrunken fragte sie, ob sie schon da seien, hielt aber die Augen geschlossen. Sie blieb im Auto sitzen.

Nachdem er fast eine Stunde lang in einer verkrampften Haltung auf dem Rücksitz gesessen hatte, war es angenehm, sich eine Weile die Beine zu vertreten. Pro forma schlenderte auch Peter auf die Kamele zu – eine ziemlich große Herde, wie man jetzt sah.

Das Taxi fuhr langsam an, manövrierte vorsichtig an ihnen und den Kamelen vorbei und wartete ein Stück weiter auf sie.

Zu Hause wäre das natürlich so, als würde jemand unterwegs aussteigen, weil er unbedingt Kühe fotografieren will.

Melchior ging weiter in Richtung des Autos, während Peter sich noch einmal genüsslich und mit geschlossenen Augen reckte. Bis er auf einmal Reifen quietschen hörte.

Das Taxi raste los, und am Jaulen des Motors hörte er, dass es im falschen Gang fuhr. Für einen Moment drehten die Reifen im Sand auf der Straße durch, aber dann hatten sie wieder Bodenhaftung. Durch die Heckscheibe winkte ihm Katja noch zu, wobei es aussah, als lächelte sie und höbe beide Daumen in die Luft.

Zuerst war Peter zu verwirrt, um irgendetwas zu unternehmen, wie jemand, der einen Unfall beobachtet und nicht weiß, was er tun soll. Dann rannte er voller Panik los. Eine völlig sinnlose Aktion, wie ihm rasch klar wurde. Innerhalb von zehn, zwanzig Sekunden war das Auto auf der schnurgeraden Straße vor ihm nichts weiter als ein kleiner gelber Punkt.

Ist das … Ist das ein schlechter Witz oder so was?

Er blieb mitten auf der Straße stehen, halb in der Erwartung, dass das Auto umdrehen würde, um ihn wieder abzuholen, ein bizarres Beispiel deutschen Humors vielleicht. Doch bald schwante ihm, dass er nicht damit rechnen konnte.

Sie waren eine Stunde mit dem Auto unterwegs gewesen, also fast auf halber Strecke zum Kloster. Es war eine Fahrt von ungefähr zweihundertfünfzig Kilometern, sodass er weder dorthin noch zurück zu Fuß gehen konnte.

Er hatte kein Wasser und nichts zu essen dabei, weil sein Rucksack noch im Auto war. Der kurze, schnelle Sprint hatte ihm bereits einen verschwitzten Rücken und einen trockenen Mund beschert. Nur seinen Pass, sein Bargeld und seine Kreditkarte hatte er sich bei sich, sicher verstaut im Geldgürtel um seine Taille.

»Pass morgen gut auf dich auf«, hatte Katja gestern Abend zu ihm gesagt.

Was hatte sie da schon gewusst, was sie ihm nicht sagen wollte? Ihm nicht sagen durfte?

Peter fragte sich plötzlich, wie zufällig das Treffen am Flughafen gewesen war. Die gespielte Hilflosigkeit, die plausible Geschichte, dass sie betrogen worden wären, der nette Abend mit Essen und viel Bier.

War das alles Teil eines ausgeklügelten Spiels gewesen, eine Falle, in die er mit offenen Augen hineingetappt war? Aber er war doch von sich aus auf sie zugegangen, oder? Hätten sie ansonsten einen anderen Weg gefunden, sich ihm zu nähern? In wessen Auftrag?

Ohne große Überzeugung begann Peter in die Richtung zu gehen, aus der sie gekommen waren, aber er blieb bald wieder stehen. Die wenigen Kilometer, die er auf diese Art höchstens zurücklegen könnte, würden ihn nur erschöpfen und austrocknen. In einer Umgebung wie dieser konnte es sehr schnell um ihn geschehen sein.

Er dachte an den tragischen Tod des Direktors der Tilburger Pop-Bühne 013 und seiner Freundin, die mit ihrem Auto im nordamerikanischen Joshua-Tree-Nationalpark liegen geblieben waren. Bei einer Temperatur von vierzig Grad hatten sie sich zu Fuß auf den Weg gemacht, um Hilfe zu suchen. Nur wenige Kilometer von ihrem Auto entfernt waren sie an Dehydratation gestorben.

Wie durstig ich bin!

Wegen des salzigen Essens vom Vorabend und des Katers fühlte sich seine Zunge jetzt schon an wie ein Stück Fensterleder.

Hier war nirgendwo Schatten, und zugleich brannte die Sonne von Minute zu Minute heißer. Er hatte auch seine Kappe im Auto liegen gelassen, sodass er nichts hatte, womit er seinen Kopf oder seine Augen hätte schützen können. Verzweiflung erfasste ihn.

Aus welchem Grund? Weshalb? Warum? Das kann doch nicht mein Ende sein, oder? Aber das denkt wahrscheinlich jeder in einer solchen Situation.

In Plymouth hätte ihn beinahe das Wasser umgebracht. Hier würde ihn der Wassermangel das Leben kosten, wenn nicht bald Rettung nahte.

Er beschloss, trotzdem bis zur nächsten Kurve zu laufen, in der Hoffnung, dort etwas Schatten zu finden. Doch diese Hoffnung war vergebens. Alles, was es gab, war ein kläglicher kleiner Busch mit nur wenigen Blättchen.

Das ist nicht gut, dachte Peter verzweifelt.

Die Kopfschmerzen wurden immer schlimmer.

Ich hätte heute Morgen Aspirin gegen den Kater nehmen sollen.

Die Müdigkeit von der Reise, der Kampf mit Tony, seine Flucht aus den USA, aber vor allem der Verrat von Melchior und Katja und die hoffnungslose Situation, in der er sich befand – das alles überwältigte ihn plötzlich, und zum ersten Mal seit vielen Jahren fing er an zu weinen.

Er verzog sein Gesicht zu einer Grimasse, in dem Versuch, etwas von der kostbaren Tränenflüssigkeit mit dem Mund aufzufangen, aber es war sinnlos.

Inzwischen hatte er einen Strauch erreicht, der einen blassen Schatten auf den Boden warf.

Die Kopfschmerzen, die Müdigkeit, der Stress, der Durst, der Kater … Eine schlechtere Ausgangslage kann man sich kaum vorstellen.

Er legte sich auf den Boden, auf die Seite, mit dem Kopf so weit wie möglich auf der Stelle, wo der Boden durch den Schatten leicht verdunkelt wurde.

Vielleicht kommt gleich doch noch ein Auto vorbei.

Er legte einen Arm über sein Gesicht, um es vor der gnadenlosen Sonne zu schützen.

Jetzt so wenig Energie wie möglich verschwenden …, dachte er, bevor er langsam wegdämmerte.

36

Peter blinzelte ein paarmal.

Ich bin noch da, war sein erster Gedanke. Kein Tunnel aus Licht. Mein Leben ist nicht im Zeitraffer an mir vorübergezogen, keine verstorbenen Lieben haben mich erwartet, keine freundlichen Lichtwesen haben mir befohlen, in meinen Körper zurückzukehren, weil ich auf der Erde noch eine Aufgabe zu erfüllen habe.

Ein heftig pochender Kopfschmerz machte ihm nur allzu deutlich, dass er noch immer einen Körper hatte. Er schlug die Augen auf. In dem Raum, in dem er sich befand, war es dunkel, aber nicht ganz, als ob das Licht gefiltert würde.

Seine Wange brannte durch den rauen Stoff, auf dem er wer weiß wie lange gelegen hatte. Er versuchte, sich aufrecht hinzusetzen, was ihm nach einigen Versuchen – das heftige Hämmern in seinem Kopf zwang ihn mehrmals, sich wieder hinzulegen – schließlich gelang. Er saß auf einem niedrigen, schlichten Holzbett, über das so etwas wie eine Tierhaut straff gespannt zu sein schien. Seine Schuhe trug er nicht mehr, aber seine Kleidung.

Er sah, dass er sich in einem großen Zelt befand, einem Zelt aus grobem, schwarzem Stoff, der tatsächlich das Licht filterte. Der Raum war nur spärlich möbliert. Es gab noch ein zweites Bett, genau wie das, auf dem er saß. Zwei große Ballen, die wie Teppiche aussahen, wurden von einem großen, dünnen Tuch zusammengehalten. Auch auf dem Boden lagen Teppiche, durch die man Sand und Felsgestein erkennen konnte. Ein kunstvoll verzierter, silbergrauer Krug stand auf einem großen Tablett, umgeben von etwa zehn kleinen, hohen Teegläsern und einem Haufen grob geformter Zuckerklümpchen.

Ein Meer von Licht drang plötzlich in das Zelt ein, als jemand die Eingangsklappe beiseiteschlug.

In einem Reflex schützte Peter mit einer Hand die Augen vor der schmerzhaft hellen Sonne. Langsam ließ er sie wieder sinken, aber im Gegenlicht konnte er nicht erkennen, wer da hereingekommen war. Die Klappe schloss sich wieder und verdunkelte den Raum.

Die Gestalt schien verschwunden zu sein.

Wo bin ich?

Zu seinen Füßen sah Peter eine Kanne mit Wasser und setzte sie an den Mund. Er trank so gierig, dass ihm Rinnsale der Flüssigkeit über das Kinn liefen. Peter verschluckte sich und musste husten. Mit Mühe gelang es ihm, die Kanne wieder auf den Boden zu stellen, und danach ließ er sich wieder auf das Bett fallen.

Er hörte, dass die Klappe wieder geöffnet wurde. Selbst mit geschlossenen Augen bemerkte er, dass es heller wurde; ein rosiger Schimmer glitt über seine geschlossenen Augenlider.

I was lost, but I was found.

Jemand näherte sich ihm vorsichtig, so als würde man auf ein verwundetes Tier zugehen, von dem man nicht weiß, wie es auf Berührung reagieren würde. Als sich nichts mehr regte, drehte Peter den Kopf zur Seite und öffnete langsam die Augen. Vor seinem Bett hockte ein Mann und beobachtete ihn aufmerksam. Er hatte ein wettergegerbtes Gesicht, einen Stoppelbart und dunkle Augen, und er trug eine weite Djellaba, die aus dem gleichen Stoff wie das Zelt gemacht zu sein schien.

Ein Beduine.

Um seinen Kopf war ein langes weißes Tuch drapiert, so wie Peter es auf Fotos dieser Wüstenbewohner gesehen hatte.

Der Mann legte eine Hand auf die Brust und klopfte ein paarmal sanft darauf.

»Bilal«, sagte er. »Bilal.« Er lächelte breit und zeigte ein lückenhaftes Gebiss.

Peter ahmte seine Geste nach. »Peter«, sagte er. »Peter.«

Der Mann wiederholte seinen Namen, aber es klang eher wie »Beder«.

Peter nickte.

Bilal nahm den Wasserkrug.

»You drink«, sagte er, wobei nicht ganz deutlich war, ob dies eine Frage oder eine Aufforderung war.

Peter nahm den Krug und trank noch ein paar Schlucke.

»You Catharina?«, fragte Bilal und deutete mit dem rechten Zeigefinger auf Peter.

Peter nickte.

»Catharina, yes«, sagte er und zeigte wieder auf sich.

»I bring«, sagte Bilal, sprang federnd auf und freute sich sichtlich darüber, dass er das Ziel des gestrandeten Fremden herausgefunden hatte. *»You eat?«*, sagte er, was diesmal eindeutig als Frage gemeint war.

Erst jetzt merkte Peter, dass er schrecklichen Hunger hatte. Er hatte nichts von dem Obst oder dem Brot gegessen, das er am Morgen gekauft hatte.

Bilal ging wieder hinaus. Mit rauen, arabisch klingenden Zurufen schien er irgendjemandem Befehle zu erteilen. Der schüchterne Tonfall, in dem Bilal seine englischen Worte geäußert hatte, war verschwunden.

Warum haben sie mich bloß zurückgelassen, fragte sich Peter.

Schnell tastete er mit einer Hand nach seinem gefüllten Geldgürtel, den er noch immer um die Taille trug.

Darum ist es ihnen anscheinend nicht gegangen.

Draußen vor dem Zelt hörte er Kamele brüllen und das Klirren von Metall auf Metall, vielleicht Besteck auf Tellern.

Mühsam schwang Peter seine Beine über die Bettkante, um sich aufrecht hinzusetzen. Plötzlich spürte er, wie voll seine Blase war. Er stand leise auf und ging auf den Ausgang des Zeltes zu, wobei er immer noch taumelte.

Als er die große Eingangsklappe beiseitegeschlagen hatte, blinzelte er zunächst heftig mit den Augen. Das Blut rauschte ihm in den Ohren, mal lauter, mal leiser. Vorsichtig öffnete er wieder die Augen. Es war, als sei er in eine Reisedokumentation des *Discovery Channel* oder *National Geographic* getreten. Zu seiner Rechten standen eine Reihe verschleierter Frauen in bunten Gewändern um einen Kochtopf, der über einem Holzfeuer hing, aber ihre Augen huschten sofort weg, als er sich umdrehte. Kichernd stießen sie sich gegenseitig an.

Wenige Meter entfernt ragte ein großes, halb offenes Zelt auf, ähnlich wie ein Windschutz für Badende am Strand, allerdings einige Nummern größer. Das Innere war mit Teppichen ausgelegt, die sich teilweise überlappten. Aus Kissen waren zwei U-förmige Sitzplätze geschaffen worden, vor denen große silberne Tabletts lagen. Neben dem Zelt standen tatsächlich ein paar Kamele in der unbarmherzig brennenden Sonne. Sie schienen auf etwas herumzukauen, obwohl Peter nichts in ihren Mäulern sah. Mit stoischem Blick schauten sie vor sich hin.

Enthusiastisch kam Bilal auf ihn zu. »Beder!«, rief er. »Beder!«

Peter machte sich nicht die Mühe, seine Aussprache zu verbessern. Bilal nahm Peter am Arm, um ihn in Richtung des Sitzplatzes zu führen.

»I need to …« Peter versuchte, ihm zu verdeutlichen, dass er dringend pinkeln musste. *»Pipi«*, sagte er und hoffte, dass das Wort aus der Kindersprache irgendwie international war. Er deutete mit einer vagen Geste auf seinen Schritt. *»Pipi«*, wiederholte er noch einmal.

Bilal schien ihn sofort zu verstehen. Er ergriff seine Hand und führte ihn vom Zelt weg an einen Ort, an dem sich zu Peters Überraschung ein paar Dornenbüsche befanden, in einer ansonsten völlig unfruchtbaren Umgebung. Erst als sie dort waren, ließ Bilal seine Hand los und kehrte ins Lager zurück.

Erleichtert leerte Peter seine Blase und versuchte dabei so gut es ging, die Büsche zu wässern.

Möge er wie der Regen sein, der auf kahle Felder fällt, wie Regenschauer, die die Erde tränken …

Noch bevor er seine Hose wieder geschlossen hatte, war nur noch ein dunkler Fleck im Sand übrig, so schnell wurde die Feuchtigkeit vom Boden aufgenommen.

In der Ferne hörte er ein Geräusch herannahen. Er lauschte aufmerksam, und bald erkannte er, dass es sich um ein Auto handelte. Instinktiv hatte er den Impuls, in die entsprechende Richtung zu laufen, um vielleicht eine Mitfahrgelegenheit zu erwischen, aber nach einem ersten Schritt erstarrte er mitten in der Bewegung.

Angenommen, es waren Melchior und Katja?

Das Geräusch wurde schnell lauter. Etwa fünfzig Meter von Peter entfernt lag eine Reihe von Sandhügeln, als wollte man das Land vor einem feindlichen Meer schützen, das an die Küste brandet. Ohne zu bremsen fuhr das Auto vorbei, und bald wurde das Geräusch wieder leiser und erstarb.

Nur ein Auto, nur ein Auto … Es hat nichts zu bedeuten.

Peter ging in die Richtung, aus der das Geräusch gekommen war. Als er den Sandhügel erklommen hatte, sah er nicht nur, dass unten tatsächlich eine Straße verlief, sondern er entdeckte auch den Busch, unter dem er vergeblich Schutz gesucht hatte. Er drehte sich um und erkannte, dass er, wenn er den Hügel hinaufgegangen wäre, weniger als fünfzig Meter entfernt auf Hilfe gestoßen wäre.

Er kehrte zum Zelt zurück, vor dem sich Bilal postiert hatte und ab und zu mit beiden Armen winkte, als befürchte er, dass Peter sich auf diesem kurzen Stück verlaufen könnte.

Peter hatte keinen Blick auf das Auto erhaschen können.

Sie setzten sich auf die harten Kissen, und erst da merkte Peter, wie sehr er schwitzte. Dankbar nahm er einen großen Zinnbecher entgegen, der bis zum Rand mit kühlem Wasser gefüllt war.

Wie kriegen die das Wasser hier nur so kalt?

Unmittelbar darauf kamen die beiden Mädchen zu ihnen, die er eben schon gesehen hatte. Eine von ihnen hatte einen Teller mit Reis und einer dampfenden Soße in der Hand, die andere ein grob abgerissenes Stück Brot. Nachdem sie es Peter gegeben hatten, blieben sie neugierig stehen, aber Bilal scheuchte sie barsch weg.

»*You eat*«, sagte er zu Peter und lächelte freundlich. Er selbst nahm eine Zigarette aus einer Schachtel, die vor ihm auf einem Tablett lag.

Wie lange habe ich an der Straße gelegen? Wie lange habe ich geschlafen?

Peter zeigte auf sein Handgelenk und hoffte, dass die Gebärde für die Frage nach der Uhrzeit hier bekannt war.

Es stellte sich heraus, dass Bilal tatsächlich eine Uhr trug. Er hielt seinen Arm in die Luft, um Peter das Zifferblatt zu zeigen.

Fast zwölf Uhr mittags. Vor etwa fünf Stunden hatten Melchior und Katja ihn aus unerfindlichen Gründen zurückgelassen.

Das Essen bestand aus Reis und Kichererbsen in einer Soße, mit Fleischstücken darin.

Es dauerte nicht lange, bis Peter alles aufgegessen hatte. Mit dem Brot wischte er die letzten Reste von seinem Teller, bis dieser völlig sauber war.

»*Good*«, sagte Bilal zufrieden und nahm ihm den Teller ab.

»*You family?*«, fragte ihn Peter und beschrieb mit der rechten Hand einen großen Kreis in der Luft.

Bilal nickte und wiederholte. »*You family.*«

Er schien Peter nicht ganz verstanden zu haben.

»*You live here?*«, fragte Peter.

»*You live here*«, wiederholte Bilal erneut, wie ein fleißiger Schüler in der ersten Englischstunde.

»*I Catharina*«, sagte Peter dann versuchsweise. »*You bring? Catharina?*«

Bilals Gesicht leuchtete auf.

»Yes. Bring Catharina.«

Noch ein paarmal zog er tief an seiner Zigarette und rief dann etwas in Richtung des großen Zeltes. Ein kleiner Junge kam heraus, den Peter bisher noch nicht gesehen hatte. Er blieb stehen, und Bilal erteilte ihm weitere kurze, barsche Befehle.

Peter hätte ihm gerne erklärt, was er hier überhaupt machte, aber sie hatten keine gemeinsame Sprache, in der er es hätte ausdrücken können.

Da sitzt man hier mit all seiner Gelehrsamkeit und seinem Wissen, reduziert auf ein Minimum an sprachlichen Mitteln wie »You family« *und* »You bring«. *So ähnlich wie* »Ich Tarzan, du Jane«. *Wie die Sprache doch mit dem zusammenhängt, wer man ist, mit der ganzen Persönlichkeit. Deine Witze, deine Anekdoten, deine Wortspiele. Alles obsolet ohne Sprache, und du verschwindest mit ihr.*

Er hörte wieder das Blöken der Kamele, während der Junge, dem Bilal zuvor die Befehle gegeben hatte, beruhigend mit der Zunge schnalzte. Glöckchen läuteten, und Peter spürte, wie leicht die Erde bebte.

Wir werden doch nicht etwa …

»Camel«, sagte Bilal. *»You camel. Catharina. Camel.«*

Noch bevor Peter reagieren konnte, näherte sich eine Frau mit einem dunkelbraunen Gewand in den Händen, das teilweise über den Boden schleifte und eine Spur im Sand hinterließ. Sie gab es Peter, zusammen mit einem großen weißen Tuch aus grobem Stoff.

Bilal zeigte auf die Kleidungsstücke. *»You.«* Dann zeigte er nach oben. *»Sun.«*

Peter stand auf, mit den überraschend schweren Kleidern in den Händen, von denen er sich nicht vorstellen konnte, dass sie jemals bequem sein könnten. Sie sollten ihn wohl vor der grellen Sonne schützen, aber er befürchtete, dass es darunter furchtbar heiß sein würde.

Auf der anderen Seite tragen die Beduinen das seit Jahrhunderten, und zwar aus gutem Grund.

Bilal nahm ihm die Sachen aus den Händen und warf Peter das Gewand über den Kopf, sodass er kurzzeitig orientierungslos wurde, aber schon bald fand er die Öffnung, durch die er den Kopf stecken musste. Mit ein paar geschickten Bewegungen drapierte Bilal alles so, dass es bequem um Peters Körper fiel. Die Frau band ihm eine Art Gürtel um die Taille und schlang ihm anschließend das weiße Tuch so um den Kopf, dass nur ein schmaler Streifen vor seinen Augen offen blieb.

Für einen Augenblick überkam Peter ein *Lawrence von Arabien*-Gefühl, als wäre der Weg, der vor ihm lag, ein großes, aufregendes Abenteuer. Dadurch vergaß er zum ersten Mal, seitdem er auf der Straße zurückgelassen worden war, für einen Moment, in was für einer prekären Situation er sich befand.

Hinter dem Zelt erschien der Junge, rechts und links zwei Kamele am Zügel. Sie waren mit reich verzierten Sätteln ausgestattet, an denen kupferfarbene Glocken befestigt waren. Der Junge brachte die Tiere dazu, sich hinzuknien.

Sie ließen sich zuerst auf die Vorderbeine sinken. Es sah alles sehr ungeschickt aus, als ob sie es zum ersten Mal machten. Als sie endlich lagen, gingen die beiden Mädchen zu ihnen und befestigten mit Stricken zwei mit Wasser gefüllte Säcke an den Flanken jedes Kamels.

»*Come*«, sagte Bilal und nahm Peter an die Hand.

Inzwischen hatte auch er sich auf die gleiche Weise ein Tuch um den Kopf gewickelt. Er begleitete Peter zu einem Kamel, und nach mehreren ungeschickten Versuchen schaffte er es, sich einigermaßen daraufzuhieven, was wiederum viel Gekicher bei den Mädchen hervorrief. Der Sattel war eng, und Peter rutschte ein wenig hin und her, um seine eingequetschten Hoden zu entlasten. Er musste tatsächlich schon wieder pinkeln, hatte aber gerade einen einigermaßen bequemen Sitz gefunden und traute sich nicht, noch einmal aus dem Sattel zu steigen.

Bilals Kamel stand unter den aufmunternden Geräuschen seines Reiters auf. Peters Kamel erhob sich ebenfalls, wobei

Peter zur großen Erheiterung von Bilals Familie beinahe vornübergefallen wäre.

»*You okay?*«, fragte Bilal, nachdem alle genug gelacht hatten.

»*I okay*«, antwortete Peter, obwohl der Druck auf seiner Blase enorm geworden war.

Mit ein paar kräftigen Schlägen auf das Gesäß von Peters Kamel setzte der Junge das Tier in Bewegung. Nach nur wenigen Schritten verstand Peter, warum das Kamel als Wüstenschiff bezeichnet wurde. Innerhalb von Minuten fühlte er sich buchstäblich seekrank. Auch wurde es unter der schweren Decke, die er über seiner Kleidung trug, allmählich sehr heiß. Das grelle Sonnenlicht wurde vom Sand reflektiert und zwang ihn, seine Augen zu Schlitzen zusammenzukneifen.

Lieber Gott, lass das nicht zu lange dauern …

Er glaubte, sich zu erinnern, dass ein Kamel schneller als sechzig Stundenkilometer laufen konnte, sich aber dann nur ein erfahrener Jockey darauf halten konnte. Aber selbst bei zwanzig Kilometern pro Stunde würden sie an die sechs Stunden brauchen, um zum Kloster zu gelangen. Aber vielleicht war der Weg durch die Wüste kürzer als der über die Straße.

Nach einiger Zeit verschwand seltsamerweise sein Drang, auf die Toilette zu gehen. Er versuchte, seinen Blick auf den Horizont zu richten, während eine eintönige Landschaft aus Sand, verwitterten Felsen und dornigen Büschen, die entgegen jeder Erwartung in dieser gnadenlosen Umgebung überlebt hatten, an ihm vorbeizog. Alle paar Minuten war er gezwungen, sich wegen der Krämpfe in seinen Oberschenkeln und im unteren Rückenbereich anders hinzusetzen.

Mittlerweile waren die Kamele vom anfänglichen Schritttempo in einen leichten Trab übergegangen, wodurch sie zwar schneller vorankamen, der Ritt aber noch unbequemer wurde als zuvor.

Sie schienen einem völlig willkürlichen Weg zu folgen. Für Peter war es ein Rätsel, wie Bilal es schaffte, sich in der Gegend, die so wenige Orientierungspunkte zu haben schien, zurechtzufinden.

Nach einer oder vielleicht zwei Stunden – Peter hatte das Zeitgefühl völlig verloren – hielten sie an einer Gruppe von Felsen an, die zunächst in immer gleicher Entfernung zu bleiben schien, bis sie sie schließlich doch erreichten.

Wieder knieten die Kamele nieder, und Peter musste sich gut festhalten, um im Sattel zu bleiben. Seine Beine waren taub geworden, wodurch er sich kaum aufrecht halten konnte, nachdem er abgestiegen war.

Zum ersten Mal seit Beginn ihrer Reise sprach Bilal mit ihm.

»*You drink*«, sagte er und ging mit gutem Beispiel voran.

Sie schlugen das Tuch um den Kopf ein wenig zurück und tranken beide gierig große Schlucke Wasser.

»*Camel drink*?«, fragte Peter und zeigte auf die Tiere, die sich mit dem gleichen stoischen Blick umsahen wie immer.

Bilal schüttelte den Kopf.

Er band den Wassersack wieder fest und kletterte auf die Felsen, als ob auch er überprüfen müsste, wo er sich befand. Unter seiner Kleidung zog er eine Schachtel Zigaretten hervor, die er einladend Peter hinhielt.

Es war schon eine Weile her, dass Peter seinen tägliche Zigarrillo geraucht hatte, aber Zigaretten hatte er schon seit Jahren nicht mehr geraucht.

Eine große Sehnsucht nach seinem kleinen Büro in Leiden überkam ihn.

Und eine große Sehnsucht nach Fay.

Peter musste kurz schlucken, ging dann aber zu Bilal hinüber, um die Zigarette anzunehmen. Nachdem beide ihre Zigaretten angezündet hatten, setzten sie sich auf den Boden und rauchten.

Ich könnte glatt ein reicher Tourist sein, der Hunderte von Dollar für ein echtes Wüstenerlebnis mit einem authentischen Beduinen bezahlt hat.

Es war windstill, sodass der Rauch ihrer Zigaretten fast schnurgerade emporstieg. Und noch etwas war besonders, ohne dass Peter sagen konnte, was es war, aber er war zu müde, um lange darüber nachzudenken.

Es herrschte absolute Stille.

Peter starrte über die endlose Ebene, die vor ihm lag.

Jeder Christ oder Jude, der wörtlich an die Bibel glaubte, brauchte nur eine Minute in dieser Gegend zu verweilen, um zu verstehen, dass man hier nicht vierzig Jahre lang umherwandern konnte. Natürlich war laut Exodus Manna vom Himmel herabgefallen, und Gott hatte regelmäßig für Wachteln gesorgt – ziemlich viel Manna und ziemlich viele Wachteln übrigens, wenn man täglich drei Millionen Menschen damit ernähren wollte –, aber ausgerechnet das Wasser, das man brauchte, um den Durst einer so großen Gruppe von Menschen zu löschen, würde Wasservorräte erfordern, die nirgendwo in der Wüste verfügbar waren.

»*You muslim?*«, brach Peter das Schweigen.

Bilal sah ihn an, als hätte er vergessen, dass jemand bei ihm war.

»*Muslim*«, antwortete er und nickte. Er zeigte zum Himmel und sagte: »*Allah. Muslim.*« Dann deutete er auf Peter. »*You?*«

»*Isa*«, sagte Peter, der sich in dem Moment an den arabischen Namen für Jesus erinnerte. Dies war weder die Zeit noch der Ort, um zu erklären, dass er sich eigentlich als Agnostiker betrachtete. Aus Erfahrung wusste er, dass man im Nahen Osten – und übrigens auch in vielen anderen Ländern der Welt – auf völliges Unverständnis traf, wenn man sagte, dass man an nichts glaubte, deshalb sagte er immer, er sei Christ.

»*Isa good*«, sagte Bilal zufrieden.

Offenbar war die theologische Diskussion damit beendet, da Bilal wieder aufgestanden war. Peter entfernte sich ein paar Meter von den Kamelen, doch als er endlich mit viel Mühe seine Kleider hochgerafft, seine Hose geöffnet und blind den Hosenschlitz geöffnet hatte, stellte er zu seiner Überraschung fest, dass er überhaupt nicht mehr pinkeln musste. Er trank noch ein paar große Schlucke aus dem Wassersack und band sich das Tuch wieder um den Kopf.

Nachdem sie wieder losgeritten waren, dauerte es nur wenige Minuten, bis Peter die Position wiedergefunden hatte, die am wenigsten unbequem war. Zu seinem Bedauern hatte er vergessen zu fragen, wie lange sie unterwegs sein würden. Wenn sie gegen eins aufgebrochen waren, musste es jetzt ungefähr drei Uhr sein.

Er blickte hinauf zur Sonne, die bereits sichtlich tiefer stand, sodass ihnen nur noch wenige Stunden Helligkeit bleiben würden. Peter nahm an, dass selbst Bilal nicht gern durch eine dunkle Wüste ritt, obwohl diese Dunkelheit durch das Licht des Mondes und der Sterne keineswegs absolut sein würde.

Sie ritten sehr lange, viel länger als bei der ersten Etappe, so kam es Peter jedenfalls vor. Zu seiner großen Überraschung tauchte in der Ferne irgendwann ein schwarzer Asphaltstreifen auf. Als sie sich näherten, war das charakteristische Flimmern der heißen Luft über der Straße deutlich sichtbar. Bilal lenkte sein Kamel auf die andere Seite, um den Weg auf dem sandigen Randstreifen fortzusetzen. Peters Kamel folgte brav.

Nach einer Weile stießen sie auf ein blaues verwittertes Schild, das voller Rostflecken und vom Sand geschmirgelt war. Darin waren etwa zehn perfekt runde Löcher, die anscheinend von Kugeln stammten. Das Schild besagte:

دير سانت كاترين

Dair Sānt Kātarīn

Km 40

Entweder waren die Kamele viel schneller gelaufen, als Peter es für möglich gehalten hatte, oder er war schon näher am Katharinenkloster gewesen als gedacht. Oder sie hatten auf dem Weg durch die Wüste ein gutes Stück abgeschnitten.

Dann könnten wir in weniger als zwei Stunden dort sein, noch bevor es dunkel wird.

Wieder verfielen die Kamele in einen flinken Trab, noch schneller als zuvor. Es kostete Peter Mühe und beträchtliche Kraft, sich im Gleichgewicht zu halten, aber der Gedanke, dass sie bei diesem Tempo in anderthalb oder zwei Stunden im Kloster sein würden, verlieh ihm neue Energie. Seine Fingerknöchel traten weiß hervor, so fest hielt er die Zügel; die Muskeln an der Innenseite seiner Oberschenkel verkrampften sich, und erneut kündigten sich Kopfschmerzen an.

Etwa eine Dreiviertelstunde oder eine Stunde später, so schätzte Peter – zumindest viel schneller, als er erwartet hatte –, stießen sie auf ein Schild, das anzeigte, dass es nur zwanzig Kilometer waren.

Kaum merklich wurde das Licht alle paar Minuten schwächer, und Peter musste immer weniger die Augen zusammenkneifen. Die Sonne stand nur noch knapp über dem Horizont, und es war definitiv nicht mehr so heiß. Peter hatte gehört, wie eisig die Nächte in der Wüste werden konnten, und er konnte sich nun vorstellen, dass die Tageskleidung in der Nacht durchaus als Decke dienen konnte.

Hinter ihnen hörte Peter ein Auto näher kommen. Der Fahrer hupte ein paarmal, um sicherzugehen, dass sie ihn hörten.

Das gelbe Taxi fuhr zunächst mit hoher Geschwindigkeit an ihnen vorbei, hielt dann aber in etwa hundert Metern Entfernung abrupt an, sodass es ein Stück ins Rutschen geriet. Das Auto fuhr rückwärts, bis es sich ihnen bis auf etwa zwanzig Meter genähert hatte.

Der Fahrer stieg aus und schrie Bilal etwas zu, der daraufhin den Kopf schüttelte. Der Mann wollte wieder in sein Auto einsteigen, änderte aber seine Meinung. Er schlug die Tür zu und ging hinüber auf Peters Seite.

»*Salam aleikum*«, begrüßte ihn der Mann freundlicher, als er Bilal angesprochen hatte.

»*Wa aleikum salam*«, antwortete Peter auf die Begrüßung, womit seine Arabischkenntnisse beinahe erschöpft waren. Er schüttelte den Kopf, als der Mann einige Fragen auf ihn abfeuerte; zumindest interpretierte er sie als Fragen.

Der Mann kniff die Augen zusammen, als blicke er in die grelle Sonne. Er kam ein paar Schritte näher, wobei sein Gesicht ein aggressives Misstrauen ausstrahlte, und er gab Peter heftig gestikulierend zu verstehen, dass er seine Gesichtsbedeckung entfernen solle.

Was soll das?

Der Mann stellte sich auf die Zehenspitzen und packte Peter am Arm.

»*Scarf!*«, rief er.

Er hat inzwischen kapiert, dass ich sein Arabisch nicht verstanden habe.

»*Put away. Scarf*«, zischte er jetzt.

Gerade als Peter tun wollte, was er sagte, schrie Bilal etwas in ihre Richtung. Dann wendete er gekonnt sein Kamel, und im Handumdrehen hatte er sich zwischen den Taxifahrer und Peter manövriert.

Selbst für jemanden, der kein Wort Arabisch konnte, war klar, dass das keine Plauderei über das Wetter oder den Brotpreis war.

Der Mann versuchte nun, um Bilals Kamel herumzulaufen, aber er war kaum auf halbem Weg, als Bilal ihm einen heftigen Tritt gegen die Brust versetzte, der ihn überraschte. Bilal übernahm die Zügel von Peters Kamel, gab seinem eigenen Tier die Fersen, und bald rannten die Tiere, so schnell sie konnten.

Verwirrt über das, was gerade vor seinen Augen geschehen war, blickte Peter zurück. Der Mann hatte sich aufgerappelt und war zu seinem Taxi zurückgelaufen. Die Tür auf der Beifahrerseite wurde nun ebenfalls geöffnet. Ein Mann stieg aus und starrte Peter und Bilal mit einer Hand über den Augen reglos hinterher.

Peter erkannte ihn sofort an seiner Statur und der Baseballkappe.

37

Gehetzt blickte sich Peter um, aber eigentlich brauchte er all seine Aufmerksamkeit, um sich auf dem heftig schaukelnden Kamel im Sattel zu halten. Als er sich kurz darauf noch einmal umblickte, erkannte er, dass sich das Taxi inzwischen wieder in Bewegung gesetzt hatte. Gegen ein Auto hatte auch das schnellste Kamel keine Chance.

Bilal schien sich dessen ebenfalls bewusst zu sein, denn sobald die Sandhügel am Rand etwas niedriger wurden, lenkte er sein Tier von der Straße hinunter. Inzwischen hatte er die Zügel von Peters Kamel losgelassen, und mit viel Mühe bekam Peter sie wieder zu fassen, wodurch er wieder mehr Halt im Sattel hatte.

Sie eilten eine ziemlich lange Zeit dahin, obwohl sie schon bald in eine Gegend gelangt waren, die sicher zu sein schien, da ihnen hier kein Auto folgen konnte. Als sie in einen ruhigeren Trab verfallen waren, lenkte Bilal sein Kamel neben ihn. Peter hatte tausend Fragen an ihn, aber keine Möglichkeit, sie ihm zu stellen.

»*Not good*«, fasste Bilal die Situation treffend zusammen.

»*Not good?*«

»*Bad man. Not good*«, wiederholte Bilal.

Auch er wirkte, als hätte er Peter gerne Fragen gestellt. Er sah ihn an, als hoffe er, die Antworten durch Gedankenlesen zu erfahren.

»*Catharina?*«, fragte Peter hoffnungsvoll und zeigte geradeaus. Er befürchtete, dass Bilal nach dem seltsamen Treffen auf der Straße das ganze Unterfangen abbrechen könnte.

»*Catharina*«, bestätigte Bilal mit einer gewissen Verbissenheit in der Stimme. Er spreizte die Finger beider Hände und hob sie hoch. Es war nicht klar, ob er zehn Minuten oder zehn Kilometer meinte.

Während sie ihren Weg fortsetzten, fragte sich Peter, ob ihm der Stress der Ereignisse in den letzten Stunden womöglich einen Streich gespielt hatte, als er glaubte, Tony in der Figur, die sie angestarrt hatte, wiedererkannt zu haben.

War es wirklich Tony gewesen? Ja, kein Zweifel möglich. Dieselbe hochgewachsene Gestalt, die ewige Baseballkappe. Und wer sollte mich sonst verfolgen? Niemand weiß, dass ich hier bin, außer Fay. Wie um alles in der Welt hat er im Wasser überlebt? »Ich bin ein guter Schwimmer«, hatte er gesagt. Aber er war unter der Wasseroberfläche verschwunden gewesen.

Inzwischen war Peter überzeugt, dass er Tony gesehen hatte.

Danach muss es für ihn ein Kinderspiel gewesen sein, mich im Auge zu behalten und mir zum Flughafen zu folgen. Der Verrückte ist überzeugt, dass ich als Undercover-Agent in die USA gekommen bin, um ihn zu entlarven. Als ob ich ihn allein verfolgen würde … Aber wie ist er durch den Zoll gekommen, wenn ich es nicht einmal geschafft habe, unbemerkt einzuchecken?

Peter schüttelte den Kopf und hoffte vergeblich, das Bild eines auferstandenen Tony vertreiben zu können.

Er sah sich um. Bisher hatte die untergehende Sonne die Umgebung erhellt, doch das Licht schwand nun immer mehr. Dennoch war es nicht annähernd so dunkel, wie er erwartet hatte. Die ersten Sterne zeigten sich bereits.

Als die Hebräer durch die Wüste zogen, wurden sie der Überlieferung zufolge nachts von einer Feuersäule und tagsüber von einer Rauchsäule geleitet. Daher verorteten mehrere Schriftsteller den Exodus im Zeitraum zwischen 1650 und 1600 v. Chr., als sich in minoischer Zeit auf der Insel Thera im Mittelmeer ein schwerer Vulkanausbruch ereignet hatte – eine der größten Eruptionen, die jemals auf der Erde registriert wurden, seitdem es Geschichtsschreibung gab. Ein mindestens achtundzwanzig Meter hoher Tsunami erreichte Kreta und richtete dort verheerende Verwüstungen an. Noch heute konnte man deutlich erkennen, dass die Hälfte der Insel Thera während des Vulkanausbruchs in die Luft gesprengt worden war; die Insel hatte seitdem die Form eines Halbmondes.

Noch in weiter Entfernung war tagsüber die Rauchfahne des Vulkans zu sehen gewesen, und nachts hatte ein gewaltiges Nachglühen des Vulkans geleuchtet.

Mark hatte ihm einmal erklärt, wie die Asche und der Rauch auch die zehn Plagen Ägyptens erklären könnten. Wegen der Aschewolken blieben die Regenfälle aus, und der Nil wurde zu einem schmutzigen, langsam fließenden Schlammstrom, in dem Algen gediehen. Als diese Algen massenhaft abstarben, färbte sich das Wasser rot. Infolgedessen verließen die Frösche den Fluss, um an Land Zuflucht zu suchen. Als sie in der trockenen Wüste starben, gingen den Mücken und Läusen die natürlichen Feinde aus, und sie konnten sich ungehindert vermehren. Sie verbreiteten Krankheiten, an denen massenhaft das Vieh starb. Die Menschen wurden vom Ungeziefer zerstochen und gebissen, woraufhin die offenen Wunden durch das viele Kratzen zu eitern begannen. Die Asche in der Luft traf auf Gewitter, was zu heftigen Hagelstürmen führte. Dadurch wurde ein feuchtes Klima geschaffen, das ideale Bedingungen für die schnelle Vermehrung von Heuschrecken schuf. Darüber hinaus verdunkelten die Aschepartikel das Licht der Sonne. Die Feuchtigkeit führte auch dazu, dass die Lebensmittel verfaulten; das Getreide wurde schimmelig. Nach ägyptischer Tradition durfte das älteste Kind der Familie immer zuerst vom Getreide essen, was zum Tod aller Erstgeborenen führte.

Das setzt aber voraus, dass die Ereignisse im 5. Buch Mose tatsächlich stattgefunden haben, dachte Peter, nur mit einer anderen Erklärung. Der Ausbruch eines Vulkans liegt der Geschichte der Zehn Plagen sowie der Rauch- und Feuersäule zugrunde, die die Hebräer sahen. In der Bibel wird Ägypten von den Katastrophen heimgesucht, weil Gott den Pharao bestrafte, der sich weigerte, die Hebräer ziehen zu lassen, und sie in Form von Rauch und Feuer durch die Wüste führte.

Sie ritten mindestens noch eine weitere halbe Stunde, aber irgendwann hob Bilal einen Arm in die Luft, wie ein Kommandeur, der seine Männer dazu auffordert, während eines Einsatzes stillzustehen. Er ließ die Kamele knien, damit Peter und er absteigen konnten.

Diesmal sackte Peter zusammen, sobald er den Boden erreicht hatte, so steif und müde war er nach dem turbulenten Ritt durch das unwegsame Gelände.

Bilal band die Zügel der Kamele zusammen, damit sie während seiner kurzen Abwesenheit nicht weglaufen konnten, klopfte ihnen auf die Flanken und flüsterte ihnen ein paar freundliche Worte zu.

»Catharina«, sagte er zu Peter.

Sie stiegen auf einen Hügel, und von dort aus erblickte Peter tatsächlich das Kloster. Es sah so aus, als hätten sie sich dem Gebäude von hinten genähert. Vage sah er in der Ferne, auf der anderen Seite, ein weitläufiges Gelände, auf dem einige Autos geparkt waren. Das Licht des Mondes spiegelte sich in Metall und Scheiben.

Wenn dies ein Film wäre, würde ich dem Schauspieler zurufen: Geh da nicht hin! dachte Peter. Fahr zum Flughafen und flieg nach Hause! Tony war natürlich auch auf dem Weg ins Kloster. Wohin hätte ich sonst unterwegs sein können? Ob er die Bedeutung der Tätowierung auf seiner Brust inzwischen entschlüsselt hat? Aber eigentlich brauche ich nur hineinzukommen. Auch nach Sharm El-Sheik zurückzukehren ist keine Option. Wer weiß, vielleicht hat er im Kloster auch Leute bezahlt, die mich beobachten und melden, wenn ich zurückfahre. So wie er Melchior und Katja bezahlt haben muss, es gibt keine andere Möglichkeit! Aber ich bin jetzt so nah dran. Im Kloster bin ich sicher. Die Mönche werden mich beschützen. Das Gesetz der Wüste: Biete jedem, der an deine Tür klopft, Gastfreundschaft und Schutz an. Und wenn jemand die Texte finden soll, dann sicher nicht Tony!

Das ganze Kloster war von einer riesigen Mauer umgeben, die an manchen Stellen fünfundzwanzig oder dreißig Meter hoch war.

Bilal und Peter gingen geradewegs darauf zu. Als sie das Kloster erreicht hatten, gingen sie nach links, immer dicht an der Mauer entlang. Peter hielt die ganze Zeit Kontakt mit der Wand, indem er seine Hände über die rauen Steine gleiten ließ. Kurz bevor sie zum zweiten Mal abbiegen mussten, blieb Bilal, der bisher kein Wort gesagt hatte, stehen. Er hielt vorsichtig Ausschau, aber die Luft schien rein zu sein. Peter sah, dass auf dem Parkplatz kein Taxi stand, obwohl das natürlich nicht bedeutete, dass Tony nicht auch im Kloster war. Es war durchaus möglich, dass er früher als sie angekommen war; mit dem Auto musste es weniger als eine Viertelstunde Fahrtzeit gewesen sein.

Vielleicht liegt Tony in diesem Moment auf einem Hügel auf der Lauer und beobachtet uns.

Von einem Moment auf den anderen fühlte sich Peter sehr verletzlich, als sie offen und ungeschützt zum Eingang des Klosters gingen.

Die verwitterte, mit Eisenbeschlägen versehene Eichentür war geschlossen. Bilal hämmerte mehrmals dagegen. Schon nach kurzer Zeit öffnete sich eine Luke, hinter der das bärtige Gesicht eines Mönchs erschien.

Peter wusste, dass das Katharinenkloster eines der ältesten Klöster der Welt war und dass es seit seiner Errichtung praktisch unverändert geblieben war. Es gehörte zur griechisch-orthodoxen Kirche, und die meisten Mönche waren noch immer griechischer Herkunft.

Offenbar war der Mönch auch des Arabischen mächtig, denn nach einer kurzen, geflüsterten Erklärung von Bilal hörte man die Geräusche von weggeschobenen Riegeln und gedrehten Schlüsseln in verschiedenen Schlössern.

Sobald die Tür geöffnet worden war, trat Bilal zur Seite und winkte Peter, einzutreten. Als er mit einem Fuß auf der Schwelle stand, ergriff Bilal Peters Oberarm. Er schüttelte Peters Hand, und sie umarmten sich kurz. Der stechende Geruch von Schweiß, Zigarettenrauch und Kamelen drang in Peters Nase. Es ging alles so schnell, dass Peter nur ein paarmal *Danke* murmeln konnte. Ehe er sich versah, hatte sich Bilal umgedreht und war bereits verschwunden.

Peter ging hinein, woraufhin der Mönch die Tür wieder verschloss. Schnell entfernte Peter das Tuch um seinen Kopf und entledigte sich der dicken Kleidung, die er nicht mehr brauchte.

Es stellte sich heraus, dass der Mann gut Englisch sprach, was die Konversation erheblich erleichterte.

»Kommen Sie mit mir. Mein Name ist Bruder Antonius, wir werden Sie registrieren, das ist obligatorisch für jeden Gast, der hierherkommt.«

Bruder Antonius ging ihm durch einen breiten, gut beleuchteten Korridor voraus und blieb vor einem Raum stehen, dessen Tür offen stand. Die Wände des Raumes, den sie betraten, waren mit Schränken voller Bücher, Mappen und Papierstapel ausgestattet, die auf den ersten Blick alle von einer dicken Staubschicht überlagert zu sein schienen.

Nachdem Peter Platz genommen hatte, überreichte ihm Bruder Antonius ein Faltblatt über das Kloster in englischer Sprache. Peter las die Vorderseite, während der Mönch die Formalitäten zu erledigen schien.

Das Katharinenkloster liegt am Fuße des Berges Sinai und wurde zwischen 548 und 565 n. Chr. im Auftrag des Kaisers Justinian um den brennenden Dornbusch des Moses herum erbaut.

Die Bibliothek des Klosters beherbergt eine der größten und bedeutendsten Sammlungen sakraler Handschriften der Welt neben dem Vatikan. Die Sammlung besteht aus etwa 4.500 Werken auf Griechisch, Koptisch, Arabisch, Armenisch, Hebräisch, Slawisch, Syrisch, Georgisch und anderen Sprachen.

Das Katharinenkloster ist das älteste sich noch in Betrieb befindliche christliche Kloster und die kleinste Diözese der Welt. Die Kapelle des Brennenden Buschs wurde ursprünglich im Auftrag der Kaiserin Helena, der Mutter Konstantins des Großen, erbaut, aber das Kloster selbst wurde schließlich von Kaiser Justinian zum Schutz der Mönche und zu Ehren des Ortes des Brennenden Buschs errichtet. Die sterblichen Überreste der heiligen Katharina wurden 500 Jahre später auf dem Gipfel des Berges entdeckt, der heute ihren Namen trägt. Engel sollen ihren Körper dorthin getragen haben. Ihre sterblichen Überreste werden in einem Marmorreliquiar in der Basilika des Klosters aufbewahrt.

Bis ins 20. Jahrhundert hinein war der einzige Eingang zum Kloster eine kleine Tür in neun Metern Höhe, durch die Proviant und Personen über ein Flaschenzugsystem hochgezogen wurden.

»Wie heißen Sie?«, fragte Antonius, der inzwischen fertig war. Sein Füller schwebte über dem Papier eines enorm dicken Buches; die Seiten waren in mehrere Spalten unterteilt. »Wir registrieren alle Besucher, die hier übernachten«, erklärte er, als er merkte, dass Peter zögerte, diese einfache Frage zu beantworten.

»Woher kommen Sie?«

»Leiden, in den Niederladen. L-e-i-d-e-n«, buchstabierte Peter.

Als Bruder Antonius »Leiden« geschrieben hatte, schaute er Peter eindringlich an.

Stimmt etwas nicht?

»Und Ihr Name?«

»Peter …«, sagte er zögernd.

Es kann sicher nicht schaden, meinen Vornamen zu verraten, dachte Peter. *Sonst müsste ich jedes Mal aufpassen, wenn mich jemand mit einem erfundenen neuen Vornamen anspricht.*

»De Rots«, sagte Peter, was auf Niederländisch »der Fels« bedeutete. »Peter de Rots.« Rasch buchstabierte er auch seinen neuen Nachnamen. »Ich bin Dozent an einer Universität.«

Antonius spitzte anerkennend die Lippen, während er die Angaben mit einer sauberen, gleichmäßigen Handschrift notierte.

»Haben Sie momentan viele Gäste?«, fragte Peter.

»Ein paar, aber nicht viele. Darunter sind Dauergäste, die längere Zeit bleiben, um zu studieren, um die Manuskripte zu konsultieren. Aber es ist nicht mehr so wie früher«, sagte der Mönch und schloss das Buch.

Fay hat gesagt, dass Coen Zoutman mehrmals zu einem Retreat hier war. Eine perfekte Umgebung für Rückzug und Studium. Oder um ein Geheimnis zu verbergen.

»Früher kamen ganze Busse voller Touristen. Um zwei Uhr nachts sind sie auf den Gipfel gestiegen, um den Sonnenaufgang zu beobachten, sehr schön. Möchten Sie das auch?«

Peter überlegte.

»Es ist wirklich ein Erlebnis. Wenn Sie möchten, kann ich für Sie eine Begleitung arrangieren, jemanden, der Sie bis zum Fuß der Treppe begleitet.«

»Ist das nicht gefährlich?«

»Gefährlich? Nein, warum?«, fragte Antonius mit einer abfälligen Handbewegung. »Man lässt uns hier in Ruhe. Ich bin schon so oft die Stufen hinaufgestiegen, dass ich nicht mehr mitgezählt habe. Sie könnten allein hochgehen, denn es gibt nur einen Weg, und es ist unmöglich, sich zu verirren.«

»Ich werde mal sehen«, sagte Peter. »Sind heute schon andere Leute angekommen?«

»Nein. Sie sind der Erste seit Wochen.«

»Okay«, sagte Peter erleichtert.

Ich habe es geschafft. Ich bin in Sicherheit.

Für's Erste.

»Kommen Sie, ich zeige Ihnen Ihr Zimmer«, sagte Antonius. »Danach können Sie etwas essen. Wenn Sie heute Abend den Berg besteigen und eine Begleitung mitnehmen wollen, müssen Sie mir Bescheid sagen.«

Sie verließen den Raum, aber auf halbem Weg den Gang hinunter bat Peter den Mönch zu warten, weil er die Kleider vergessen hatte, die er sich von Bilal geliehen hatte.

Wie dumm, dass ich die Kleider nicht ausgezogen habe, als er noch da war, dann hätte ich sie ihm mitgeben können. Ich glaube nicht, dass ich jemals die genaue Stelle wiederfinden werde, wo sie waren – vorausgesetzt natürlich, dass er und seine Familie überhaupt noch länger dortbleiben.

Zurück in dem kleinen Büro ging Peter schnell zum Schreibtisch, um sich Bruder Antonius' großes Buch anzusehen. In aller Eile blätterte er bis zu der Seite, auf der sein Name gerade eingetragen worden war.

Am heutigen Datum stand tatsächlich nur sein eigener Name darin – der letzte Eintrag davor lag fünf oder sechs Wochen zurück.

Vorerst war er in Sicherheit.

38

Was in aller Welt war passiert?

Fassungslos starrte Peter das Blut an seiner Hand an. Mit dem Rücken presste er sich gegen die schwere Eichentür, als ob der doppelte Schutz des gusseisernen Schlosses und des großen Riegels nicht genug wäre.

Die ruhige Flamme einer dicken Kerze verbreitete ein weiches, gleichmäßiges Licht im Raum. Würde er ein Foto machen, würde es ein herrlich stimmungsvolles Bild der spartanisch eingerichteten Mönchszelle ergeben: das einfache Bett mit der dünnen Matratze und der rauen Decke, der Holztisch mit dem Stuhl davor, die Schreibutensilien und das Papier auf der Tischplatte, der Wasserkrug und der Keramikbecher. In einer kleinen Nische stand eine einfache Marienstatue mit dem Jesuskind auf dem Arm.

Peter legte sein Ohr an das rohe Holz der Tür. Kein Laut, aber das hatte natürlich nichts zu sagen. Der einzige Ausweg wäre durch die Tür. Es gab kein Fenster, und die für die Ewigkeit gebauten Mauern waren dick und undurchdringlich. Aber hierzubleiben war keine Option.

Früher am Abend, nachdem Bruder Antonius ihn in seine Klosterzelle gebracht hatte, hatte Peter ein einfaches, aber nahrhaftes Essen in dem großen Speisesaal eingenommen, der völlig verlassen war. Er konnte sich vorstellen, wie sich in besseren Zeiten große Gruppen von Touristen, die hier brüderlich an den langen Tischen saßen, mit der Suppe und dem selbst gebackenen Brot stärkten, bevor sie sich in ihre Schlafsäle zurückzogen. Um zwei Uhr nachts war für gewöhnlich eine große Karawane aufgebrochen, so hatte Antonius ihm erklärt, und den Berg hinaufgezogen. Viele Menschen hatten die erste Etappe bis zu der Treppe, die von einem Mönch als Buße in den harten Fels gehauen worden war, auf dem Rücken eines Kamels zurückgelegt – eine wichtige Einnahmequelle für die einheimischen Beduinen. An den betriebsamsten Tagen im Sommer bildete sich eine kilometerlange Menschenkette. Wegen der Fackeln und Taschenlampen hatte es immer wie eine beleuchtete Schlange ausgesehen, die sich den Berg hinaufschlängelte. Einen stillen, meditativen Moment auf dem Gipfel des Berges, wo die Menschen um sechs Uhr morgens ankamen, hatte es natürlich nicht gegeben. Hunderte von Leuten hatten sich auf dem felsigen Plateau gedrängt, um eine gute Stelle zu finden, von wo aus sie die Sonne über den Bergen Israels und Jordaniens im Osten aufgehen sehen konnten.

Anfangs hatte Peter nur mit Antonius am Tisch gesessen, aber bald kam noch ein anderer Mönch hinzu, der nicht sehr gesprächig war, aber Peter regelmäßig mit durchdringendem Blick musterte. Er stellte sich als Bruder Milan vor. Er hatte einen Vollbart, wie alle Mönche, die Peter bis dahin gesehen hatte, und sein Alter war schwer einzuschätzen. Er war deutlich über sechzig, aber genauer konnte Peter es nicht sagen. Er hatte Lachfalten um die freundlichen Augen, die eine strenge Intelligenz ausstrahlten. Irgendwie konnte Peter sich vorstellen, dass dieser Mann sehr wütend werden konnte.

Peter äußerte sich ausweichend über den genauen Zweck seines Besuchs, und Antonius fragte nicht weiter – als klopften jeden Abend Ausländer ans Tor, die von einem Beduinen abgeliefert wurden.

Sie sprachen kurz über Leiden, das beide Mönche zu Peters großer Überraschung kannten. In der Vergangenheit waren mehr als einmel niederländische Wissenschaftler zu Besuch gewesen, um Manuskripte in der Bibliothek zu studieren.

Coen Zoutman.

Manche waren sogar mehrere Monate geblieben. Einige von ihnen waren aus Leiden gekommen und hatten im Gegenzug Kopien von Manuskripten aus der Universitätsbibliothek Leiden für die Bibliothek des Klosters mitgebracht.

Von dem Moment an, als sie begannen, über Leiden zu sprechen, bemerkte Peter einen Stimmungsumschwung bei Bruder Milan. Inwiefern genau, hätte er nicht sagen können, aber er kniff fast die ganze Zeit die Augen zu Schlitzen zusammen, und es schien, als würde sein Gehirn auf Hochtouren arbeiten.

Nachdem Antonius sich entschuldigt hatte – in der Ferne hatte man Glockenläuten gehört, als Zeichen dafür, dass das Abendgebet bald beginnen würde –, blieb Peter mit Bruder Milan allein zurück, der anscheinend nicht gehen musste.

Einige andere Mönche kamen vorbei, unter ihnen ein bemerkenswert großer Bruder, die alle zur Kirche strebten.

Auch als sich die Tür des Speisesaals schon hinter dem letzten Bruder geschlossen hatte und klar war, dass sich außer ihnen niemand im Raum befand, schaute sich Milan verschwörerisch um.

»Kennen Sie Coen Zoutman?«, fragte er schließlich.

Peter nickte langsam.

Es war seltsam, hier, Tausende Kilometer von zu Hause entfernt, den Namen des Mannes zu hören, mit dem dieses ganze Abenteuer begonnen hatte, des Mannes, der ein so tragisches Ende gefunden hatte.

»Sie kennen Coen Zoutman«, wiederholte Milan, aber diesmal nicht als Frage, sondern als Feststellung.

»Haben Sie Coen gekannt?«, fragte Peter überrascht.

»Ob ich ihn gekannt habe?«

»Es tut mir leid«, sagte Peter. »Er ist gestorben, aber … Woher kannten Sie beide sich?«

Die Mitteilung von Coens Tod erschütterte den Mönch sichtlich. Seine Lippen bewegten sich schweigend, als spräche er ein kurzes Gebet, um einen Segen zu erbitten. »Das ist …

Das spielt keine Rolle mehr«, sagte er, sobald er sich wieder gefasst hatte.

»Im Gästebuch habe ich gesehen, dass Sie aus Leiden in Holland kommen. Da werde ich immer besonders aufmerksam. Aber jetzt, nach dieser schrecklichen Nachricht …« Bruder Milan machte ein nachdenkliches Gesicht. »Ist Coen eines natürlichen Todes gestorben?«

Was soll ich dazu sagen?

»Nein, tut mir leid. Er ist ermordet worden. Die Polizei hat noch nicht herausgefunden, wer es getan haben könnte.«

Aber ich weiß es.

»Ich glaube, ich habe Sie erwartet«, sagte Milan.

»Erwartet?«

Mich?

»Kommen Sie.«

Sie verließen den Speisesaal. Bruder Milan ging ihm voraus, in seinem langen schwarzen Gewand, das bis zum Boden reichte. Da man seine Füße nicht sehen konnte, sah es so aus, als würde er über dem Boden schweben.

Sie gingen durch die langen, terrakottagefliesten Korridore, die alle verlassen waren. Dann überquerten sie einen Innenhof, und schließlich gelangten sie in einen kleinen Raum.

In dem Moment, als Peter erkannte, was er da sah, hielt er vor Schreck den Atem an.

In großen Nischen waren Hunderte und Aberhunderte menschlicher Schädel zu sehen, die sie aus leeren Augenhöhlen anstarrten. Bei vielen Schädeln war der Unterkiefer in einer merkwürdigen Position verrenkt, sodass es schien, als wollten sie den Lebenden aus dem Jenseits etwas zurufen, eine Warnung oder Mahnung.

»Warum sind wir hier?«, fragte Peter. Er hatte bereits die Fäuste geballt, um sich notfalls den Weg freizukämpfen.

»Ganz ruhig«, sagte Milan, der natürlich auch sah, dass Peter nicht nur verwirrt war, sondern inzwischen kurz davorstand, in Panik zu geraten. »Ich bin auf Ihrer Seite. Auf eurer

Seite. Schauen Sie …«, sagte er und deutete mit einer Armbewegung in Richtung der Schädel, wie ein Führer, der interessierten Touristen seine Geschichte erzählt.

»Ich bin ich selbst … Coen und ich …«, begann er, doch dann änderte er seinen Kurs. »Das ist das, was von uns übrig bleibt, nicht wahr? Dies sind die Schädel aller Mönche, die seit der Gründung des Klosters hier gelebt haben. Viele Schädel sind bereits zu Staub zerfallen. Das ist das, was von ihnen übrig geblieben ist. Das ist unser Schicksal. Stimmen Sie mir zu? Unser Körper ist ein vorübergehendes Zuhause für die Seele; wir haben ein höheres Ziel. Die Erde ist ein vorübergehender Aufenthaltsort. Wir sollten gar nicht hier sein. Unsere eigentliche Heimat ist der Garten Eden, aus dem wir einst verbannt wurden.«

Bisher hat Milan mir nichts erzählt, was ich nicht weiß oder was der christlichen Lehre widerspricht, dachte Peter. Glaubte nicht jeder Christ, das Leben sei nur eine Prüfung, bei der man sich beweisen müsse? Die Erde war Gottes Versuchsfeld, um zu bestimmen, welche Menschen nach ihrem Tod für immer bei ihm sein durften und welche für immer von ihm getrennt sein würden.

»Wir müssen den Körper hinter uns lassen«, fuhr Milan fort. »Wir müssen uns von der Materie lösen, die uns an dieses Irdische bindet, sonst werden wir immer wieder zurückkehren, bis wir unsere Lektionen gelernt haben.«

Was meint er damit? Zurückkehren? Reinkarnation? Das ist kein christliches Dogma …

»Darum bin ich hier, darum sind wir alle hier in diesem Kloster, um uns durch Übung und Gebet auf das Ewige zu konzentrieren, um uns vom Zeitlichen abzuwenden. Aber ich …« Er zögerte einen Moment. »Aber ich habe entdeckt … Coen war ein paarmal hier, als Forscher, als … Er war ein Eingeweihter … Wir haben lange Gespräche geführt, und er hat mir gezeigt, dass wir das Alte Testament, die Geschichten der Genesis und des Exodus, anders verstehen müssen, als wir es traditionell getan haben.«

Der Mönch erweckte den Eindruck, dass er mehrere Geschichten gleichzeitig erzählen wollte, aber den Faden verloren hatte. Große Schweißtropfen perlten auf seiner Stirn. Eine Stille lag in dem kleinen Raum, als ob eine Art Pattsituation entstanden wäre.

»Was hat Coen mit all dem zu tun?«

»Er sagte mir damals …«, fuhr der Mönch fort, ruhiger jetzt. »Coen sagte mir, wenn er auf eine unnatürliche Art und Weise, auf gewaltsame Weise stürbe, würde er jemanden schicken, um …«

Jemanden schicken? Aber ich bin rein zufällig hier!, hätte Peter am liebsten gerufen. *Hätte Coen diesen Jungen, Yona Falaina, geschickt? Ist es wirklich ein Zufall, dass ich hier bin? War es mein eigener freier Wille? Oder bin ich von Mächten getrieben worden, die stärker sind als ich? War es mein Schicksal, hierherzukommen?*

»Coen war ein lebendes Buch.« Als der Mönch sah, dass Peter verständnisvoll nickte, fuhr er fort: »Es gab immer sechs lebende Bücher, verteilt auf drei Orte. Durch den Lauf der Geschichte sind dies Jerusalem, Leiden und Boston geworden. Ein lebendes Buch pro Ort und ein zweites in Ausbildung. Ich habe Gerüchte gehört, dass es manchmal noch einen weiteren Schüler gibt. Die Schüler sind meist junge Leute, aber manchmal auch schon etwas älter.«

Ein Schüler und manchmal noch ein zweiter? In Boston war George der Schüler, das zweite Buch, und das dritte war Tony, aber hatte es in Jerusalem auch einen Dritten gegeben? Dann hätte sich Tony geirrt … Oder hat er diese Person dort auch getötet? Und wer ist dann das mögliche dritte lebende Buch in Leiden?

Er hatte diese Schlussfolgerung schon in den USA flüchtig gezogen, aber ihr zunächst keine große Aufmerksamkeit geschenkt. Doch nun wurde diese Möglichkeit plötzlich zu einer bizarren Wahrscheinlichkeit. Fassungslos starrte er vor sich hin.

Fay? Hatte Coen vorgehabt, sie einzuweihen, damit sie …

»In Jerusalem ist es schon zu einer Katastrophe gekommen, und beide wurden ermordet. Jetzt hat es also in Leiden auch Coen getroffen …«

»Kurz nach ihm wurde ein weiterer Mann in Leiden ermordet«, sagte Peter. »Ein junger Mann, Yona.«

Milan schüttelte schockiert den Kopf.

Und in Boston sind zwei Männer ertrunken, wollte Peter hinzufügen. Aber wie viele schockierende Informationen kann ein Mensch auf einmal verarbeiten?

»Aber Sie sind doch auch …«

»Nein, nein«, erwiderte Peter. »Ich bin nicht initiiert worden, aber ich habe davon erfahren. Ich kenne die Geschichte der lebenden Bücher. Ich glaube, ich weiß, wer in Leiden die dritte Person geworden wäre. Und ich weiß, wer die dritte Person in Boston war – oder ist. Ich weiß, dass er hinter den Morden steckt. Es ist ihm gelungen, unter Vorspiegelung falscher Tatsachen das Vertrauen des Vorsitzenden der Bostoner Loge zu gewinnen. Ausschließlich zu dem Zweck, dieses geheime Wissen vom Angesicht der Erde zu tilgen.«

Der schockierte Gesichtsausdruck war noch nicht aus Milans Gesicht verschwunden.

Ich muss ihn jetzt fragen!

»Aber worin besteht denn dieses Wissen? Worum geht es?«

»Es geht um …« Bruder Milan beugte sich vor und flüsterte so leise, dass Peter ihn kaum verstehen konnte. »Es geht um die Thora. Mit anderen Worten, die ersten fünf Bücher des Alten Testaments. So wie wir sie kennen, sind sie … Es gibt noch eine andere Überlieferung, eine mündliche Überlieferung, die erklärt, wie die Bücher ursprünglich gemeint waren. Sie enthalten keine wahre Historie, sie waren nie so gemeint, sondern sie handeln alle von … der Reise ins Innere. Nicht dem Ex-odus, dem Aus-zug, sondern dem Eis-odus, dem Ein-zug. *Gnothi seauton*, erkenne dich selbst. Es geht um den Christus in uns, um die Reise der Seele. Es ist zu kompliziert, an dieser Stelle alles zu erklären.«

»Und Coen?«

»Coen war mehrmals hier. Er sagte … Als er das letzte Mal kam, war er sehr, sehr besorgt. Natürlich wusste er von den Ereignissen in Jerusalem, und er war überzeugt, dass der Mörder eines Tages hinter ihm her sein würde. Coen beschloss dann, zum ersten Mal in der Geschichte, zum ersten Mal seit über dreitausend Jahren, einen Teil des Wissens zu Papier zu bringen. Es war nicht wirklich erlaubt, aber er entschied sich dafür, eine Zusammenfassung des zweiten Buches aufzuschreiben. Er entschied sich für Exodus, weil dies seiner Meinung nach das wichtigste Buch ist. Alles geht daraus hervor; Gott verspricht darin dem Volk Israel, den Hebräern, ein eigenes Land, einen sicheren Ort. Die Reise durch die Wüste und die Durchquerung des Roten Meeres symbolisieren die Reise der Seele, die nach dem Tod auf dem Weg in den Himmel ist, in das Gelobte Land, wo zunächst alle möglichen Feinde besiegt und innere Dämonen überwunden werden müssen. Der Mensch sehnt sich nach den Fleischtöpfen Ägyptens, unsere fleischlichen Begierden halten unsere Seele im Körper gefangen. Der Geist ist willig, aber das Fleisch ist schwach.«

Peter schwindelte, aber alles, was Bruder Milan sagte, ergab einen Sinn. Alles passte zusammen …

Das hat mir Tony selbst mit anderen Worten deutlich gemacht. Seine Besessenheit, die Geschichten wörtlich zu nehmen, ist eine direkte Reaktion auf die Existenz dieser lebenden Bücher. Wenn jeder sie auf seine Weise interpretiert, geht die einigende Kraft der Geschichten verloren, und das Ende ist nicht abzusehen.

»Und jetzt?«, fragte Peter.

»Ich habe dieses Dokument«, sagte Milan. »Ich habe in meinem Besitz, was Coen geschrieben hat.«

Ich muss es ihm sagen.

»Diesen Monat sind in Boston zwei Menschen ertrunken, Sam und George, ebenfalls lebende Bücher.«

Milans Augen füllten sich mit Tränen.

»Dann ist niemand mehr übrig! Der größte Teil des Wissens ist bereits verloren gegangen. Nur das, was Coen aufgeschrieben hat, ist noch da. Ich fürchte, dass es nicht einmal hier noch sicher ist. Nehmen Sie es bitte mit! Nur dann wird dieser Teil erhalten bleiben. Nur dann ist nicht alles verloren.«

Wie stehen die Chancen, dass jemand in eine solche Situation gerät? Oder ist dies mein Schicksal? Bin ich dazu bestimmt, diese Rolle zu spielen?

»Kommen Sie«, sagte Bruder Milan. »Gehen wir in mein Zimmer.«

Sie verließen das Gebäude und passierten den Dornbusch, der über die Ränder einer zwei Meter hohen Mauer wuchs wie eine Pflanze in einem riesigen Blumentopf. Obwohl es nicht der ursprüngliche Busch war, aus dem Gott zu Mose gesprochen hatte, war er der Überlieferung zufolge auf einen Zweig dieses Busches gepfropft worden.

Solange *die Leute es glauben* … Irgendwann muss ich noch einmal wiederkommen, dachte Peter mit einigem Bedauern. Es ist so schön hier.

Sie passierten die berühmte Basilika. Wieder dieses Gefühl des Bedauerns, weil er nicht einmal die Gelegenheit hatte, hineinzugehen. Schließlich betraten sie das Gebäude, in dem sich die Zellen der Mönche befanden. Vor einer Tür, die sich in keiner Weise von allen anderen Türen unterschied, an denen sie vorbeigegangen waren, blieben sie stehen.

Der Mönch zog einen Bund großer, altmodischer Eisenschlüssel unter seiner Kutte hervor. Ohne zu überlegen steckte er den richtigen in das Schloss, das quietschte, als er den Schlüssel zweimal drehte. »Das ist mein Zimmer«, erklärte Milan, der nichts mehr gesagt hatte, seit sie das Gebeinhaus verlassen hatten.

Die Zelle sah genauso aus wie die von Peter, nur dass in dieser zwei massive Schränke voller Bücher standen. Sobald sie drinnen waren, machte Milan die Tür zu und schloss sie wieder ab.

»Setzen Sie sich«, sagte er zu Peter. Er stellte sich vor das Bücherregal und zählte die Bücher auf dem obersten Regal von links ausgehend, wobei er mit dem Zeigefinger den Rücken jedes Buches berührte.

»Du musst das verstehen, Peter. Das Wissen wurde über Tausende von Jahren weitergegeben, noch bevor es die Bibel gab. Und es begann nicht mit Mose, der nicht wirklich gelebt hat. Es gab zwar jemanden wie ihn, aber die Person aus der Bibel, Mose, setzt sich aus verschiedenen Figuren zusammen, einige historisch, andere literarisch.«

Milan drehte sich mit einem Buch in der Hand um.

»Im Prinzip sollte das überlieferte Wissen nicht niedergeschrieben werden, denn so entweiht man den Text, der göttlich inspiriert ist. Die Offenbarung, die heiligen Worte, werden dann in so etwas Banalem wie einer Handschrift festgehalten, die die Menschen daraufhin abschreiben und dabei Fehler machen. Der Text, den Coen und die anderen kannten, war zu heilig, um zu einem alltäglichen Buch zu werden. Die Wörter beginnen dann, ein Eigenleben zu führen, man weiß nicht mehr, wer Zugang zu dem Text hat, und die Menschen können Wörter verändern, zufällig oder absichtlich. Durch eine Laune des Schicksals sind drei Gruppen von lebenden Büchern entstanden. Von Jerusalem aus gingen nach der Zerstörung des Tempels im Jahre 70 nach Christus zwei von ihnen nach England, um das Risiko zu streuen. Zwei kamen nach Leiden, zu Beginn des siebzehnten Jahrhunderts – du weißt, wovon ich rede: In dieser Gruppe kam es zu Meinungsverschiedenheiten. Deshalb blieb nur eine so kleine Gruppe übrig, die nach Amerika ging. Diejenigen, die in Leiden zurückblieben, gingen teilweise in den Freimaurern auf; dort waren sie damals – und sind es bis heute – am sichersten. Ihre Vorstellungen erregten in diesem Umfeld keine so große Aufmerksamkeit. Die *Hardliner*, die Männer, die alles wörtlich nehmen wollten, die Bibel als Geschichte, emigrierten nach Amerika – die Textgläubigen. Aber ein lebendes Buch folgte ihnen heimlich auf das Schiff.

Es hat das Wissen an andere weitergegeben, und auch dort drüben schlossen sich die lebenden Bücher schließlich den Freimaurern an und tun es bis zum heutigen Tag.«

Er schlug das Buch auf. Es war hohl, wie eine Attrappe zur Verpackung von Überraschungsgeschenken. In der Öffnung lag ein kleines Buch, so klein, dass man es kaum als Buch bezeichnen konnte. Es glich eher einem Notizbuch.

Bruder Milan nahm das kleine Notizbuch mit dem Pergamenteinband heraus. Darin waren ein paar Blätter Papier. Peter war richtig enttäuscht, als er es sah. Plötzlich konnte er sich vorstellen, inwiefern ein heiliger Text durch das Aufschreiben entweiht wurde.

Er wird so … irdisch, auch dem Verfall anheimgegeben. Das Papier zerfällt, verschimmelt, wird von Silberfischen gefressen.

»Ich musste Coen versprechen, den Text zu verbergen – es ist nur ein Teil des Textes, den er auswendig kannte, außerdem eine Zusammenfassung, nicht einmal der wörtliche Text – und das Geheimnis, seine Existenz, mit ins Grab zu nehmen«, sagte der Mönch feierlich mit den sechs, sieben Seiten in der Hand.

»Und niemand sonst weiß davon?«

»Bruder Antonius, den du eben kennengelernt hast, ist mein Beichtvater. Er weiß, dass ich etwas habe, etwas Bedeutendes, aber er weiß nicht genau, was. Aber mein Versprechen an Coen … Es ist jetzt an der Zeit, dieses Versprechen zu brechen, oder besser gesagt, es ist an der Zeit, ein Versprechen an ihn zu erfüllen. Coen sagte mir, dass er jemanden schicken würde, um es abzuholen, wenn etwas schiefgehen sollte. Jemanden, der klug genug sei und vielleicht irgendwie die Führung von wem oder was auch immer übernommen habe …« Milan wandte kurz den Blick zum Himmel »… um eine Lösung dafür zu finden. Auch wenn du nicht geschickt wurdest, nicht so, wie Coen es geplant hatte, so bist du doch jetzt hier. Das ist es, was zählt.«

Peter nickte schweigend.

»Du hast die Karte entdeckt?« fragte Milan.

»Die Karte? Ach ja, die Karte! Die Tätowierung.«

Milan lächelte amüsiert. Dann legte er das Blatt weg und nahm einen Stift. »Hier«, sagte er. »Zeichne für mich auf, was du gesehen hast.«

Peter stand auf, nahm den Stift von ihm an und zeichnete auf ein leeres Blatt das Symbol, wie er es in Erinnerung hatte: das Dreieck mit dem Kreis an der Spitze der inneren Figur. Er gab den Stift an Milan zurück, der der Linie des inneren Dreiecks zum Kreis folgte.

»Hier sind wir jetzt«, sagte er. »Durch die Tätowierung wollten wir darauf hinweisen, dass die Geschichte – auch wenn sie nicht buchstäblich so geschehen ist – tatsächlich hier begann, so wie jede Geschichte einen Anfang hat. Coen hat dieses alte Symbol benutzt, um das Dokument genau hier zu platzieren, wo alles begann.« Milan überreichte Peter die Papiere. »Und wenn man es umdreht«, fuhr er fort, »dann sieht man den Sinai und darin den Berg Horeb. Der Kreis repräsentiert Gott, die Sonne. Der Geschichte nach soll er Mose hier auf dem Berg erschienen sein. Gott selbst ist das ewige Licht, das niemals erlischt.«

Peter warf einen Blick auf die Papiere. »Aber«, sagte er erstaunt. »Das ist ja … Niederländisch!«

»Stimmt.« Der Mönch lachte. »Brillant, nicht wahr? Wie viele Menschen können diese Sprache sprechen? Wenn jemand diesen Text gefunden hätte, hätte er wahrscheinlich nicht viel damit anfangen können. Er hätte vermutlich nach einem alten hebräischen Text gesucht. Der Text, in dem die lebenden Bücher geschrieben wurden, war natürlich auch eine Art Proto-Hebräisch. Aber diesen Text, den niederländischen, hätte er übersehen.«

Nicht länger in der Lage, seine Neugierde zu zügeln, begann Peter zu lesen …

Eisodus

Dies ist das geheime Wissen, die mündliche Lehre, überliefert von Mose, einem Sohn des Lichts, um den Menschen auf seinem Eis-odus, seinem Weg ins Innere, zu begleiten und ihn in den sicheren Hafen, das gelobte Land, zu geleiten, seine ursprüngliche Heimat, die er nie hätte verlassen dürfen.

Wir müssen in den Garten zurückkehren.

Es gibt zwei Geschichten. Die Geschichte des Ex-odus, des Aus-zugs, ist für Menschen, die blind sind, obwohl sie sehen, und taub, obwohl sie hören können. Sie sind wie Schwimmer im Meer, die denken, die Wasseroberfläche sei alles, was es zu sehen gibt.

Die zweite Geschichte, der Eis-odus, der Ein-zug, ist für diejenigen, die erwacht sind, diejenigen, die Zugang zu dem vor den anderen verborgenen Wissen erhalten haben. Sie sind wie die Schwimmer im Meer, die es wagen, unterzutauchen, um zu entdecken, dass sich unter einer scheinbar spiegelglatten Wasseroberfläche eine wunderbare Welt verbirgt. Sie dürfen die Geheimnisse des Himmelreiches erfahren, doch die anderen nicht. Denn wer hat, dem wird gegeben werden, und es wird im Überfluss vorhanden sein; wer aber nichts hat, der wird auch des Letzten beraubt werden.

Das ist der Grund, warum ich in Gleichnissen zu ihnen spreche: weil sie sehen und hören, aber nichts verstehen.

Wir alle haben den Weg vom Fleisch zum Geist zu gehen, denn wisse, der Tod kann besiegt werden, wenn man den Weg zum Licht sucht.

1.

Mose – »der aus dem Wasser gezogen wurde« – und Aaron – »der Erleuchtete« – die Brüder. Aaron spricht für Mose, dessen Zunge schwer ist. Steht nicht geschrieben: »Dein Bruder Aaron soll dein Prophet sein. Du sollst alles sagen, was ich gebiete, und dein Bruder Aaron soll mit dem Pharao sprechen.« Mose, der Führer an Leib und Seele, Aaron, der Führer im Geiste. Sie wurden von Gott angewiesen, das hebräische Volk aus der Knechtschaft zu befreien.

Aaron war Hohepriester in Heliopolis, der Stadt, in der die Sonne angebetet wurde, im Tempel von Aton, dem Gott, der sich selbst erschuf und die Seelen der verstorbenen Pharaonen in den Sternenhimmel führte – so zeigt Aaron den Seelen den Weg ins Gelobte Land.

Aaron, Aharon … Nur jemand, der das Licht in sich selbst entdeckt hat, die unsichtbare Sonne, die nicht verlöschen kann, ist in der Lage, einen anderen Menschen auf seinem Weg zum Licht, vom Fleisch zum Geist zu führen. Weil er mit dieser Welt des Geistes in Kontakt steht. Er befindet sich unter dem Spiegel des Wassers, der die verborgene geistige Welt von der sichtbaren Welt darüber trennt. Er ist ein Eingeweihter, ein wahrer Diener Gottes, ein Vermittler zwischen dem sterblichen Menschen und Gott, der ihm hilft, den Weg zurück in den Garten zu finden.

2.

Wie die Seele unter dem Joch des Menschseins leidet! Sie sucht das Heil, denn die Seele will frei sein, wie ein eingesperrter Vogel, der aus seinem Käfig entkommen will, der Körper ist ein Gefängnis für den Menschen. Die Seele ist geschaffen, um frei zu sein, ohne Grenzen, ohne Begrenzungen.

Es gibt drei Stufen für die Seele: von der jungen Seele zur reifen Seele zur alten Seele. Ebenso muss die immaterielle Seele, die sich immer wieder vorübergehend in der Materie verstrickt, die drei Stadien des Menschseins durchlaufen – vom Kind zum Erwachsenen und zum Alten. Was ist das Ziel? Das Ziel ist die Rückkehr in das Elternhaus, das man einst verlassen hat. Aber Gott ist jeden Tag wachsam, schaut die Straße entlang, um zu sehen, ob sein verlorener Sohn oder seine verlorene Tochter bereits zurückkehrt, um ihn wieder willkommen zu heißen, um ihn zu umarmen und ihn nie wieder loszulassen. Wir alle sind verlorene Söhne und verlorene Töchter.

Um heimwärts zu kehren, braucht der Mensch Wissen. Kein Wissen aus Büchern, kein Wissen, das von außen nach innen geht, sondern Wissen, das bereits im Menschen enthalten ist. Der aufgeklärte Helfer ist wie eine Hebamme. So wie sie der schwangeren Frau, die kurz vor der Geburt steht, hilft und einer körperlosen Seele ein neues materielles Leben schenkt, so begleitet der Aharon den Menschen bei der Geburt der Ideen, die schon von Anfang an in ihm sind. Darum werden wir immer wieder neu geboren, darum sind wir gezwungen, immer wieder in dieses Tal der Tränen zurückzukehren, um in Menschengestalt zu lernen, dieses Wissen zu erwerben, damit die Seele aufsteigen kann, um sich von den irdischen

Fesseln zu befreien, die sie immer wieder in den Sumpf zurückziehen. Aber dann, eines Tages, ist die Reise vorbei, die irdischen und himmlischen Belange haben miteinander gekämpft, und die Seele muss kämpfen, um die Erde zu erobern, um den Körper zu erobern, aber was für ein Triumph, wenn die Seele gewonnen hat. Denn der vergängliche Leib muss mit dem unvergänglichen, der sterbliche Leib mit dem unsterblichen bekleidet werden. Und wenn dieser vergängliche Körper mit dem unvergänglichen, dieser sterbliche mit dem unsterblichen bekleidet wird, wird sich erfüllen, was geschrieben steht: »Der Tod ist verschlungen in den Sieg. Tod, wo ist dein Stachel? Hölle, wo ist dein Sieg?«

3.

In der Wüste wurde das Volk der Hebräer bei Tag von einer Rauchsäule und bei Nacht von einer Feuersäule begleitet. Die Rauchsäule begleitet den Menschen durch den Tag und zeigt ihm die Richtung, in die er gehen muss. Die Lichtsäule begleitet den Menschen bei Nacht. Sie ist das Licht am Ende des Tunnels, den jede Seele am Ende dieser materiellen Existenz durchwandert, in dem Moment, in dem sie den Körper verlässt. Ein Führer oder ein Engel führt die Seele zum Licht, wo sie sich auf eine neue Geburt, auf eine neue Existenz, auf eine neue Phase in ihrem Lernprozess vorbereitet.

4.

So wie das Wasser des Schilfmeeres wich, nachdem Mose mit seinem Stab draufgeschlagen hatte, so weichen die Lebenssäfte vom Körper, sobald die Seele ihre vorüber-

gehende Behausung verlassen hat. Die Ägypter konnten ihnen daher nicht folgen, denn dorthin, wohin die Seelen gehen, können die gewöhnlichen Menschen – noch voller Lebenssäfte – ihnen nicht folgen.

5.

Wenn die Seele den Körper verlassen hat, fühlt sie sich einsam, verlassen – wie die Menschen in der Wüste. Die Bande mit der Vergangenheit sind gelöst worden. Sie fühlt sich nach wie vor lebendig, aber gleichzeitig ist sie unsichtbar, nicht mehr in der Lage, mit ihren Lieben zu kommunizieren. Die Wüste ist das Traumreich, das Tor zum Himmel. Die Seele muss durch sie hindurchgehen, um gereinigt zu werden, um auf ihr Wesen reduziert zu werden. Der Bereich vor dem Eintritt in das Licht.

6.

Deswegen vierzig Jahre in der Wüste. Vierzig ist die Zahl der Prüfung, aber auch des Geisterreichs. So wie die Seele vierzig Tage braucht, um sich tatsächlich von der Materie zu lösen, um sich vom Körper zu lösen, um sich von allen irdischen Familienbanden zu lösen, bevor sie ins Licht eintritt. Genauso wie der Leichnam in Ägypten vierzig Tage lang einbalsamiert wurde, sodass dem Körper Feuchtigkeit entzogen wurde, bevor er in Leinen gewickelt wurde

7.

In der Wüste, im Vestibül, braucht die Seele keine irdische Nahrung, sondern himmlische. Das Manna vom Himmel bietet Einsicht und göttliches Wissen. Es war nicht Mose, der den Hebräern das Brot des Himmels gab, sondern Gott gab der Seele die wahre Nahrung. Vierzig Jahre lang zogen die Menschen durch die Wüste. Die Kleidung, die die Menschen trugen, nutzte sich nicht ab, ebenso wenig wie die Sandalen an ihren Füßen verschlissen. Brot wurde nicht gegessen, Wein oder berauschende Getränke wurden nicht getrunken. Denn wenn der Mensch hinübergeht, verlässt die Seele den Körper, und dann braucht sie weder irdische Nahrung noch irdische Kleidung mehr.

8.

Das goldene Kalb, das Aaron für das Volk gießen muss, weil Gott zu weit weg, unsichtbar zu sein schien. Sie schmolzen ihre Ringe, ihre Armbänder, ihre Ohrringe, ihre Halsketten zu einem Bild, das sie sehen können, das sie verehren können. Dies ist die Krise der Seele, wenn sie ihren Tiefpunkt erreicht hat. Die Seele ist verwirrt, in der Dunkelheit ist sie ganz allein – meint sie … Es ist der ultimative Härtetest.

Das Ich sehnt sich nach dem Fleisch zurück. Der Körper will wieder Fleisch werden. Steht nicht geschrieben: »Und es murrte die ganze Gemeinde der Kinder Israel wider Mose und Aaron in der Wüste und sprachen: Wollte Gott, wir wären in Ägypten gestorben durch des Herrn Hand, da wir bei den Fleischtöpfen saßen und hatten die Fülle Brot zu essen; denn ihr habt uns ausgeführt in diese Wüste, dass ihr diese ganze Gemeinde Hungers sterben lasset.«

Was ist die wahre Absicht der Seele? Geht sie weiter oder scheitert sie? Bis zum Äußersten widersteht sie, sie nimmt die Gestalt eines Gottes an, einer Gottheit, die angebetet werden soll. Es ist die letzte Phase der Reise der Seele durch die Sphären, um schließlich zu erwachen. Die Wüste ist das Gebiet der nächtlichen Seereise. Dort in der Wüste gab Gott Gesetze und Regeln, und dort stellte er die Menschen auf die Probe.

9.

Die Bundeslade war das Sinnbild des Bundes mit Gott. Darin lagen die beiden Steintafeln mit den Zehn Worten, den Zehn Geboten. Hier geht es um das Vertrauen in Gott. Um durch das Schattenreich, das Niemandsland, aus dem noch nie jemand zurückgekehrt ist, passieren zu können, zählt nur eines: der Glaube an Gott. Um sicher reisen zu können, bedarf es neben dieser Sicherheit noch einer weiteren Sache: zu wissen, wer man ist. Stell dir einen unglücklichen Matrosen vor, der über Bord geworfen und von einem großen Fisch verschluckt wird. Nur wenn er zu Gott betet, wird der Fisch ihn ausspucken, wie der Körper, der die Seele gehen lässt.

10.

In Ägypten heißt das Gesetz Maat, es ist die Ordnung des Kosmos. Ihr gegenüber steht Isphet, das Chaos. Ist nicht der Mann gut, der nach dem Maat handelt? In Übereinstimmung mit dem Gesetz des Kosmos? Wird nach dem Tod nicht das Herz des Verstorbenen in der Halle der zwei Wahrheiten gewogen? Der Verstorbene erscheint vor Osiris und zweiundvierzig Richtern. Das Herz liegt auf einer der beiden Waagschalen in der Mitte des Saals. In der anderen Schale wird Maats Feder unter dem wachsa-

men Auge von Anubis, dem Totengott, gewogen. Wenn das Herz leicht ist und so viel wiegt wie die Feder, darf der Verstorbene in das Königreich des Osiris eintreten. Wenn nicht, wird das Herz von dem Ungeheuer Ammit verschlungen.

Was ist das Schicksal der Seele? Hat sie das göttliche Gesetz befolgt? Hat sie definitiv ihren Weg hinein gefunden? Oder sollte sie wieder zurückkehren, als Schülerin, die eine zweite, eine dritte Chance erhält, bis sie die Lektionen gelernt hat?

11.

Und am Ende betritt man das Gelobte Land! Aber zuerst muss man den Jordan durchwaten. In den Jordan zu gehen bedeutet, hinunterzugehen oder in den Fluss des Todes hinabzusteigen. Hier stirbt der alte Mensch, indem er im Wasser untergeht, und der neue Mensch ersteht wieder auf. Wahrlich, ich versichere euch: Niemand kann das Paradies betreten, niemand kann den Garten betreten, es sei denn, er ist aus Wasser und Geist geboren. Was aus einem Menschen geboren wird, ist menschlich, und was aus dem Geist geboren wird, ist spirituell. Seid nicht überrascht, dass ein jeder wiedergeboren werden muss.

Im Jordan verliert der Mensch sein Leben, um es wiederzufinden. Denn jeder, der sein Leben behalten will, wird es verlieren, aber wer sein Leben verliert, wird es behalten. Was nutzt es einem Menschen, wenn er die ganze Welt gewinnt, das Leben aber auf der Strecke bleibt? Was würde ein Mensch nicht für sein Leben tun?

Und so betritt man endlich das Gelobte Land. Hier gehört man hin, hier ist man bei seinem Schöpfer, in einem ewigen, unteilbaren Glücksmoment. Die Seele ist von Leid und Krankheit erlöst, denn Gott ist der Heiler.

Man ist nicht mehr in Ägypten, wo man das Land nach der Aussaat wie einen Gemüsegarten bewässern musste. Stattdessen befindet man sich jetzt im Gelobten Land, einem Land mit Bergen und Tälern, das sich vom Wasser des Himmels ernährt, einem Land, das Gott selbst pflegt. Er lässt alle Arten von Bäumen aus der Erde wachsen, die verlockend aussehen, mit köstlichen Früchten. Seine Augen sind unerschütterlich auf sie gerichtet, vom Anfang des Jahres bis zum Ende.

12.

Aber Mose ist es nicht erlaubt, einzutreten. Er bleibt auf dem Berg Nebo am Rande des Jordantals zurück. Sein Glaube an Gott war nicht stark genug, um die Hebräer zu ermutigen, auf seine Güte und sein Wissen zu vertrauen, da er sie an diesen trostlosen Ort gebracht hatte. Hätte er es doch nicht versäumt, den Hebräern zu offenbaren, dass nicht er, sondern Gott dafür verantwortlich war, Wasser aus dem Fels sprudeln zu lassen, wodurch es den Anschein hatte, als besäße Mose selbst außergewöhnliche Kräfte! Wegen seines Stolzes und seines mangelnden Vertrauens in Gott blieb er am Ende seiner Reise zurück.

Aber es gibt immer eine neue Gelegenheit, ein neues Leben …

Josua ist der Sohn einer Witwe und kommt aus Nun. Der Sohn der Witwe, so wie Horus der Sohn der Witwe Isis ist, der die Seelen durch die Unterwelt trägt, um sie zu seinem Vater Osiris zu führen.

Josua, der Sohn der Witwe, niemand ist besser geeignet als er, die wandernde Seele auf dem Weg ins Gelobte Land bei der Hand zu nehmen.

39

In aller Eile hatte Peter den Text überflogen, sodass ihm das volle Ausmaß seines Inhalts und die verheerenden Folgen, die er für die offizielle Geschichte von Judentum und Christentum haben könnte, falls er bekannt werden würde, noch nicht vollständig bewusst geworden war. Peter fragte sich sogar, ob er alles verstanden hätte, wenn er in der Lage gewesen wäre, es in aller Ruhe zu lesen. Es hatte so viele kryptische Passagen gegeben: das Gesetz Maat … Der Fisch wird ihn ausspucken … Josua, der Sohn der Witwe …

Der Ausweg, der Weg hinaus, der Exodus ist in Wirklichkeit ein Eisodus, der Weg hinein … welche Ironie!

»Du wirst die Bibel nie wieder auf die gleiche Weise lesen wie zuvor, oder?«, fragte Milan, der Peter die Blätter wieder aus der Hand nahm und sie in das Notizbuch zurücklegte.

»Aber«, sagte Peter, »nachdem Sie das erfahren haben, nachdem Sie jetzt dieses Wissen besitzen, auch wenn es nur die Spitze des Eisbergs ist und der Rest davon in Coens Kopf verborgen blieb, warum sind Sie dann noch hier? Wenn Sie wissen, dass die ganze Geschichte nicht nur symbolisch interpretiert werden kann, sondern von Anfang an symbolisch gemeint war?«

Milan schwieg einen Moment an. »Sieh mich an«, sagte er. »Ich bin über siebzig. Ich lebe seit fünfzig Jahren hier. Niemand, den ich in Griechenland kannte, ist noch am Leben. Wohin soll ich gehen? Wie könnte ich mich selbst versorgen? Hier wohne ich, hier lebe ich, und hier werde ich sterben. Eines

Tages wird mein Schädel auf dem Berg von Schädeln ruhen, den du heute Abend gesehen hast.«

»Und jetzt?«, fragte Peter. »Was machen wir jetzt?«

Sobald ich zu Hause bin, muss ich das natürlich der ganzen Welt bekannt machen. Alles veröffentlichen und versuchen, die Texte mithilfe anderer zu interpretieren.

»Du gehst zurück in deine Zelle«, sagte Milan. »Morgen kommt der große Lieferwagen, der uns jede Woche Lebensmittel bringt. Du setzt dich in den Laderaum, zwischen die leeren Kisten, die der Fahrer mit zurücknimmt. Niemand hat dich herkommen sehen, niemand wird dich von hier wegfahren sehen.«

Milan übergab ihm das Notizbuch.

Klingt alles ganz einfach, dachte Peter. Zu einfach.

Der Rat, zunächst in sein Zimmer zurückzugehen, erschien ihm auf jeden Fall sinnvoll. Mit dem Notizbuch aus Pergament in der Hand kehrte er also in seine Zelle zurück, die er erst ein wenig suchen musste. Als er auf seinem Bett saß, las er den ganzen Text noch einmal vor.

Schade, dass Coen nicht alles aufgeschrieben hat, dass er nicht sein ganzes Wissen über die allegorische Auslegung der biblischen Geschichten mit uns geteilt hat. Dies hier ist nicht mehr als eine Zusammenfassung, eine ausführliche Zusammenfassung zwar, aber nichts weiter. Was hätten die lebenden Bücher über Adam und Eva im Garten Eden, über den Mord von Kain an Abel, über Noah und die Sintflut, über den Bau des Turms zu Babel sagen können?

An einem einfachen Kleiderhaken neben der Tür hing ein Rucksack, der vielleicht einmal versehentlich von einem früheren Gast zurückgelassen worden war. Peter steckte das Notizbuch in die Vordertasche und setzte den Rucksack auf.

Obwohl er sich aus irgendeinem Grund – wahrscheinlich wegen seines neu erworbenen, wertvollen Besitzes – scheute, den Schutz seiner Zelle zu verlassen, war er aus zwei Gründen dazu gezwungen: Er hatte Hunger und musste dringend auf die Toilette.

Peter öffnete die Tür einen Spalt breit und blickte hinaus, aber es gab nichts zu sehen oder zu hören, auch nicht, als er die Tür weiter öffnete, um seinen Kopf um die Ecke stecken zu können.

Er schloss die Tür hinter sich und ging den Flur hinunter zum Speisesaal und dem Trakt, wo sich die Küche befand. Auf dem Weg dorthin stieß er auf eine überraschend moderne und saubere Toilette, die er dankbar in Anspruch nahm.

Wieder suchte er den Korridor bis zum Ende ab und ging dann in Richtung Speisesaal.

Wie seltsam, dass ich einen Text bei mir trage, der so große Auswirkungen haben könnte, wenn er bekannt wird. Es gibt dann keine Grundlage mehr, an die historische Wahrheit eines Auszugs aus Ägypten zu glauben. Mose und Aaron sind nichts weiter als literarische Figuren, die Zehn Gebote, die Grundlage der jüdisch-christlichen Zivilisation, sind keine Gebote, die vom Schöpfer persönlich auf dem Berg Horeb auf Steinerne Tafeln geschrieben wurden, sondern nur von Menschen geschriebene Regeln, es gibt keine göttlichen Verheißungen, aufgrund derer das Land Israel meint, das Land Palästina für sich beanspruchen zu können, denn niemand hat irgendjemandem irgendetwas versprochen … Das alles stammt aus der Feder von Menschen, die nie beabsichtigt hatten, dass diese Geschichten wörtlich genommen werden sollten.

Plötzlich traf ihn noch eine ganz andere Erkenntnis.

Nach dem Neuen Testament hat auch Jesus geglaubt, dass die Geschichten in der Thora, dem christlichen Alten Testament, wirklich geschehen seien. Als Jude seiner Zeit glaubte er an die historische Wahrheit der Geschichten über Abraham, Isaak und Jakob, über Joseph und seine Brüder, über Moses und Aaron. Wenn nun bewiesen ist, dass sie gar nicht der Realität entsprachen, was sagt das dann über Jesus aus? Was sagt das über die Allwissenheit aus, die ihm die Gläubigen zuschrieben, wenn er nicht wusste, dass diese Geschichten alle erfunden waren?

Peter durchquerte den Speisesaal und gelangte in die Küche.

Dann wiederum, dachte Peter, wurde der Text ja erst kürzlich niedergeschrieben, das sieht man auf den ersten Blick. Da kann man leicht argumentieren, dass diese Worte dem Geist eines mystischen Fantasten entstammen, der sich auf eine Quelle stützt, die niemand konsultieren kann, weil sie nicht physisch ist – und die mit dem Tod von Coen und den anderen für immer verschwunden ist.

In der Küche war niemand. Peter ging davon aus, dass die anderen Mönche bei dem Abendgottesdienst waren, zu dem Antonius zuvor geeilt war. Oder sie waren bereits im Bett, auch das war eine Möglichkeit, da der Tag hier so früh begann.

Peter öffnete einen der Kühlschränke, in dem er zahlreiche Anderthalbliter-Wasserflaschen fand. Er beschloss, zwei davon in den Rucksack zu stecken, man konnte in dieser Gegend nie zu viel Wasser dabeihaben. In einem anderen Kühlschrank fand er kleine Fladenbrote, von denen er ein paar mitnahm, ebenso wie ein paar Äpfel und Pflaumen.

Auf einem Stück Brot kauend, das er abgerissen hatte, kehrte er in sein Zimmer zurück. Als er drinnen war, schloss er seine Tür ab, setzte sich an den Tisch und holte Coens Papiere wieder heraus.

Gerade als er sie zum dritten Mal lesen wollte, überkam ihn das Gefühl, dass er unbedingt von hier verschwinden musste.

Nicht morgen … jetzt! Jetzt! Jetzt!

Keine nüchternen Argumente konnten ihn davon abbringen.

Auf dem Parkplatz stehen Autos. Es muss jemanden geben, der mich jetzt sofort zurückbringen kann.

Die dicken Mauern seiner Zelle fühlten sich nicht mehr wie eine schützende Burg an, sondern wie ein Gefängnis.

Es heißt nicht umsonst Klosterzelle.

Nachdem er den Kopf aus der Tür gesteckt hatte, um zu prüfen, ob die Luft rein war, ging er hinaus in den Flur und suchte nach Bruder Milan.

In dem Moment hörte er jedoch in der Ferne jemanden rufen, nein, das war eher ein panischer Schrei!

Peter eilte hinaus in den Innenhof, die Papiere noch in der Hand. Von dort draußen schienen die Schreie und Rufe zu kommen.

Er sah gerade noch, wie eine Mönchskutte in dem Gebäude mit den Mönchsquartieren verschwand.

Was geht hier vor?

Ohne darüber nachzudenken, rannte er in dieselbe Richtung. Im Inneren des Gebäudes sah er sofort, dass sich alle vor dem Zimmer von Bruder Milan versammelt hatten.

Die Bestürzung war vollkommen. Drei Mönche standen in der Tür, alle drei hielten mit der rechten Hand das Holzkreuz umklammert, das an einer Perlenkette um ihren Hals hing, als ob dies in dem Moment ihr einziger Halt wäre. Peter schob die drei beiseite, gröber, als er beabsichtigt hatte. Im nächsten Moment sah er die blutigste Szene seines ganzen Lebens vor sich – noch blutiger als der Anblick, mit dem Fay und er im Freimaurertempel an der Steenschuur konfrontiert worden waren.

Bruder Milan lag auf dem Boden, sein Schädel eingeschlagen, sein Kopf in einer riesigen Blutlache. Bruder Antonius, sein Beichtvater, kniete neben ihm, die Hände voller Blut.

Tony! Hatte er doch eine Möglichkeit gefunden, sich unbemerkt hier hereinzuschmuggeln?

Antonius drehte sich um und begann zu schreien, als er Peter sah.

»Hinauf, hinauf!«, rief er ihm zu, während er sich über den entseelten Körper seines Mitbruders Milan beugte. Seine Hände waren rot vor Blut infolge des sinnlosen Versuchs, die Stücke von Bruder Milans zertrümmertem Schädel wieder an ihren Platz zu drücken. In diesem Moment hatte der arme Mönch längst die Vergänglichkeit gegen die Ewigkeit eingetauscht, aber Antonius schien das noch nicht zu begreifen.

Oder er war nicht bereit, es zu akzeptieren.

»Klettern Sie auf den Gipfel, bleiben Sie dort drei Tage lang!«, hatte er Peter durch die zusammengebissenen Zähne zugeflüstert. Er hatte Peters Hand ergriffen, sodass beide für einen kurzen Moment die Notizen festhielten. »Ich weiß alles. Gehen Sie hinauf! Bis der Teufel von hier verschwunden ist. Er wird Sie dort nicht finden. Gehen Sie jetzt! Retten Sie sich!«

Es hatte ein paar Sekunden gedauert, bis Peters Körper diesen Worten gehorcht hatte. Er hatte sich umgedreht und war nicht etwa hinausgegangen, sondern stattdessen in Panik in sein Zimmer zurückgekehrt, das er wieder abgeschlossen hatte.

Was in aller Welt ist passiert? fragte er sich nun erneut.

Mit zwei großen Schritten war er wieder am Tisch. Er griff nach dem Krug und schüttete sich das wenige Wasser, das noch darin war, über die blutige Hand, ohne sich darum zu kümmern, dass alles auf den Boden lief. Er fuhr sich mit der Hand durchs Haar, um sie zu trocknen.

Ich kann hier nicht bleiben!

Vorsichtig öffnete er die Tür.

Es schien wieder Ruhe eingekehrt zu sein, aber es war eine trügerische Ruhe, so wusste er.

Ein schnaubender Löwe irrt umher, der Ausschau danach hält, wen er verschlingen könnte.

Er schaute nach links und nach rechts, aber er sah niemanden. Dicht an der Wand entlang ging er auf dem kürzesten Weg, an den er sich erinnern konnte, hinaus.

Die Tür war mit einem großen Riegel verschlossen, den er aber leicht beiseiteschieben konnte. Er schaute sich noch einmal um, um sich zu vergewissern, dass ihm niemand folgte, aber wieder sah er niemanden.

War das wirklich Tonys Werk?

Peter wandte sich nach rechts, wo ein Weg auf den Berg zuführte.

Warum war er nicht direkt hinter mir her? Warum hat er dem armen Milan den Schädel eingeschlagen? Hat er sich absichtlich bedeckt gehalten, während er mich beobachtete, in der Hoffnung, ich würde ihn zu dem führen, was er suchte?

Peter folgte der staubigen Straße, die in ein sandloses Felsplateau überging. Gelegentlich schaute er zurück, aber niemand schien ihm zu folgen.

Sollte ich nicht in Richtung der Straße laufen? Oder in die Richtung, aus der ich mit Bilal gekommen bin? Aber dann verirre ich mich, und mit dem Wasser, das ich bei mir habe, werde ich morgen nicht lange durchhalten. Auf den Berg zu steigen, mich dort zu verstecken und dann nach drei Tagen wieder hinunterzusteigen, scheint wirklich die beste Option zu sein. Dann wird sich der Sturm gelegt haben.

Der Weg, den er einschlagen musste, war klar, es gab nicht viele andere Möglichkeiten. Es überraschte ihn, wie hell es draußen war, obwohl das einzige Licht vom Mond und von den Sternen kam. Die Umrisse des Mosesbergs hoben sich gezackt und schwarz hervor, als ob jemand ein Stück aus dem Himmel herausgerissen hätte.

Peter verlangsamte seine Schritte ein wenig, einfach, weil er außer Atem war. Er hörte das Wasser in den Flaschen in seinem Rucksack schwappen, aber er nahm sich vor, erst zu trinken, wenn er ein gutes Stück weiter war. Sein Schatten war auf dem Boden vor ihm deutlich sichtbar.

Während er weitermarschierte, bezweifelte er einmal mehr, dass das, was er tat, vernünftig war. Aber Tony konnte sich noch im Kloster verstecken und auf eine Gelegenheit warten, ihn zu erwischen. Und wenn er erfuhr, dass Peter nicht mehr im Kloster war, rechnete er wahrscheinlich damit, dass er versuchen würde, so bald wie möglich nach Sharm el-Sheikh zurückzukehren.

Nein, auf den Berg zu steigen schien wirklich die beste Lösung zu sein.

Als er es nach einer Weile wagte zurückzublicken, sah er, dass das Kloster, eine dunkle Briefmarke in der Tiefe, viel weiter von ihm entfernt war, als er zu hoffen gewagt hatte. Der Berg hingegen schien nicht viel näher gerückt zu sein.

Peter legte trotzdem eine kurze Rast ein, um etwas zu trinken und zu verschnaufen. Ihm war warm, aber das Wasser, das seine ausgedörrte Kehle hinunterrann, brachte eine gewisse Erleichterung.

Ich trinke erst wieder, wenn ich auf der Treppe bin, auf den Stufen der Buße.

Diese Stufen waren von einem Mönch herausgehauen worden, der es sich zur Aufgabe gemacht hatte zu lernen, was Demut war, wie Bruder Antonius Peter erklärt hatte.

Von dort sei es nur noch eine Stunde Aufstieg.

Nach einiger Zeit – er konnte nicht mehr sagen, ob er eine, anderthalb oder zwei Stunden gelaufen war – begann sich der Fuß des Berges dann doch endlich zu nähern, und bald schlängelte sich der Weg hinauf, mit dem Berg zu seiner Linken und einem Abhang zu seiner Rechten.

Peter belohnte sich noch einmal mit einem Schluck Wasser, mit dem er sich zuerst den Mund gut ausspülte, bevor er es hinunterschluckte. Er nahm auch eine Pflaume, die er mit kleinen Bissen aß. Ihr Geschmack war intensiv, als hätte er zum ersten Mal in seinem Leben eine Pflaume gegessen.

Und dann, in dem Moment, in dem er ernsthaft erwog zurückzugehen, weil er befürchtete, nie zu den Stufen zu gelangen, war er plötzlich da. Der *Stairway to heaven.*

Er setzte sich auf die erste grobe Stufe, um die vor ihm liegende Landschaft zu überblicken. Es war, als wäre er auf dem Mond, oder zumindest der letzte Bewohner der Erde. Noch nie hatte er sich so weit von der Zivilisation entfernt gefühlt.

Von hier aus ist es noch eine Stunde. Komm schon, reiß dich zusammen. ›Verstecken Sie sich drei Tage lang dort oben, dann können Sie wieder hinunter.‹ Es gebe immer eine Wache oben, hatte Antonius gesagt, Tag und Nacht, die jeweils nach ein paar Tagen ausgetauscht wurde.

Peter begann mit dem Aufstieg. Zuerst zählte er die Schritte, um die Zeit totzuschlagen, aber schon bald verlor er den Überblick. Er konzentrierte sich auf seine Atmung, die nun stoßweise kam, um sie zu kontrollieren.

So viele Leute vor mir sind diesen Weg bereits gegangen, und so viele Gläubige meinten, in die Fußstapfen Moses zu treten, der diesen Berg bestiegen haben sollte, während das Volk Israel unten im Tal wartete. Hier soll er die Steintafeln mit den Zehn Geboten empfangen haben. Unten wurden die Menschen ungeduldig und schmiedeten aus all ihren Goldschmuckstücken ein Kalb. Aber nichts, null, nada davon ist passiert. Die Geschichte enthält nicht einmal einen historischen Kern der Wahrheit.

Peter fand einen gleichmäßigen Rhythmus, während er immer höher und höher auf den Berg stieg, aber der lange Tag begann seinen Tribut zu fordern.

Oben darf ich zusammenbrechen … Halte nur noch ein kleines bisschen durch …

Es konnte unmöglich eine Stunde gedauert haben, aber plötzlich endete die Treppe, und Peter sah, dass er den Gipfel fast erreicht hatte. Er geriet in eine Art engen Korridor, wonach er schließlich auf einem bizarren Plateau mit einem Steinhaus darauf gelangte.

Peter ging darauf zu und klopfte an die geschlossene Tür, aber es kam keine Reaktion. Auch nachdem er kräftig an der Klinke gerüttelt hatte, regte sich nichts.

Auf dem Boden lagen einige robuste Stöcke, die wahrscheinlich andere Wanderer zurückgelassen hatten. Dann bemerkte er, dass vor dem Haus ordentlich gestapelte Decken lagen. Er nahm sich welche davon. Obwohl er erhitzt war, merkte er durchaus, dass die Luft hier oben frisch war.

Hinter dem Haus, außer Sichtweite derjenigen, die eventuell aus der gleichen Richtung kamen wie er, legte er zwei doppelt gefaltete Decken auf den Boden, sodass eine einigermaßen weiche Unterlage entstand. Er streckte sich aus und benutzte den Rucksack als Kissen. Die anderen Decken breitete er so gut es ging über sich. Er spürte die Müdigkeit in den Beinen, als er in den majestätischen Sternenhimmel über ihm starrte. Der Text eines alten Psalms kam ihm in den Sinn.

Wenn ich sehe die Himmel, deiner Finger Werk,
den Mond und die Sterne, die du bereitet hast:
was ist der Mensch, dass du seiner gedenkst,
und das Menschenkind, dass du sich seiner annimmst?
Du hast ihn wenig niedriger gemacht als Gott,
und mit Ehre und Schmuck hast du ihn gekrönt.

Letztendlich nur Literatur, nicht mehr und nicht weniger, alte Weisheit und von einer zeitlosen Schönheit, die uns bis heute berührt. Etwas muss doch nicht wirklich geschehen sein, um wahr zu sein. Es geht um die menschliche Erfahrung, die universell ist und auch heute noch nichts von ihrer Macht verloren hat.

Innerhalb weniger Minuten war er tief und fest eingeschlafen.

40

Es war nicht das Licht, das Peter weckte, sondern das Knirschen von Schritten. Er reckte sich und stand dann auf, in der Annahme, dass der Wachtposten doch noch aus seinem Haus gekommen war. Vielleicht hatte der Mann sich taub gestellt, weil er Erfahrung mit wagemutigen Touristen hatte, die vor den großen Gruppen auf den Berg stiegen und ihn unverschämterweise im Schlaf störten.

Peter hob seinen Rucksack auf, faltete die Decken und ging um das Haus herum, um sie wieder dorthin zu legen, von wo er sie mitgenommen hatte.

Als er um die Ecke bog, sah er, dass er sich getäuscht hatte, denn die Tür war immer noch geschlossen. Es war keine Wache zu sehen. Aber da stand ein Mann, dessen Schritte Peter aufgeweckt haben mussten. Ein Mann, der Peters Gedankengang nachvollzogen hatte und hinter ihm hergeklettert war.

Ein Mann mit einer Baseballkappe!

Erschrocken ließ Peter die Decken fallen.

Was soll ich tun? Körperlich ist mir Tony weit überlegen, das habe ich ja schon festgestellt.

Sie waren allein hier oben; er hatte keine Hilfe zu erwarten.

Tony lächelte nur, so wie man einen Arbeitskollegen jeden Tag auf der Arbeit begrüßt, routinemäßig und ohne große Emotionen.

»Mr. De Haan, I presume?«, sagte er in spöttischem Ton.

Peter entfernte sich ein paar Schritte von der Hütte, den Blick unverwandt auf Tony gerichtet und mit dem Rücken zum einzigen Weg, der vom Plateau hinunterführte.

Ruhig trat Tony ein paar Schritte nach vorn, sodass der Abstand zwischen ihnen gleich blieb.

»Wie?«, rief Peter nur.

Wie ist das möglich? Wie hat er den Sturz ins Meer überlebt?

Diesmal war Tonys Lächeln ein Zeichen der Überlegenheit.

»Wie zum Teufel hast du überlebt?«, ergänzte Tony Peters verzweifelten Ausruf. »Ich nehme an, das wolltest du mich fragen.«

»Was willst du von mir?«

»Fangen wir mit deiner Frage an«, sagte Tony, der sich sichtlich wohl fühlte, wie ein Schachspieler, der weiß, dass er nur gewinnen kann und alle Zeit der Welt hat. »Du hast mich überrascht, muss ich sagen. Geschickt, wie du es geschafft hast, dich aus dem Wasser zu katapultieren, Peter, wirklich sehr sportlich. Ich bin untergetaucht und weggeschwommen. Ich dachte mir, dass du mich nach unserem kleinen Abenteuer nicht so schnell wieder an Bord lassen würdest. Doch dann sah ich plötzlich diesen orangefarbenen Ring auf dem Wasser schwimmen. Und ich dachte: Was für ein guter Mann Peter doch ist. Nichts Auge um Auge, Zahn um Zahn. Eine Lektion in Demut für mich. Buchstäblich eine Rettungsboje. Ich bin hingeschwommen und habe Luft geholt, mit dem Gesicht knapp über dem Wasser, innerhalb des Rings. Aaah, Sauerstoff!«

Er atmete tief ein und breitete die Arme weit aus.

»Wenn du noch ein bisschen näher gekommen wärst, Peter, hättest du mich sehen können. Aber was dann? Du bist nicht der Typ, der mir einen Schlag auf den Kopf versetzt hätte, also hattest du kaum eine andere Möglichkeit, außer wegzufahren. Aber trotzdem vielen Dank. Es war eine ganz schöne Strecke zu schwimmen, aber hey, ich bin schließlich auch sportlich. Durch diese Rettungsboje konnte ich mich unterwegs sogar etwas ausruhen. Ja, du bist ein echter Lebensretter! Das Boot hat inzwischen bestimmt den Weg zurück zu seinem rechtmäßigen Besitzer gefunden.«

Peter überlegte, gleich mit offenen Karten zu spielen.

Was, wenn ich das Dokument einfach herausziehe? Dann hat er, was er will. Ich könnte es sogar hinter mir auf den Boden werfen. Und dann wie verrückt weglaufen. Und versuchen, mich irgendwo unterwegs zu verstecken. Aber er wird mich wahrscheinlich erst ausschalten, bevor er sich die Papiere holt.

»Was willst du?«, rief Peter stattdessen.

»Immer mit der Ruhe. Ich habe das Glück, viele Leute zu kennen, Peter. Ich bin ein gesegneter Mann. Etwas außerhalb von Plymouth, am Strand, wohnt ein guter Freund von mir. Wirklich so ein Freund, der … Wie soll ich sagen? Ein Freund, der keine Fragen stellt, wenn man unangemeldet in durchnässter Kleidung vor der Tür steht. Ein Freund, der zu dir nach Hause fährt, um ein paar trockene Kleider und ein paar Pässe zu holen.«

»Pässe?«

»Natürlich, du glaubst doch nicht etwa, dass ich immer noch als Tony Vanderhoop reise, oder? Amerika ist das Land der unbegrenzten Möglichkeiten, Peter. *The land of the free and the home of the brave.* Um es kurz zu machen: Ich sah dich vom Harvard-Campus kommen und ein Taxi nehmen, denn du wolltest ja nach Hause. Auf dem Flughafen lief aber plötzlich alles anders. Du bist in ein anderes Terminal gegangen als das für die Flüge nach Europa. Mein Interesse war geweckt. Egypt Air … Faarouz, was für eine nette Dame das ist! Ist sofort auf meine Geschichte reingefallen, dass ich meinem niederländischen Freund hinterherreisen wollte. ›Nach Sharm el-Sheik?‹, fragte sie. Dass du mich nicht gesehen hast, Kumpel! Aber wenn jemand nicht damit rechnet, dich zu sehen, kannst du dich leicht verstecken. So funktioniert es. Und dann unsere deutschen Freunde, Peter …«

Peter hörte aufmerksam zu.

»Was mittellose Menschen nicht alles tun, um fünfhundert Dollar zu verdienen! Ich sagte ihnen, ich wollte dir nur einen Schreck einjagen … Und dann wirst du von Beduinen gerettet! Damit hatte ich nicht gerechnet.«

»Das reicht, Tony. Ich habe nichts, was ich dir geben könnte. Lass mich in Ruhe!«

»Nun«, sagte Tony beruhigend, »das bleibt abzuwarten. Ich glaube, du hast doch etwas, etwas, das dir der arme Bruder gegeben hat. Und wenn er dir nichts gegeben hat, hat er dir gewiss etwas gesagt.«

Peter schwieg.

»Genau«, fuhr Tony fort. »Er hat dir etwas gegeben oder dir etwas erzählt – oder beides. Über Coen, der einige Male hier war und der, ein wenig zu offen, sein geheimes Wissen mit diesem Mönch geteilt hat. Mit dem Ergebnis, dass Bruder Milan mehr wusste, als gut für ihn war. Wissen ist Macht, das weißt du. In manchen Fällen kann Wissen sogar tödlich sein, wie bei diesem Geistlichen zum Beispiel.«

Peter versuchte, sich in einem weiten Bogen der Treppe zu nähern, aber mit ein paar einfachen Schritten versperrte ihm Tony den Weg.

Zeit gewinnen, ich muss Zeit gewinnen – es sollte doch immer eine Wache hier sein, oder?

»Aber wie …«

»… ich hineingekommen bin?«, beendete Tony seine Frage. »Bittet und euch wird gegeben, suchet und ihr werdet finden. Klopft an, und euch wird geöffnet. Die Gesetze der Wüste, Peter. Deshalb haben dich auch die Beduinen gerettet. Einen müden Reisenden, der an deine Tür klopft, weist du niemals ab. Das Schwierigste war im Grunde, eine Mönchskutte in meiner Größe zu finden. Ich habe dich übrigens im Speisesaal sitzen sehen. Es ist ein schönes Leben, das diese Mönche führen.«

Tony schien das Katz-und-Maus-Spiel ausgiebig zu genießen.

»Es ist eine Pilgerfahrt«, sagte er, immer noch ruhig. »Nicht mehr und nicht weniger. Letzten Endes sind wir alle Pilgerväter. Wie steht es so schön in eurer Pieterskerk in Leiden: ›Doch letzten Endes sind wir alle, an allen Orten, Fremde und Pilger,

Reisende und Gäste. Passanten sind wir. Auf unserer Pilgerreise suchen wir danach, wer wir wirklich sind.‹ Wir alle gelangen auf unbekanntes Terrain, in einer Wüste wie der, in der wir jetzt sind.«

Mit einer weiträumigen Armbewegung unterstrich er seine Worte.

»Ein Niemandsland«, fuhr er fort. »*Hic sunt leones,* hier sind Löwen. Alle möglichen Gefahren lauern auf uns und warten auf einen Moment der Schwäche, um uns vom richtigen Weg, vom geraden Weg abzulenken. Während unserer Pilgerreise versuchen wir uns daran zu erinnern, wer wir wirklich sind.«

Tony begann, hin und her zu laufen. Er wirkte immer mehr in sich gekehrt, wie ein Professor, der in seiner Vorlesung aufgeht und vergisst, dass er vor einem Raum voller Studierender steht. Sogar seine Ausdrucksweise wurde förmlicher.

»Wir werden mit uns selbst konfrontiert«, fuhr er fort, »aber auch mit der Erkenntnis, dass es eine andere Wahrheit gibt: die der Seele. Bestehende Werte verschwinden und machen Platz für neue Werte, geistige Werte, die nicht mehr vorübergehend, sondern ewig sind. Es ist sozusagen eine Entdeckungsreise, und während dieser Entdeckungsreise werden wir uns einer Höheren Macht bewusst, die unter vielen Namen weiterlebt. Jede Tradition, jedes Volk, jede Zeit hat ihr einen anderen Namen gegeben. Diese Macht ist letztlich ein Gott der Vergebung, der Auferstehung, wie der Vater im Gleichnis vom verlorenen Sohn. Wie derjenige, der geschlagen wurde, nicht zurückschlägt, sondern die andere Wange hinhält, um dem anderen eine neue Chance zu geben, nämlich diesmal nicht zu schlagen. Er ist ein Gott der Barmherzigkeit und Liebe. Er möchte, dass die Menschen das Richtige tun, so wie ein irdischer Vater möchte, dass seine Kinder das Richtige tun. Er wünscht sich nichts sehnlicher, als dass seine Kinder nach Hause kommen, einfach weil sie dort hingehören.«

Wenn er das wirklich ernst meint, dann müssen wir doch eine Lösung finden! So hat er beim letzten Mal nicht geredet.

»Aber das sind doch gute Neuigkeiten, oder, Tony? Das ist doch wunderbar!«, rief Peter. »Ich bin begeistert. Nach dem, was ich von dem Priester gehört habe – er hat mir nur ein paar Kleinigkeiten erzählt –, scheint mir dies doch eine positive Botschaft zu sein, die man mit der Menschheit teilen sollte! Warum es ihr vorenthalten? Warum sollten wir sie nicht veröffentlichen, sodass jeder Zugang zu ihr hat? Wenn die Menschen den endgültigen Beweis dafür erhalten, dass die Bibel ganz und gar aus Glaubenslegenden besteht, dass fast nichts historisch verbürgt ist und dass sie deshalb die Geschichten nicht mehr wörtlich nehmen müssen, dann gibt es für sie doch sicher Raum für ihre eigene Interpretation? Dann …«

»Hör zu«, unterbrach Tony ihn barsch. »Es handelt sich um ein Wissen, das den Menschen nichts sagt, wenn sie nicht bereit dafür sind. Es ist, als würde man einem Baby ein Buch vorlesen. Es wird Geräusche hören, gurren und lachen, vielleicht einschlafen, sich vielleicht freuen, deine Stimme zu hören, aber verstehen wird es rein gar nichts. Es ist, als versuchte man, einem Erstsemester den Stoff des Abschlussjahrgangs zu erklären. Es ist sinnlos. Und obendrein ist dieses Wissen bereits in anderen Traditionen und in anderer Form für jeden, der danach sucht, verfügbar.«

»Aber warum sollten wir dieses Wissen nicht mit anderen teilen?«

»Ich habe es dir doch gesagt, es ist nutzlos, Perlen vor die Säue. Und das Problem ist noch viel größer. Siehst du denn nicht das Dilemma? Das wahre Dilemma?«

Peter schaute ihn verständnislos an.

So weit sind wir also noch nicht.

»Es ist so offensichtlich, Peter! Schau mal, die Geschichte war nie dazu bestimmt, wörtlich genommen zu werden. Früher wusste das jeder, aber dieses Wissen ist den meisten Menschen abhandengekommen. Früher wusste jeder, dass sich hinter diesen Geschichten ein Wissen verbarg, das einfach nicht jedem zugänglich war. So wie Jesus den Menschen die Geschichte vom Sämann erzählte. Dann sagt er zu seinen Jüngern: ›Euch ist es gegeben zu wissen das Geheimnis des Reiches Gottes; den andern aber in Gleichnissen, dass sie es nicht sehen, ob sie es schon sehen, und nicht verstehen, ob sie es schon hören.‹ Was hätten all diese einfachen Bauern, diese Tagelöhner, diese Steuereintreiber, diese Huren, diese Aussätzigen, die zu Jesus kamen, getan, wenn Jesus ihnen die Erklärung geboten hätte? Es wäre zum einen Ohr rein und zum anderen Ohr rausgegangen! Einfache Menschen brauchen einfache Geschichten. Man kann Kindern hundertmal sagen, dass sie auf dem richtigen Weg bleiben, sich vor unheimlichen Männern in Acht nehmen und auf ihre Mama hören sollen. Sie werden gut zuhören, aber die Botschaft wird nicht ankommen. Aber wenn du ihnen die Geschichte von Rotkäppchen immer und immer wieder erzählst, wird sie haften bleiben. Weißt du, was ich meine?«

»Ich weiß, was du meinst, Tony. Wirklich. Du hast ja auch in gewisser Weise recht, aber …«

Rede ihm nach dem Mund, stimme ihm zu, bestätige ihn … Es ergibt ja auch Sinn, was er sagt. Aber selbst zu entscheiden, wer für dieses Wissen geeignet ist und wer nicht?

»Deshalb erzählen sich die Menschen gegenseitig Geschichten. Deshalb verpacken wir eine Botschaft in eine Geschichte, damit jeder sie auf seinem eigenen Niveau und zu seiner Zeit begreifen kann. Wir wissen, dass es in der Geschichte des Exodus um den Einzug geht, das ist die Ironie des Ganzen, beim Exodus geht es um den Einzug! Wenn die Exodus-Geschichte auf wahren historischen Ereignissen beruhen würde, wie dem, was wir darunter verstehen, was bliebe dann von der Bibel als moralischem Maßstab für unsere westliche Zivilisation übrig? Sie ist die Grundlage unserer gesamten westlichen Kultur! Auf dieser Grundlage haben wir Kontinente erobert, Völker unterworfen – natürlich, um Handel zu treiben oder ihnen ihre Reichtümer wegzunehmen, aber auch, um Zivilisation zu bringen und das Evangelium zu verkünden. Liebe, Vergebung, wieder bei Gott sein, alles Mögliche. Aber wenn man diese Bibel sorgfältig liest, besonders die Geschichte des Exodus, die Geschichte der Eroberung des gelobten Landes … Hunderttausende von Menschen wurden von den Israeliten mit der Unterstützung ihres Gottes ermordet, sechshunderttausend, vielleicht sogar mehr. Später wurden weitere zehntausend Männer von König Amasja von einem Felsen gestoßen, der nur das tat, was in den Augen des Herrn richtig war. Männer, Frauen, Kinder, Vieh … Alles und jeder wurde abgeschlachtet, um das Land zu säubern, ein wahrer Völkermord. Wenn die Geschichten des Alten Testaments wahre Historie wären, wir könnten wir dann auch nur eine Sekunde lang darauf beharren, dass die Bibel der moralische Maßstab für unsere Zivilisation sein sollte?«

Das waren die Geschichten, die Coen Zoutman aufschrieb. Deshalb hatte er sie bei sich!

»Diese Leute hatten nicht einmal die Chance zu fliehen«, fuhr Tony fort. »Sie durften nicht einmal dort wohnen bleiben, sie mussten ausgerottet werden, so wie man eine Seuche bekämpft. Und warum? Was hatten diese Menschen getan, die immerhin Geschöpfe Gottes waren? Sie lebten im Gelobten Land! Das war ihr Verbrechen! Ihre Religion wurde zerstört, ihre Kultur vernichtet, ihre Dörfer und Städte wurden niedergebrannt und ausgelöscht, ihre Tempel und Götterstatuen abgerissen. Ihre jungfräulichen Töchter wurden als Kriegsbeute entführt und unter Josuas tapferen Gotteskriegern aufgeteilt. Was in aller Welt ist also der Unterschied zu dem, was die Krieger in der heutigen Zeit tun und worüber alle entsetzt sind? Diese Gräueltaten und diese Intoleranz … IS-Kämpfer, die die uralten Buddha-Statuen von Bamiyan in die Luft sprengen, Kirchen zerstören, jeden töten, der nicht ihren einen wahren Glauben teilt, andere Muslime töten, weil sie sich nicht in ihre Reihen eingliedern wollen, die jesidische Männer töten und ihre Frauen und Töchter als ihr Eigentum nehmen, um sie als Sexsklaven zu benutzen? Menschen lebendig verbrennen, enthaupten, von Türmen werfen? Die erst zufrieden sind, wenn ihr Kalifat frei von allem ist, was ihr Gott verboten hat? Und wer geht davon aus, dass sie diesen Kampf auf Geheiß ihres Gottes führen? Ein Gott, der allein auf ihrer Seite steht, ein Gott, der sich aufrichtig darüber freut, jeden Ungläubigen, der von seinen Kriegern in die Hölle geschickt wird, in die Luft zu jagen? Was ist der Unterschied zu ihnen?«

Er ist doch nicht so verrückt, wie ich gedacht hatte.

Peter stand einen Moment lang da und wusste nicht, was er sagen sollte. »Aber …«, brachte er schließlich hervor. »Dann wäre es doch gut, der Welt zu verkünden, dass du einen endgültigen und unerschütterlichen Beweis dafür hast, dass die Geschichte des Exodus nie als Fakt, sondern als ein Glaubensmythos gemeint war, dessen wahre Bedeutung nur für die Eingeweihten bestimmt war?«

»Unmöglich! Wenn das herauskommt, dann bricht alles zusammen. Dann wird es nur noch schlimmer! Die meisten Leute interessiert es wahrscheinlich nicht einmal wirklich, viele Gläubige nicht und viele Nicht-Gläubige überhaupt nicht. Nein, die meisten Menschen wissen auch, dass nicht alle Tiere der ganzen Welt auf die Arche Noah gepasst haben. Wie sollte der Koalabär aus Australien, der sich von den Blättern eines bestimmten Eukalyptusbaums ernährt, in den Nahen Osten gelangen? Und dort überleben? Es gibt allein mehr als zehn Millionen Insektenarten, jede mit ihrem eigenen spezifischen Lebensraum, oft in Symbiose mit einem anderen Tier, einer Pflanze oder einem Baum. Ganz zu schweigen von dem Wasser, das alle Berggipfel bedeckte. Der Mount Everest ist fast zehn Kilometer hoch! Die Menschen und Tiere, die in dieser Höhe nicht erfroren wären, wären aufgrund des Sauerstoffmangels erstickt. Ganz abgesehen von der Frage, wohin dieses Wasser nach der Flut floss. Und es geht noch viel weiter: Wenn die Geschichte von Adam und Eva nicht wahr ist, dann gab es weder einen Sündenfall noch einen Streit zwischen Gott und Mensch. Dann ist das Opfer Jesu, das die Menschen wieder mit Gott versöhnt, nicht notwendig gewesen. Verstehst du, was das für Konsequenzen hätte?«

Tony keuchte, als hätte er einen kurzen, aber heftigen Sprint hingelegt.

»Wenn wir sie also wörtlich nehmen«, fuhr Tony fort, »verliert die Bibel ihre moralische Autorität, weil die Geschichten voller Intoleranz, Hass, Mord und Vergewaltigung sind, von Gott legitimiert, weil die Gegner nicht jüdisch waren. Wenn aber bekannt wird, dass wir die Geschichten nicht wörtlich nehmen müssen, dann ergeben sich daraus ganz andere Probleme. Dann geht die gesamte Legitimation der Gründung des Staates Israel verloren – um nur ein Beispiel zu nennen. Dann wird es keine Geschichte, kein Buch mehr geben, auf das sich die Menschen verlassen können, damit sie sagen können: Dieses Land gehört uns, weil Gott es uns versprochen hat! Und wenn Israel zerfällt, dann zerfällt alles! Wir sagen schon so lange: Israel ist das Vorbild für den Nahen Osten, die einzige Demokratie, das einzige Land, in dem es Frieden und Sicherheit gibt. Die gesamte Außenpolitik der USA, des Westens, die bedingungslose Unterstützung für Israel. All die Zehntausenden jungen Menschen, die Jahr für Jahr in *Kibbuzim* gearbeitet haben, um beim Aufbau des Landes zu helfen, die Blauhelme der UNO, die den jungen Staat vor der arabischen Aggression schützen mussten. Wenn alles auf einer Lüge, auf einem Mythos beruht, dann stell dir mal ihre Reaktionen vor! Das ist Wasser auf die Mühlen der Antisemiten: Dann hätte der Staat Israel keine Existenzberechtigung, es hätte keine göttliche Verheißung gegeben, auf die sich die Juden heute noch berufen. Wenn der Exodus nicht wahr ist … Jesus selbst glaubte daran, sprach ständig darüber … Sollten wir wirklich sagen, dass sogar Jesus, der Sohn Gottes, sich geirrt hat? Dass selbst er nicht wusste, dass es nicht wirklich passiert ist?«

Das habe ich gestern auch gedacht!

»Wo bleibt dann die Allwissenheit Jesu?«, fragte Tony. »Seine Allmacht? Seine Göttlichkeit? Siehst du nicht, dass alles, wirklich alles ins Wanken geraten würde? Nicht nur ins Wanken, nein, es würde einstürzen, zusammenbrechen … Stell dir das Chaos vor, wenn das herauskommt, Peter. Siehst du das nicht? Judentum, Christentum, Islam … Alle drei basieren auf genau diesen Geschichten. Und Religionen stehen oft an der Wurzel von Konflikten. Oder besser gesagt, Konflikte um Land und Ressourcen werden oft über die Religionen ausgetragen. Die Menschen finden immer etwas, um sich in Gruppen zusammenzuschließen und andere auszugrenzen. Wenn jeder ein Christ ist, dann sind es die Katholiken gegen die Protestanten. Und wenn alle katholisch sind, dann sind es diejenigen, die Niederländisch sprechen, gegen die, die Französisch sprechen. Aber letztlich verbinden Religionen auch Menschen, geben dem Leben von Milliarden von Menschen einen Sinn, sorgen dafür, dass Menschen versuchen, gut zu sein, versuchen, Gutes zu tun. Stell dir eine Welt ohne diese drei Religionen vor. Stell dir vor, diese Religionen brechen zusammen. Es würde das Ende der Welt bedeuten, wie wir sie kennen.«

»Ich weiß, was du meinst«, begann Peter vorsichtig, »aber …«

»Wir müssen es unbedingt so lassen, wie es ist, Peter! Die Welt kann die Wahrheit nicht verkraften, die Menschen können die Wahrheit nicht verkraften. Besonders jetzt, gerade jetzt … Wir werden uns demnächst viel mit unseren Pilgervätern befassen.«

Natürlich werden wir das. Auch mit denen …

»Auch diese Geschichte bricht dann in sich zusammen. Sie kamen auch als Pilger in ein Land, in *Gods own country*. Die Pilgerväter waren überzeugt, dass ihr Unterfangen unter dem Segen Gottes stand. Sie verglichen sich mit den Hebräern. Lasst mein Volk gehen, baten ihre Führer James I., aber er weigerte sich, sodass sie fliehen mussten. Auch die Pilgrims ließen die Fleischtöpfe Englands und Hollands hinter sich, überquerten ein Meer in ihr gelobtes Land, mit der Bibel in der Hand. Das Land war bewohnt, aber sie leerten es, damit es für ihre Lebensweise geeignet wurde. Dann würde auch die Grundlage dieser ganzen Geschichte wegfallen, Peter, die Legitimität ihres

Unternehmens und auch die ganze Basis der USA … aber genug davon.«

Tony sah ihn plötzlich gleichgültig an, ein Blick, der erschreckender war, als wenn er voller Hass gewesen wäre.

Ich muss hier weg. Gib ihm, was er will. Ich habe das Spiel verloren. Ich weiß, dass er über Leichen geht.

»Hier, Tony«, sagte Peter. Er öffnete seinen Rucksack, ohne den Blick von Tony abzuwenden. »Du hast recht, Tony. Du hast mich überzeugt. Das muss unter uns bleiben, die meisten Menschen werden damit nicht zurechtkommen. Hier.« Er nahm die Papiere, die Bruder Milan ihm gegeben hatte. »Ich bin nicht ganz ehrlich zu dir gewesen. Bruder Milan hat mir etwas gegeben. Aber du hast mich überzeugt, Tony, wirklich. Das sind die Papiere von Coen, das ist das, was er niedergeschrieben hat. Du kannst damit machen, was du willst, du hast ein Recht darauf. Dieses Wissen wurde dir anvertraut, also ist es bei dir in den besten Händen.«

Peter ging einen Schritt auf Tony zu, der ihn immer noch ausdruckslos ansah.

Er sollte zumindest froh sein, dass er jetzt die Papiere hat.

Tony schien in keiner Weise beeindruckt zu sein.

»Wie dem auch sei, Peter«, sagte Tony, ging hinüber zur Hütte und hob einen der robusten Wanderstöcke auf, die dort von früheren Besuchern zurückgelassen worden waren. Er machte ein paar Schritte auf Peter zu, wobei er den idealen Griff um den Stock suchte, wie ein Baseballspieler, der sich darauf vorbereitet, einen Ball zu schlagen.

»Du und ich sind die Einzigen, die davon wissen«, drohte Tony nun. »Die lebenden Bücher gibt es nicht mehr. Es gibt keine Beweise mehr. Es gibt niemanden, der der Welt, wie wir sie kennen, ein Ende bereitet. Also …«

Völlig unerwartet und in einem Tempo, mit dem Peter nicht gerechnet hatte, holte Tony mit dem Stock aus und schlug zu. In einem Reflex versuchte Peter, den Schlag mit seinem Arm abzuwehren, aber der Stock traf mit voller Wucht sein Handgelenk. Er hörte den Knochen mit einem trockenen Knacken brechen. Ein flammender Schmerz schoss durch seinen ganzen Körper, als ob er unter Strom gesetzt worden wäre.

Er hörte seinen eigenen verzweifelten Schmerzensschrei, der an den Felsen widerhallte.

Sofort umklammerte er mit der rechten Hand sein linkes Handgelenk in einem vergeblichen Versuch, den Schmerz zu lindern, aber das schützte ihn nicht vor dem nächsten Schlag, der ihn voll auf den Kopf traf.

Peter fühlte, wie das Blut aus der Wunde über seine Stirn floss. Bald konnte er mit einem Auge nichts mehr sehen und kurz darauf schmeckte er etwas Metallisches.

»Hör auf!«, rief er verzweifelt und fiel auf die Knie. Instinktiv wusste er, dass Letzteres unklug war, weil es ihn nur umso verletzlicher machte. Aber der Schmerz war zu groß, um etwas anderes tun zu können.

Mit dem Stock in der Hand bückte sich Tony, um die auf den Boden gefallenen Papiere aufzuheben. Er schüttelte den Rucksack aus. »Wolltest du eine Weile hierbleiben?«, fragte Tony spöttisch, als er das Brot, das Obst und die Wasserflaschen sah. Er stand wieder auf und las die ersten Zeilen des Textes, den Coen geschrieben hatte. »Der ›Eisodus‹? Aber das ist doch …«

Wieder dieses wahnsinnige Lachen.

»Ist das alles? War es das?« Rasch ging er die Blätter durch. »Das ist Niederländisch, oder? Brillant. Von Sam hatte ich nur die Genesis gelernt, zunächst nur nach Gehör. Man weiß nicht, was es bedeutet, also gehen dir die Worte durch den Kopf, ohne dass du sie interpretierst, direkt ins Herz. Dann folgte die Erklärung … der Mensch, der sein ganzes Leben lang auf der Suche nach dem Garten ist, aus dem er einst vertrieben wurde. Diese Geschichte ist nichts anderes als die Urerfahrung eines jeden Menschen: Zuerst warst du eins mit deiner Mutter, sicher behütet in ihrem Schoß, und dann wirst du verbannt.«

Tony gab sich nicht einmal die Mühe, die restlichen Blätter anzuschauen.

»Im Grunde ist unser ganzes Leben eine einzige Suche nach eben dieser Sicherheit, nach diesem Gefühl des Einsseins, das wir nur damals kannten. Der Mutterschoß als der wahre Garten Eden. Letzten Endes sind wir alle Flüchtlinge. Von Anfang an waren wir Menschen Pilger auf der Suche nach unserer wahren Heimat. Von Adam und Eva, die aus dem Garten Eden verbannt und wegen ihrer Rebellion gegen Gott weggeschickt wurden. Und seitdem ist der Mensch unterwegs, auf der Suche nach dem verlorenen Garten, auf dem Weg zum verlorenen Paradies, wo wir eigentlich hingehören.«

And we've gotta get ourselves back to the garden …

»Josef, Maria und Jesus waren Flüchtlinge«, sagte er, leiser jetzt, als sei ihm dieser Gedanke gerade erst in den Sinn gekommen. »Heimlich haben sie sich aus Bethlehem hinausgeschlichen, um ihr nacktes Leben zu retten. Sie fanden in Ägypten Asyl und konnten erst zurückkehren, als Herodes tot war.«

Tony ging zu den wenigen armseligen Büschen, die auf der Hochebene wuchsen. Sie standen beisammen wie Menschen, die sich nach einem dramatischen Ereignis verzweifelt aneinander festhielten, um sich gegenseitig zu trösten. Dabei ließ er Peter nicht aus den Augen, obwohl von ihm keine große Gefahr ausging.

»Exzellent«, sagte er, wie ein zufriedener Lehrer, der im Begriff war, seinem besten Schüler einen ausgezeichneten Aufsatz zurückzugeben. Eines nach dem anderen zerknüllte er die Blätter und steckte sie zwischen die dornigen Zweige. Als er fertig war, holte er ein Feuerzeug aus seiner Tasche.

Wie ein Priester auf einem Altar, der im Begriff ist, ein Opfer zu bringen und mit der erwartungsvollen Erregung der gläubigen Zuschauer spielt, ließ Tony die Flamme aufflackern. Er hielt seinen Arm ausgestreckt, während Peter aus einigen Metern Entfernung zusah.

Ich muss hier weg.

Noch nie in seinem Leben hatte Peter so viel Schmerz empfunden. Er hatte das Gefühl, sich übergeben zu müssen. Vorsichtig versuchte er, sich aufzurichten, aber gab das Vorhaben bald auf.

Alles passt zusammen: die Bibelgeschichten, die Coen abgeschrieben hat, die Morde, Coen und Yona, die lebenden Bücher, aber auch alles, was ich jemals über das Alte Testament gelesen habe.

Tony ging in die Hocke, um das Stück Papier anzuzünden, das ganz unten im Busch steckte. Rasch fing es Feuer, und innerhalb von Sekunden standen alle trockenen Dornenbüsche in Flammen. Die Hitze strahlte aus bis zu Peter.

»Eigentlich sollte ich meine Schuhe ausziehen«, sagte Tony. »Dies ist heiliger Boden. Aber ich will die Situation nicht noch dramatischer machen, als sie schon ist.«

Eine dunkle Rauchfahne stieg aus dem brennenden Busch auf, aber das Feuer war schnell heruntergebrannt. Nachdem das Papier zu schwarzen Ascheflocken zerfallen war, verlosch es wieder. Ein paar Stücke Glut fielen auf den felsigen Boden und gingen dort aus.

»Voilà«, sagte Tony mit starkem amerikanischem Akzent. »Das war's.«

Tony ging wieder auf Peter zu, den Stock bedrohlich erhoben.

Zuerst merkte Peter es gar nicht, denn er hatte die Augen geschlossen, in der Hoffnung, dass die aufkommenden Kopfschmerzen auf diese Weise nachlassen würden.

Doch das Zischen in der Luft direkt neben ihm verriet ihm, dass Tony den Stock durch die Luft schwang, um wieder auf ihn einzuschlagen. Wie ein Rugbyspieler mitten im Scrum drückte sich Peter ab und umklammerte Tonys Beine. Ein wahnsinniger Schmerz schoss ihm vom Handgelenk aus durch den Arm.

Tony hatte durch Peters unerwartetes Manöver das Gleichgewicht verloren und war rückwärts umgefallen. Für den

Bruchteil einer Sekunde blieb er am Boden liegen, während Staubwolken aufwirbelten.

Peter war schnell aufgestanden, das verletzte linke Handgelenk mit der gesunden rechten Hand umklammernd.

Auch Tony war wieder auf den Beinen.

Peter hechtete auf den Stock zu, der zu ihren Füßen lag, aber Tony trat ihn weg, bevor Peter ihn aufheben konnte. Mit der Handkante erwischte er Peter, der noch halb gebückt war, hart in den Nacken, wodurch er wieder hinfiel.

Peter drang Sand in den Mund, den er auszuspucken versuchte, weil sein trockener Mund dadurch noch trockener wurde, und es kratzte wie Schmirgelpapier. Der Sand, der aus seinem Mund kam, hatte eine rosarote Farbe. Er blinzelte. Weil ihm Blut und Schweiß in die Augen liefen, konnte er nicht klar sehen. Langsam hob er den Kopf.

Tony hob den Stock wieder auf und stützte sich wie ein müder Spaziergänger darauf. Er lief ein paarmal hin und her, als sei er unsicher, was er als Nächstes tun sollte.

In dem Moment, als Peter sich mit einer Hand die Augen rieb, hörte er wieder dieses Zischen in der Luft, kurz bevor der Stock mit einem gewaltigen Schlag seinen gekrümmten Rücken traf. Er ließ sich fallen, flach auf den Boden, und weigerte sich zu glauben, dass sein Leben hier enden würde. Er schloss die Augen und hörte, dass Tonys Schritte, vom Sand gedämpft, sich entfernten.

Judith, dachte er.

Und gleich darauf: *Tut mir leid, Fay.*

Kurz darauf spürte er, wie er an den Füßen gepackt wurde. Er versuchte zu treten, um sich zu befreien, aber sein Versuch fiel zu kraftlos aus.

Unerbittlich wurde er weggeschleppt, wie ein getöteter Stier nach einem Stierkampf in einer spanischen Arena. Die linke Ferse rutschte aus dem Schuh, aber er verlor ihn nicht.

Er presste sein Gesicht gegen seinen Oberarm, um es ein wenig vor den harten Felsen mit dem scheuernden Sand zu schützen, während er noch immer sein gebrochenes Handgelenk festhielt.

Plötzlich spürte er eine sanfte Brise, die ihm trotz ihrer Wärme ein wenig Kühle brachte. Seine Füße fielen auf den Boden. Mühsam hob er den Kopf ein paar Zentimeter, um zu sehen, wo er sich befand. Zu seinem Entsetzen starrte er in einen tiefen Abgrund.

Er wird mich doch nicht …

Vorsichtig kroch Peter vom Rand des Abhangs weg.

Wo ist Tony? Warum hat er mich nicht gleich …

Er schaffte es, sich aufzusetzen. Das Blut, der Schweiß und die Tränenflüssigkeit in seinen Augen verschleierten noch immer seine Sicht, aber es sah ganz so aus, als wäre Tony bereits dabei, seine Spuren zu verwischen. Mit einem Besen, dessen Ende aus zusammengebundenen Zweigen bestand, fegte er wild hin und her, sodass die Schleifspureen von Peters Körper verschwanden.

Warum tut er das jetzt? Will er mich einfach nur länger quälen? Will er mich zwingen zuzusehen und mir damit klarmachen, dass er damit durchkommen wird? Dass niemand je herausfinden wird, was hier passiert ist?

Peter versuchte aufzustehen, scheiterte aber kläglich. Ein pochender Kopfschmerz verschlimmerte noch sein Schwindelgefühl. Ein zunehmendes und dann wieder abnehmendes Rauschen lag in seinen Ohren, als ob man mit offenem Fenster an geparkten Autos vorbeifahren würde.

Inzwischen hatte sich Tony bis auf wenige Meter Peter genähert. Wie ein Speerwerfer zielte er mit dem Stock und holte aus, um den improvisierten Besen so nah wie möglich an das Steinhaus heranzuschleudern. Dann rieb er sich die Hände, ob vor Zufriedenheit mit seiner Arbeit oder um den Staub abzuwischen, war nicht klar.

»So, Peter«, sagte er in dem freundlichen, liebenswürdigen Ton, in dem er bis zu jenem schrecklichen Tag immer mit Peter gesprochen hatte. »Wir müssen das jetzt gemeinsam durchstehen, alter Junge.« Er packte Peter unter denAchseln und zerrte ihn zurück an den Rand des Abgrunds.

Peter versuchte, sich zu widersetzen, aber seine Füße fanden auf dem felsigen Boden keinen Halt. Er wurde fast ohnmächtig von den Schmerzen im Handgelenk; sein Mund war knochentrocken, und sein Kopf explodierte mehr oder weniger.

»Wir sitzen doch beide im selben Boot«, sagte er, keuchend vor Anstrengung. »Ich weiß alles, und du weißt zu viel, wenn wir also gemeinsam verschwinden, existiert das Wissen nicht mehr.« Er hielt einen kurzen Moment inne. »Los, komm schon«, sagte er.

Nein!

Mit äußerster Anstrengung drehte Peter den Kopf, bis sein Mund Tonys linken Arm berührte. Mit aller Kraft, die er in sich trug, schlug er die Zähne in den Arm. Er fühlte, wie sich Tonys Muskeln anspannten, aber auch, wie seine Zähne durch Tonys Hemd in das Fleisch seines Oberarms eindrangen.

Durch das Ohrensausen hatte Peter einen Moment lang das Gefühl, in der Nähe eines riesigen Wasserfalls zu stehen.

Jetzt war Tony an der Reihe, vor Schmerz aufzuschreien. Mit der rechten Hand begann er an Peters Haaren zu ziehen, aber als der nicht losließ – wie ein Hund, der einen Tennisball nicht abgibt –, begann er mit der Faust auf Peters Kopf einzuschlagen.

Endlich ließ Peter los.

Als er fühlte, wie Tony seinen Griff für einen kurzen Moment lockerte, stemmte er seinen Rücken mit letzter Kraft nach hinten, wodurch Tony umfiel.

Ich habe noch eine Chance!

Er lag mit dem Oberkörper über Tony und keuchte vor Anstrengung und Schmerz.

»Du Scheißkerl!«

Mit einem Fuß drückte Peter sich ab, sodass er über Tony hinwegkam und hinter ihm landete. Sein verletztes linkes

Handgelenk festhaltend, versuchte er mit der Schulter, Tony in Richtung Abgrund zu schieben. Tony sprang auf, sodass Peter abrupt nach vorn rutschte und mit dem Kopf nahe am Rand des Felsens landete.

Nein, nein, nein! Mein Gott, bitte nicht!

Tony begann, Peter vor sich herzuschieben.

Und es erhob sich ein Streit im Himmel: Michael und seine Engel stritten mit dem Drachen; und der Drache stritt und seine Engel.

Peter spürte, wie der feste Boden unter ihm verschwand. Sein Fuß schlüpfte nun gänzlich aus dem Schuh, der oben zurückblieb.

Und siegten nicht, auch ward ihre Stätte nicht mehr gefunden im Himmel.

Für einen winzigen Moment schien es, als ob die Zeit stehen geblieben wäre. Ein Adrenalinschub schoss durch Peter, so wie sich Bungee-Springer kurz nach dem Sprung fühlen mussten.

Nur hängen die an einem Gummiband.

Peter und Tony stürzten in die Tiefe.

Und es ward ausgeworfen der große Drache, die alte Schlange, die da heißt der Teufel und Satanas, der die ganze Welt verführt.

Eine kurze warme Windböe wehte durch ihre Kleidung.

Und ward geworfen auf die Erde, und seine Engel wurden auch dahin geworfen.

Viel schneller als erwartet trafen sie auf hartem Untergrund auf, einem kleinen Felsvorsprung, der nur knapp anderthalb Meter breit aus der Wand herausragte, zwei Meter unterhalb des Plateaus.

Peter lag mit dem Rücken auf dem Boden, Tony lag halb auf ihm, von der Taille an abwärts über dem Rand.

Denn er hat seinen Engeln befohlen über dir, dass sie dich behüten auf allen deinen Wegen, dass sie dich auf Händen tragen und du deinen Fuß nicht an einen Stein stoßest.

»Verdammt!«, hörte Peter ihn schreien.

Tony griff mit dem rechten Arm nach hinten und versuchte, Peter am Hemd zu packen. Es gelang ihm, und er stemmte sich mit den Füßen gegen die Wand. Peter fühlte, wie sie auf die Kante zurutschten; ein Teil seines rechten Gesäßes war bereits darüber hinweg. Tony hing zu größten Teil hinunter, aber er hatte Peter noch immer fest im Griff. Zentimeter für Zentimeter rutschten sie zusammen in Richtung der unergründlichen Tiefe unter ihnen. Der Schmerz in Peters Handgelenk lähmte ihn. Er befürchtete, jeden Moment ohnmächtig zu werden. Er sah, wie die Knöchel von Tonys Hand durch die Anstrengung weiß wurden.

Ein animalischer Überlebensinstinkt erwachte in Peter, genau wie in der Bucht von Plymouth. Tonys Finger waren nahe an Peters Mund.

Wenn Tony sich jetzt fallen ließe, würde er Peter in seinem Sturz mit sich reißen.

Peter konzentrierte sich noch einmal und biss so fest er konnte in einen von Tonys Fingern. Dieser stieß einen schrecklichen Schrei aus.

Tonys Griff lockerte sich, aber Peter biss weiter zu.

Es gab ein leises, ekelerregendes reißendes Geräusch, und Tony ließ los. Geräuschlos stürzte er in den Abgrund.

Peter spürte wieder den Geschmack von Blut. Er spuckte das rohe Stück Fleisch in seinem Mund aus. Er hatte Tony den größten Teil seines Fingers abgebissen, die oberen beiden Knöchel.

Mit einer raschen Bewegung fegte er den Fleischklumpen in die Tiefe.

Dann versank er in ein tiefes, schwarzes Nichts.

Epilog

Von dem Eiswürfel, den Rijsbergen in seinen Whisky gegeben hatte, war nichts mehr übrig. Ohne auch nur einen Schluck zu trinken, hatte er seinen Blick auf das Stück Eis geheftet, um zu überprüfen, ob er ihm beim Schmelzen zusehen konnte. Aber es geschah unmerklich.

An diesem Nachmittag hatte er endlich die Akte Zoutman-Falaina schließen können. Obwohl der Fall gelöst worden war – sie wussten, wer der Täter gewesen war –, hatte er in gewisser Weise unbefriedigend geendet.

Diese grauen Zellen hatten ihn doch im Stich gelassen.

Nicht die altmodische Detektivarbeit hatte schließlich zur Auflösung geführt, sondern eine dramatische Serie von Ereignissen, die mit Peter de Haan beinahe ein achtes unschuldiges Opfer gefordert hatte.

Sechs »lebende Bücher«, wie Rijsbergen inzwischen erfahren hatte, und ein alter Mönch im Katharinenkloster waren den mörderischen Händen von Tony Vanderhoop nicht entgangen. Nur Peter war es gelungen, diesem Wahnsinnigen zu entkommen, der schließlich selbst sein Leben verloren hatte.

Sprach man dann auch von einem Opfer? Gibt es so etwas wie ein schuldiges Opfer?

Endlich trank er seinen ersten Schluck.

An diesem Nachmittag hatten er und Van de Kooij schweigend in Rijsbergens kleinem Büro gesessen, wo sie in den letzten Wochen mehr Zeit miteinander verbracht hatten, als für ihr gegenseitiges Einvernehmen gut gewesen war. Der Kaffee –

oder das, was hier Kaffee genannt wurde – in den Plastikbechern war kalt geworden.

Wie gerne wäre ich einmal in der Situation, hatte Rijsbergen gedacht, am Ende eines Falles zu einer Gruppe von Leuten sprechen zu können. Der Mörder würde sich unter meinen Zuhörern befinden. Haarklein würde ich den Fall erläutern und zeigen, wie der Mörder mich zunächst auf die falsche Spur gebracht hatte. Und wie dumm ich mir jetzt vorkam, dass ich – Rijsbergen! – mich von ihm hatte reinlegen lassen. Der Mörder würde etwas unbehaglich hin und her rutschen, aber versuchen, sich nichts anmerken zu lassen. Ich würde zuerst einige andere Namen nennen, der Mörder entspannt sich und denkt, er kommt ungeschoren davon. Bis! Bis … würde ich sagen. Bis dieser eine Hinweis kam, der anfangs so bedeutungslos erschien, und dem niemand, auch ich nicht – auch ein großer Geist wie ich kann sich einmal irren, oder? –, Aufmerksamkeit geschenkt hatte, der sich aber bald als bedeutungsvoll erwies. »Und dort lag am Ende die Lösung«, würde er seinem aufmerksamen Publikum erklären. Und dann würde er auf den Mörder deuten, den er mithilfe seiner Kombinationsgabe ermittelt hatte.

One must seek the truth within – not without.

In der Praxis waren Rijsbergen und Van de Kooij jedoch ständig den Tatsachen hinterhergehinkt. Von dem Moment an, als ihnen klar geworden war, dass Tony Vanderhoop in alle Fälle verwickelt war, war er von der Bildfläche verschwunden. Die amerikanischen Kollegen hatten ihn nicht mehr erwischt. Erst nach seinem Tod hatte sich herausgestellt, dass er die USA unter falschem Namen verlassen und im selben Flugzeug wie Peter de Haan gesessen hatte. Auf dem Videomaterial des Flughafens Logan war ein Mann zu sehen, der von seiner Statur her Tony Vanderhoop gewesen sein musste.

Auf den Fahndungsbefehl nach Peter de Haan hatten seine ägyptischen Kollegen nie reagiert. Bis zum heutigen Tag waren sie ihnen eine Antwort schuldig geblieben.

Vanderhoop war tatsächlich nicht mit der amerikanischen Delegation zurück nach Boston geflogen, sondern hatte sich in Schiphol mit einer Ausrede von seiner Gruppe verabschiedet.

Van der Lede erwartete noch eine Anklage, weil er durch sein langes Schweigen die Ermittlungen behindert hatte.

Wenige Tage nach de Haans Rückkehr in die Niederlande konnten Rijsbergen und Van de Kooij im Proveniershuis von Spežamor mit ihm sprechen. Sein linkes Handgelenk war natürlich noch eingegipst gewesen und die Wunde über den Augen dunkel violettblau, fast schwarz. Er hatte wie ein Boxer nach einem heroischen Kampf ausgesehen.

Spežamors Tochter, die bei der Ankunft von Rijsbergen und Van de Kooij noch auf de Haans Schoß gesessen hatte, war von ihrer Mutter nach oben geschickt worden, um ihr die Einzelheiten der Ereignisse jener Stunden zu ersparen, die beinahe de Haans letzte gewesen wären.

»Die Wachtposten haben mich gefunden«, hatte de Haan ihnen erzählt, und sein Gesicht verzog sich zwischendurch immer wieder einmal vor Schmerzen.

»Es stellte sich also heraus, dass doch eine Wache in diesem Haus gewesen war. Der Mann war in einen komatösen Schlaf gefallen – im Rausch, wer weiß? – und hatte nichts, aber auch gar nichts mitbekommen, weder von meiner Ankunft in der Nacht noch von dem Kampf am nächsten Morgen.«

Erst als sein Kollege, der gekommen war, um ihn abzulösen, das Haus betrat, war er ins Reich der Lebenden zurückgekehrt. Draußen am Rande des Geländes war ihre Aufmerksamkeit durch einen einsamen Schuh geweckt worden, der am Tag zuvor noch nicht da gewesen war. Sie hatten nachgeschaut und schon bald die Spuren eines Kampfes entdeckt, wonach sie vorsichtig über die Kante gelugt hatten. Dort hatten sie de Haan liegen sehen, tot, so schien es.

Einer der beiden war mit einem Seil um die Taille, das an einem großen Felsen befestigt war, die zwei Meter bis zum Felsvorsprung hinabgestiegen. De Haan lebte noch, war aber bewusstlos. Mit viel Mühe, indem sie ihm die Seile unter den Armen durchzogen, war es ihnen schließlich gelungen, ihn auf das darüberliegende Plateau und in den schützenden Schatten der Hütte zu bringen. Hier hatten sie ihm recht und schlecht Wasser eingeflößt, das ihm zum größten Teil direkt wieder aus dem Mund geflossen war. Das Handgelenk, von dem jeder Laie sehen konnte, dass es gebrochen war, hatten sie mit Schilfrohrstöcken geschient. So hatten sie de Haan auf die Trage geschnallt, die seit Menschengedenken auf ihrem Posten stand, aber noch nie zuvor benutzt worden war.

Gemeinsam hatten sie ihn hinuntergetragen, eine wahre Meisterleistung auf den unebenen Stufen und unter der unbarmherzigen Sonne, die schnell immer stärker geworden war.

Am Fuße der Treppe war ihnen ihre Last von Beduinen abgenommen worden, die sich morgens dort versammelten – in der vergeblichen Hoffnung, einen Touristen auf einem Kamel ins Kloster zurückbringen zu können.

Auf diese Weise wurde de Haan ins Katharinenkloster transportiert, wo er den Rest des Tages in einem kühlen, spartanisch anmutenden Raum verbracht hatte. Dort wurde er von einem bärtigen Priester gut versorgt und kam bald wieder zu Kräften.

Am nächsten Tag hatte er selbstständig mit dem Taxi nach Sharm el-Sheik zurückfahren können. Er war beim Krankenhaus abgesetzt worden, wo sein Handgelenk eingegipst werden konnte.

Als er in sein Hotel gefahren war, um seinen Koffer abzuholen, hatte er die deutschen Touristen Melchior und Katja getroffen. Letztere hatte sich in seine Arme geworfen, so froh, ihn lebendig wiederzusehen. Sie erzählten ihm, dass ihnen Vanderhoop viel Geld angeboten hatte, eine Summe, die es ihnen nicht nur ermöglicht hätte, den in Kairo erlittenen Verlust auf einen Schlag wettzumachen, sondern durch den sie sogar noch etwas übrig gehabt hätten.

Vanderhoop hatte ihnen Bilder von de Haan und sich gezeigt – sie mussten während der Pilger-Stadtführung in Leiden aufgenommen worden sein – und erzählt, er sei ein alter Freund von ihm. Er hatte ausführlich erklärt, dass sie jahrelang miteinander gescherzt hätten, um sich gegenseitig auf Trab zu halten. Aber natürlich niemals so, dass der andere irgendwie in Gefahr geraten wäre. Um dies zu unterstreichen, hatte Vanderhoop seine Hand auf sein Herz gelegt. Fünf Minuten, nachdem sie ihn zurückgelassen hatten, würde Vanderhoop ihn mit einem weiteren Taxi aus seiner misslichen Lage befreien. Er hatte ihnen einige weitere Beispiele dafür gegeben, wie sie sich gegenseitig getestet hatten. Wie einmal, während einer Reise durch den Dschungel von Borneo, de Haan die Führer angewiesen hatte, das Lager leise abzubauen und hundert Meter weiterzuziehen, während Vanderhoop schlief. Oder wie er de Haan einmal ein Schnippchen geschlagen hatte, indem er während einer Zugfahrt nach Paris mit dem ganzen Gepäck und den Pässen eine Station früher ausgestiegen war, während de Haan auf der Toilette saß. Indem sie auf diese Weise die Intelligenz des anderen auf die Probe stellten, hatte sich ihre Freundschaft im Laufe der Jahre nur vertieft. Für Melchior und Katja war diese seltsame, aber überzeugende Geschichte in Kombination mit den fünfhundert Dollar in bar, die sie vor Ort erhalten hatten, der Grund gewesen, dass sie de Haan in der Wüste zurückgelassen hatten.

Von daher Katjas fröhliches Gesicht und die erhobenen Daumen, um ihm Erfolg bei einem weiteren aufregenden Abenteuer zu wünschen, das später für einige schöne Anekdoten gut sein würde.

Nach seinem Besuch im Krankenhaus wurde de Haan auf die Polizeistation von Sharm el-Sheik gebracht, um dort seine Aussage zu machen. Er hatte von dem Kampf mit Vanderhoop erzählt, aber er sagte, er wisse nicht, warum der Mann ihn töten wollte. Und ihn konnten sie nicht mehr fragen.

Ihm tat der arme Bruder Milan so leid! Nachdem er mehr als fünfzig Jahre im Kloster gelebt hatte, konnte nicht einmal sein Schädel unversehrt im Gebeinhaus ruhen.

Der ägyptische Polizeibeamte, der seine Aussage auf einer altmodischen Schreibmaschine getippt hatte, blickte erfreut auf, als sei er froh, dass er diesen Fall sofort abschließen konnte.

»Die Sonne macht mit den Menschen hier seltsame Dinge«, hatte er gesagt. »Wir werden die Angehörigen dieses Herrn in den Vereinigten Staaten informieren, falls er welche hatte. Wir haben allerdings nicht die Mittel, um nach seiner Leiche zu suchen. Es ist ein gefährliches und unzugängliches Gelände. Vielleicht wird er eines Tages gefunden, wenn die Tiere ihn nicht fressen. Aber wenn er an einem Ort liegt, den die Tiere nicht erreichen können, dann ...«

»Was dann?«, hatte de Haan gefragt.

»Dann wird er zur Mumie werden«, hatte der Polizist geantwortet. Er hatte das Blatt Papier aus der Maschine herausgedreht, verschiedene Stempel darauf geknallt und es mit einer auffallend schnörkeligen Unterschrift versehen. »Fall abgeschlossen«, hatte er zufrieden gesagt.

Nachdem auch de Haan unterschrieben hatte, ohne sich die Mühe zu machen, die Aussage durchzulesen, hatte der Polizist ihm das Papier wieder abgenommen und in eine sandfarbene Mappe gesteckt. Er hatte ein Gummiband darum gespannt und die Mappe in eine Schublade gelegt.

»Wir wünschen Ihnen eine gute und sichere Heimreise«, hatte er dann gesagt, wie ein Reiseleiter, der sich nach einer großartigen Zeit von de Haan als Gast seiner Gruppe verabschiedete. »Wir hoffen, Sie in unserem schönen Ägypten wiederzusehen.« Peter hatte ihm die Hand geschüttelt.

Am nächsten Tag hatte er einen Direktflug von Sharm el-Sheik nach Amsterdam erwischt, wo Spežamor und Agapé ihn am Flughafen Schiphol abgeholt hatten. Er hatte nur Spežamor darüber informiert, dass er zurückkommen würde.

Das Mädchen hatte einen großen Heliumballon mit einem Willkommensgruß darauf mitgebracht, mehr ein Geschenk für sie selbst als zur Begrüßung von de Haan.

Rijsbergen hatte sich gefragt, ob er jemals alle Einzelheiten erfahren würde.

Es hatte mit dem grausamen Mord an Coen Zoutman begonnen, kurz darauf gefolgt von dem ebenso sinnlosen Tod von Yona Falaina. Es stellte sich heraus, dass diese beiden Morde im Zusammenhang mit zwei weiteren, früher begangenen Morden in Jerusalem und zwei späteren Morden in Boston standen. Es hatte eine komplizierte Verbindung zwischen den Pilgervätern und den Freimaurern gegeben, über die sich Rijsbergen nicht ganz im Klaren war. Ein vom Forscher Piet van Vliet noch zu veröffentlichendes Manuskript, das er in den Archiven von Erfgoed Leiden en Omstreken gefunden hatte, würde dies jedoch erklären.

Rijsbergen hatte das starke Gefühl, dass zwischen de Haan und Spežamor noch nicht alles geklärt war. Sie hatten zwar nebeneinander auf der Bank gesessen, aber sie hatte fast nichts gesagt. Es hatte auch den Anschein, als hätten sie es sorgfältig vermieden, einander zu berühren. Irgendwie hatte er den Eindruck gehabt, dass Fay ein belastendes Geheimnis mit sich trug, als müsse sie Peter etwas sagen, aber der richtige Zeitpunkt sei noch nicht gekommen.

Auch wenn de Haans letzte Worte in gewisser Weise hoffnungsvoll geklungen hatten.

»Als ich hier in den Garten kam«, hatte er seine Geschichte abgeschlossen, »hier, in unser eigenes kleines Paradies, da wurde mir wirklich klar: Ich bin wieder zu Hause.«

In einer Ecke der Grabeskirche in Jerusalem, der Auferstehungskirche, wo Christus sowohl gekreuzigt als auch begraben sein soll, sitzt auf einem einfachen Holzstuhl ein junger Mann, nicht älter als dreißig Jahre, die Augen geschlossen, einen friedlichen Ausdruck auf dem Gesicht. Gelegentlich legt er seine Hand auf eine Stelle neben seiner linken Brust, die noch etwas scheuert. Er war noch sehr jung gewesen, als der Meister vom Stuhl ihn in seine Obhut genommen hatte. Schon bald war er wie ein Vater für ihn gewesen, und er hatte ja auch sonst niemanden auf dieser Welt. Ihm waren die antiken Texte anvertraut worden. Doch der Teufel war besiegt, in der Wüste hatte er sein Ende gefunden. Auf dem Berg Horeb war sein Vormarsch gestoppt worden.

Sie hatten Zeit genug für die fünf Bücher gehabt.

Aber erst jetzt hatte er es gewagt, sich das Zeichen auf die Brust tätowieren zu lassen, jetzt, da die Gefahr vorüber war.

Er öffnete seine Augen, so hell, dass es schien, als leuchteten sie von innen. Er bewegte seine Lippen und murmelte, unhörbar für diejenigen, die an ihm vorbeigingen …

> »Dies ist das geheime Wissen, die mündliche Lehre, überliefert von Mose, einem Sohn des Lichts, um den Menschen zu begleiten bei seinem Eisodus, seinem Weg nach innen, und ihn in den sicheren Hafen zu bringen, in das gelobte Land, von wo er niemals hätte fortgehen dürfen, in seine ursprüngliche Heimat.«

»Wir müssen in den Garten zurückkehren.«

Danksagung

»Klopfet an, so wird euch aufgetan …« Es ist großartig zu erleben, wie hilfsbereit die Leute sind, wenn man sich mit einer Bitte um Informationen oder Unterstützung an sie wendet. Für einen Schriftsteller ist es leicht, Türen zu öffnen, habe ich gemerkt: eine Bitte um weitere Erläuterungen, die Erklärung zu einer bestimmten Frage, die Erlaubnis zum Zitieren oder ein Gespräch bei einer Tasse Kaffee. Fast immer gab es sofort eine positive Antwort. So viele Menschen haben mit ihrem Wissen und mit ihrer Zeit selbstlos zu diesem Buch beigetragen. Ich denke dabei zum Beispiel an Maarten Dessing. An einem unserer unzähligen Filmabende, die immer im Café Van Engelen beginnen, schlug er vor, 2016 »etwas mit den Pilgervätern zu machen« – in der Vorausschau auf das Gedenkjahr 2020. Oder ich denke an André van Dokkum, der in meinen Dankesworten allmählich einen festen Platz einnimmt. Obwohl er sich inzwischen weit weg in Macau aufhält, ist er auch diesmal ein engagierter Leser der Urfassung dieses Buches gewesen, mit zahllosen Vorschlägen zu interessanten Bibelstellen, die für diese Geschichte nützlich waren.

Von unschätzbarer Bedeutung war einmal mehr Lisanne Mathijssen, die mit ihrem äußerst scharfsinnigen und inspirierenden Lektorat wie eine Art Michelangelo alles Überflüssige aus einem Stück Marmor herausschneidet, sodass das Bild darunter schließlich in den Vordergrund rückt. Und natürlich Lidia Dumas, die Traum-Chefredakteurin, die nicht nur unzählige Fehler und Mängel findet, sondern auch immer wieder gute Alternativen aufzeigt. An dieser Stelle möchte ich mich auch bei allen anderen Mitarbeitern von HarperCollins Holland – Jan-Joris Keijzer, Miranda Mettes und Jacqueline de Jong – für ihr großes Vertrauen in mich bedanken – ein Vertrauen, das mir als Schriftsteller die Ruhe verleiht, um schreiben zu können. Und natürlich danke ich der unermüdlichen Annemieke Tetteroo, die buchstäblich durch Stadt und Land fährt, um meine Bücher an den Mann und die Frau zu bringen, und Marianne Prins, die telefonischen Kontakt zu den Buchhandlungen hält, der stets wachsamen Chantal Hattink, die immer wieder Gelegenheiten sieht, auf meine Arbeit aufmerksam zu machen, und der kreativen Nanouk Meijer, die es versteht, jüngere Leser über soziale Medien zu erreichen. Und dann – in mehr oder weniger zufälliger Reihenfolge – möchte ich noch den folgenden Personen danken. Jeremy Bangs, Initiator und Direktor des Leidener Pilgerväter-Museums, gab mir eine ausführliche Führung durch sein kleines, aber feines Museum. Co Berendsen und Jeroen Deen von der Loge Concordia Res Parvae Crescunt Nr. 40 der Freimaurerei Grootsneek, die eine Videoaufnahme eines Vortrags über Chief Seattle zur Verfügung stellten. Während unseres Besuchs in Boston und Plymouth half mir *program officer* Annie Houston vom Massachusetts Cultural Council bei der Logistik der Treffen mit mehreren Personen. *Executive director* Michelle M. Pecoraro fand in ihrem vollen Terminkalender Zeit, mir ausführlich über das Gedenkjahr in den USA im Allgemeinen und die Bedeutung der Ankunft der (Leidener) Pilger in Amerika im Besonderen zu berichten. Sie machte mich darauf aufmerksam, dass es vor allem um die Ideen ginge, die die Pilger aus den Niederlanden mitgebracht hätten, wie Rede-, Religions- und Pressefreiheit, standesamtliche Ehe und die Trennung von Kirche und Staat. Leider habe ich Anita Walker nicht persönlich getroffen, aber sie kümmerte sich um die Eintrittskarten für die Plimoth-Plantation und das Pilgrim Hall Museum. Nancy Gardella, *executive director* Handelskammer von Martha's Vineyard, war so freundlich, mich von der Fähre auf Martha's Vineyard abzuholen und mir die ganze Insel zu zeigen. Durwood Vanderhoop, ein bedeutender und stolzer Sprecher des Wampanoag-Stammes, führte mich durch das Aquinnah Cultural Centre und erzählte mir, was »2020« für das indianische Volk bedeutet. Die Native Nations sind neben den USA, England und den Niederlanden die vierte Nation, die an diesem Gedenkjahr beteiligt ist.

Jan-Bart Gewald und Trudi Blomsma, *baie dankie* für die Überprüfung und Verbesserung des Afrikaans in Kapitel 2. Die »Leidener Brückenbauerin« Annette ter Haar vom Technolab Leiden, die versucht, junge Menschen für Natur und Technik zu begeistern, aber auch ein Auge für die Alpha- und Gammawissenschaften hat. Wie eine echte Spinne im Netz brachte sie mich mit verschiedenen Menschen und Organisationen in Kontakt und half mir, darüber nachzudenken, wie meine Bücher in einem Bildungsprojekt verwendet werden könnten. Mieke Heurneman, Beraterin für Geschichte und Bildung bei Erfgoed Leiden en Omstreken Utrecht, gab mir die Erlaubnis, Zitate über Arminius und Gomarus von ihrer Website *Regiocanons* zu übernehmen. Dem ehemaligen Ermittler, Philatelisten und Stadtführer Willem Hogendoorn danke ich für sein enthusiastisches Mitdenken dahingehend, welche Pilgerorte in Leiden in meinem Buch auf keinen Fall fehlen durften. Er entwarf auch den wunderbaren Spaziergang, der diese 400 Jahre alte Geschichte wieder zum Leben erweckt. Frieke Hurkmans, Direktorin der Pieterskerk Leiden, beschreibe ich in diesem Buch als energische Person mit »einem schier unaufhaltsamen Wortschwall, einem bunten Durcheinander von Plänen und Ideen.« Ihre Liebe zu Leiden und ihre Begeisterung für meine Bücher sind herzerwärmend. Wouter Hollenga ist mein stets zugänglicher Ansprechpartner in der Pieterkerk. Annabel Junge möchte ich ganz herzlich für ihre großzügige Erlaubnis danken, meinen Hauptpersonen häufig Worte von ihrer Website in den Mund zu legen. Rabbiner Shmuel Katzman aus Den

Haag gab mir wichtige Informationen über die Feier des Seder-Mahls, das zuvor im Mittelpunkt des Prologs gestanden hatte, einer Szene, die leider ganz gestrichen wurde. Frank van Leeuwen von Prokwadraat-Groepswijzer.nl ist es zu verdanken, dass die von Sijbrand de Rooij (Petrus, Paulus) und Willem van Hogendoorn (Pilger) entworfenen Spaziergänge auch in gedruckter und digitaler Form erhältlich sind. Bürgermeister Henri Lenferink stellte den schönen Vortrag über die Identität von Leiden zur Verfügung, den er während der Feierlichkeiten der Historischen Gesellschaft von Oud-Leiden in der Hooglandse Kerk am Samstag, dem 5. November 2017, hielt. Auszüge aus diesem Vortrag sind in Kapitel 23 zu finden. Ich möchte Nadia Mouaddab ganz herzlich für die Übersetzung einiger englischer Fragmente in flüssiges Niederländisch danken. Marjolein Overmeer, Herausgeberin Humanities von nemo Kennislink, gab mir die Erlaubnis, von der Seite über Thanksgiving als niederländisches Vermächtnis zu zitieren. Ich möchte Michael Roumen für das begeisterte Gespräch danken, das wir über die Pilger, mein Buch und seine Verwendung während des Gedenkjahres in Leiden geführt haben. Tanneke Schoonheim vom Historischen Verein Oud-Leiden ist immer bereit, für mich sofort alles zu recherchieren, von Verblendziegeln bis hin zu Pilgernamen. In Verbindung damit danke ich Hans de Sterke, der das schöne Foto des Giebelsteins »In 't nieuwe lant« des Fotografen Wilbert Devilee bearbeitet und mir zugesandt hat. Huub Pragt verwaltet die interessante Website kemet.nl, von der meine Informationen über Aton und den Sonnenhymnus des Echnaton stammen. Das Büchlein *Voor de grote Oversteek (Vor der großen Überfahrt)* von Piet van Vliet ist ein kleines Juwel, in dem die Geschichte der Pilger in Leiden in schöner und kompakter Form beschrieben wird. Dieses Buch bildet die Grundlage meines Romans, sozusagen das Rückgrat. Ich bin sehr glücklich über seine uneigennützige und enthusiastische Zusammenarbeit und hoffe, dass ein möglicher Nachdruck von *Voor de Grote Oversteek* ein großes Publikum erreichen wird. Ich habe van Vliets Buch zu dem »Manuskript« umgearbeitet, das in meinem Buch angeblich von ihm in den Archiven von Erfgoed Leiden en Omstreken gefunden wurde, aber dieses angebliche Manuskript ist natürlich ausschließlich ein Produkt meiner Fantasie. Ich möchte dem Journalisten Rien van Vliet für seinen netten Artikel vom 1. April in *De Leydenaer* über die Entdeckung des Pilgermanuskripts danken – und Annelies Spanhaak und Ariela Netiv von Erfgoed Leiden en Omstreken für ihre Mitarbeit. Obwohl ich nicht erwarte, dass irgendjemand wirklich glaubt, dass dieses Manuskript existiert, ist es in diesen Zeiten der »fake news« vielleicht wert zu betonen, dass es sich um ein völlig fiktives Dokument handelt. Leo van Zanen hat mich auf eine Reihe wichtiger Websites über die Pilgerväter hingewiesen. Ich bin den stets gastfreundlichen Cees van Veelen und Jenneke van Reemst dankbar, dass ich wieder auf ihrem schönen Bauernhof in Gelderland wohnen durfte. Eine Woche lang konnte ich tagsüber ungestört die zweite Version meines Buches schreiben. Und nicht zu vergessen danke ich den Freimaurern von Leiden! Von Chris Beresford stammt die Aussage, dass die Freimaurer keinen Geheimbund bilden, sondern Geheimnisse haben. Ich habe während des offenen Abends im Jahr 2017 ausgiebig mit ihm gesprochen – genau wie die Gastgeberin beim offenen Abend, die meine sehr hilfreiche Ansprechpartnerin war. Ich möchte der Meisterin vom Stuhl für den äußerst interessanten Vortrag danken, den sie am selben offenen Abend gehalten hat. Große Teile davon landeten in meinem Buch. Der größte Teil meines Wissens über die Freimaurerei stammt aus diesem Vortrag.

Und dann danke ich natürlich Hamide, meinem Fels und meiner Burg, bei der ich immer Ruhe und Frieden finde. Um in den Begriffen der Freimaurerei zu bleiben: Durch sie tritt der reine Kubus langsam, aber sicher aus dem rohen, unbearbeiteten Stein hervor. Unserem »Weltmädchen« Dunya ist schließlich auch dieses Buch gewidmet.

Literaturverzeichnis

Armstrong, K. – *De Bijbel: De Biografie.* Mets & Schilt, Amsterdam, 2007

Bangs, J. – *Strangers and Pilgrims, Travellers and Sojourners. Leiden and the Foundations of Plymouth Plantation.* General Society of Mayflower Descendants, Plymouth, 2009

Barthel, M. *Wat Werkelijk in de Bijbel Staat: Een Nieuw Licht op het Boek der Boeken.* Elsevier, Amsterdam / Brussel, 1981

Bartlett, S. – *De Geheimen van het Universum in 100 Symbolen.* Librero, Kerkdriel, 2015

Berents, D. – *Adam At Geen Appel.* Uitgeverij Aspekt B.V., Soesterberg, 2016

Doane, T.W. – *Bible Myths and Their Parallels in Other Religions.* Kessinger Publishing's, Whitefish Montana, Reprint, 1882

Feiler, B. – *Walking the Bible: A Journey by Land through the Five Books of Moses.* Perennial/HarperCollins, New York, 2002

Finkelstein, I., N. A. Silberman – *De Bijbel als Mythe: Opgravingen Vertellen een Ander Verhaal.* Den Haag, Uitgeverij Synthese, 2006

Freke, T., Gandy, P. – *The Jesus Mysteries: Was the »Original Jesus« a Pagan God?* Three Rivers Press, New York, 2001

Hart, M. 't – *Wie God Verlaat Heeft Niets te Vrezen.* De Schrift Betwist. Amsterdam, Arbeiderspers,1997

Hart, M. 't – *De Bril van God. De Schrift Betwist II.* Amsterdam, Arbeiderspers, 2002

Hilton, C. – *Mayflower: The Voyage That Changed the World.* The History Press, Gloucestershire, 2005

Horst, P.W. van der – *Mozes, Plato, Jezus: Studies over de Wereld van het Vroege Christendom.* Prometheus, Amsterdam, 2000

Hulspas, M. – *En de Zee Spleet in Tweeën: De Bronnen van de Bijbel Kritisch Onderzocht.* Fontaine Uitgevers, 's Graveland, 2006

Kardux, J., Bilt, E. van de – *Newcomers in an Old City. The American Pilgrims in Leiden 1609–1620.* Serie: In den Houttuyn, Burgersdijk & Niermans, Leiden, 1998

Kirsch, J. – *De Ongehoorde Bijbel: De Betekenis van Schokkende Verhalen uit het Oude Testament.* Servire Uitgevers, Utrecht, 1997

Kirsch, J. *Mozes: Een Nieuwe Visie op de Grote Bijbelse Wetgever en Profeet.* Becht, Haarlem, 2002

Kovacs, J. – *Shocked by the Bible: The Most Astonishing Facts You've Never Been Told.* Thomas Nelson, Nashville, 2008

Leeuwen, M. van – *Van* Windmeijer-Het Pilgrim Fathers Complot_150x226_5ed v2.indd 484 09-10-19 11:47 485 *Horen Zegen: Geschiedenis en Uitleg van de Bijbel.* Uitgeverij Balans, Amsterdam, 2004

Lenferink, H. – *Over de Identiteit van Leiden. Toespraak bij de Diësviering van de HVOL, 2017.* Historische Vereniging Oud-Leiden, 2017

Morison, S. E. – *Of Plymouth Plantation 1620–1647 by William Bradford.* Alfred A. Knopf, New York, 2006

Raymondt, S. – *Mythen en Sagen van de Griekse Wereld.* Haarlem, Fibula-Van Dishoeck, 1982

Schaik, C. van, Michel, K. – *Het Oerboek van de Mens: De Evolutie en de Bijbel.* Uitgeverij Balans, Amsterdam, 2016

Seattle, L. Couvee – *Hoe Kun je de Lucht Bezitten? De Rede van Seattle.* Jan van Arkel, Utrecht, 2018

Seltzer, R.M. – *Jewish People, Jewish Thought: The Jewish Experience in History.* Prentice Hall, Inc: New Jersey, 1980

Steiner, M.L. – *Op Zoek Naar … De Gecompliceerde Relatie tussen Archeologie en de Bijbel.* Uitgever MijnBestseller.nl, 2016

Toorn, K. van der – *Wie Schreef de Bijbel? De Ontstaansgeschiedenis van het Oude Testament.* Uitgeverij Ten Have, Kampen, 2009

Vliet, Piet van – *Voor de grote oversteek: De Pilgrims in Leiden.* Serie: Leidse Verhalen, Leiden Promotie VVV, 2001.

Verzeichnis der benutzten Websites

(März 2017 – März 2018)

Boston
https://nl.wikipedia.org/wiki/Paul–Revere
http://www.thefreedomtrail.org/freedom-trail/official-sites.shtml
https://www.harvard.edu/ https://www.boston.gov/

Exodus
www.debijbel.nl
http://www.chicagonow.com/an-atheist-in-illinois/2013/05/moses-the-celebrated-baby-killing-psychopath-of-the-bible/
https://eeuwigheidvandeziel.wordpress.com/reincarnatie/reincarnatieen-religie/de-metafysische
http://janbommerez.createsend1.com/t/ViewEmail/t/EB53F4ADE6DFF676

Indianer
https://www.verenigdestaten.info/americana-de-wereld-der-indianen/
http://wampanoagtribe.net/Pages/index

Niederlande / Leiden
http://www.oudleiden.nl/
https://www.visitleiden.nl/nl/landingpage
https://www.pieterskerk.com/nl//
http://www.shuttleworthdesign.com/gallery.php?boat=MARS
https://nl.wikipedia.org/wiki/Republiek–der–Zeven–Verenigde–Nederlanden#Religie
http://www.regiocanons.nl/utrecht/zuidwest/arminius-contra-gomarus
https://www.medischcontact.nl/nieuws/laatste-nieuws/artikel/te-domvoor-specialist-te-lui-voor-huisarts.htm

Pilgerväter
https://www.plimoth.org/
http://www.leidenamericanpilgrimmuseum.org/index.htm
http://www.mijnstambomen.nl/leiden/pilgrim.htm
http://www.gutenberg.org/ebooks/24950
http://people.brandeis.edu/~dkew/David/Marsden-Mayflower-1904.pdf
https://archive.org/details/lastofmayflower00harriala

https://archive.org/details/findingofmayflow00harruoft
http://www.pilgrimhall.org/

Sinai / Ägypten
http://www.info-egypte.nl/sint-catherina-klooster/
https://www.oneworld.nl/mensenrechten/is-er-precies-aan-hand-sinai/
https://www.unesco.nl/erfgoed/sint-catharina-klooster#zoom=3&lat=28.5562&lon=33.9754&layers=BT
https://kunst-en-cultuur.infonu.nl/geschiedenis/40248-het-st-catherina-klooster-in-de-sinai.html
http://www.kemet.nl/de-grote-atonhymne/

Thanksgiving
http://www.rense.com/general45/thanks.htm
https://www.nemokennislink.nl/publicaties/thanksgiving-een-nederlandse-erfenis#

Freimaurer
https://www.vrijmetselarij.nl/
http://www.vrijmetselaars-leiden.nl/
https://massfreemasonry.org/
https://www.leidschdagblad.nl/leiden-en-regio/vrijmetselarij-leiden-wordt-gemengd
https://www.leidschdagblad.nl/leiden-en-regio/open-huis-bij-de-vrijmetselaars
https://www.erfgoedleiden.nl/component/lei-verhalen/verhaal/id/488
http://hetuurvandewaarheid.info/2010/11/04/sinistere-plaatsen-het-amerikaanse-capitool//

Andere
http://www.van-de-baanhoek.nl/bijen/de-levenscyclus-van-de-bij/

Wikipedia
Suchbegriffe (Niederländisch): Achnaton/ Aton, Alziend Oog, Arminius / Gomarus, Bijbel, Bijen, Boston / Harvard, Chief Seattle, Egypte, Esoterie, Exodus, Indianen, Israel, Jodendom, John Robinson, Leiden, Loge Ishstar / La Virtu, Mayflower, Mayflower Compact, Mozart / Die Zauberflöte, Mozes, Oude Testament, Paul Revere, Pilgrim Fathers, Plimouth Plantation, Plymouth, Sinai, Sint-Catharinaklooster, Remonstranten, Sharm El-Sheik, Thanksgiving, Vrijmetselaars, (Geschiedenis van de) Verenigde Staten, Zuid-Afrika / Orania.

Nachwort von Piet van Vliet

Zunächst möchte ich dem Autor Jeroen Windmeijer für die Plattform danken, die er mir geboten hat. Der Fund des Manuskripts im Stadtarchiv Leiden ist bis heute der unbestrittene Höhepunkt meiner Karriere.

Normalerweise verursacht die Entdeckung eines solchen Dokuments, so speziell es auch sein mag, nicht mehr als ein Kräuseln im akademischen Teich. Hier und da werden vielleicht einige Erkenntnisse korrigiert werden; einige Artikel erscheinen, und Historiker diskutieren Details, die für Außenstehende kaum von Interesse sind.

Deshalb bin ich so froh, dass es diesmal anders gekommen ist. Auch ich hätte mich dafür entscheiden können, die Übersetzung des Manuskripts in einer historischen Zeitschrift zu veröffentlichen, aber ich fand sie dafür einfach ein wenig zu speziell. Auch im Hinblick auf das Pilgerväterjahr, das 2020 in Leiden, Plymouth und Boston begangen wird, dachte ich, es wäre ein idealer Zeitpunkt, einmal etwas anderes zu machen.

Ich kannte Jeroen Windmeijer nicht persönlich, aber als waschechter Leidener hatte ich sein Buch *Das Pauluslabyrinth uns dessen Vorgänger* gelesen, die in Leiden spielen. Während einer Signierstunde von ihm in einer örtlichen Buchhandlung beschloss ich, den Schritt zu wagen und mich ihm vorzustellen.

Kurz gesagt, ich erzählte ihm von meinem Fund, und auch er als Schriftsteller erkannte sofort das Potenzial des Manuskripts. Um eine sehr lange Geschichte kurz zu machen: Nach einigen Treffen beschlossen wir, unsere Kräfte zu bündeln. Ich würde die verschiedenen Auszüge aus dem Manuskript in modernes Niederländisch übertragen, und er würde eine spannende Geschichte darum weben.

Es entstand eine fruchtbare Zusammenarbeit. Jeroen gab mir alle früheren Fassungen dessen zu lesen, was schließlich zu diesem Roman wurde. Ich kann sagen, dass es von Anfang bis Ende ein aufregendes Abenteuer war, das ich keine Sekunde lang bereut habe!

Für mich als Wissenschaftler ist es natürlich äußerst unbefriedigend, dass die letzten Seiten des Dokuments fehlen. Wer weiß, vielleicht sind sie noch irgendwo versteckt … Nur weil wir sie bisher noch nicht finden konnten, heißt das nicht, dass sie nicht existieren. Als Archäologe würde Peter de Haan wahrscheinlich subtil die berühmte Weisheit zitieren: *Die Abwesenheit von Beweisen ist kein Beweis für Abwesenheit.*

Es ist besonders frustrierend, weil in den letzten Sätzen angekündigt wird, dass bestimmte Dinge enthüllt werden, vor allem rings um dieses kleine Kind und den älteren Mann. Es scheint um eine Lehrer-Schüler-Beziehung zu gehen, um den Transfer von Wissen. Aber was für eine Art von Wissen ist das gewesen? Als das erste Kind, das aus England mitgekommen ist, erwachsen geworden ist, geht es nach Amerika. Aber die Gruppe, die emigriert, scheint sich von der Gruppe aus Leiden getrennt zu haben, also warum geht dieser junge Mann mit denen von der Gegenseite mit? Die Gruppe in Leiden scheint sich wieder um diesen »Lehrer« und einen neuen Jungen herum organisiert zu haben.

Was bedeutet dieser Hinweis auf die Baumeister? Für Freimaurer ist es tatsächlich ein Jahrhundert zu früh, könnte man meinen …

Aber dieser Konflikt … Damals kann es kaum etwas anderes als ein theologischer Disput gewesen sein. Obwohl der Kampf um die Macht schon damals – genau wie heute – oft unter einem religiösen Deckmäntelchen daherkam. Aber worin bestand nun der Konflikt? Und warum ist eine so große Gruppe zurückgeblieben?

All dies sind Fragen, auf die wir vielleicht nie eine umfassende Antwort erhalten werden. Und auch wenn man das vielleicht als unbefriedigend oder frustrierend bezeichnen könnte, so hat es doch alles in allem auch etwas Schönes, dass wir vielleicht kein vollständiges Bild von den Geschehnissen bekommen. Das lässt Raum für Spekulationen, für Theorien, die bestätigt oder im Gegenteil widerlegt werden. Und das hat auch einen gewissen Charme.

Deshalb freut es mich so, dass Jeroen Windmeijer dieses Manuskript benutzt hat, um in fundierter Weise darüber zu spekulieren, was passiert sein könnte. Als Romanautor ist er natürlich nicht an die wissenschaftlichen Konventionen gebunden, nach denen jede Behauptung mit Beweisen, Zitaten anderer Autoren und Fuß- und Endnoten belegt werden muss.

Jetzt, wo ich sein Buch gelesen habe, neige ich dazu zu denken: So ist es geschehen, und nicht anders!

Ich möchte mit einem Text schließen, den ich selbst geschrieben habe. Diesmal waren die Rollen vertauscht und Jeroen las meinen Text.

Ich habe ihn »Fragment 8« genannt, obwohl dieses natürlich nicht im Originalmanuskript zu finden ist. Ich dachte, es wäre schön, mit dem Wissen zu enden, über das wir verfügen.

In Absprache mit dem Leidener Stadtmarketing beschloss ich, die Fragmente in einer kleinen Broschüre mit einer Einführung und einem Vorwort zu bündeln. Ich dachte, *Voor de Grote Overstek* (Vor der Großen Überfahrt) wäre ein schöner Titel. Natürlich bezieht er sich auf die Reise über den Ozean, aber *Die Große Überfahrt* ist auch ein Band von *Asterix und Obelix*, die nach Amerika gehen, und ich bin ein großer Fan von ihnen!

Fragment acht – Das Ende der Pilger in Leiden

Nach der Abreise der Speedwell kehrten die zurückbleibenden Pilger nach Hause zurück. Viele von ihnen hofften, eines Tages selbst in das neue Land reisen zu können. Wie wir im Manuskript gelesen haben, gelang dies auch einigen von ihnen. In den ersten Jahren nach 1620 erreichten weitere hundert Mitglieder der Leidener Pilgergemeinschaft die neue Welt. Darunter waren Familienmitglieder von bereits Ausgewanderten wie Ehefrauen oder Kinder, aber auch neue Familien. Unter ihnen befand sich auch Thomas Willet. Er hat es weit gebracht in Amerika, denn nachdem er zunächst Assistent von Peter Stuyvesant war, wurde er der erste englische Bürgermeister von New York.

John Robinson gehörte nicht zu denen, die die Kolonie zu einem späteren Zeitpunkt erreichten. Auf Bitten der anderen in Leiden blieb er dort. Es wurde vereinbart, dass er erst dann nach Amerika gehen würde, wenn die Angelegenheiten in Leiden geregelt seien und er dort nicht mehr gebraucht würde. Doch dazu ist es nie gekommen. Im Jahre 1625 erkrankte er und starb nach kurzem Siechtum. Er wurde in der Pieterskerk beigesetzt. Nur sein Sohn Isaac sollte 1632 nach Amerika gehen.

Bis zu seinem Tod hielt Robinson den Kontakt zu seinen Glaubensbrüdern in der neuen Welt aufrecht. In Briefen gab er ihnen nützliche Tipps und spirituelle Rat-

schläge. Auf diese Weise blieb er der geistige Führer der Pilger, auch für die in Amerika. Nach seinem Tod wurde sehr deutlich, wie wichtig er für die Gruppe war. Er war das Bindemittel und hielt sie zusammen. Nach seinem Tod fiel die Gruppe in Leiden schnell auseinander. Sie traten der Englischen Kirche oder sogar der Niederländischen Reformierten Kirche bei. Sie gaben ihre englischen Bräuche und sogar ihre englischen Namen auf und verschmolzen mit der Leidener Bevölkerung.

Jeder, der das Manuskript liest, hat früher oder später das Gefühl, dass nicht die ganze Geschichte erzählt wird. Deshalb ist es so schade, dass die letzten Seiten zu fehlen scheinen. Im letzten Fragment haben wir Hinweise auf die Enthüllung bestimmter Geheimnisse. Da wären zum Beispiel die Rolle des »Lehrers« und die des »Schülers«. Ich habe beide Wörter in Anführungszeichen gesetzt, weil wir es einfach nicht wissen, aber der Jüngere schien auf jeden Fall auf eine bestimmte Art und Weise in Geheimnisse oder Wissen eingeweiht zu werden.

Die größere Gruppe, die zurückblieb, scheint einen Konflikt mit der kleineren Gruppe gehabt zu haben, die gegangen ist. Damals wurde ein Zusammenstoß zwischen zwei Gruppen oft mit religiösen Begriffen erklärt. Oder ein Konflikt wurde als religiöse Auseinandersetzung ausgetragen, aber öfter – wie es natürlich auch heute der Fall ist – verbarg sich darunter noch etwas anderes, etwa ein Kampf um Macht, Zugang zu Ressourcen, Geld …

Das Aufgehen in der Church of England oder der Niederländisch-Reformierten Kirche scheint nur die halbe Wahrheit zu sein. Sicher, so ist es gekommen, aber das sagt nichts darüber aus, was die Oberhäupter der Gruppe – ich denke an den Lehrer und seinen Schüler und die Menschen in ihrem Umfeld – außerhalb des Blickfelds der geschriebenen Geschichte getan haben.

Ich kann mich des Eindrucks nicht erwehren, dass es geheimes Wissen gegeben haben muss, das von Generation zu Generation weitergegeben wurde. Es gelangte von England in die Niederlande und reiste von England nach Amerika. Die Menschen, die dieses Wissen besaßen, sind gestorben, aber wenn auch sie es weitergaben, muss es auch heute noch Menschen geben, die über dieses Wissen verfügen. Ein aufregender Gedanke! Was mich betrifft, so besteht einer der Reize der Beschäftigung mit Geschichte in der Spekulation darüber – womit wir natürlich den festen Boden der streng wissenschaftlichen Methode verlassen –, im durchdachten Philosophieren über das, was zwischen den Zeilen steht. Vielleicht ist es auch gut, dass wir nicht die ganze Wahrheit kennen und wir in gewisser Weise noch immer in einen verschwommenen Spiegel schauen. Jetzt ist unser Wissen noch begrenzt, aber wer weiß, eines Tages werden wir vielleicht die ganze Geschichte erfahren.

Jetzt bleibt nur noch die Geschichte über das Haus von John Robinson nach seinem Tod. De Engelse Poort (Das Englische Tor), wie das Haus genannt wurde, seit es von den Pilgern bewohnt wurde, verfiel und es schien, als würde es ein unrühmliches Ende nehmen. Doch der wallonische Kaufmann Jean Pesijn hatte in seinem Testament bestimmt, dass von seinem Geld ein Hofje gegründet werden solle. Seine Frau, Marie de Lannoy, kaufte zu diesem Zweck Häuser am Englischen Tor. Nach ihrem Tod 1681 wurde mit dem Bau des Jean-Pesijn-Hofes begonnen. In die Fassade des Torhauses wurde ein Stein mit dem Text eingemauert: ON THIS SPOT LIVED, TAUGHT AND DIED J. ROBINSON, 1611–1625.

Andere Überreste des Aufenthalts der Pilger in Leiden befinden sich hauptsächlich an, in und um die Pieterskerk in Leiden. Zum Beispiel gibt es an der Wand der Pieterskerk gegenüber dem Jean Pesijnhofje eine Gedenktafel für John Robinson. Eine zweite Plakette befindet sich auf der Innenseite derselben Wand. Hier kann man auch eine kleine Abhandlung über die Pilger lesen.

Oben an einem kleinen Durchgang im Pieterskerk-Choorsteeg erinnert eine Gedenkinschrift an die Pilgrims Press, an der Ecke des Wilhelm-Brauerstegs.

Die Erinnerungen an die Pilger werden im Leiden American Museum in Leiden lebendig, das sich im Beschuitsteeg in der Nähe der Hooglandse Kerk befindet.

Piet van Vliet

Folgen Sie der *Spur der Pilgerväter* durch Leiden.

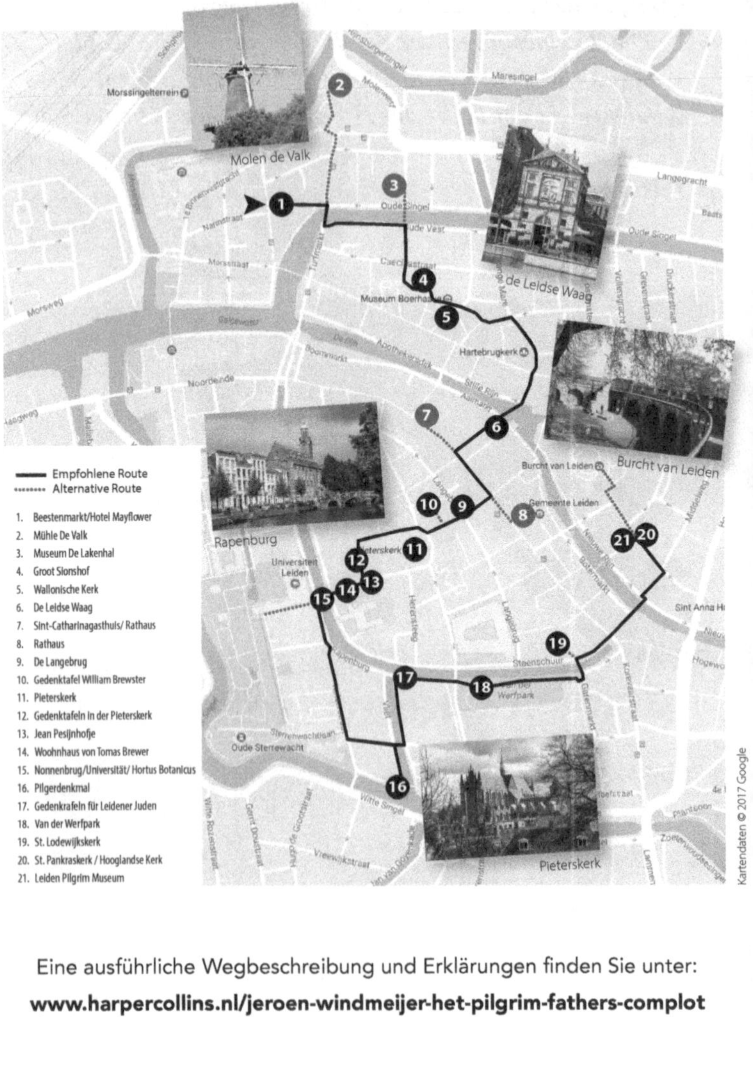

Eine ausführliche Wegbeschreibung und Erklärungen finden Sie unter:

www.harpercollins.nl/jeroen-windmeijer-het-pilgrim-fathers-complot